U0750752

本书是以下项目的成果：

2020年创新强校工程项目“广东海洋大学海上丝绸之路文化研究院平台”（230420026）

“汉语言文学”省级一流本科专业建设点（教高厅函〔2021〕7号）、省级特色专业建设项目（粤教高函〔2020〕19号）

海洋文学研究书系
主编 孙长军

中国古代海洋文学作品评析

蔡平 马瑜理 闫勖◎著

暨南大學出版社
JINAN UNIVERSITY PRESS
中国·广州

图书在版编目（CIP）数据

中国古代海洋文学作品评析/蔡平，马瑜理，闫勖著．—广州：暨南大学出版社，2022.6
（海洋文学研究书系/孙长军主编）
ISBN 978－7－5668－3359－4

Ⅰ.①中… Ⅱ.①蔡…②马…③闫… Ⅲ.①中国文学—古典文学研究 Ⅳ.①I206.2

中国版本图书馆 CIP 数据核字（2021）第 277180 号

中国古代海洋文学作品评析
ZHONGGUO GUDAI HAIYANG WENXUE ZUOPIN PINGXI
著　者：蔡　平　马瑜理　闫　勖

出 版 人：张晋升
策划编辑：杜小陆
责任编辑：潘江曼
责任校对：刘舜怡
责任印制：周一丹　郑玉婷

出版发行：暨南大学出版社（511443）
电　　话：总编室（8620）37332601
营销部（8620）37332680　37332681　37332682　37332683
传　　真：（8620）37332660（办公室）　37332684（营销部）
网　　址：http://www.jnupress.com
排　　版：广州良弓广告有限公司
印　　刷：广东信源文化科技有限公司
开　　本：787mm×960mm　1/16
印　　张：21.75
字　　数：431 千
版　　次：2022 年 6 月第 1 版
印　　次：2022 年 6 月第 1 次
定　　价：68.00 元

总　序

地球是浩瀚太空中因海洋而获称“蓝色星球”的天体，海洋与陆地的二元地表构造使其成为人类赖以繁衍生息的天赐之地。无论是作为“人的无机的身体”，抑或是“人的精神的无机界”，海洋早已成为人的生命活动、科学活动和艺术活动的一部分。借用海德格尔的话来说，海洋与陆地因为人的艺术的存在已然成为敞开的“大地”和建立的“世界”。

人类对海洋自然的审美观照虽然在时间维度上难以稽考，但可以确定的是，以海洋为对象的审美活动的发生标志着人类审美意识的全面觉醒，海洋文学就蕴含其中。换言之，人海关系以及伴生的海洋意识的发生发展是海洋文学产生的基本前提，人类对海洋审美观照的历史与海洋文学发展史是同一部历史。职是之故，海洋文学史“是一本打开了的关于人的本质力量的书，是感性地摆在我们面前的人的心理学”①。关注和研究海洋文学究其实不过是关注和研究人类自己，是人类的一种理性自觉。

在中外文学史的书写中，海洋文学是与陆地文学相对应的特殊的文学类型，海洋文学特有的美学特征和审美意蕴使海洋文学研究成为文学史研究乃至文化史研究中最动人的篇章。缺少海洋文学研究客体的文学史充其量只能算是半部文学史。进而言之，即便以人类与陆地关系为审美对象的文学作品，鉴于陆海互相依存的事实，其叙事结构中也难免隐含着海洋这一不在场的“在者”，尽管海洋可能只是为叙事的主要背景和故事的场景被间接地书写。

在中国海洋文化及海洋文学的认知与评判问题上，必须打破黑格尔在《历史哲学》中所炮制的“海洋没有影响中国的文化”“中国没有海洋文化”②的理论魔咒，避开其所谓的东方世界中以农耕文明为主的传统民族国家对海洋缺乏热情的话语陷阱。我们再也不要拿着中国古代农耕文明“重陆轻海”“重农抑商”“人必与土地相附”的预置性判断去应和黑格尔《历史哲学》中漠视中国海洋文学的陈词滥调。长期以来，人们总是跨语境地拿黑格尔历史

---

① （德）马克思著，中共中央马克思恩格斯列宁斯大林著作编译局编译：《1844年经济学哲学手稿》，北京：人民出版社2002年版，第88页。

② （德）黑格尔著，张作成、车仁维译：《历史哲学》，北京：北京出版社2008年版，第37页。

地理论的那套充满西方中心主义偏见的说辞来臧否中国海洋文学，在中国海洋文学的确立与评价上习惯性地拾了黑格尔的牙慧。中国海洋文学研究建构一套自己的话语体系实乃当务之急。这套话语体系应廓清如下问题：第一，在人海关系的维度上，清理人类中心主义的谬误，建立以海洋为主体的海洋生态伦理体系，修正将海洋视为“他者”的陆地思维惯性，迈向人海关系和谐共生的理论觉醒之境；第二，在中国海洋文学价值判断的维度上，清除西方中心主义的迷障，基于马克思主义文艺学的美学观点和历史观点，如其本然地评价中国海洋文学的价值与意义；第三，在海洋文学研究范式之维度上，清理审美中心主义的迷障，基于中国海洋文学的叙事语体以提炼出原创性的概念范畴，建立能够发现和阐释海洋之美的海洋文化美学体系。

西方海洋文明的起源可以追溯到大洋洲和美洲，大洋洲原始居民的海洋航行最早始于公元前5000年，出现在美索不达米亚地区，而南美洲和加勒比海的海上贸易则在公元前3000年就已经开始了。① 通过考古可以发现在东北亚地区，距今6500年前甚至更早的阶段，北起辽东半岛，南至广东、海南岛沿岸已经出现了频繁的海上航行活动。② 虽然中国对于海洋的开发和利用时间很早，但长期以来中国的海洋文化本质上难以脱离农业特征。③ 中国古代海洋认知的巅峰之作是《海错图》，虽然在分类和描述上不够精确，却已极尽搜罗之能事。

就文学而言，中国古代海洋文学的主体是诗词赋等韵文。《列子》的出现标志着古代海洋文学的诞生。与其他题材的诗词作品一样，言志与缘情是其主要功能。与数量庞大的海洋诗歌相比，海洋小说略逊一筹。古代海洋小说始于神话，兴于博物志，盛于传奇，终于小说，其演进一波三折。从《山海经》起，古人便开始了对海洋天马行空的想象。在唐代的传奇小说《古镜记》《梁四公记》《柳毅传》，宋元时期的志怪小说《异鱼记》《梦溪笔谈》，明清时期的《西游记》《老残游记》等作品中，古人以海为背景演绎了悲喜交加的各色故事，对海洋既有好奇更有畏惧。④

这一点与西方海洋文学有着明显的差异，虽然作为西方海洋文学起点的

---

① （美）林肯·佩恩著，陈建军、罗燚英译：《海洋与文明》，成都：四川人民出版社2019年版，第10－27页。

② 曲金良主编，陈智勇本卷主编：《中国海洋文化史长编（先秦秦汉卷）》，青岛：中国海洋大学出版社2018年版，第19页。

③ 宋正海：《以海为田》，深圳：海天出版社2015年版，第186－189页。

④ 李松岳：《中国古代海洋小说史论稿》，北京：中国社会科学出版社2019年版。

《奥德赛》构建了完整而庞大的海洋神祇谱系，但西方的海洋文学作品早在15世纪哥伦布发现新大陆之后就转向了现实主义风格，哥伦布的《航海日记》即为一例。18世纪后，随着西方人借助海洋探险征服世界，西方海洋文学也步入了繁荣期，笛福的《鲁滨孙漂流记》、斯威夫特的《格列佛游记》等即为证明。[①] 19世纪后，西方海洋文学中充斥着爱国者、海盗与超人，《白鲸》即为明证，这一时期的海洋文学既是海洋冒险史，也是殖民扩张史。[②]

中国近现代海洋文学史充满了屈辱的书写，无论是苏曼殊的《断鸿零雁记》、杨振声的《渔家》中展现的国贫家困，还是闻一多的《七子之歌》、阿英的《海国英雄》中强烈的沦丧之伤，都成为中华儿女民族记忆中抹之不去的悲痛印记。中华人民共和国成立后海境不宁，人民拿起钢枪涌向海岛戍边卫防，黎汝清的《海岛女民兵》、张永枚的《西沙之战》等小说记录下当时激烈的斗争。改革开放后，科学开发和认知海洋的号角才真正吹响。邓刚的《迷人的海》让我们重新领略到海的博大与宏阔。

21世纪，中国迎来了海洋时代。党中央明确提出要建设海洋强国，推动构建海洋命运共同体，描绘共建“一带一路”新蓝图，切实打造一条跨越太平洋的合作之路。作为南方重要的海洋特色类高校，广东海洋大学在推动海洋基础研究包括海洋文化研究方面有着自觉的使命意识和责任担当。具体到文学与新闻传播学院，就是要讲好新时代的“海洋故事”，传播海洋文化，为新时代中国的海洋宏图呐喊助威。为了实现这一目标，学院特别成立了海上丝绸之路文化研究院，以此为平台组织我院优秀教师联合攻关，编写了大型丛书“海洋文学研究书系”。这套丛书在编写之初就定位清晰，试图遴选古今中外海洋文学代表作品，为读者描绘较为清晰的海洋文学整体面貌和发展概观。

本套丛书在编写体例上，基本结构涵盖作家简介、遴选作品、赏析评价三部分。考虑到读者阅读古代文学作品的难度，《中国古代海洋文学作品评析》特别增加了注释和选评部分。需要强调的是，在文本赏析的过程中，编者为了凸显问题导向，着意将不同时代的“海洋意识”贯穿于文学解读的过程中，即通过不同时代、不同地域、不同风格的作家的海洋文学作品窥测出人们认知海洋方式的变迁史。这一点说起来简单，但实践起来难度不小，效

---

① 刘文霞：《大海的回响：西方海洋文学研究》，北京：中国社会科学出版社2017年版，第11－16页。

② （英）玛格丽特·科恩著，陈橙、杨春燕、倪敏译：《小说与海洋》，上海：上海译文出版社2018年版，第231页。

果是否理想，还有待各位读者的鉴定。本套丛书可视为对海洋文学通史编撰工作的一次“试水”，为后续的工作积攒史料和经验。海洋文学的研究任重道远，作为专业的研究和教学机构，广东海洋大学文学与新闻传播学院具有责无旁贷的时代使命。希望本套丛书的出版能够促进该领域研究的深入和知识的推广，若有此功效，是为慰藉。

谨序。

孙长军

2022 年 1 月

前　言

在中国古代文献“四部”中，各体文学作品是被编入“集部”的，“集部”文献主要包括“别集”和“总集”。“别集”为个人的诗文汇编，含一个文人所创作的各体文学作品；“总集”则是“按照一定的体例，将多家诗文作品收录在一起的图书文献”①。由于“集部”文献体量甚大，自六朝起历代皆有据不同取向而编成的文学选本，其基本功能或为后学者研习之用，或体现编选者一定的文学批评观念。编选中国古代海洋文学作品，自然亦不离此二途。此外，海洋文学作品之选，仍有一个不同于其他各类文学选本的特点，即历代文人以文学书写的形式反映的不同时代人们对海洋的认知，及其揭示的历代海洋观念之变迁。与此相关联，由广而狭，大致有“海洋文学之义界”“中国古代海洋文学研究述略”“中国古代海洋文学作品之选本”“《中国古代海洋文学作品评析》撰写之用意”四个问题需要说清楚，以下依次为说。

一、海洋文学之义界

在我国，“海洋文学”之称，大约始于20世纪80年代，中国古时是无所谓“海洋文学”之名的。1987年第1期《上海大学学报（社会科学版）》发表黄乐琴的《上海海洋文学三作家论》，称“都有一段水兵经历”的张士敏、张锦江、罗齐平三人为上海文坛的海洋作家。同年5月28日，上海大学文学院等又举办“上海海洋文学创作座谈会”。至此，以海洋为生活场景所创作的文学作品在当代文坛被贴上“海洋文学”之标签。1992年第1期《文学自由谈》发表王家斌《海狼的呼唤——中国海洋文学巡礼》一文，首次从理论上对海洋文学进行中国范围的全域观照。

1987年后几年里的“海洋文学”话语，多见于中国现当代文学及比较文学领域，其义所指主要为海洋主体文学作品之创作问题，其中又以海洋小说为主。如20世纪80年代青岛的海鸥文学社辑有《海鸥·海洋文学》，专刊发表海洋文学作品。总体而言，2000年以前，海洋文学之创作与研究并未形成

---

① 卢盛江：《集部通论》，北京：中华书局2019年版，第165页。

更为广泛的影响力。最近20年里，海洋文学更在之前单纯的海洋作品创作与批评的基础上，拓展至海洋文学之普及与古今中外海洋文学学术研究。关庆利主编“海洋小百科全书”之一种——《海洋文学》①，分列“中国古代海洋文学”“中国现代海洋文学”“外国古代海洋文学”“外国现代海洋文学”“中外海洋影视文学”诸门，以设问形式梳理中外海洋文学中的海洋书写，是比较典型的海洋文学普及类读物。段汉武、吴晓都、张陟主编《蓝色的诗与思——海洋文学研究新视阈》② 一书是中外海洋文学研究论文集，以外国海洋文学作品研究为主；刘文霞《大海的回响：西方海洋文学研究》③ 是一部立足于西方主要海洋国家之海洋文学作品的理论专著。此等均为海洋文学研究的理论著述。

与“海洋文学”相联系，又有“海洋艺术”的说法，大约包括“海洋音乐艺术”“海洋摄影艺术”“海洋绘画艺术”“海洋电影艺术”“海洋建筑艺术”诸门，这些都是以不同艺术形式表现海洋的某种特质。就人文社会科学所属各分支学科研究之分野而言，则有“海洋史学”“海洋哲学”“海洋社会学”“海洋人类学”“海洋民俗学”“海洋考古学”等，从这个意义上说，“海洋文学”既与其并称，就不单单是指海洋文学作品之创作，还应包含对文本得以生成、存在、传播以及海洋文学作家之研究。它与中国文学乃至世界文学在研究方法上并无二致，仅是研究对象的范围聚焦于海洋文学这一特定类型，如同“田园文学”“草原文学”“城市文学”“乡村文学”“战争文学”“贵族文学”“知青文学”等作为一种文学类型的研究一样。在英美文学学术话语中有一种观点：不认为有独立的“海洋文学”之类型存在，而认为如英国作家丹尼尔·笛福的《鲁滨孙漂流记》、约瑟夫·康拉德的《黑暗的心脏》，美国作家杰克·伦敦的《海狼》、欧内斯特·海明威的《老人与海》、蕾切尔·卡逊的“海洋三部曲”，法国作家儒勒·凡尔纳的“海洋三部曲”等“经典化了”的作品可称为“海洋文学”。在中国，虽然涉海书写的文学文本伴随着人们对海洋认知的深化和与海洋关系的拉近逐渐变得丰富而多彩，但至少在最近三十年以前未被看作一种类型文学，在中国古代文学史上，也仅仅是作为山水文学的内容构成。在1991年9月全国首次海洋文学研讨会（福建）、2008年9月海洋文学国际学术研讨会（宁波）上，什么是“海洋文

---

① 丁玉柱、牛玉芬：《海洋小百科全书·海洋文学》，广州：中山大学出版社2012年版。

② 段汉武、吴晓都、张陟主编：《蓝色的诗与思——海洋文学研究新视阈》，北京：海洋出版社2010年版。

③ 刘文霞：《大海的回响：西方海洋文学研究》，北京：中国社会科学出版社2017年版。

学”的问题，都是与会专家学者争论的热点之一，至今仍未有一个统一的定义。对于什么是“海洋文学”，如下三点是大家认可的：“其一，海洋文学是一种题材性类型文学。其二，中国海洋文学自古就存在。其三，中国海洋文学反映了中国人对于海洋的认识、想象和理解，它有自己的特色。”①

对于“海洋文学”的认识，应有以下诸方面。一是作品的书写对象必涉及海洋，海洋虽是书写对象，但人仍是主体，即便是纯粹的海洋景观描写，仍是人化的自然；二是人以海洋为生活场域，人影响海洋，反过来海洋又影响人，人与海洋互动所生成的一切物质和非物质的物态或观念，以文学形式体现出来，即可认为是海洋文学；三是历代对海洋文学认知上的歧见，不过是哪些可被看作海洋文学、哪些不能被视为海洋文学的范围上的差异，这种差异源于命意者某种价值取向；四是历代海洋文学书写之价值，其非常重要的一点，即是在海洋的科学书写、历史书写之外，文学书写的海洋面貌如何，体现了古今中外不同历史时期人们海洋观念的变迁。

二、中国古代海洋文学研究述略

中国古代海洋文学的时间断限，上起先秦，下至清末，其间生成的关涉海洋的各体文学作品均为古代海洋文学的研究对象。中国古代海洋文学研究从著述上看，集中于近三十年。据不完全统计，截至2020年12月，已出版古代海洋文学研究相关著作（含海洋文学选本）14部，发表学术论文百篇，倪浓水《中国古代海洋文学史》被立项为2019年国家社科基金后期资助项目。

这些研究著述大致可分为如下几类：

一是古代海洋文学通论。主要有王凌、黄平生《中国古代海洋文学初探》[《福建论坛（人文社会科学版）》1992年第3期]，王庆云《中国古代海洋文学历史发展的轨迹》[《中国海洋大学学报（社会科学版）》1999年第4期]，张如安、钱张帆《中国古代海洋文学导论》（《宁波服装职业技术学院学报》2002年第2期），赵君尧《海洋文学研究综述》（《职大学报》2007年第1期），张陟《“海洋文学”的类型学困境与出路》（《宁波大学学报（社会科学版）》2009年第3期），赵君尧《天问·惊世：中国古代海洋文学》（海洋出版社2009年版），柳和勇《中国海洋文学历史发展简论》（《浙江海洋学院学报（社会科学版）》2010年第2期），宋文娟《中国海洋文学研究概貌与趋

① 倪浓水：《中国海洋文学十六讲》（修订版），北京：海洋出版社2017年版，第3－4页。

向》(《语文学刊》2012 年第 22 期),张放《海洋文学简史:从内陆心态出发》(巴蜀书社 2015 年版)、倪浓水《中国海洋文学十六讲(修订版)》(海洋出版社 2017 年版),张平《从边缘到活力:中国古代海洋文学研究的拓新之路》(《广东海洋大学学报》2017 年第 2 期),滕新贤《沧海钩沉:中国古代海洋文学研究》(上海三联书店 2018 年版),段波《“海洋文学”的概念及其美学特征》[《宁波大学学报(人文科学版)》2018 年第 4 期]等。这些论著,或阐释“海洋文学”之概念,或追溯海洋文学发展之历史进程,或总结海洋文学之研究方法,或总结海洋文学研究之创获,颇有海洋文学研究学科建构之意义。

二是古代海洋文学作品的分体研究。分体海洋文学之研究,以小说、辞赋、诗歌三类为主要,其中又可分为以下诸端:其一,海洋小说研究。主要有倪浓水《中国古代海洋小说中“人鱼”叙事的历史变迁和文化蕴涵》[《中国海洋大学学报(社会科学版)》2008 年第 2 期],倪浓水《中国古代海洋小说的发展轨迹及其审美特征》(《广东海洋大学学报》2008 年第 5 期),倪浓水(编)《中国古代海洋小说与文化》(海洋出版社 2012 年版),倪浓水《中国古代海洋小说的逻辑起点和原型意义——对〈山海经〉海洋叙事的综合考察》[《中国海洋大学学报(社会科学版)》2009 年第 1 期],段春旭《〈镜花缘〉中的海洋文化思想》(《学理论》2010 年第 2 期),张祝平、曹湘雯《〈海游记〉对中国海岛形象模式的颠覆》(《衡水学院学报》2012 年第 3 期),彭婷婷《“二拍”中的海洋叙事及文学指向》(《厦门广播电视大学学报》2014 年第 1 期),王青《论海洋文化对中国古代小说创作的影响》(《江海学刊》2014 年第 2 期),方群《中国古代涉海小说叙事流变》[《湖南工业大学学报(社会科学版)》2019 年第 6 期],李松岳《中国古代海洋小说史论稿》(中国社会科学出版社 2019 年版)等。这些论著,或挖掘中国古代海洋小说之文化意蕴,或梳理中国古代海洋小说发展之历史流变,或解剖个体海洋小说文本之海洋叙事,已经涉及中国古代小说研究的基本问题。其二,海洋辞赋研究。宋元以前,中国古代文学中的海洋书写,比较集中体现于辞赋体文学作品,故海洋辞赋研究便成为中国古代海洋文学研究之重要内容。这方面主要的研究著述有谭家健《汉魏六朝时期的海赋》[《聊城师范学院学报(哲学社会科学版)》2000 年第 2 期],马凌云《唐前江海赋》(《柳州师专学报》2006 年第 1 期),张小虎《论汉魏六朝海赋》[《现代语文(文学研究)》2009 年第 2 期],赵俊玲《〈文选〉江海赋发微》(《中州学刊》2010 年第 4 期),刘立鑫《明清海赋研究》(中国海洋大学 2011 年硕士学位论文),刘立鑫、冷卫国《明清海赋反映的海洋文化》(《东方论坛》2012 年第 3 期),王允亮《汉魏六朝江海赋考论》（《北方论丛》2012 年第 1 期），俞琼颖、王玫《从历代海赋看中国古代文人的海洋情怀》[《福州大学学报（哲学社会科学版)》2013 年第 3 期]，李静、王红杏《明赋递嬗中的明代海赋》[《吉林师范大学学报（人文社会科学版)》2015 年第 4 期]，牟翔《明清前海赋研究》（中国海洋大学 2015 年硕士学位论文），王琼《奎章阁本六臣〈文选·海赋〉作者注辨证》（《广西师范大学学报（哲学社会科学版)》2018 年第 6 期），陈婉纱《汉魏六朝江海赋的文化地理空间研究》（浙江大学 2019 年硕士学位论文）等。海洋辞赋研究主要体现为断代海赋和海赋单篇作品之研究。其三，海洋诗歌研究。海洋诗歌中的海洋，其主要作用是成为诗人表达一定思想情感的意象，海洋诗歌虽不如海洋辞赋对海洋的细致描摹，但仍不失为中国古代海洋文学的一个重要体式。海洋诗歌研究著述主要有张松才《广东近代诗歌海洋意识与海上丝绸之路》（《湛江海洋大学学报》2002 年第 5 期）、田若虹《岭南诗词中的海洋文化印象》[《五邑大学学报（社会科学版)》2012 年第 4 期]、杨艳香《明代中后期海疆诗研究》（南京大学 2013 年博士学位论文)、叶赛君《唐代诗歌中的海洋情怀》（宁波大学 2013 年硕士学位论文)、杨凤琴《浙江古代海洋诗歌研究》（海洋出版社 2014 年版)、姜鹏《清代东海诗歌研究》（苏州大学 2016 年博士学位论文)、岳倩《东海海鲜诗整理及在舟山美食文化中的应用》（浙江海洋大学 2016 年硕士学位论文)、孙培华《“一带一路”下古代海洋诗歌的现代意义》（《戏剧之家》2017 年第 22 期)、徐涵含《唐代海洋诗歌特征化描写及成因剖析》（《河南科技学院学报》2019 年第 9 期)、刘月《明清两代册封琉球使及其从客海洋诗研究》（福建师范大学 2019 年硕士学位论文)、张慧琼《明代抗倭诗的海洋文学特色》（《中州学刊》2020 年第 7 期）等。除海洋小说、海洋辞赋、海洋诗歌外，其他体式的海洋文学作品研究还比较少见。

三是断代海洋文学研究。断代海洋文学研究是指截取某一朝代或某一时间段内的海洋文学，对其进行宏观研究或分体研究。这方面的研究成果相对是最多的，诸如赵君尧《论宋元海洋文学》（《职大学报》2001 年第 3 期)、赵君尧《宋元海洋文学的时代特征》[《福建师范大学学报（哲学社会科学版)》2002 年第 1 期]、郭杨《乾隆嘉庆时期涉海小说研究》（湖南师范大学 2006 年硕士学位论文)、赵君尧《先秦海洋文学时代特征探微》（《职大学报》2008 年第 2 期)、张祝平《郑和下西洋与明代海洋文学》[《南通大学学报（社会科学版)》2008 年第 3 期]、吴智雄《试论先秦文学中的海洋书写》（《海洋文化学刊》2009 年第 6 期)、王丽华《隋唐海洋文学研究》（南京师范大学 2012 年硕士学位论文)、陈敏《明清小说中的出海叙述及其文化内涵》

(浙江师范大学2013年硕士学位论文)、罗丝《唐五代涉海小说研究》(湖南师范大学2014年硕士学位论文)、彭松《论晚清通俗文学中的海洋叙述》[《中国文学研究(辑刊)》2015年第1期]、庄黄倩《清代涉海小说研究》(暨南大学2015年硕士学位论文)、陈克标《从汉晋海洋文学作品看汉晋人海洋意识的转变》(《华中学术》2016年第4期)、王红杏《宋代涉海韵文研究》(吉林大学2016年博士学位论文)、冷卫国《诗与史:元代海洋诗歌的纪实抒写及其历史事象》[《中国海洋大学学报(社会科学版)》2020年第4期]等。

四是地域海洋文学研究。我国地域海洋文学研究与地域海洋文学的生成区域一致,主要分布于沿海省区,其中以浙江最为突出,广东、山东、广西次之。这类著述主要有郑松辉《潮汕海洋文学初探》(《汕头大学学报》2012年第2期),吴雪凤《"寻找在路上":山东海洋文学母题研究》(山东大学2013年硕士学位论文),王静飞《舟山古代海洋文学中的海上丝路踪迹探寻》(《浙江国际海运职业技术学院学报》2014年第4期),杨凤琴《浙江古代海洋自然景观诗歌探论》[《宁波大学学报(人文科学版)》2014年第3期],周春英、曾莹《民国时期浙江籍作家海洋文学作品探析》[《宁波大学学报(人文科学版)》2015年第4期],张如安《沧海寄情:话说浙江海洋文学》(浙江大学出版社2019年版)等。中国海域辽阔,海岸线漫长,沿海省区如辽宁、河北、天津、江苏、上海、福建、海南等还较少有本土海洋文学研究的专著和论文。

总体而言,海洋文学研究成果已经刊行于世者(含专著和论文),主要集中于全国海洋类高校,尤以浙江海洋大学和宁波大学为最突出。近年来,越来越多文学专业在读博士、硕士研究生将目光投向海洋文学研究,其中暨南大学、湖南师范大学、南京师范大学、南京大学等高校的海洋文学学位论文已渐成系列。

三、中国古代海洋文学作品之选本

中国现当代文学和外国文学领域有可称为海洋作家或纯粹的单体海洋作品者,如大连作家邓刚的主要作品几乎都是海洋主题创作,长篇小说《白海参》、中短篇小说集《迷人的海》《龙兵过》等均为典型的海洋小说。法国作家儒勒·凡尔纳的"海洋三部曲"(《神秘岛》《格兰特船长的女儿》《海底两万里》)、美国作家蕾切尔·卡逊的"海洋三部曲"(《海风之下》《海洋的边缘》《环绕我们的海洋》)等皆是篇幅宏大的单体海洋文学文品。中国古代文学阈限内，既没有可称得上海洋作家的文人，也不存在通写海洋的小说、诗集、文集等，故认知和研究中国古代海洋文学作品，一个最为基础的工作就是从历代文人传世的各体文学作品中，将海洋文学作品辑选出来。就中国古代海洋文学之研究而言，海洋文学作品类聚或海洋文学作品选录（包括文学文本的选择提取、文本注释、文本赏析等），显得尤为重要。

较早的海洋文学选本为吴主助所编《海洋文学名作选读》①，该书面向古今中外编选海洋文学名篇，按文体系中外海洋文学作品，包括“古代神话”“古代寓言”“童话·民间故事”“诗歌”“散文”“小说”“科学幻想小说”“人物传记”“报告文学”等部分，其中的古代海洋文学名篇仅见于“古代神话”“古代寓言”和三首古代诗歌，其他均为中国现当代海洋文学作品和外国海洋文学作品。虽然也编选了中国古代海洋文学作品，但完全不能反映古代海洋文学作品名篇的面貌。其后的一个海洋文学选本，是由童孟侯主编的《中国海洋作家作品精选·我心目中的海洋文学》②，尽编选邓刚、赵丽宏等当代作家之作品，无关古代文学篇目。直至2006年，海洋出版社出版了倪浓水选编的《中国古代海洋小说选》、李越选注的《中国古代海洋诗歌选》、徐波选注的《中国古代海洋散文选》。此三部古代海洋文学作品选本，为浙江海洋大学柳和勇主编“中国海洋文化资料和研究丛书”之三种。从丛书名称看，此选立足于海洋文化研究，为海洋文化研究辑编资料，与传统的古代文学作品选在功能上是有差异的。倪浓水《中国古代海洋小说选》之后记称：“选文重点兼顾了资料性，而不是完全放在美学和思想价值方面。”③《中国古代海洋诗歌选》以时代为序，分列“先秦至唐海洋诗歌选”“宋、元时期海洋诗歌选”“明代海洋诗歌选”“清代海洋诗歌选”四个部分，总选诗500余首，仅明清二代入选海洋诗歌便占全选的二分之一强，是符合中国古代海洋诗歌文本的存在实际的。《中国古代海洋散文选》分“先秦至齐代海洋散文选”“唐代海洋散文选”“宋代海洋散文选”“元代海洋散文选”“明代海洋散文选”“清代海洋散文选”六个部分，在时间上并不连续，南朝梁、陈及隋代未有作品入编。入选作品名曰“散文”，实际上包含了辞赋，亦有不少非文学作品的子、史之文字采入。在对单篇入选作品的处理上，仅置解题、文本、注释三个环节，不作评析，不作鉴赏，与整套丛书的资料性质是相切的。

---

① 吴主助编：《海洋文学名作选读》，北京：人民交通出版社1992年版。

② 童孟侯主编：《中国海洋作家作品精选·我心目中的海洋文学》，天津：百花文艺出版社1994年版。

③ 倪浓水选编：《中国古代海洋小说选》，北京：海洋出版社2006年版，第326页。

2014年，中国海洋大学冷卫国教授主持编写《中国历代海洋诗歌选评》，该书选诗起自先唐，直延及现当代，是容纳古今的海洋诗歌通选。其在《后记》中说："本书所谓的'海洋诗歌'，指的是在诗中出现了'海'的意象，表现人—海关系的诗歌。基于此种认识，本书精选了从汉末到当代关于海洋的诗歌，在体例上分为作者简介、诗作、评析三个部分，意在展示从中国古代到当代的人—海关系，为诗歌史、社会史、文化史等领域的研究者提供一定的参考，同时可供中等文化程度以上的读者阅读。在编选时，既考虑到中国历代海洋诗歌发展的实际，又兼顾到中国文学史的分期，同时又有适当的合并，把中国历代的海洋诗歌分为先唐、唐宋、元明清近代、现当代四个部分进行了编排。"① 与浙江海洋大学柳和勇主编之丛书相较，该书对入选海洋诗歌不出注，而加入了"赏析"部分。

柳和勇主编"中国海洋文化资料和研究丛书"之小说、诗歌、散文三体海洋文学作品选与冷卫国主编之《中国历代海洋诗歌选评》，是迄今仅有的主要编选中国古代海洋文学作品的选本。前者侧重海洋文化研究资料编选之立意，后者侧重以选评突出中国古代人—海关系之用心，均不同于传统古代文学选本立足于文学学科内的话语建构，正体现了海洋文学选本应有的特色。

四、《中国古代海洋文学作品评析》撰写之用意

近十几年里，随着国家"一带一路"倡议的推进，海洋人文社会科学研究逐渐成为哲学社会科学研究领域的新热点。史学、哲学、社会学、人类学、民俗学、文学等视角的海洋问题研究更多体现为发掘式、回顾式的史的研究，这种研究对史料的依赖性极强。仅就中国古代海洋问题研究而言，除现今传世的有限海洋文物，海洋人类活动遗址和正在发掘、尚待发掘的海洋考古遗存外，各种海洋文献之载录仍是从事海洋问题研究的主要依据。中国传统的"四部"文献中均或多或少分布着涉海资料，其中史部文献是最被重视，也是相对得到最充分发掘的。实际上，"四部"文献均是古人以不同思维方式、不同语言形式去观照同一客观对象，集合起来便是不同历史时期的国人海洋生活的立体呈现。

中国古代的史部文献体现为正史、专史、史料笔记、地理总志、方志等形式，在海洋还未能被人们科学认知的古代中国，特别是宋元以前，立足海

① 冷卫国主编：《中国历代海洋诗歌选评》，青岛：中国海洋大学出版社2014年版，第269页。

洋的史笔载录还是相当有限的，仅仅依靠史籍之载录去描述中国古代的人—海关系问题，是很难形成一个线索清晰、血肉丰满的海洋言说文本的。史笔遵循的是秉笔直书的“实录”原则，对于不实的、感觉式的、观念式的海洋认知，古人常常会借助诗文等形式去展现，故历代文人诗文中的海洋书写，便可作为海洋问题研究的重要文献源。中国古代向来有编辑大型类书和文学总集的传统，出于编辑者不同的编纂取向，类书和文学总集面向前代所有文献和诗文作品，按类分卷，这一做法是当代海洋人文社科研究之基础工作——资料汇编可以效仿的。唐人欧阳询《艺文类聚》卷八《水部上》有“海水”① 一门，其编始于《尚书》，终于南朝齐张融之《海赋》，所辑资料涉及经、史、子、集四部。宋代大型文学总集《文苑英华》按文体编选历代诗文，每一体又按诗文的表现对象而分卷，将属同一类别之同体作品集于一编。其卷三十四《编水三》② 即主要是海赋之篇，其卷一百六十二《编地部四》③ 前半部均为海洋诗。二书所编入之海洋诗文仅寥寥数篇，不足以显示古代海洋文学作品之面貌。借鉴这一传统做法，今可编辑“中国古代海洋文学作品全编”，或依文体可编为“中国古代海洋诗歌全编”“中国古代海洋小说全编”“中国古代海洋散文全编”等，如此将获古代海洋问题研究的极为丰富而重要的资源。由于中国古代集部文献体量庞大，极难穷尽所有，今之海洋人文社科研究者或海洋文学研究者，即便是决意从事这一工作，也都不约而同地选择了选本形式。

《中国古代海洋文学作品评析》是广东海洋大学海上丝绸之路文化研究院启动编纂的“中外海洋文学作品评析”之中国古代卷部分，就编选作品时间而言，上起先秦，下至民国以前，按照时间顺序分为三大板块，即先唐部分、唐宋部分、元明清部分。在入选作品前后顺序排列上，按照各单篇作品作者出生先后顺序依次排列，而不依传统古代文学作品编选之按照文体排序。如此做法，目的在于通过选本揭示同一时代不同文人创作的不同文体作品中所显示的海洋观念、人—海关系等。作品的时代顺序排列，实际上正体现了中国古代文人心目中海洋观念的演进。

蔡　平

2021 年 12 月

---

① （唐）欧阳询撰，汪绍楹校：《艺文类聚（上册）》，上海：上海古籍出版社 1982 年版，第 150 页。

② （宋）李昉等编：《文苑英华（第一册）》，北京：中华书局 1966 年版，第 152 页。

③ （宋）李昉等编：《文苑英华（第二册）》，北京：中华书局 1966 年版，第 770 页。

目 录
CONTENTS

唐宋部分

元明清部分

先唐部分

《列子》

《列子》，原是先秦古书，《汉书·艺文志》著录，汉代以后失传。现在的传本大概是魏晋人采摘诸书抄撮而成。马叙伦《列子伪书考》说："盖《列子》晚出而早亡，魏晋以来好事之徒聚敛《管子》《晏子》《论语》《山海经》《墨子》《庄子》《尸佼》《韩非》《吕氏春秋》《韩诗外传》《淮南》《说苑》《新序》《新论》之言，附益晚说，假为向序以见重。"意即该书为魏晋人的伪托。对于造假者是否为注《列子》的晋人张湛，又有不同看法。当时去古未远，其作伪的依据，多先秦旧书遗文，如果将其作为列子其人的著作来对待，当然是靠不住的，但要从中选取一些篇章作为先秦的遗文来研究，仍是有价值的。

由于《列子》被判为伪书，相应地列御寇其人存在与否也成了一个问题。今人多据《庄子》等书中提及列子而认为其人是存在的。《列子》一书的整理本，主要有杨伯峻《列子集释》，又有严北溟、严捷《列子译注》等。

汤问篇（节选）[1]

渤海[2]之东，不知几亿万[3]里，有大壑[4]焉，实惟无底之谷[5]，其下无底，名曰归墟[6]。八纮九野之水[7]，天汉[8]之流，莫不注之，而无增无减焉。其中有五山焉：一曰岱舆，二曰员峤，三曰方壶，四曰瀛洲，五曰蓬莱[9]。其山高下周旋三万里，其顶平处九千里。山之中间相去七万里，以为邻居焉。其上台观皆金玉，其上禽兽皆纯缟[10]。珠玕之树[11]皆丛生，华实皆有滋味，食之皆不老不死。所居之人皆仙圣之种，一日一夕飞相往来者，不可数焉。而五山之根无所连著，常随潮波上下往还，不得暂峙[12]焉。

注释

[1] 节选自杨伯峻《列子集释》之《汤问篇》。汤，殷汤，又称成汤、汤武、天乙。姓子，名履，原为商族部落首领，后经十一次出征，商成为当时强国，一举攻灭夏桀，建立商朝。《汤问篇》为殷汤之问，其大夫夏革之答，本节选段为夏革答殷汤之问语。

［2］渤海：地名，中国古代行政区划中有渤海郡。杨伯峻《列子集释》卷五引《释文》云："渤海，今乐安郡。"乐安郡，东汉和帝时置，西汉初年属齐郡，汉武帝时分齐郡置千乘郡，东汉置千乘国，后改为乐安国，又除为乐安郡，隶属于青州刺史部。辖境相当于今山东省滨州市东部、淄博市东北部、东营市南部及寿光市一带。

［3］亿万：古以十万为亿，故此处亿万连用。

［4］大壑：大海。袁珂《古神话选释》："壑，沆，音 huó。"

［5］惟：是。谷：沟壑。

［6］归墟：又作"归塘"，众水所归处，意近《庄子》所谓"尾闾"。

［7］八纮（hóng）：古人认为，九州之外有"八殡（yín，荒远之地）"；"八殡"之外有"八纮"；"八纮"之外有"八极"，是大地的极限。九野，古代指天的中央和八方，即钧天、苍天、变天、玄天、幽天、颢天（昊天）、朱天、炎天、阳天。

［8］天汉：即银河，神话中认为银河与大海相通。

［9］岱舆、员峤、方壶、瀛洲、蓬莱：均为古代传说中的神仙之山。

［10］纯缟：纯白色。

［11］珠玕之树，即生长珍珠和琅玕（美玉）的树。在古人的观念中，珍珠和美玉都是可以吃且吃了还大有益于身体的，故设想仙山有生长这类宝物的树，食之不老不死。

［12］暂峙：暂时屹立，这里的意思是片刻停息。

选评

袁珂《古神话选释》："'归墟'的观念应当是从'地不满东南'这一观念演绎而来，又因其所叙故事是在伏羲神农以前，所以才把它放在这里作为女娲神话的一段插曲。《列子·汤问篇》也是把这段神话紧接在女娲神话之后的，……古代劳动人民有此设想，正表现出了他们胸襟的博大和眼光的开阔。虽然记录较晚，又染上了些神仙方术思想，但其基本内容则是健康的，可信为古代齐鲁滨海民间传说无疑。"

赏析

中国上古时代，人们对海洋的认识非常有限，凡文献中所提到的"北海""东海"等，皆指今渤海。之所以如此，主要缘于今传世神话文献揭示的基本都是中原部族神话，中原部族的活动范围，向东仅至渤海。故神话中的"大壑""归墟""五山"的地理位置也都在渤海。

古人想象在今山东滨州、德州，河北沧州以东，在数十万里之遥，是一个巨大的、无底的沟壑，这个大壑就是陆地上众水所归之处，人们将其称为“归墟”或“尾闾”，它永无增减，始终保持亘古不变的恒常状态。在这个大壑中，又有五座神山，山顶坦平，居住着众神仙，仙境中满是凡间人们向往的宝物。神山并非固定不动，而是随着大海潮波的起伏而漂移。这是人们想象出的一个缥缈迷离的大海景观，类似后世渤海中的海市蜃楼之景象。

《山海经》

《山海经》是一部以神话为主而包罗宏富的多学科古籍。除保存有大量的神话资料以外，还涉及学术领域的各个方面，诸如宗教、历史、地理、天文、民族、民俗、哲学、动物、植物、矿物、医药卫生等，被称为古代人的生活日用百科全书。精卫填海的神话出自《山海经·北山经》，是炎帝诸女的故事之一。从这些故事分析，炎帝有一早逝的女儿，早逝的原因有两说，一为自焚，一为自溺；其精魂化作鸟，或化作草，较后起的传说则说是成仙。

精卫填海[1]

发鸠之山，其上多柘木[2]。有鸟焉，其状如乌[3]，文首[4]，白喙[5]，赤足，名曰精卫，其名自詨[6]；是炎帝之少女名曰女娃。女娃游于东海，溺而不返，故为精卫，常衔西山之木石以堙于东海[7]。

注释

[1] 选自《山海经·北山经·北次三经》，依袁珂《山海经校注》。原本无题，袁珂《神话选译百题》及其他各种古代文学作品选皆题作“精卫填海”。精卫，又名誓鸟、冤禽、志鸟，俗称帝女雀。

[2] 发鸠之山：在今山西省长子县西五十里，接高平市界，一名发苞山，一名鹿谷山，漳水所出。柘（zhè）木：柘树，桑树的一种。

[3] 乌：乌鸦。

[4] 文首：头上有花纹。

[5] 喙：鸟嘴。

[6] 詨（xiào）：呼叫。此句意谓，它鸣叫的声音就和它自己的名字一样。

[7] 堙（yīn）：填塞。

选评

聂礁、李炳海《中国文学史（第一卷）·秦汉》："女娃被东海淹死，化而为鸟，坚持以弱小的生命、菲薄的力量，向浩瀚的大海复仇，这是何等的悲壮！正是这种明知徒劳仍要抗争的精神，支持初民走过那险恶而艰难的年代。……女娃的神话，讴歌了人类顽强的生命力。"

袁珂《中国古代神话》："这样一只小鸟，在波涛汹涌的海面上，从高高的天空中，投下一段小枯枝，或是一粒小石子，要想填平大海，这是多么悲壮！我们谁不伤念这早夭的少女，又谁不钦佩她的坚强的志概？她真不愧是太阳神的女儿，她在我们的印象中，也和太阳一样，是万古常新的。"

朱东润《中国历代文学作品选》："这个故事可能产生在沿海的部落。由于那里大海经常吞没人的生命，女娃化鸟、口衔木石以填平大海的斗争，反映了远古人民征服自然的愿望。"

罗宗强、陈洪《中国古代文学作品选》："这则神话写女娃溺死后化为鸟而衔物填海，反映了远古初民受到自然侵害的情状及其征服自然的强烈愿望。"

赏析

精卫填海的神话虽然比较简短，但它是一个内容非常深刻的著名神话。精卫鸟长着花脑袋、白嘴壳、红脚爪，其外形十分可爱；它本是炎帝的小女儿，到东海游水，却在那里淹死了，其遭遇非常不幸。它不过是一只小鸟，却要衔枯木细石去填平这广阔无边、渊深莫测的沧海，其志概是比沧海还要浩大的。在东海与精卫这大小强弱极端悬殊的对比中，更显出后者惊人的意志和毅力，悲壮感人的艺术力量也从中爆发。

精卫填海，并不只是为个人复仇雪恨，因为在上古时代，被无情的大海夺去生命的又何止女娃一个。这个神话正反映了人们填平大海、消除其威胁的普遍愿望。精卫就是这一美好愿望的体现者。

《述异记》卷上说，炎帝的女儿化成精卫以后，和海燕结为配偶而生子，生出雌的便像精卫，生出雄的便像海燕。又说，如今东海还有精卫誓水处，因为曾经淹死在这里，它立誓不饮此处的水，所以又叫它誓鸟，或叫冤禽，也叫志鸟，一般人都称它为帝女雀。

附录

炎帝女

昔炎帝女溺死东海中，化为精卫，其名自呼。每衔西山木石填东海。偶海燕而生子，生雌状如精卫，生雄如海燕。今东海精卫誓水处，曾溺于此川，誓不饮其水。一名誓鸟，一名冤禽，又名志鸟，俗呼帝女雀。

（任昉撰《述异记》卷上，见袁珂编著：《古神话选释》，北京：人民文学出版社 1979 年版，第 89 页）

《庄子》

庄子（前 369？—前 286），名周，战国时宋国蒙（今河南商丘东北）人。道家学派的主要代表人物之一，曾为蒙之漆园吏，生活时代约与梁惠王、齐宣王同时。家境贫寒，曾居穷闾陋巷以编织草鞋为生。他鄙视富贵，愤世嫉俗，曾拒绝楚威王高官厚币的聘任。其生平事迹散见于《史记·老庄申韩列传》及《庄子》一书中的《秋水》《外物》《山木》《至乐》《列御寇》等篇。《庄子》现存 33 篇，分内篇、外篇、杂篇三个部分。一般认为内篇 7 篇为庄子本人所作，外篇、杂篇的作者说法不一。

秋水（节选）[1]

秋水时至，百川灌河。泾流之大，两涘渚崖之间，不辩牛马[2]。于是焉河伯欣然自喜[3]，以天下之美为尽在己。顺流而东行，至于北海，东面而视，不见水端。于是焉河伯始旋其面目[4]，望洋向若而叹曰[5]：“野语[6]有之曰‘闻道百，以为莫己若者[7]’，我之谓也。且夫我尝闻少仲尼之闻而轻伯夷之义者[8]，始吾弗信。今我睹子之难穷也[9]，吾非至于子之门，则殆矣，吾长见笑于大方之家。[10]”

北海若曰：“井蛙不可以语于海者，拘于虚也[11]；夏虫不可以语于冰者，笃于时也[12]；曲士不可以语于道者，束于教也[13]。今尔出于崖涘，观于大海，乃知尔丑，尔将可与语大理矣[14]。天下之水，莫大于海，万川归之，不知何时止而不盈；尾闾泄之，不知何时已而不虚[15]；春秋不变，水旱不知。

此其过江河之流，不可为量数[16]。而吾未尝以此自多者，自以比形于天地，而受气于阴阳[17]。吾在于天地之间，犹小石小木之在大山也。方存乎见少，又奚以自多[18]！计四海之在天地之间也，不似礨空之在大泽乎[19]？计中国之在海内，不似稊米之在大仓乎[20]？号物之数谓之万，人处一焉[21]；人卒九州，谷食之所生，舟车之所通，人处一焉[22]；此其比万物也，不似豪末之在于马体乎[23]？五帝之所连，三王之所争，仁人之所忧，任士之所劳，尽此矣[24]。伯夷辞之以为名，仲尼语之以为博，此其自多也，不似尔向之自多于水乎？[25]”

注释

［1］节选自《庄子·外篇》，文依郭庆藩《庄子集释》。陈鼓应《庄子今注今译》：“‘秋水’，即秋天的雨水。取篇首二字作为篇名。”

［2］泾（jìng）流：直通的水流。《释名·释水》：“水直波曰泾。泾，径也。”涘（sì）：水边。渚（zhǔ）：水中沙洲。辩：通“辨”，分辨。“两涘渚崖之间，不辩牛马”的意思是，岸边与水中沙洲之间，已经分辨不清哪个是牛，哪个是马。

［3］河伯：河神，相传姓冯名夷。据《清冷传》所载，冯夷为华阴潼乡堤首人，服八石，得山仙，成为河神。一说冯夷以八月庚子浴于河而溺死，遂成河神。

［4］旋：调转，又解作改变。面目：态度。

［5］望洋：联绵词，犹“茫洋”，即茫然。若：海神名，即下文的北海若。

［6］野语：俗语，犹言“俗话说”。

［7］百：言其多。莫己若，不如自己。此句意谓，听了许多道理，便以为谁都比不上自己。

［8］少、轻：皆用作动词，意谓小看、轻视。伯夷，殷商末年高士，认为武王伐纣不义，与其弟叔齐同隐于首阳山，不食周粟而死。

［9］难穷：难以穷尽。此句意谓，今天我看到您如此浩瀚难以穷尽。

［10］殆：危险。大方之家：懂得大道的人。此句意谓，我如果没有来到您面前，那就危险了，我将永远被那懂得大道之人所讥笑。

［11］虚：同“墟”，所居之地。拘于虚：被所居之地限制。

［12］夏虫：指只生存于夏天的昆虫。笃：固，限定。此句意谓，无法跟夏天的昆虫谈论冬天的冰雪，这是因为它受到存活时间的局限。

［13］曲士：指褊狭之人。此句意谓，虫无法跟褊狭之人谈论大道，这是因为他受到教养的局限。

［14］丑：丑陋，低劣。此句意谓，现在你从有边有岸的地方走出来，看到了无边无际的大海，于是认识到自己的孤陋，你能够这样便可以和你谈论大道了。

［15］尾闾：相传为海底泄海水的地方。此句意谓，海水从尾部流泄出去，不知道什么时候会停止，然而大海却不会空虚。

［16］量数：计量。此句意谓，大海超过江河水流的容量，无法用数字来计算。

［17］比形：寄形。比，同“庇”。“比形于天地”即寄身于天地。“受气于阴阳”指禀受阴阳之气。此句意谓，然而我却不曾因此而自夸，我认为我是禀受阴阳之气而产生，从而寄形于天地之间的。

［18］此句意谓，正觉得自己所见太少，又凭什么自夸呢？

［19］礨（lěi）空：石间小孔，小窟窿。一说指蚂蚁洞。大泽：旷野。此句意谓，计算起来四海在天地之间，不就像礨石间的小孔在旷野中一样吗？

［20］稊（tí）：形似稗，结实如小米。大仓：大仓库。此句意谓，计算起来中国在海内，不就像小米粒在大仓库中一样吗？

［21］号：称呼，称号。此句意谓，称呼物的数字用万，叫作“万物”，而人在万物中只占万分之一而已。

［22］卒：通“萃”，聚集。此句意谓，人们聚集在九州之内，以谷物为食物而生存，以舟车作交通工具而相互往来，每个人只是人类群体中的一分子罢了。

［23］毫末：毫毛的末端。此句意谓，这样每个人和万物相比，不就像一根毫毛在马的身上一样吗？

［24］连：连续。此指五帝连续禅让。任士：以天下为己任的贤能之士。此句意谓，五帝对政权的连续禅让，三王对政权的相互争夺，仁人为天下忧虑，贤人为天下操劳，不过都像这样微不足道罢了。

［25］辞：辞让。为名，获得名声。自多：自我夸耀。此句意谓，伯夷辞让王位而获得名声，孔子谈古论今人们认为他渊博，他们这样自我夸耀，不就像你原来因河水上涨而欣然自夸一样吗？

选评

陈鼓应《庄子今注今译》：“由海若描述海的大与天地的无穷，舒展思想的视野，使人心胸为之开阔。”

颜世安《庄子评传》：“《秋水》篇开头河伯与海神的长段对话，就是以生动的寓言形式剖析具体自然物（河与海）之间相互关系，展示自然世界非自我中心的存在品质。”

赏析

《秋水》以河伯与海若的对话为主要部分，河伯与海若共七问七答。这里节选第一番问答，写河伯的自我中心心境——“欣然自喜，以天下之美为尽在己”。河伯的自以为多和海若的未尝自多形成鲜明的对比。开头几句把秋日浩荡无涯的大水汹涌澎湃、苍茫磅礴的气势和水天相接的开阔境界写得酣畅浓烈。

然而在“万川归之，不知何时止而不盈；尾闾泄之，不知何时已而不虚；春秋不变，水旱不知”的大海面前，浩渺奔流的黄河之神竟也禁不住“望洋兴叹”，大海的宏阔壮观也就可以想见了。通过秋水的浩大反衬出海的无比深邃广阔，展现出一幅极富意境与哲理的画面。

《逍遥游》（节选）

北冥有鱼，其名为鲲，鲲之大，不知其几千里也；化而为鸟，其名为鹏，鹏之背，不知其几千里也；怒而飞，其翼若垂天之云。是鸟也，海运则将徙于南冥；南冥者，天池也。《齐谐》者，志怪者也；《谐》之言曰：“鹏之徙于南冥也，水击三千里，抟扶摇而上者九万里，去以六月息者也。”野马也，尘埃也，生物之以息相吹也；天之苍苍，其正色邪？其远而无所至极邪？其视下也，亦若是则已矣。

（袁珂选译：《神话选译百题》，上海：上海古籍出版社 1980 年版，第 18 页）

《天地》（节选）

谆芒将东之大壑，适遇苑风于东海之滨。苑风曰：“子将奚之？”曰：“将之大壑。”曰：“奚为焉？”曰：“夫大壑之为物也，注焉而不满，酌焉而不竭；吾将游焉。”

汉乐府古辞

有所思[1]

有所思，乃在大海南[2]。何用问遗君[3]？双珠玳瑁簪，用玉绍缭之[4]。闻君有他心，拉杂摧烧之[5]。摧烧之，当风扬其灰。从今以往，勿复相思[6]。相思与君绝[7]。鸡鸣狗吠，兄嫂当知之[8]。妃呼狶[9]！秋风肃肃晨风飔，东方须臾高知之[10]。

注释

［1］此为汉乐府《鼓吹曲辞·铙歌》十八首之一，原第十二曲，采自余冠英《乐府诗选》。为男女恋歌的女方之词。有所思：有一位她所思念的男子。

［2］乃：竟。一说指他，所思念的男子。大海南，这里的大海并非确指哪一个大海，诗以大海言彼此相隔距离之遥远。

［3］何用：何以。问、遗（wèi）：二字同义，皆赠送之意。君：要赠送的远方之人。此句意谓，用什么东西赠送你。

［4］玳瑁（dài mào）：一种海龟科海洋动物，其甲壳光滑而带花纹，分布在广大的海域中。玳瑁主要的生活区域是浅水礁湖和珊瑚礁区，珊瑚礁中的许多洞穴和深谷为它提供休息场所，珊瑚礁中还生活着玳瑁最主要的食物——海绵，玳瑁的食物还包括水母、海葵、虾蟹和贝类等无脊椎动物以及鱼类和海藻。玳瑁是唯一能消化玻璃的海龟，角质板可制眼镜框或装饰品；甲片可入药。簪：古人用来连接发髻和冠的针状器物。簪身横穿发髻和冠，使冠牢牢地固定在头上，簪的两端露出冠外，常有坠饰。双珠玳瑁簪：是一种两端各悬一珠的玳瑁簪。绍缭：犹“缭绕”，缠绕。用玉绍缭之：挂珠的练用玉装饰。《后汉书·舆服志》：“簪以玳瑁为擿（zhì），长一尺，端为华胜，下有白珠。”

［5］他心：二心，指另有所爱。拉杂：折碎。摧烧：毁坏焚烧。

［6］以往：以后。勿复：不再。

［7］绝：断绝。此句意谓，对你的思念永远断绝了。

［8］鸡鸣狗吠：意思是当初二人幽会“惊动鸡犬”。古诗中常以此借指男女幽会。此乃追忆当初二人幽会时唯恐惊动兄嫂的情景。《易林·随之既济》：“当年早寡，孤与独居；鸡鸣犬吠，无敢问者。”《易林》多采汉代流行谚语，所用“鸡鸣犬吠”，可与此诗互证。

［9］妃呼豨（xī）：象声词，长叹声。表达内心不堪重负而长叹的嘘声。

［10］肃肃：即“飕飕”，形容风声萧瑟肃杀。晨风：鸟名，即雉鸡。雉鸡常于黎明时啼叫求偶。飔（sī）：“思”的讹字，原为鸟思同类时的悲鸣。高：通“皜”，即“皓”字。这里指天亮。王汝弼《乐府散论》：“骨子里这句诗应当看成是女主人公决心自杀比较委婉的措辞。”

选评

余冠英《乐府诗选》：“这是情诗，叙女子要和她的情人断绝，下了决心，但回想起当初定情时偷偷地相会，惊鸡动犬，提心吊胆的光景，又觉得很难断绝。”

王运熙、王国安《乐府诗集导读》：“这首诗把一个女子爱和恨的两个特写镜头掇联在一起，细腻地展示了她内心的矛盾和痛苦，凸现了她的绵绵痴情。”

滕新贤《沧海钩沉：中国古代海洋文学研究》：“虽然海洋……并非吟咏对象，但我们可以看出汉代诗人们已经可以将这一意象运用得恰到好处，说明海洋已经是汉代人非常熟悉和了解的形象了。”

赵君尧《天问·惊世：中国古代海洋文学》：“有个我所思念的人，他远在大海的南边，问不着他，只能借助用珍珠和海中的玳瑁做的头饰来寄托思念之情，以心遥望那南方无边的大海。”

赏析

这首诗仅前四句与大海相关。“有所思，乃在大海南”句可有实写和虚写两种理解：实谓女子家本居大海边，从其所欲赠送给远方情人的信物“珠”“玳瑁”均为海洋物产看，她是一位家境好的滨海女子。古人对大海的认知有限，情人所处遥远，故称其在大海之南。虚是指女子将情人的远在天边，用难以逾越的大海阻隔表达。虽然空间距离遥不可及，但对情人依然念念不忘。不仅如此，她还为其精心准备了贵重的玳瑁和珍珠作为爱情的信物，足见其对情人的爱意之笃。在女子看来，浩渺无边的大海阻隔不了她与情人的情丝牵连，只要两情依依，在水一方又何妨？

当得知情人变了心，女子愤怒之下烧毁亲手精心制作的“双珠玳瑁簪”。如此仍不解心头之恨，还要将灰烬当风扬撒。古人之说，玳瑁和海珠皆为防火之物，女子居然能将其烧为灰烬，可见其决绝，不欲留下一丝情的牵连。然而，当回想起当初两人“艰险”幽会的情景，女子又犹豫起来，毕竟彼此经历了那么多坎坷，结尾句矛盾的情状溢于言表。这也正是民歌的特点，爱恨鲜明，不加掩饰。

枚乘

枚乘（？—前140），字叔，淮阴人，西汉辞赋家。初为吴王刘濞郎中，时濞欲反，乘上书劝阻，不听，遂离吴去，为梁孝王客。吴楚七国反时，再上书劝濞罢兵，又不听，后来吴果亡国。枚乘从此名闻天下，景帝召拜为弘农都尉。乘久为大国上宾，与英俊并游，不乐为郡吏，以病去官，复游梁。

梁客皆善属辞赋，乘尤高。孝王死，枚乘乃返故乡。武帝为太子时，已闻乘名，即位后，以安车蒲轮征乘入京，乘死于途中。枚乘之《七发》，为汉大赋成熟的标志。据《汉书·艺文志》，其有赋九篇，今存《七发》等三篇。

七发（节选）[1]

客曰："将以八月之望，与诸侯远方交游兄弟，并往观涛乎广陵之曲江[2]。至则未见涛之形也，徒观水力之所到，则恤然足以骇矣[3]。观其所驾轶者，所擢拔者，所扬汩者，所温汾者，所涤汔者，虽有心略辞给，固未能缕形其所由然也[4]。怳兮忽兮，聊兮栗兮，混汩汩兮，忽兮慌兮，俶兮傥兮，浩瀇瀁兮，慌旷旷兮[5]。秉意乎南山，通望乎东海[6]。虹洞兮苍天，极虑乎崖涘[7]。流揽无穷，归神日母[8]。汩乘流而下降兮，或不知其所止[9]。或纷纭其流折兮，忽缪往而不来[10]。临朱汜而远逝兮，中虚烦而益怠[11]。莫离散而发曙兮，内存心而自持[12]。于是澡概胸中，洒练五藏，澹澉手足，颒濯发齿[13]。揄弃恬怠，输写淟浊，分决狐疑，发皇耳目[14]。当是之时，虽有淹病滞疾，犹将伸伛起躄，发瞽披聋而观望之也[15]，况直眇小烦懑，酲醲病酒之徒哉[16]！故曰：发蒙解惑，不足以言也。[17]"太子曰："善，然则涛何气哉？[18]"

客曰："不记也。然闻于师曰，似神而非者三[19]：疾雷闻百里；江水逆流，海水上潮；山出内云，日夜不止[20]。衍溢漂疾，波涌而涛起[21]。其始起也，洪淋淋焉，若白鹭之下翔[22]。其少进也，浩浩溰溰，如素车白马帷盖之张[23]。其波涌而云乱，扰扰焉如三军之腾装[24]。其旁作而奔起也，飘飘焉如轻车之勒兵[25]。六驾蛟龙，附从太白[26]。纯驰皓蜺，前后络绎[27]。颙颙卬卬，椐椐彊彊，莘莘将将[28]。壁垒重坚，沓杂似军行[29]。訇隐匈礚，轧盘涌裔，原不可当[30]。观其两傍，则滂渤怫郁，暗漠感突，上击下律，有似勇壮之卒，突怒而无畏[31]。蹈壁冲津，穷曲随隈，逾岸出追[32]。遇者死，当者坏。初发乎或围之津涯，荄轸谷分[33]。回翔青篾，衔枚檀桓[34]。弭节伍子之山，通厉骨母之场[35]。凌赤岸，篲扶桑，横奔似雷行[36]。诚奋厥武，如振如怒，沌沌浑浑，状如奔马[37]。混混庉庉，声如雷鼓[38]。发怒庢沓，清升逾跇，侯波奋振，合战于藉藉之口[39]。鸟不及飞，鱼不及回，兽不及走。纷纷翼翼，波涌云乱[40]。荡取南山，背击北岸[41]。覆亏丘陵，平夷西畔[42]。险险戏戏，崩坏陂池，决胜乃罢[43]。瀄汩潺湲，披扬流洒[44]。横暴之极，鱼鳖失势，颠倒偃侧，沋沋湲湲，蒲伏连延[45]。神物怪疑，不可胜言。直使人踣

焉，洄暗凄怆焉[46]。此天下怪异诡观也，太子能强起观之乎？[47]”太子曰：“仆病，未能也[48]。”

注释

[1] 节选自费振刚、仇仲谦、刘南平《全汉赋校注》，参瞿蜕园《汉魏六朝赋选》。《七发》一文假设楚太子有病，吴客往问，用七事来启发太子，故名“七发”。

[2] 望：夏历十五日。八月之望：夏历八月十五日，是潮水最盛大的时候。广陵：地名，今江苏扬州。曲江：河道名，在今扬州城外。

[3] 恤然：惊骇的样子。此句意谓，初到的时候，并不能看见涛是什么样子，但仅看水力所到，就很令人惊骇了。

[4] 其所驾轶者：指水力所控制、所凌驾的。所擢拔者：指水力所提起、所拔出的。所扬汩（yù）者：指水力所扬起的、所度越的：所温汾者，指水力所结聚的、所滚动的。所涤汔（qì）者：指水力所涤除的、所洗荡的。心略：心智、心计。辞给的、所言辞动听，有口才。缕：详细。五个“所……者”结构句式均写潮水动态。后两句的意思是，面对多姿善变的波涛，即便是有心智又会表达的人，也没有办法详细地描述它的各种形态。

[5] 怳兮忽兮：同“恍惚”，形容浪涛浩荡无际，无法看清。聊兮栗兮：形容波涛汹涌，令人恐惧。混汩（gǔ）汩：浪涛相合疾流。汩汩：水流声。忽兮慌兮：与“怳兮忽兮”同义。慌：同恍。俶（tì）兮傥（tǎng）兮：卓异不羁的样子，即波涛不同于寻常，浪高流急，汹涌澎湃。汇瀁（wǎng yǎng）：水面广阔的样子。慌旷旷：汪洋一片，无边无际。

[6] 秉意：集中注意力。南山：指江涛发源之地。通望：一直望到。此句意谓，集中注意力，向江涛涌来的方向望去，一直目送它流到东海。

[7] 虹洞：指水天相连。极虑：极尽思虑，这里指极目。崖涘：边际。

[8] 流揽：四处望。日母：日出的地方。朱东润《中国历代文学作品选》：“这两句说，观涛者观赏奇景无有穷尽，然后心神又随浪潮东流而注意到日出之处。”

[9] 汩：水疾流的样子。此句意谓，有的浪头迅速乘江流而东下，不知它奔向哪里停止。

[10] 纷纭：杂乱。缪（liáo）：同“缭”，缠结。此句意谓，有许多浪头纷乱曲折地奔流，忽然纠缠错杂在一起流去而不回返。

[11] 朱汜：地名，一说是南方水涯。此句意谓，观涛者见浪潮远逝，心中感到空虚烦躁而更加倦怠。

[12] 莫：同“暮”。暮离散：指晚潮退去。发曙：印曙发，指早潮到来。此句意谓，观涛之后，精神被惊涛骇浪所摄，凝结不散，直到天明，才心安神定而能自持。

[13] 澡概：洗涤。洒：洗。练：汰。藏：同“脏”。澹澉（gǎn）：洗涤。颒（huì），洗脸。濯：洗。

[14] 揄弃：扬弃。恬怠：懒散。输写：排除。淟浊：污浊。分决狐疑：将疑惑不定的事情分辨决断下来。发皇耳目：使人受到启发而耳聪目明。从“于是澡概胸中”至“发皇耳目”，是形容观看江涛后仿佛从手足头齿到五脏六腑都洗过一番，人的精神面貌大有改变。

[15] 淹病滞疾：缠身日久的病。伸伛（yǔ）：将驼背伸直。起躄（bì）：将跛脚提起。发瞽（gǔ）：睁开瞎眼。披聋：掰开聋耳。此句意谓，即使是长久患病的人，也会竭力克服上述生理上的一切困难，去观望江涛。

[16] 况直：何况、只是。眇：小。酲酞：沉醉。此句意谓，何况那些只是心中有小小的烦闷或病酒的人呢？

[17] 蒙：不明。见《黄帝内经・素问》，原文作“发蒙解惑，未足以论也”。

[18] 何气：是怎样的一种气象呢？

[19] 不记：不见于记载。似神而非者三：指江涛似有神助，然而又并非神助的地方有三处。

[20] 疾雷：声似疾雷。江水逆流：海水上潮，指沿海地区的涨潮现象，江水海水倒灌进来。山出内云，日夜不止：指山口间云雾缭绕，日夜不息。

[21] 衍溢：平满。漂疾：急流。

[22] 洪淋淋：像山洪奔流而下。淋淋：指浪涛上扬后，又从高处洒落下来的情状。

[23] 浩浩：深广的样子。溰溰：高白的样子。浩浩溰溰，指浪涛奔腾时涌起雪白的浪峰和飘洒雪白的飞沫。帷盖，车帷和车盖。

[24] 云乱：似云一样纷乱。腾装：奋起装备。此句意谓，波涛汹涌，和云一样乱糟糟，好像大军都在奋起装备那种声势和场面。

[25] 旁作：横出。奔起：上扬。如轻车之勒兵，如将军坐在轻车上指挥士兵。

[26] 太白：河伯，河神。此句意谓，好像驾着六条蛟龙，跟随在河神之后。

[27] 纯：通“屯”。纯驰：或屯或驰。皓蜺：高大。络绎：连续不断。此句意谓，浪涛高大，或屯驻不前，或急驰不止，后浪接着前浪。

[28] 颙（yóng）颙：波涛汹涌的样子。卬（áng）卬：波涛高大的样子。椐（jū）椐彊（qiáng）彊：波涛前后相继的样子。莘莘将将：波浪相激的样子。

[29] 重坚：一层层坚固地竖立。沓杂：众多的样子。军行：军队的行列。此句意谓，波涛像军营的壁垒，重叠而坚固，无数的波涛就好比军队的行列。

[30] 訇（hōng）隐匈礚（kē）：皆象声词，形容涛声轰隆。轧：坱轧，无边无际。盘，盘礴：广大的样子。涌裔：波涛向前涌起。原：本。这是描述波涛奔腾，气势浩大。江涛势盛，不可抵挡。

[31] 两傍：两旁。滂渤：水流奔涌。怫郁：水流受到阻遏，有所郁积。暗漠：形容汪洋一片的状况。感突：左右冲突。感：通“撼”。上击下律：浪头一下击向空中，一下又好像石头从空中推下来一样。律：即“硉”，从高处推石而下。

[32] 蹈壁冲津：浪涛拍打江岸和渡口。壁：岸。津，渡口。穷曲随限：浪涛冲击所有的江湾深曲之处。限：水湾。逾：越。出：超出。追：古“堆”字，指沙堆。

[33] 或围：地名，今无考。或：古“域”字。津涯：水边。荄（gāi）：通“陔”，山陇。轸：隐。此句意谓，浪涛冲击的地方，高山深谷都变了样子。

[34] 回翔：回旋。青篾：地名。一说车名。如车一样回旋。衔枚：古代军马行走时口中衔枚（状如箸），以止喧哗。这里形容涛的无声前进。檀桓：地名。一说犹盘桓、回旋。

[35] 弭节：徐行。形容江水缓流。伍子之山：因纪念伍子胥而命名的山。通厉：远行。骨母：胥母之误，地名，在今江苏境内。《论衡·书虚篇》：“吴王杀子胥，投之江。子胥恚恨，驱水为涛，以溺杀人。今时会稽丹徒大江、钱塘浙江，皆立子胥之庙，盖欲慰其恨心，止其怒涛也。”可见有江涛处，即可能有关于伍子胥的古迹，本文在写涛时就加以引用，并描述涛在此稍稍停顿。至于这些地名究竟在何处，则文人兴到，推广言之，不必拘泥。

[36] 凌：凌驾。赤岸：地名，似在远方。篲（huì）：扫，这里作动词用。扶桑：日出之处。《山海经·大荒东经》：“汤谷上有扶木，扶木者，扶桑也，十日所浴之地。”此句意谓，涛势凶横，如雷之行。

[37] 诚奋厥武：言江涛确实奋发了它的威武。振：同“震”，发威。如振如怒：既似发威，又像发怒。沌沌：水势汹涌的样子。浑浑：同“滚滚”，水奔涌的样子。

[38] 庉庉：音义同“沌沌”。雷，擂。

[39] 窒（zhì）：受阻碍。沓：好像锅中的水沸腾而出。这是描述一旦水势受到阻遏，就暴溢上来，浪涛犹如发怒。清升：清波上扬。逾跇（yì）：超越。侯波：阳侯之波，即大波。阳侯：水神，常作波浪的代称。合战：会战。藉藉：虚拟的地名。口：港口。

[40] 纷纷：水紊乱的样子。翼翼：水盛大的样子。“纷纷”和“翼翼”都是形容水势。

[41] 荡：冲击。取：同“趋”。

[42] 覆亏：淹没，冲刷。平夷：荡平，铲成平地。畔：岸。此句意谓，水的破坏力既扫荡了南山，又在背后冲击了北岸；既颠覆破坏了小山，又铲平了西岸。

[43] 险险戏戏：戏同“巇”，即“险巇”，危险。陂（pō）池：即“陂陁（tuó）”，斜坡。“池”是“陁”的假借字。此句意谓，浪涛冲溃了斜坡形的江岸，冲毁荡平一切之后才罢休。

[44] 滍（zhì）汩：水波相击。潺湲：水流的样子。披扬流洒，形容波涛汹涌飞扬，浪花洒溅。

[45] 颠：头向下。偃：仰面而倒。沈（yóu）沈湲湲：鱼鳖东倒西歪的样子。蒲伏：即“匍匐”，爬行。连延：接连不断。

[46] 踣（bó）：仆倒。泂暗：惊骇失智。凄怆：心境悲凉。此句意谓，江涛惊骇之状无法详述，真能把人吓得昏头昏脑、惊恐悲凉。

[47] 诡观：稀奇古怪的景象。

[48] 太子说他病了，不能去观涛。以上是吴客以曲江观涛之乐来启发太子，仍无效。

选评

李善（注）《文选》：“《七发》者，说七事以启发太子也。犹《楚辞·七谏》之流。”

朱东润《中国历代文学作品选》：“全文规模宏大，词汇丰富，描写事物，铺张细腻。观涛一段，写得尤为淋漓尽致、惊心动魄。”

姜书阁《汉赋通义》：“写得最精彩、最奇诡又最能动人的，还都莫过于第六发的广陵观涛，那一章自来被节取为描写这一奇观的典范，两千年来文学之士传诵不辍。”

方伯海《评注昭明文选》：“按《七发》中，莫善于观涛一截，是倏来倏去之水，性情形状，与江海之水却又不同。看其一路写来，定是涛。心思魄力，凿险洞幽，今人束书不观久矣，望其户庭已难，况敢望入其堂室乎？神技也！亦绝技也！”

赏析

精细的叙事和描绘在汉赋中表现得极其突出，也是汉赋表现方法上的基本特色，还是它在艺术史上的重要贡献。由《诗经》《楚辞》所开创的抒情文学，至此便发展为汉赋的叙事描写文学了。而在这个发展过程中，《七发》起着关键作用，在它之前或稍后，如贾谊的《旱云赋》、淮南小山的《招隐士》，虽然也有精彩的笔墨，但到底着墨不多，形不成气候。枚乘的《七发》通篇基本是叙事描写的笔触，全文最出色的正是对观涛的描写。这里着重描写江涛的气象，运用大量比喻的手法，把江涛在不同阶段、不同位置上的不同形态气势，具体、生动、形象地描绘出来。如对江涛初起时的一片细浪，就说它如一群白鹭纷纷降落；随后恶浪大作，白浪滔天，就把它比作狂奔中的张着帷帐的白车白马。波涛汹涌如云而聚，自然又像军队群集前进了。在这之前的一段关于江涛的文字，并非运用比喻手法，而是直接叙述江涛的状态。如写江涛来到前，只说水力是所凌驾的，所拔起的，所激乱的，所结聚的，所荡涤的，是语言文字所无法完全描绘的。《七发》对客观事物的精细描绘，到司马相如等人手里，就成了一股浩浩荡荡的巨流。

班彪

班彪（3—54），字叔皮，扶风安陵（今陕西咸阳东）人。东汉初期史学家、文学家。二十岁时，值新、汉之际，天下大乱，他避难于天水，归附隗嚣。著《王命论》，欲讽隗嚣兴复汉朝，隗嚣未礼待之，彪知嚣必败，便往河西（今甘肃省、青海省黄河以西地）依附大将军窦融，劝融归光武帝刘秀。东汉初，举茂才，任徐令，因病免。后为司徒玉况府属官，位终于望都长。班彪好著作，博采遗事异闻，作西汉史后传六十五篇，以补《史记》太初以后之阙。未就，其子班固继其志写成《汉书》。《后汉书》有传。

严可均《全后汉文》称其“有集五卷”，并辑其文（含残篇）十四篇，其中赋作今仅存《览海赋》《北征赋》《冀州赋》三篇，除《北征赋》为《文选》所收录，可能为完篇外，余二篇均有残缺。今人费振刚、胡双宝、宗明华辑校《全汉赋》，悉录三赋，另有《全汉赋校注》，篇目同。

览海赋[1]

余有事于淮浦，览沧海之茫茫[2]。悟仲尼之乘桴，聊从容而遂行[3]。驰鸿濑以缥骛，翼飞风而回翔[4]。顾百川之分流，焕烂漫以成章[5]。风波薄其裔裔，邈浩浩以汤汤[6]。指日月以为表，索方瀛与壶梁[7]。曜金璆以为阙，次玉石而为堂[8]。蓂芝列于阶路，涌醴渐于中唐[9]。朱紫彩烂，明珠夜光[10]。松乔坐于东序，王母处于西箱[11]。命韩众与岐伯，讲神篇而校灵章[12]。愿结旅而自托，因离世而高游[13]。骋飞龙之骖驾，历八极而回周[14]。遂竦节而响应，勿轻举以神浮[15]。遵霓雾之掩荡，登云涂以凌厉[16]。乘虚风而体景，超太清以增逝[17]。麾天阍以启路，辟阊阖而望余[18]。通王谒于紫宫，拜太一而受符[19]。

注释

[1] 选自费振刚、仇仲谦、刘南平《全汉赋校注》，最早见于《艺文类聚》卷八《水部上·海水》，为所编海赋之首篇。据滕新贤所考，此赋应该是班彪在汉光武帝

建武十三年（37）赴徐县任县令的途中所作。徐县，西汉置，治今江苏省泗洪县东南半城镇，东汉属下邳国。徐县为临淮河郡治，按照滕新贤之说，赴徐县任县令途经淮河入海口淮浦是有悖常理的。从此赋内容及作者心情看，更有可能是就任徐县县令后沿淮河东下，至淮河入海口淮浦处理公务，向东览大海而成赋。

[2] 淮浦：淮河的入海口。语出《诗·大雅·常武》“率彼淮浦，省此徐土”。《汉书·地理志》：“淮水所出，东南至淮浦入海，过郡四，行三千二百四十里河。”浦：入海口。览：观看。此句意谓，我因事至淮河入海口，得观茫茫大海。

[3] 悟：联想起。仲尼之乘桴：典出《论语·公冶长》：“子曰：‘道不行，乘桴浮于海。’”乘桴：乘小竹木筏。后以“乘桴”表示遁世。聊：姑且。此句意谓：忽然联想到孔子曾说过的乘桴东游，我决定不慌不忙地开始这样一个行程。

[4] 驰：飞驰。濑：本指从沙石上流过的急水，泛指洪流。鸿濑：大潮，大的海流。缥：通“漂”。骛：《艺文类聚》作“鹜”，今从《全后汉文》作“骛”，疾驰。缥骛：迅疾漂去。翼飞风：两翼御风而飞。回翔：指随着风向而回转飞翔。这两句是理解全文的关键，一说是作者眼中所见，是实写的大海。

[5] 顾：回头看。分流：各沿着自己的路线向东流去。焕：散发光亮。烂漫：指百川在阳光下散发的散漫光泽。成章：形成美丽图案。这两句以下是作者随海潮漂入大海，并借海风升腾空中之后所看到的。此句意谓，在空中回头看到的，是百川各自流向大海，在阳光下散发着光芒，形成一幅美丽的图案。

[6] 薄：迫近，靠近。《荀子·天论》：“寒暑未薄而疾。”裔裔：行貌，形容步履轻盈婀娜。《文选》宋玉《神女赋》：“步裔裔兮曜殿堂。”李善注：“裔裔，行貌。”邈：遥远。浩浩汤汤（shāng），大水急流的样子。这两句写大海，意思是，微风下大海泛着轻柔的波纹，远处则是急流的海水。

[7] 表：标识，标记。索：寻求。方瀛：方壶和瀛洲，传说中的海上神山。《列子·汤问篇》：“渤海之东，不知几亿万里，有大壑焉，……其中有五山焉：一曰岱舆，二曰员峤，三曰方壶，四曰瀛洲，五曰蓬莱。”壶梁，传说中仙人所居之山。此句意谓：我以日月作为标志，在大海中寻找传说中的仙山方瀛、壶梁。

[8] 曜：闪亮，明亮。璆（qiú）：美玉。阙：宫阙。次：按次序铺排。堂：殿堂。此句意谓，经过寻找，找到了仙山，眼前呈现的是闪光的金宫玉阙，以及用玉石铺就的殿堂。

[9] 蓂（míng）：蓂荚，古代传说中的一种瑞草，夹阶而生，随月生死。每月朔日生一荚，至月半则生十五荚。至十六后，日落一荚，至月晦而尽。若月小则余一荚。醴：甜美的泉水。渐：浸。唐：通“塘”。此句意谓，堂前台阶和通道两旁长着蓂荚和灵芝，甜美的泉水从地下涌出，涨满了池塘。

[10] 仙界开满了红的、紫的鲜花，色彩斑斓，海边有明珠和夜光珠。

[11] 松乔：赤松子与王子乔，古代传说中的仙人。东序：东厢房。序：厢房。王母：西王母，古代神话中人物。箱：通“厢”。此句意谓，仙人赤松子和王子乔坐在殿堂的东厢房，西王母待在西厢房。

［12］韩众：即韩终，传说中齐之仙人。岐伯：传说中古代医家，其名见于《黄帝内经》，该书托名他与黄帝讨论医学。神篇、灵章：泛指神仙的典籍。此句意谓，请韩众和岐伯讲解仙书，校对仙籍。

［13］结旅：结伴，结交。自托：使自己有所寄托。因：就，借着。离世：离开尘世。此句意谓，希望能和他们结交而使自己有所寄托，乘着这个机会离开尘世而到远方遨游。

［14］骋：纵马奔驰。骖驾：三匹马驾的车子，泛指车马。《后汉书·贾琮传》："旧典，传车骖驾，垂赤帷裳，迎于州界。"八极：八方极远处。回周：周游回旋。此句意谓，乘着飞龙驾的车子奔驰，跑遍八方最遥远的地方。

［15］竦：执。节：符节。响应：如回声之相应，比喻迅速追随。勿：勿勿，即匆匆。《颜氏家训》："书翰称勿勿，不知其所由，或妄言此匆匆残缺者。及考《说文》，乃知忽遽者称勿勿。"轻举：轻身飞升。神浮：神游。此句意谓，于是手执着符节迅速追随众仙人，匆匆地轻身飞升起来，神魄浮游在空中。

［16］遵：沿着。霓雾：云雾。掩荡：云气弥漫的样子。云涂：即云途，云路。凌厉：高飞。此句意谓，循着弥漫的云雾，登上云路而高飞。

［17］虚风：空中的风。体：领悟，体察。太清：天空。增：通"曾"，高举的样子。此句意谓，乘着空中的风才领悟到天地的景色，于是超越天空，高高地飞离而去。

［18］麾：指向。天阍：传说中天帝的守门者。启路：出发。辟：打开。阊阖：传说中的天门。此句意谓，我向着天帝的守门者天阍的方向进发，他打开天门远远望着我。

［19］通：联络，联系。王谒：王之谒者，即为君王掌管传达的官员。紫宫：紫微宫，传说中天帝的居所。太一：东皇太一，神名，天帝之别名。符：符命，即神给予的凭证。此句意谓，随后再通过紫微宫中天帝的传令官，拜见天帝太一，接受了太一赠送的命符。

选评

赵明、杨树增、曲德来《两汉大文学史》："《览海赋》主旨是歌颂仙人的生活，在班彪的想象中，仙人生活不过是世俗生活的长久延续。这种意思，真实地反映了东汉以后人们求仙的目的性，体现了对现实生活的肯定。"

于浴贤《六朝赋述论》："此赋由览海而引向游仙，没多少积极意义。不过海上神山瑰丽的景致以及遨游其间的想象，颇富浪漫色彩，反映了大海的神秘与瑰奇。作品虽然写海的文字不多，但却是文学史上第一篇海赋，也是第一篇水赋作品。"

滕新贤《沧海钩沉：中国古代海洋文学研究》："《览海赋》是中国文学

史上的第一篇海赋，也是海洋第一次以‘主角’的身份进入文学作品。”

徐公持《魏晋文学史》：“班彪始作《览海赋》，其后有王粲《游海赋》、曹丕《沧海赋》等，潘岳亦有《沧海赋》。班彪之赋多写海中神仙。”

赏析

此赋为班彪赴徐县任县令后，因事去淮河入海口的淮浦，观览东海，由大海引发的神奇想象。许多学者认为《览海赋》的主要内容是畅想仙境，是身逢乱世受黄老思想影响而渴望逃避现实、修道成仙思想的反映，所谓“览海”不过是游仙的托名，因而虽然名为“览海赋”，实则是“游仙赋”。实际上，这也正是汉赋，尤其是观览赋的共同特点：因实而就虚，以虚而映实。

对想象世界的描写比写实更难，非有大学问者不可为也。其所写虽非实景实物实境，但想象世界中的一切又都可以在现实中找到对应，而并非超越同时代人们的认识和情感阈限。《览海赋》从实而起，作者至东海岸观览茫茫沧海，面对大海忽然想到孔子之语，实际上孔子并非真的浮过海。先秦两汉时期，人们对海洋的认识和利用是很有限的，海洋一向为人们视为畏途，正是对海洋的这种粗浅认识，致使人们将经验世界的美好投射到不可知的海洋中，从而虚拟出一个个神仙幻境。在本篇赋中，自“从容而遂行”起，往后皆为作者之想象。“百川分流”“烂漫成章”“风波薾薾”“浩浩汤汤”，均为作者想象自己升空后之所见。所见是实，“缥骛”“回翔”却是虚的。此番海行，起自“指日月以为表，索方瀛与壶梁”，以下“金阙”“玉堂”“蓂芝”“涌醴”“明珠”“松乔”“王母”“韩众”“岐伯”等，都是其构筑的想象世界中的仙人、仙物，是他想象寻找到的海上仙境中的。这些仙人通天入地，面对如此仙境，作者以为不够，还要追随他们奔往天庭，天庭的守门人在等他，入紫薇宫而得见东皇太一，并受符命。这一切显得顺遂，正可谓心想事成。

的确，这些多半不是直接描写大海，却又都是因览海而起。览海之游幻境，引子是孔子浮海之语，不过孔子想到的是浮槎，班彪则是御风而行于海上，寻找传说中的海上仙山，进而随仙人拜谒天庭之君。这里所显示的作者思想，表面上看来是道士求仙的行为，实际上揭示的是班彪积极入世的儒家思想，且符合东汉前期最为盛行的天人感应之论。

览海赋

班固

运之修短，不豫期也。

(《文选》潘岳《西征赋》注："此赋今见存者仅二二语耳。"《艺文类聚》所载，乃班彪作，明张溥本误收)

曹操

曹操（155—220），字孟德，沛国谯（今安徽亳州）人。父曹嵩为汉桓帝时宦官曹腾的养子。二十岁举孝廉，在灵帝朝又因"能明古学"被任命为议郎。曾以骑都尉的军职参加镇压黄巾起义，个人势力得到壮大。献帝初随袁绍讨伐董卓，建安元年（196）迎献帝迁都许昌，受封大将军、丞相，从此"挟天子以令诸侯"，成为北方地区的实际统治者。建安十八年（213）封魏公，二十一年（216）进封魏王。建安二十五年（220）病逝于洛阳。子曹丕称帝后，追尊为魏武帝。

曹操为汉魏间著名的政治家、军事家、文学家，文学成就主要表现在诗歌方面，今存诗二十余首，都是乐府诗体，内容主要是反映当时动乱的现实和表达个人理想情怀两方面。风格苍劲雄浑，慷慨悲壮，对我国诗歌艺术的发展产生了极大影响和推动作用。

钟嵘《诗品》："曹公古直，甚有悲凉之句。"敖陶孙《诗评》："魏武帝如幽燕老将，气韵沉雄。"刘熙载《艺概·诗概》："曹公诗气雄力坚，足以笼罩一切，建安诸子未有其匹也。"

明人张溥辑其作品而成《魏武帝集》，中华书局有辑校本《曹操集》，今人夏传才有《曹操集校注》。

观沧海[1]

东临碣石[2]，以观沧海[3]。水何澹澹[4]，山岛竦峙[5]。树木丛生，百草丰茂。秋风萧瑟，洪波涌起。日月之行，若出其中；星汉[6]灿烂，若出其里。幸甚至哉！歌以咏志。

注释

［1］选自中华书局辑校本《曹操集》。该诗为曹操《步出夏门行》诗的第一章，全诗分五部分，即“艳”（序歌）与正曲《观沧海》《冬十月》《土不同》《龟虽寿》四章。一章也叫一解，各章内容可以独立。《步出夏门行》是古乐府曲调名，又称《陇西行》，属《相和歌·瑟调曲》。古辞只言升仙得道或慨叹人生无常，曹操此篇借古乐府写时事，和古辞无关。沈德潜《古诗源》：“借古乐府写时事，始于曹公。”当作于建安十二年（207）秋北征乌桓得胜回师途中。王粲《行辞新福歌》言及曹操东征至海：“自古立功，莫我弘大，桓桓征四国，爰及海裔。”又陈琳《神武赋》：“建安十有二年，大司空、武平侯曹公东征乌丸（乌桓）。六军被介，云辎万乘，治兵易水，次于北平，可谓神武奕奕。”

［2］碣（jié）石：山名。一说即《汉书·地理志》所载骊成县（今河北省乐亭县西南）的大碣石山，六朝时已沉陷于海面以下，汉末还在陆上；另一说即指今河北省昌黎县的碣石山。毛泽东《浪淘沙·北戴河》中所说的曹操“东临碣石有遗篇”，指的就是这首诗。

［3］沧海：泛指大海，从碣石山所处位置看，这里的沧海指今渤海。

［4］澹澹（dàn）：水波荡漾的样子。

［5］竦峙：竦，通“耸”，高高立起。

［6］星汉：银河。

选评

钟惺、谭元春《诗归》：“直写其胸中、眼中一段笼盖吞吐气象。”（钟惺）“亦自有‘五岳起方寸，隐然岂能平’意。”（谭元春）

王夫之《古诗评选》：“四篇皆题《碣石》，未有海语，自有海情。”

沈德潜《古诗源》：“有吞吐宇宙气象。”

陈祚明《采菽堂古诗选》：“浩漾动宕，涵于淡朴之中。”

张玉穀《古诗赏析》：“此志在容纳，而以海自比也。”

余冠英《古诗精选》：“表现诗人登山临海时的激荡心情，展示出一幅波涛浩渺的壮阔海景，笔势雄健。”

周建国（鉴赏）《步出夏门行》（见王镇远《古诗海》）：“我国写景诗中描写大海的很少，此诗写沧海气魄雄伟，与作者南征北伐的丰富经历不无关系。”

党圣元《六朝诗选》：“该诗实际上是魏晋南北朝时期描写山水一类诗的发轫之作，诗中已开始将山水自然作为审美对象进行独立的品赏，体现了当时山水意识的觉醒。诗人以跌宕的笔势，不但写出了浩淼无际的大海的形象和魅力，而且其中也融进了自己的人格理想和政治抱负。”

陈庆元《三曹诗选评》：“曹操是中国历史上第一个从大海吸取力量并由此拓展自己胸襟的诗人，也是第一个把大海描绘得如此波澜壮阔的诗人。”

王琳《六朝辞赋史》：“曹操的《步出夏门行·观沧海》是我国最早的山水诗，也是建安时期罕见的一首山水诗。”

陶文鹏、韦凤娟《灵境诗心：中国古代山水诗史》：“《观沧海》是山水诗孕育的历史进程中的早产儿，是现存第一首完整的山水诗。”

赏析

《观沧海》是曹操的名篇，207 年，曹操亲率大军北上，追歼袁绍残部，五月誓师北伐，七月出卢龙寨，临碣石山。他跃马扬鞭，登山观海，面对洪波涌起的大海，触景生情，写下了这首壮丽的诗篇。它是中国文学史上最早的完整写景诗，也是一首抒情诗，它通过写观沧海所见的壮丽景色，抒发自己意气昂扬的豪迈感情。诗的起笔交代登临之地碣石山，点明登山的目的是观沧海，平稳而自然地引出以下观海所见景物。该诗生动地描绘了沧海的形象，单纯而又饱满，丰富而不琐细，尤其可贵的是，不仅反映了沧海的形象，也写出了它的性格。海，本来是没有生命的，然而在诗人笔下却具有了性格。如此则更真实、更深刻地反映了大海的面貌。因为景物不是客观的描写，而是着重刻画了诗人对海景的独特感受，所以诗中对于气势雄浑的沧海的歌咏，也表现了诗人自己的壮阔胸怀和宏伟气魄。

应玚

应玚（175—217），字德琏，汝南南顿（今河南省项城市西）人，建安七子之一。祖父应奉为司隶校尉，伯父应劭官至泰山太守，皆为知名学者。他与应贞（堂弟应璩之子）都以文章见称于时。早年漂泊他乡，后应曹操之召，历任丞相掾、平原侯庶子、五官中郎将文学等职。建安二十二年（217），卒于疾疫。应玚擅长作赋，有文赋数十篇。诗亦见长。传世之作不多，原集已散佚，明人辑有《应德琏集》。今人俞绍初辑《建安七子集》中有《应玚集》一卷，林家骊有《阮瑀应玚刘桢合集校注》。

别诗（其二）[1]

浩浩长河水，九折东北流[2]。晨夜赴沧海，海流亦何抽[3]。远适万里道，归来未有由[4]。临河累太息，五内怀伤忧[5]。

注释

[1] 选自俞绍初辑《建安七子集》。应玚《别诗》有两首，此为第二首。建安十六年（211），曹植被封为平原侯，应玚被任为平原侯庶子。曹植随曹操西征马超，而应玚随曹植西征。到洛阳后不久，应玚受命转为五官中郎将文学，不得不离开曹植北上，投奔留守邺城的五官中郎将曹丕。曹植有《送应氏》二首，其一有诗句“我友之朔方”，“我友”就是指应玚，“之朔方”指北上。《别诗》即是应玚与曹植作别时所作。

[2] 河：指黄河。九折：犹九曲。《乐府诗集》卷九十一高适《九曲词·序》引《河图》曰：“黄河出昆仑山东北，……河水九曲，长九千里，入于渤海。”

[3] 沧海：大海。海水苍色，一望无际，故称。徐坚亦专指东海。《初学记》卷六：“按东海之别有渤澥，故东海共称渤海，又通谓之沧海。”海流：海水。抽：去。《仪礼·丧服》：“抽其半。”郑玄注：“抽，犹去也。”此句意谓，黄河之水不分日夜奔赴大海，可是海水又往何处去呢？林家骊《应玚集校注》释“抽”谓“引，引出”，意指“大海的容量大”。

[4] 适：往，至。万里道：言路程之遥远。归来：指黄河回头。由：经由，引申为因缘、机会。《仪礼·士相见礼》：“愿见，无由达。”未有由：没有机会。此言何时归来希望渺茫。《文选》卷二十九《古诗十九首》之十四：“思还故里闾，欲归道无因。”其意同。

[5] 临河：伫立河岸。累：多次，连续。太息：长叹。五内：五脏。蔡琰《悲愤诗》：“见此崩五内，恍惚生狂痴。”

选评

张玉穀《古诗赏析》：“思归不得，无甚深意。得首二，反兴有势，便觉节短韵长。”

郁贤皓《中国古代文学作品选》：“此首抒写思归而不能的痛苦心情。”

徐公持《魏晋文学史》：“《别诗》二首，说者多以为所别者乃曹植等友人。按此似亦别妻之作。”

赏析

这首诗所写的客体之物为“长河水”“沧海”，抒情主人公是“临河太息”“五内伤忧”的诗人。前四句是诗人临河待发时，由眼前浩浩之河水奔腾赴东而生发的认知性叙述，他实际上并非真实地看到长河的九折，亦未看到其奔流入海。诗人随曹植西征马超至洛阳不久，便转为五官中郎将文学，时曹丕留守邺城，从方位上看，由洛阳出发至邺城，正是往东北方向，与黄河下游的流向是一致的。长河在今河南境内折向东北，注入渤海，河道之“九折”是折向东北入海之前的状态。“海流亦何抽”是诗人的疑问，并非感叹大海如何博大，吸收江河之多。《建安七子集校注》《应玚集校注》释其为“大海的容量大”，不符合本诗所表达的意旨和情感。总起来看，前四句为兴句，诗人由眼前长河东流去联想到自己此去或许经年，不知何时能再回来。“远适万里道，归来未有由”，与汉乐府《长歌行》“百川东到海，何时复西归”的表意是一致的。诗人想到这些，面对滔滔黄河水而连续发出长叹，内心充满了忧伤。这种情感体现了建安时期文人普遍存在的忧生之嗟。此行或是辞别曹植等友人，或是辞别亲人，抑或是辞别妻子，究竟辞别谁并不影响诗的情感表达，诗歌饱含的是一种在天下动荡的乱局中眼前有指向，而未来尽无知的生存样态。

王粲

王粲（177—217），字仲宣，山阳高平（今山东邹城）人，建安七子之一。曾祖父王龚为汉太尉，祖父王畅为汉司空。他本人少有异才，先依刘表，不被重用，后归曹操，官至侍中。建安二十二年（217），从征吴，途中病卒。他博学多识，文思敏捷。《三国志·魏书·王粲传》称其“善属文，举笔便成，无所改定，时人常以为宿构，然正复精意覃思，亦不能加也”。《文心雕龙·才略》亦云：“仲宣溢才，捷而能密，文多兼善，辞少瑕累，摘其诗赋，则七子之冠冕乎！”建安七子中，以他成就为最高，与曹植并称“曹王”。

作品涉及诗、赋、论、颂、赞等多种体式，明张溥辑为《王侍中集》。今人俞绍初有《王粲集》校本，吴云、唐绍忠有《王粲集注》，张蕾有《王粲集校注》。又有俞绍初《建安七子集》辑校本、吴云《建安七子集校注》。

游海赋[1]

［含精纯之至道兮，将轻举而高厉。游余心以广观兮，且仿佯乎四裔[2]。］乘菌桂之方舟，浮大江而遥逝[3]。翼惊风以长驱，集会稽而一睨[4]。登阴隅以东望，览沧海之体势[5]。吐星出日，天与水际[6]。其深不测，其广无臬[7]。［寻之冥地，不见涯泄[8]。］章亥所不极，卢敖所不届[9]。［洪洪洋洋，诚不可度也[10]。处嵎夷之正位兮，同色号于穹苍[11]。苞纳污之弘量，正宗庙之纪纲[12]。总众流而臣下，为百谷之君王[13]。］［洪涛奋荡，大浪踊跃，山隆谷窳，宛亶相搏[14]。］怀珍藏宝，神隐怪匿[15]。或无气而能行，或含血而不食[16]，或有叶而无根，或能飞而无翼[17]。鸟则爰居孔鹄，翡翠鹈鹕[18]，缤纷往来，沉浮翱翔[19]。鱼则横尾曲头，方目偃额，大者若山陵，小者重钧石[20]。乃有贲蛟大贝，明月夜光[21]；蠵鼊玳瑁，金质黑章[22]。若夫长洲别岛，旗布星峙，高或万寻，近或千里[23]。桂兰丛乎其上，珊瑚周乎其趾[24]。群犀代角，巨象解齿。黄金碧玉，名不可纪[25]。

注释

［1］选自俞绍初辑校本《王粲集》，原残篇最早见录于《艺文类聚》卷八《水部上·海水》。考王粲生平行迹，未曾涉海。张蕾《王粲集校注》谓："此赋恐是作者归曹之后，读到曹丕《沧海赋》，有感而作。"《王粲集注》附《王粲年谱》未系年。

［2］"含精纯"以下四句，据古香斋本《初学记》六补，清陈元龙《御定历代赋汇》未补入此四句。精纯：精粹纯一。至道：精深微妙的道理。《庄子·在宥》："来，吾语女至道：至道之精，窈窈冥冥；至道之极，昏昏默默。无视无听，抱神以静，形将自正。"举：起飞。厉：疾飞。游：逍遥而行，自由而往。广观：周览。仿（páng）佯（yáng）：与"游"同义，自由自在地游移。《楚辞·远游》："聊仿佯而逍遥兮，永历年而无成。"四裔：四方。此句意谓，我怀着精粹纯正的思想品德，将轻身高飞。心驰神往，广览周观，徜徉于遥远的四方。

［3］菌桂：木名。晋嵇含《南方草木状》："桂有三种……叶似柿叶者为菌桂。"屈原《九歌·湘君》："沛吾乘兮桂舟。"《文选》五臣注："舟用桂者，取香洁之异。"《初学记》卷六"菌桂"作"兰桂"。方：同"舫"，这里用作形容词，华美。方舟：华美的船。大江：长江。遥逝：远去。此句意谓，乘着菌桂方舟，由长江漂浮远去。

［4］翼：以……为翼，引申为驾。惊风：狂风。长驱：远行。集：停留。会稽：会稽山，在今浙江省绍兴市东南。相传秦始皇登此山以望东海。睨，斜视。这里是观望之意。此句意谓，驾着疾风一路长驱向东，到了会稽山驻足观望。

[5] 阴隅：山之北。山北水南为阴。体势，形体气势。此句意谓，登上会稽山的北麓向东眺望，饱览苍茫大海的雄姿。

[6] 吐星出日：意谓大海能够吐出星日。由于地球的自转，古人东望大海，便有日月星辰出于其中之说。此句与曹操《步出夏门行·观沧海》"日月之行，若出其中；星汉灿烂，若出其里"意思大致相同。天与水际，意即天水相接。此句意谓，大海吞吐日月星辰，海天在远处相接。

[7] 臬（niè）：标杆，标准，引申为终极。大海深不可测，广袤无垠。

[8] 此二句据古香斋本《初学记》六补。冥：通"溟"，指大海。《庄子·逍遥游》："北冥有鱼。"地：大海所居之地，引申为区域。涯泄：近于《庄子·秋水》"尔出于崖涘"之"崖涘"，末端、边缘之意。泄，意同《庄子·秋水》"尾闾泄之"之"泄"，排泄海水之处，亦是末端之意。此句意谓，找寻大海所覆盖的区域，却不见其边缘。

[9] 章亥：指大章和竖亥，传说中善走之人。《文选》卷三十五张协《七命》"蹑章、亥之所未迹"，李善注引《淮南子》："禹乃使大章步自东极，至于西极，二亿三万三千五百里七十步；使竖亥步自北极，至于南极，二亿三万三千五百七十里。"卢敖，秦时燕人。秦始皇召为博士，使入北海求神仙，敖亡而不返，成仙而去。事见《淮南子·道应训》。届：至。此句意谓，这两句意思是：即便是最善走的大章和竖亥也不能走到大海的尽头，赴大海中求仙未归的卢敖也不曾走到。

[10]"洪洪洋洋"等八句，据古香斋本《初学记》六补。洪洪：大貌。洋洋，无涯貌。度：通"渡"。此句意谓，大海宏大无边，实在是不可渡过的。

[11] 嵎（yú）夷：地名，传说为日出之处。《尚书·尧典》："分命羲仲，宅嵎夷，曰旸谷。"《孔传》："东表之地称嵎夷；旸谷、嵎夷一也。"色号：色调，色彩。穹苍：苍天。此句意谓，大海处在日出之地嵎夷的正位，海天一色。

[12] 苞：通"包"。纳污：据俞绍初《王粲集》校本，"严本作'吐纳'"。弘量：度量、气量。正：匡正。纪纲：纲常法纪。对这两句，各家的理解有所不同。吴云、唐绍忠《王粲集注》："此二句大意是写大海为泉水所归，天子为诸侯所宗，这就是古代所讲的法制纲纪。"张蕾《王粲集校注》："这几句写海纳百川的气度，意思是说，大海以接纳污浊的宏大力量，来匡正宗庙社稷的纲常法纪。"

[13] 总：总揽。臣下：海像君王一样主宰万水。此句意谓，大海是众水之主，大大小小的江河水系皆归于海。

[14] 以上四句，据《文选》郭璞《江赋》注补。奋荡：腾跃激荡。踊跃：一作"踊跃"。形容海浪腾起貌。山隆谷窳（yǔ）：山高谷低，此处用以形容海浪的起伏。窳：低洼。宛亶（dǎn）：婉转盘曲。相搏：相互搏击。此句意谓，狂涛奔腾激荡，巨浪翻滚，像山隆起，像谷凹下，回旋盘曲，如同相互搏击。

[15] 怀珍藏宝：指大海里隐藏着奇珍异宝。神隐怪匿：许多神奇怪异的东西都隐匿于其中。

[16] 无气而能行，指海上的漂浮物虽然没有生命，但可以随波而行。含血而不食：指有的虽然是有血气的生命，但它们看上去又没有吞食能力。

[17] 有叶而无根：指海上植物有的能看到叶子，却不见其有根。能飞而无翼：指海上一些动物能飞，却没有翅膀。

[18] 爰居：海鸟名，古人以为瑞鸟。《论衡・讲瑞》："鸟有爰居。"孔鹄：同"鸿鹄""黄鹄"，指天鹅。《战国策・楚策四》："（黄鹄）游于江海。"翡翠：鸟名，羽毛有蓝、绿、赤、棕等色，嘴、足呈珊瑚红色。鹔鹴：又作"鹔鷞"，水鸟名，雁的一种，又传说为五方神鸟之一。此句意谓，海鸟则有爰居、孔鹄、翡翠、鹔鹴等。

[19] 缤纷：形容众鸟羽毛五颜六色。此句意谓，这些海鸟五颜六色，在海面上往来穿梭，上下翻飞。

[20] 横尾曲头：指鱼游行的样子。偃：低垂。钧石：古代重量单位。《汉书・律历志上》："三十斤为钧，四钧为石。"此句意谓，鱼类则是摇头摆尾，方睁双目，偃仰额头，大的如山陵，小的也有数十斤重。

[21] 贲（fén）：传说中的三足龟。《尔雅・释鱼》："龟三足，贲。"蛟：传说中似龙的动物。一说为母龙，无角。大贝：贝类，古代以为宝物。明月：指宝珠，即明月珠。夜光：传说中夜里能发光的明珠。二者皆为明珠的不同名称，相传为鲸鱼之目。《述异记》："南海有明珠，即鲸鱼目瞳，鲸死而目皆无精，夜可以鉴，谓之夜光。"此句意谓，大海中有贲、蛟、大贝之类的宝物，还有明月、夜光之类的宝珠。

[22] 蠵（xī）：即蠵龟，又称赤蠵龟，爬行动物，长约一米。鼊（bì）：蝞鼊，似龟，皮有纹，其甲有黑珠，文采似玳瑁，可以为饰物。玳瑁，海中动物，似龟，背面角质板光滑，有黄褐色相间花纹。角质板可为装饰品。金质黑章，金色的底上有黑色的花纹。此句意谓：又有蠵、鼊、玳瑁，金黄的甲壳点缀着黑色的花纹。

[23] 长洲：沙洲。别岛：远离海岸的岛屿。旗布：旗，通"棋"，如棋子般密布。星峙：像星星一样闪烁对峙。寻：古代长度单位，合当时八尺。此句意谓，至于那些远处的沙洲岛屿，如棋子般密布，像星星一样彼此对峙，更远的达万寻以上，近的也在千里之外。

[24] 桂兰：一作"桂林"。珊瑚：一种腔肠动物珊瑚虫所分泌的石灰质骨骼，形状如树枝，所见到的多为红色，多产于热带海洋中，可制成装饰品。趾：脚，指岛屿外围接水处。此句意谓，岛上丛生着桂、兰之树，珊瑚环绕在四周。

[25] 代角：换角。解齿：脱齿。换角、脱齿为犀牛、大象奇特的生理现象。最后四句的意思是，成群的犀牛换角，大象脱齿。黄金、碧玉等珍宝，其名不可一一详记。

选评

马积高《赋史》:“从其赋之内容尚可辨识者来看,《游海》当是归曹后从军至东,观海而作。”

程章灿《魏晋南北朝赋史》:“王粲《游海赋》虽与曹丕、曹操的《沧海赋》题目稍别,却极有可能是同题共作的产物。”

滕新贤《沧海钩沉:中国古代海洋文学研究》:“王粲的《游海赋》虽为残篇,而且是其早年尚未达到艺术巅峰时期的作品,但该赋作对于后世文人抒写海洋却有着重要而积极的影响,在咏海赋的发展史上具有不可忽视的地位。”

滕新贤《沧海钩沉:中国古代海洋文学研究》:“王粲的《游海赋》第一次对海洋进行了大量正面描绘,对于海赋创作具有重要开拓意义。”

徐公持《魏晋文学史》:“王粲亦言神仙,而描述重点在海中奇珍怪异,所谓‘怀珍藏宝,神隐怪匿’。”

赏析

曹丕《典论·论文》称“王粲长于辞赋”,并举其“《初征》《登楼》《槐赋》《征思》”诸篇。今人论及魏晋南北朝或建安辞赋,涉及王粲时,仅论说《登楼赋》一篇,《游海赋》至多也是在总述时提及而已。然而,从中国海洋文学发展史看,这篇作品的确可以看作古代文学中海洋书写的标志性篇章。

从“轻举高厉”“游心广观”“仿佯四裔”“乘桂舟”“浮大江”看,王粲此时的心情是昂扬的,期许是高远的,此时完全洗除了《登楼赋》“四望销忧”时的愁绪,也没有对眼前景“信美而非吾土兮,曾何足以少留”的距离感。可见,该赋必是王粲归曹之后的作品。呈现在王粲面前的大海体势宏阔、浩渺、宽容,状态欢快、光怪、鲜丽、富有。有远观之“天与水际”,也有近景之洪涛大浪。有“总众流”弘量的总述,有“怀珍藏宝”的分说。其对大海的描写,俨然一幅海洋风景画卷,真可谓“洲岛生桂树,犀象群相伴。海鸟聊逍遥,游鱼戏往还”。

曹丕

曹丕（187—226），字子桓，曹操次子。建安二十二年（217）立为魏太子，二十五年代汉自立，国号魏，黄初七年（226）死，谥文帝。与其父曹操、其弟曹植同为建安文学的领袖人物。他的诗现存约四十首，涉及四言、五言、六言、七言、杂言等各种形式，以五言居多。他的辞赋现在能看到的有近三十篇之多，在当时也颇负盛名，但大部分可能已残缺不全。卞兰《赞述太子赋》写道：“窃见所作《典论》及诸赋颂，逸句烂然，沉思泉涌，华藻云浮，听之忘味，奉读无倦。”

曹丕的诗文，明张溥有辑本《魏文帝集》。今人魏宏灿，夏传才、唐绍忠各有同名整理本《曹丕集校注》。

沧海赋[1]

美百川之独宗[2]，壮沧海之威神。经扶桑而遐逝[3]，跨天涯而托身[4]。惊涛暴骇[5]，腾聊[6]澎湃。铿訇隐潾[7]，涌沸凌迈[8]。于是鼋鼍渐离[9]，泛滥淫游[10]；鸿鸾孔鹄[11]，哀鸣相求。扬鳞濯翼[12]，载沉载浮；仰唼[13]芳芝，俯漱[14]清流。巨鱼横奔，厥势吞舟[15]。尔乃钓大贝，采明珠[16]；搴悬黎，收武夫[17]。窥大麓之潜林[18]，睹摇木之罗生[19]。上蹇产以交错[20]，下来风之泠泠。振绿叶以葳蕤[21]，吐芬葩而扬荣[22]。

注释

［1］选自据魏宏灿《曹丕集校注》，最早为《艺文类聚》卷八所录，显然是残篇。写作时间不详，大约是做邺都太子时期之作。

［2］宗：归向，归宿。《尚书·禹贡》：“江汉朝宗于海。”

［3］扶桑：古国名。《梁书·扶桑国传》：“扶桑在大汉国东二万余里，地在中国之东，其土多扶桑木，故以为名。”古以为日本，今人考证或为美洲的墨西哥。此指太阳升起的地方。遐逝：远远地消失。此句意谓，沧海在太阳升起的天边消失。

［4］托身：栖身，言大海的归宿。此句意谓，沧海浩大，横跨天涯。

［5］暴骇：（惊涛）凶猛。

［6］腾聊：跳跃冲击。

［7］铿訇：钟鼓并作之声。班固《东都赋》："钟鼓铿訇，管弦烨煜。"此言波涛撞击所发出的巨大声响。隐潾：即隐嶙，波浪突起。此言惊涛高起而轰鸣。

［8］涌沸：水势腾涌。凌迈：高高扬起。此句状波涛汹涌。

［9］鼋（yuán）：大鳖。鼍（tuó）：鼍龙，即扬子鳄。渐离：鱼名，一作蜥螭。

［10］淫游：鼋鼍、渐离等随水浮游不定。此写海中之景。

［11］鸿、孔：皆"大"义。鸾：凤凰之类的神鸟。鹄：天鹅。

［12］扬鳞濯翼：指水中动物击浪扬鳞，天空中的大鸟濯洗羽翼。

［13］仰唼（shà）：鱼或水鸟抬起头来吃食物。

［14］俯漱：巨鱼低头吞吐清澈的水流。

［15］此言巨鱼横奔，大有吞舟之势。

［16］明珠：珍珠。班固《白虎通·封禅》："江出大贝，海出明珠。"

［17］搴：拔取，拾取。悬黎：美玉。《战国策·秦策三》："臣闻周有砥厄，宋有结绿，梁有悬黎，楚有和璞。"四者皆美玉。武夫：同"碔砆"，似玉的美石。

［18］大麓：山脚。《史记·五帝本纪》："舜入于大麓。"潜林：深邃的林木。

［19］摇木：即"瑶树"，传说中玉白色的树。罗生：罗，分布，排列。此言谣树交错而生。

［20］蹇产：同"蹇浐"，屈曲。东方朔《七谏·哀命》："望高山之蹇产。"

［21］葳蕤：草木茂盛，枝叶下垂。

［22］芬葩：香花。扬荣：花之开放。张衡《南都赋》："从风发荣，斐披芬葩。"

选评

魏宏灿《曹丕集校注》："是赋运用夸张的手法从各方面描绘了大海的恢宏气象和诡谲奇观。"

顾农《建安文学史》："大海在曹丕笔下不但是包容广博、物产丰富的，同时也是美的、值得反复欣赏玩味的。"

李伯齐《中国古代纪游文学史》："我国现存最早写海的赋是班彪的《览海赋》，曹丕的《沧海赋》既受《览海赋》的影响，又较《览海赋》有进一步的发展。它不仅在写作手法上更加丰富多样，而且把大海的形象写得更加生动，使人如临其境。"

徐公持《魏晋文学史》："曹丕之赋内容与王粲接近，亦写怪奇，而重心又转移到海之壮伟。"

赏析

曹操于建安十二年（207）北征乌桓凯旋，经过碣石山观海而作《观沧海》，其《沧海赋》与该诗为同一时事下的作品。此赋已佚，仅存一句“览岛屿之所有”，与《观沧海》诗中“山岛竦峙”相类，可见诗赋同题之迹。魏武雅好文章，每登山临水、佳会游宴，往往与群臣诸子一起吟诗作赋，曹丕《沧海赋》是同题之作中仅存的一篇。

《沧海赋》描写沧海之浩瀚无垠，容纳百川，远逝扶桑，横跨天涯，波涛汹涌，极为雄奇壮观。沧海中物产丰富，奇鳞异珍，林林总总，美不胜收。海中山岛上，草木吐芳扬荣，一派盎然生意。赋中碧水青山相衬，沧海小岛互映，水中的动物、岛上的草木，通过动荡的大海与静止的山岛的互动与衬托，使沧海更显雄奇而充满生机。是篇纯然将沧海景观作为直接的审美对象加以描绘，体现了魏晋山水赋创作的新变。

沧海赋

曹操

览岛屿之所有。

曹植

曹植（192—232），字子建，沛国谯（今安徽亳州）人，曹丕同母弟。封陈王，谥曰思，故世称陈思王。曹植年轻时就极有文学才华，十余岁时已诵读《诗经》《论语》及辞赋数十万言，善属文，颇受曹操宠爱，曹操曾一度欲立其为太子。然为人任性而行，不自雕饰，饮酒不节，故在争立斗争中终于失败。建安二十五年（220）曹操死后，曹丕、曹叡相继为帝，他备受猜忌压迫，郁郁而死。

曹植的文学创作大体以曹操之死分为前后两期。前期作品多抒写建功立业的慷慨抱负以及贵族公子的豪逸生活；后期则虽仍怀报国之心，而笔下时有忧生之嗟与愤激之情的流露。他的诗歌“骨气奇高，辞采华茂，情兼雅怨，体被文质”（钟嵘《诗品》），对五言诗的发展起了很大的推动作用。《魏志》

本传记其身后曹叡曾下诏集录前后所著赋、颂、诗、铭、杂论凡百余篇。《隋书·经籍志》除著录“魏陈思王曹植集三十卷”外，复有《列女传颂》一卷、《画赞》五卷，均散佚。清丁晏《曹集诠评》为较好的通行本。近人黄节有《曹子建诗注》，赵幼文有《曹植集校注》，王巍亦有《曹植集校注》。

远游篇[1]

远游临四海，俯仰观洪波[2]。大鱼若曲陵，承浪相经过[3]。灵鳌戴方丈，神岳俨嵯峨[4]。仙人翔其隅，玉女戏其阿[5]。琼蕊可疗饥，仰首吸朝霞[6]。昆仑本吾宅，中州非我家[7]。将归谒东父，一举超流沙[8]。鼓翼舞时风，长啸激清歌[9]。金石固易弊，日月同光华[10]。齐年与天地，万乘安足多[11]？

注释

[1] 选自赵幼文《曹植集校注》，本篇入《乐府诗集·杂曲歌辞》。篇名与屈原《楚辞·远游》同。王逸《楚辞章句》曰：“《远游》者，屈原之所作也。屈原履方直之行，不容于世，困于谗佞，无所告诉，乃思与仙人俱游戏，周历天地，无所不至焉。”黄节《曹子建诗注》：“屈原《远游》曰：‘悲时俗之迫阨兮，愿轻举而远游。’子建此篇所自出。”

[2] 四海：古人认为，中国四周皆海。俯仰：俯仰之间，形容时间很短。此句意谓，远游来到人迹罕至的大海，很快就看到海上的巨大波浪。

[3] 曲陵：丘陵。曹植《盘石篇》：“鲸脊若丘陵，须若山上松。”承浪：乘风破浪。此句意谓，状如丘陵的大鱼，乘风破浪，穿梭往来。

[4] 灵鳌：神龟。鳌：大龟。戴方丈：背负神山方丈。戴：背负。方丈：山名，古代传说中的三座神山蓬莱、方丈、瀛洲，在渤海中，为仙人所居。《楚辞·天问》王逸注引《列仙传》曰：“有巨灵之鳌，背负蓬莱之山，而抃舞戏沧海之中。”俨：昂首的样子。嵯峨：山势高峻。此句意谓，由神龟背负的神山方丈，在大海中巍峨高耸。

[5] 隅：山脚。玉女：神女。贾谊《楚辞·惜誓》：“建日月以为盖兮，载玉女于后车。”朱熹集注：“玉女，青要、乘弋等也。”又《文选》张衡《思玄赋》：“载太华之玉女兮，召洛浦之宓妃。”刘良注：“玉女，太华神女。”阿：山之凹曲处。此句意谓，山间有仙人飞翔，有玉女嬉戏。

[6] 琼蕊：传说中的琼花之蕊，食之可以长生。《文选》张衡《西京赋》：“屑琼蕊以朝飧，必性命之可度。”李周翰注：“琼蕊，玉英也。”又陆机《叹逝赋》：“怼琼蕊之无征，恨朝霞之难挹。”疗饥：治疗饥饿，解除饥饿。朝霞：早晨日光映照的云彩，仙人所食的精气。《楚辞·远游》：“餐六气而饮沆瀣兮，漱正阳而含朝

霞。”此句意谓，在这里，饿了可以用琼蕊充饥，渴了可以吮吸朝霞。

[7] 昆仑：传说中的仙山，山中多仙人洞府，西王母和东王父都居住在那里。《史记·司马相如传》孔颖达《正义》曰：“《海内经》云：昆仑去中国五万里，天帝之下都也。其山广袤百里，高八万仞，增城九重，面九井，以玉为槛。旁有五门，开明兽守之。”中州：指中国。此句意谓，昆仑山才是我的归宿，中国并非我的故乡。王巍《曹植集校注》：“二句表示诗人与皇权统治下的凡尘世界决裂。”

[8] 谒：拜见。东父：即东王父，也称东王公、木公、东木公、东华帝君等。神话中仙人，与西王母（金母）并称，是男仙的领袖，掌诸仙名籍。《神异经·东荒经》：“东荒山中有大石室，东王公居焉。长一丈，头发皓白，人形鸟面而虎尾，载一黑熊，左右顾望。”流沙：指我国西北部的沙漠地区。传说老子与关令尹成仙时曾经过此地，见《列仙传》。此句意谓，我要回到昆仑山拜见东王父，轻轻一飞，便越过了西北广大沙漠。

[9] 鼓翼：张翅飞翔。时风：即和风。啸：一种歌吟方式。啸不承担切实内容，不遵守既定格式，只是随心所欲地发声，特别体现在乱世名士身上。《诗·召南·江有汜》：“其啸也歌。”郑《笺》：“啸者，蹙口而出声。”《封氏闻见记》：“激于舌端而清，谓之啸。”激：扬。清歌：高歌。《三国志·魏书·王粲传》裴注引《魏氏春秋》曰：“籍乃对之长啸，清韵响亮。苏门生逌尔而笑。籍既降，苏门生亦啸，若鸾凤之音焉。”此句意谓，张开翅膀在和风中飞翔，一声长啸激扬起长歌。

[10] 固：坚固。易弊：易破损。此句意谓，即使是坚固的金石，随着岁月的流逝，也是要破碎的；唯独日月，不管时光怎样流转，依然光华如故。

[11] 齐年与天地：与天地齐年。万乘：据周制，天子地方千里，出兵车万乘；诸侯地方百里，出兵车千乘。故以万乘指代天子。多：认为多，引申为夸赞。此句意谓，羽化登仙便可与天地同寿，万乘之君又何足称道？

选评

曹道衡《乐府诗选》：“《远游篇》取《楚辞·远游》之名，意思是说自己像屈原一样被人谗毁，无处申诉，就想上天和仙人一起游戏，周历天地。”

张丽锋《曹魏三祖时期文学研究》：“《远游篇》直袭屈原《远游》之精神，黄节认为此篇词意多仿屈原《远游》。篇首‘九州不足步，愿得凌云翔’即《远游》起句‘悲时俗之迫阨兮，愿轻举而远游’意，可谓师其意不师其词矣。”

王令晖《魏晋五言诗研究》：“游仙诗‘坎壈咏怀’的基本特征，从建安时期开始出现，在曹植那里得到了最集中的体现，在此以后的魏晋游仙诗大体是沿着这一路径发展下来的。”

滕新贤《沧海钩沉：中国古代海洋文学研究》：“就这些诗歌中所出现的海洋意象来看，魏晋时期的海洋诗歌多数不重描绘海洋本身，而重托物明志、寄情于景。……（曹植《远游篇》）与其说诗人是在描绘大海本身，不如说是其在借海洋展开神游，排遣现实中的失落。”

赏析

历代学者大都认为屈原《远游》所写的神仙真人是“寄”、是“托”、是“有激之言”，并非真正想学道延年。曹植的《远游篇》亦是其对魏帝“同室操戈，相煎太急”的愤激之辞。与屈原的遭遇相似，曹植赤胆忠心，却终其一生受到乃父曹操和同母之兄曹丕的猜忌和疏远；怀抱利器，却终归无所施展。他曾经想用自己的赤诚之心、效忠之志加之有高度感染力的文采，去感化文帝和明帝。但是在一次次努力宣告失败后，他彻底绝望了，对皇帝再也不抱任何幻想了。于是，他选择了“远游”，与污浊的人间社会决裂。他来到一个全新的世界：那里有他渴望的波澜壮阔，有他心仪的超凡脱俗、一尘不染。于是，他喊出了压在心头多年的孤独落寞——“中州非我家”，对心胸狭窄的皇帝表示了极度的轻蔑——“万乘安足多”。从本篇所表现的决绝态度看，应是曹植对魏帝彻底失望后的作品。纵观曹植中晚期诗作，人生的磨难与希望一直如影随形，在曹植对现实的妥协与对魏帝的深沉眷恋中共存。那么，这愤世嫉俗的决裂之歌就只能在他遭到致命打击而生命即将走到尽头时唱响了。

全诗总二十句，前十句写海上神山方丈，后十句有叙有议，写陆上神山昆仑。作者写大海不同于赋家极力铺排大海之浩瀚与丰饶，而仅仅选取能承载其情感寄托的事物，表达其对自由的神仙世界之向往。

泰山梁甫行[1]

八方各异气，千里殊风雨[2]。剧哉边海民，寄身于草野[3]。妻子象禽兽，行止依林阻[4]。柴门何萧条，狐兔翔我宇[5]。

注释

[1] 选自赵幼文《曹植集校注》，本篇入《乐府诗集·相和歌辞·楚调曲》，丁晏《曹集铨评》作《梁甫行》，今据《艺文类聚》作《泰山梁甫行》。梁甫为泰山

旁的小山。古人认为泰山、梁甫是人死后灵魂归聚之地。曹植作《泰山梁甫行》之前，有古辞《泰山吟》《梁甫吟》《泰山梁甫吟》，三者均为葬歌。曹植此篇只是借用乐府旧题，内容与古辞无关。此诗作于建安十二年（207）曹植随曹操北征乌桓途中。

[2] 八方：东、南、西、北、东南、东北、西南、西北，合称为八方，指不同地区。异气：气候不同。殊风雨：风雨阴晴不同。此句意谓，不同地域气候各不相同，相距千里则刮风下雨的情况也不一样。

[3] 剧：甚，苦。边海民：指沿海百姓。寄身，托身。草野：野外，原野。此句意谓，边海百姓实在是太苦了，他们居无定所，委身旷野。

[4] 妻子：妻子和孩子。象禽兽：形容边海居民极端贫苦的非人生活状态。行止：行动和休息，泛指生活。林阻：山林险阻的旷野间。

[5] 柴门：以木柴为门，喻居处穷困，感叹边海居民住所荒凉，很少有人来往。翔：指狐兔随意出入。此句意谓，简陋的房子破败不堪，狐狸和野兔在房前屋后自由来去。

选评

邓魁英、韩兆琦《汉魏南北朝诗选注》："作品反映了汉末以来军阀混战给劳动人民带来的痛苦，反映了边海农村的残破荒凉景象，表现了诗人对人民苦难的深切同情。"

徐公持《魏晋文学史》："'边海民'如禽兽般的贫困艰苦生活，使他触目惊心，感喟中饱含同情，令人们看到了另一个曹植。"

张可礼、宿美丽《曹操曹丕曹植集》："借用乐府旧题予以表现人民艰难困苦的生活遭遇，并且表现得如此真切感人，实属难得。在建安诗坛上，写中原一带人民悲惨生活的诗歌较多，而集中写边远之地人民艰难困苦生活的，却只有曹植此篇。"

张君尧《天问·惊世：中国古代海洋文学》："此诗写边海农村的残破和荒凉及海边百姓生活的极端痛苦。表现了诗人对边海百姓的深切同情。"

赏析

这首诗采用民歌的传统写法，首二句起兴，写各地气候不同，风雨有异，引出普天之下不同环境中人生活状况的巨大反差。曹植作为贵公子，身居都城，养在钟鸣鼎食之家，未曾目睹和感受到底层民众之生活状态。此番随父北征乌桓，到河北边海一带，亲眼看到这里居民生活的凄苦惨状。后六句均为写实。汉末天下大乱，中原百姓流离失所。为避战乱，他们四散逃亡，这里的人民或即逃难流向边海者。当时，中原腹地是“白骨露于野，千里无鸡鸣”，僻远边地则是“剧哉边海民，寄身于草野”。虽然不像中原完全无人烟，但也是委身旷野草莱之间。最后四句，诗人以妻子和孩子没有遮体之衣、野兽在住处自由穿行两个典型，写出边海人民处于令人难以想象的生活窘境中，字里行间隐含着诗人目睹边海人民生活惨状的震惊。这首诗是曹植诗中最能体现其关心多艰民生的格高作品，是不多见的。

傅玄

傅玄（217—278），字休奕，北地泥阳（今陕西渭南富平）人。幼博学能文，魏末，举为秀才，初任郎中，历安东参军、弘农太守、散骑常侍。入晋，官至御史中丞、司隶校尉，封鹑觚子。博学多才，为魏晋时期重要思想家。曾著有《傅子》一百四十卷（篇），原书久佚。《晋书》本传言其有文集百余卷，《隋书·经籍志》仅著录十五卷，后亦散佚。明张溥辑为《傅鹑觚集》。通音律，擅长乐府诗，对汉乐府的现实主义传统有所继承。存诗六十余首，多为乐府体。又好拟古，清人陈沆《诗比兴笺》以为后来鲍照、李白之拟古“皆出于此”，可见其对后世诗人影响之大。今人蹇长春、王会绍、余贤杰有《傅玄阴铿诗注》。

拟四愁诗（其一）[1]

我所思兮在瀛洲，愿为双鹄戏中流[2]。牵牛织女期在秋，山高水深路无由[3]，愍予不遘婴殷忧[4]。佳人贻我明月珠，何以要之比目鱼[5]。海广无舟怅劳劬，寄言飞龙天马驹[6]。风起云披飞龙逝，惊波滔天马不厉[7]，何为多念心忧泄[8]。

注释

[1] 选自逯钦立《先秦汉魏晋南北朝诗》。此诗最早见于《玉台新咏》卷九，题曰“拟四愁诗四首”，题下有《序》曰：“昔张平子作《四愁诗》，体小而俗，七言类也。聊拟而作之，名曰《拟四愁诗》。”自《玉台新咏》至今人选注本，皆题《拟四愁诗四首》，从《序》看，实际上只是一首诗分为四章而已。张衡《四愁

诗》共四章，《文选》卷二十九张衡《四愁诗·序》云："时天下渐弊，郁郁不得志，为《四愁诗》。效屈原以美人为君子，以珍宝为仁义，以水深雪雰为小人。思以道术相报，贻于时君，而惧谗邪，不得以通。"可知张衡此诗乃仿效屈赋，深有寄托。傅玄此诗，当亦为此意。

［2］瀛洲：传说中的东海仙山。《汉书·郊祀志》："自威、宣、燕昭使人入海求蓬莱、方丈、瀛洲。此三神山者，其传在渤海中，去人不远。"鹄：天鹅，似雁而大，颈长，羽毛甚高。《庄子·天运》："夫鹄不日浴而白。"

［3］牵牛、织女：均为星名。古代神话以牵牛、织女为夫妇，每年阴历七月七日相会一次。《诗·小雅·大东》："跂彼织女，终日七襄。""睆彼牵牛，不以服箱。"期：约为期限。由：从，去。

［4］愍：忧伤，哀痛。不遘：不遇，遭遇坏事。婴：遭遇。袁宏《后汉纪》："今我元元，婴此饥馑。"殷忧：深深的忧虑。阮籍《咏怀》其十四："感物怀殷忧，悄悄令心悲。"

［5］贻：赠送。明月珠：即夜光珠，因珠光晶莹似月光，故得名。要：通"约"，誓约。比目鱼：也叫"偏口鱼"，鲽形目鱼类的总称。身体扁平，成长中两眼渐移到头部一侧，故称比目。又，传说比目鱼仅一目，须两两相并才能游行，常喻指形影不离的夫妻、情侣。此句意谓，佳人赠给我明月珠作为信物，我以自己纯真的爱情作为回报。

［6］怅：惆怅，伤感。劬：过分劳苦。怅劳劬：意即白辛苦。寄言：捎信。此句意谓，我对你的感情如何传达给你呢？大海浩渺无边，又没有舟楫可以远渡，只好通过飞龙和天马带去我的爱的誓言。

［7］披：弥漫。逝：不见踪影。厉：振奋。《管子·七法》："兵弱而士不厉。"此句意谓，海上狂风突起，云雾弥漫，不见飞龙的踪迹，惊涛骇浪之下，天马也振奋不起精神。此言托飞龙和天马传书于佳人也是不可能的。

［8］何为：为何，为什么。泄：发散，引申为弥漫。此句意谓，为何我心中有如此重的忧愁？

选评

王世贞《艺苑卮言》："平子《四愁》，千古绝唱，傅玄拟之，致不足言，大是笑资耳。"

钟优民《中国诗歌史·魏晋南北朝》："他的七言诗在诗史上有相当地位，虽然他看不起这种新的诗体，目之为'体小而俗'，但却是魏晋时屈指可数的七言诗作。……这（《拟四愁诗》）是仿拟张衡《四愁诗》之作，主旨与原作同，每首起句均夹一'兮'字，具有七言体不成熟形态的特征。"

檀晶《西晋太康诗歌研究》："与原作（张衡《四愁诗》）相比，傅玄之

《四愁》表现出一种借原诗之构思而在语言风格及描写技巧上踵事增华、追求含蓄典雅之情趣。”

赏析

《拟四愁诗》每章首句“我所思兮”，末句“何为多念”，二者连起来就是一个“思念”，“四愁”均来自思念。首章所思“在瀛洲”，二章“在珠崖”，三章“在昆山”，末章“在朔方”，“瀛洲”“珠崖”“昆山”“朔方”分别代表了东、南、西、北四个方向。首章思念的对象是东海中的“瀛洲”，这是寄情的地点。诗中所言之“佳人”，可以坐实为一个远方的女子，但因诗人作此诗乃效班固之《四愁》，同样是怀有深沉寄托的，从这个意义上说，将“佳人”理解成一种美好理想和愿望似更符合诗之含蓄义。“佳人”，我们可以想象是一个女子，也可以是贤君，还可以是自身的一种追求，等等。目标在十分遥远的地方，那里虽然美好，但“我”难以达到，义同《诗经·秦风·蒹葭》“所谓伊人，在水一方”。“我”也付出各种努力了，想过各种办法了，但路途遥远，风急浪涌，重重艰难险阻使各种努力都变成徒劳。人间最大的愁情是什么？是明知目标在前，却没有任何办法去得到，去实现，这是愁，更是一种痛苦。诗中所设定的目的地“瀛洲”，包括另外三章中的“珠崖”“昆山”“朔方”，是诗人心目中的极远地，也是那个时代人们对世界认识的局限。“瀛洲”既是理想的归宿，又是人们心目中可想而不可即的神仙妙境。主体的诗人和客体的“瀛洲”之间隔着浩茫大海，大海在诗中成为阻碍诗人达到理想彼岸的畏途。海洋在本诗中不是被描写和欣赏的对象，而是一种情感托喻的意象。

潘岳

潘岳（247—300），字安仁，荥阳中牟（今河南省中牟县东）人。少颖慧，有奇童之称。晋初，他先依附后党杨骏，杨骏以惠帝母杨太后的关系，任太傅辅政。元康元年（291），杨骏被贾后所杀，潘岳幸免于难，出为长安县令。后来又与石崇等亲附权贵贾谧，为贾谧“二十四友”之首，据说潘岳“每候其出，辄望尘而拜”（《晋书》本传），因此颇为当世及后人讥议。后赵王伦诛讨贾后及其亲族，因潘岳曾挞辱司马伦的亲信孙秀，于伦当政、孙秀为中书令时，被诬与石崇、欧阳建谋奉淮南王允、齐王冏作乱，遂下狱见诛，夷三族。

潘岳是西晋最著名的作家，与侄潘尼并称“两潘”，又与陆机齐名，有“陆海潘江”之称，钟嵘将其五言诗列为《诗品》之上品。其赋在六朝时期颇受推重，刘勰《文心雕龙·诠赋》称其为“魏晋之赋首”之一，萧统《文选》收录其赋作八篇，以《秋兴赋》《西征赋》《寡妇赋》等为传世名篇。明张溥辑其诗文为《潘黄门集》，今人王增文有《潘黄门集校注》、董志广有《潘岳集校注》。

沧海赋[1]

徒观其状也，则汤汤荡荡，澜漫形沉[2]；流沫千里，悬水万丈[3]。测之莫量其深，望之不见其广[4]。无远不集，靡幽不通，群溪俱息，万流来同[5]。含三河而纳四渎，朝五湖而夕九江[6]。阴霖则兴云降雨，阳霁则吐霞曜日[7]。煮水而盐成，剖蚌而珠出[8]。其中有蓬莱名岳，青丘奇山[9]，阜陵别岛，崑环其间[10]。其山则嵬崔嵬崒，嵯峨隆屈[11]，披沧流以特起，擢崇基而秀出[12]。其鱼则有吞舟鲸鲵，鳊鳒龙须[13]，蜂目豺口，狸斑雉躯[14]，怪体异名，不可胜图[15]。其虫兽则素蛟丹虬，元龟灵鼍[16]，修鼋巨鳖，紫贝螣蛇[17]，玄螭蚴虬，赤龙焚蕴[18]，迁体改角，推旧纳新[19]。举扶遥以抗翼，泛阳侯以濯鳞[20]。其禽鸟则鸥鸿鹈鹕，鴐鹅鸡鹊[21]，朱背炜烨，缥翠葱青[22]。详察浪波之来往，遍听奔激之音响。力势之所回薄，润泽之所弥广[23]。信普天之极大，横率土而莫两[24]。

注释

[1] 选自韩格平等《全魏晋赋校注》，并参考董志广《潘岳集校注》。《文选》不入编，最早见于《艺文类聚》卷八，系节录而成。关于此赋的写作时间，傅璇琮《潘岳系年考证》据赋中所言“其中有蓬莱名岳，青丘奇山，阜陵别岛，崑环其间”数语，认为“蓬莱、青丘都在今山东胶东半岛，与琅琊为近。潘岳后期踪迹并未再至山东，则此《沧海赋》当也在琅琊时游历蓬莱等地所作”。高胜利《潘岳辞赋系年》认为“《沧海赋》作于泰始元年（265）至泰始二年四月间”。

[2] 徒：只，仅仅。荡荡：海涛激荡的样子。《文选》司马相如《上林赋》：“荡荡乎八川分流。”吕延济注：“荡荡，流貌。”澜漫：散漫，纷乱。形沉：董志广《潘岳集校注》中释为“起伏”，显然是将“形”理解为“起”，然“形”绝无“升

起”义，疑“形”乃“升”之误。此句意谓，只是从大海表面看其状态，它是那样的声势浩大，波涛汹涌，海浪散漫起伏。

［3］流沫千里：指海水涌起所生成的泡沫一泻千里。悬水万丈：指海浪高高涌起，有如悬在空中，有万丈之高。以上数句是描写大风浪时的海面状态。

［4］此句意谓，它的深度是无法测量的，它的广度也是肉眼望不到边际的。

［5］无远不集：指再遥远也汇集于此。靡幽不通：靡，无；幽，偏僻幽渺。此句意谓，向内，大海无不聚集；向外，大海无不通达。息：歇息，驻足，归宿之意。同：归。《淮南子·氾论训》：“百川异源，而皆归于海。”此句意谓，大海乃众流之向往，万川之归宿。

［6］三河：古代文献中并非确指某三条河流，而是指以黄河为界的三个地区。《史记·高祖本纪》裴骃《集解》引韦昭曰：“河南、河东、河内。”又《史记·货殖列传》：“唐人都河东，殷人都河内，周人都河南。夫三河在天下之中，若鼎足，王者所更居也。”这里泛指河流。四渎：《尔雅·释水》：“江、河、淮、济为四渎，四渎者，发源注海者也。”五湖：古今历来说法不一。《史记·三王世家》：“五湖之间。”司马贞《索隐》：“五湖者，具区、洮滆、彭蠡、青草、洞庭是也。”九江：古人说法亦不一。这里最无解的是“朝”“夕”。大约有两种理解：一是与前句互文，取海纳百川之意，“朝”“夕”皆有“含纳”之意，无法从字面正解。二是认为“朝”通“潮”，“夕”通“汐”。前句意思是大海可含纳百川，且“三河”“四渎”均为直接灌海的河流。后句的“五湖”“九江”均为不直接通海的河流、湖泊，大海的潮汐变化致使“五湖”“九江”也有了潮汐变化。另一种理解似更为合理：“朝”“夕”，即时间上的早晚，指大海日夜不停地被众流注入，即早有五湖之水倾注，晚有九江之水纳入。整体上此句的意思是，在空间上，大海吸纳百川，在时间上，众流无时无刻不流向它。

［7］阴霖：阴天。霖：淫雨，久下不停的连雨。《左传·隐公元年》：“凡雨，自三日以往为霖。”阳霁：天晴。霁：雨停。《说文》：“雨止也。”吐霞曜日：即霞吐日曜。王粲《游海赋》：“览沧海之体势。吐星出日。”此句意谓，阴天时，大海则使云兴，使雨降；天晴时，大海又可吐出霞光和一轮红日。

［8］煮水而盐成：古人称“盐”皆为煮水而成，《汉书》有“宿沙作煮盐”的记载。又《汉书·晁错传》：“吴王即山铸钱，煮海为盐。”蚌：软体生物，有壳，或能产珠。《文选》郭璞《江赋》李善注：“扬雄《蜀都赋》曰：‘蚌含珠而擘裂。’”此句意谓，煮海水可以成盐，剖开蚌可以得珠。

［9］青丘，旧题东方朔《十洲记》载，海外有十洲，皆为神仙所居，其在南海者为长洲，别名青丘。此句意谓，海中有蓬莱名山，有青丘仙境。

［10］阜：平地隆起曰阜。《风俗通义·山泽》：“阜者，茂也，言平地隆踊，不属于山陵也。”陵：平地隆起而大者。《说文》：“陵，大阜也。”别岛：不相连的岛屿。司马相如《上林赋》：“阜陵别岛。”《尔雅·释山》：“小山别大山，鲜。”孙炎注：“别，不相连也。”嵔（wěi）环：高低起伏的山峦环绕其间。嵔，山高

低不平。此句意谓，隆起不相连的岛屿，点缀于大海之中。

[11] 嵬崔嵬崒：形容山势高耸险峻。嵯峨：山高峻的样子。隆屈：高低起伏。此句意谓，海上之山高耸险峻，高低错落。

[12] 披沧流：指海上之山迎着海流的冲击。特起：高高耸起。擢：超拔。崇基：高基。此句意谓，海上之山迎着海浪的冲击而高高耸起，超拔于海山的高基而独立。

[13] 吞舟：《庄子・庚桑楚》："吞舟之鱼，砀而失水，则蚁能苦之。"鲸鲵：即鲸鱼。崔豹《古今注・虫鸟》："雄曰鲸，雌曰鲵。"鰞鰂，即乌贼。《南越记》："乌贼鱼有矴，遇风浪，便虬前一须，下矴而住，腹中及胆，正黑。"此句意谓，海中鱼类有可以吞舟的大鲸鱼和大乌贼。

[14] 蜂目豺口：《左传・文公元年》："蜂目而豺声。"指海中有的鱼眼睛像蜂，嘴像豺。狸：似狐而小的一种动物。雉：鸟名，雄者羽毛鲜丽。此句意谓，海中有眼睛像蜂、嘴像豺的鱼，又有斑纹像狸、身躯像雉的鱼。

[15] 不可胜图：不能一一列举和描述。《汉书・司马相如传》："众物居之，不可胜图。"颜师古注："胜，举也。不可尽举而图写之，言其多也。"此句意谓，另外还有更多形体怪异、名称奇特的海中之鱼，是无法一一列举和描述的。以上诸句皆说鱼类。

[16] 虫兽：指鱼类以外的海洋动物。蛟：《说文》："龙属也。"虬：亦龙属。《离骚》王逸注："有角曰龙，无角曰虬。"素蛟丹虬：即素色和红色的蛟龙。元龟：大龟。《尚书・金縢》："今我即命于元龟。"《孔传》："就受三王之命于大龟，卜知吉凶。"鼍（tuó）：即鳄鱼。《文选》张衡《西京赋》李善注："郭璞《山海经》曰：'鼍似蜥蜴。'"又《汉书・司马相如传》颜师古注："张揖曰鼍似蜥而大，身有甲，皮可作鼓。"

[17] 鼋（yuán）、鳖：两种龟属类动物。紫贝：蚌类软体动物。螣（téng）蛇：传说中会飞的蛇。《尔雅・释鱼》："螣，螣蛇也。"郭璞注："龙类也，能兴云雾而游其中。"《荀子・劝学》："螣蛇无足而飞。"

[18] 螭（chī）：《说文》："若龙而黄，北方谓之地蝼。或云无角曰螭。"又《上林赋》："蛟龙赤螭。"郭璞注："文颖曰：龙子为螭。"蚴（yòu）虬：屈动的样子。贾谊《惜誓》："苍龙蚴虬于左骖兮，白虎骋而为右騑。"焚蕴：或即濆沦。《文选》木玄虚《海赋》："瀱濆沦而滀漯。"李善注："濆沦，相纠貌。"或即焚轮。《尔雅・释天》："焚轮，谓之颓。"郭璞注："暴风从上下。"

[19] 迁体改角：动物因四季之变的形体变化。推旧纳新：即吐故纳新，对前一句的进一步解释。以上数句写海中虫兽，大意是，海中动物有红红白白的蛟龙、大龟、鳄鱼、大鼋、巨鳖、紫贝、螣蛇等，蛟龙盘曲，各呈异态。它们随着季节的变化而改变形体，去旧换新。

[20] 举：升起。扶摇：《尔雅・释天》："扶摇谓之猋。"郭璞注："暴风从下上。"《庄子・逍遥游》："抟扶摇而上者九万里。"抗翼：举翼高飞。泛：游。此句意

谓：这些海中动物仰则御风高飞，俯则潜入海涛中濯洗麟甲。

[21] 鸥：鸟类之一科，羽毛多为白色，嘴扁平，前趾有蹼，翼长而尖，生活在湖海之上，捕食鱼、螺等。鸿：大雁。鹔鹴（sùshuāng）：《西京赋》李善注："高诱《淮南子注》曰：鹔鹴，长颈绿色，其形似雁。"駕鹅：《西京赋》李善注："张揖《上林赋》注曰：駕鹅，野鹅。"鵁鶄（jiāojīng）：《史记·司马相如列传》正义曰："鵁鶄，似凫而脚高，有毛冠，辟火灾。"

[22] 炜烨：闪亮的样子。缥：《说文》："帛青白色也。"缥翠：像青白色的帛一样翠。葱青：像葱一样青。此句意谓，海中的禽鸟有鸥、鸿、鹔鹴，有野鹅和鵁鶄，它们背上红色的羽毛闪亮，青翠多彩。

[23] 力势：指波浪的力量和声势。回薄：指波浪的声威减弱。润泽：指波浪声威减弱后，大海显得平静而有光泽。此句意谓，仔细观察波浪的来去，倾听波浪奔腾激越的声响。随着波浪声威的逐渐减弱，大海愈发显得光洁平静，且范围愈广。

[24] 信：实在，确实。横：通"恒"。莫两：不二。《孟子·万章上》引《诗经》："普天之下，莫非王土；率土之滨，莫非王臣。"这两句是写观沧海之后的议论，意思是，天下实在是太大了，无一处不是吾王的疆土。

选评

王晓东《潘岳研究》："残存的《沧海赋》部分虽不如《海赋》辞藻之瑰丽，想象之丰富，但其对沧海之浩大和富有的描写，与《海赋》固无二端。"

高胜利《潘岳研究》："《沧海赋》'含三河而纳四渎，朝五湖而夕九江。阴霖则兴云降雨，阳霁则吐霞曜日'写出了大海波澜壮阔的景象，气魄雄伟壮丽。"

徐公持《魏晋文学史》："潘岳之赋，不涉神仙，是其特色。"

赏析

潘岳这篇《沧海赋》虽非完篇，但其对沧海之描写显得全面而极富层次感。首先是对大海体貌的整体观照："汤汤荡荡""澜漫形沉""流沫千里""悬水万丈""莫量其深""不见其广"。其次写大海的宏量："无远不集""靡幽不通""群溪俱息""万流来同""含纳河渎""朝夕湖江""兴云降雨""吐霞曜日"。再次写大海的富藏："煮水成盐""剖蚌出珠""名岳奇山""阜陵别岛"；鱼的"怪体异名，不可胜图"；虫兽的"迁体改角，推旧纳新"；禽鸟的"朱背炜烨，缥翠葱青"。最后以"润泽弥广"之大海完成沧海物景之赋。《艺文类聚》等书将潘岳《沧海赋》最切主题的部分截取，使之成为在今天看来最为典型的海洋文学书写。就现存此赋文本看，其对沧海的描写运思平实，辞藻也不算华丽。在今天看来，除了一些海洋物产名称略显生僻与怪异外，其他叙述和描写用语均为素朴。海洋物产中，更多是名山仙岛、奇鱼怪兽，应是古书所记或道听途说；即便是煮盐出珠和炜烨葱青之众鸟，也未必是其亲眼所见。此赋所写缺乏王粲《游海赋》的现场感，可推知并非潘岳实际观海所作。

陆机

陆机（261—303），字士衡，吴郡华亭（今上海市松江区）人。祖逊、父抗，皆孙吴名将。少袭领父兵，为吴牙门将军。吴亡，家居勤学，十年不仕。太康十年（289），与弟云同至洛阳，名动一时，称为“二陆”。成都王司马颖表为平原内史，世称陆平原。惠帝司马衷太安二年（303），司马颖起兵讨长沙王乂，以陆机为后将军、河北大都督。兵败被谗，为颖杀害。陆机能文章，“才高词赡，举体华美”（钟嵘《诗品》上）。诗赋成就较高。《隋志》著录他有集四十七卷，世传本十卷。有今人整理本数种，较早者为金涛声辑校本《陆机集》，后有刘运好《陆士衡文集校注》、杨明《陆机集校笺》等。

齐讴行[1]

营丘负海曲，沃野爽且平[2]。洪川控河济，崇山入高冥[3]。东被姑尤侧，南界聊摄城[4]。海物错万类，陆产尚千名[5]。孟诸吞楚梦，百二侔秦京[6]。惟师恢东表，桓后定周倾[7]。天道有迭代，人道无久盈[8]。鄙哉牛山叹，未及至人情[9]。爽鸠苟已徂，吾子安得停[10]。行行将复去。长存非所营[11]。

注释

[1] 选自金涛声点校本《陆机集》，《乐府诗集》属《杂曲歌辞》。齐讴：齐地之歌。《汉书·高帝纪》：“诸将及士卒皆歌讴思东归。”颜师古注：“讴，齐歌也。谓齐声而歌，或曰齐地之歌。”梁元帝《纂要》曰：“齐歌曰讴，吴歌曰歈，楚歌曰艳，淫歌曰哇。”

［2］营丘：齐太公姜尚被封之地，即今山东淄博。《文选》李善注曰："《礼记》曰：太公封于营丘。郑玄曰：齐曰营丘。晁错《新书》曰：齐地僻远负海，地大人众。郑玄《礼记注》曰：负之言背也。《汉书》曰：沃野千里。《左传》：齐景公欲更晏子之宅，曰：请更诸爽垲之地。"《战国策·秦策》："齐南以泗为境，东负海，北倚河。"负：背负。海曲：海湾。爽：地势高而开阔。此二句言齐地营丘与海湾相连，沃野千里，地势高而平坦。

［3］洪川：曹道衡《乐府诗选》释为"大河"；杨明《陆机集校笺》引刘桢《黎阳山赋》："自魏都而南迈，迄洪川以揭休。"吴云《建安七子集校注》亦释"洪川"为"大河"。此"大河"应即"黄河"。控：引，引领。《战国策·燕策》："齐有清济浊河，可以为固。"显然，浊河亦指黄河。如此看来，黄河总领黄河和济水，似与情理不合。此浊河，或为与济水相对的黄河一侧另外一条河流。高冥：青冥，即天空。此句意谓，齐地境内有黄河控引着诸大小河流，崇山高耸入云。一说"洪川"指洪大的平川，"控"指控制，即齐地辽阔的平川控引着两条大河流——黄河和济水。此解颇为通畅。

［4］被：披，覆盖。姑尤：《左传·昭公二十年》："晏子曰：……聊、摄以东，姑、尤以西，其为人也多矣。"杜预注："聊、摄，齐西界也。姑、尤，齐东界也。"姑：即今大姑河，源出山东省招远市会仙山，南流经莱阳市西南。尤：即小姑河，源出莱州市北马鞍山，南流注入大姑，合流南经平度市为沽河，至胶州市与胶莱河合流入海。界：分界，毗邻，接界。聊：在今山东省聊城市西北。摄：当在今聊城市境内。此句意谓，营丘东南有姑、尤二水，西南以聊、摄二城为界。

［5］海物：海产品，海洋动植物。错：错杂，交错。《尚书·禹贡》："海、岱惟青州。……海物惟错。"万类：上万个种类。陆产：陆地产品。尚：过，超过。千名：上千个名字。此句意谓，齐地海洋物产和陆地物产都十分丰富。

［6］孟诸：亦作"望诸""盟诸""明都"，古齐地大泽名。曹道衡《乐府诗选》以为"在今河南、山东交界处"。假如是在今两省交界处，则其地距齐地西界之聊城尚远，此地已不属齐地，而为宋地。吞：吞没，容纳。楚梦：楚国之云梦大泽。《周礼·夏官·职方氏》："正东曰青州……其泽薮曰望诸。……正南曰荆州……其泽薮曰云瞢。"望诸即孟诸，云瞢即云梦。《汉书·高帝纪》："夫齐，东有琅邪、即墨之饶，南有泰山之固，西有浊河之限，北有渤海之利。"百二：指齐之二万人足当敌人百万。侔：相等，相敌。秦京：秦国的京城。《陆机集校笺》释此二句谓："二句夸耀齐之大泽可吞楚之云梦，其得地势之利可与强秦抗衡。"

［7］惟：唯有。师：指太公姜尚。《诗经·大雅·大明》："维师尚父，时维鹰扬。""尚父"即太公。恢：恢复。东表，指齐之东部滨海地区。表：王城以外万里的地方称作"表"，王畿千里之外的地方称作"九服"，九服之地以外称作"九表"。《左传·襄公二十九年》载吴季札说齐国"表东海"，这里用此典。桓后：指齐桓公。定周倾：平定周室于将倾。周倾：周朝的崩溃倒塌。齐桓公时周室衰微，桓公帅诸侯，尊天子，故称"定周倾"。此句意谓，太公扩大齐地疆域，齐

桓公合集诸侯，一匡天下，安定即将倾覆的周室。

[8] 天道：自然规律。迭代：更迭替代。季节更替是自然规律，引申为朝代的不断更替也是一种规律。人道：人的道行，指处世做人的道理。久盈为永久充盈，长久旺盛。此句意谓，四时代序，自然之道；盛衰相续，人生之理。

[9] 鄙哉：鄙陋啊。牛山叹：指齐景公登牛山，悲叹人要死亡，晏子进谏之事。事见《左传·昭公二十年》。未及：没有达到。至人：《庄子》中称有高尚道德之人为"至人"。《庄子·应帝王》："至人之用心若镜。"此二句言齐景公君臣感叹生命易逝，浅陋鄙薄，远不及庄子笔下之至人对生命真谛的达观。

[10] 爽鸠：鸟名，鹰类，指爽鸠氏，传说为东夷部落首领少皞氏的司寇。少皞时爽鸠氏居营丘。爽鸠氏，是有记载的最早活动于齐国一带的部族。借指掌刑狱之官。《左传·昭公十七年》："爽鸠氏，司寇也。"苟：假如。徂：往，去。吾子：我们这些人，我辈。古时称人以"吾子"，有相亲或敬爱之意。安：怎么，哪里。得停：能停歇。此句意谓，爽鸠氏已经逝去，我辈岂可长存于世。

[11] 行行：行路再行路。走了又走，走走停停。将复去：终将离去。长存：生命永在。非所营：不是可以经营的，言即人的生命长短不是可以靠人为努力改变的。此句意谓，人终将渐行渐远，都将走向死亡，长生亦非经营所得。

选评

颜之推《颜氏家训》："陆机为《齐讴篇》，前叙山川物产风教之盛，后章忽鄙山川之情，殊失厥体。"

陈祚明《采菽堂古诗选》："前段铺叙境地，颇尽三齐之概。摘'维师'字，隽。忽入牛山往事，作翻新语，正是感伤代谢，远情低徊，凄其感人。读此，觉康乐《会吟》，伧父面目矣。"

吴淇《六朝选诗定论》："士衡吴人，止宜作《吴趋行》耳，又作《齐讴》何为？士衡去国入洛，心中有不平处，托意于二词。故于《吴趋》极摹其风土人物之美，而于《齐讴》则讥之。"

曹道衡《乐府诗选》："这首诗是写齐地的风土，可能是借齐讴来箴诫当时掌权的齐王司马冏。"

刘运好《陆士衡文集校注》："此诗前半描摹齐地山川之辽阔，地理位置之重要，海陆物产之丰富，历史人物之辉煌；后半由姜尚、桓公引出时序迁转，人世盛衰，不可力强而致。全诗由地及人，由今及史，自然引出历史、人生之感慨。结构之妙，不著痕迹。"

赏析

陆机是西晋太康时期最重要的文学家，钟嵘《诗品》列其为上品，然历来文学作品选本选录陆机作品并不很多，《齐讴行》入编于清人陈祚明《采菽堂古诗选》、吴淇《六朝选诗定论》，而不见于《古诗笺》《古诗赏析》；今人所编六朝诗选本，除曹道衡《乐府诗选》等极少数选录该诗，余皆不选。至于此诗的赏析性文字，更是一个空白。

《齐讴行》是陆机入北仕晋之后所作，从内容上看，前半部分写齐地优越的地理区位、丰饶的物产、广大的疆域，后半部分转入借咏史以表达内心的隐曲。涉及海洋的诗句仅有“营丘负海曲”“海物错万类”两句，前者说的是营丘是近海之地，后者指出这里海洋物产丰富，海洋动植物有上万个种类。虽然不是正面描写海洋本体，但也是滨海地方的相关叙述，仍为海洋文学的重要构成。对诗意的理解，大约可有二端：一是以齐指晋。历史上，齐国是各诸侯中最为富庶的国家，其盛不让任何强国，而且作为一方诸侯，为稳定周室也做出了突出贡献。虽然如此，江山有迭代，朝代更迭不以人的意志为转移，如此强大的齐国如今在哪里呢？言下之意，眼前的晋朝也必是跟齐一样的命运，人的生命和王朝都无法长存，作为生命个体所能做到的，就是把握当下，此体现的是陆机的功名之心。二是以齐指吴。陆机的故地吴国山川地理、海陆物产等与齐地非常相似，三国吴虽后灭，但也终究是灭掉了。虽然隐含着对故国逝去的不舍，但是在宽慰自己也宽慰他人，朝代不永，生命有尽，即便从对吴国的情感上说仕晋是万般不情愿。陆机正是意识到谁都没有可能将生命留住，所以认为违心之举也是需要的。

张载

张载（生卒年不详），字孟阳，安平武邑（今河北省安平县）人。性闲雅博学，历官著作郎、弘农太守、中书侍郎等。见世方乱，遂称疾告归，卒于家中。傅玄称赏其才，为之延誉，遂知名。与弟张协、张亢俱有文名，世称“三张”。张载尤擅铭文，其诗善于雕琢。有集七卷，已散佚。明张溥辑有《张孟阳集》。其诗今存二十首，较有影响的有《七哀诗》等。钟嵘《诗品》以其为下品，评曰：“孟阳诗，乃远惭厥弟，而近超两傅。”

赠司隶傅咸诗（其五）[1]

彼海汤汤，涓流所归[2]。鳞宗龙翔，鸟慕凤飞[3]。瞻顾高景，曷云能违[4]。未见君子，载渴载饥[5]。

注释

［1］选自逯钦立《先秦汉魏晋南北朝诗》。傅咸（239—294），字长虞，北地泥阳（今陕西渭南富平）人，西晋文学家。曹魏扶风太守傅干之孙，司隶校尉傅玄之子。曾任太子洗马、尚书右丞、御史中丞等职。

［2］涓流：细小的水流。此句意谓，大海浩渺荡漾，是大小水流的归往之所。

［3］此句意谓，是鱼类的家园，有蛟龙腾游其间，是众鸟的乐园，有凤鸟飞翔于上空。

［4］高景：宏大至美之景。此句意谓，观赏大海如此的盛景，却仍然排遣不了内心对人的思念。

［5］载渴载饥，又渴又饥。《诗经·小雅·采薇》："忧心烈烈，载饥载渴。"

选评

陈祚明《采菽堂古诗选》："孟阳长于言愁，触绪哀生，坌涌不能自止。笔颇古质，不落建安以后。"

刘勰《文心雕龙·才略》："孟阳、景阳，才绮而相埒，可谓鲁、卫之政，兄弟之文也。"

赏析

张载《赠司隶傅咸诗》共五章，四言，各章句数均不同。第五章相对最有诗味，且是一首涉及海洋书写的诗作。历来各种诗歌选本较少选张载作品，即便是选了，也是首选其《七哀诗》，或是《拟四愁诗》，《赠司隶傅咸诗》无人采选。这首诗从表面看，确是在写大海，大海之汤汤而流，它不择细流，有着博大的胸怀。大海又是鳞、鸟向往和栖息之所，也是龙凤汇集的地方。面对这样的景致，谁能免除它的诱惑呢？诗人将前四句所写大海之景物认定为"高景"，结合后两句，诗意便有了更深层的寄寓。这样看来，"高景"便又是指朝廷，为朝廷所用，是每个士人都向往的。在这样汇集天下才士的朝廷中，却不见诗人心目中的"君子"，这令其忧心如焚。

郭璞

郭璞（276—324），字景纯，河东闻喜（今山西省闻喜县）人。博学多才，曾为《尔雅》《方言》《山海经》《穆天子传》《楚辞》等书作注。西晋亡，随晋王室南渡，任著作郎，迁尚书郎，因反对王敦谋反被杀。王敦乱平，追赠弘农太守。为南渡之际的重要作家，传诗二十二首，《游仙诗》十四首为代表作。郭璞著作，《晋书》本传称“所作诗、赋、诔、颂亦数万言”，《隋书·经籍志》著录有集十七卷。其别集今存辑本，有明张溥《汉魏六朝百三名家集》所收《郭弘农集》，今人聂恩彦有《郭弘农集校注》整理本。

游仙诗（其六）[1]

杂县寓鲁门，风暖将为灾[2]。吞舟涌海底，高浪驾蓬莱[3]。神仙排云出，但见金银台[4]。陵阳挹丹溜，容成挥玉杯[5]。姮娥扬妙音，洪崖颔其颐[6]。升降随长烟，飘飖戏九垓[7]。奇龄迈五龙，千岁方婴孩[8]。燕昭无灵气，汉武非仙才[9]。

注释

[1] 选自张玉穀《古诗赏析》。

[2] 杂县（yuán），海鸟名，又叫爰居。《尔雅》：“爰居，杂县。”《注》：“《国语》曰：海鸟爰居，汉元帝时琅邪有大鸟如马驹，时人谓之爰居。”《疏》：“爰居，海鸟也，大如马驹，一名杂县，汉元帝时，琅邪有之。”鲁门：鲁国城门。又《国语·鲁语上》：“海鸟曰爰居，止于鲁东门外三日。展禽曰：‘今兹海其有灾乎？夫广川之鸟兽恒知风而避其灾也。’是岁也，海多大风，冬暖。”这句是说海将起大风。

[3] 吞舟：吞舟之大鱼。蓬莱：海上仙山名。这里指燕昭王和汉武帝寻仙的大船如同海底跃出的吞舟大鱼，乘风破浪向仙山蓬莱驶去。

[4] 这句以下写在海上所见的神仙世界。此句意谓，云中神仙世界的楼台殿阁，一片金碧辉煌。

[5] 陵阳：古仙人陵阳子明的简称。相传子明从鱼腹得书，因知服食之法，服石脂三年成仙。丹溜：即石脂，或称流丹，石流黄之类。容成：也是仙人名。与陵阳子

明均见《列仙传》。此句意谓，仙人陵阳子明酌取丹药，容成举杯畅饮。

[6] 姮娥：即嫦娥。相传后羿从西王母得到不死药，嫦娥偷吃后逃往月中。洪崖：古仙人名。《列仙传》："洪崖先生姓张氏，尧时已三千岁。"此句意谓，嫦娥清扬长吟，声音美妙；洪崖颔颐倾听。

[7] 此句咏宁封子事。《列仙传》："宁封子者，黄帝时人也，积火自烧而随烟上下。"九垓，即九天。中央及四正四隅九方之天为九天。此句意谓，宁封子随烟升降，在长空飞舞。

[8] 奇龄：长寿，年岁很大。五龙：传说中五个人面龙身的仙人，他们是一父四子。父曰宫龙，是土仙；长子角龙，木仙；次子徵龙，火仙；三子商龙，金仙；四子羽龙，水仙。此句意谓，仙人长生不老，青春永驻。

[9] 王嘉《拾遗记·燕昭王》："燕昭王召其臣甘需曰：'寡人志于仙道，可得遂乎？'需曰：'上仙之人去滞欲而离嗜爱，洗神灭念，游于太极之门。今大王所爱之容，恐不及玉，纤腰皓齿，患不如神，而欲却老云游，何异操圭爵以量沧海乎？'"《汉武帝内传》："西王母曰：'刘彻好道，然形慢神秽……殆恐非仙才也。'"

选评

陈祚明《采菽堂古诗选》："奇伟，反带俳笑之致。"

王夫之《古诗评选》："意一用，词一用，合离双行，不设蹊径。阅此诗者，如闻他人述梦，全不知其相因之际，不亦宜乎？"

吴淇《六朝选诗定论》："首四句，即紫阳氏所谓'虎跃龙腾风波初'也，以海鸟托兴，以海鲸托比，应前诗中'清波无增澜，焉能运吞舟'意。运吞舟之鱼，唯大江大海耳。当海风将大作之时，惟杂县知之，而远避于鲁门。吞舟之鱼乘之而出，簸扬海波，高驾蓬莱之上，喻丹之来也。真气自气海涌出，其状如此。神仙，彼之真气；云，我之真气；彼之真气薄我之真气而来也。不言来而言出者，出乎彼、入乎此也。"

张玉穀《古诗赏析》："此首纯叙列仙之乐，而慨学仙者皆不得其要领也。前六，从海上大风高浪破空而来，引出仙居壮丽，真有叱空生风云之势。"

赏析

对这首诗的理解存在多个指向，赵沛霖《郭璞诗赋研究》一书从起首两句的本事出发去解读，颇有新意。但通常的理解是说本诗的显著特点是赋予象征意义。诗歌以海鸟栖于鲁国的城门这一奇异传说开篇，纵笔泼墨，描绘了一幅海上风浪大作的景象："吞舟涌海底，高浪驾蓬莱。"天崩地裂，连神仙居住的岛屿也被风浪席卷而去。显然，诗人是以此来隐喻现实社会的动乱和险恶。与海上惊心动魄的场面相对立，诗人以悠然的笔调描绘了一个神仙世界。逍遥其间的群仙，有的正挥杯畅饮；有的正轻歌曼舞；有的随着风烟上下，飘摇于九天之中；有的年逾千岁，却貌若孩童。这一片没有忧愁、没有凶险的乐土，正是诗人理想的象征。而诗人对现实生活的深刻批评，正是从人间惨景与仙境的鲜明对照中表现出来的。

木华

木华（生卒年不详），字玄虚，广川（今河北景县）人。晋武帝、惠帝时曾任太尉杨骏府主簿，长于辞赋。其作品今存《海赋》一篇，在六朝享有盛名，南朝宋傅亮《文章志》称“广川木玄虚为《海赋》，文甚隽丽，足继前良”。梁昭明太子萧统将其收入《文选》，得以扬名于后世。《隋书·经籍志》著录其作品，唯有《海赋》（萧广济注）一卷，后载于《艺文类聚》，严可均辑入《全晋文》。

海赋[1]

昔在帝妫，巨唐之代，天纲浡潏，为凋为瘵[2]。洪涛澜汗，万里无际。长波涾沲，迤涎八裔[3]。于是乎禹也，乃铲临崖之阜陆，决陂潢而相沷[4]。启龙门之岝嶺，垦陵峦而崭凿[5]。群山既略，百川潜渫[6]。泱漭澹泞，腾波赴势[7]。江河既导，万穴俱流[8]。掎拔五岳，竭涸九州[9]。沥滴渗淫，荟蔚云雾[10]。涓流泱瀼，莫不来注[11]。于廓灵海，长为委输[12]。其为广也，其为怪也，宜其为大也[13]。

尔其为状也，则乃浟湙潋滟，浮天无岸[14]。浺瀜沆瀁，渺弥泼漫[15]。波如连山，乍合乍散[16]。嘘噏百川，洗涤淮汉[17]。襄陵广舄，漻滈浩汗[18]。

若乃大明摭辔于金枢之穴，翔阳逸骇于扶桑之津[19]。彯沙礐石，荡飏岛滨[20]。于是鼓怒，溢浪扬浮。更相触搏，飞沫起涛[21]。状如天轮，胶戾而激转。又似地轴，挺拔而争回[22]。岑岭飞腾而反覆，五岳鼓舞而相磓[23]。渭濆沦而滀潔，郁沏迭而隆颓[24]。盘盓激而成窟，澌沸滐而为魁[25]。润泊柏而迤扬，磊匒匌而相豗[26]。惊浪雷奔，骇水迸集[27]。开合解会，瀼瀼湿湿[28]。葩华踧沑，澒泞濼濇[29]。

若乃霾曀潜销，莫振莫竦[30]。轻尘不飞，纤萝不动[31]。犹尚呀呷，余波独涌[32]。澎濞灪磙，碨磊山垄[33]。尔其枝岐潭瀹，渤荡成汜[34]。乖蛮隔夷，回互万里[35]。

若乃偏荒速告，王命急宣[36]。飞骏鼓楫，泛海凌山[37]。于是候劲风，揭百尺，维长绡，挂帆席，望涛远决，冏然鸟逝[38]。鹬如惊凫之失侣，倏如六龙之所掣[39]。一越三千，不终朝而济所届[40]。若其负秽临深，虚誓愆祈，则有海童邀路，马衔当蹊[41]。天吴乍见而仿佛，蝄像暂晓而闪尸[42]。群妖遘迕，眇睴冶夷[43]。决帆摧橦，戕风起恶[44]。廓如灵变，惚怳幽暮[45]。气似天霄，叆叇云布[46]。霱昱绝电，百色妖露[47]。呵嗽掩郁，矆睒无度[48]。飞涝相磢，激势相沏[49]。崩云屑雨，浤浤汩汩[50]。踧踔湛藻，沸溃渝溢[51]。瀖泋濩渭，荡云沃日[52]。于是舟人渔子，徂南极东[53]。或屑没于鼋鼍之穴，或挂罥于岑嶅之峰[54]。或掣掣洩洩于裸人之国，或泛泛悠悠于黑齿之邦[55]。或乃萍流而浮转，或因归风以自反[56]。徒识观怪之多骇，乃不悟所历之近远[57]。

尔其为大量也，则南澰朱崖，北洒天墟，东演析木，西薄青徐[58]。经途瀴溟，万万有余[59]。吐云霓，含龙鱼，隐鲲鳞，潜灵居[60]。岂徒积太颠之宝贝，与随侯之明珠[61]。将世之所收者常闻，所未名者若无[62]。且希世之所闻，恶审其名[63]？故可仿像其色，叆靆其形[64]。

尔其水府之内，极深之庭，则有崇岛巨鳌，峌岘孤亭[65]。擘洪波，指太清，竭磐石，栖百灵[66]。扬凯风而南逝，广莫至而北征[67]。其垠则有天琛水怪，鲛人之室[68]。瑕石诡晖，鳞甲异质[69]。

若乃云锦散文于沙汭之际，绫罗被光于螺蚌之节[70]。繁采扬华，万色隐鲜[71]。阳冰不冶，阴火潜然[72]。熺炭重燔，吹炯九泉[73]。朱燉绿烟，腰眇蝉蜎[74]。珊瑚琥珀，群产接连[75]。车渠马瑙，全积如山[76]。鱼则横海之鲸，突扤孤游[77]。戛岩嶅，偃高涛，茹鳞甲，吞龙舟[78]。噏波则洪涟踧蹜，吹涝则百川倒流[79]。或乃蹭蹬穷波，陆死盐田[80]。巨鳞插云，鬐鬣刺天。颅骨成岳，流膏为渊[81]。

若乃岩坻之隈，沙石之嵚，毛翼产毂，剖卵成禽[82]。凫雏离褷，鹤子淋渗[83]。群飞侣浴，戏广浮深[84]。翔雾连轩，洩洩淫淫[85]。翻动成雷，扰翰为林。更相叫啸，诡色殊音[86]。

若乃三光既清，天地融朗[87]。不泛阳侯，乘蹻绝往[88]。觌安期于蓬莱，见乔山之帝像[89]。群仙缥眇，餐玉清涯[90]。履阜乡之留舄，被羽翮之襂缅[91]。翔天沼，戏穷溟。甄有形于无欲，永悠悠以长生[92]。

且其为器也，包乾之奥，括坤之区，惟神是宅，亦只是庐，何奇不有，何怪不储[93]。芒芒积流，含形内虚。旷哉坎德，卑以自居。弘往纳来，以宗以都。品物类生，何有何无[94]。

注释

[1] 选自《文选》卷十二。《海赋》是木华传世的唯一一篇作品。

[2] 妫（guī）：舜帝之姓，此指虞舜。唐：即陶唐，传说尧所建。浡潏（bó jué）：水沸涌的样子，引申为动乱。瘵（zhài）：病，引申为衰败、凋敝。此句意谓，从前在尧舜时代，天纲大乱，民生凋敝。

[3] 澜汗：水势浩大。湠滉（tà tuó）：水波回旋翻腾。湠：沸溢。滉：同“沱”，水湾，这里指波涛反复回旋。迤涎（yǐ xián）：曲折绵延。八裔：八方。此句意谓，这个时候，天下洪水泛滥，波涛翻腾，绵延四方。

[4] 禹：大禹。阜陆：高地。决：挖开。陂潢（bēi huáng）：蓄水的池塘。泼（fā）：疏浚。这几句写大禹治水所采取的疏导之法。

[5] 龙门：山名，在今河南省洛阳市南。大禹治水时，因山岭挡路而开凿龙门。岝（zuò）：山势高峻的样子。嶺：同“峉（é）”，高大。垦：休整，整治。崭凿（zhǎn záo）：开凿，挖掘。此句意谓，开凿高峻的龙门山，修整开挖新的河道。

[6] 略：经略。潜渫（xiè）：深浚。此句意谓，群山得到了治理，百川得到了疏通。

[7] 泱漭（yāng mǎng）：水势广大、浩瀚。澹泞（dàn nìng）：水流动的样子。赴势：顺势。此句意谓，滔滔的黄河之水缓缓向东，沿着本来的走势流向大海。

[8] 万穴：指众多的积水。此句意谓，大江大河得到了疏导，众多积水均被排出。

[9] 掎拔（jǐ bá）：挺拔。竭涸，干涸无水。此句意谓，五岳挺拔耸立，九州水患得到消除。

[10] 沥滴：水向下滴。渗淫：小水。沥滴渗淫：指水慢慢向下流。荟蔚（huì wèi）：云雾弥漫。此句意谓，点点水滴汇成溪流，涓涓细流从山涧流出，山顶云雾弥漫。

[11] 泱瀼（ráng）：《文选》李周翰注：“泱瀼，流貌。”一说水停蓄貌。李善注：“泱瀼，停淤也。”此句意谓，诸水不再积存而缓缓流出，一同奔向大海。

[12] 于：无意义。廓：广阔无边。灵海：大海，古人以为海中多灵怪异物，故有此陈。此句意谓，广阔无边的大海，常年靠这些江河输送水源。

[13] 此句意谓，因为大海的浩渺广大，也因为大海的神奇，大海之大是名副其实的。

[14] 滺溠（yóu yì）：水满。潋滟（liàn yàn）：水波荡漾。浮天：与天际相接。此句意谓，你看那大海的情状，水波浩渺，涌向无边无际的天边。

[15] 沖瀜（chōng róng）：水又深又广。沆瀁（hàng yǎng）：水广阔无边。渼（tàn）漫：水广远。此句意谓，广阔辽远的大海，浩渺旷远。

[16] 此句意谓，大海的波涛连绵如山，如山峦相连，忽而聚合忽而散开。

[17] 嘘噏（xī）：吐纳呼吸。此句意谓，大海自如地吞吐呼吸着江河，洗涤着淮水和汉水。

[18] 襄陵：大水漫上丘陵。舄（xì）：同“潟”，咸水浸渍的土地。潦滆（jiāo gé）：水深而宽广。浩汗：水盛大。此句意谓，大水漫过丘陵，形成长年浸渍的盐碱地和那些深邃浩瀚的海湾。

[19] 大明：指月。摭（piǎo）辔：勒住缰绳。金枢之穴：传说中月亮没入之处。翔阳：指太阳。逸骇：迅疾升起。扶桑之津：传说中太阳升起之处。此句意谓，至于大海，既是明月沉落的家园，也是太阳升起的渡口。

[20] 彯（piāo）：飘扬，飘卷。礐（què）：疾风激水击石成声。飂（yù）：急风。《玉篇·风部》：“飂，疾风。”《文选》李善注：“飂，风疾貌。”此句意谓，海水飘扬着沙子，海浪叩击着岸边的岩石，如狂风劲吹一般荡漾在海滨。此言飞沙走石的情状。

[21] 鼓怒：形容事物鼓荡激动，气势很盛。这里指大海发怒。此句意谓，大海发怒的时候，横溢的海浪飞扬沉浮，相互搏击着，波涛漾起飞沫。

[22] 胶戾：回环曲折。争回：竞相回旋。此句意谓，其情状仿佛天轮飞旋出无数激流漩涡，又好似大地的车轴挺拔遒劲争相转动。

[23] 岑岭：高山。磓（duī）：撞击。此句意谓，迭起的波涛仿佛山岭不停地翻腾倾覆，耸起的巨浪如同五岳山峰相互冲撞。

[24] 渭（wèi）：《文选》李善注：“乱貌。”濆沦（pēn lún）：起伏急疾的样子。滀潔（chù luò）：水积聚的样子。沏迭：水疾涌的样子。隆颓：高低起伏的样子。此句意谓，回旋的波浪好似奔赴赶集，重叠的浪头忽而隆起，忽而倒塌。

[25] 盂（yū）：水旋流。潲潭（qiào tán）：巨浪。滐（jié）：波浪突然涌起、立起。魁、浪峰。此句意谓，盘旋的水涡形成深深的洞窟，四周的波涛涌起形成环绕的浪峰。

[26] 潣（shǎn）：水流急速。泊柏：小水波。迤扬：倾斜着上扬。砮匌（dá gé）：浪涛聚集。豗（huī）：撞击。此句意谓，急流的小水波倾斜着疾驰，层叠的巨浪仿佛高大的石磊互相撞击。

[27] 此句意谓，惊涛骇浪犹如迅雷疾奔，忽而攒集迸发，忽而四散开来。

[28] 解会：分开聚会。瀼瀼（ráng ráng）濕濕：波涛开合的样子。此句意谓，海浪开合，波光闪烁，时明时灭。

[29] 葩华：水花。踧沑（cù nǜ）：水纹集聚。濎（dǐng）泞：水沸腾之状。潗㵿（jí nì）：水沸腾的声音。水花忽而散开忽而聚集，腾涌的水波如同开水沸腾。

[30] 霾曀（mái yì）：《诗经·邶风·终风》：“终风且霾。”又：“终风且曀。”后以“霾曀”指蔽天的灰尘或云翳。此句意谓，阴霾的天空里海风吹起的浪沫遮蔽了太阳，晦暗的天色和悄悄消失的光明让人无不感到毛骨悚然。

[31] 纤萝：纤细的藤萝。此句意谓，海面上没有一丝飞尘，水纹如同平铺的丝绢和藤萝。

[32] 呀呷（yā xiā）：吞吐开合貌。此句意谓，海水自如地吞吐呼吸，海浪的余波独自涌动。

[33] 澎濞（péng bì）：波浪相撞击声。灪𥗹（yù huái）：形容波浪高峻。碨磊（wěi lěi）：高低不平突起的样子。此句意谓，岸边汹涌澎湃的海水，还在冲刷着高低不平的山垄。

[34] 潭瀹（yuè）：水摇动的样子。渤荡：涨潮。汜：汇入。此句意谓，那分流的大河支流，在涨潮的海湾与主流重新汇合。

[35] 乖：背离。隔：间隔。回互：回环阻隔。此句意承前句，涨潮时河道水面上升，主流流经蛮夷之地，将相隔万里之外的众水都勾连了起来。

[36] 急宣：急于下达。此句意谓，如果偏远地区遇到特别情况紧急告急，或是王室的命令急需向下传达。

[37] 鼓楫：划船。此句意谓，凭借舟船可以替代飞驰的骏马，渡海可以超凌山岭。言行走海路会更便捷。

[38] 揭：高举。维：系。冏然：鸟飞的样子。此句意谓，于是等待海风强劲的季节，高举起百尺帆樯，用长丝绢维系，扬起船帆，面对浩渺的波涛决然远行，像鸟一样飞向远方。

[39] 鹬（yù）：鸟，羽毛茶褐色，嘴、脚都很长，趾间无蹼，常在水边或田野中捕吃小鱼、小虫和贝类。掣：驾车。此句意谓，疾驰的船如同惊飞的野鹬寻找伴侣，又好似六龙为太阳驾车。

[40] 终朝：散朝。届：抵达。此句意谓，渡船在海上日行三千里，不到清晨散朝便可以到达目的地。

[41] 负秽：负罪。海童：传说中的海中神童。马衔：海神名。蹊：前路。此句意谓，如果准备出海的是负罪之人，则在出发前应为自己的罪过虔诚祈祷、祝福，否则会有海童引你上路，也会有马衔这样的海神挡住前路。

[42] 天吴：水神名。蝄像：传说中的海神。闪尸：忽隐忽现的样子。此句意谓，刚刚仿佛突然见到八足八尾的天吴海神，又见到蝄像这样的海怪一闪即逝。

[43] 遘迕（gòu wǔ）：作乱。眇䁟（miǎo yǎo）：远望。冶夷：妖媚，美丽。此句意谓，成群的女妖与你相遇，期待媾和，个个都向你投来献媚的目光。

[44] 橦（tóng）：桅杆。戕风：暴风。此句意谓，它们扯下风帆折断桅杆，鼓起的风暴肆意作恶。

[45] 廓：辽阔。惚怳（hū huǎng）：即恍惚。辽阔的海天瞬息万变，晴朗的天空忽而变成昏暗的黄昏。

[46] 叆䨴（ài fèi）：昏暗。此句意谓，天空的云气如同冲霄怒气，密布着昏暗深厚的乌云。

[47] 儵（shū）：迅疾。昱：闪耀。百色：各种各样。此句意谓，雷鸣电闪的瞬间，各种各样的怪异现象显露出来。

[48] 呵嗽（xù）：不明。《玉篇·口部》："嗽，气也。"《集韵·迄韵》："嗽，呵嗽，

不明也。”《文选》李善注：“呵嗽掩郁：不明貌。”掩郁，不明。矆睒（huò shǎn）：光闪烁，多指电光。此句意谓，漆黑的天空中怪异的光色闪烁不定。

[49] 飞涝：扬起的大波。磢（chuǎng）：摩擦。沏（qī）：用水冲。此句意谓，巨浪飞舞，相互撞击，激烈地相互摩擦。

[50] 崩云：使云崩裂，形容波浪腾涌之高。屑雨：雨像碎屑。浤浤（hóng hóng）：波浪汹涌奔腾。《文选》刘良注：“浤浤汩汩，腾涌急激貌。”一说波浪声。李善注：“浤浤汩汩，波浪之声也。”汩汩（gǔ gǔ）：水流的样子。此句意谓，忽而云层爆裂，暴雨从天倾泻，伴随着波涛翻滚的响声。

[51] 踸踔（chěn chuō）：一脚跳行、跛脚走路的样子。这里指进退不定的水波。湛瀹（yào）：指水的进退不定。沸溃：腾涌乱流。渝溢：盈溢。此句意谓，进退不定的水波跳跃腾涌，仿佛开锅的沸水乱流四溢。

[52] 濩涛（huò huì）：象声词，波浪涌起的声音。濩（huò）渭：波浪之声。沃：浇灌。此句意谓，剧烈起伏的波浪和浪花溅落的声音扑面而来，荡涤着天边的云彩，浇灌着天边的太阳。

[53] 徂南极东：一会儿向南，一会儿向东。此句意谓，于是那些出海的渔民，经常因风恶浪急而漂泊不定。

[54] 屑没：破碎沉没。鼋鼍：大鳖和扬子鳄。罥（juàn）：捕捉鸟兽的网。岑嶅（cén áo）：指海中的暗礁小岛。此句意谓，他们或是碎身于老鳖和鳄鱼的空腹，或是困厄在孤岛山巅。

[55] 掣掣洩洩：羁绊，指流落他乡。泛泛悠悠：犹言飘飘荡荡。此句意谓，他们或是流落到裸人之国，或是漂流至黑齿之邦。

[56] 萍流：像浮萍一样漂流。此句意谓，他们有的像浮萍漂流一样不知去向，有的借着顺风而得以返回家乡。

[57] 骇：恐惧。此句意谓，人们只看到那些骇人的众多海怪，却无法弄明白那些遭遇海难的人到底经历了多远。

[58] 渝：浸渍，这里指达到。天墟：北面的天空。析木：星次名，古代幽燕地域的代称。古代以析木次为燕的分野，属幽州。再说到大海的广博无边，向南航行可抵达珠崖，向北可延伸至天墟，向东可漂流到析木，向西就是青州和徐州。

[59] 瀴溟：绝远。此句意谓，海上四个方向所经历的地方十分遥远，可以说是万里有余。

[60] 此句意谓，大海吞吐云霓，嘴含龙鱼，隐没鲲的鱼鳞，潜藏神灵的居所。

[61] 太颠之宝贝：周文王属臣太颠等人为救周文王而献给殷纣王的大贝。随侯之明珠：相传随侯因救蛇而得到的宝珠。此句意谓，岂止是积聚了太颠之宝贝和随侯之明珠？

[62] 此句意谓，把世上已经收藏的知名珍宝全都罗列出来，也赶不上大海中说不出名字的奇珍异宝。

[63] 恶审：哪里知道。此句意谓，况且那些珍稀之物闻所未闻，谁能弄清楚它们的名称？

[64] 叆叇（ài xì）：依稀，不明。此句意谓，所以只可描述它们仿佛相似的颜色和一些似是而非的形状。

[65] 嵽嵲（dié niè）：山高峻的样子。此句意谓，而在大海的水府之内，在极深的海底龙庭，则有能背负海上仙山的巨鳌和那些如高峻山峰一般的孤亭。

[66] 擘：同“掰”，劈开。此句意谓，劈开洪波，直刺青天，还有背负磐石的各路神仙栖居在那里。

[67] 凯风：和暖的风，指南风。广莫：广莫风，指北风。扬起南风便向南飞逝，吹起北风便向北出征。

[68] 垠：边缘。天琛：天然出产的珍宝。鲛人：神话传说中的人鱼。此句意谓，其边缘还有天然宝石和水中怪石，水底有人鱼的居室。

[69] 诡：神奇。晖：光色。鳞甲：鱼类和贝类。此句意谓，带着红斑的玉石变幻着神奇的光色，鱼类和贝类各呈异彩。

[70] 沙汭（ruì）：水湾边的沙滩。此句意谓，海边沙滩如云锦般五彩斑斓，沙滩上螺蚌壳的纹理披着绫罗般的光彩。

[71] 此句意谓，沙滩上各种色彩纷呈光华，使万般颜色黯然失色。

[72] 阳冰：结于水面之冰。冶：融化。阴火：海中生物所发之光。潜然：隐伏。此句意谓，海面所结之冰不融化，海中生物所发之光就不会显现。

[73] 熺（xī）：炽热。燔（fán）：燃烧。熺炭重燔：这里指太阳出来。吹炯：指阳光照亮万物。九泉：指大海。此句意谓，太阳出来，阳光照亮大海。

[74] 朱燉（yàn）：红色的火焰。蝉蜎（chán yuān）：《文选》李善注：“蝉蜎，烟焰飞腾之貌。”一说远视貌。李周翰注：“蝉蜎，远视貌。”此句意谓，红色的火焰，绿色的烟岚，飞腾的烟火仿佛左顾右盼。

[75] 此句意谓，大海中盛产珊瑚和琥珀等众多海洋物产。

[76] 车渠：一种海中生物。壳甚厚，略呈三角形，表面有渠垄如车轮之渠，故名。肉可食，壳可入药。此句意谓，车渠、马瑙等堆积如山。

[77] 横海：横行海上。突扤（wù）：突起。此句意谓，横渡大海的巨鲸，露出高大的鱼鳍独自遨游。

[78] 戛（jiá）：削平，刮平。岩嶅（áo）：岩石。偃：倒下。茹：吞食。此句意谓，巨鲸们的脊背和山岭一般高大，巨浪在它身边倒下，鱼类和贝类是它的食物，硕大的龙舟也被它吞咽。

[79] 洪涟：大浪。踧蹜（cù sù）：水聚不流。踧：通“蹙”。《文选》李善注：“踧蹜，聚貌。”一说为水流不进，见李周翰注。吹涝：吐水。此句意谓，巨鲸吸气时海面的大浪停止不前，吐水时百川也会倒流。

[80] 蹭蹬（cèng dèng）：险阻难行。此句意谓，有时它们也会搁浅在退潮的海滩上，干死在海边的盐田。

[81] 鬐鬣（qí liè）：鱼、龙的脊鳍。《文选》李善注引郭璞《上林赋》注：“鳍，鱼背上鬣也。”此句意谓，巨大的鱼鳞直插云中，锋利的鱼鳍刺向天空。它们的尸

骨堆成山岳，流失的膏油形成深潭。

[82] 岩坻（dǐ）：崖岸。隈（wēi）：山脚。嵚（qīn）：小而高的山。毛翼：指禽鸟。鷇（kòu）：需母鸟哺食的雏鸟。此句意谓，至于岸边岩石的角落里，小山的沙石堆里，禽鸟在那里哺育雏鸟，破卵而出的小鸟很快就长成飞禽。

[83] 离褷（shī）：羽毛初生的样子。淋渗：小鸟刚长出羽毛的样子。刚出生的水鸟湿漉漉的，海鹤的雏鸟羽毛也是那样。

[84] 此句意谓，它们成群结队地飞翔，结伴洗浴，到很远很深的水里嬉戏浮游。

[85] 洩洩淫淫：飞翔的样子。此句意谓，高飞的群鸟如同连天雾幔，缓慢飞翔的样子自在悠闲。

[86] 扰翰：振动羽翼。此句意谓，群鸟翻动发出的声响如同雷鸣，振起的羽翼好似森林。它们轮番相互呼叫，音色怪异各不相同。

[87] 三光：指天上日、月、星三光。此句意谓，至于海上纯净透明的日月星光，乃是只有天地融合一片晴朗时才能看到的奇观。

[88] 阳侯：古代传说中的波浪之神。蹻（qiāo）：脚向上抬起。此句意谓，不时有泛海的波神阳侯，举足高飞，自由来往。

[89] 觌（dí）：相见。安期：仙人名。秦、汉间齐人，一说琅琊阜乡人。传说他曾从河上丈人习黄帝、老子之说，卖药于东海边。秦始皇东游，与语三日夜，赐金璧数千万，皆置之阜乡亭而去，留书及赤玉舄一双为报。后始皇遣使入海求之，未至蓬莱山，遇风波而返。一说，生平与蒯通友善，尝以策干项羽，未能用。后之方士、道家因谓其为居海上之神仙。事见《史记·乐毅列传》《列仙传》等。乔山，黄帝葬地，在今陕西省境内。此句意谓，安期生与秦始皇在蓬莱仙山如约相见，到乔山一起拜见黄帝的遗像。

[90] 此句意谓，各路神仙往来自如，餐食玉石，生活清雅。

[91] 阜乡：安期生为琅琊阜乡人。后因以“阜乡”借指仙乡。舄：鞋。羽翮（hé）：羽毛。襂纚（sēn xí）：毛羽下垂的样子。此句意谓，安期生留下双层底的鞋子报答秦始皇的恩遇，他所披戴的羽衣毛羽下垂栩栩如生。

[92] 天沼：天池。穷溟：传说中的大海。此句意谓，飞翔到天池，嬉戏于北海，看起来有形却是无私无欲，永远快乐而长生不老。

[93] 此句意谓，况且以天地为容器，包罗苍天之奥秘，囊括大地之区域，只有大海才是神仙的住宅，大概也是圣人的住所。大海中什么稀奇事物没有，什么怪异东西不储存？

[94] 坎德：指水就下的性质，因以喻君子谦卑的美德。此句意谓，茫茫无边的洪流，包含了水的外形而内在品格虚心。旷世伟大的水德，总是自卑地朝着低处流淌安居。大海吞吐自如地广纳了百川的到来，江河都以大海为归向而聚集。体察大海包藏的万事万物，什么有，什么没有呢？

选评

徐公持《魏晋文学史》:“它的独到之处只在于描写手法和技巧，它运用铺排张扬手段，驱遣大量语汇辞采，写出海的宏大气势和怪谲氛围。与前人相比，木华《海赋》结构颇为庞大，与所写对象的形体性质最为切合。它从海的史前状态写起，然后分写海各方面特征。其形容之细密，辞藻之富艳，为历来写海之赋所仅见。”

曹道衡《魏晋文学》:“木华之作今仅存《海赋》一篇，见于《文选》。以辞赋来描写大海，由来甚早，东汉初年的班彪就写过《览海赋》，但历来论者似最推崇此赋。因为它气势宏伟，文辞壮丽为他人之作所不及。”

傅亮《文章志》:“广川木玄虚为《海赋》，文甚俊丽，足继前良。”

李充《翰林论》:“木氏《海赋》，壮则状矣，然首尾负揭，状若文章，亦将由未成而然也。”

钱锺书《管锥编》:“木华《海赋》，远在郭璞《江赋》之上，即张融《海赋》亦无其伟丽，异曲而同工者，殆韩愈《南海神庙碑》乎。”

刘跃进《中国古代文学通论·魏晋南北朝卷》:“此赋虽然承袭了汉大赋用僻字较多的特点，比较艰涩深奥，但也颇有流畅之句。其精华在描写大海的阔大和变化多端。”

赏析

《海赋》是木华仅存的一篇赋，为赋史上同类题材的名篇。作品以大海为观照与描写对象，综合地运用了铺陈、比喻、想象、夸张等手法，气韵生动、绘声绘色地展现了大海的“为广”“为怪”“为大”的面貌与特点，反映了魏晋时代人们据文献典籍对海的既在的知性理解和具有航海经历者对海的感性认识。在作者笔下，大海“浮天无岸”“波如连山”，雄伟壮阔，诡异变幻；大海一旦震怒，则“崩云屑雨”“荡云沃日”，舟子渔人，萍流浮转；大海极其富饶，太颠之宝、随侯之珠不足为贵；大海神秘莫测，“群仙缥眇，餐玉清涯”令人遐想。如果说，类似的内容在木华之前的赋海之作中已有表现的话，那么在遵循这一内容框架的前提下，进一步扩宽艺术层面，加大描写力度，结合现实生活，联系社会人生，从而突出海的个性，则是作者匠心独运的创举。例如：“若乃偏荒速告，王命急宣。飞骏鼓楫，泛海凌山”的描写，显然已与封建王朝的政治生活发生密切的联系；“若其负秽临深，虚誓愆祈，则有海童邀路，马衔当蹊”，分明包含着作者劝善惩恶的伦理说教；至于写舟人渔子“徂南极东”，溺死漂流的惨状，则无疑是航海术尚未昌明的中古时代，滨海居民现实生活的真实写照。唯其如此，《海赋》之海已不单纯是神灵生息、主宰世界的奇诡世界，而成为人类征服自然的实践客体。

庾阐

庾阐（生卒年不详），字仲初，颍川鄢陵（今河南鄢陵西北）人。少随舅孙氏过江。始仕为太宰掾，迁尚书郎。苏峻之乱，投奔郗鉴，任司空参军。乱平，迁彭城内史，后任散骑侍郎领著作。成帝咸康五年（339），出为零陵太守，后入朝为给事中，复领著作。年辈稍后于郭璞，在东晋早期以文学著称，《晋书·文苑传》誉其为“中兴之时秀”。《隋书·经籍志》著录“晋给事中《庾阐集》九卷”，已佚。《全晋文》辑其文二十三篇。《先秦汉魏晋南北朝诗》辑其诗二十首。

海赋[1]

昔禹启龙门，群山既凿[2]。高明澄气而清浮，厚载势广而盘礴[3]。坎德洊臻，水源深博[4]。灌注百川，控清引浊。始乎滥觞，委输大壑[5]。测之渺而无际，望之杳而绵漠[6]。郁拂冥茫，往来日月。朏魄昏微，乍明乍没[7]。若夫长风鼓怒，涌浪碎礚[8]。扬波于万里之间，漂沫于扶桑之外[9]。于是百川辐凑，四渎横通。回飀泱漭，耸散穹隆。映晓云而色暗，照落景而俱红[10]。惊浪峣峨，眇漫澥汩。瀇漭潺湲，浮天沃日[11]。鲸鲵蕴而乍见，伏螭涌而竞游[12]。灵鼍朱鳖，出没争浮。螣龙掣水，巨鳞吞舟[13]。

注释

[1] 本文采自《历代赋汇》。《全晋文》将自“昔禹启龙门”至“漂沫于扶桑之外”系于萧纲名下，误。肖占鹏、董志广《梁简文帝集校注》亦无《海赋》。

[2] 龙门：山名，在今河南省洛阳市南。大禹治水时，因山岭挡路而开凿龙门。此句意谓，从前大禹为治水而开凿龙门山等。

[3] 这句是指大禹治水后天地百川秩序井然的状况。高明：指天。意思是天空云气澄明清净。厚载：指大地。盘礴：犹磅礴，广大的意思。意思是大地宽广，厚载万物。

［4］本句《艺文类聚》无，据《初学记》补。坎德：指水就下的性质，因以喻君子谦卑的美德。洊臻（jiàn zhēn）：再次来到。众水再次就下东流，水源深广。

［5］滥觞：指江河发源处水很小，仅可浮起酒杯。委输：汇聚。大壑：大海。此句意谓，百川分途奔流，清浊有别。水势由小而大，注入大海。

［6］“测之渺而无际”至“乍明乍没”，《艺文类聚》无，据《初学记》补。绵漠：绵渺广漠。此句意谓，大海的浩渺无边无法测量，它的广远也望不到尽头。

［7］郁拂：郁勃，盛大。冥茫：苍茫无际。朏魄（fěi pò）：新月的月光。亦用为农历每月初三日的代称。《文选》李善注：“朏魄双交，谓三日也。凡朏魄之交，皆在月三日之夕。”昏微：隐晦，不明。此句意谓，大海郁拂迷茫，日月出没其中。月光朦胧，忽明忽暗。

［8］碎磕（kē）：形容海浪撞碎在岩石上发出的声音。此句意谓，至于说到那风浪之状，则是长风吹起洪涛，奔涌的海浪撞击着海边礁石，发出轰然声响。

［9］扶桑：古代神话中海外的大树，据说太阳从这里出来。此句意谓，大海在上万里的广大空间扬起波涛，浮起的泡沫一直达到太阳初起以外的地方。

［10］辐凑：聚集。四渎：长江、黄河、淮河、济水的合称。颶（yù）：大风。泱漭：广大，浩瀚。穹隆：指天空。此句意谓，于是百川聚汇，四渎奔流。回风卷起的波涛忽而耸立天空，忽而又四散开来。在早晨的云彩映照下显得色彩幽暗，在落日的光芒下又被染成红色。

［11］峣（yáo）峨：高耸。眇漫（miǎo màn）：辽远无际。澥汩：水流激荡。瀇漭：水广阔。潺湲（chán yuán）：水流动的样子。此句意谓，激起的大浪高高耸立，水流激荡，弥漫无际。汹涌奔流的海水与天际相接，浸润了太阳。

［12］鲸鲵（jīng ní）：即鲸。雄曰鲸，雌曰鲵。螭（chī）：古代传说中一种没有角的龙。此句意谓，巨鲸忽而潜入水中，忽而又浮出水面，蛟龙在水中比肩遨游。

［13］灵鼍（tuó）：即鼍龙。一种与鳄鱼相似的动物，皮可鞔鼓。朱鳖，传说中的一种赤色的鳖，能吐珠，又称珠鳖。螣（téng）龙，古代传说中一种能飞的蛇，亦作“腾蛇”。巨鳞：大鱼。此句意谓，灵鼍、朱鳖在水中出没，争相浮游。螣龙阻遏着水流，大鱼可以吞掉舟船。

选评

王琳《六朝辞赋史》：“庾阐有《海赋》，就今存片断观，主要是模拟木华《海赋》而成，毫无创新可言。”

徐公持《魏晋文学史》：“《海赋》集中写海之波澜壮阔，气势磅礴。赋中颇有佳句。与木华同题之赋，前后相映，各见所擅。”

刘跃进《中国古代文学通论·魏晋南北朝卷》：“木华之后，两晋南北朝还有庾阐、张融等，也有《海赋》，虽有新颖之处，但均未出木赋窠臼。”

赏析

庾阐《海赋》最早见录于《艺文类聚》卷八《水部上·海水》，后又见载于《初学记》，当不是完篇。此赋模仿木华《海赋》的痕迹非常明显。木华《海赋》开头写尧、舜之时天下洪水泛滥成灾，至禹则采取行之有效的疏导之法，使“江河既导，万穴俱流”，“于廓灵海，长为委输”，写得颇为详细。庾阐《海赋》则以同样方式发端，述禹凿山疏流治水之功，及洪水得到治理之后天之澄明、地之厚载的自然祥和之氛围，所不同的是比起木华之作显得更为简略。接下来，庾赋主要写大海浩瀚无边，“测之渺而无际，望之杳而绵漠”，以及大海作为百川所归、众流所注之所，囊括宇宙、吞吐日月的博大。短短的一段文字中，亦不乏对大海景色的描写，“映晓云而色暗，照落景而俱红”。赋中并没有写到更多的海洋物产，仅仅提到的鲸鲵、伏螭、灵鼍、朱鳖等，仍是状海之气势的，或许原作更写到其他，今传世文字难得其详而已。

孙绰

孙绰（314—371），字兴公，西晋著名文人孙楚之孙，原籍太原中都（今山西平遥西北）。绰少时与兄统渡江，家居会稽，喜山水，曾作《遂初赋》，标隐居之志，后官至廷尉卿，领著作。时颇有文名。甚好张衡、左思赋，所作《遂初赋》已不存，《望海赋》亦残，唯《文选》所载《游天台山赋》为后世所称。钟嵘《诗品》讥孙绰等人的诗“平典似道德论”。《全晋文》辑其文三十六篇（含残篇），《先秦汉魏晋南北朝诗》辑其诗十三首。《隋书·经籍志》著录有集十五卷，又有《至人高士传赞》三卷、《列仙传赞》三卷、《孙子》十二卷。今存辑本有《汉魏六朝百三名家集》所收《孙廷尉集》。

望海赋[1]

因湛亮以静镜，俯游目于渊庭[2]。

五湖同浸，九江丛溉[3]。抱河含济，吞淮纳泗[4]。南控沅湘，西引泾渭[5]。洲渚迢递以疏属，岛屿绵邈以牢罗[6]。殖嵬崔之碣石，搆穹隆之牂

柯[7]。玄奥之府，重仞之房，鳞汇万殊，甲产无方[8]。包随珠，衔夜光。瑇瑁熠烁以泳游，蟕蠵焕烂以映涨[9]。灵贝含素而表紫，蠳螺络丹而带緗。青甲芬飙以微扇，玄木杳眇以舒芳[10]。其卉木则绿苔石发，蔓以流绵。紫茎菎综，解以被渚[11]。华组依波而锦披，翠纶扇风而绣举[12]。长鲸岳立以截浪，蚼鲳扬鬐以排流。巨鳌赑屃以冠山，乌鳠呼翕以吞舟[13]。鹏为羽桀，鲲称介豪，翼遮半天，背负重霄[14]。举翰则宇宙生风，抗鳞则四渎起涛[15]。考万川以周览，亮天池之综纬[16]。弥纶八荒，亘带九地[17]。昏明注之而不溢，尾闾泄之而不匮[18]。

石鸡清响以应潮，慧躯轻近以远洁。[19]

王余孤戏，比目双游。[20]

文鲤黄鳣。[21]

若乃惟馨陈祈，祝不愧言[22]。或适于东，或归于西[23]。商客齐畅，潮流往还。各资顺势，双帆同悬[24]。倏如骕骦偕驰，挐如交集轻轩[25]。

注释

［1］选自韩格平《全魏晋赋校注》，最早见于《艺文类聚》卷八《水部上》。

［2］此句《艺文类聚》无，辑自《文选》颜延年《应诏宴曲水作诗》“太上正位，天临海镜”句李善注。湛亮：清亮。游目：放眼纵观浏览。此句意谓，海水的清亮如同镜子一般，透过水面可以看到渊深的海底。

［3］溉：洗涤，浇灌。此句意谓，海水大潮时，五湖、九江皆得满潮。

［4］河：黄河。济：济水。淮：淮河。泗：泗水。此句意谓，抱含着黄河、济水，吞纳着淮河、泗水。

［5］此句意谓，它向南牵连着沅江和湘江，向西连接着泾水和渭水。

［6］迢递：连绵遥远。绵邈：延续久远。此句意谓，大海中则是散布着众多沙洲和岛屿。

［7］嵬崔（wéi cuī）：即崔嵬，高耸的样子。搆：同“构”。穹隆：中间隆起，四周下垂貌。常用以形容天的形状。牂柯：船只停泊时用以系缆绳的木桩。此句意谓，大海中矗立着高耸的碣石山，犹如木桩撑起高远的天空。

［8］重仞（chóng rèn）：累仞，数仞，形容高。语出《论语·子张》：“子贡曰：‘譬之宫墙，赐之墙也及肩，窥见室家之好。夫子之墙数仞，不得其门而入，不见宗庙之美，百官之富。’”无方：没有边际。此句意谓，大海是玄妙深奥的府库，是高大的房舍，是鱼类汇聚的场所，是大量甲类动物栖息的地方。

［9］随珠：即随侯之珠。夜光：夜光之璧。瑇瑁（dài mào）：即玳瑁，海洋中的爬行动物，形似龟，甲壳黄褐色，有黑斑和光泽，可做装饰品。蟕蠵（zuī xī），一种大龟。此句意谓，其中有随侯之珠，有夜光之璧。玳瑁游行其中闪着耀眼的光

泽，巨龟散发着灿烂的色彩，映照着涌起的波涛。

[10] 含素：内含白色，这里指贝类的肉是白色的。蠳螺（yīng luó）：海螺的一种。青甲：草木初生时的外皮，亦指新绽开的草木的叶、芽。芬飙：芬芳的香气。玄木：传说中的一种常绿树，食其叶，可成仙。杳眇（yǎo miǎo）：悠远，渺茫。此句意谓，灵贝的躯体是白色的，壳子则是紫色的，海螺的躯体是红色的，甲壳则是黄色的。青草的嫩芽散发出芬芳的气息，树木青青，荡漾着特有的芳香。

[11] 石发：生于水边石上的苔藻。发：生长，生发，生于石头上。菎（kūn）：古书上说的一种香草。此句意谓，至于说到花卉和树木，则是水边石头上生长着绿色的苔藓，蔓草随着流波绵延。沙洲上长满紫茎的植物，各种香草丛生。

[12] 华组：这里指植物的花簇拥着。翠纶：用翡翠装饰的钓丝。这里指植物的叶脉，叶子。扇风：随风。此句意谓，依波长满的鲜花，使海面像是披上了织锦；绿叶随风舞动，如同刺绣在房中扬起。

[13] 蛁鲭（diāo cuò）：鱼名。鲨鱼，古称鲛鱼。《广韵·药韵》："鲭，鱼名。出东海。"《本草纲目·鳞部·鲛鱼》："鲛鱼，又名沙鱼。时珍曰：鲛皮有沙，其文交错鹊驳，故有诸名。古曰鲛，今曰沙，其实一也。"鬐（qí）：同"鳍"。鱼类的运动器官，由薄膜和硬刺组成，按其所在部位，可分为胸鳍、腹鳍、脊鳍、臀鳍、尾鳍。赑屃（bì xì），传说中的一种动物，像龟。旧时大石碑的石座多雕刻成赑屃形状。鳠（hù），鱼名。呼翕：呼吸。此句意谓，如山岳一样挺立的巨鲸横断波浪，体型硕大的蛁鲭上扬着鳍分排洪流。巨大的鳖龟如同给山加冠，乌鳠一呼一吸可以吞下舟船。

[14] 桀：同"杰"。鲲：传说中的大鱼。介：同"甲"。此句意谓，鹏鸟是羽毛类动物中的佼佼者，毛羽遮盖了半个天空；鲲鱼称得上甲壳类动物中的豪杰，其背可以负起九霄。

[15] 此句意谓，鹏鸟舞动翅膀，能使宇宙生风；鲲鱼的鳞片立起，能使四渎掀起波涛。

[16] 综纬：纵横。此句意谓，鹏鸟巡行遍览万川，鲲鱼纵横驰骋于天池。

[17] 弥纶：统摄。八荒：八方边远之地。亘带：绵延。九地：大地。此句意谓，统摄八方极远之地，绵延大地每个角落。

[18] 此句意谓，大海有万川之水日夜注入却不满溢，又有尾闾日夜不停地排泄却不见其少。

[19] 石鸡：野鸡的一种。此句意谓，野鸡清亮的叫声与潮水的起落之声相应和，以海水清洗它们的羽毛。

[20] 王余：鱼名。传说大王食鱼，将吃剩下的部分投入水中，又变成鱼，故称。比目：即比目鱼。此句意谓，王余鱼独自戏水，比目鱼双双遨游。

[21] 文鲤：即鲤鱼。黄鳣：即黄鳝。

[22] 馨：香气。这里指祭品。此句意谓，至于以进献祭品发出祝语，表达愿望。

[23] 此句意谓，有的向东奔往，有的向西而去。

[24] 此句意谓，商贾随潮流之动而往来，各自凭借顺风顺水之期，举帆远行。

[25] 此句颇难理解，各本均有所不同：《太平御览》作“倏如绣骅背驰，拏如交集经轩”；《汉魏六朝百三名家集》《历代赋汇》作“倏如骕骅背驰，拏如交集轻轩”；《全晋文》作“偃如骕骦偕驰，拏如交准轩骞”。骕骦（sù shuāng）：良马名。拏（ná）：连接，连续。这句是写商船顺风远航情状，故可释为：商船顺潮流而下，快速如骕骦并驰，并列如集合的轩车。

选评

马积高《赋史》：“（孙绰）甚好张衡、左思赋，所作《遂初赋》已不存，《望海赋》亦残，惟《文选》所载《游天台山赋》为后世所称。”

朱建君、修斌《中国海洋文化史长编·魏晋南北朝隋唐卷》：“汉魏以来，描绘大海的赋作并不罕见，除以上所提赋篇外，尚有庾阐的《海赋》、孙绰的《望海赋》、顾恺之的《观涛赋》等等。”

赏析

此赋为残篇，仅从各家所辑文字看，大致写了如下几个内容：一是大海广纳百川的容量与气势，以及沙洲岛屿的星罗棋布，“五湖同浸，九江丛溉。抱河含济，吞淮纳泗。南控沅湘，西引泾渭”，“旮明注之而不溢，尾闾泄之而不匮”，“洲渚迢递以疏属，岛屿绵邈以牢罗。殖嵬崔之碣石，搆穹隆之牂柯”。二是大海如一个聚宝盆，蕴藏着丰饶的珠宝和动植物。珠宝如随侯珠、夜光璧；动物如瑇瑁、蠵蠵、灵贝、蠳螺、长鲸、蚏蜡、巨鳌、赑屃、乌鳠、鲲鹏、王余、比目、文鲤、黄鳣等；植物如青甲、玄木等。三是商船顺风顺潮远行的情状，“商客齐畅，潮流往还。各资顺势，双帆同悬。倏如骕骦偕驰，拏如交集轻轩”。

曹毗

曹毗，生卒年不详，字辅佐，谯国（今安徽亳州）人。其高祖曹休为魏大司马，父曹识为右军将军。曹毗少好文籍，善属词赋。郡举孝廉，除郎中，蔡谟举荐为佐著作郎。后迁句章令，征拜为太学博士，累官至光禄勋。《晋书》本传载其“续兰香歌诗十篇，甚有文彩，又著《杨都赋》，亚于庾阐”，“凡所著文笔十五卷，传于世”。《隋书·经籍志》著录有“晋光禄勋《曹毗集》十卷，梁十五卷，录一卷”。已佚。《先秦汉魏晋南北朝诗》辑其诗九首，《全晋文》辑其文二十篇（含存目及残篇）。

观涛赋[1]

伊山水之辽迥，何秋月之凄清[2]。瞻沧津之腾起，观云涛之来征[3]。尔其势也，发源溟池，回冲天井。洒拂沧汉，遥铄星景[4]。伍子结誓于阴府，洪湍应期而来骋[5]。汩如八风俱臻，隗若昆仑抗岭[6]。

于是神鲸来往，乘波跃鳞。喷气雾合，噫水成津[7]。骸丧成岛屿之墟，目落为明月之珠[8]。

注释

[1] 选自韩格平《全魏晋赋校注》，最早见录于《艺文类聚》卷九《水部》，非完篇。此观涛，当为观广陵曲江之涛，赋中有伍子胥典故为证。

[2] 辽迥：遥远。此句意谓，山水辽阔迥远，秋月凄凉清冷。此言观涛之背景和时间。

[3] 沧津：海潮。云涛：翻飞着白浪的波涛。此句意谓，看沧海潮起、浪涛腾涌。

[4] 溟池：神话传说中的溟海。天井：星名，即井宿，这里指天空。沧汉：银河。铄：同“烁”。《全晋文》作“栎”。星景：星光。此句意谓，这洪涛的气势，它生成于溟海，可以上冲至九霄云外。它浇灌银河，闪烁星光。

[5] 伍子：即伍子胥，春秋末期吴国大夫，军事家。《吴越春秋》：“吴王赐子胥剑，遂伏剑而死。吴王乃取子胥之尸，盛以鸱夷之器，投之江海。子胥因随流扬波，成涛激岸。”洪湍：汹涌的激流，这里指洪涛。此句意谓，伍子胥被吴王所杀后，于阴间发誓，临水为涛，于是洪涛应期而至。

[6] 隗（wěi）：高峻。此句意谓，这洪涛起时，它的情状犹如八方来风齐聚，它高若昆仑，与众山岭相抗衡。

[7] 以下数句据《太平御览》补。《全晋文》将其单独辑成《水赋》。此句意谓，于是巨鲸往来穿梭，乘波涛上下沉浮，喷出的水气与雾气相合，吐出的水可以成津。

[8] 墟：丘墟。此句意谓，它们死后的骸骨成了岛屿上的丘墟，它们的眼睛掉出来便是明月之珠。

选评

程章灿《魏晋南北朝赋史》："从郭璞《江赋》，曹毗、顾恺之的《观涛赋》，庾阐《涉江赋》看来，庄老思旨不是山水赋不可或缺的要素，即非题中必有之义，因此不构成赋的主干。"

《晋书·曹毗传》："（曹毗）又著《杨都赋》，亚于庾阐。"（案：庾阐有《杨都赋》，其中有海洋物产之描写）

赏析

中国古代诗文多有观涛、观潮之书写，唐以前诗赋中所观之涛，大都指广陵之潮水，在今江苏扬州，唐以后又有钱塘之潮，在今浙江。曹毗《观涛赋》所写观涛时间在秋季。广陵潮之生成乃因海潮，海潮之起方有江潮之生。唐之前扬州以下长江入海口是一个巨大的喇叭口，有似今之钱塘江口，这种江河入海口的形状，一般都可形成壮观的洪涛情状。今存篇幅极短的《观涛赋》文句，主要体现的是洪涛的气势，以及洪涛生成时巨鲸的喷云吐雾。古代的观赏游览之作，内容上一般有一个固定的程式，即涛因何而起，洪涛本体描写，洪涛生成时天空、水中、两岸的状况等。虽然所写对象并非大海，但海潮、江潮融合连动，已经难分彼此了。

《晋书》本传于曹毗之创作，专提《杨都赋》一篇，可见其地位之重要。《杨都赋》今仅存"鱼则琵琶乌贼"及"海狶鲸鲟"两句。从这两句看，应是一篇涉及海洋书写的赋作。

杨都赋

曹毗

鱼则琵琶乌贼。

海狶鲸鲟。

韩格平等校注：《全魏晋赋校注》，长春：吉林文史出版社 2008 年版，第 476－477 页。

顾恺之

顾恺之（345？—406），字长康，小字虎头，晋陵无锡（今江苏省无锡市）人。东晋杰出画家、绘画理论家、诗人。博学而多才，先后在桓温、殷仲堪麾下为参军，安帝义熙初为散骑常侍。时人谓顾恺之有三绝：才绝、画绝、痴绝。《隋书·经籍志》著录有“晋通直常侍《顾恺之集》七卷，梁二十卷”。已佚。今存诗三首，为《先秦汉魏晋南北朝诗》所辑编；文十五篇，收录于《全晋文》。

观涛赋[1]

临浙江以北眷，壮沧海之宏流[2]。水无涯而合岸，山孤映而若浮[3]。既藏珍而纳景，且激波而扬涛[4]。其中则有珊瑚明月，石帆瑶瑛。雕鳞采介，特种奇名[5]。崩峦填壑，倾堆渐隅。岑有积螺，岭有悬鱼[6]。谟兹涛之为体，亦崇广而宏浚。形无常而参神，斯必来以知信。势刚凌以周威，质柔弱以协顺[7]。

注释

［1］选自韩格平《全魏晋赋校注》，最早为《艺文类聚》所录，当为残篇。

［2］浙江：水名，即钱塘江。眷：观望。宏流：巨大的水流。此句意谓，面临钱塘江向北望去，可见大海波涛滚滚，十分壮观。

［3］合岸：犹两岸，这里指两岸相合。南朝梁何逊《初发新林》诗：“浮水暗舟舻，合岸喧徒侣。”此句意谓，大水无边无际，似乎是两岸合在了一起，孤山映现在水波中，好像浮起于水面。

［4］此句意谓，既潜藏珍宝，又收纳各种景观；既激起波浪，又扬起洪涛。

［5］明月：珍珠。石帆：珊瑚虫的一种。呈树枝形，骨骼为角质，着生于海底岩礁间。骨骼中之红色节片可为装饰品。瑶瑛：玉石。雕：多彩的。此句意谓，其中有珊瑚、珍珠、玉石，又有各种色彩的鱼类和甲类，还有各种奇异的海洋物类。

［6］此句意谓，洪涛涌起时，崩裂的冈峦填塞沟壑，倒掉的土堆淤平海角。岸上有堆积的海螺，山岭上有悬挂的鱼类。

［7］谟：说到。宏浚：大而深。此句意谓，说到这洪涛的形态和性质，那真是高大、

雄壮、广博、渊深。它的形体并无常态，有着非常神奇的一面，可是它到了特定时候必来，则又给人信守诺言的印象。其气势刚猛而有威力，其质地又柔弱而合顺。

选评

程章灿《魏晋南北朝赋史》："从郭璞《江赋》，曹毗、顾恺之的《观涛赋》，庾阐《涉江赋》看来，庄老思旨不是山水赋不可或缺的要素，即非题中必有之义，因此不构成赋的主干。……《观涛赋》铺叙钱塘江潮的澎湃气象，规模之大，山水诗甚至在初步发达的时代也不常有。"

程章灿《魏晋南北朝赋史》："枚乘《七发》第六部分专写曲江观涛，顾恺之《观涛赋》、曹毗《观涛赋》、伏滔《望涛赋》，很可能是从《七发》获取启示，然后生发而成。"

王琳《六朝辞赋史》："他的赋较好的是《观涛赋》，风格简淡，尽洗铅华，与东晋初郭璞、庾阐的赋风已有明显不同。"

赏析

顾恺之此观涛之赋，所写对象并非广陵潮，而是钱塘潮。直至今日，钱塘潮仍是人们赴浙江旅游所观览的对象，也是中国大江大河的一大奇观。在这里，海水、江水混融，江水东流，海潮上涌，形成巨大的潮头。《观涛赋》所写，从内容上大致有如下几个方面：一是钱塘江入海口潮起之处横无际涯的莽苍景象；二是这里蕴藏着丰富的物产；三是洪涛崩山裂岩、使桑田变沧海的气势与威力；四是洪涛外刚内和、亦神亦信的个性。虽然是短短的残章，但也比较全面地呈现了钱塘潮的各个侧面。语言上整体显得非常连贯，大约是原赋一个整体段落的传世。

谢灵运

谢灵运（385—433），陈郡阳夏（今河南太康）人，生于会稽始宁（今浙江上虞）。晋车骑将军谢玄之孙，世居会稽，小名客儿，又称"谢客"。十八岁时袭谢玄爵封康乐公，世称"谢康乐"。又与谢朓分称大谢、小谢。入宋以后，降为侯。累官至侍中。因不得志而放浪山水，被弹劾，徙广州，后于广州被杀，年四十九。谢灵运是中国古代著名的山水诗人，被称为中国山水诗之始祖，钟嵘以其五言诗为上品。可惜他所创作的大量诗文都已散佚。明人张溥辑有《谢康乐集》。今其作品的主要注本有黄节《谢康乐诗注》、顾绍柏《谢灵运集校注》等。

郡东山望溟海[1]

开春献初岁，白日出悠悠[2]。荡志将愉乐，瞰海庶忘忧[3]。策马步兰皋，绁控息椒丘[4]。采蕙遵大薄，搴若履长洲[5]。白花皓阳林，紫虈晔春流[6]。非徒不弭忘，览物情弥遒[7]。萱苏始无慰，寂寞终可求[8]。

注释

[1] 选自叶笑雪《谢灵运诗选》。《艺文类聚》卷二十八作《东山望海》，顾绍柏《谢灵运集校注》依之。其他各本诗题均作《郡东山望溟海》，今依《诗纪》。郡：指永嘉郡（今浙江温州）。东山：指永嘉郡东北的海坛山。《太平寰宇记》卷九十九："东山，子城西四里，其山北临永嘉江，东接沧海。谢公游此，《望海》诗云：'开春先初岁，白日出悠悠。'"海坛：今名海坦。溟海：即东海。此诗作于景平元年（423）春。

[2] 开春：指春季开始。初岁：一年之始。悠悠：太阳冉冉升起的样子。

[3] 荡志：摆脱羁绊放荡情志。曹植《感婚赋》："登清台以荡志，伏高轩而游情。"瞰海：从东山之上向下观海。庶忘忧：希望能忘掉忧思。以上几句本于《楚辞·九章·思美人》："开春发岁兮。白日出之悠悠，吾将荡志而愉乐兮，遵江夏以娱忧。"

[4] 策：马鞭子。步：徐行。兰皋：长有兰草的水边高地。绁（xiè）：马缰绳。绁控：手持马缰，控制着马行动的快慢。息：止息。椒丘：尖削的山丘；一说指长着椒的山丘。此指东山。《楚辞·离骚》："步余马于兰皋兮，驰椒丘且焉止息。"王逸注："土高四堕曰椒丘。"朱熹《楚辞集注》："丘上有椒，故曰椒丘，徐步驰走，而遂止息，必依椒兰，不忘芳香，以自清洁。"

[5] 蕙：香草名，与兰同类。一杆一花而香味浓郁者为兰，一杆数花而香气淡雅者为蕙。遵：沿着。大薄：指广阔的草木丛生之地。搴：采摘。若：杜若，一种香草，也称杜衡、杜莲。《楚辞·九章·思美人》："揽大薄之芳茝兮，搴长洲之宿莽。"又《九歌·湘君》："采芳洲兮杜若。"此句意谓，沿着大薄采撷蕙草，踏上长洲摘取杜若。

[6]《艺文类聚》中"白花"作"白华"，"皓"作"缟"。皓：洁白耀眼。阳林：向

南的树林。紫蘠：蘠叶初生，其色紫，故云紫蘠。蘠：香草名，即白芷，一名茝。晔：耀眼。此句意谓，阳林中盛开的白花明洁耀眼，紫蘠在波光粼粼的春水中显得格外光亮。

［7］非徒：不仅。弭：消弭，停止。语本《诗经·小雅·沔水》："心之忧矣，不可弭忘。"情弥遒：忧思更加强烈。此句意谓，春游望海不仅未能消除忧思，看到眼前景物，反而更添愁绪。

［8］萱苏：萱草，谖草，又名忘忧草，古人认为随身携带可以忘忧。《诗经·卫风·伯兮》："焉得谖草，言树之背。"《毛传》："谖草令人忘忧。"苏：草。《方言》卷三："苏，草也，江淮南楚之间曰苏。"始无慰：完全不能慰藉忧愁。寂寞：同"寂漠"，指隐居避世。《庄子·天道》："夫虚静恬淡，寂漠无为者，万物之本也。"终可求：最终能求得心灵的安静而忘掉一切忧愁。

选评

陈祚明《采菽堂古诗选》："题是望海，然篇中皆写目前物色，盖非写望海也，写望海之人之情也。望海期以豁眸销忧也。目前之物，可以销吾之忧，则眷眷不忘，何必言海乎？且海不易言，言海之语易枵、易拙，此又善于避就者也。不写海而写望海之人，因不写人而销忧之物，此正取神情，遗形迹也。故观其咏目前物色，而望海之情可知。观其望海，而情可知。此非写销忧，正写忧也。以言写不言之隐，至矣哉。此诗所以不得不作乎？"

叶笑雪《谢灵运诗选》："此诗题目虽说是'望溟海'，但篇中所写的全是海边地区的情况，对于望中的大海景象，却未加一笔描述。"

顾绍柏《谢灵运集校注》："此诗提到的芳草植物，不一定是（或不完全是）东山实有，盖以喻芳洁之人履芳洁之境而已。"

赏析

此诗为谢灵运被迫离开京城建康，出为僻远的滨海之地永嘉郡守时所作。诗中所写郁闷忧思，皆因此而起。永嘉郡位于浙江省东南海边，其东为大海，西面有重山层峦，水陆俱称方便，土地亦十分肥沃。虽然距离京城建康稍远，但它本身是我国东南地区一个相当重要的地方。尤其难得的是，山灵水秀，附近有许多可赏的美景。永嘉城北临瓯江，瓯江直注入大海，瓯江之北有绿嶂山、盘屿山；永嘉城的东边有东山；西边则有西山、破石山；东南方有大罗山。诗中所写东山，正是登临瞰海的最佳去处。

东山，又称华盖山，东瓯王庙就建在山下。王名摇，姒姓，驺氏，是越王勾践的七世孙。因为被秦所灭，所以率亡国之民从诸侯灭秦。后又从汉灭项羽，汉惠帝三年（前192）封为东瓯王，卒后人们在东山下为他立庙以为纪念。晋王羲之做太守时也曾到过这里。谢灵运经三生石、太玉洞来到山顶，这里是眺望沧海的好去处，颇能体会魏武帝曹操“东临碣石，以观沧海。水何澹澹，山岛竦峙”“日月之行，若出其中；星汉灿烂，若出其里”的胸襟和气魄。但谢灵运究竟不是魏武帝，身份、处境不同，心态也不同。海的博大，更反衬出人的渺小，他本为遣闷忘忧而来，但登览中所见东山之景物，非但无法使其忘忧，反而令其增添许多新的感触。

游赤石进帆海[1]

首夏犹清和，芳草亦未歇[2]。水宿淹晨暮，阴霞屡兴没[3]。周览倦瀛壖，况乃陵穷发[4]。川后时安流，天吴静不发[5]。扬帆采石华，挂席拾海月[6]。溟涨无端倪，虚舟有超越[7]。仲连轻齐组，子牟眷魏阙[8]。矜名道不足，适己物可忽[9]。请附任公言，终然谢夭伐[10]。

注释

［1］赤石：地名，在永嘉郡南。谢灵运《游名山志》：“永宁、安固二县中路东南便是赤石，又枕海。”永宁县当时为永嘉郡治（今浙江省温州市）；安固县，即今浙江省瑞安县。帆海：即今帆游山，在瑞安县北四十五里，刘宋时尚为海域。今温州南郊、梧田、三垟一代沼泽棋布，盖为古帆海之残迹。宋郑缉之《永嘉郡记》：“帆游山地昔为海，多过舟，故山以帆名。”《光绪永嘉县志》卷二：“帆游山，在城南三十里，吹台之支，南接瑞安界，东接大罗山。地昔为海，多舟楫往来之处，山以此名。谢灵运游赤石进帆海，即此。”此诗作于景平元年（423）初夏。

［2］首夏：初夏，指农历四月。犹：仍然。清和：气候清爽和暖。张衡《归田赋》：“仲春令月，时和气清。”歇：停止。亦未歇：指仍旧萌发茂盛。此句意谓，时间已经进入孟夏，但天气仍然清爽宜人，芳草依旧茂盛。

［3］水宿：住在船上。淹晨暮：从早到晚。淹：覆盖。阴霞：阴云和彩霞。屡兴没：屡屡变幻。即或雨或晴，时而阴云密布，时而彩霞满天。

［4］周览：遍观，全部游览过。倦：厌倦。瀛：大海。传说九州之外有大瀛海包围，故东海也可泛称为瀛。壖（ruán）：岸边。况乃：何况是。陵：亦作“凌”，凌驾，越过。穷发：《庄子》寓言中指草木不生之地。《庄子·逍遥游》：“穷发之北有冥海者，天池也。”唐成玄英疏：“地以草为毛发，北方寒沍之地，草木不生，故名穷发。”此处喻指遥远的海洋。

［5］川后：波神。《楚辞·九歌·湘君》："沛吾乘兮桂舟，令沅湘兮无波，使江水兮安流。"曹植《洛神赋》："川后静波。"安流，使海水平静无波。天吴：水伯。《山海经·海外东经》："朝阳之谷，神曰天吴，是为水伯。"此句意谓，大海风平浪静，正是出海远游的好时机。

［6］扬帆、挂席：都是张帆行舟之意。石华：贝类。《文选》李善注引《临海志》："石华附石，肉可啖。"海月：贝类，也称窗贝。体圆而扁平，壳白而透明，肉可食。《文选》郭璞《江赋》："王珧海月。"李善注引《临海志》："海月，大如镜，白色，正圆，常死海边，其柱如搔头大。"

［7］溟涨：即溟海和涨海，这里泛指大海。无端倪：无边无际。虚舟：轻舟。超越：超然漂行水上。

［8］仲连：即鲁仲连，战国时齐国人。据《史记·鲁仲连邹阳列传》载，齐田单攻燕聊城不下，于是仲连施计，给燕将写了一封信射入城中，制造燕将与齐国勾结的假象，燕将得信，知难避嫌疑，遂自杀。城破，欲封鲁仲连官爵，仲连不受，逃隐于海上。组：系印纽的绶带，这里指封官爵。子牟：魏公子，名牟，封中山，称中山公子牟。魏阙：宫门上高出的楼观，因以魏阙作为朝廷的的代称。《庄子·让王》："中山公子牟谓瞻子曰：'身在江海之上，心居乎魏阙之下，奈何。'"瞻子：魏之贤人，一作詹子。公子牟向他请教决绝身在江湖、心恋功名这一矛盾的办法。前句赞扬鲁仲连真隐，后句批评公子牟假隐。

［9］矜名：顾惜功名。道不足：不足道，不值得称道。适己：顺从自己的本性。物可忽：万事万物都可以忽略或看轻。

［10］附：依附，遵从。任公：即太公任，《庄子》寓言中的人物。据说孔子及其门徒在陈蔡被困，七日不进饮食，太公任前往慰问，讲了一番"直木先伐，甘井先竭"，"功成者堕，名成者亏"的道理，批评了孔子对功名的追求。终然：自然老死，全命而终。谢：辞去，避免。夭伐：指过早地死去。此句意谓，只要按照任公的话去做，不追求功名，就可以避免杀身之祸。

选评

陈祚明《采菽堂古诗选》："人诵古诗，惟取其词，不揆其意，可笑也。如'挂席拾海月'句固佳，然人骤见惊叹者，盖月既诗中佳色，加以'海'字，空茫亦复足耽，顺喉咏之，岂不超越？不知海月本蚌属一物耳。今试思挂席拾蛤、挂席拾蚌，足为佳句不乎？此二句妙在'扬帆''挂席'字。夫'石华''海月'，皆生波涛中。今'扬帆''挂席'，便可采拾，正见濒海风景，川石安流之境地也。至如'石华''海月'字，亦高雅，足资点染。作诗使物名述风土，字须拣择。"

张玉穀《古诗赏析》："题似两截，卻只重泛海。前六，就时景叙起，虚括赤石之游，跌出泛海。中六，正叙泛海。'溟涨'十字，真写得泛海神理出。后六，就海上触到逃名海上之仲连，江海恋名之子牟，醒出矜名不如适己，而以附任公言，得谢夭伐，收出韬晦本心，极耐咀味。"

曹明纲《陶渊明谢灵运鲍照诗文选评》："海之景、游之情与人生处世的哲理已浑然一体，内容的充实和辞藻的华丽也完美地结合在一起，并且相得益彰，自然清新。"

赏析

景平元年春末夏初，谢灵运贬永嘉已近一年了。在朝时便因"既不见知，常怀愤愤"的诗人，此次受徐羡之排挤而被远放，面对南荒瘴疠，又沉疴久缠，怎能不感慨万千，顿生去志？这就是谢灵运集中《登池上楼》以下诸诗的共同主旨，《游赤石进帆海》即其中之一。清人方东树说："自病起登池上楼，遂游南亭，继之以赤石帆海，又继之以登江中孤屿，皆一时渐历之境。故此数诗，必合诵之，乃见其一时情事及语言之次第。"① 南亭之游后，谢灵运开始了他在永嘉境内的探奇搜胜。一方面山水并不能真正抚平他心中的幽愤，所以这段时间里，其诗中经常出现"倦"游之笔；另一方面，山水又时时给他新的感受，使他失衡的心态至少获得一时的宣泄而趋于暂时的平衡。

首夏季节，天清气爽，风和日丽，最适合游览。经过一段时间的永嘉沿海游历，虽然时时可领略赤石一带阴霞变换等特殊景致，但时间久了免不了身体上的疲倦之感。诗人身感倦怠，却不停止出游的脚步，或许这样可以令他在游览中忘掉现实处境的恶劣和心情的不快。每当周览过一处山水，感到兴尽味乏时，总会有"柳暗花明又一村"的新发现。大海的风平浪静，又吸引诗人扬帆入海，采集"石华""海月"的新奇一扫游"瀛壖"之倦，心中刚要抬头的幽愤情绪再次被新景致和新感受压下，于是有了虚舟凌波而上的兴致。此时，大海又一次平衡了诗人不断变化的心态，大海和新奇的海物像一剂良药，可以暂时治愈诗人受伤的心灵。然而，两只脚站在仕和隐的边界，内心的痛苦终究是无法根本消除的。由此联想到鲁仲连和子牟，肯定前者的真隐，而否定后者的身在江湖、心存魏阙。以历史人物提醒自己顾命自保以"谢夭伐"。道理上，谢灵运是很清醒的，然而其实际的处境及结局又与其诗的玄理相悖。后世每以谢灵运为中国山水诗之鼻祖，游历山水佳境并写作山水诗，乃是出于诗人身处恶劣人生处境的自我消解方式，均为率性而为，情感和语言都是自然的，而并非有意进行文学审美创造。

---

① （清）方东树著，汪绍楹校点：《昭昧詹言》，北京：人民文学出版社1961年版，第144页。

行田登海口盘屿山[1]

齐景恋遄台，周穆厌紫宫[2]。牛山空洒涕，瑶池实欢悰[3]。年迫愿岂申，游远心能通[4]。大宝不欢□，况乃守畿封[5]。羁苦孰云慰，观海藉潮风[6]。莫辨洪波极，谁知大壑东[7]。依稀采菱歌，仿佛含颦容[8]。遨游碧沙渚，游衍丹山峰[9]。

注释

[1] 选自叶笑雪《谢灵运诗选》。该选于《白石岩下经行田》诗题注曰："白石岩，一名白石山，高千丈，周二百三十里，在乐清县西三十里。山下有白石径，相传为灵运行田处。"行田，巡视农田。这是晋宋间的习语，王羲之给谢万的信里也说："比当与安石东游山海，并行田视地利。"其意义不同于史起所说的"魏氏之行田也以百亩"（《汉书·沟洫志》）的行田。海口，永嘉江（今瓯江）入海口。盘屿山，在永嘉西北七十里，即今乐清县西约五十里处，濒海。山下为盘石卫，旁有五小山，又有重石山，加上正面的屿山，俗合称七星山。此诗作于景平元年（423）夏。

[2] 齐景：齐景公，春秋时齐国国君，庄公异母弟，名杵臼。好治宫室，聚狗马，厚赋重刑。在位五十八年而卒。遄（chuán）台：齐国台名，旧址在今山东省淄博市。《晏子春秋·外篇》："景公至自畋，晏子侍于遄台，梁丘据造焉。"周穆：即周穆王，昭王之子，名满，西周第五代天子。曾西击犬戎，东伐徐戎。厌：满足。紫宫：帝王宫殿。《后汉书·霍谞传》奏记："呼嗟紫宫之门，泣血两观之下。"唐李贤等注："天有紫微宫，是上帝之所居也，王者立宫，象而为之。"

[3] 牛山：山名，在今山东省淄博市南。洒涕：指齐景公登牛山有感于人生短暂而哀痛流涕之事。《晏子春秋·内篇》："景公游于牛山，北临其国城而流涕曰：'若何滂滂去此而死乎！'艾孔、梁丘据皆从而泣。"瑶池：神话中神仙所居之处。传说周穆王在瑶池向西王母敬酒，西王母为之歌。欢悰：欢乐。

[4] 年迫：接近天年，指年老了。愿岂申：愿望哪里得到伸展了，意思是未能实现抱负。通：通达，舒畅。游远心能通：意思是游远能使心情通达。

[5] 大宝：指王位。《周易·系辞下》："圣人之大宝曰位。"欢□：原脱一字，疑作"欢娱"。况乃：何况是。畿封：本指王城的郊界，这里指边疆。守畿封：指谢灵运任永嘉郡太守。

[6] 羁苦：羁旅之苦。指在永嘉做太守的苦闷心情。孰云慰：谁能安慰。云：句中语助词，无实在意义。观海藉潮风：借着潮风观海。此句意谓，羁旅之苦又能得到谁的安慰呢？只有观海以遣心中苦闷。

[7] 洪波：大波。极：尽头。大壑：大海。《庄子·天地》："谆芒将东之大壑，适遇

苑风于东海之滨。苑风曰：‘子将奚之？’曰：‘将之大壑。’曰：‘奚为焉？’曰：‘夫大壑之为物也，注焉而不满，酌焉而不竭；吾将游焉。’”此句意谓，大海波涛汹涌，无边无际。

［8］依稀：隐约听不真切。采菱歌：采菱人唱的歌。夏秋之际，江南水乡采摘荷菱，歌声此起彼伏。《楚辞·招魂》：“涉江采菱，发扬荷些。”含颦容：含忧皱眉的样子，别是一种美态。传说春秋时越国苎罗（今浙江省诸暨市南）美女西施有心痛病，发病时颦眉蹙额，更显得妩媚动人。此句意谓，好像听到了故乡的采菱歌，又仿佛看到了故乡美女的面容。是因思乡心切而产生的错觉。

［9］遨游：游览，边走边欣赏。《诗经·邶风·柏舟》：“微我无酒，以敖以游。”碧沙，水色碧，故映沙亦为碧色。渚：水中小洲。游衍：犹遨游。《诗经·大雅·板》：“昊天曰旦，及尔游衍。”丹山峰：被丹霞染红的山峰。

选评

钟元凯（鉴赏）《行田登海口盘屿山》（见王运照等《汉魏六朝诗鉴赏辞典》）：“谢灵运这首诗即写行田来到永嘉江（今瓯江）入海之口，登山的所见和所感。”

李运富《谢灵运集》：“此诗作于景平元年夏，诗人借巡视农田之便，登山观海，心旷神怡，羁边之苦聊得安慰。”

顾绍柏《谢灵运集校注》：“此诗盖作于景平元年夏，写诗人巡视农田，乘便登盘屿山观海，借遨游以排遣胸中苦闷。”

赏析

永嘉附近的美丽山水虽然吸引了喜爱山水的谢灵运，而每游一处，便有山水佳作留下，但是几乎没有例外的，每一首美丽的写景诗，他都以寂寞的心境作结语，并且一再肯定和强调隐退的意念。果然，在永嘉郡住满一年，至少帝景平元年秋天，三十九岁的谢灵运便称疾辞职了。《行田登海口盘屿山》诗即为辞职前不久所作。

诗后半部分写观海事，写登临的所见和所感。“羁苦”“观海”两句是一个承上启下的过渡。盘屿山在乐清县（今浙江省乐清市）西南五十里，濒海，故登山可以观海。而此番登临，原是因不耐客居之寂寞故来寻求安慰，非同一般的流连玩赏，这就为下文的虚拟之笔预设了伏笔。诗人写海景，只用了“莫辨洪波极，谁知大壑东”，从空际着笔，极写大海之浩渺无涯。这句在突出大海辽阔无际的同时，也写出了其吞吐的容量和汹涌澎湃的动势；而句首的“莫辨”“谁知”，又将诗人的惊异、赞叹之情倾泻无遗。诗人以大刀阔斧的疏朗之笔展示出极为恢宏的气象，不仅切合海的性格，也使全诗至此精神为之一振。紧接着“依稀采菱歌，仿佛含颦容”，又将实景翻作虚景。“依稀”“仿佛”已明言这并非实有之景，而在眺望大海之际，忽闻乡音，忽见乡人，正是由思乡心切而生出的幻觉。这一神来之笔，使诗人深沉的情思呼之欲出。既然“羁苦”之情不能在观海之际释然于胸，那么也就只有在继续远游中才能聊以排遣。诗的这一部分以虚实交互为用的运笔烘托出内心的波澜，把诗人为苦闷所迫而又无计解脱的心绪表现得十分真切自然。

张融

张融（444—497），字思光，吴郡吴县（今江苏苏州）人。其父张畅在刘宋时被称为“东南之秀”。张融早有声誉，南朝宋孝武帝时入仕为新安王北中郎参军，出为交州封溪令。后还建康，举秀才，历仪曹郎等职。以家贫，曾致书张永及王僧虔求官。入齐，历官豫章王萧嶷司空骠骑参军、中书郎及竟陵王萧子良征北谘议兼记室、司徒从事中郎。后为太子中庶子、司徒左长史，卒。张融以性情乖僻著称，齐高帝评论说“此人不可无一，不可有二”。其作品今存诗五首，文十三篇（含残篇），以《海赋》最为知名。明人张溥辑其诗文为《张长史集》。另有《玉海集》十卷、《大泽集》十卷、《金波集》六十卷，均佚。

海赋（并序）[1]

盖言之用也，情矣形乎[2]。使天形寅内敷，情敷外寅者，言之业也[3]。吾远职荒官，将海得地。行关入浪，宿渚经波。傅怀树观，长满朝夕，东西无里，南北如天，反覆悬乌，表里菟色[4]。壮哉水之奇也，奇哉水之壮也[5]。故古人以之颂其所见，吾问翰而赋之焉[6]。当其济兴绝感，岂觉人在我外，木生之作，君自君矣[7]。

分浑始地，判气初天[8]。作成万物，为山为川[9]。总川振会，导海飞门[10]。尔其海之状也，之相也：则穷区没渚，万里藏岸，控会河、济，朝总江、汉[11]。回混浩溃，巅倒发涛。浮天振远，灌日飞高[12]。摐撞则八纮摧

隤，鼓怒则九纽折裂[13]。揞长风以举波，滭天地而为势[14]。瀿泽渻洽，来往相辛[15]。汩溴澌渤，窐石成窟[16]。西冲虞渊之曲，东振汤谷之阿[17]。若木于是乎倒覆，折扶桑而为渣[18]。濩瀿淍浑，涫洏碨磪，渤淬沦溥，澜浅坴䃕[19]。湍转则日月似惊，浪动而星河如覆[20]。既烈太山与昆仑相压而共溃，又盛雷车震汉破天以折毂[21]。

浲涟涴濑，辗转纵横。扬珠起玉，流镜飞明[22]。是其回堆曲浦，欹关弱渚之形势也[23]。沙屿相接，洲岛相连。东西南北，如满于天[24]。梁禽楚兽，胡木汉草之所生焉。长风动路，深云暗道之所经焉[25]。苕苕蒂蒂，窅窅翳翳[26]。晨乌宿于东隅，落河浪其西界[27]。茫沆汴河，汩磈漫桓[28]。旁踞委岳，横竦危峦[29]。重彰岌岌，攒岭聚立[30]。崔嵔嶵嵚，架石相阴[31]。嶮巇陁陁，横出旁入[32]。嵬嵬磊磊，若相追而下及[33]。峰势纵横，岫形参错[34]。或如前而未进，乍非迁而已却[35]。天抗晖于东曲，日倒丽于西阿[36]。岭集雪以怀镜，岩照春而自华[37]。

江涤洎洎，潈岩拍岭[38]。触山䃣石，汙滈漅况[39]。碨泱漯泂，流柴礌屼[40]。顿浪低波，砻硋硗，折岭挫峰，牢浪硠拉，崩山相礚[41]。万里蔼蔼，极路天外。电战雷奔，倒地相礚。兽门象逸，鱼路鲸奔[42]。水遽龙魄，陆振虎魂。却瞻无后，向望何前。长寻高眺，唯水与天[43]。若乃山横蹴浪，风倒摧波[44]。磊若惊山竭岭以竦石，郁若飞烟奔云以振霞[45]。连瑶光而交彩，接玉绳以通华[46]。

尔乎夜满深雾，昼密长云，高河灭景，万里无文[47]。山门幽暖，岫户葐蒀[48]。九天相掩，玉地交氛。汪汪横横，沆沆浩浩[49]。淬溃大人之表，泱荡君子之外[50]。风沫相排，日闭云开。浪散波合，岳起山隤[51]。

若乃漉沙构白，熬波出素。积雪中春，飞霜暑路[52]。尔其奇名出录，诡物无书[53]。高岸乳鸟，横门产鱼。则何㦸鳙鮨，鲄䰶鳠䲖[54]。哄日吐霞，吞河漱月。气开地震，声动天发[55]。喷洒哕噫，流雨而扬云。乔髓壮脊，架岳而飞坟[56]。踠动崩五山之势，瞯睔焕七曜之文[57]。蟕蠵瑁蚌，绮贝绣螺。玄珠互彩，绿紫相华[58]。游风秋濑，泳景登春。伏鳞渍彩，升鲂洗文[59]。

若乃春代秋绪，岁去冬归。柔风丽景，晴云积晖[60]。起龙涂于灵步，翔螭道之神飞[61]。浮微云之如蔷，落轻雨之依依。触巧涂而礚远，抵栾木以激扬[62]。浪相礴而起千状，波独涌乎惊万容[63]。蘋藻留映，荷芰提阴。扶容曼彩，秀远华深。明藕移玉，清莲代金[64]。眄芬芳于遥渚，泛灼烁于长浔[65]。浮舻杂轴，游舶交艘。帷轩帐席，方远连高[66]。入惊波而箭绝，振排天之雄飙[67]。越汤谷以逐景，渡虞渊以追月[68]。遍万里而无时，浃天地于挥忽[69]。

雕隼飞而未半，鲲龙�而不逮[70]。舟人未及复其喘，已周流宇宙之外矣[71]。

阴鸟阳禽，春毛秋羽。远翅风游，高翮云举[72]。翔归栖去，连阴日路[73]。澜涨波渚，陶玄浴素。长纮四断，平表九绝[74]。雉翥成霞，鸿飞起雪。合声鸣侣，并翰翻群[75]。飞关溢绣，流浦照文[76]。

尔夫人微亮气，小白如淋[77]。凉空澄远，增汉无阴[78]。照天容于鮷渚，镜河色于鲂浔[79]。括盖余以进广，浸夏洲以洞深[80]。形每惊而义维静，迹有事而道无心[81]。于是乎山海藏阴，云尘入岫。天英遍华，日色盈秀[82]。则若士神中，琴高道外[83]。袖轻羽以衣风，逸玄裾于云带。筵秋月于源潮，帐春霞于秀濑[84]。晒蓬莱之灵岫，望方壶之妙阙。树遏日以飞柯，岭回峰以蹴月[85]。空居无俗，素馆何尘。谷门风道，林路云真[86]。

若乃幽崖陒陒，隈隩之穷，骏波虎浪之气，激势之所不攻[87]。有卉有木，为灌为丛。络糅网杂，结叶相笼[88]。通云交拂，连韵共风，荡洲礚岸，而千里若崩，冲崖沃岛，其万国如战[89]。振骏气以摆雷，飞雄光以倒电[90]。

若夫增云不气，流风敛声[91]。澜文复动，波色还惊。明月何远，沙里分星[92]。至其积珍全远，架宝谕深。琼池玉壑，珠岫珂岑[93]。合日开夜，舒月解阴。珊瑚开缋，琉璃竦华[94]。丹文镜色，杂照冰霞。洪洪溃溃，浴干日月。淹汉星墟，渗河天界[95]。风何本而自生，云无从而空灭。笼丽色以拂烟，镜悬晖以照雪[96]。

尔乃方员去我，混然落情。气暄而浊，化静自清[97]。心无终故不滞，志不败而无成。既覆舟而载舟，固以死而以生[98]。弘刍狗于人兽，导至本以充形。虽万物之日用，谅何纬其何经[99]。道湛天初，机茂形外。亡有所以而有，非胶有于生末。亡无所以而无，信无心以入太[100]。不动动是使山岳相崩，不声声故能天地交泰[101]。行藏虚于用舍，应感亮于圆会[102]。仁者见之谓之仁，达者见之谓之达。咶者几于上善，吾信哉其为大矣[103]。

注释

[1] 选自《南齐书·张融传》，萧统《文选》不录，严可均《全齐文》据《南齐书》辑此篇。

[2] 用：功用，功能。形：表达。此句意谓，大凡言语的作用，在于表达情感。

[3] 天：张惠言《七十家赋钞》卷六张融《海赋》作“夫”。寅：句中出现两次皆当作“演”，乃避梁武帝讳。业：功用。此句意谓，能将内在之情铺叙显现出来的，正是言辞的功用。

[4] 荒官：荒僻之地的官职。将海得地：言海陆并行。傅怀树观：生发于心中的、出现在眼中的。长满朝夕：从早到晚不见尽头的。菟色：菟丝草的颜色。此句意

谓，我担任遥远荒僻之地的官职，将要海陆并行去赴任。一路上陆路闯关、海路搏浪，止宿在洲岛上，经行于波涛中。生发于心中的，出现在眼中的，是夜以继日、不见尽头的漫漫长路，无东西南北可辨。举目望去，天空中是飞动的鸦鸟，上下满眼是菟丝草那样的颜色。

[5] 此句意谓，宏壮啊，海水之雄奇。

[6] 古人：指前代以大海为题材创作的作者。之：指大海。问翰：引翰，用笔。此句意谓，所以前人因大海之雄奇而写其所见，而我以赋的形式去描写它。

[7] 济兴：凭借兴之所来。绝感：极佳的感受。此句意谓，当写作者兴之所来，有了极佳的感受时，哪里会感到还有人在自己以外写过类似作品？木华之所作，仅仅是写他自己的感受罢了。

[8] 此句意谓，破开混沌才有大地，分离大气始有天空。

[9] 此句意谓，天地分开之后，方有万物之形成，便有了山岳和河流。

[10] 此句意谓，百川汇聚，奔腾入海。

[11] 穷区：广袤无边。万里藏岸：亦言无边无际。控：引。此句意谓，说到大海的状态和面貌，则是广袤无边，淹没洲岛，遮隐了海岸，使黄河、济水汇聚而来，使长江、汉水聚合朝见。

[12] 此句意谓，它回旋浩荡，浪涛汹涌。托起天空振动远方，洪涛高扬，浇灌太阳。

[13] 摐（chuāng）撞：冲撞。八纮（hóng）：八级。摧隤（tuí）：摧毁。隤：倒下。此句意谓，冲撞的力量可以摧毁大地的八个极点，发怒时可以使九个枢纽断裂。

[14] 擓（guài）：收。漷（huǒ）：水势相激。此句意谓，掀动大风以卷起波浪，激荡天地而形成气势。

[15] 濐（zhóu）：波涛起伏。渻洽（tà qià）：沸溢，浸润。拲（cà）：拉。此句意谓，浪涛起伏沸腾，来回相互推引。

[16] 汩湥（gǔ tū）：水流的样子。澍（yù）渤：海水冲击的样子。窐（yàng）：穿凿。此句意谓，海浪澎湃冲击，将礁石穿凿成窟窿。

[17] 虞渊：亦称“虞泉”，传说为日没处。汤谷：即旸谷，古代传说日出之处。此句意谓，向西冲击太阳所入的虞渊曲处，向东振动太阳所出的汤谷水边。

[18] 若木：古代神话中的树名。《山海经·大荒北经》：“大荒之中，有衡石山、九阴山、洞野之山，上有赤树，青叶，赤华，名曰若木。”郭璞注：“生昆仑西附西极，其华光赤下照地。”一说即扶桑。此句意谓，于是若木因此倒伏，扶桑也被折断成碎片。

[19] 濩（huò）：水下流的样子。瀥（yào）：水流清澈。渏（mén）浑：水满。涫浻（guàn hé）：水波翻腾。碨（wèi）：石不平。雍：壅塞。渤涬（cuì）：波涛互相撞击。沦澊（cún）：水波动荡的样子。垄嵸（zǒng）：波涛众多起伏的样子。以上数句皆描写海水的各种状态，意谓海水滚滚奔涌，喧腾激荡。

[20] 湍转：湍流急转。此句意谓，湍流急转时，日月都会受到惊吓，浪涛鼓起时，星河也像是被倾覆。

［21］烈：猛烈，气势盛大。此句意谓，大海的气势既猛烈于泰山和昆仑山相互叠压一并崩溃，又盛于雷车滚动震颤天河击破天空后车毂断裂。

［22］涾（juàn）涟：海水回旋的样子。涴濑（wò lài）：水流回曲湍急的样子。此句意谓，水面回旋湍急，纵横起伏。浪花飞溅如同扬洒珠玉，水波流动好似明镜闪耀光芒。

［23］回堆：回聚。欹（yī）：靠着。弱渚：小沙洲。此句意谓，这是它汇聚海口水湾，临近小沙洲时的情状。

［24］此句意谓，沙洲岛屿相接相连，东西南北各方，都好似占满了天际。

［25］此句意谓，梁地的飞禽、楚地的走兽、胡地的树木、汉地的花草都在这里生长，也是劲吹的长风、涌动的浮云所经行的路线。

［26］苕苕：高远。蒂蒂：连绵。窅窅（yǎo yǎo）：深邃，遥远。翳翳：晦暗不明。

［27］晨乌：初升的太阳。古代神话谓日中有乌，故以乌为日之代称。东隅：东方。日出东方，借指早晨。落河：垂下的银河。此句意谓，朝阳住在它的东方，垂下的银河接在它的西边。

［28］茫沆：大水。汴河：《南齐书·张融传》缺，《永乐大典》作“潏（yù）”。水急的样子。汩：急流。魄（wěi）：高起。漫桓：弥漫开来。此句意谓，湍急的海水浩渺无边，浪涛高起四面弥漫。

［29］此句意谓，海浪屹立好像山岳，高高耸起好像险峰。

［30］彰：当作“嶂”。岌岌（jí jí）：山势高耸。攒（cuán）：聚。此句意谓，重重山嶂高耸，积聚的山岭矗立。

［31］嵂（lǜ）：山高峻的样子。硡（kū）：山高峻。崊嶔（lín qīn）：险峻。此句意谓，浪涛高峻陡险，像高高架起的石块相互遮蔽。

［32］嵺嵑：山势倾斜。陁陁（yí yí）：险阻。此句意谓，海浪高耸倾斜着，左右涌动出入。

［33］嵬嵬磊磊：高低不平的样子。此句意谓，高低不平，似乎相互追逐而渐渐平息。

［34］此句意谓，波峰纵横交错，浪头纷至沓来。

［35］此句意谓，有的好像要向前却没有推进，忽然有的并未移动却已退却。

［36］此句意谓，在东边，天空与它相互辉映；在西边，太阳倒影水中十分华丽。

［37］此句意谓，好像山峰聚集着白雪，如怀藏明镜，山岩春光照耀而自然光艳。

［38］洚（jiàng）：洪水。湉湉（yān yān）：滔滔。漈（jì）：冲击。此句意谓，滔滔海潮冲击拍打着海岸。

［39］磙（huái）：毁坏。汙漻（wū è）：水流。凓况：当为寒凉之意。此句意谓，浪涛撞上山岳摧毁岩石，水流寒凉。

［40］碨：石不平。泱：水深广。溾涧（wēi ē）：水流的响声。磹（tán）：石楔。屼（wù）：石高耸。此句意谓，波浪高低起伏，发出澎澎洸洸的声音。

［41］硳硚（qiàng qiāo）：坚硬的石头。硄（guāng）：波浪冲击石头时发出的响声。

"碚硋硫"当缺一字，文廷式《纯常子枝语》卷三十二云"《大典》'硫'下有'硿'字"。硠（láng）：石头的撞击声。硞（kè）：碰撞。此句意谓，浪峰起落，浪涛冲撞，发出巨大的轰鸣声，如同山岩崩塌。

[42] 蔼蔼：水势盛大。极路：一直通向。磕（kē）：碰撞。兽门：兽类。鱼路：鱼类。此句意谓，水势盛大长达万里，一直通向九天云外。像电光闪动雷车奔行，倾斜于地彼此碰撞。像野兽中的大象一样奔跑，像鱼类中的巨鲸腾游。

[43] 遽（jù）：急。陆：在陆地。无后：没有尽头。何前：前方在哪里。洪涛之急可使水中的蛟龙心惊胆战，可使陆上的老虎失魂落魄。回头看没有尽头，向前望又不知前方在哪里。长长巡视，高高眺望，只见水天相接。

[44] 蹴（cù）：踏，激起。风倒：狂风倒吹。此句意谓，至于那山岭横断激起大浪，狂风倒吹推动波澜。

[45] 磊：磊落。惊山竭岭：惊险高绝的山岭。郁：郁盛。此句意谓，落落似惊险高绝的山岭上耸立的石块，郁盛似飞动奔跑的烟云振动彩霞。

[46] 瑶光：北斗七星的第七星名。古代以为象征祥瑞。玉绳：星名。常泛指群星。此句意谓，连着瑶光星而光彩相交，接着玉绳星而光华流通。

[47] 高河：银河。景：光景，踪影。此句意谓，有时它晚间弥漫浓雾，白昼又长云密集，银河没有了踪影，万里都没有色彩。

[48] 山门：山口。岫户：山谷。葐蒀（pén yūn）：烟霭氤氲。此句意谓，山口幽深温暖，山谷烟气氤氲。

[49] 九天：极高的天空。玉地：亦作"五地"，五种地形。汪汪：水深且广。横横：广大无边。沆沆：水面广阔无际。此句意谓，天空掩映，大地交气。大海深广无边，浩浩荡荡。

[50] 淬溃：水奔流的样子。泱荡：荡漾。此句意谓，水流奔腾荡漾的气势，实在出于大人君子的想象之外。

[51] 此句意谓，风浪相互推挤，太阳隐去，云朵散开。波浪随合随散，浪峰时起时落。

[52] 漉（lù）：液体渗下，滤过。此句意谓，至于淘滤海沙，从海水中熬制出洁白的盐粒，春季也似有积雪，暑天的路上也似有白霜。

[53] 奇名、诡物：指大海中的奇珍异物。此句意谓，另外大海中有许多奇珍异物是没有书籍载录的。

[54] 门：《艺文类聚》引张融《海赋》作"关"。㦬（luǒ）：缺少。鳙（yōng）：俗称"胖头鱼"。身体暗黑色，头很大，生活在淡水中，为重要食用鱼。鲐（yì），一种鱼，体细长而侧扁，红色或褐色，有斑纹。口大，可以伸缩，牙细而尖。生活于海洋中，有的进入淡水。鲱（fēi），像鲫鱼的一种鱼。魜（rén）：人鱼，即"儒艮"，一种生长在海洋中的哺乳动物，形体像鱼，长约三米，前肢像人手，哺乳时前肢抱仔。鰈（guǒ），鱼名。鲭（huá），一种小型鱼类，体长而侧

扁，银灰色，背部有一纵行黑斑，头部略尖，有须一对，尾鳍分叉，生活于淡水中。此句意谓，高高的海岸上栖居着大量海鸟，横流的水波中盛产鱼类。鳙鮨鲀鲋鳠鲔等各种鱼类又哪里会缺少。

[55] 此句意谓，大海烘托天日，放现云霞，并吞河流，洗濯明月。它的气势使大地震动，声音使上天震颤。

[56] 哕噫（yuě yī）：喷吐。髗（lú）：同“颅”，头颅。此句意谓，喷洒的浪花好像播下雨点扬起云朵。高头健背，好像架起的山岳和飞动的高丘。

[57] 踁（tǐng）：震动。瞯（xián）：眼睛斜视。睔（gùn）：眼睛圆大。七曜：古人对日、月和五大行星（金、木、水、火、土）的总称。古巴比伦曾用七曜记日，顺序为日曜、月曜、火曜、水曜、木曜、金曜、土曜，即星期日至星期六，故又称“星期”。8 世纪传入中国使用。此句意谓，跃动的山势像五岳崩塌，波光闪烁散发日月五星的光华。

[58] 蠵蠵：一种大龟。瑁：即玳瑁。蛑（móu）：即蝤蛑。此句意谓，有灵龟玳瑁，又有绮丽的贝壳海螺。黑色的珍珠光彩相映，绿紫两色争相夺目。

[59] 鲂（fén）：斑纹鱼，亦称“斑鱼”。这里泛指鱼。此句意谓，游乐于秋日的湍流之上，浮游于春秋的美景之中。沉潜的鱼儿色彩浸润水中，升起的鱼儿花纹格外清晰。

[60] 此句意谓，至于冬天归去，春日到来，微风轻柔，景色秀丽，晴朗的天空，充足的阳光。

[61] 螭：古代传说中一种没有角的龙。此句意谓，神龙在迷蒙玄妙的云路上漫步，螭龙在天空优游飞翔。

[62] 瞢（méng）：微云时隐时现。磝（gǎn）：石匣。这里当同“赶”。栾木：这里指船桨。此句意谓，微云在天空浮动，时隐时现，轻雨轻轻飘洒。踏上征途驶向远方，摇动船桨激起浪花。

[63] 礴：同“搏”，拍打。此句意谓，海浪互相拍打情状万千，波涛涌动形态变化莫测。

[64] 扶容：芙蓉。此句意谓，浮萍水藻留下暗影，菱荷举出叶荫。芙蓉花色彩曼妙，香气清远光华深湛。明洁的白藕抵得上白玉，清新的莲子可以替代黄金。

[65] 眄：看，观赏。灼烁：鲜明；光彩。浔：水边深处。此句意谓，观赏遥远沙洲上众花的芬芳，以及悠长水边众芳的光彩。

[66] 此句意谓，船只聚集，舟楫交错，为饯别而设的酒席帷帐，高广连绵。

[67] 惊波：急流。雄飙：劲风。此句意谓，船进入激流，顿时飞驰如箭，震荡起推移长空的劲风。

[68] 此句意谓，越过汤谷而追赶太阳，渡过虞渊而追赶月亮。

[69] 浃（jiā）：周匝。挥忽：瞬间。此句意谓，行遍万里无须多时，遍及天地只在瞬间。

[70] 隼（sǔn）：鸟类的一科，翅膀窄而尖，上嘴呈钩曲状，背青黑色，尾尖白色，腹部黄色。饲养驯熟后，可以帮助打猎。亦称“鹘”。鲲龙：古代传说中的大鱼、蛟龙。趠（chuō）：同“踔”，跳跃起来。此句意谓，雕隼之类的猛禽还飞不到它的一半高，巨鲲大龙跳跃起来也难以企及。

[71] 此句意谓，船家还没有来得及经过一次呼吸，船只早已顺流周转行至天地之外了。

[72] 翮（hé）：鸟的翅膀。此句意谓，春秋各季处于不同生活环境的种种禽鸟，乘风高翔。

[73] 群鸟飞翔着归巢，连起来形成了阴凉。

[74] 此句意谓，浪潮涨起，波涛淹没沙洲，海水淘洗着一切。四面天地间的大绳索都被折断，广阔平坦的九州大地也被隔绝。

[75] 翥（zhù）：飞翔。此句意谓，雉鸟飞翔幻成片片彩霞，鸿雁翱翔好像雪片纷纷。彼此呼应叫着伴侣，并连着翅膀群起群飞。

[76] 此句意谓，行过关防流溢着华彩，经过渡口照映出美丽的花纹。

[77] 亮气：豪爽的气概。小白：这里指旗子。此句意谓，假如人缺少了豪爽的气概，就好比淋过雨的旗子不能舒展。

[78] 增：只，唯独。此句意谓，清凉的天空澄静高远，只见银河而无阴云。

[79] 鳀（tí），古同“鳀”。一种鱼，银灰色，侧扁，生活在海中。亦称“黑背鳀”。幼鱼干制品称“海蜒”。魦（shā），古同“鲨”。此句意谓，鳀鱼所在的沙洲照耀着天空的姿容，鲨鱼出没的水边倒映着银河的色彩。

[80] 此句意谓，包容笼盖所有以增加其广度，浸润大洲以贯穿其深度。

[81] 此句意谓，表面常常显示出惊恐状而内心却是沉静的，从结果看是有作为的，从道的层面看却又是无心的。

[82] 此句意谓，于是山海藏蔽着阴气，云烟轻尘飘入山洞。长天神气清美，日色秀丽无比。

[83] 若士：语出《淮南子・道应训》，后以“若士”代仙人。琴高，传说周末赵人，能鼓琴，后于涿水乘鲤归仙。此句意谓，若士神游其中，琴高则出入无迹。

[84] 此句意谓，袖中怀藏着轻盈的羽毛而似衣服乘风而起，拖曳着黑色的衣襟随云朵飘动。在海潮的源头就着秋月为宴，在秀丽的急流间以春霞作为帐幔。

[85] 此句意谓，阳光照射蓬莱仙岛上的灵秀山洞，方壶仙山上的奇妙高阙。大树枝条横举，仿佛遏止明日，山岭峰峦环绕，似要踩踏月亮。

[86] 此句意谓，空明的居处没有俗物，素洁的馆阁哪有微尘。峡谷间是清风行经的道路，林间小路上白云自守真性。

[87] 陒隓（yà cā）：险峻，狭窄。隈隩（wēi yù）：曲折幽深的山坳河岸。此句意谓，至于那幽峭险峻的海崖，曲折海岸的尽头，波浪的气势犹如奔马越虎，其气势不可阻挡。

[88] 此句意谓，有花草，有树木，灌木丛生。藤蔓交织成网，树叶交接相互覆盖。

[89] 礉（qiāo）：敲击。此句意谓，行云流动互相轻拂，风声和谐好似音乐。激荡沙洲，冲撞海岸，其气势好像千里之内都在崩塌；拍打山崖，激荡海岛，又好似万国交战。

[90] 此句意谓，振动骏伟之气强过轰雷，飞起耀眼雄光胜似闪电。

[91] 此句意谓，等到那层云静止不变，海风开始收敛的时候。

[92] 此句意谓，海面波澜轻摇，水色仍是动荡不定。明亮的月儿不再觉得遥远，天上的星星也映在水底沙石间。

[93] 瑰（guī）：同“瑰”，珍奇。此句意谓，而海中众多的珍宝却更加深远难及，琼玉般的池塘沟壑，珠玑般的山洞和山岭。

[94] 缋（huì）：多彩。此句意谓，日光隐去，夜色降临，月光放明驱除了荫翳。珊瑚绽放出五彩，琉璃闪烁着光华。

[95] 此句意谓，水色如镜，映照着鲜红的花纹，再辅以美丽的海上晚霞。海水洪大浩荡，洗浴着太阳和月亮，淹没了天河和星座。

[96] 此句意谓，海风没有由来而自然形成，高云不必跟从什么而在空中消失。绚丽的色彩氤氲朦胧像是轻烟拂动，反射的明亮日光好似映照着白雪十分灿烂。

[97] 尔：指大海。方员：即方圆。此句意谓，大海无所谓方圆，它混沌无情。因气氛喧嚣而浑浊，又因大化宁静而自然清明。

[98] 此句意谓，心中没有终结之意识所以没有凝滞，志向永不蜕变所以无所谓成就什么。它既能使船只倾覆，也能承载船只，本来是死却又是生。

[99] 此句意谓，弘扬刍狗与人兽平等的意识，将至本大道引向万千事物表象。虽然万物各有所用，但又怎么知道它们哪些是经哪些是纬？

[100] 此句意谓，大道深湛，天理初朴，机微众多，表现于外。没有所谓的有，所以成就了有，并非胶着于有的存在和不存在。没有所谓的无，所以成就了无，秉持无心而克进入太一之道。

[101] 此句意谓，不动的运动才能使山岳崩毁，不出声的声音所以能使天地安泰。

[102] 此句意谓，行之则用，舍之则藏，随世而化不必坐实，感应天地自然觉悟通达。

[103] 咶（huài）：感叹。此句意谓，仁者看见它称其仁爱，达者看见它说是通达。感叹它到达了至上的完善，我坚信它在世间为大。

选评

张溥《张长史集·题辞》：“《海赋》文辞诡激，欲前无木华，虽体制未谐，藩篱已判。”

郭预衡《中国散文史》：“此赋之作，发自实感，并非虚构，比木华之作，自有不同。……在南朝赋体之文中可谓独具一格。”

钱锺书《管锥编》："按融雅善自负，序曰：'木生之作，君自君矣'，示我用我法，不人云亦云，顾刻意揣称，实无以过木华赋也。唯两处戛戛独造，取情理以譬物象。"

姜书阁《骈文史论》："（张融）曾泛海至交州，于海上作《海赋》，文辞诡激，独标逸韵，顾恺之叹喟超过《文选》录载的西晋木华的《海赋》。"

刘涛《南朝散文研究》："作者描写海天合一、风高浪猛所用笔法，尤给人以新奇之感，如言水之奇壮态势即互换用词以增新意。尽管有论者赞此文超过木华之作，但读后总觉语汇无比艰涩。"

于浴贤《六朝赋述论》："齐代张融《海赋》是继木华、郭璞之后又一水赋巨制，并且富有特色，亦是水赋佳作。"

赏析

张融作品中比较有名的是他的《海赋》。此赋是作者在宋孝武帝时出任交州封溪令时经由海道而作。他对这篇赋很自负，声称"木生之作，君自君矣"，似有与晋代木华的名篇《海赋》争胜之意。而且他曾把这篇赋给顾恺之看过，受到顾恺之"卿此赋实超玄虚（木华）"的赞誉。不过按之实际，这篇赋使用奇字、僻字太多，失于艰涩，所以《文选》收录木华的《海赋》而不收录此篇。张融虽有意和木华立异，但赋的内容及手法仍不免有因袭的痕迹。这类题材，无非是写海的广大和风浪的险恶，而其中"壮哉水之奇也""奇哉水之壮也"等句，实即取法木华的"其为广也""其为怪也""宜其为大也"诸句。不过从赋中也可以看出作者追求奇丽、戛戛独造所做的努力，如写海中的狂浪："湍转则日月似惊，浪动则星河如覆，既烈太山与昆仑相压而共溃，又盛雷车震汉破天以折毂"，"日月似惊""星河如覆"二语设想新奇，"太山"与"雷车"两句，在辞赋中是罕见的长句对仗，在骈文盛行的齐梁时代尤为少见，这也许是他作文力求不同于时辈的一个方面。据说顾恺之在见到此赋时，曾对张融说可惜没有写到盐，张融立即挥笔补上四句："漉沙构白，熬波出素。积雪中春，飞霜暑路。"这表明了作者的才思敏捷和辞藻华美。

此赋体现了三个方面的特色：其一是铺陈海中物产的文字特少，这种情况在六朝的同类作品中是罕见的，体现了作者不因袭前人，勇于新变的可贵精神。其二是颇多新颖奇秀之句，气势之宏大，风格之雄奇，实可与木华的描写媲美。其三是在写景中隐喻玄理。

沈约

沈约（441—513），字休文，吴兴武康（今浙江德清）人。少时家境贫困，刻苦攻读，刘宋时以蔡兴宗记室入仕。齐初，曾在竟陵王萧子良门下，为“竟陵八友”之一。齐明帝即位，任五兵尚书，迁国子祭酒。齐末，参与萧衍代齐自立，萧衍建梁后，沈约为尚书仆射，封建昌县侯，后迁尚书令，领太子少傅。后加特进。死后谥隐，故后人称为“隐侯”。沈约在齐梁之世有较高的政治地位，是当时的文坛领袖。其诗文数量多，且齐梁两朝许多重要诏诰均出自他的手笔。他是“永明体”的重要作家之一，提出永明声律论。沈约学识渊博，著有《晋书》《宋书》等。《隋书·经籍志》载“梁特进《沈约集》一百一卷”，已佚。今存《沈隐侯集》为明张溥所辑，收入《汉魏六朝百三名家集》中。今有陈庆元整理本《沈约集校笺》。

临碣石[1]

碣石送返潮，登罘礼朝日[2]。溟涨无端倪，山岛互崇崒[3]。骥老心未穷，酬恩岂终毕[4]。

注释

［1］选自陈庆元《沈约集校笺》。碣石，参见曹操《观沧海》注。《临碣石》，属《乐府诗集·舞曲歌辞》。《南齐书·乐志》：“《碣石辞》……魏武帝辞，晋以为《碣石舞歌》。”曹操《碣石辞》云：“东临碣石，以观沧海。”

［2］返潮：退去的潮水。罘（fú）：即芝罘，山名，古作“之罘”，在今山东烟台。芝罘山：即今山东烟台北芝罘岛。《史记·秦始皇本纪》：始皇二十八年（前219），“登之罘，刻石”。三十七年“至之罘，见巨鱼”。《汉书·武帝纪》：太始三年（前94），武帝行幸东海，“登之罘，浮大海”。三面临海，一径南通，实为湾出海中之半岛。礼：与前句“送”相对，迎接。朝日：早晨初升的太阳。

［3］溟涨：溟海和涨海，泛指大海。谢灵运《游赤石进帆海》：“溟涨无端倪，虚舟有超越。”崇崒（zú）：高耸。崒，山峰高耸险峻突兀，此有高耸对峙之义。

［4］骥：千里马。骥老：千里马老了。骥老心未穷：诗人称己虽年老，但对朝廷的忠

心不会消失，即人老心不老的意思。酬恩：报答恩德。岂终毕：哪里会有终结？这两句本曹操《步出夏门行 · 龟虽寿》“老骥伏枥，志在千里；烈士暮年，壮心不已”句。曹操此诗中之“老骥”，《乐府诗集》作“骥老”。

赏析

此诗最早见于《乐府诗集》卷五十五《舞曲歌辞四》。短短六句，大致可作两层理解：一是本曹操《观沧海》之义，前四句均为诗人观海之境：大海潮起潮落，位置永远不动的“碣石”迎来送往；登上芝罘山，迎接早晨初升的太阳，大海辽阔无际，岛屿相峙海中。选取海潮、海岛、海上日出写大海，从大处着眼，是一幅广阔的海边观景图。四句诗流露出的情感取向亦沿曹操《观沧海》，与“骥老心未穷”相切相合，意即我虽然老了，但继续用事朝廷、服侍新主的心没有变，大有向新朝表忠心之倾向。从诗意看，此诗大约作于沈约入梁之后的天监初期。二是可作隐喻式解读，虽然沈约作此诗时未必有这种意思。以“碣石”代称自己，以潮起潮落喻指朝代的更迭，沈约历仕宋、齐、梁三代，送走前朝，迎来新朝。“朝日”指萧衍代齐建梁，言自己以十分虔敬之心迎接新朝的建立。“溟涨”指宦海，宦海无涯人有涯，以“山岛崇崪”指新朝多才俊，“虽然我老了，可是用事朝廷之心岂有终了？”在取义上跟前种理解是一致的，都是表达一种“老当益壮，宁移自首之心”的用世雄心。

秋晨羁怨望海思归[1]

分空临澥雾，披远望沧流[2]。八桂暧如画，三桑眇若浮[3]。烟极希丹水，月表望青丘[4]。

注释

［1］选自陈庆元《沈约集校笺》。齐东昏侯永元二年（500），沈约以母老表求解左卫将军、通直散骑常侍之职，而改授冠军将军、司徒左长史、征虏将军、南清河太守。南清河为侨郡，属南徐州，地近海。此诗即作于为南清河太守时。羁怨：羁旅之怨。望海思归：大海为众流所归，望海引起思归之情。

［2］分：分隔，区分。空：空中，天空。临：指诗人目光所及。澥（xiè）：大海的边缘，通常指陆地近海海湾。澥雾：滨海的雾气。披远：向远处延伸。沧流：海流，海水。颜延之《车驾幸京口三月三日侍游曲阿后湖作》：“山祇跸峤路，水

若警沧流。”“临”“望”均为诗人望海之状态，临分空的濉雾，望披远的沧流。此句意谓，近海的雾气将天空分割，大海的洪波无边无际地伸向远方。

[3] 八桂：八株桂树。《山海经·海内南经》：“桂林八树，在番隅东。”郭璞注：“八树而成林，言其大也。”暧：昏暗、朦胧。三桑：三株桑树。《山海经·海外北经》：“三桑无枝，在欧丝东，其木长百仞，无枝。”眇：同“渺”。此句意谓，八桂之树隐隐约约如画一般，三桑之树邈远得像是漂浮在水面之上。

[4] 烟极：云烟的尽头。希：望。丹水：传说中水名。《山海经·南山经》：“丹穴之上，其上多金玉，丹水出焉，而南流注于勃海。”青丘：神话传说中的山名。《山海经·南山经》：“青丘之山，其阳多玉，其阴多青雘。”此句意谓，远望云烟尽处是丹水，月的表面是青丘之山。

选评

袁行霈、罗宗强《中国文学史（第二卷）·魏晋—五代》：“全诗境界阔大高远，给读者展示出天水一色、烟波浩渺的海天景色。结合诗题来看，海天的空旷辽远，正反衬出‘羁怨’之情与‘思归’之念。此类诗歌在齐梁山水诗中，亦不失为上乘之作。”

陶文鹏、韦凤娟《中国山水诗史》：“云烟浩渺，秋水无涯，羁旅愁思于迷蒙的山水间缕缕而出，诗人远眺的身影隐没其中。此诗寓情于景，体制短小，五言六句虽非‘近体’的标准体式，但诗人创制新体山水诗的尝试是非常有意义的。”

林家骊《一代辞宗：沈约传》：“（永元二年）朝廷同意了沈约解职的请求，改授他为冠军将军、司徒左长史、征虏将军、南清河太守。……南清河郡靠近海，故沈约其时作有《秋晨羁怨望海思归》诗。”

赏析

此诗仅为六句短章，句句写景，句句是望海所见所感。首两句所写为诗人在海雾弥漫时望海，放眼远望，满眼尽是莽苍的洪流。洪流中隐约看到了如画一般的八桂之树和三桑之树。因是海雾中远望，故有想象中远方的“八桂”和“三桑”，假如天气晴好，距离又近，则不会有“八桂”和“三桑”的想象。最后两句仍然是远望的想象，在肉眼所能到达的云烟雾霭之尽处，是传说中的丹水。“月表”一词说明诗人望海是在夜里，举头望月，月亮的表面似乎是青丘之山。因诗人此番是外任南清河郡，羁旅异乡，望海本是要排遣心头的思乡之情，然而越是望远，思归之情越浓。从语言形式上看，句句对偶，声律和谐，充分体现了沈约对新体诗语言艺术的探索，是一首比较典型的永明体诗。

郑道昭

郑道昭（455—516），字僖伯，荥阳开封（今河南开封）人。北朝魏诗人、书法家。曾任光州（今山东莱州）刺史。好为诗赋，尤工书法，是魏碑体的鼻祖，被称为“书法北圣”，在书法上与王羲之齐名，有“南王北郑”之誉。康有为称其书法“体高气逸，密致而通理，如仙人啸树，海客泛槎，令人想象不尽”。其诗长于写景，是北魏时期较有代表性的诗人。今存诗四首，《登云峰山观海岛》是唯一完整的诗篇。

登云峰山观海岛[1]

山游悦遥赏，观沧眺白沙[2]。云路沉仙驾，灵童飞玉车[3]。金轩接日彩，紫盖通月华[4]。腾龙蔼星水，翻凤映烟家[5]。往来风云道，出入朱明霞[6]。雾帐芳宵起，蓬台植汉邪[7]。流精丽旻部，低翠曜天葩[8]。此瞩宁独好，斯见理如麻[9]。秦皇非徒驾，汉武岂空嗟[10]。

注释

［1］选自《先秦汉魏晋南北朝诗》。云峰山：在今山东省莱州市东南，莱州市北五十余里即渤海。北魏时为光州治所，此诗当为郑道昭为光州刺史时所作。

［2］沧：沧海。白沙：即莱州市境内流入渤海的白沙河。一说为白沙岛。诗人所观之岛正是白沙岛。此句意谓，登临云峰山时喜欢观赏远处的景色，极目远望沧海和入海的白沙河。

［3］仙驾：指神仙所乘之车。下面的“玉车”“金轩”“紫盖”均为此义。灵童：即海童。一作“灵章”，指彩色灵云。此句意谓，仙人的车架奔驰于七彩云霞中，海童驾乘玉车飞驰。

［4］日彩：指太阳的光彩。此句意谓，华丽的车舆白昼时映照着太阳的光彩，夜空中紫盖在月光下熠熠生辉。

［5］蔼：本指草木茂盛，这里指腾龙遮蔽了天上的银河。翻凤：翻飞的凤鸟。烟家：

指烟云笼罩的神仙世界。此句意谓，神龙腾飞，星河都被它们遮蔽；彩凤在仙界上空上下飞舞。

［6］风云道：同云路，天上的道路。左思《吴都赋》："径路绝，风云通。"朱明：即太阳。《广雅·释天》："朱明，日也。"此句意谓，龙凤来往于天上的道路之中，又出入于太阳的广耀之间。

［7］雾帐：如纱帐的雾气。蓬台：神仙所居之台，即蓬莱仙山。汉：天汉。邪：道路。《广雅·释宫》："邪，道也。"此句意谓，入夜之后的云雾如帐幔一般升腾起来，神仙居住的蓬台高耸入云，与银河相接。

［8］流精：传说中的楼阙名。《十洲记》载昆仑山有流精之阙。旻：天，天空。翠：翠鸟。《说文》："翠，青羽雀也。"天葩：非凡的花儿。此句意谓，水晶的宫阙使天宇光明耀眼，低飞的青鸟和天上的花儿交相辉映。

［9］此句意谓，登云峰山远眺，哪里仅仅是为看到独好的美景，在这里还可以明白许多道理。

［10］此句意谓，此处有此美景，秦始皇和汉武帝至此自然不会空手而归了。

选评

钱志熙《中国诗歌通史·魏晋南北朝卷》："孝文帝时期郑道昭的登览诗，就是对元嘉体的仿效，又受到郭璞的影响，繁词密意，错镂山水，绣织名理，炫耀仙灵，较颜、谢诸家，更似其自然。其中《登云峰山观海岛》一首修辞比较工稳，形容景物尚称明晰。就艺术而言，自然不能算是佳作，但可证当时北魏诗风中，也有学习晋宋游仙诗、山水诗的一种。"

曹道衡、沈玉成《南北朝文学史》："此诗起二句似谢灵运，惟'观沧'二字生造，中间和结尾则似郭璞。"

钟优民《中国诗歌史·魏晋南北朝》："其（郑道昭）《登云峰山观海岛》诗上摹郭璞《游仙》，与齐梁诗风迥异。气势阔大，笔力遒健，魏晋古风在这类北朝诗歌中一线尚存，不像在齐梁以后南朝诗坛荡然无存。"

周建江《北朝文学史》："《登云峰山观海岛》是北魏后期五言诗中典型的山水诗歌。"

赏析

此诗题谓"观海岛"，但通览全诗无一句写海岛。诗人登临位于光州的云峰山向大海眺望，映入眼帘的是莽苍的大海和迷蒙的烟水，在海雾和云气的笼罩中，自然产生幻觉，这就是诗歌主体部分所写的神仙世界。这里有云路上的仙驾、灵童的玉车、腾龙、翻凤、流精阙、低翠鸟：仙驾则是"接日彩"

“通月华”；腾龙、翻凤则是往来天宫与仙境之间；流精阙、低翠鸟的光彩与天光相辉映，好一派神仙光景。诗名曰观海岛，却并没有写所见到的山、海、岛的自然风光，而是幻化出了一个“蓬莱仙境”，写的是意象中的神仙世界。周建江《北朝文学史》以为“金碧辉煌是此诗留给读者的突出感受，出世入玄是此诗的主旨”。

祖珽

祖珽（生卒年不详），字孝征，北齐范阳遒（今河北涞水北）人，东魏护军将军祖莹之子。好读书，工文章，辞藻刚健飘逸。文章之外，又工音律，善弹琵琶，能作新曲。识懂四夷之语，擅阴阳占侯之术，医术尤为所长，为当时名医。其以博学多才冠绝当时，称得上北齐一朝经历最为奇特的人物。早年自负才能、狂诞无行，北齐列朝雄主，无不痛予折辱，直至熏盲其双目。而至齐后主之朝，又终借其奇略智算，拜相将兵，执国权柄，政绩又颇称美于内外。时谚语曰：“多奇多能祖孝征，能赋能诗裴让之。”后病逝于北徐州刺史任上。《北齐书》《北史》均有传，今存诗仅《从北征》《望海》《挽歌》三首。

望海[1]

登高临巨壑，不知千万里[2]。云岛相接连，风潮无极已[3]。时看远鸿度，乍见惊鸥起[4]。无待送将归，自然伤客子[5]。

注释

［1］选自《先秦汉魏晋南北朝诗》之《北齐诗》卷二。最早为《艺文类聚》卷八《水部上·海水》编录。本诗题名“望海”，当是其早年目盲前之作。

［2］巨壑：这里指大海。曹植《与吴季重书》：“食若填巨壑，饮若灌漏卮。”壑：深沟。此句意谓，登到高处临望，大海一望无际，不知其有几千万里。此言大海之辽阔浩渺。

［3］云岛相接连：指远处海岛萦绕在云层里。无极已：无边无际。此句意谓，海岛环绕在云层里，海潮的涌动望不到边际。

［4］鸿：大雁。乍：忽然，与“时”相对，有时而之意。此句意谓，时而可以看到远

来的大雁飞过，时而又能见到受到惊吓的鸥鸟飞起。

[5] 送将归：语出宋玉《九辩》“登山临水兮送将归”，这里代指“登山临水”。客子：指作者本人。此句意谓，无需实际的临水送别，即眼前之景便足以使人羁旅思归，黯然神伤。

选评

沈维藩（鉴赏）《望海》（见王运熙等《汉魏六朝诗鉴赏辞典》）：“辨诗中气息，确然是智者之言，与其为人相类。”

周建江《北朝文学史》：“祖珽的《望海》落笔于大海的辽阔，写大海的胸怀、大海的气魄，在气势上胜人。”

郇国平《汉魏六朝诗选》：“诗人描绘了大海的辽阔、雄伟，展示了大海的壮美。此外，诗人笔下的大海又不只是单纯的自然景观，而是被赋予了一种人类生活的属性，成为人生的一个隐喻。”

赏析

祖珽《望海》诗之章法、意境，中二联对仗之工整，情景之交融，已纯然有唐律风度了。

诗写大海“不知千万里”的浩瀚，海面的“云岛”“风潮”，海上的“远鸿”飞度，“惊鸥”乍起，前三联就是五幅望海画面，画面中有人、有景，人因景而起情，景因人而活脱。写大海，由远而近，由放眼到专注，由无限遥远处的浑茫模糊，拉近到视野可及的“云岛相连”“风潮无极”，再到大海上飞翔的远鸿、乍起的惊鸥。由于诗体表现内容容量的限制，不可能如赋那样铺排海洋物产之鱼类、兽类、禽鸟类等，作者必须选择。其选择的依据就是情感表达的需要。

诗表达怎样的情，七、八结句点出了，是一种“客子”对宦游的倦怠、对回归的向往。联系祖珽一生的奇特经历，不难想象诗中不知几千万里的“巨壑”、相连的“云岛”、无极的“风潮”、飞过的“远鸿”、乍起的“惊鸥”之所指。人生所面对世事“巨壑”，感觉是阔远，自身显得渺小，显得世事难料，正如“不知千万里”的大海。同时，“巨壑”又用以喻指北齐王朝，“云岛”喻指朝中权贵，“风潮”喻指权贵们因争权夺利而兴起的风浪，“远鸿度”“惊鸥起”指某人的得势与失势。朝廷的权力之争，正如波谲云诡的大海，利益勾连，潮起潮落。诗以大海喻官场凶险，且偶句韵脚字皆用仄声，诗人并非将大海视为审美对象，故所写之景物并无美感，读来感觉沉重和压抑。

任昉

任昉（460—508），字彦升，乐安博昌（今山东博兴）人。仕齐为竟陵王萧子良记室参军、司徒长史。入梁，任黄门侍郎、御史中丞。曾先后出为义兴太守、新安太守，在任清正。卒于新安太守官舍，谥敬子。《梁书》本传称其“雅善属文，尤长载笔，才思无穷。当世王公表奏，莫不请焉，昉起草即成，不加点窜。沈约一代词宗，深所推挹”。其诗清素。《诗品》置其中品，评曰：“彦升少年为诗不工，故世称‘沈诗任笔’，昉深恨之。晚节爱好既笃，文亦遒变。”其诗文传世数量较多，明人辑有《任彦升集》。

奉和登景阳山[1]

物色感神游，升高怅有阅[2]。南望铜驼街，北走长楸埒[3]。别涧宛沧溟，疏山驾瀛碣[4]。奔鲸吐华浪，司南动轻枻[5]。日下重门照，云开九华澈[6]。观阁隆旧恩，奉图愧前哲[7]。

注释

［1］选自《先秦汉魏晋南北朝诗》。景阳山：在京城建康之华林园中。《南史・宋本纪中》：“元嘉二十三年……兴景阳山于华林园。”柳恽有《从武帝登景阳楼诗》，作于梁武帝天监元年，任昉当亦参与此次登高活动并奉命作诗。

［2］物色：景色，景象。此言登上景阳山，受眼前美景所触动，精神立刻活跃起来；登上高处，见眼前之景，触发而联想到过去的经历，心中自有所感有所动。

［3］铜驼街：地名，在今河南省洛阳市故洛阳城中，以道旁曾有汉铸铜驼两枚相对而得名。这里指南朝京师建康城中的铜驼街，通常泛指皇城或皇宫。长楸：高大的楸树。古代常种于道旁。埒（liè）：田塍，即土埂子。此句意谓，站在景阳山上，向南望则是皇城的铜驼大街，向北望则是植有长楸的田埂。因景阳山在建康城北，故有此方位之感。

［4］瀛：大海。碣：碣石山。此句意谓，映入眼帘的涧溪宛如大海，疏落的山岭又仿佛大海中的碣石山。

［5］司南：司南车的省称。我国古代辨别方向用的一种仪器。用天然磁铁矿石琢成一

个杓形的东西，放在一个光滑的盘上，盘上刻着方位，利用磁铁指南的作用，可以辨别方向，是现在所用指南针的始祖。轻枻（yì）：指小舟。此句仍是想象，仿佛看到了大海中奔腾的巨鲸口吐水花，掀起巨浪；又仿佛看到在司南车指引下破浪前行的小舟。

[6] 重门：宫门。九华：宫中水池名。此句意谓，阳光照射着重重宫门，云彩散开所能见到的是清澈的九华之池。

[7] 末句与首句照应，眼观京城重重楼阁，想到自己身受君之恩典，登高奉和便觉心中有愧。

选评

陈祚明《采菽堂古诗选》："典称。"

李兆禄《任昉研究》："《奉和登景阳山》同其他游览诗一样，不外写景与抒发对皇情感恩戴德，实无甚足观。"

张金平《南朝学者任昉研究》："任昉的《奉和登景阳山》在题材上虽然是属于写景的，但是这类诗出现的机缘因与君王的宴游有关，不是单纯的写景诗，也不是单纯的和诗，而是奉命而作，将之归入公宴诗是合适的，也可以将这类诗名之为奉和公宴诗。"

赏析

奉和酬唱诗一般形式华美，却缺乏有深刻意义的思想内涵，这首诗也不例外。但颇值得注意的有如下几个方面：一是首句"物色感神游，升高怅有阅"是诗人带有创作理论色彩的认知，即登高有感触，览物神与游。二是全诗在艺术形式上颇具特色。首先，句句对偶，且对仗精整。其次，诗在选字用词及声韵上体现了很明显的人工雕琢痕迹，与永明体诗追求形式美是合拍的。三是写景壮观，气象阔大。"别涧宛沧溟"至"司南动轻枻"是想象中的海景描写，"沧溟""瀛碣""奔鲸""轻枻"都是海洋物象，虽然并非亲眼所见，但也写得真切如在眼前。这首诗有异于永明以来纤弱之诗风，而体现出境界之阔大雄壮，已经颇接近唐人近体诗面貌了。

刘峻

刘峻（462—521），原名法武，字孝标，平原（今山东平原）人。幼时被掠入北魏，齐永明中，南归，改名峻。建武中为豫州刺史刑狱参军。梁初，为荆州刺史安成王户曹参军，因病去职。为武帝所嫌，不受任用，隐居东阳紫岩山（今浙江金华）。卒，门人谥曰“玄靖先生”。刘峻以注《世说新语》闻名。明张溥辑其作品成《刘户曹集》，入编《汉魏六朝百三名家集》，今人罗国威有整理本《刘孝标集校注》。

登郁洲山望海[1]

沧潦联霄岫，层岭郁巑崱[2]。下盘盐海底，上转灵乌翼[3]。滇沔非可辩，鸿溶信难测[4]。轻尘久弭飞，惊浪终不息[5]。云锦曜石屿，罗绫文水色[6]。

注释

[1] 选自《先秦汉魏晋南北朝诗》。郁洲：在朐县（今江苏连云港）东北海中，《山海经》所谓郁山在海中者是也。

[2] 沧潦：海水，沧海。霄岫：云山。霄：云。《后汉书·张衡传》：“涉清霄而升遐兮。”注：“霄，云也。”岫：山有穴为岫。郁：密集、繁盛的样子。巑崱（cuán zè）：险峻连绵。此句意谓，大海连着云山，险峻的山岭连绵起伏。

[3] 此句意谓，郁洲山下环绕的是盐场，山上有灵鸟飞翔。

[4] 滇沔（miǎn）：水大。左思《吴都赋》：“滇沔淼漫。”李善注：“山水阔远无涯之状。”辩：当作“辨”。鸿溶：广大。《楚辞·九叹》：“鸿溶溢而滔荡。”此句意谓，大海浩瀚无涯，实在是难以分辨和测量的。

[5] 弭：停止，消除。木华《海赋》：“轻尘不飞。”此句意谓，海上没有一丝轻尘，惊涛骇浪日夜不息。

[6] 此句意谓，石屿如云锦般耀眼，水波似绫罗般闪光。

选评

王夫之《古诗评选》：“平缀五十字，不知者以为突兀磊砢，实则诗理固然，春云初无根叶，秋月初无分界也。”

钱志熙《中国诗歌通史·魏晋南北朝卷》：“梁代前期诗人尚有刘峻（孝标）、王僧孺等人。刘孝标诗所存者如《登郁洲山望海》《自江州还入石头》《始居山营室》，都是步武元嘉体山水诗，不稍涉齐梁句格，可见其刻意复古、力矫时俗的诗学取向。”

赏析

刘峻之文，今传世者十三篇，以《辩命论》《广绝交论》影响最大；刘峻之诗，今传世者四首。各种文学史类著作述及刘峻，一般只说其散文或注《世说新语》之功，几乎不涉及其诗歌创作。上面选评中钱志熙之语，大约是仅能见到的言刘峻之诗者。再从各种六朝时期的诗歌选本看，明清以来的诗歌选本，唯王夫之《古诗评选》选入《登郁洲山望海》，其他如《采菽堂古诗选》《八代诗选》《古诗笺》《古诗源》《古诗赏析》等皆不选。今人选本，非但不选《登郁洲山望海》，甚至连刘峻诗作整体都被忽略。本诗有两个特点：一是以赋法为诗，铺叙大海的浩渺；二是体现出一种汉魏风骨，是对齐梁诗风的反对。

吴均

吴均（469—520），字叔庠，吴兴故鄣（今浙江安吉西北）人。他出身寒微，好学，为文有俊才。历仕建安王记室、国侍郎、奉朝请。因私撰《齐春秋》，梁武帝恶其实录，焚其稿，免其职。晚年奉诏撰写通史，未成而卒。有集二十卷。今存诗一百四十余首，诗体清拔有古气，风骨遒劲，时人好之，称“吴均体”。明人辑其诗文为《吴朝请集》，今有林家骊整理本《吴均集校注》。

赠杜容成[1]

一燕海上来，一燕高堂息[2]。一朝相逢遇，依然旧相识[3]。问余来何迟，山川几纡直[4]。答言海路长，风驶飞无力[5]。昔别缝罗衣，春风初入帷[6]。今来夏欲晚，桑扈薄树飞[7]。

注释

［1］这首诗题目一作“咏燕”，作者一作梁简文帝萧纲。今从《玉台新咏》作吴均。杜容成，不详，当为吴均友人。

［2］高堂：高大的厅堂。此句意谓，一只燕子从海上飞来，一只燕子在高高的房屋上安家。

［3］此句意谓，有一天它们相遇了，原来竟然是以前的伴侣。

［4］几：多么。纡直：曲直。鲍照《观漏赋》：“从江河之纡直，委天地之圆方。”这里为偏义，偏指纡。此句意谓，在屋上的燕子问从大海上飞来的燕子：你为何回来晚了，是因为山路和海路太曲折难行了吗？

［5］驶：急速猛烈。此句意谓，从海上来的燕子回答：因为大海的路程太长了，且海风太大飞不动。

［6］罗衣：用轻软丝织品制成的衣服。帷：帐幕，以布帛制作的环绕四周的遮蔽物。此句意谓，两只燕子回想起当初离别时还是春天，在家的燕子为远行的燕子缝制罗衣。

［7］桑扈：鸟名，即青雀。《诗经·小雅·小宛》：“交交桑扈，率场啄粟。”朱熹注：“桑扈，窃脂也，俗呼青觜，肉食不食粟。”薄：迫近，靠近。此句意谓，如今已是夏末了，远行大海之上的燕子才姗姗来迟，而院子里的青雀却早已比翼双飞了。

选评

陈祚明《采菽堂古诗选》：“轻婉入情。”

程章灿《南北朝诗选》：“这首诗以双燕别后重逢来写诗人与旧友重遇的情景，借燕写人，多了一重间离效果。”

赏析

这首诗有乐府风格，语言平白如话，开头两句以“一燕”领起，显得轻快、随意。中四句设为问答，给诗句平添了起伏波澜。末四句从《诗经·小雅·采薇》“昔我往矣，杨柳依依，今我来思，雨雪霏霏”中变化而来，自出新意。表面上是写双燕，实际上是以燕写人，是一种男女闺情小诗。情人当初分别在春天，临行前女子为男子密密缝制衣裳，而后男子远去他乡，迟迟未归。如今归来已时隔半年之久，男子说海路遥远，海风迅猛，难以速归。古人将大海视为畏途，当然古诗中亦常以大海喻指仕途险恶。

张率

张率（475—527），字士简，吴郡吴县（今江苏苏州）人。南朝齐平都侯张环之子。年十二，能属文，常日限为诗一篇。稍长，作赋颂。尝奏侍诏赋，梁武帝手敕答曰："相如工而不敏，枚皋速而不工，卿可谓兼二子于金马矣。"起家著作佐郎，历仕太子舍人、尚书殿中郎、太子洗马、中书侍郎、新安太守等职。与同郡陆倕友善，被当时文坛领袖沈约称为"后进才秀"。著《文衡》十五卷，又有文集三十卷，已散佚。今存诗二十二首，是六朝诗人中较多的。

沧海雀[1]

大雀与黄口，来自沧海区[2]。清晨啄原粒，日夕依野株[3]。虽忧鸷鸟击，长怀沸鼎虞[4]。况复随时起，翻飞不可拘[5]。寄言挟弹子，莫贱随侯珠[6]。

注释

[1] 选自《先秦汉魏晋南北朝诗》。

[2] 黄口：幼鸟的嘴。幼鸟口为黄色，故称黄口。代指幼鸟。谢朓《咏竹》："青扈飞不碍，黄口得相窥。"此句意谓，从大海飞来的大雀和小雀。

[3] 原粒：原野上的谷粒。野株：树木。此句意谓，清晨以原野上的谷粒为食，傍晚投宿林中。

[4] 鸷鸟：凶猛的鸟，如鹰鹯之类。《楚辞·离骚》："鸷鸟之不群兮，自前世而固然。"此句意谓，虽然惧怕猛禽的袭击，但更担心成为人们锅里的美味。

[5] 况复：何况又。这里有转折的意味。此句意谓，然而大小海雀可随时飞起来，忽上忽下地翻飞，又是不容易被捕捉的。

[6] 寄言：带信。挟弹子：手持弹弓之人。此句意谓，告诉那位手持弹弓的人，不要轻贱了宝珠，将其作为弹丸使用。

选评

萧衍《戏题刘孺手板诗》："张率东南美，刘孺洛阳才。"

萧衍《赐张率》："东南有才子，故能服官政。余虽惭古昔，得人今为盛。"

钱志熙《中国诗歌通史·魏晋南北朝卷》："张率诗风基本上属于梁前期风格。其拟古乐府，以齐梁绮靡之体拟汉乐府，亦为当时流行风格。"

赏析

此诗题为《沧海雀》，却没有写沧海雀如何生存于大海之上，搏击风浪的情状，而是人格化地写了它们的生态环境。它们来自远方，投向陆野，却只能觅食原粒，栖息野株，虽飞越千万里险阻奔向目的地，但仍处僻荒。既担心凶猛同类的自相残杀，又恐惧进入人的罗网而成为沸鼎之羹。后四句诗义一转，言及自保。身处险恶环境，当随时随地从旋涡中退避出来，并婉言提请握权柄者应重视他们。

刘孝威

刘孝威（496—549），名不详，字孝威，彭城（今江苏徐州）人。刘绘之子，刘孝绰六弟。初为晋安王萧纲法曹，太清中，迁太子中庶子、通事舍人。侯景之乱，从建康围城中逃出，西上至安陆，病卒。因刘孝威以诗胜，三兄刘孝仪以文胜，故刘孝绰曾称其诸弟有"三笔六诗"之说，与庾肩吾、徐摛等十人并为太子萧纲"高斋学士"，其诗作以宫体为主。今存诗六十首，其存量在梁代诗人中是较多的。明张溥辑其诗文为《刘庶子集》。

小临海[1]

碣石望山海，留连降尊极[2]。秦帝枉钩陈，汉家增礼饰[3]。石桥终不成，桑田竟难测[4]。蜃气远生楼，鲛人近潜织[5]。空劳帝女填，讵动波神色[6]。

注释

［1］选自《先秦汉魏晋南北朝诗》。

［2］碣石：一说在今河北昌黎，一说在今山东无棣。这里当指后者。尊极，至尊之

位，指帝位。此句意谓，秦始皇、汉武帝等为求长生不死之药，都曾流连于此，而放下了贵为人主的架子。

[3] 秦帝：指秦始皇。枉：枉然，徒然。钩陈：勾连陈列，一种用于防卫的仪仗。汉家：指汉武帝。此句意谓，秦始皇率领浩浩荡荡的仪仗卫队至此，最后还是无功而返；汉武帝提高了祭祀礼仪的等级，多次祭祀东海，也是空手而归。

[4] 石桥：指秦始皇在海上造石桥。晋伏琛《三齐略记》："秦始皇于海中作石桥，海神为之竖柱。始皇求为相见，神云：'我形丑，莫图我形，当与帝相见。'乃入海四十里，见海神。左右莫动手，工人潜以脚画其状。神怒曰：'帝负约，速去。'始皇转马还。前脚犹立，后脚随崩，仅得登岸。画者溺死于海，众山之石皆倾注，今犹岌岌东趣。"桑田：典出晋葛洪《神仙传・麻姑》："麻姑自说云，接待以来，已见东海三为桑田。向到蓬莱，又水浅于往日，会时略半耳，岂将复为陵陆乎？"意思是说求仙之路不通，沧海桑田之变化莫测。

[5] 蜃气：指海市蜃楼现象。《史记・天官书》："海旁蜃气象楼台，广野气成宫阙然。"蜃：蛤蜊。古人认为海市蜃楼现象乃是蛤蜊吐气而成。鲛人：神话传说中的人鱼。晋干宝《搜神记》："南海之外，有鲛人，水居如鱼，不废织绩，其眼泣，则能出珠。"

[6] 空劳：白白地烦劳。帝女：指炎帝之少女，名女娃，溺亡化鸟，名精卫。讵：岂。波神：水神。此句意谓，大海的广大浩瀚，即便有精卫填海，又岂能改变得了大海的本色。

选评

曹道衡、沈玉成《南北朝文学史》："刘孝威的诗俊逸典雅，比较成功的作品多尚白描，不贵用典。"

钱志熙《中国诗歌通史・魏晋南北朝卷》："刘孝威虽久侍萧纲，但其诗风与徐、庾相比，还是较多继承齐梁间前辈诗人的轨度。"

冷卫国《中国历代海洋诗歌选评》："该诗的创作时间不可考，但是值得注意的是，它几乎囊括了从先秦两汉到魏晋南北朝时期的所有与海洋相关联的神话故事，这是本诗显著的一个创作特征。"

赏析

此诗意在批评讽刺历代帝王海上寻仙求药的举动。早在秦始皇之前，便有一些诸侯国君主寻仙求药，齐威王、齐宣王、燕昭王都曾"使人入海求蓬莱、方丈、瀛洲"。秦始皇可能早在统一天下之前就听到过各种关于不死药的传说，并心向往之。"及至秦始皇并天下，至海上，则方士言之不可胜数。"

秦始皇来到海岱地区，立即被一批精通方仙道的术士包围，很快沉迷其中。在渤海之滨，他穷成山，登芝罘，远望烟波浩渺的茫茫沧海，目睹光怪陆离的海市蜃楼，耳闻众人传诵的蓬莱仙境，这更使他坚信神仙之说不谬，不死之药可求。汉武帝在求长生不老、成仙方面与秦始皇酷似。为此他迷信方士，相信方士的胡说八道，一旦发现自己受骗上当，又诛杀方士。汉武帝晚年曾对群臣说："向时愚惑，为方士所欺，天下岂有仙人，尽妖妄耳。"这是汉武帝对一生求长生不老、求仙所作的最后结论。

萧纲

萧纲（503—551），即梁简文帝，字世缵，梁武帝第三子。天监五年（506）封晋安王。十三年出为荆州刺史，次年迁为江州刺史。十七年征还建康，领石头戍军事，丹阳尹。普通元年（520），授南徐州刺史。四年，徙雍州刺史，在雍州前后八年。中大通二年（530），征入为扬州刺史。三年，昭明太子萧统卒，萧纲继立为皇太子，在东宫前后十九年。太清三年（549），梁武帝死，萧纲被侯景立为傀儡皇帝。次年，改元大宝。大宝二年，为侯景所杀，年四十九。萧纲辞藻艳发，雅好诗赋，立为太子后，常聚合文学之士吟咏结撰，辞丽而伤轻靡，时号"宫体"。原有集八十五卷，已散佚。明张溥《汉魏六朝百三名家集》中辑有《梁简文帝集》，传世诗文数量在六朝文人中是最多的之一。

大壑赋[1]

渤海之东，不知几亿，大壑在焉[2]。其深无极，悠悠既凑，滔滔不息[3]。观其浸受，壮其吞匿，历详众水，异导殊名[4]。江出濯锦，汉吐珠瑛[5]。海逢时而不波，河遇圣而知清[6]。嗟乎！使夫怀山之水积，天汉之流驶，彭潜与渭濕俱臻，四渎与九河同至[7]。余乃知巨壑之难满，尾闾之为异[8]。

注释

［1］选自肖占鹏、董志广《梁简文帝集校注》。大壑：《列子·汤问》："渤海之东，不知几亿万里，有大壑焉，实惟无底之谷，其下无底，名曰归墟。八纮九野之

水，天汉之流，莫不注之，而无增无减焉。”

［2］见本选《列子·汤问篇》注释。

［3］凑：聚合。此句意谓，大壑之深没有终极，它日夜不停地汇聚万川之水，形成滔滔之势。

［4］浸受：容纳。殊名：不知名的江河。此句意谓，它有着巨大的容量，汇纳大川，不择细流。

［5］濯锦：华美的织锦。珠瑛：精美的玉石。

［6］逢时：遇上好时运。河遇圣而知清：《文选》李康《运命论》：“夫黄河清而圣人生。”此句颇有神秘色彩，言海不扬波、圣出河清。

［7］此句仍言大壑汇聚众水。使发源于太山之水汇集，使银河之水聚合，使彭潜渭濕诸水、江淮河济四渎及九流之水并入。

［8］此句意谓，于是我知道大壑之水永难满足，排泄海水的尾闾的奇异了。

选评

王琳《六朝辞赋史》：“在梁陈文人中，萧纲作赋最多，题材内容比较广泛，有描写羁旅情景的，有描写节物变迁情景的，有貌似咏物叙事而实则侧重描写美人艳情的，还有模仿江淹描写人类某种情感的。”

牟华林《萧纲骈体论稿》：“开头四句乃作者据《列子》成句改造而成。《列子》原文本为四个散句，但作者却把它们改造为四个精致的骈句，显得有人工斫削的精美、雅致。”

于浴贤《六朝赋述论》：“水在东晋成为创作热点之后，至南朝诸代，赋家偶有关注，出现了谢灵运《长溪赋》、张融《海赋》、萧纲《大壑赋》等，但再也没有形成新的创作热潮了。”

赏析

萧纲此赋当亦为残篇，其在内容上显得比较单一，主要是写大壑的无极之深和滔滔不息，以及汇聚万川的宏大容量。大壑乃先秦文献里神话传说中提到的，谁都不曾亲眼见过，所写主要为想象的成分。本篇在写法上很明显地采用改造成句之法，其源自《列子·汤问》和《庄子·秋水》。另外一个特点是不同句式的交错运用。在用四、六言句式对大壑进行笼统而直接的描述后，采用五、七言句式来进行具体的、侧面的铺叙，从而烘托大海汇集万川的气势，完成了对大海兼收并蓄、壮阔形象的呈现。

徐防

徐防（生卒年不详）。《梁书》未见其名。《南史》卷五十《庾肩吾传》："（肩吾）初为晋安王国常侍，王每徙镇，肩吾常随府。在雍州被命与刘孝威、江伯摇、孔敬通、申子悦、徐防、徐摛、王囿、孔铄、鲍至等十人抄撰众籍，丰其果馔，号高斋学士。"这是徐防之名于诸史中的唯一记载。《先秦汉魏晋南北朝诗》徐防名下注曰："防，仕晋安王，随府在雍州，号高斋学士。"当依《南史》为说。

赋得观涛[1]

云容杂浪起，楚水漫吴流[2]。渐看遥树没，稍见远天浮[3]。渔人迷旧浦，海鸟失前洲[4]。不测沧溟旷，轻鳞幸自游[5]。

注释

[1] 选自《诗纪》卷八十九。赋得：以古人诗句或各事物为题，题目即用"赋得某某"。观涛，指观广陵潮。

[2] 云容：云雾。楚水：颇费解，此处当指江水。此句意谓，云雾伴着浪头涌起，江水弥漫奔流。胡大雷《齐梁体诗选》："钱塘江水原来流向大海，而此时则是海水涌进钱塘江，所以叫'楚水漫吴流'。"

[3] 此句意谓，随着海潮的倒灌，远处的树木逐渐被海水淹没，天空好似漂浮在海水之上。

[4] 浦：渡口。洲：江中小洲。此句意谓，在奔涌浩茫的潮水面前，打鱼人迷失了往日的渡口，海鸟也找不到先前歇息的江中小洲。

[5] 沧溟：大海。轻鳞：小鱼。此句意谓，不知沧海的旷远博大，小鱼悠然自得地浮游。

选评

胡大雷《齐梁体诗选》："此诗中描摹涛水倒灌的情形，使原本平静的江面改变了容貌，但鱼儿在滚滚涛水中却不失其态，仍悠然自得地游着，两相对照，一狂烈一自得，颇有意味。”

赏析

六朝时期多观涛诗赋，其中所观之涛，既有浙江之钱塘潮，又有扬州之广陵潮。从这首诗的“楚水漫吴流”一句看，楚水应指自西向东奔流而下的江水，至广陵正遇大潮，江水与海潮之水并流，形成漫无边际的情形，故称为“漫吴流”。诗只写到潮水起时淹没树木，实际上在一定范围内是淹没一切的，包括五、六两句写到的渔人“旧浦”、海鸟“前洲”等，此时已经分不清哪个是江，哪个是海，江海混融，浩渺无际，自然过渡到最后两句对广陵潮的感受，完全不知沧溟的宏旷，不过小鱼却有了更为广大的活动空间。

唐宋部分

李世民

李世民（599—649），即唐太宗，李渊次子。祖籍陇西成纪（今甘肃秦安），迁徙长安。唐高祖武德元年（618）为尚书，进封秦王。九年六月，发动玄武门之变，杀太子建成，八月即位，次年改元贞观。在位期间，推行均田制、租庸调制和府兵制，发展科举制度，励精图治，任贤纳谏，国力强盛，史称“贞观之治”。有《太宗集》四十卷，已佚。《全唐诗》存诗一卷。今人吴云、冀宇编辑校注《唐太宗集》。

春日望海[1]

披襟[2]眺沧海，凭轼玩春芳[3]。积流横地纪[4]，疏派引天潢[5]。仙气凝三岭[6]，和风扇八荒[7]。拂潮云布色[8]，穿浪日舒光[9]。照岸花分彩[10]，迷云雁断行[11]。怀卑运深广[12]，持满守灵长[13]。有形非易测[14]，无源讵[15]可量。洪涛经变野[16]，翠岛屡成桑[17]。之罘思汉帝[18]，碣石想秦皇[19]。霓裳[20]非本意，端拱且图王[21]。

注释

[1] 这首诗作于贞观十九年（645）春，征高丽途中，春夏之际路过渤海之滨。

[2] 披襟：敞开衣襟，表示胸怀畅快。

[3] 轼：古代车厢前用作扶手的横木。玩春芳：欣赏春色。

[4] 积流：指湖泊海洋。地纪：维系大地的绳子，指大地。此句说江河之水来自天池，湖泊海洋遍布地球。

[5] 疏派：疏通水道。天潢（huáng）：天津星。古时天文学家认为天潢是主管河渠的星，此泛指星汉。此句的意思是大海由许多河流汇聚形成。

[6] 三岭：指传说中的海上三座神山，即蓬莱、方丈、瀛洲。此句指有一种仙气凝聚在大海中的三座神山上。

[7] 八荒：八方极远之地，指四面八方。此句说春天的和风吹遍了四面八方。

[8] 拂潮云布色：拂动在潮上的浮云，散发着色彩。描写日出的壮丽情景。

[9] 穿浪日舒光：透过波浪穿过了浪头的红日，焕发出光芒。

[10] 照岸花分彩：照在岸边花上的阳光，分开红彩。

[11] 迷云雁断行：迷于云雾中的大雁，飞不成行。

[12] 怀卑：心怀谦卑。意思是说大海不拒绝细小水流，故能纳百川而更加深广。

[13] 持满：保持满满的状态。灵长：原指国运长久，此谓大海广阔无边，滋润万物。

[14] 有形非易测：大海虽有形象但不易窥测其边涯，何况它本来没有一定的来源，又怎么能量度其形体大小呢？

[15] 讵（jù）：岂。

[16] 洪涛：大的波涛，指大海。经：多次。变野：大海变成田野。

[17] 成桑：大海变桑田。

[18] 之罘（fú）：即“芝罘”，山名，在今山东省福山区，接烟台大陆。汉武帝太始三年（前94）曾登之罘，浮大海求仙。

[19] 碣石：山名，在今河北省昌黎县。据《史记·秦始皇本纪》载：“三十二年，始皇之碣石。”秦始皇三十二年（前215）曾登此山，使燕人卢生求古仙人，刻石于碣石山。

[20] 霓裳：仙人穿的衣服，以虹制作。此处代指求仙。

[21] 端：正也。拱：垂拱，垂衣拱手，无为而治。图王：谋求称霸之业，指统一天下的大业。此句意思是说求仙并不是诗人的意愿，真正的志向是要建立全国强盛统一的中央集权。

选评

徐献忠《唐诗品》：“其游幸诸作，宫徵铿然，六朝浮靡之习，一变而唐；虽绮丽鲜错，而雅道立矣。其为一代之祖，又何疑焉。”

王世贞《艺苑卮言》：“唐文皇手定中原，笼盖一世，而诗语殊无丈夫气，习使之也。”

毛先舒《诗辩坻》：“唐太宗诗虽偶丽，乃鸿硕壮阔，振六朝之靡靡。”

赏析

这是一首即景之作。诗的前半部分写景，展现了春天早晨大海的浩瀚和壮丽。中间“拂潮”四句写日出时的景色：朝霞映红天际，海浪闪着金光，海岸繁花如锦，浮云遮断雁行。面对这一幅壮丽的海景，诗人思潮起伏。他从大海的难以深测和不可估量，联想到人不能自满，从沧海桑田的自然变化想到社会时势的变迁，进而想起了历史上著名的秦始皇与汉武帝。诗人对二帝的追思，既表达了对他们统一中国的历史功绩的崇敬，也批评了他们出海求仙的行为。唐太宗观景抒情，寄托了他统一全国的愿望，表达了其不愿学秦始皇、汉武帝那样好神仙、急赋敛，而愿休养生息，实现垂拱而治的政治理想。

李峤

李峤（644—713），字巨山。赵州赞皇（今属河北）人。弱冠擢进士第，始调安定尉，举制策甲科。武后时，官凤阁舍人。累迁鸾台侍郎，知政事，封赵国公。景龙中，以特进守兵部尚书同中书门下三品。睿宗立，出刺怀州。明皇时贬为滁州别驾，改庐州。富才思，初与王勃、杨盈川接，中与崔融、苏味道齐名，晚诸人没，独为文章宿老，一时学者取法焉。原有文集五十卷，已散佚，单题诗一百二十首，宋张方注，传于世。明人辑成《李峤集》三卷，《全唐诗》编诗五卷。

海

习坎疏丹壑[1]，朝宗合紫微[2]。三山巨鳌涌[3]，万里大鹏飞[4]。楼写春云色[5]，珠[6]含明月辉。会因添雾露[7]，方逐众川归[8]。

注释

[1] 习坎：险阻。《易经·坎卦》：“《象》曰：习坎，重险也。”高亨注：“本卦乃二坎相重，是为习坎。习，重也；坎，险也。故曰：习坎，重险也。”壑：深沟。

[2] 朝宗：小水注入大水，谓百川之归海。《尚书·禹贡》：“江汉朝宗于海。”紫微：星座名，三垣之一。在北斗以北，有星十五颗，分两列，以北极为中枢，成屏藩状。古人以紫微星垣喻帝王居处，故以紫微宫指称皇宫。

[3] 三山：指传说中的海上三座神山，即蓬莱、方丈、瀛洲。《史记·郊祀志》：“自威、宣、燕昭使人入海求蓬莱、方丈、瀛洲。此三神山者，其传在渤海中，去人不远。”巨鳌：传说中的海中大龟。《列子·汤问》：“渤海之东，不知几亿万里，有大壑焉……其中有五山焉：一曰岱舆，二曰员峤，三曰方壶，四曰瀛洲，五曰蓬莱……而五山之根无所连著，常随潮波上下往还，不得暂峙焉。仙圣毒之，诉之于帝。帝恐流于西极，失群仙圣之居，乃命禺强使巨鳌十五举首而戴之。”

[4] 大鹏：传说中的大鸟，为鲲所化。《庄子·逍遥游》：“北冥有鱼，其名为鲲，鲲之大，不知其几千里也；化而为鸟，其名为鹏，鹏之背，不知其几千里也；怒而飞，其翼若垂天之云。”

[5] 写：泻，流泻。此句谓海上蜃气所形成的奇异景象。《史记·天官书》：“海旁蜃

气像楼台。”伏琛《三齐略记》：“海上蜃气，时结楼台，名海市。”

[6] 珠：珍珠，蚌壳内所含珍珠。干宝《搜神记》：“南海之外，有鲛人，水居如鱼，不废织绩，其眼泣，则能出珠。”

[7] 添雾露：谓雾露之水滴，涓涓之细流，莫不注入于海。木华《海赋》：“沥滴渗淫，荟蔚云雾。涓流泱瀼，莫不来注。”

[8] 众川归：谓百川归海。左思《吴都赋》：“百川派别，归海而会。”李周翰注：“江海下，故百川归会之。”

选评

王夫之《姜斋诗话》：“李峤称‘大手笔’，咏物尤其属意之作，裁剪整齐，而生意索然，亦匠笔耳。”

赏析

这首五言律诗，歌咏大海辽阔深远、神秘包容的气象。首联与尾联描摹海洋实景，浓墨重彩地勾勒了海洋包纳百川、众流来归、奔腾不息的景象。李峤的诗歌善用典故，此诗颔联借用了《列子·汤问》《庄子·逍遥游》中的典故，把眼前所见大海景象与神话传说相融合，营造了一种亦真亦幻、旷远寥廓的意境。海上仙山缥缈，巨鳌涌现；鲲鱼化为鹏鸟，自北冥飞往南海。经过诗人的锤炼，海上仙山从神话传说进入一种更为超脱的艺术境界。颈联对海上蜃气以及海上生明月所形成的奇异景象进行渲染，为工笔细描。海上蜃气，结为楼台，流泻春云之色；明月高照，鲛人泣泪，珠含明月之辉。此诗“珠含明月辉”的意境与李商隐《锦瑟》诗中“沧海月明珠有泪”一句颇为相似。

此诗音节洪亮，对偶精严，展现了初唐诗歌雄浑蓬勃的气度，又蕴含着迷离缥缈的韵致。实为初唐海洋诗之佳作。

张说

张说（667—731），字道济，一字说之。一说河东（今山西永济）人，居洛阳。武则天时应诏对策乙等，授太子校书，中宗时为黄门侍郎，睿宗时进同中书门下平章事，玄宗时为中书令，封燕国公。为李林甫所排挤，罢相。长于文辞亦能诗，为文属思精壮，长于碑志，世所不逮。著有《张燕公集》三十卷，《旧唐书·张说传》见载，但仅有二十五卷传世。《全唐诗》编诗五卷。

入海（二首）[1]

乘桴[2]入南海，海旷不可临[3]。茫茫失方面[4]，混混如凝阴[5]。云山相出没，天地互浮沉。万里无涯际[6]，云何[7]测广深？潮波自盈缩[8]，安得会虚心[9]！

海上三神山[10]，逍遥[11]集众仙。灵心[12]岂不同，变化无常全[13]。龙伯如人类[14]，一钓两鳌连[15]。金台此沦没[16]，玉真时播迁[17]。问子劳[18]何事，江上泣经年[19]。隰中[20]生红草，所美非美然[21]。

注释

［1］长安三年（703），张说由于为魏元忠辩诬，忤张易之，流放钦州。此诗大概作于张说流配钦州时期。

［2］桴（fú）：木筏。《论语·公冶长》："道不行，乘桴浮于海。"此用其意抒发不得志的牢骚。

［3］临：到达彼岸。

［4］茫茫：辽阔旷远的样子。庄忌《哀时命》："怊茫茫而无归兮，怅远望此旷野。"方面：方向。《后汉书·张衡传》："寻其方面，乃知震之所在。"

［5］混混：浑浊的样子。郭璞诗："北阜烈烈，巨海混混。"凝阴：聚集的阴云。

［6］涯际：边际，界限。晋杨羲《十月十八日紫微夫人作》："灵发无涯际，勤思上清文。"

［7］云何：如何。

［8］盈缩：充满与回缩。曹操《步出夏门行·龟虽寿》："盈缩之期，不但在天。"此处指潮水的涨落、波浪的起伏。

［9］安得：怎能。虚心：无欲无为的心境。高爽《咏镜》："虚心会不采，贞明空自欺。"

［10］三神山：指传说中的海上三座神山，即蓬莱、方丈、瀛洲。

［11］逍遥：安闲自得貌。

［12］灵心：神仙之心。

［13］常全：久全。陆机《塘上行》："天道有迁易，人理无常全。"

[14] 龙伯：神话传说中的巨人族。《列子·汤问》："而龙伯之国有大人，举足不盈数步而暨五山之所，一钓而连六鳌，合负而趣归其国，灼其骨以数焉。于是岱舆、员峤二山流于北极，沉于大海，仙圣之播迁者巨亿计。"

[15] 鳌：传说海中大龟。此二句以"龙伯钓鳌"比喻超凡豪迈的行动举止。

[16] 金台：传说仙山上的台阁。《列子·汤问》："其（仙山）上台观皆金玉。"沦没：沉没。

[17] 玉真：仙人。播迁：流离迁移。

[18] 劳：忧虑。

[19] 江：此指钦江。经年：一年或一年以上。

[20] 隰（xí）中：低湿之地。《诗经·郑风·山有扶苏》："山有扶苏，隰有游龙。"《毛传》："龙，红草也。"

[21]《毛诗序》："《山有扶苏》，刺忽也，所美非美然。"郑《笺》："言忽所美之人实非美人。"此二句意谓朝廷不识善恶贤愚，任用小人而贬斥忠良。

选评

徐献忠《唐诗品》："燕公精藻逼人，敷华当世，文堪作栋，调亦含宫，于绮丽鲜错之中，有神悰独运之美。"

李因培《唐诗观澜集》："燕公五排如幽燕老将，气韵沉雄，时于坚壁中作浑脱舞。后人竭力效之，终不可至。"

屠隆《唐诗类苑序》："燕公流播，其诗凄婉。"

赏析

这两首诗描写了诗人站在钦州海边所看到的景象。全诗以白描的手法，描写了大海的一望无际，并由大海波涛汹涌的景色，联想到做人做事的道理。

面对大海，诗人思绪万千。第一首写诗人想象着乘木筏航行南海所见的景象。海是那样宽旷无边而不可到达彼岸，海面茫茫好像失去方向，波涛混沌一片迷蒙，海天相连就像云翳凝结。远处的山与云、天与地，在海浪的作用下，时隐时现，相互浮沉，大海不仅浩瀚无涯，而且动荡不息。这样无边无际的大海，怎样能测出它的广度和深度呢？海波的运动、潮汐的变化，自有它盈满、退缩的规律，难道也像人一样懂得"满招损、谦受益"的道理吗？

第二首写诗人的所思所想。传说海上有蓬莱、方丈、瀛洲三座神山，那里生活着逍遥快乐的神仙。但是巨人龙伯一杆就连着钓起两只巨鳌，使得仙岛上的仙人被迫流离迁移。诗歌最后四句从传说回到现实，从仙人回到自身。

诗人被贬钦州，面对钦州的大海，看到了低湿之处的美草，想到了自己的身世，并借《诗经·郑风·山有扶苏》比喻君子小人颠倒其所。君子在上位则不加恩泽，小人在下位则禄赐丰厚。整首诗歌将神话中仙人的流离与自身配流的遭遇相结合，意境含蓄深沉，赋予读者丰富的联想。

宋务光

宋务光，生卒年不详，字子昂，一名烈。汾州西河（今山西汾阳）人。举进士及第，调洛阳尉，迁右卫骑曹参军。唐中宗神龙元年（705），以洛水泛滥上书，请退武三思等人，不为所纳。三年，登贤良方正科。景龙三年（709），以监察御史巡察河南道。以考最，进殿中侍御史，迁右台侍御史。卒年四十有二。《全唐诗》录存诗一首。

海上作[1]

旷哉潮汐池[2]，大矣乾坤[3]力。浩浩去无际，沄沄[4]深不测。崩腾翕众流[5]，泱漭环中国[6]。鳞介错殊品[7]，氛霞饶诡色[8]。天波混莫分，岛树遥难识。汉主探灵怪[9]，秦王恣游陟[10]。搜奇大壑[11]东，竦望成山北[12]。方术徒相误[13]，蓬莱安可得。吾君略仙道[14]，至化孚淳默[15]。惊浪晏穷溟[16]，飞航通绝域[17]。马韩底厥贡[18]，龙伯修其职[19]。粤我遘休明[20]，匪躬期正直[21]。敢输鹰隼执[22]，以间豺狼忒[23]。海路行已殚[24]，輶轩未皇息[25]。劳歌玄月暮[26]，旅睇沧浪极。魏阙渺云端[27]，驰心附归翼[28]。

注释

［1］此诗很可能是诗人游历至山东半岛之登州港时所写。唐中宗以前，山东半岛的登州是日本及新罗来朝贡的主要进出港口之一。唐中宗神龙三年（707），将登州治所由牟平移至蓬莱，遂定名为登州港。山东半岛不仅是当时中国北方海外交通的重要门户，还是重要的贸易中心。直到北宋初年，山东半岛的港口仍是中国与朝鲜、日本海上交流的重要通道。这首《海上作》中所写的海上贸易及外国朝贡之事，可与唐中宗时期的贸易史实相互参证，有很高的历史价值。

［2］潮汐池：大海。古人称海为“天池”。

[3] 乾坤：天地。杜甫《登岳阳楼》："吴楚东南坼，乾坤日夜浮。"

[4] 沄（yún）沄：波涛汹涌貌。王逸《九思·哀岁》："窥见兮溪涧，流水兮沄沄。"

[5] 崩腾：翻腾激荡。翕（xī）：聚合。

[6] 泱漭：广阔无边的样子。王昌龄《相和歌辞·放歌行》："庆云从东来，泱漭抱日流。"中国：中州，中原。

[7] 鳞：指鱼龙类。介：指带壳的龟鳖类。错：交错繁杂。殊品：奇异的种类。左思《蜀都赋》："水物殊品，鳞介异族。"

[8] 氛：雾气、云气。《礼记·月令》："氛雾冥冥。"饶：多，丰富。诡色：众彩纷呈。木华《海赋》："翻动成雷，扰翰为林。更相叫啸，诡色殊音。"

[9] 汉主：汉武帝。灵怪：神灵鬼怪。郭璞《山海经·序》："游魂灵怪，触象而构。"此句谓汉武帝东巡海上，遣方士入海求神怪采仙药事。

[10] 秦王：秦始皇。陟：登高。《诗经·周南·卷耳》："陟彼崔嵬，我马虺隤。"此句谓秦始皇东游海上，登芝罘，临碣石，遣徐福、卢生等人求仙事。

[11] 大壑：大海。《庄子·天地》："夫大壑之为物也，注焉而不满，酌焉而不竭。"

[12] 竦望：伸颈而望。《汉书·韩王信传》："士卒皆山东人，竦而望归。"成山：又名荣成山，在今山东省荣成市东北，位于山东半岛最东端，伸入黄海。秦始皇曾登此山以祠神。

[13] 方术：方士求仙之术。相误：被欺骗。

[14] 吾君：指唐中宗。仙道：指成仙之道。

[15] 至化：大化。孚：信。淳默：敦厚寡言。《后汉书·循吏传·仇览》："少为书生淳默，乡里无知者。"

[16] 穷溟：远海。木华《海赋》："翔天沼，戏穷溟。"

[17] 绝域：极远的地方。《后汉书·班超传》："愿从谷吉，效命绝域。"

[18] 马韩：古国名，故地在今韩国境内。《后汉书·东夷传》："韩有三种：一曰马韩，二曰辰韩，三曰弁辰。"底：致。厥：其。贡：进贡。

[19] 龙伯：传说中的域外大人之国。修其职：尽其职责。

[20] 粤：语气助词。遘（gòu）：相遇。休明：美善昌盛的时代。谢灵运《永初三年七月十六日之郡初发都》："生幸休明世，亲蒙英达顾。"

[21] 匪躬：尽忠而不顾身。《易经·蹇卦》："王臣蹇蹇，匪躬之故。"正直：公正刚直。孔融《荐祢衡表》："忠果正直，志怀霜雪。"

[22] 鹰隼（sǔn）：泛指凶猛的鸟。执：《文苑英华》卷一六二作"挚"，疑为"击"之形讹。《汉书·孙宝传》："今日鹰隼始击，当顺天气，取奸恶，以成严霜之诛。"后世用来指勇猛而令人畏惧之人。

[23] 问：巡察、审讯。豺狼：指恶人。忒：邪恶，罪恶。

[24] 殚：尽。

[25] 輶（yóu）：驾辕的马。輶轩：轻车，使者所乘。皇：通"遑"，闲暇。

［26］劳歌：忧伤、惜别之歌。骆宾王《冬日野望》："劳歌徒自奏，客魂谁为招。"玄月：九月。《尔雅·释天》："九月为玄。"

［27］魏阙：皇宫门外的阙门，代指朝廷。渺：远。

［28］归翼：归鸟。

赏析

这首诗描写大海无涯无际之广和汹涌浩荡之力，选取了汉武帝、秦始皇、唐中宗这三位帝王的事迹，分别从正、反两方面论述前代帝王与本朝君王不同的海上行为。最后表明自己生逢休明之世，应尽职尽责，报效朝廷。

前两句，用"旷"形容大海之广，用"大"概括自然力量的巨大，用"哉"和"矣"渲染大海的劲健、雄壮。在诗人的笔下，大海浩浩荡荡，波涛汹涌，深不可测，翻腾激荡，聚合了条条奔注而来的水流，茫无涯际，环绕着中原。海中的鱼龙龟鳖等水族繁杂奇特，天空的云霞充满非凡绮丽的色彩。海天一色，浑然莫分，远处的岛屿和树木也无法辨识。前十句写景，想象奇特，语词瑰丽，气势雄浑。

中间十二句，写了与大海相关的帝王事迹。讽刺了秦始皇、汉武帝企图寻找长生不老仙药和道术的虚妄，赞颂了唐中宗积极开展海上贸易的英明举措。前代赫赫不可一世的汉武帝、秦始皇，他们来到东海边，登山涉水，探仙觅药，企图长生不老。但是茫茫大海，何处寻觅，只是徒劳地被方士们的一派谎言欺骗而已。本朝的唐中宗则忽视求仙问道，积极地与遥远的海外开展贸易，互通往来，使得朝鲜等国的使节频频来朝进贡。

最后十句，诗人的笔触从帝王回到了自身，抒发内心的感慨。诗人庆幸自己生逢休明之世，得遇明君，应当坚守公正刚直之性，谏言献策，监察百官。"敢输鹰隼执，以间豺狼忒"，以排击奸邪、挥斥权幸为职责，一刻不敢懈怠。即使冒着被谤贬谪的危险，仍要保持刚正不阿的御史本色。"魏阙渺云端，驰心附归翼"，虽然京都遥远一时不得至，自己的功业不遂，抱负尚未实现，但诗人的内心始终向往着朝廷，似倦鸟归巢，矢志不渝。

孟浩然

孟浩然（689—740），襄州襄阳（今属湖北）人。早年隐居鹿门山。开元十六年（728）游长安，应进士不第，还襄阳。二十五年张九龄镇荆州，署为从事，互相唱和。患疽卒。其诗清淡，长于写景，多反映隐逸生活。与王维齐名，并称“王孟”。有《孟浩然集》。《全唐诗》存诗二卷。

岁暮海上作[1]

仲尼既已没，余亦浮于海[2]。昏见斗柄回[3]，方知岁星改[4]。虚舟[5]任所适，垂钓非有待[6]。为问乘槎人[7]，沧洲复何在[8]。

注释

[1] 岁暮：岁末。《楚辞·招隐士》：“岁暮兮不自聊。”孟浩然自开元十七年（729）始，从洛阳南游吴越，多次往返于各地山水之间。这首诗很可能是十八年秋末取道新安江，东经桐庐、建德，十二月到达温州后泛舟海上时所作。

[2] 浮于海：乘船到海上去。《论语·公冶长》：“子曰：‘道不行，乘桴浮于海。’”此句有避世的意思。

[3] 斗柄：北斗星第五至第七三星。回：方向发生变化。《国语·周语下》：“辰在斗柄。”韦昭注：“斗柄，斗前也。”北斗星在不同季节出现于夜空的不同方位，古人根据初昏时斗柄所指的方向推测节候的变化。

[4] 岁星：即木星。改：位置变化。《史记·天官书》：“察日月之行以揆岁星顺逆。”司马贞索隐曰：“姚氏案《天宫占》云：岁星，一曰应星，一曰经星，一曰纪星。《物理论》云：岁行一次，谓之岁星，则十二岁而星一周天也。”古人认为岁星由西向东十二年绕天一周，每年行经一个星次，并且把黄道附近一周天分为十二等份，由西向东命名为星纪、玄枵等十二次。这样由此类推，十二年周而复始，用以纪年。

[5] 虚舟：轻舟；空船；不系之舟。《庄子·山木》：“方舟而济于河，有虚船来触舟，虽有惼心之人不怒。”《淮南子·诠言训》：“方舟济乎江，有虚船从一方来。”《庄子·列御寇》：“巧者劳而知者忧，无能者无所求，饱食而遨游，泛若不系之舟，虚而遨游者也。”

[6] 垂钓非有待：这句言诗人虽隐居垂钓，但并不似吕尚垂钓以待周文王者。《史记·齐太公世家》：“吕尚盖尝穷困，年老矣，以渔钓奸周西伯……（西伯）遇太公于渭之阳，与语大悦……载与俱归，立为师。”后世用为贤能待用的典故。此句反用吕尚垂钓有所待意也。

[7] 乘槎（chá）：乘筏。传说天河与海通，有人乘木筏可上天。《博物志·杂说下》：“旧说云，天河与海通。近世有人居海渚者，年年八月有浮槎去来，不失期。人有奇志，立飞阁于槎上，多赍粮，乘槎而去。”

[8] 沧洲：传说中的仙境。《南史·袁粲传》：“访迹虽中宇，循寄乃沧洲。”

选评

刘辰翁《须溪先生批点孟浩然集》：“奇壮澹荡，少许自足。”

唐汝询《唐诗解》：“此有遗世之意。言世无大圣知我，我亦浮海而逝矣。此中历日不复知，唯以斗柄纪岁月，虚舟便渔钓，且欲觅沧洲之仙迹耳。”

赏析

这是一首岁末伤时述怀之作。孟浩然生性率直，一生潦倒。青年时，以孔子和毛公为榜样，立志做一番事业。但始终未能找到出路，岁月流逝，倍感前景渺茫。在这种夜观斗柄、流光催人老的特定时空背景下，诗人写下了这首诗歌。

前两句借用了孔子“乘桴浮于海”的话语。孔子年轻时在鲁国只能做个小官，不得重用，因此从五十五岁开始周游列国，宣传自己的政治主张，但仍处处碰壁。这使孟浩然在思想上与孔子发生了强烈的共鸣。因此，他说自己也欲像孔子一样“浮于海”，暗寓自己的抱负无法施展。颔联写诗人仰观夜空之北斗星，惊知一年又过去了，感叹时间流逝之快。诗人在大海中驾着一叶扁舟，随心前行，任其所往，如同不系之舟。言外之意是自己对外界一切无所求，像虚舟一样，希望可以过上逍遥自在的生活。颈联继续描绘大海上的遨游生活，有时会停下来垂钓，而垂钓只为自己惬意快活，并非像姜太公那样是为了等待周文王的任重。这里表现的是诗人委心任运的人生态度。神话传说中，乘槎可以抵达天河，诗人想问一问从天河归来的人：究竟哪里有沧洲这般适合隐者居住之地呢？这首诗处处透露出诗人的隐居之思，当然也可能只是诗人的一番牢骚。不难看出，这首诗反映了孟浩然思想中的仕隐矛盾，这种矛盾在当时的唐代士人中亦是普遍存在的。

薛据

薛据（约 701—约 768），河中宝鼎（今山西万荣）人。开元十九年（731）进士登第，授永乐（今山西芮城县）主簿，迁涉县（今河北涉县）令。历官大理司直，太子司议郎，终水部郎中。大历初，客居江陵。与王维、杜甫最善。为人骨鲠，兼有气魄，其文亦是如此。《全唐诗》录其诗十二首。

西陵口观海[1]

长江漫汤汤[2]，近海势弥广。在昔胚浑凝[3]，融为百川泱[4]。地形失端倪[5]，天色瀇滉瀁[6]。东南际[7]万里，极目远无象[8]。山影乍浮沉，潮波忽来往。孤帆或不见，棹歌[9]犹想像。日暮长风起，客心空振荡[10]。浦口[11]霞未收，潭[12]心月初上。林屿几邅回[13]，亭皋时偃仰[14]。岁晏访蓬瀛[15]，真游非外奖[16]。

注释

[1] 西陵：浙江省滨江区西兴镇之古称。《水经注·浙江水》："浙江又径固陵城北，昔范蠡筑城于浙江之滨，言可以固守，谓之固陵，今之西陵也。"

[2] 长江：指浙江。《唐诗纪事》作"浙江"。汤汤：大水激流貌。《诗经·大雅·江汉》："江汉汤汤，武夫洸洸。"

[3] 胚浑凝：胚，混沌。此句谓江河初起，水流未显，如胚胎元气未分之纷乱迷蒙状。

[4] 泱：水深广貌。《诗经·小雅·瞻彼洛矣》："瞻彼洛矣，维水泱泱。"

[5] 端倪：边际。

[6] 瀇（zàn）：指天光散射。滉瀁：水势浩大深广貌。《三国志·吴书》："加又洪流滉瀁，有成山之难，海行无常，风波难免。"此句写天色倒映水中壮阔漭荡的样子。

[7] 际：至，接。《汉书·严助传》："称三代至盛，际天接地，人迹所及，咸尽宾服。"

[8] 无象：无形踪。《管子·幼官》："备具胜之原，无象胜之本。"

[9] 棹歌：船夫行船之歌。汉武帝《秋风辞》："箫鼓鸣兮发棹歌，欢乐极兮哀情多。"

[10] 振荡：振动摇荡。左思《吴都赋》："翼若垂天，振荡汪流。"

[11] 浦口：小水入大水处。何逊《夜梦故人》："浦口望斜月，洲外闻长风。"此指西陵湖入浙江处。

[12] 潭：指西陵湖。《水经注·浙江水》："有西陵湖，亦谓之西城湖，湖西有湖城山，东有夏架山，湖水上承妖皋溪，而下注浙江。"

[13] 邅（zhān）回：盘旋萦绕。《淮南子·本经训》："曲拂邅回，以像淍、浯。"高诱注："邅回，转流也。"

[14] 亭皋：水边的平地。《汉书·司马相如传》："亭皋千里，靡不被筑。"王先谦补注："亭当训平，亭皋千里，犹言平皋千里。皋，水边地。"偃仰：俯仰，悠然自得的样子。《诗经·小雅·北山》："或栖迟偃仰，或王事鞅掌。"

[15] 岁晏：谓暮年。屈原《九歌·山鬼》："留灵修兮憺忘归，岁既晏兮孰华予!"蓬瀛：海中二仙山名，即蓬莱、瀛洲。相传为仙人所居。《抱朴子·对俗》："或委华驷而辔蛟龙，或弃神州而宅蓬瀛，或迟回于流俗，逍遥于人间。"

[16] 真游：方外之游。唐曹唐《皇初平将入金华山》："莫道真游烟景赊，潇湘有路入京华。"外奖：外来的奖励。

选评

辛文房《唐才子传》："尝自伤不得早达，造句往往追凌鲍、谢。"

杨钟羲《历代五言诗评选》："水部骨鲠有气魄，诗遒劲雄浑。"

赏析

这首诗描写了浙江近海之壮阔漭荡的气象以及游赏之乐。诗中大海与浙江西陵湖浑然一体，倏忽变化，气象万千，营造出了无垠无涯之感。

浙江水流激荡，特别是入海处的水势更加浩渺磅礴。浙江水流初起之时，如胚胎之纷乱迷蒙，等到百川注入浙江、洪波涌起之际，足令天地失色，使日月无光。大有曹操《观沧海》中"日月之行，若出其中"之气魄。浙江东南连接大海之处，极目远望，万里无涯，杳无边际。两岸的山影随着潮波往来涌动而乍浮乍沉，天光山影彼此相拥，如梦如幻，更显浙江之壮阔漭荡。诗人在近海处游观，海上的船只或隐或现，耳边仿佛响起了棹歌，同时感受到了海风的吹拂。日落霞飞，渔浦月出时，诗人的心似乎也随着水波荡漾，面对如此景致，自然情思摇曳，如痴如醉。江海之中，林树、岛屿盘旋萦绕，诗人偶然栖迟于平皋之地，兴之所至，心与物会，真如置身于蓬莱、瀛洲之神仙境界一般，悠然自得，乐在其中。全诗既写海洋空间之大，也写海洋随时间转换之景，虚实之境妙合无垠，留给了读者回味想象的空间。

独孤及

独孤及（725—777），字至之，洛阳（今属河南）人。天宝末年进士，曾拜礼部员外郎、吏部员外郎，历任濠州、舒州、常州刺史。工文章，与萧颖士、李华齐名。其为文，彰明善恶，长于议论。著有《毗陵集》二十卷，其中诗三卷。《全唐诗》录其诗十二首。

观海[1]

北登渤澥[2]岛，回首秦东门[3]。谁尸[4]造物功，凿此天池源[5]。澒洞[6]吞百谷，周流无四垠[7]。廓然[8]混茫际，望见天地根[9]。白日[10]自中吐，扶桑[11]如可扪。超遥[12]蓬莱峰，想像金台[13]存。秦帝[14]昔经此，登临冀飞翻[15]。扬旌百神会[16]，望日群山奔。徐福[17]竟何成，羡门[18]徒空言。唯见石桥[19]足，千里潮水痕。

注释

［1］海：指渤海。

［2］渤澥（xiè）：即渤海，古代东海的一部分。

［3］秦东门：刻石文字，在山东省荣成市东山上。山上有李斯刻石曰“天尽头”，又曰“秦东门”。《史记·秦始皇本纪》：“三十五年……于是立石东海上朐界中，以为秦东门。”

［4］尸：执掌，主持。《诗经·召南·采蘋》：“谁其尸之？有齐季女。”

［5］天池：指大海。《庄子·逍遥游》：“南冥者，天池也。”

［6］澒（hòng）洞：水势汹涌，弥漫无际的样子。杜甫《自京赴奉先县咏怀五百字》：“忧端齐终南，澒洞不可掇。”

［7］四垠：四境，天下。《魏书·郑道昭传》：“九服感至德之和，四垠怀击壤之庆。”

［8］廓然：空旷寂静的样子。

［9］天地根：指大海是世界的本源。《老子》：“谷神不死，是谓玄牝。玄牝之门，是谓天地根。”

［10］白日：太阳。宋玉《神女赋序》：“其始来也，耀乎若白日初出照屋梁。”

［11］扶桑：东方极远处或太阳出来的地方。左思《吴都赋》：“行乎东极之外，经扶桑之中林。”

［12］超遥：高远，遥远。颜延之《秋胡》：“超遥行人远，宛转年运徂。”

［13］金台：神话传说中神仙居处。东方朔《海内十洲记·昆仑》：“其一角有积金为天墉城，面方千里，城上安金台五所，玉楼十二所。”

［14］秦帝：秦始皇。

［15］冀：希望。飞翻：飞翔翻腾，喻指秦始皇希望长生不老、羽化成仙。

［16］旌：古代用羽毛装饰的旗子。百神：各种神灵。《诗经·周颂·时迈》：“怀柔百神，及河乔岳，允王维后。”

［17］徐福：字君房，秦朝著名方士，曾担任秦始皇的御医，率领三千童男女自山东沿海东渡。

［18］羡门：传说中的仙人。秦始皇至碣石时，曾派卢生入海求之。

[19] 石桥：相传为秦始皇所建，欲渡海遇仙人。《三齐略记》："始皇作石桥，欲过海，观日所出处……始皇乃从石桥入三十里，与神相见……始皇即转马。前脚犹立，后脚随崩，仅得登岸。"

选评

刘克庄《后村诗话》："常州（独孤及）《观海》篇……虽高雅未及陈拾遗，然气魄雄浑，与岑参适相上下。"

顾安《唐律消夏录》："独孤至之诗笔俱高，中唐时亦一大家。"

赏析

全诗以诗人登渤澥岛俯瞰海洋起句，面对汪洋大海，回首一望，仿佛可以望见东海的秦东门，同时对天地的造物之功兴起了赞叹之情。大海水势汹涌，吞没百川，弥漫无际。大海空旷寂静，混沌渺茫，仿佛是世界万物的本源。接下来，诗人描绘了神秘的海中景象，联想到了太阳驾车升起的扶桑树以及金台宫阙之蓬莱仙人的神话传说。海上白日仿佛自海中吐出，缥缈的蓬莱峰以及仙人居住的金台仿佛就在大海之中。诗人又用了秦始皇派徐福赴东海求仙成空的历史故事，强化了蓬莱仙话的历史情怀。最后以人事已非，只见当年秦始皇所筑欲观日、遇仙人的海上石桥，与千年以来拍打岸边的潮水痕迹作结，感叹人的渺小和宇宙的永恒。

这首诗在描绘眼中所见大海景象时，把神话传说与历史典故相结合，既歌咏了大海的苍茫广阔与神秘仙境，又穿插了历史人事的兴衰生灭。全诗跌宕起伏，气魄雄浑，语言瑰丽，想象奇特。通过对海洋神话的无限神秘遐想，传达了海洋超越时空的永恒性。

吴筠

吴筠（？—778），字贞节，华州华阴（今陕西华阴）人。年十五，向道，隐居南阳倚帝山。后被征召入京，度为道士，居嵩山，受学于冯齐整。天宝中，玄宗诏至京，敕待诏翰林，苦求还山。无何，安史乱起，乃避地江南。大历末，卒于宣城。门人私谥曰"宗玄先生"。有《吴筠集》一卷，已佚。后人辑有《宗玄集》三卷行世。《全唐诗》编诗一卷。

登北固山[1]望海

此山镇京口[2]，迥出[3]沧海湄。跻览[4]何所见，茫茫潮汐驰。云生蓬莱[5]岛，日出扶桑[6]枝。万里混一色，焉能分两仪[7]。愿言策烟驾[8]，缥缈寻安期[9]。挥手谢人境[10]，吾将从此辞[11]。

注释

［1］北固山：在今江北镇江北，下临长江，三面环水。

［2］镇：压住。《考工记·玉人》："镇圭尺有二寸，天子守之。"京口：古城名，即今江苏镇江。三国时吴国在此设京口县。

［3］迥出：高耸貌。萧绎《巫山高》："巫山高不穷，迥出荆门中。"

［4］跻览：登高眺望。《诗经·豳风·七月》："跻彼公堂，称彼兕觥。"

［5］蓬莱：神话传说中仙人居住的海上三座神山之一。

［6］扶桑：传说中太阳边的神树。《山海经·海外东经》："汤谷上有扶桑，十日所浴，在黑齿北。居水中，有大木，九日居下枝，一日居上枝。"

［7］两仪：天地。《易经·系辞上》："是故易有太极，是生两仪。"

［8］愿言：殷切思念的样子。《诗经·卫风·伯兮》："愿言思伯，甘心首疾。"郑《笺》："愿，念也。"烟驾：传说神仙以云为车，故称。江淹《效谢庄郊游》："云装信解黻，烟驾可辞金。"李善注："烟驾，烟车也。"策烟驾：驾烟乘云。

［9］安期：即安期生，秦末道教神仙。优游不仕，世与彭祖并称。《列仙传》："安期先生者，琅琊阜乡人也。卖药于东海边，时人皆言千岁翁。秦始皇东游，请见，与语三日三夜，赐金璧，度数千万。出于阜乡亭，皆置去，留书，以赤玉舄一双为报，曰：'后数年，求我于蓬莱山。'始皇即遣徐市、卢生等数百人入海。未至蓬莱山，辄逢风浪而还。立祠阜乡亭海边十数处云。"后世以"安期"为出世求仙的典故。

［10］谢：离开。人境：尘世，人类所处的境域。陶渊明《饮酒》其五："结庐在人境，而无车马喧。"

［11］辞：告别。

选评

权德舆《中岳宗元先生吴尊师集序》："属词之中，尤工比兴。观其自《古王化诗》，与《大雅吟》《步虚词》《游仙》《杂感》之作，或遐想理古，以哀世道，或磅礴万象，用冥环枢，稽性命之纪，达人事之变，大率以啬神挫锐为本；至于奇采逸响，琅琅然若戛云璈而凌倒景，昆阆松乔，森然在目。近古游方外而言六义者，先生实主盟焉。"

赏析

诗人登镇江北固山望浩茫江水而想象大海，表达了对神仙生活的向往。北固山雄镇京口城，高耸在长江入海之滨。登高眺望，只见茫茫的潮汐日夜运动不息。蓬莱仙岛云蒸雾绕，太阳升起在扶桑枝上。宇宙的本原是一团混沌，后分成天和地。白浪滔天，万里浑蒙一片，海天相接，哪里分得清天与海呢？

全诗的最后四句，诗人表达观海后想驾烟乘云，寻访已去海上成仙的安期生，抒发了一种谢别人境、入海仙游的飘逸之情。吴筠既是诗人，又是一名道士，曾在吴越之地寻仙访道，在游赏仙境中希望能够摆脱世俗生活的束缚。此诗极具“以我观物”的美学特征，在乱云飞渡的苍茫山水间，塑造出一位临风举袂、飘飘欲仙的诗人形象。

刘长卿

刘长卿（？—约790），字文房。宣城（今属安徽）人，郡望河间（今河北献县），寓居京兆（今陕西西安）。天宝中，登进士第。至德中，江东选补使崔涣选授长洲尉，摄海盐令。因事陷狱，贬南巴尉。广德中，为监察御史。大历中，以检校祠部员外郎为转运使判官，知淮西、鄂岳转运留后，贬睦州司马。德宗初年，擢随州刺史，建中末去任，约卒于贞元五年至七年间。擅长五言律诗，自许“五言长城”。有《刘长卿集》十卷。《全唐诗》编诗五卷。

登东海龙兴寺高顶望海简演公[1]

胸山[2]压海口，永望开禅宫[3]。元气远相合[4]，太阳生其中。豁然[5]万里馀，独为百川雄。白波[6]走雷电，黑雾[7]藏鱼龙。变化非一状[8]，晴明分众容[9]。烟开秦帝桥[10]，隐隐横残虹[11]。蓬岛[12]如在眼，羽人[13]那可逢！偶闻真僧[14]言，甚与静者[15]同。幽意颇相惬[16]，赏心[17]殊未穷。花间午时梵[18]，云外春山钟。谁念遽[19]成别，自怜归所从[20]。他时相忆处，惆怅西南峰[21]。

注释

［1］东海：即海州。海州在隋大业三年（607）改为东海郡，唐时复为盖州，天宝元年（742）又改为东海郡，乾元元年（758）复为海州。诗题称“东海”，不称海州，此诗当写于乾元元年（758）之前。龙兴寺：唐代所建著名的佛教寺院，原址在今江苏省连云港市西南的朐山之上。简：寄书简。演公：当时扬州禅智寺的住持僧。

［2］朐（qú）山：古山名。即今江苏省连云港市西南锦屏山。双峰如削，形似马耳，故又名马耳峰。秦朝于山侧置朐县，北周改名朐山县，因山得名。

［3］永望：远望。《汉书·礼乐志二》：“饰玉梢以舞歌，体招摇若永望。”禅宫：指龙兴寺。

［4］元气：指产生和构成天地二气的原始物质。相合：会合，融合。

［5］豁然：开阔的样子。

［6］白波：银光闪闪的波涛。

［7］黑雾：指乌云密布的天空，与下文“晴明”相对照。

［8］状：描摹。

［9］晴明：天空明朗。众容：众多的景象。陈子昂《度峡口山赠乔补阙知之王二无竞》：“远望多众容，逼之无异色。”

［10］秦帝桥：指传说中秦始皇鞭石所成的石桥。《艺文类聚》卷七九引《三齐略记》：“始皇作石桥，欲过海观日出处，于时有神人，能驱石下海，城阳一山，石尽起立，嶷嶷东倾，状似相随而去。云石去不速，神人辄鞭之，尽流血，石莫不悉赤，至今犹尔。”后用以形容群石如奔，造桥有神助的神奇。庾信《哀江南赋》：“东门则鞭石成桥，南极则铸铜为柱。”

［11］残虹：未消尽的彩虹。杜审言《度石门山》：“江声连骤雨，日气抱残虹。”

［12］蓬岛：神话传说中的蓬莱仙岛。

［13］羽人：神话传说中的飞仙。《楚辞·远游》：“仍羽人于丹丘兮，留不死之旧乡。”

［14］真僧：德行高深的僧人。此处指龙兴寺的僧人。

［15］静者：深得清静之道，超然恬静的人。此处指演公。《吕氏春秋·审分览·君守》：“得道者必静，静者无知，知乃无知，可以言君道也。”

［16］幽意：悠闲的情趣。方干《詹碏山居》：“无人会幽意，来往在烟霞。”惬：快心、满足。

［17］赏心：愉悦的心情。谢灵运《拟魏太子邺中集诗八首序》：“天下良辰、美景、赏心、乐事，四者难并。”

［18］梵（fàn）：僧人念诵经文的声音。

［19］遽（jù）：仓促；匆忙。

［20］所从：所向，所往。王微《杂诗二首》：“寒雁归所从，半途失凭假。”

［21］西南峰：即孔望山，朐山中的一座山峰。龙兴寺建于其上。

选评

唐汝询《汇编唐诗十集》："文房骨力素弱，独此望海数语咄咄逼人。"

周珽《唐诗选脉会通评林》："前写登望中人观奇状，因起羽人之想；后省僧言静者幽意相惬，动惜别之思。总见为世务羁束，不得与演公长乐海寺之胜也。不作禅语，而有禅味，如狮子音一吼，令六神震动。"

陆次云《唐诗善鸣集》："文房五古颇佳，每苦通体不称，有散漫处。如此篇前半赋海妙矣，后竟判然说开。"

赏析

这首诗是诗人登朐山高峰望海之作。前半部分歌咏大海涵容万物、变化万端的壮阔气象。远望大海，混沌一片，似天地阴阳二气融合交汇。太阳从这苍茫中升起，极目望去，豁然开朗，实为百川之首。接下来描绘了不同天气状况下的大海景象：电闪雷鸣之际，海面银光乍现，白波涌起；乌云密布之时，海中黑雾滚滚，鱼龙潜藏其中。真是气象万千，不可名状。诗人仿佛看到了传说中秦始皇鞭石所成的石桥，石桥隐隐的赤色好似天边未消尽的彩虹。而蓬莱仙岛似乎也在眼前，只是仙人到哪里去寻找呢？

后半部分描写龙兴寺山水风景的清奇与幽寂，引出怀念演公之情。龙兴寺坐落于孔望山半腰，环抱在异石奇峰之间，掩映于繁花修竹之中。花间的梵语，云外的钟声，无不饱含着悠然的情趣。诗人听闻了龙兴寺得道高僧的真言，感受到与扬州禅智寺的演公甚相契合，因此游赏龙兴寺的愉悦心情也蓦地惆怅起来，由此生发出对演公别后的思念之情。此诗开篇以景始，结尾以情终，情景交融，意味隽永。

高适

高适（约700—765），字达夫。郡望渤海蓨县（今河北景县）人。家贫，浪迹渔樵，与李白、杜甫交游。天宝八年（749），因睢阳太守张九皋荐，举有道科，授封丘尉。十二年入陇右节度使哥舒翰幕府任掌书记。后，擢谏议大夫，迁淮南节度使。左除太子少詹事。广德元年（763），迁剑南西川节度使。入朝为刑部侍郎，转左散骑常侍。有《高适集》二十卷，已佚。后人编有《高常侍集》十卷行于世。《全唐诗》编诗四卷。

和贺兰判官望北海作[1]

圣代务平典[2]，輶轩推上才[3]。迢遥溟海际[4]，旷望[5]沧波开。四牡未遑息[6]，三山[7]安在哉？巨鳌[8]不可钓，高浪何崔嵬[9]！湛湛朝百谷[10]，茫茫连九垓[11]。挹[12]流纳广大，观异增迟回[13]。日出见鱼目[14]，月圆知蚌胎[15]。迹非想像到，心以精灵[16]猜。远色带孤屿[17]，虚声涵殷雷[18]。风行越裳[19]贡，水遏天吴灾[20]。揽辔隼将击[21]，忘机鸥复来[22]。缘情韵骚雅[23]，独立遗尘埃[24]。吏道竟殊用[25]，翰林仍忝陪[26]。长鸣谢知己，所愧非龙媒[27]。

注释

[1] 贺兰判官：即贺兰进明。辛文房《唐才子传》卷二《贺兰进明传》："进明，开元十六年（728）虞咸榜进士及第，仕为御史大夫。肃宗时，出为河南节度使。时禄山群党未平，帅师屯临淮备贼，竟亦无功。进明好古博雅，经籍满腹。其所著述一百余篇，颇穷天人之际。又有古乐府等数十篇，大体符于阮公，皆今所传者云。"时贺兰进明当在范阳、平庐节度使安禄山幕下任判官。北海：即渤海。此诗作于诗人北使青夷军送兵时。

[2] 圣代：圣世。务：用。平典：犹中典。《周礼》："掌建邦之三典，以佐王刑邦国，诘四方。一曰刑新国用轻典，二曰刑平国用中典，三曰刑乱国用重典。"郑玄注："平国，承平守成之国也。用中典者，常行之法。"此句谓贺兰进明为御史大夫时，用法得当。

[3] 輶（yóu）轩：使臣所乘坐之车。这里指代使臣，当是诗人自称。推：推荐、荐举。上才：上等的才能。

[4] 迢遥：遥远的样子。江淹《横吹赋》："迢遥冲山，崎曲抱津。"溟海：大海。

[5] 旷望：极目眺望，远望。

[6] 四牡：四马。典出《诗经·小雅·四牡》篇。《毛诗序》："四牡，劳使臣之来也。"未遑：来不及。

[7] 三山：传说中的海上三座神山，即蓬莱、方丈、瀛洲。

[8] 巨鳌：传说中的海中大龟。

[9] 崔嵬：本指山势高峻，这里形容海浪之高。

[10] 湛湛：水深的样子。屈原《招魂》："湛湛江水兮上有枫，目极千里兮伤春心。"朝：汇聚，融汇。百谷：众山谷。《老子》："江海所以能为百谷王者，以其善下之，故能为百谷王。"

[11] 九垓：九天。《淮南子·道应训》："吾与汗漫期于九垓之外，吾不可以久驻。"

[12] 挹（yì）：引。

[13] 观异：看到纷纭万象。陆云《失题》："思乐万物，观异知同。"迟回：迟疑，犹豫。

[14] 鱼目：鱼眼珠。此句谓鱼目容易混珠，日出始能分辨真伪。

[15] 蚌胎：指珍珠。古人认为蚌孕珠如同人之怀孕，与月的圆缺有关，故称蚌胎。左思《吴都赋》："蛤蚌珠胎，与月亏全。"

[16] 精灵：精妙灵异。指三山、鱼目、蚌胎等精妙灵异的事物。

[17] 孤屿：孤立的岛屿。

[18] 虚声：本指山谷之回声。此谓海浪咆哮之声。涵：包涵。殷雷：轰鸣的雷声。

[19] 越裳：古南海国名。《后汉书·南蛮传》："交趾之南，有越裳国。周公居摄六年，制礼作乐，天下和平，越裳以三象重译而献白雉。"

[20] 天吴：神话传说中的水神。《山海经·海外东经》："朝阳之谷，神曰天吴，是为水伯。"天吴灾：水灾。

[21] 揽辔：本义指挽住马缰。后称入官行职为"揽辔"。《后汉书·范滂传》："时冀州饥荒，盗贼群起，乃以滂为清诏使，案察之。滂登车揽辔，慨然有澄清天下之志。"隼，又名"鹘"，猛禽，可用以捕猎。隼将击：比喻行肃杀之威，严猛之政。《汉书·五行志》："立秋而鹰隼击。"

[22] 忘机：忘却机诈之心。鸥复来：谓忘却世情机心的隐逸之意。典出《列子·黄帝》："海上之人有好沤（鸥）鸟者，每旦之海上，从沤鸟游，沤鸟之至者百住而不止。其父曰：'吾闻沤鸟皆从汝游，汝取来，吾玩之。'明日之海上，沤鸟舞而不下也。"

[23] 韵：用作动词，犹赋诗。骚雅：泛指诗篇。

[24] 遗：弃。尘埃：犹尘俗。

[25] 殊用：别用。指乘行役送兵之机以游览、观赏。

[26] 翰林：对文学侍从官之称。此指贺兰进明。忝陪：自谦之词，谓自己高攀以陪贺兰判官。

[27] 龙媒：骏马。《汉书·礼乐志》："天马徕兮龙之媒。"后称骏马或俊才为龙媒。

选评

殷璠《河岳英灵集》："然诗多胸臆语，兼有气骨，故朝野通赏其文。"

徐献忠《唐诗品》："故其为诗，直举胸臆，模画景象，气骨琅然，而词锋华润，感赏之情，殆出常表。"

赏析

这首诗描写了远观渤海之浩瀚无涯、巨浪排空、融汇百川、势连九天的壮阔渺远的气象。开篇两句，写贺兰进明为御史大夫时，积极举荐人才，"輶轩”“四牡”均点出了贺兰进明使臣的身份。接下来诗人所见之大海，涵盖无极，不仅有缥缈的三座仙岛，还有负载仙岛的巨鳌。大海之所以能成为百谷之王，是因为其甘居百谷之下，融汇千河百川。“朝百谷”“纳广大”，在某种程度上则是积极进取、热情昂扬的盛唐气象之象征。

从“日出见鱼目”到“水遏天吴灾”，写海中事物的珍异，景象的奇伟，海风的祥和，字里行间流露着雄浑浩瀚之气。海天浩瀚，非寻常的目光心思所能体验；烟波浩渺，会兴起诗人无穷的想象。浪涛声中亦含殷殷雷声，处处给人以无比的震撼。风卷流云，犹如献贡的越裳；万事祥和，希望无水灾的侵扰。“揽辔隼将击”句至最后，诗歌又回到了一开始选荐人才的主题。“揽辔隼将击”，暗喻澄清环宇、为君辅弼的壮志雄心。“忘机鸥复来”，忘却机心，并不是出世隐遁的写照，而是天下清和、礼乐昌明之后理想的生命形态。这首诗虽句句写渤海，但诗人的胸怀早已超出了大海本身。诗人在诗中充分展示了大海浩大磅礴的气象，所激发的是深沉博大的时代激情，故而有震撼人心的力量。

石岑

石岑，生平不详，为唐玄宗天宝时人。《全唐文》录其文一篇。

海水不扬波赋[1]

太极[2]立天地，疏岳渎[3]，所以镇四维[4]，横九服[5]，伊海之为德，有王之法象[6]。故量纳群川，而道尊百谷，功配乾络[7]，运回坤轴[8]，气蒸混于灏[9]元，潮动襄乎山陆，示惩恶则鼓怒见夫群怪，将瑞圣则不波介以景福[10]。唐兴百三十有四载，湛恩溢乎荒外[11]，俾五圣之在天[12]，奄六合而称大[13]，赫吾君之光赞[14]，敷至道[15]而允泰。政符纯德[16]，昭千古而惟新；泽体上仁，同万类而咸赖[17]。八狄穷陬而尽欢[18]，九夷无远而不会[19]，则成周[20]之德未足双，越裳[21]之来今至再。是以四海尽镜，九瀛[22]涵影，写合璧之祥光[23]，湛连珠之瑞景[24]。德侔上善[25]，洗物而容洁；道本元元[26]，澄心[27]而体静。湛兮恒清，晏兮砥平[28]，泊[29]乎无情，荡乎难名。如君之道，酌[30]焉而不竭；象君之德，注焉而不盈。所谓皇得一则政能

贞[31]，海得一则波不惊。恍兮惚兮[32]，其中有物；杳兮冥兮[33]，其中有精。精罔奇而不育，物无大而不成。鲲[34]将化，鹏欲征；蚌且剖，珠其明。谁能一借扶摇[35]便，为君御[36]之贡王城。

注释

［1］海不扬波：比喻太平无事。《韩诗外传》："成王之时，越尝氏、重译而至，献白雉于周公。周公曰：'吾何以见赐也？'译曰：'吾受命国之黄发，曰："久矣，天之不迅风疾雨也，海之不波溢也，三年于兹矣，意者，中国殆有圣人，盍往朝之。"于是来也。'"

［2］太极：天地混沌未分以前，称为"太极"。曹植《七启》："夫太极之初，浑沌未分，万物纷错，与道俱隆。"

［3］岳渎：五岳和四渎的并称。蔡邕《陈太丘碑》："徵士陈君禀岳渎之精，苞灵曜之纯。"李善注引《孝经授神契》："五岳之精雄圣，四渎之精仁明。"

［4］四维：原指东南、西南、东北、西北四隅，此处指四方。《淮南子·天文训》："帝张四维，运之以斗……日冬至，日出东南维……夏至，出东北维，入西北维。"

［5］九服：泛指全国各地。刘琨《劝进表》："自京畿陨丧，九服崩离，天下嚣然，无所归怀。"

［6］法象：对自然界一切事物现象的总称。《易经·系辞上》："是故法象莫大乎天地，变通莫大乎四时。"

［7］乾络：犹乾维，解释天的纲维。刘义恭《白马赋》："是以周称逾轮，汉则天驷，体自乾维，衍生坎位，伊赭白之为俊，超绝世而称骥。"

［8］坤轴：古人想象中的地轴。杜甫《后苦寒行》其二："天兵斩断青海戎，杀气南行动坤轴。"

［9］灏（hào）：水势无边际。

［10］瑞圣：指有为王、为圣之瑞应。颜延之《赭白马赋》："实有腾光吐图、畴德瑞圣之符焉。"景福：洪福；大福。《诗经·周颂·潜》："以享以祀，以介景福。"

［11］湛恩：深厚的恩泽。司马相如《封禅文》："故轨迹夷易，易遵也；湛恩厖鸿，易丰也。"李善注："湛，深也。"荒外：比喻荒远偏僻的地方。张协《七命》："大夫不遗，来萃荒外。"

［12］倬（zhuō）：高大；显著。《诗经·大雅·桑柔》："倬彼昊天，宁不我矜？"郑《笺》："倬，明大貌。"五圣：五位圣人，指神农、尧、舜、禹、汤。《淮南子·修务训》："若夫神农尧舜禹汤，可谓圣人乎？有论者必不能废，以五圣观之，则莫得无为明矣。"

［13］奄（yǎn）：覆盖。引申为尽，包括。《诗经·鲁颂·閟宫》："奄有下国，俾民稼穑。"郑《笺》："奄犹覆也。"六合：天地四方；整个宇宙的巨大空间。《庄

子·齐物论》："六合之内，圣人论而不议。"成玄英疏："六合者，谓天地四方也。"

[14] 光赞：犹光辅，指多方面辅佐。《左传·昭公二十年》："神人无怨，宜夫子之光辅五君，以为诸侯主也。"

[15] 至道：指最好的道德或政治制度。《礼记·表记》："道有至，义有考。至道以王，义道以霸，考道以为无失。"郑玄注："此读当言'道有至，有义，有考'，字脱一有耳。"陈澔《礼记集说》引应氏曰："至道，即仁也。至道浑而无迹，故得其浑全精粹以为王。"

[16] 纯德：纯粹的德行。

[17] 万类：犹万物。《鬼谷子·捭阖》："筹策万类之终始。"赖：依赖，仰赖。

[18] 八狄：古代对北方部族的泛称。《淮南子·修务训》："故秦、楚、燕、魏之歌也，异转而皆乐；九夷八狄之哭也，殊声而皆悲；一也。"穷陬：偏远的角落。尽欢：谓孝养父母尊长，极意承欢。《礼记·檀弓下》："啜菽饮水，尽其欢，斯之谓孝。"孔颖达疏："谓使亲尽其欢乐。"

[19] 九夷：古代称东方的九种民族。亦指其所居之地。《论语·子罕》："子欲居九夷。"何晏《论语集解》引马融曰："东方之夷有九种。"会：会面，晤见。《礼记·曲礼下》："相见于却地曰会。"

[20] 成周：指周公辅成王的兴盛时代。扬雄《解嘲》："有建娄敬之策于成周之世，则缪矣。"

[21] 越裳：古南海国名。《后汉书·南蛮传》："交趾之南，有越裳国。周公居摄六年，制礼作乐，天下和平，越裳以三象重译而献白雉。"

[22] 九瀛：指九州与环其外的瀛海。陈子昂《蓟台览古》："邹子何寥廓，漫说九瀛垂。"

[23] 合璧：两个半璧合成一圆形，称为"合璧"。江淹《丽色赋》："赏以双珠，赐以合璧。"祥光：和平祥瑞之气。任昉《宣德皇后令》："是以祥光总至，休气四塞。"

[24] 瑞景：吉祥的景象。刘宪《奉和九月九日圣制登慈恩寺浮图应制》："登临凭季月，寥廓见中州。御酒新寒退，天文瑞景留。"

[25] 侔（móu）：齐等，等同。江总《摄山栖霞寺碑》："地祇来格，天众追游。五时无爽，七处相侔。"上善：至善。《老子》："上善若水，水善利万物而不争。"

[26] 元元：事物的本源。李咸用《大雪歌》："暂反元元归太素。归太素，不知归得人心否?"

[27] 澄心：使心绪清静澄明。计然《文子·上义》："老子曰：'凡学者能明于天人之分，通于治乱之本，澄心清意以存之，见其终始，反于虚无，可谓达矣。'"

[28] 晏：平静，安逸。谢灵运《拟魏太子邺中集诗八首序》："贫居晏里闬，少小长东平。"吕延济注："晏，安也。"砥平：平直，平坦；喻安定，平定。左思《魏都赋》："长庭砥平，钟虡夹陈。"

[29] 泊：安静。《老子》："我独泊兮其未兆，如婴儿之未孩。"

[30] 酌：舀取。

[31] 一：天地之道。得一：遵守天地之道。《老子》："天得一以清；地得一以宁；神得一以灵；谷得一以盈；万物得一以生；侯王得一以为天下贞。"贞：政治清明。

[32] 怳惚：犹恍惚，亦作"恍忽"。迷离，难以捉摸。《史记·司马相如列传》："于是乎周览泛观，瞋盼轧沕，芒芒恍忽，视之无端，察之无崖。"

[33] 杳冥（yǎo míng）：深远幽暗的样子。张衡《西京赋》："吞刀吐火，云雾杳冥。"

[34] 鲲：传说中北方大海里的一条大鱼。《庄子·逍遥游》："北冥有鱼，其名曰鲲，鲲之大，不知其几千里也；化而为鸟，其名为鹏。"

[35] 扶摇：指盘旋而上。比喻仕途得意。《庄子·逍遥游》："鹏之徙于南冥也，水击三千里，抟扶摇而上者九万里。"

[36] 御：统治；治理。贾谊《过秦论》："振长策而御宇内，吞二周而亡诸侯。"

赏析

这篇赋通过赞美大海的壮阔雄奇来歌颂君主的美德及大一统的太平盛世。全文气势宏大，辞藻俊美，韵律和谐。

此赋以"海不扬波"为题，将海之德与君之德对举，赞颂君主润泽天下、万国朝宗的美德。大海量纳群川，道尊百谷，茫崖无边，功配乾络，运回坤轴，正如君主胸藏万物、虚怀若谷的博大胸襟。大海波涛汹涌，互相激荡，潮水拍打岸壁，冲击渡口，跨越堤岸，摧毁丘陵，对群怪以示惩戒。而君主之恩则如潮水一般溢出八荒，偏远荒僻之地亦可泽被，九夷蛮荒之所也来朝宗。大海之德在于至善，涤荡万物而澡雪垢滓，遵守自然大道，则海不扬波，风平浪静。君主之德在于澄心贞静，君主遵守治国之道，则政治清明，天下无事。因此，"海不扬波"不仅是君主之德的象征，而且是政治清平的祥瑞象征。

此赋体现了道家上善若水、冲和虚静的思想，将儒家以德治国、道家尊法自然的哲学与大海姿态相融合，描摹出一种风平浪静、海不扬波的澄净之美。

尹枢

尹枢（约720—?），阆州（今四川阆中）人。唐德宗贞元七年（791）状元及第。工律赋。榜试《珠还合浦赋》，主考杜黄裳以为“如有神助”。《全唐文》存其赋两篇。

珠还合浦[1]赋

骊龙[2]之珠，无胫而至[3]；骇浪[4]浮彩，长川再媚。回夜光之错落[5]，反明月之瑰异[6]，非经汉女[7]之怀，宁泣鲛人之泪[8]。状征既往，莫究奚自[9]。偶良吏[10]兮斯来，遇贪夫兮则閟[11]。想夫旋返[12]之仪，圆明[13]可期。辉如电转，粲若星驰。光浦溆[14]，窜蛟螭[15]。映沙砾，晃涟漪。在暗而投[16]，诚则悲路人未鉴；沉泉而隐，亦常表帝者无为。欣出处兮据德，幸浮沉兮中规[17]。是以特表殊姿，潜怀有道。中含逸彩[18]，上系玄造[19]。丑当时之饕餮[20]，应为政[21]之美好。真列郡[22]之尤祥，实重泉[23]之至宝。于是焕清濑，辉浅湾。奔璀璨[24]，走斓斑[25]。岂能与石前却[26]，随流往还，泛连波之下，盈一水之间而已哉？兹川兮始明，老蚌兮勿剖。瓴甋[27]兮罢笑，琼瑰[28]兮莫偶。抱圆质而胥既，扬众彩而未久。方载沉而载浮[29]，且曷浣而曷不。玉非宝，泉戒贪[30]，实为国之司南[31]。诚感神，德繄物，在为政之不咈[32]。愚是以颂其宝而悦其人，美斯政而感斯珍。想沿洄[33]于旧渚，念涵泳于通津[34]。则知美政[35]不远，嘉猷入神[36]。故中潜皎晶[37]，下沉瀇沦[38]，转则无颣[39]，磨而不磷[40]。诚丹泉[41]之莫拟，谅赤水[42]之非珍。苟或疑此为虚诞[43]，愿征[44]之于水滨。

注释

［1］珠还合浦：比喻人去而复回或物失而复得。《后汉书·循吏传·孟尝》：“（合浦）郡不产谷实，而海出珠宝，与交阯比境，常通商贩，贸籴粮食。先时宰守并多贪秽，诡人采求，不知纪极，珠遂渐徙于交阯郡界。于是行旅不至，人物无资，贫者饿死于道。尝到官，革易前敝，求民病利。曾未逾岁，去珠复还，百姓皆反其业。”

[2] 骊龙：传说中的一种黑龙。《庄子·列御寇》："庄子曰：河上有家贫恃纬萧而食者，其子没于渊，得千金之珠。其父谓其子曰：'取石来锻之！夫千金之珠，必在九重之渊而骊龙颔下，子能得珠者，必遭其睡也。使骊龙而寤，子尚奚微之有哉！'"

[3] 无胫而至：犹无胫而行。常以喻良才不招而自至爱贤者之门。孔融《论盛孝章书》："珠玉无胫而自至者，以人好之也，况贤者之有卒乎！"

[4] 骇浪：指汹涌澎湃、令人心惊的浪涛。王粲《浮淮赋》："凌惊波以高骛，驰骇浪而赴质。"

[5] 夜光：一种宝珠。《抱朴子·祛惑》："凡探明珠，不于合浦之渊，不得骊龙之夜光也。"错落：参差相杂的样子。班固《西都赋》："随侯明月，错落其间。"

[6] 瑰异：奇异。《淮南子·诠言训》："圣人无屈奇之服，无瑰异之行。"

[7] 汉女：传说中的汉水女神。《后汉书·马融传》："湘灵下，汉女游。"李贤注："汉女，汉水之神女。"

[8] 鲛人：鱼尾人身，谓人鱼之灵异者。所生产的鲛绡，入水不湿，哭泣的时候，眼泪会化为珍珠。干宝《搜神记》："南海之外，有鲛人，水居如鱼，不废织绩，其眼泣，则能出珠。"

[9] 奚自：来自什么地方。《论语·宪问》："子路宿于石门，晨门曰：'奚自？'"

[10] 良吏：贤能的官吏。晁错《复论募民徙塞下书》："虽有材力，不得良吏，犹亡功也。"

[11] 贪夫：贪婪的人。《史记·伯夷列传》："贪夫徇财，烈士徇名。"閟：关闭、深闭。《说文解字·门部》："閟，闭门也。"

[12] 旋返：亦作"旋反"，回还，回归。《诗经·鄘风·载驰》："既不我嘉，不能旋反。"

[13] 圆明：明亮光洁。白居易《以镜赠别》："月破天暗时，圆明独不歇。"

[14] 浦溆（xù）：水边。杨炯《青苔赋》："桂舟横兮兰枻触，浦溆遭回兮心断续。"

[15] 蛟螭：犹蛟龙。扬雄《羽猎赋》："探岩排碕，薄索蛟螭。"

[16] 在暗而投：即明珠暗投。比喻珍贵之物落入不识货的人手中。《史记·鲁仲连邹阳列传》："臣闻明月之珠，夜光之璧，以暗投人于道路，人无不按剑相眄者，何则？无因而至前也。"

[17] 中规：同圆规相符。引申为合乎准则、要求。《礼记·玉藻》："古之君子必佩玉……行以肆夏，周还中规，折还中矩，进则揖之，退则扬之，然后玉锵鸣也。"

[18] 逸彩：神彩。崔伯易《感山赋》："挺逸彩之疏瞬，厉雄心之倜傥。"

[19] 玄造：犹造化，指大自然、天地。李严《笏记》："臣等叨承元造，获奉皇华，载驰得面于彤庭，战汗实深于跼地。"

[20] 饕餮（tāo tiè）：传说中的一种凶恶贪食的野兽。《史记·五帝本纪》："缙云氏有不才子，贪于饮食，冒于货贿，天下谓之饕餮。天下恶之，比之三凶。"

[21] 为政：治理国家；执掌国政。《诗经·小雅·节南山》："不自为政，卒劳百姓。"

[22] 列郡：诸郡。邹阳《谏吴王书》："何则？列郡不相亲，万室不相救也。"

[23] 重泉：犹深渊。《淮南子·齐俗训》："积水重泉，鼋鼍之所便也。"

[24] 璀璨：形容珠玉等光彩鲜明，非常绚丽。王延寿《鲁灵光殿赋》："汩硙硙以璀璨，赫燡燡而烛坤。"

[25] 斓斑：色彩错杂貌。李贺《河南府试十二月乐词·九月》："露花飞飞风草草，翠锦斓斑满层道。"

[26] 前却：进退。吴起《吴子·治兵》："前却有节，左右应麾。"

[27] 瓴甋（líng dì）：砖。蔡邕《吊屈原文》："啄碎琬琰，宝其瓴甋。"

[28] 琼瑰：泛指珠玉。《左传·成公十七年》："初，声伯梦涉洹，或与己琼瑰食之。"杜预注："琼，玉；瑰，珠也。"

[29] 载沉而载浮：在水中上下沉浮。《诗经·小雅·菁菁者莪》："泛泛杨舟，载沉载浮，既见君子，我心则休。"

[30] 泉戒贪：广州石门有泉水名曰"贪泉"。传说，即使清廉之士，一饮此水，也会变成贪得无厌之人。而东晋诗人吴隐之喝了贪泉的泉水后，表达一种为官清廉的志向。《晋书·吴隐之传》："朝廷欲革岭南之弊，隆安中，以隐之为龙骧将军、广州刺史、假节，领平越中郎将。未至州二十里，地名石门，有水曰贪泉，饮者怀无厌之欲。隐之既至，语其亲人曰：'不见可欲，使心不乱。越岭丧清，吾知之矣。'乃至泉所，酌而饮之，因赋诗曰：'古人云此水，一歃怀千金。试使夷齐饮，终当不易心。'"

[31] 司南：比喻行事的准则；正确的指导。《鬼谷子·谋篇》："夫度材量能揣情者，亦事之司南也。"

[32] 咈（fú）：违背、违逆。《尚书·微子》："乃罔畏畏，咈其耇长，旧有位人。"

[33] 洄：上水，逆流。《诗经·秦风·蒹葭》："溯洄从之，道阻且长。"

[34] 涵泳：浸润；沉浸。左思《吴都赋》："鼋鼍鲭鳄，涵泳乎其中。"通津：四通八达之津渡。《梁书·武帝纪》："追奔逐北，奄有通津。"

[35] 美政：犹德政。好的政治措施。屈原《离骚》："国无人莫我知兮，又何怀乎故都？既莫足与为美政兮，吾将从彭咸之所居。"

[36] 嘉猷（yóu）：治国的好规划。《尚书·君陈》："尔有嘉谋嘉猷，则入告尔后于内，尔乃顺之于外。"入神：因对某事物兴趣浓厚，而精神集中，心无旁骛。江淹《杂体诗》其八《嵇中散康言志》："处顺故无累，养德乃入神。"

[37] 皎晶：洁白晶莹。欧阳詹《曲江池记》："皎晶如练，清明在空。"

[38] 奫（yūn）沦：水波深广貌。白居易《和三月三十日四十韵》："鱼尾上奫沦，草芽生沮洳。"

[39] 纇（lèi）：瑕疵；缺点。《淮南子·氾论训》："明月之珠，不能无纇。"

[40] 磨而不磷：磨了以后不变薄。比喻意志坚定的人不易受环境的影响。《论语·阳货》："不曰坚乎？磨而不磷。不曰白乎？涅而不缁。"

[41] 丹泉：传说中的仙泉，饮之不死。郭璞《游仙诗》其十："丹泉漂朱沫，黑水

鼓玄涛。”

[42] 赤水：神话传说中的水名。《庄子·天地》：“黄帝游乎赤水之北，登乎昆仑之丘而南望，还归，遗其玄珠。”

[43] 虚诞：荒诞无稽。汉桓谭《抑谶重赏疏》：“观先王之所记述，咸以仁义正道为本，非有奇怪虚诞之事。”

[44] 征：证明；验证。《左传·襄公二十六年》：“用牲，加书征之。”

选评

王定保《唐摭言》：“杜黄门（黄裳）第一榜，尹枢为状头。先是杜公主文，志在公选，知与无预评品者。第三场庭参之际，公谓诸生曰：‘主上误听薄劣，俾为社稷求栋梁，诸学士皆一时英俊，奈无人相救！’时入策五百余人，相顾而已。枢年七十余，独趋进曰：‘未谕侍郎尊旨？’公曰：‘未有榜帖。’对曰：‘枢不才。’公欣然延之，从容因命卷帘，授以纸笔。枢援毫斯须而就。每札一人，则抗声斥其姓名；自始至末，列庭闻之，咨嗟叹其公道者一口。然后长跪授之，唯空其元而已。公览读致谢讫，乃以状元为请，枢曰：‘状元非老夫不可。’公大奇之，因命亲笔自札之。”

赏析

作者先对题目进行了阐释：“骊龙之珠，无胫而至；骇浪浮彩，长川再媚。”然后对珍珠闪耀璀璨的品质作了描述：“回夜光之错落，反明月之瑰异。”直接点明了赋题。紧接几句对“珠还合浦”的故事作了简明概括：孟尝到任之前，贪官污吏寡廉鲜耻，索取无度，以致“沉泉而隐”；孟尝到任之后，施行惠政、清正廉洁，珠贝也因之重返合浦。接着作者详细描述了珍珠的特质：外貌上，“抱圆质”“扬众彩”，瑰丽无比；价值上，“真列郡之尤祥，实重泉之至宝”。因此，作者认为珠贝并不应当被视为珍宝，“戒贪”才是为政的正确准则。最后对君王与廉吏进行了颂扬：“则知美政不远，嘉猷入神。”纵览全篇，尹枢此赋内涵丰富，既完整地叙述了“珠还合浦”故事的来龙去脉，又借颂扬前代的廉吏而讽谏统治者要远离贪奢之恶习，施行廉政善政，做到索取有度。

善于用典与化用典故是此赋的一大特点。如“宁泣鲛人之泪”典出西晋张华的《博物志》；“泉戒贪”典出《晋书·吴隐之传》。珠“无胫而至”化用了孔融的《论盛孝章书》；“在暗而投”则化用《史记·鲁仲连邹阳列传》中的故事，增强了赋文的艺术特色。此赋句式多样，变化多端，具有独特的形式美感。韵律和谐，格律谨严，文辞清丽，体现了唐代试赋所具有的雅丽的艺术特色。

徐晦

徐晦（760—838），字大章，籍贯不详。唐德宗贞元十八年（802）进士。登直言极谏科，累拜中书舍人。敬宗朝出为同州刺史，大和中以礼部尚书致仕。开成三年（838），卒，追赠兵部尚书。与张籍交好，张籍有《寄徐晦》诗寄之。有《风动万年枝诗》。《全唐文》录其赋一篇。

海上生明月赋[1]

巨浸不极[2]，太阴无私[3]。褰积水之游气[4]，睹圆魄[5]之殊姿。皜皓天步[6]，苍茫地维[7]。泱漾崩腾，助金波玉浪之势；晶荧激射，当三五二八之期[8]。盖进必以道，岂出非其时。继倾曦以对越[9]，擅浮光而在兹。

嗟乎！空阔之容若彼，清明[10]之状如此。蜃楼[11]旁起，疑庾亮[12]之可从；珠蚌潜开，异随侯[13]之所委。
鼉次[14]虽游，风涛讵弭[15]。出霞岸而不迟，过鳌山[16]而孔迩。顾兔摇曳[17]，姮娥徙倚[18]。将运行以故然[19]，谅涤濯[20]之难揣。

远绝昏霾，回临津涯[21]。竟无幽而不烛，斯冥力而上排。希逸之赋可称，界于斜汉[22]；玄晖[23]之诗有作，映彼清淮，未若皎皎初吐，苍苍可阶。叶朝夕以晦朔[24]，宁望断而意乖[25]。

滃沦[26]涳洞，雪翻烟弄。水族将蟾影交驰[27]，浪花与桂枝相送。凝目是远，赏心斯众。苟佳景之必存，孰良辰之不共。

滔滔节宣[28]，冉冉徂[29]迁。循彼万流，差广纳而观海；推夫两曜[30]，候久照而得天。客有吟想此夜，淹翔[31]有年。感浮桴而偶圣[32]，庶乘槎[33]而逢仙。亦将览孤景，盥洪涟[34]。聊学抽毫而进牍[35]，岂追羡鱼[36]以临川。

注释

[1] 选自《全唐文》。

[2] 巨浸：大水，指大海。许彬《府试莱城晴日望三山》："不易识蓬瀛，凭高望有程。盘根出巨浸，远色到孤城。"不极：没有尽头。

[3] 太阴：月亮。杨炯《盂兰盆赋》："太阴望兮圆魄皎，阊阖开兮凉风袅。"无私：即无私之光。《礼记·孔子闲居》："天无私覆，地无私载，日月无私照。"后以"无私之光"喻帝王的德泽。

[4] 褰（qiān）：撩起，用手提起。《礼记·曲礼上》："冠毋免，劳毋袒，暑毋褰裳。"郑玄注："褰，揭也。积水：大海。王维《送秘书晁监还日本》："积水不可极，安知沧海东。"

[5] 圆魄：指月亮。

[6] 天步：谓天体星象的运转。《后汉书·张衡传》："察三辰于上，迹祸福乎下，经纬历数，然后天步有常。"

[7] 地维：维系大地的绳子。古人以为天圆地方，天有九柱支持，地有四维系缀。故亦指地的四角。《列子·汤问》："其后共工氏与颛顼争为帝，怒而触不周之山，折天柱，绝地维。"

[8] 三五：指农历每月十五日。《礼记·礼运》："是以三五而盈，三五而阙。"二八：农历每月十六日。三五二八之期：指农历每月的月半。

[9] 倾曦：落日。对越：犹对扬，答谢颂扬。《诗经·周颂·清庙》："济济多士，秉文之德。对越在天，骏奔走在庙。"王引之《经义述闻·毛诗下》："'对越在天'与'骏奔走在庙'相对为文。'对越'犹对扬，言对扬文武在天之神也……扬、越一声之转。"

[10] 清明：清澈明净。《荀子·解蔽》："则湛浊在下而清明在上，则足以见须眉而察理矣。"

[11] 蜃楼：由光线折射所产生的楼阁等虚幻景象。白居易《泛溢水》："城雉映水见，隐隐如蜃楼。"

[12] 庾亮：晋代庾亮曾任江荆豫州刺史，治武昌时，于月夜登楼赏景。《世说新语·容止》："庾太尉在武昌，秋夜气佳景清，使吏殷浩、王胡之之徒登南楼理咏，音调始遒，闻函道中有屐声甚厉，定是庾公。"后以为长官与属吏宴集或赏月之典。

[13] 随侯：汉东之国姬姓诸侯。传说随侯见大蛇受伤，用药为其敷治，蛇伤愈后，于江中衔大珠以报之。其珠因曰"随珠"。见《淮南子·览冥训》："随侯之珠。"高诱注："随侯，汉东之国姬姓诸侯也。隋侯见大蛇伤断，以药傅之，后蛇于江中衔大珠以报之，因曰随侯之珠，盖明月珠也。"

[14] 躔（chán）次：日月星辰在运行轨道上的位次。蔡邕《独断》："京师天子之畿内千里，象日月，日月躔次千里。"

[15] 讵：岂能。弭：停止。《左传·襄公二十五年》："自今以往，兵其少弭矣。"杜预注："弭，止也。"

[16] 鳌山：神话传说中巨鳌负载之海中仙山。

[17] 顾兔：月亮。神话传说月中阴精积成兔形，后因以为月亮的别名。简文帝《十空》其二《水月》："非关顾兔没，岂是桂枝浮?"摇曳：飘荡、摇晃。鲍照

《代棹歌行》："飂戾长风振，摇曳高帆举。"

［18］姮娥：即嫦娥，比喻月亮。徙倚：徘徊。屈原《楚辞·远游》："步徙倚而遥思兮，怊惝怳而乖怀。"

［19］故然：本然。

［20］濯：洗。《楚辞·渔父》："沧浪之水清兮，可以濯吾缨。"

［21］津涯：水边。方干《路支使小池》："儿童戏穿凿，咫尺见津涯。"

［22］希逸：南朝宋谢庄字。斜汉：指天河。谢庄《月赋》："斜汉左界，北陆南躔。"李善注："汉，天汉也。"

［23］玄晖：南朝齐谢朓字。曾作《离夜》诗。唐人常将"月映清淮流"体认为谢朓诗句，如皮日休《郢州孟亭记》："谢朓之诗句，精者有'露湿寒塘草，月映清淮流'。"至宋人黄伯思《跋何水曹集后》，始将此诗归于何逊名下。

［24］晦朔：指月亮亏、盈之间的交替变化。《后汉书·律历志下》："晦朔合离，斗建移辰，谓之月。"

［25］望断：极目眺望，直到看不见为止。《南齐书·苏侃传》："青关望断，白日西斜。"乖：分离，离别。曹植《朔风》："昔我同袍，今永乖别。"

［26］瀚沦：水波深广貌。白居易《和三月三十日四十韵》："鱼尾上瀚沦，草芽生沮洳。"

［27］蟾影：蟾影，传说月中有蟾蜍，因借指月亮、月光。李白《雨后望月》："四郊阴霭散，开户半蟾生。"交驰：交相奔走，往来不断。这里指月光的影子闪烁游动。

［28］节宣：节制而使适度发泄。《左传·昭公元年》："君子有四时：朝以听政，昼以访问，夕以修令，夜以安身。于是乎节宣其气，勿使有所壅闭湫底，以露其体。"

［29］徂：往，去。《诗经·豳风·东山》："我徂东山，慆慆不归。"郑《笺》："我往之东山，既久劳矣。"

［30］两曜：指日与月。张说《东都酺宴》："二天资广运，两曜益齐明。"

［31］淹翔：盘桓；逗留。李肇《唐国史补》："无淹翔以守常限，无纷竞以求再捷。"

［32］浮桴：乘舟航行。《论语·公冶长》："道不行，乘桴浮于海。"偶：遇合，得到赏识。《史记·范雎蔡泽列传赞》："然士亦有偶合，贤者多如此二子，不得尽意，岂可胜道哉！"

［33］乘槎：乘筏。传说天河与海通，有人乘木筏可上天。《博物志·杂说下》："旧说云，天河与海通。近世有人居海渚者，年年八月有浮槎去来，不失期。人有奇志，立飞阁于槎上，多赍粮，乘槎而去。"

［34］洪涟：巨浪。木华《海赋》："噏波则洪涟踧蹜，吹涝则百川倒流。"

［35］抽毫：抽笔出套，借指写作。吴融《壬戌岁阌乡卜居》："六载抽毫侍禁闱，不堪多病决然归。"进牍：古代进奉写字用的木板或纸笺。多指赋诗作文。杨炯《宴皇甫兵曹宅诗序》："抽毫进牍，皆请赋诗。"

［36］羡鱼：《淮南子·说林训》："临河而羡鱼，不如归家织网。"后多用来比喻空存想望。

选评

李调元《雨村赋话》："徐晦《海上生明月赋》云'希逸之赋可称，界于斜汉；玄晖之诗有作，映彼清淮'，关合海上，属对颇工，但'月映清淮流'是何仲言诗中语，而曰玄晖，误矣。"

赏析

全赋分五段，首段写月出之景，次段感叹大海"清明之状"，第三段引前人之诗赋，第四段极写"共"字，"水族将蟾影交驰，浪花与桂枝相送"一联，既描写海上明月之实景，又暗喻蟾宫折桂之吉利。结尾谓自己"淹翔有年"，与其临川羡鱼，不如退而结网，翻出新意，符合进士求进之身份。

此赋围绕海上生明月的过程而展开，描绘明月冉冉升起的壮观奇景。一轮明月继落日之后从空阔而清明的海面上生出，海面波纹平秀，月儿在大海的怀抱中荡漾不止。那灿烂夺目的光线经过折射，将远处景物映现在海面上，形成海市蜃楼的奇观。作者目睹这神奇的景象，心旷目悦，浮想联翩，便疑心晋代的名将庾亮也兴致勃勃地登楼赏景；目睹那珍珠潜开的情景，便惊异其受随侯委托。这一"疑"一"异"，绝妙地写出明月刚刚生出的奇观，目中所见仿佛神仙世界。

一轮明月冉冉升上天空，海面上洒满了银色的光辉。作者以清丽的笔触准确地写出海上生明月的幽美景致，逼真地传达出那种可意会而难言传的精神。先绘明月上升之形美：风涛阻止不了它的运行，出霞岸，过鳌山，对大海又似有所依恋地流连徘徊。继而写月越升越高的情景，并引用了谢庄、谢朓等人的诗赋来虚写明月"冥力而上排""界于斜汉"的情形，给读者留下了丰富的想象空间。虽属虚笔，但也勾人神思。

接着展现海水中的月影之美。月光下的海景别具风姿。水波深广迷茫，浪花跳动，烟波笼罩。海水中的鱼类在月光下闪烁游动，在滔滔浪花和桂树月影下，鱼群时隐时现，渐行渐远，直到消失在月光下。月依水而存，因水而变，动荡多姿。作者连用"翻""弄""驰""送"四个动词，形象地写出水摇月游、明月在泱漾的海水中忽沉忽现的动态美。这里的海水、明月、水族、月影皆被作者赋予了灵性，表现出月影的迷离之妙和海水的悠然之美。美景"之必存"，良辰"之不共"，这美景真是令人感到赏心悦目。诗人以海洋为背景，用丰富的想象力和铺排、渲染的艺术手法，描绘出海上生明月时的美景，意境雄浑阔大。

韩愈

韩愈（768—824），字退之。河南河阳（今河南孟州）人，郡望昌黎（今属河北）。贞观八年（792）登进士第。官至礼部侍郎。卒，谥文。世称韩文公，又称韩昌黎、韩吏部。韩愈在古文、诗歌的理论和创作上都有重大成就，对后世有巨大影响。韩愈门人李汉编其遗文为《韩愈集》四十卷。今有《昌黎先生集》四十卷并《外集》、遗文行世。《全唐诗》编诗十卷。

海水[1]

海水非不广，邓林[2]岂无枝。风波一荡薄[3]，鱼鸟不可依[4]。海水饶[5]大波，邓林多惊风[6]。岂无鱼与鸟，巨细[7]各不同。海有吞舟[8]鲸，邓有垂天[9]鹏。苟非鳞羽大[10]，荡薄[11]不可能。我鳞不盈寸，我羽不盈尺。一木[12]有余阴，一泉有余泽。我将辞[13]海水，濯鳞清泠[14]池。我将辞邓林，刷羽蒙笼[15]枝 s。海水非爱广，邓林非爱枝。风波亦常事，鳞羽自不宜[16]。我鳞日已大，我羽日已修。风波无所苦，还作鲸鹏游。

注释

[1] 这首诗是贞观十六年（642）夏徐州刺史张建封死后，诗人离开徐州后居洛阳时所作。

[2] 邓林：神话传说中的树林。《山海经·海外北经》：“夸父与日逐走，入日。渴，欲得饮，饮于河渭。河渭不足，北饮大泽。未至，道渴而死。弃其杖，化为邓林。”

[3] 荡薄：激荡。

[4] 不可依：谓鱼鸟无法遨游、栖息。《世说新语》：顾长康拜桓宣武墓，作诗云：“山崩溟海竭，鱼鸟将何依。”

[5] 饶：繁多。

[6] 惊风：猛烈强劲的风。

[7] 巨细：大小。

[8] 吞舟：形容鱼的巨大。贾谊《吊屈原赋》："彼寻常之污渎兮，岂容吞舟之鱼。"

[9] 垂天：挂在天边，犹蔽天。《庄子・逍遥游》："北冥有鱼，其名为鲲，鲲之大，不知其几千里也；化而为鸟，其名为鹏，鹏之背，不知其几千里也；怒而飞，其翼若垂天之云。"

[10] 苟：假如。鳞：指鱼翅。羽：指鸟翅。

[11] 荡薄：意谓鹏鸟摩荡回翔，上薄于天。

[12] 一木：一棵树。《慎子》："故廊庙之材，盖非一木之枝也。"

[13] 辞：辞别，离去。《吕氏春秋・士节》："过北郭骚之门而辞。"

[14] 清泠（líng）：清凉寒爽。《说苑・正谏》："昔白龙下清泠之渊，化为鱼。"

[15] 蒙笼：草木茂盛的样子。

[16] 不宜：不适合，不适宜。诸葛亮《出师表》："宫中府中，俱为一体，陟罚臧否，不宜异同。"

选评

何焯《义门读书记》："诗意谓其才未足以胜大任，则当退而求志，以待其成也。"

陈沆《诗比兴笺》："此感用世之难，而思反身修德也。'海水饶大波，邓林多惊风'，喻世道之屯艰，人事之不测。盖鱼鸟依风波以为生，亦因风波而失所者，巨细之异耳。如鲸鹏则风波愈大，而所凭愈厚，所游愈远。如君子之可大受，周于德者之不忧邪世也。细如寸鳞尺羽，则泉木之外，便虞飘荡。然则岂海邓风波之罪哉？亦我之鳞羽自不修大耳。与其贪海邓之广大，怨风浪之荡薄，何如反己修德，潜修俟时，使鳞羽养成，如孟贲之勇、孟轲之气，而后当大任而不动心乎。"

刘熙载《艺概》："诗文一源。昌黎诗有正有奇，正者即所谓'约六经之旨而成文'，奇者即所谓'时有感激怨怼奇怪之辞'。"

赏析

这首诗是韩愈贞元后期离开徐州时所作。韩愈在徐州任刺史张建封的幕僚时，郁郁不得志，曾有"抑而行之，必发狂疾"（《上张仆射书》）之语。诗中通过写鱼在大海、鸟在林中的活动，来比喻自己的政治生涯。

前面两句，"海水饶大波，邓林多惊风"比喻世道之艰难，人事变化莫测。海中之鱼、林中之鸟，皆是依海、林为生，一旦风波激荡，鱼、鸟则失遨游、栖息之处。接着，诗人笔锋一转，写到了吞舟鲸与垂天鹏。海中有能吞舟的巨鲸，林中有蔽天的大鹏，如果它们不是有巨大的鳞甲和翅膀，那么想随风波激荡与遨游是不可能的。海水浩荡，邓林扶疏，宜鲸鹏遨游，而“我”鳞不盈寸、羽不盈尺，自是无法荡薄其间。通过“我”与吞舟鲸、垂天鹏的对比，暗示并不是海水、邓林之罪，而是“我之鳞羽自不修大耳”的缘故。因此，“我”将要离开大海，在清浅的池水中冲洗鳞甲；“我”将要离开森林，在稀疏的树枝上洗刷羽毛。待修炼至鳞大羽长时，“我”也要像巨鲸、大鹏那样在大海、森林中遨游。诗歌的结尾表明志向。诗人希望自己离开徐州张建封幕府后能得到更有力者的推荐，有所成就。诗中所言“还作鲸鹏游”，并不是逃避现实生活，而是充满积极向上的精神，给人以昂扬振奋之感。

白居易

白居易（772—846），字乐天。生于新郑（今属河南），祖籍太原（今属山西），徙居下邽（今陕西渭南）。贞元十六年（800），登进士第。又登书判拔萃、贤良方正、直言极谏科。官至刑部尚书。晚年闲居洛阳，皈依佛教，自号“醉吟先生”“香山居士”。于元和中提倡新乐府，指斥时弊，反映民瘼，创通俗一派，影响深远。与元稹交厚，世称“元白”，诗称“元白体”。自编《白氏文集》七十五卷，宋初佚五卷。今有《白氏长庆集》（一名《白香山集》）七十一卷行世。《全唐诗》编诗三十九卷。

题海图屏风[1]

海水无风时，波涛安悠悠[2]。鳞介无小大[3]，遂性各沉浮[4]。突兀海底鳌[5]，首冠三神丘[6]。钓网不能制[7]，其来非一秋[8]。或者不量力，谓兹鳌可求。赑屃[9]牵不动，纶绝[10]沉其钩。一鳌既顿颔[11]，诸鳌齐掉头。白涛与黑浪，呼吸绕咽喉。喷风激飞廉[12]，鼓波怒阳侯[13]。鲸鲵得其便[14]，张口欲吞舟。万里无活鳞[15]，百川多倒流[16]。遂使江汉水，朝宗[17]意亦休。苍然屏风上，此画良有由[18]。

注释

［1］海图屏风：画着海水的画屏。此诗作者自注："元和己丑年作。"己丑年为唐宪宗元和四年（809），当时唐宪宗和宦官吐突承璀想兵攻河北藩镇，受到一部分朝臣的强烈反对。白居易也认为如用兵失利，将导致朝廷和藩镇的尖锐对立，造成社会危机。故他连上《请罢兵状》，陈述利害得失，反对内战。但宪宗还是将兵权交给吐突承璀，轻启战争，连年不息，给百姓带来深重灾难。

［2］悠悠：安闲暇适的样子。王勃《滕王阁》："闲云潭影日悠悠，物换星移几度秋。"

［3］鳞：指鱼龙类。介：指带壳的龟鳖类。鳞介：水族的统称。左思《蜀都赋》："水物殊品，鳞介异族。"

［4］沉浮：随波起伏。《抱朴子·正郭》："无故沉浮于波涛之间，倒屣于埃尘之中。"

［5］突兀：高耸突出的样子。鳌：传说中的海中大龟。

［6］三神丘：指传说中的海上三座神山，即蓬莱、方丈、瀛洲。

［7］钓网：钓竿和渔网。不能制：难以制服。

［8］一秋：一年。此句谓这种情况由来已久，不是短时间内形成的。唐代藩镇割据，自唐德宗起，到白居易时已四十余年，积重难返。

［9］赑屃：龙生九子之一，貌似龟而好负重，有齿，力大可驮负三山五岳。

［10］纶：较粗的丝绳，指钓丝。纶绝：钓丝被拉断。

［11］顿颔：以下颔触地，谓低头。

［12］飞廉：神话中的风神。《离骚》："前望舒使先驱兮，后飞廉使奔属。"

［13］阳侯：传说中的波涛之神。《汉书·扬雄传》："凌阳侯之素波兮。"应劭注："阳侯，古之诸侯也，有罪自投江，其神为大波。"

［14］鲸鲵：即鲸。裴渊《广州记》："鲸鲵长百尺。雄曰鲸，雌曰鲵。"得其便：乘机。

［15］活鳞：活的鱼类。

［16］倒流：海涛翻腾致使入海的江湖水流倒灌。

［17］朝：汇聚，融汇。朝宗：小水注入大水，谓百川之归海。《尚书·禹贡》："江汉朝宗于海。"《孔传》："二水经此州而入海，有似于朝。百川以海位宗。宗，尊也。"后世用以比喻臣子朝见君主。

［18］良：很。良有由：很有来由、道理。末二句归结到画屏上，并提示其中确有道理。

选评

元稹《白氏长庆集序》："乐天之长，可以为多矣。夫讽喻之诗长于激；闲适之诗长于遣；感伤之诗长于切；五字律诗百言而上长于赡；五字七字百言而下长于情……”

王若虚《滹南诗话》：“乐天之诗，情致曲尽，入人肝脾，随物赋形，所在充满，殆与元气相侔。至长韵大篇，动数百千言，而顺适惬当，句句如一，无争张牵强之态。”

冯班《二冯评点才调集》（见殷元勋、宋邦绥《才调集补注》）：“白公讽刺诗，周详明直，娓娓动人，自创一体。古人无是也。凡讽喻之义，欲得深隐，使言者无罪，闻者足戒。白公尽而露，其妙处正在周详，读之动人，此亦出于《小雅》也。”

沈德潜《唐诗别裁集》：“乐天忠君爱国，遇事托讽，与少陵相同。特以平易近人，变少陵之沉雄浑厚，不袭其貌，而得其神也。”

赏析

这是一首咏物诗，描绘海图中波涛的变化和水族的形貌，并将海中的鳌、鲸比作佞臣弄权，寄托深远。开头四句，写风平浪静的大海。“安悠悠”把海水轻摇慢漾的动态形容得恰到好处。“遂性各沉浮”把海中生物自由自在的神态刻画得惟妙惟肖。接下来的笔墨，开始渲染海中巨鳌高耸及钓鳌失败的情景。诸鳌掉头齐奔，嘴里吞吐着白色的浪花和黑色的海水，喷口气像是激怒了风神，掀动浪涛宛如波涛之神在发怒。诗人又刻画了海中最大的鲸鲵的形象，它的气势更加非凡：口能吞舟，更能吃尽大小不一的鱼类，搅动波涛便能使百川倒流。

结尾处直接点题，收拢全篇。指出以上所见，全都绘在海图屏风之上。而画这些景物也是有所指、有来由的。写作这首诗歌时，白居易正在朝中担任左拾遗、翰林学士，并屡陈时政，与权贵显宦发生冲突。诗歌运用了比拟寄托的手法，把身为宦官的左神策中尉吐突承璀之辈比之于在海中兴风作浪的“鳌”和“鲸鲵”。他们气焰冲天，垄断朝政，使自己无法向皇帝面谏，就像鳌、鲸一样在海中兴风作浪，使得江汉水无法朝宗大海。语言夸张，想象奇特，具有浓厚的浪漫主义色彩。

刘禹锡

刘禹锡（772—842），字梦得，洛阳（今属河南）人。贞元九年（793），登进士第，又登吏部取士科，授太子校书。为淮南节度使杜佑幕从事，调渭南主簿。入为监察御史。后历任朗州司马、连州刺史、夔州刺史、和州刺史、主客郎中、礼部郎中、苏州刺史等职，官至礼部尚书。刘禹锡诗造精绝，白居易称之为“诗豪”。与白居易并称“刘白”，与柳宗元并称“刘柳”。

有《刘禹锡集》四十卷，宋初佚其十卷。今有《刘梦得文集》（一名《刘宾客文集》）四十卷行世，其中《外集》十卷乃北宋宋敏求所辑。《全唐诗》编诗十二卷。

沓潮[1]歌

元和十年夏五月[2]，终风[3]驾涛，南海羡溢[4]。南人曰：沓潮也。率三更岁一有之。余为连州[5]，客或为予言其状，因歌之，附于《南越志》[6]。

屯门积日无回飙[7]，沧波不归成沓潮。轰如鞭石矻且摇[8]，亘空欲驾鼋鼍桥[9]。惊湍蹙缩悍而骄[10]，大陵高岸失岩峣[11]。四边无阻音响调，背负元气掀重霄[12]。介鲸得性方逍遥[13]，仰鼻嘘吸扬朱翘[14]。海人狂顾迭相招[15]，罽衣髽首声哓哓[16]。征南将军登丽谯[17]，赤旗指麾[18]不敢嚣。翌日风回沴气[19]消，归涛纳纳景昭昭[20]。乌泥白沙复满海，海色不动如青瑶[21]。

注释

［1］沓潮：潮水重叠而至曰沓潮。刘恂《岭表录异》：“沓潮者，广州去大海不远二百里，每年八月，潮水最大。秋中复多飓风，当潮水未尽退之间，飓风作而潮又至，遂至波涛溢岸，淹没人庐舍，荡失苗稼，沉溺舟船，南中谓之沓潮。或十数年一有之，亦系时数之失耳。俗呼为海翻，为漫天。”

［2］元和十年夏五月：瞿蜕园《刘禹锡集笺证》：“小引虽有元和十年夏五月语，非即是时所作也。禹锡以是年三月除连州刺史，据本集卷十八《谢门下武相公启》及外集卷九《谢上连州刺史表》，皆止云今月十一日到州上讫，惜文末无年月。然表中云：‘南方疠疾，多在夏中，自发郴州，便染瘴疟。’详其语气，似到州

之月为六月也。即使其为五月，亦未必甫到连州即闻沓潮之事。故当是到连州以后从容追记之诗。”

[3] 终风：指大风、暴风。《诗经·邶风·终风》：“终风且暴，顾我则笑。”《毛诗》谓终日风为终风，《韩诗》以终风为西风。

[4] 羡溢：溢出。《汉书·沟洫志》：“来春桃华水盛，必羡溢，有填淤反壤之害。”

[5] 连州：今属广东清远。刘禹锡《刺史厅记》：“连州民风与长沙同。荒服之善部，炎裔之凉墟。”

[6]《南越志》：沈怀远撰。《宋书》卷八二《沈怀远传》：“官至武康令。撰《南越志》及《怀文文集》。”

[7] 屯门：屯门山。《东莞旧志》：“山在县南二百八十里，即屯门山。”积日：多日。傅玄《雨诗》：“厥初月离毕，积日遂滂沱。”回飙：旋风。李白《与诸公送陈郎将归衡阳》：“回飙吹散五峰雪，往往飞花落洞庭。”

[8] 鞭石：神话传说中神人鞭石助秦始皇成石桥。《艺文类聚》卷七九引《三齐略记》：“始皇作石桥，欲过海观日出处，于时有神人，能驱石下海，城阳一山，石尽起立，嶷嶷东倾，状似相随而去。云石去不速，神人辄鞭之，尽流血，石莫不悉赤，至今犹尔。”矻（kū）：石坚貌。

[9] 亘：横贯。鼋鼍：巨鳖和扬子鳄。《国语·晋语九》：“鼋鼍鱼鳖，莫不能化。”鼋鼍桥：神话传说中以鼋鼍为桥梁。此句形容潮水之大。江淹《恨赋》：“方架鼋鼍以为梁，巡海右以送日。”《文选》李善注引《竹书纪年》：“（周）穆王三十七年，伐纣，大起九师，东至于九江，叱鼋鼍以为梁。”

[10] 惊湍：急流。潘岳《河阳县作》其二：“川气冒山岭，惊湍激岩阿。”蹙缩（cù sù）：同“踧蹜”，水聚不流。木华《海赋》：“嗡波则洪涟踧蹜，吹涝则百川倒流。”《文选》李善注：“踧蹜，聚貌。”

[11] 岧峣（tiáo yáo）：山势高峻的样子。曹植《九愁赋》：“践蹊径之危阻，登岧峣之高岑。”

[12] 元气：大化之气，天地未分前的混沌之气。《汉书·律历志上》：“太极元气，函三为一。”重霄：天空的极高处。王勃《滕王阁序》：“层台耸翠，上出重霄。”

[13] 介鲸：大鲸。郭璞《江赋》：“介鲸乘涛以出入，鯼鮆顺时而往还。”得性：合其情性。《诗经·小雅·鱼藻》：“鱼在在藻，有颁其首。”《毛传》：“鱼以依蒲藻为得其性。”逍遥：自由自在、不受拘束。《庄子·让王》：“逍遥于天地之间，而心意自得，吾何以天下为哉！”

[14] 嘘吸：呼吸吐纳。《庄子·天运》：“风起北方，一西一东，有上彷徨，孰嘘吸是？孰居无事而披拂是？”成玄英疏：“嘘吸，犹吐纳也。”也作“嘘噏”。朱翘：指介鲸之鳍、尾。

[15] 海人：海上捕鱼之人。任昉《述异记》：“东海有牛鱼，其形如牛。海人采捕，剥其皮悬之。”狂顾：遑急顾盼。屈原《九章·抽思》：“狂顾南行，聊以娱心

兮。”蒋骥注：“狂顾，左右疾视也。”

［16］罽（jì）：毛织品。《汉书·高帝纪》：“贾人毋得衣锦绣、绮縠、絺纻、罽，操兵，乘骑马。”颜师古注：“罽，织毛若今毼及氍毹之类也。”髽（zhuā）首：以麻衣束发。《淮南子·齐俗训》：“三苗髽首，羌人括领，中国冠笄，越人劗鬋，其于服一也。”高诱注：“髽，以枲束发也。”哓哓（xiāo xiāo）：恐惧声。《诗经·豳风·鸱鸮》：“予室翘翘，风雨所漂摇，予维音哓哓。”

［17］征南将军：指晋代杜预。《晋书·杜预传》：“时帝密有灭吴之计，而朝议多违，唯预、羊祜、张华与帝意合。祜病，举预自代，因以本官假节行平东将军，领征南军司。及祜卒，拜镇南大将军，都督荆州诸军事。”丽谯：华丽的高楼。《庄子·徐无鬼》：“君亦必无盛鹤列于丽谯之间。”郭象注：“丽谯，高楼也。”

［18］指麾：发号施令。阮籍《为郑冲劝晋王笺》：“吕尚磻溪之渔者，一朝指麾，乃封营丘。”

［19］沴（lì）气：灾害不祥之气。《汉书·五行志》：“气相伤，谓之沴。”

［20］纳纳：濡湿的样子。刘向《九叹·逢纷》：“裳襜襜而含风兮，衣纳纳而掩露。”王逸注：“纳纳，濡湿貌也。”景：日光。昭昭：明亮，光明。屈原《九歌·云中君》：“烂昭昭兮未央。”王逸注：“昭昭，明也。”

［21］青瑶：青玉。韩愈《送灵师》：“手持南曹叙，字重青瑶镌。”

选评

蔡绦《蔡百衲诗评》：“刘梦得诗，典则既高，滋味亦厚。但正若巧匠矜能，不见少拙。”

方回《瀛奎律髓》：“刘梦得诗格高，在元、白之上，长庆以后诗人皆不能及。且是句句分晓，不吃气力，别无暗昧关锁。”

管世铭《读雪山房唐诗序例》：“刘宾客长篇，虽不逮韩之奇横，而健举略足相当。七古刘之敌韩，犹五古郊之匹愈也。即梦得五言，亦自质雅可诵。”

赏析

这首诗生动地描述了连州屯门附近波浪滔天、涛声轰鸣的海潮以及海人们惊心动魄的踏潮奇景。首先从海潮的成因、形态、声音、气势等方面进行摹写：海上的大风巨涛多日不退，一层一层地涌上来，就成了“沓潮”。海浪轰轰摇动，如同秦始皇为求仙架桥而挥起鞭子往海里驱赶石头一样。扬波激荡穿空，又好像周穆王要以鼋鼍为桥梁。诗人一连用了两个历史典故，借以形容海潮之胜。惊湍急流之海水，时而踧踖聚集，时而悍猛骄横，由于溢涨之故，高山、堤岸也失去高耸之貌。四周一无阻碍，潮声震响，如同天地初开时的混沌元气直冲云霄。

诗人接着描绘了人们趁潮捕鱼、将军指挥镇潮的人文图景。海中的大鳖、巨鲸仰鼻呼吸，高扬鬣翅，在海潮中悠然自得。沓潮为捕鱼之人带来丰盛收获的同时，也带来了灾难，淹没乡间庐舍，沉溺渔舟盐船，让穿麻束发的土著居民仓皇回顾，惊叫奔走。征南大将军登上高楼，用赤色旗帜指挥，镇压海潮。诗的最后四句，描绘沓潮退后的情景。骤风停息，灾气消散，退回去的海潮一望无际。日光明朗，乌泥、白沙裸露于海滩之上，大海又归于碧玉般的澄澈、宁静。

樊阳源

樊阳源，生卒年不详。初名源阳，贞元十八年（802）进士。元和时，曾任山南节度判官、殿中侍御史。《全唐诗》存诗《赋得风动万年枝》一首。《全唐文》录其赋四篇。

江汉朝宗[1]赋

江汉[2]之流，始滔滔乎楚泽。虽导源[3]而则异，必朝宗而来格[4]。故能吞别派而且千，壅[5]细流而累百。初谓发岷山之溅溅[6]，出嶓冢而涓涓[7]。忽洊[8]至以盈坎，遂同归于巨川。洋洋不穷，驱迅波[9]以来注；浩浩何足，走惊浪而方前。沸渭迸濑[10]，崩奔[11]争会。过东陵[12]而更长，历南国[13]而弥大。引汲清浊，并包畎浍[14]。始逶迤于域中[15]，终委输于区外[16]。双流淼淼[17]，并骛悠悠[18]。滈汗[19]乎万里，经营[20]乎数州。静委极深，且无惊于海若[21]。潜盈巨壑，亦何怒于阳侯[22]。彼宏纳之无际，信为长于百流。尔其揭厉[23]莫从，深浅无必。绝地脉于飙驶[24]，透天池[25]而箭疾。善下以洁乎龙堂，流谦更清乎鲛室[26]。就其深矣，谁识滥觞[27]之源；不可方思[28]，空想触舟[29]之实。终始齐赴，周流不违。似有待而俱进，何经始[30]之相依。演漾纡余[31]，必远分而迩合；洄洑[32]激射，虽异出而同归。则知海之为量也，虚而有馀；水之趋本也，道亦相于[33]。二派既朝于沧海，众星如拱于辰居[34]。汉之广兮，明委积[35]之有所；江之永矣，表灵长[36]之在诸。是俾涵

虚[37]之状益深，浮天之容斯在。苟归塘[38]之不息，谅纳污[39]而惟倍。大矣哉！谁究其广深，空有望于灵海[40]。

注释

[1] 朝宗：臣下朝见帝王。《周礼·春官·大宋伯》："春见曰朝，夏见曰宗，秋见曰觐，冬见曰遇。"孔颖达疏："朝宗是人事之名，水无性识，非有此义。以海水大而江汉小，以小就大，似诸侯归于天子，假人事而言之也。"比喻小水流注大水，百川归海。《尚书·禹贡》："江汉朝宗于海。"

[2] 江汉：长江和汉水的合称。泛指江河水流。《诗经·小雅·四月》："滔滔江汉，南国之纪。"

[3] 导源：发源，起源。郦道元《水经注·渭水》："水导源东北陇山。"

[4] 来格：来临，到来。《三国志·魏志·刘馥传》："阐弘大化，以绥未宾；六合承风，远人来格。"

[5] 壅：堵塞。《旧五代史·梁书·太祖本纪》："会乃率众于州东筑堰，壅汴水以浸其城。"

[6] 岷山：在四川北部，长江、黄河分水岭，岷江、嘉陵江发源地。溅溅：水急速流动的样子。《乐府诗集·木兰诗》："不闻爷娘唤女声，但闻黄河流水鸣溅溅。"

[7] 嶓（bō）冢：山名，在今甘肃省天水市与礼县之间。古人误认为是汉水上源。涓涓：细水慢流的样子。《荀子·法行》："涓涓源水，不雝不塞。"

[8] 洊（jiàn）至：相继而至。《易经·坎卦》："水洊至，习坎。"王弼注："不以坎为隔绝，相仍而至。"

[9] 迅波：急速的流水。刘禹锡《请告东归发灞桥却寄诸僚友》："行车无停轨，流景同迅波。"

[10] 沸渭：水翻腾奔涌貌。《文选·扬雄》："汾沄沸渭，云合电发。"李善注："汾沄沸渭，众盛貌也。"濑：流得很急的水。《淮南子·本经训》："抑减怒濑，以扬激波。"

[11] 崩奔：水流冲击堤岸而奔涌。

[12] 东陵：古地域名。在今安徽贵池、青阳等市县间，以九华山为主体的沿江低山丘陵地带。《尚书·禹贡》："（导江）过九江，至于东陵。"

[13] 南国：古代泛指江汉一带的诸侯国。

[14] 畎浍（quǎn kuài）：田间水沟。泛指溪流、沟渠。《尚书·益稷》："予决九川，距四海，浚畎浍距川。"郑玄注："畎浍，田间沟也。"

[15] 逶迤：曲折绵延貌。《淮南子·泰族训》："河以逶蛇故能远，山以陵迟故能高。"域中：国内，犹言海内。《老子》："域中有四大，而王处其一焉。"

[16] 委输：汇聚，注聚。木华《海赋》："于廓灵海，长为委输。"区外：国外，犹言海外。

[17] 淼淼：水势浩大。沈约《法王寺碑》："炎炎烈火，淼淼洪波。"

[18] 并骛：并驾。《文选》韦昭《博弈论》："百行兼苞，文武并骛；博选良才，旌简髦俊。"张铣注："骛，驰也。"悠悠：众多的样子。《后汉书·朱穆传》："悠悠者皆是，其可称乎！"李贤注："悠悠，多也。"

[19] 滈（hào）汗：水长流的样子。郭璞《江赋》："滈汗六州之域，经营炎景之外。"

[20] 经营：往来回旋。刘向《九叹·怨思》："经营原野，杳冥冥兮。"

[21] 海若：传说中的海神。屈原《楚辞·远游》："使湘灵鼓瑟兮，令海若舞冯夷。"王逸注："海若，海神名也。"洪兴祖补注："海若，庄子所称北海若也。"

[22] 阳侯：传说中的波涛之神。《战国策·韩策二》："塞漏舟而轻阳侯之波，则舟覆矣。"鲍彪注："说阳侯多矣。今按《四八目》，伏羲六佐，一曰'阳侯'，为江海。盖因此为波神欤？"

[23] 揭厉：涉渡。王充《论衡·须颂》："故夫广大，从横难数；极深，揭厉难测。"

[24] 地脉：土地的脉络，地形的走势。《史记·蒙恬列传》："起临洮属之辽东，城堑万余里，此其中不能无绝地脉哉？"飙驶：如疾风般驶去。

[25] 天池：指海。《庄子·逍遥游》："南冥者，天池也。"

[26] 流谦：犹言满溢。鲛：通"蛟"。

[27] 滥觞：指江河发源处水很小，仅可浮起酒杯。郦道元《水经注·江水》："江水自此已上至微弱，所谓发源滥觞者也。"

[28] 方：筏，此作动词，渡江。《庄子·山木》："方舟而济于河。"思：语助词，无意义。

[29] 触舟：船互相碰撞。《庄子·山木》："方舟而济于河，有虚船来触舟，虽有惼心之人不怒……向也不怒而今也怒，向也虚而今也实；人能虚己以游世，其孰能害之？"

[30] 经始：开端。《诗经·大雅·灵台》："经始灵台，经之营之。"

[31] 演漾：水波荡漾。阮籍《咏怀》其七十五："泛泛乘轻舟，演漾靡所望。"纡余：从容不迫。

[32] 洄澓（huí fú）：水流盘旋回转的样子。王琰《冥祥记》："晋徐荣者，琅琊人。尝至东阳，还经定山，舟人不惯，误堕洄澓中。"

[33] 相于：相厚；相亲近。王符《潜夫论·释难》："夫尧舜之相于，人也，非戈与伐也。"汪继培笺："相于，亦相厚之意矣。"

[34] 辰居：宸居，帝王居处。谢庄《歌太祖文皇帝》："维天为大，维圣祖是则，辰居万宇，缀旒下国。"

[35] 委积：积聚。《周礼·地官》："掌邦之委积，以待施惠。"

[36] 灵长：广远绵长。袁宏《后汉纪·献帝纪一》："夫天地灵长，不能无否泰之变；父子自然，不能无夭绝之异。"

[37] 涵虚：包含天空，指天空倒映在水中。

［38］归塘：海水归宿汇聚的地方。颜之推《颜氏家训·归心》："归塘尾闾，渫何所到？"

［39］纳污：指湖泊江河能容纳各种水流的特性。《左传·宣公十五年》："谚曰：'高下在心。'川泽纳污，山薮藏疾，瑾瑜匿瑕，国君含垢，天之道也。"

［40］灵海：大海。古人以为海中多灵怪异物，故称。木华《海赋》："于廓灵海，长为委输。"刘良注："灵者，言其神灵多怪异也。"

赏析

这篇赋围绕"江汉朝宗"的主旨，既写出江汉汇集众流的浩大声势，又写出大海宏纳无际的博大境界，给人以壮美之感。

此赋开头便展现了江汉朝宗大海的全景镜头，气势磅礴，给人以茫茫苍苍的总体感受。接着，镜头推向江汉的源头，如此浩大的江流，竟是由涓涓细流、溅溅激流喷薄汇聚而成，它们虽细微、渺小，但矢志不渝地奔向大海。它们或后波推前浪，或奔腾于川前，或冲崖转石，或激流勇进，"过东陵而更长，历南国而弥大"，弥长弥广，终于形成了绵延万里、经营数州的宽广流域。江汉水流在悄悄地累积，直到盈满巨壑，融为巨流，而水中的海神和涛神却全然不知、浑然不晓。这是何等的谦和，何等的宁静！大海有奔流不息、纳百汇千的能力，同时也有包孕众流、渊然而深的美德，才能成为名流大河，才能宏纳无际，长于百流。这里从更深层的意义上揭示了江汉的内蕴，手法上也颇具匠心。

议论层层深入，最后归结到大海，写众水趋本，江汉朝宗。作者先言海之容量，纳江汉之流绰绰有余。而众水归海，则是自然之道，故江汉归海，有如众星朝北斗。恰恰是因为大海广纳名川大河，它才涵天载地。"浮天之容斯在"，简括有力，气魄宏大，使人想到曹操笔下那吞吐日月、包孕星汉的大海。这里磅礴的气势与开头遥相呼应。结尾处不拘常格，以散文句式出之："大矣哉！谁究其广深，空有望于灵海。"有谁能估量大海的容量呢？全文在深沉的慨叹中结束，言有尽而意无穷。

鲍溶

鲍溶（生卒年不详），字德源，籍贯不详。贞元中，北游太原，献诗严绶。元和四年（809），登进士第。后飘蓬南方，游宣州、越州。十三年客病淮南，其后一二年中卒。与韩愈、孟郊、李正封、李夷简、殷尧藩、许浑等均有交往，与李益交谊尤深。善诗，以古乐府见长。有《鲍溶集》五卷，已佚。后人辑有《鲍溶诗集》六卷、《外集》一卷行世。《全唐诗》编诗三卷。

采珠[1]行

东方暮空海面平，骊龙弄珠烧月明[2]。海人惊窥水底火[3]，百宝[4]错落随龙行。浮心一夜生奸见[5]，月质龙躯看几遍。擘波下去忘此身[6]，迢迢谓海无灵神[7]。海宫正当龙睡重[8]，昨夜孤光[9]今得弄。河伯空忧水府贫[10]，天吴不敢相惊动[11]。一团冰容掌上清[12]，四面人入光中行。腾华乍摇白日影[13]，铜镜万古羞为灵[14]。海边老翁怨[15]狂子，抱珠哭向无底水。一富何须龙颔前，千金几葬鱼腹里！鳞虫[16]变化为阴阳，填海破山无景光[17]。拊心[18]仿佛失珠意，此土为尔离农桑[19]。饮风衣日亦饱暖，老翁掷却荆鸡卵[20]。

注释

[1] 采珠：潜入海底采取珍珠。中国的珍珠开采始于汉代，广东合浦沿海所产的珍珠，是世界上质量最好的一种，素有“南珠”之称。《汉书·王章传》：“章果死，妻子皆徙合浦……采珠致产数百万。”唐天宝元年（742）至广德二年（764）间，朝廷逼迫沿海珠民进贡珍珠，致使合浦海底珍珠被采捕无度，珍珠资源受到严重破坏，合浦海底珍珠母贝发生了自“合浦珠还”后的第二次大迁徙。

[2] 骊龙：黑色的龙。《庄子·列御寇》：“夫千金之珠，必在九重之渊而骊龙颔下。”烧：照耀。

[3] 海人：海上渔民。水底火：骊珠在水下放射出来的光芒。

[4] 百宝：各种珍宝。

[5] 浮心：浮动。奸见：邪念。

[6] 擘（bò）：分开。擘波：用手分开波浪。木华《海赋》：“擘洪波，指太清，竭磐石，栖百灵。”

[7] 灵神：神灵。

[8] 睡重：睡意深。《庄子·列御寇》：“子能得珠者，必遭其睡也。”

[9] 孤光：骊珠的光，代指骊珠。

[10] 河伯：传说中的河神。水府：水神居住的地方。木华《海赋》：“尔其水府之内，极深之庭，则有崇岛巨鳌，峌岘孤亭。”

[11] 天吴：传说中的水神。《山海经·海外东经》：“朝阳之谷，神曰天吴，是为水伯……其为兽也，八首人面，八足八尾，皆青黄。”河神、水神都不敢惊动骊珠。

［12］冰容：晶莹透亮，用来形容骊珠。此句谓晶莹透亮的骊珠放在手掌上，光芒四射，行人都在光芒的照耀中行走。

［13］腾华：升腾的光辉。乍摇：突然晃动。

［14］万古：年代久远。刘孝标《广绝交论》："斯贤达之素交，历万古而一遇。"灵：美好。

［15］怨：哀怨，悲怨。《吕氏春秋·侈乐》："乐不乐者，其民必怨，其生必伤。"高诱注："怨，悲。"

［16］鳞虫：鱼类和爬虫类的动物，这里指骊龙。

［17］景光：吉祥的光芒。《后汉书·郎顗襄楷列传》："则可垂景光，致休祥矣。"

［18］拊（fǔ）心：击胸。表示悲伤或愤慨。曹植《求自试表》："功铭著于景钟，名称垂于竹帛，未尝不拊心而叹息也。"

［19］农桑：耕种田地与植桑饲蚕。泛指一般农事生产。《汉书·扬雄传上》："有田一廛，有宅一区，世世以农桑为业。"

［20］掷却：扔掉。鸡卵：鸡蛋。《吕氏春秋·明理》："鸡卵多毈。"此处指鸡蛋般大小的骊珠。

选评

曾巩《鲍溶诗集目录序》："盖自先王之泽息而诗亡，晚周以来，作者嗜文辞、抒情思而已。然亦往往有可采者。溶诗尤清约谨言，而违理者少，亦近世之能言者也。"

辛文房《唐才子传》："古诗乐府，可称独步。盖其气力宏赡，博识清度，雅正高古，众才无不备具云。"

赏析

珍珠本来生于海蚌腹中，但因其特别宝贵和难以采取，就被赋予了神话色彩。这首诗即咏写了海人冒险采珠的生活。

诗歌既有对海洋景色的描写，也有对宝珠细节的描绘。海上生明月，海底产骊珠，明月之光芒则是海底骊龙弄珠所映射。骊珠之光辉似海底火，引来海人惊窥探。在明月下，骊龙之躯清晰可见，各种珍宝错落随龙而行。既有对海人采珠心理活动和采珠细节的描绘，又有对海人海底采珠艰险的同情和对生命的珍惜感慨。海人为了千金之利，趁骊龙熟睡之后，不惜冒着葬身鱼腹的危险，潜入海底采摘骊珠。海水"鳞虫变化为阴阳，填海破山无景光"，采珠危险重重，"擘波下去忘此身"，必须忘却自己的性命，可见采珠艰险之极。语言夸张，想象奇特，具有浓厚的神秘色彩。

诗歌着意渲染了老翁痛失亲子的悲惨遭遇。其中一人采得珠来，自己却葬身鱼腹，他的父亲在海边戚戚地哀怨——“抱珠哭向无底水”，儿子都已经没了，要珍珠有什么用呢？“拊心仿佛失珠意，此土为尔离农桑”，为了采珠已经远离农桑、远离家园，到现在还家破人亡，愈想愈哀怨，愈想愈气愤，最后终于将如鸡卵般大小的珍珠，抛掷海中。掷珠的行动虽然甚为微小，但是老翁由哀怨、愤怒直至反抗的动作，揭示了以采珠为生的海人在肉体和精神上的双重痛苦。海人冒死采珠，自然是为生计所迫，亦从侧面反映了封建制度下渔民艰险困窘的生活。诗歌最后揭示了海人是为了完成贡赋才纷纷到海中采取珍珠的，他们铤而走险，是为了改变自身的命运，照应了诗歌开头的“浮心一夜生奸见”。整首诗思想深刻，人物性格刻画细腻，形象丰富饱满，有很强的艺术感染力。

王建

王建（约766—约832），字仲初，许州颍川（今河南许昌）人。贞元后期，先后入幽州和岭南幕为从事。元和八年（813），为昭应丞。入为太府寺丞。转秘书郎，迁秘书丞。大和二年（828）自太常丞出为陕州司马。后卜居咸阳原上。与李益、韩愈、白居易、刘禹锡、姚合、贾岛、孟郊等交往。与张籍皆擅长乐府，世称“张王乐府”。有《王建集》八卷（或为十卷）行世，其中颇羼入他人作品。《全唐诗》编诗六卷。

海人谣[1]

海人无家海里住[2]，采珠役象为岁赋[3]。恶波横天山塞路[4]，未央宫中常满库[5]。

注释

[1] 这是一首描写采珠人辛苦生活的歌谣。唐以前中国采珠区域包括广东到安南的武安州一带（今越南全部），采珠人路上交通工具用象，正是当地的情况。

[2] 海人：入海采珠之人。无家：海人长期住在船上，谓海人一年到头在海上采珠谋生。

［3］役象：指海人驯养大象，使之受人驱使。此句谓海人驯养大象以交通工具运输珍珠。

［4］恶波：波涛翻涌险恶。山塞路：写捕象的困难。

［5］未央宫：汉高帝时所建，故址在今西安市西北。此处代指唐代皇宫。

选评

辛文房《唐才子传》："建与张籍契厚，唱答尤多。工为乐府歌行，格幽思远。二公之体，同变时流……又于征戍迁谪、行旅离别、幽居官况之作，俱能感动神思，道人所不能道也。"

张世炜《唐七律隽》："张、王乐府妙绝一时，其精警处远出乐天、微之之上。元、白长庆篇虽滔滔不竭，然寸金丈铁，其间岂容无辩？"

赏析

这是一篇新乐府，以采珠的海人为描写对象，通过鲜明的对比，揭示了海人采珠的艰难。批判了当时不合理的劳役制度，表达了诗人对沿海边民身负繁重贡赋的苦难生活的同情。

"海人无家海里住"，诗歌一开始就定下了全诗的感情基调，"无家"二字道出了海人心中的酸苦，紧紧抓住了读者的心灵。这种孤苦的生活贯串着他们整个生命历程。"采珠役象为岁赋"，点出"无家"的原因是沉重的"岁赋"。紧接着"恶波横天山塞路"，具体描写采珠役象的凶险。险恶的波浪翻涌连天，道路全被高山阻隔，环境恶劣，海人生死未卜。最后，"未央宫中常满库"，皇宫中的珍珠常常堆满了府库。这"常满库"的珍宝何尝不是海人冒着生命危险得来的呢？此句形象地抨击了不合理的岁赋制度给底层的百姓带来的沉重负担。全诗语言简练，既有民歌通俗流畅的特点，又有文人诗凝练精警的特色。对比鲜明，寓意深刻，言近旨远。

周繇

周繇（822？—？），字为宪，一字允元。池州青阳（今属安徽）人。宣宗大中后期，山南东道节度使商辟为从事。唐懿宗咸通十三年（872），登进士第。授校书郎。历初昌尉，调建德县令。后辟襄阳徐商幕府，检校御史中丞。工诗能赋，以《明皇梦钟馗赋》知名，为“咸通十哲”之一。其诗善写景物，颇多佳句。

有《周繇集》一卷，《直斋书录解题》著录，已佚。《全唐诗》存诗一卷。

望海

苍茫空泛日[1]，四顾绝人烟。半浸中华[2]岸，旁通异域[3]船。岛间应有国，波外恐无天。欲作乘槎客，翻愁去隔年[4]。

注释

[1] 苍茫：旷远迷茫的样子。王维《山居即事》：“寂寞掩柴扉，苍茫对落晖。”泛：飘浮。

[2] 中华：中国。古代汉族最初多建都于河南省及其附近区域，以其位居四方之中，文化美盛，故称其地为“中华”；后各朝疆土渐广，凡所辖地，皆称为“中华”。桓温《请还都洛阳疏》：“自强胡陵暴，中华荡覆，狼狈失据。”

[3] 异域：外国。屈原《九章·抽思》：“好姱佳丽兮，牉独处此异域。”

[4] 隔年：过一年。

选评

周珽《唐诗选脉会通评林》：“若周繇《望海》云‘半浸中华岸’，又‘波外恐无天’，亦称作手。然宋诗古调，气象空洞雄浑；周诗律体，规模整饬精深：两美并举，不无初、晚之别。”

沈德潜《唐诗别裁集》：“友人费滋衡咏海诗十章，投之于海，鱼龙腾跃，似迎此诗者然。人以才大目之。余谓咏海何难万言，惟简而该为贵也。读‘岛间应有国，波外恐无天’，爽然自失矣。”

赏析

这首诗写出了大海的神韵。首联直接写眼中所望海景。远远望去，海天苍茫，一轮红日浮于空中，景象何等壮观！中间两联由眼中所见引发了内心所想。“半浸中华岸”，言中国的海岸线之长。“旁通异域船”，写出了唐代海外贸易交往之盛。接着，写大海茫茫，看不到海岛，但从异域来船可以推知海岛间定有国家。波涛浩渺，与远天相连，茫无涯际，故云“波外恐无天”。尾联，诗人浮想联翩，想象着乘船到了异国，浮槎使他乡，即便很快，也得一年多的时间才能到达，使人不禁愁从中来。由此可见海国之遥远，从而引发读者无穷的想象。

这首诗纯写海景，有实景，有虚景，虚实相生。篇幅虽不长，大海的形象却呼之欲出。格律谨严，精纯洒脱。想象力丰富，意境深远。

汪遵

汪遵（生卒年不详），字号不详，约唐僖宗乾符（847—879）前后在世。宣州泾县（今属安徽）人。家贫，初为县小吏，借书于人，昼夜苦读。后辞吏就试。唐懿宗咸通七年（866），登进士第。善歌诗，尤于绝句，其咏史诗颇为著名。有《咏史诗》一卷。《全唐诗》存其诗一卷，《全唐诗续补遗》补诗二首。

东海

漾舟雪浪映花颜[1]，徐福携将竟不还[2]。同作危时避秦客[3]，此行何似武陵滩[4]？

注释

[1] 漾舟：泛舟。谢惠连《西陵遇风献康乐》：“成装候良辰，漾舟陶嘉月。”花颜：如花的美丽容颜。

[2] 徐福：字君房，秦朝齐方士，亦作“徐市”。秦始皇遣徐福入海求仙，发童男女数千人，去而不还。《史记·秦始皇本纪》：“齐人徐市等上书，言海中有三神山，名曰蓬莱、方丈、瀛洲，仙人居之。请得斋戒，与童男女求之。于是遣徐市发童男女数千人，入海求仙人……方士徐市等入海求神药，数岁不得，费多，恐谴，乃诈曰：‘蓬莱药可得，然常为大鲛鱼所苦，故不得至，愿请善射与俱，见则以连弩射之。’”《史记·淮南衡山列传》：“秦皇帝大悦，遣振男女三千人，资之五谷种种百工而行。徐福得平原广泽，止王不来。”《汉书·伍被传》：“徐福

得平原广泽，止王不来。”

[3] 危时：不安宁的时世。韩偓《赠易卜崔江处士》：“白首穷经通秘义，青山养老度危时。”避秦：秦时苛政扰民，人民纷纷逃避而隐居。陶潜《桃花源记》：“自云先世避秦时乱，率妻子邑人来此绝境，不复出焉。”后比喻逃离暴政的迫害。

[4] 武陵滩：即“武陵源”。陶潜《桃花源记》载：晋太元中，武陵渔人误入桃花源，见其屋舍俨然，有良田美池，阡陌交通，鸡犬相闻，男女老少怡然自乐。李白《登金陵冶城西北谢安墩》：“功成拂衣去，归入武陵源。”后多比喻世外乐土或避世隐居的地方。

选评

辛文房《唐才子传》：“遵初与乡人许棠友善，工为绝诗，而深自晦密……洛中有李相德裕平泉庄，佳景殊胜，李未几坐事贬朱崖。遵过题诗曰：‘平泉风景好高眠，水色岚光满目前。刚欲平它不平事，至今惆怅满南边。’又《过杨相宅》诗云：‘倚伏从来事不遥，无何平地起青霄。才到青霄却平地，门对古槐空寂寥。’俱为时人称赏。其余警策称是。”

胡应麟《诗薮》：“汪遵咏长城：‘虽然万里连云际，争似尧阶三尺高。’许浑咏秦墓：‘一路空山秋草里，路人惟拜汉文陵。’用意同而语格顿超。然汪诗固是学究，许作犹近小儿，盛唐必不缠绕如此。”

赏析

这首诗咏叹徐福入东海求仙之事。前两句写徐福入海求仙，一去不返。后两句借用陶渊明《桃花源记》中时人避难至桃花源的典故，并用“同作”一词，暗指徐福也是避秦难之人。“武陵”是后人认为的陶渊明笔下的桃花源，在湖南武陵。诗人将徐福东渡一事等同于武陵之行，因此全诗表达的即是徐福因避秦难而入海的主题。

唐宋人对徐福东渡的事迹作了各种评价，大都认为秦始皇派徐福东渡求仙时妄想长生不老，而徐福竟一去不还了。如宋代的《册府元龟·外臣部》载：“夷洲及澶洲，传言秦始皇遣方士徐福将童男女数千人入海，求蓬莱神山不得，徐福畏诛不敢还，遂止此洲。”

李商隐

李商隐（813—858），字义山，号玉谿生，怀州河内（今河南沁阳）人。大和中，令狐楚为天平节度使，爱其才，署为巡官，亲授骈文。开成二年（837）登进士第。令狐楚卒，入泾原节度使王茂元幕，茂元以女妻之。时党争方炽，令狐父子属牛党，茂元属李党，牛党以为背恩，故坎壈终身。四年，授校书郎，调弘农尉。后，登书判拔萃科，授秘书省正字。大中初，为桂管观察使郑亚掌书记。又佐卢弘止徐州幕，为判官。府罢，入朝为太学博士。复佐柳仲郢东川幕。仲郢入朝，奏为盐铁推官。罢还郑州，病卒。工骈文及近体诗，尤长七律，与杜牧齐名，亦称“李杜”，又与温庭筠齐名，称“温李”。

有《玉谿生诗》三卷。又有《樊南甲集》《乙集》各二十卷，《赋》《文》各一卷，多佚。今有《李义山诗集》六卷及后人所辑《樊南文集》《樊南文集补编》行世。《全唐诗》编诗三卷。

海上

石桥[1]东望海连天，徐福空来不得仙。直遣麻姑与搔背[2]，可能留命待桑田[3]！

注释

［1］石桥：相传为秦始皇所建，欲渡海遇仙人。朱鹤龄注引《三齐略记》：“始皇作石桥，欲过海看日出处。有神人驱石下海，石去不速，神辄鞭之，石皆流血。”

［2］麻姑：传说中的仙女，手纤长似鸟爪，可搔背痒。葛洪《神仙传》：“又麻姑鸟爪，蔡经见之，心中念言：‘背大痒时，得此爪以爬背，当佳。’方平已知经心中所念，即使人牵经鞭之，谓曰：‘麻姑神人也，汝何思谓爪可以爬背耶？’”李白《西岳云台歌送丹丘子》：“明星玉女备洒扫，麻姑搔背指爪轻。”

［3］留命：延命。桑田：指沧海桑田的变化。葛洪《神仙传》：“自说云：‘接待以来，已见东海三为桑田。向到蓬莱，水又浅于往者，会时略半也，岂将复还为陵陆乎？’方平笑曰：‘圣人皆言海中行复扬尘也。’”

选评

屈复《玉溪生诗意》："海水连天，徐生已死。即遣麻姑搔背，而海变桑田，命不能待，亦见无仙也。"

冯浩《玉谿生诗集笺注》："此兖海痛府主之卒而自伤也。用事皆切东海。徐福求仙，义山自喻；麻姑搔背，喻崔厚爱，其如不能留命而遽卒乎！义山身世之感，多托仙情艳语出之。不悟此旨，不可读斯《集》也。"

纪昀《抄诗或问》："平山谓此是透过一层意，莫说不遇仙，即遇仙人何益也？用笔颇快，而亦病于直。"

张采田《玉谿生年谱会笺》："冯氏谓在兖海作，非是。此徐幕痛卢宏正之薨也。考《转韵》诗已云'望见扶桑出东海'矣，故以徐福暗点徐幕。子强相待不薄，既辟军判，又得台衔；'麻姑搔背'，所以喻其厚爱也。若兖海，府主虽卒，令狐尚在，义山是时亦正年少气盛，安有沧海桑田之慨乎？细玩乃可别之。"

赏析

这首诗乃讽刺帝王求仙之作。前二句谓从秦始皇所作石桥向东遥望，海水连天，望不到边，徐福入海求仙，空无所获。后二句谓即使能令麻姑仙子为其搔背抓痒，又怎能留她直到沧海又变为桑田之日呢？

本诗借秦始皇派徐福求仙不遇，讽刺唐武宗派方士求仙。蔡经遇麻姑，即便已经遇到仙人了，也等不到看沧海再次变成桑田，意谓成仙无望。诗人把两个本不相关的典故结合起来，进一步揭露求仙的虚妄，寓意深远。

卢肇

卢肇（？—约873），字子发，袁州宜春（今江西宜春）人。家贫。大和九年（835），李德裕谪为袁州长史，肇投以文卷，由此见知。会昌三年（843），因德裕荐，以状元登第。初为鄂岳卢商从事，后为华州防御判官。入朝，历著作郎、仓部员外郎、集贤直学士。咸通初，出为歙州刺史，历池、吉、万三州刺史。咸通末，归宜春，卒。著有《文标集》三卷、《愈风集》十卷，均佚。《全唐诗》编诗一卷。《全唐文》存赋十五篇。

海潮赋（节选）[1]

骇乎哉！彼其为广也，视之而荡荡矣；彼其为壮也，歙乎其沆沆矣[2]。其增其羸，其难为状矣。当夫巨浸[3]所稽，视无巅倪[4]。汹涌澒洞[5]，穷东极西。浮厚地也体定[6]，半圆天而势齐。谓无物可以激其至大，故有识而皆迷。及其碧落[7]右转，阳精[8]西入。抗雄威之独燥，却众柔之繁湿。高浪瀑以旁飞，骇水汹而外集[9]。霏细碎以雾散，屹奔腾以山立。巨泡丘浮而迭起，飞沫电燧以惊急[10]。且其日之为体也，若炽坚金，圆径千里。土石去之，稍迩而必焚；鱼龙就之，虽远而皆靡。何海水之能逼，而不澎濞沸渭以四起[11]。故其所以凌铄[12]，其所以薄激者，莫不魄落焯烁[13]，如爨巨镬[14]。艳兮不可探乎流流[15]之内，呀焉若天地之有龃腭。其始也，漏光迸射，虹截寓县。拂长庚[16]而尚隐，带馀霞而未殄[17]。其渐没狗兮，若后羿之时，平林[18]载驰。驱貙虎与兕象[19]，慑千熊及万罴[20]，呀偃蹇而矍铄[21]，忽划砾而鲑[22]䱾。其少进也，若兆人缤纷[23]，填城溢郭。蹄相蹂躄[24]，毂相摩错[25]。哄阛澶漫[26]，凌强侮弱。倏皇舆之前跸[27]，孰不奔走而挥霍[28]。及其势之将极也，湝兮若牧野之师[29]，昆阳之众。定足不得，骇然来奔。腾千压万，蹴抟沸乱[30]。雄棱后阏[31]，懦势前判[32]。慑仁兵而自僵，倏谷呀而巘[33]断。此者皆海涛遇日之形，闻者可以识其畔岸[34]也。

注释

[1]《海潮赋》是一篇近五千字的大赋，作者卢肇以二十余年之力撰成，深受唐懿宗的褒奖，成为唐代由朝廷保存的珍贵文献。卢肇认为海水潮汐变化是由于“日出没所激而成”，被后人称作“日水相激论”。沈括考察过潮汐的变化规律，每当月球运动行月正午或月正子的时候，海水则出现潮汐现象。月正子可以在白昼也可以在黑夜，月正午也是如此。因此，沈括认为潮汐的变化是月球所引动的。据天文学家的计算，月球的引潮力比太阳的引潮力要大，约为太阳的2.2倍。这说明沈括的结论是正确的，卢肇的说法过分夸大了太阳在潮汐形成中的作用。在一千多年前的唐代，卢肇已经注意到潮汐涨落与天体运动间关系，确实难能可贵。虽然他无法准确地用现在的科学理论加以解释，但卢肇已经在同时代的研究领域中前进了一大步，其不懈探索的精神值得肯定。

[2] 歙（hē）：合。扬雄《太玄·告》：“下歙上歙，出入九虚。”沆沆：水面广阔无际貌。张融《海赋》：“汪汪横横，沆沆浩浩。”

[3] 巨浸：指大海。许彬《府试莱城晴日望三山》：“不易识蓬瀛，凭高望有程。盘根出巨浸，远色到孤城。”

[4] 巅：山顶。《诗经·唐风·采苓》："首阳之巅。"倪：涯际；边际。钱起《自终南山晚归》："绝境胜无倪，归途兴不尽。"

[5] 澒洞：迷蒙无间，水势弥漫无际的样子。杜甫《自京赴奉先县咏怀五百字》："忧端齐终南，澒洞不可掇。"

[6] 体定：心性平定。《孔子家语·哀公问政》："夫诚，弗勉而中，不思而得，从容中道，圣人之所以体定也。"

[7] 碧落：天空；青天。杨炯《和辅先入昊天观星瞻》："碧落三乾外，黄图四海中。"

[8] 阳精：指太阳。《礼记·月令》："月令第六。"孔颖达疏："月是阴精，日为阳精。"

[9] 集：降；坠落。《淮南子·说山训》："雨之集，无能沾，待其止而能有濡。"高诱注："集，下也。"

[10] 飞沫：喷溅或激起沫子。木华《海赋》："于是鼓怒，溢浪扬浮，更相触搏，飞沫起涛。状如天轮，胶戾而激转。又似地轴，挺拔而争回。"吕向注："言风急鼓击怒，溢浪飞扬，浮涌于空，相触搏为沫，起其波涛也。"电熛：闪电。元稹《放言》其三："霆轰电熛数声频，不奈狂夫不藉身。"

[11] 澎濞：波浪相撞击声。《史记·司马相如列传》："横流逆折，转腾潎洌，澎濞沆瀣。"沸渭：水翻腾奔涌貌。《文选·扬雄》："汾沄沸渭，云合电发。"李善注："汾沄沸渭，众盛貌也。"

[12] 凌铄：迅速猛烈。欧阳修《夜闻春风有感奉寄同院子华紫微长文景仁》："闰后春深雪始销，东风凌铄势方豪。"

[13] 焯（zhuō）烁：光彩闪烁貌。《汉书·扬雄传上》："随珠和氏，焯烁其陂。"颜师古注："焯烁，光貌。"

[14] 爨（cuàn）：烧煮。郦道元《水经注·漯水》："常若微雷响，以草爨之，则烟腾火发。"镬：锅，形如大盆，用以煮食物的铁器。《周礼·春官·大宗伯》："省牲镬。"郑玄注："烹饪器也。"

[15] 蒞（liú）：古书上的一种菜。

[16] 长庚：金星的别名。《诗经·小雅·大东》："东有启明，西有长庚。"

[17] 未殄（tiǎn）：没有尽绝。柳宗元《箕子碑》："呜呼！当其周时未至，殷祀未殄。"

[18] 平林：平地上的树林。《诗经·大雅·生民》："诞寘之平林，会伐平林。"

[19] 兕（sì）：古代一种似牛的野兽。《论语·季氏》："虎兕出于柙，龟玉毁于椟中。"

[20] 罴（pí）：熊的一种，也叫马熊或人熊，毛棕褐色，能爬树游水。《诗经·大雅·韩奕》："赤豹黄罴。"

[21] 偃蹇（yǎn jiǎn）：高耸貌。《离骚》："望瑶台之偃蹇兮，见有娀之佚女。"王逸注："偃蹇，高貌。"矍铄：老而强健，精神健旺。《后汉书·马援传》："援据

鞍顾眄，以示可用。帝笑曰：‘矍铄哉！是翁也。’”

［22］ 齹（cī）：牙齿参差不齐。

［23］ 兆人：兆民，泛指民众、百姓。《后汉书·光武帝纪上》：“汉遭王莽，宗庙废绝，豪杰愤怒，兆人涂炭。”缤纷：众多貌。《汉书·扬雄传上》：“羽骑营营，昈分殊事，缤纷往来，轠轳不绝。”

［24］ 蹂：蹂践，蹋。蹙：通“蹴”，踢；踏。

［25］ 毂（gǔ）：车轮中心的圆木，周围与车辐的一端相接，中有圆孔，可以插轴，借指车轮或车。摩：擦，蹭。

［26］ 澶漫（chán màn）：纵逸貌。《庄子·马蹄》：“澶漫为乐，摘僻为礼。”

［27］ 皇舆：皇帝的车驾。屈原《离骚》：“岂余身之惮殃兮，恐皇舆之败绩。”前跸（bì）：古代帝后出行时，侍卫在车驾前开路清道，禁止行人通行，称为“前跸”。

［28］ 挥霍：迅疾貌。张衡《西京赋》：“跳丸剑之挥霍，走索上而相逢。”

［29］ 渚（tà）：沸溢。鲍照《登大雷岸与妹书》：“轻烟不流，华鼎振渚。”牧野：古地名，在今河南省淇县南。周武王与反殷诸侯会师，大败纣军于此。

［30］ 蹴（cù）：踩，踏。抟（tuán）：把东西捏聚成团。《说文》：“抟，圜也。”沸乱：纷乱；烦乱。左思《吴都赋》：“惊透沸乱，牢落翚散。”

［31］ 雄棱：犹威武，威势。《旧唐书·宣宗纪》：“实枢衡妙算，将帅雄棱，副玄元不争之文，绝汉武远征之悔。”阏（è）：阻塞，堵塞。《说文》：“阏，遮拥也。”

［32］ 判：舍弃。元稹《采珠行》：“海波无底珠沉海，采珠之人判死采。”

［33］ 巘（yǎn）：山峰、山顶。郦道元《水经注·江水》：“绝巘多生怪柏，悬泉瀑布，飞漱其间。”

［34］ 畔岸：放纵任性。《汉书·司马相如传下》：“沛艾赳螑仡以佁儗兮，放散畔岸骧以孱颜。”颜师古注：“畔岸，自纵之貌也。”

选评

唐懿宗《答卢肇进海潮赋敕》：“卢肇文学优赡，时辈所推，穷测海潮，出于独见，征引有据，图象甚明，足成一家之言，以祛千载之惑。其赋宜宣付史馆。”

沈括《梦溪笔谈》：“卢肇论海潮，以谓‘日出没所激而成’，此极无理。若因日出没，当每日有常，安得复有早晚？予常考其行节，每至月正临子、午则潮生，候之万万无差。（此以海上候之，得潮生之时。去海远，即须据地理增添时刻。）月正午而生者为潮，则正子而生者为汐；正子而生者为潮，则正午而生者为汐。”

赏析

卢肇认为海潮出现的根本原因是太阳的昼夜运行，而月亮的朔望变化则决定了潮汐的大小。太阳为至阳之物，炽热无比，土石稍近而必焚。每当太阳西沉入海，如同烧煮巨镬，海水必然沸腾。海中高浪迭起，骇水汹涌，飞沫激转，似雾如雨，奔腾澎湃，如山屹立。此处比喻形象，把太阳比作炭火，大地比作巨镬，海水比作镬中之水，海中一切生物如蔬菜，天地相接之处则如人之龃腭。

此外，卢肇还将潮水与太阳的关系拟人化，并比附于君臣朝见之关系。合朔时，太阳的威势被月遏制，怒气蓄积，所以潮几乎不生。一旦离开，就突然发作。潮水畏日，就像诸侯畏惧君王。朝见时，屏声闭气；一旦朝散，就突然各奔东西。所以朔后二日，潮水会突然增大。卢肇极其生动地描摹了海潮与日由合到离、潮汐由小到大的变化过程。潮水刚形成的时候，太阳如“漏光迸射，虹截寓县”，余霞未散。渐渐地，太阳半隐于海水之下，潮水奔腾好像后羿驱赶虎豹犀象，奔走射日。稍进一步，潮水汹涌如乱云一般滚来，纷乱的样子就如百姓出游，充满市区、溢出城郭，摩肩接踵，车毂交错。喧嚣纵逸，就像皇帝出行时前方的侍卫疾驰奔走，往来驰骋。等到潮水之力到了极点，沸溢四起，如若牧野会师，奋勇突进，势不可当。呼啸嘶鸣，如万马奔腾，想要冲击渡口，跨越堤岸，截断山谷。这篇赋融科学性和文学性于一体，辞藻华美，波澜壮阔，起伏跌宕，绘声绘色，引人入胜。

陈陶

陈陶（803？—879？），字嵩伯，长江以北人。初举进士，不第。大和初南游，足迹遍今闽、浙、苏、皖、赣、桂、粤诸省，与任畹友善。大中三年（849），隐于洪州西山，与蔡京、贯休往还，每日以读书种兰吟诗饮酒为事。工诗，长于乐府。有《文录》十卷，已佚。后人辑有《陈嵩伯诗集》一卷行世。《全唐诗》编诗二卷，亦混入他人作品。

蒲门戍观海作[1]

廓落溟涨晓[2]，蒲门郁苍苍[3]。登楼礼东君[4]，旭日生扶桑。毫厘见蓬瀛[5]，含吐金银[6]光。草木露未晞[7]，蜃楼[8]气若藏。欲游蟠桃[9]国，虑涉魑魅乡[10]。徐市惑秦朝，何人在岩廊[11]？惜哉千童子，葬骨于眇茫[12]。恭闻槎客言，东池接天潢[13]。即此聘牛女[14]，曰祈[15]长寿方。灵津水清浅[16]，余亦慕修航[17]。

注释

［1］蒲门：今浙江省舟山群岛岱山县高亭镇大蒲门，“蒲门晓日”为蓬莱十景之一。戍：戍楼。

［2］廓落：广大辽阔的样子。郭璞注《尔雅·释诂》：“廓落宇宙，穹隆至极，亦为大也。”溟涨：大海，此处指东海。

［3］郁苍苍：草木苍翠茂盛的样子。郦道元《水经注·汶水》：“仰视岩石松树，郁郁苍苍，如在云中。”

［4］东君：日神。

［5］毫厘：毫厘毕现，指看得很清楚。蓬瀛：蓬莱、瀛洲，海上二仙山。

［6］金银：谓仙山上的金玉楼台。《列子·汤问》：“其中有五山焉……其上台观皆金玉，其上禽兽皆纯缟。珠玕之树皆丛生，华实皆有滋味，食之皆不老不死。”

［7］晞：干燥。《诗经·秦风·蒹葭》：“蒹葭萋萋，白露未晞。”

［8］蜃楼：古人谓蜃气变幻成的楼阁。

［9］蟠桃：神话中的仙桃。王充《论衡·订鬼》引《山海经》：“沧海之中，有度朔之山，上有大桃木，其屈蟠三千里。”

［10］虑：担忧。涉：进入。魑魅：古谓能害人的山泽之神怪，泛指鬼怪。杜甫《天末怀李白》：“文章憎命达，魑魅喜人过。”

［11］岩廊：指高峻的廊庑。《汉书·董仲舒传》：“盖闻虞舜之时，游于岩郎之上，垂拱无为，而天下太平。”颜师古引晋灼注：“堂边庑岩郎，谓严峻之郎也。”后借指朝廷。

［12］眇茫：渺茫。遥远而模糊不清之貌。王充《论衡·知实》：“故夫贤圣者，道德智能之号；神者，眇茫恍惚无形之实。”

［13］东池：东海。天潢：天河。卢照邻《七夕泛舟》其二：“天潢殊漫漫，日暮独悠哉。”

［14］聘：延请、访问。牛女：牵牛与织女二星的合称。潘岳《西征赋》：“仪景星于天汉，列牛女以双峙。”

［15］祈：求取。《礼记·儒行》：“不祈土地，立义以为土地。”

［16］灵津：天河、银河。清浅：水流清澄而不深。谢灵运《从斤竹涧越岭溪行》："苹萍泛沉深，菰蒲冒清浅。"

［17］修航：前后相连的船。

选评

孙光宪《北梦琐言》："大中年，洪州处士陈陶者，有逸才，歌诗中似负神仙之术，或露王霸之说，虽文章之士，亦未足凭，而以诗见志，乃宣父之遗训也。"

辛文房《唐才子传》："陶工赋诗，无一点尘气，于晚唐诸人中，最得平淡，要非时流所能企及者。"

赏析

陈陶生于晚唐，愤于朝政紊乱而弃官归隐，漫游江南东西道。此诗便是诗人行至蒲门戍所，面对黎明时海天奇景，有感于徐福入海求仙的传说，产生了游仙的遐想而作。

诗人清晨站在蒲门戍楼，近闻晓鸡啼鸣，远眺大海岛影，随即可见一轮红日跃出东方，顿时朝晖染红天边，洒满海面。随着潮水涌动，眼前呈现出一幅金波闪烁的"海上日出图"。接着诗人铺叙了一连串的海洋神话传说与历史典故，如东方扶桑生日、蓬莱瀛洲仙岛、西王母蟠桃园、徐福求仙、八月乘槎上牛郎织女星等，使全诗充满了虚幻渺茫的仙境色彩。蓬莱、瀛洲两座海上仙山好像清晰可见，仙山上的金玉楼台与银缟禽鸟亦毫厘毕现。想象与现实被如此紧密地联系起来，浑然难分。接下来则指出这仙境其实是由蜃气所产生的幻境，为下文秦始皇遣徐福入海求仙定下了虚无的基调。"欲游蟠桃国，虑涉魑魅乡"，秦始皇想要长生不老，派遣徐福求仙，但徐福率童男女，一去不返。"惜哉千童子，葬骨于眇茫"，结果是欲求仙境，实则入了鬼乡，白白地葬送了数千名童男女的性命。诗歌结尾处用了反语：如果真能上天河的话，我也甘愿前往，流露出诗人厌离现实、遗世独立的心志。

曹松

曹松（830？—?），字梦徵，舒州（今安徽潜山）人。应进士举，久困名场。曾栖于洪州西山，与贯休、方干唱和，又曾游吴越、湖南、岭南等地。乾符初，依李频于建州。天复元年（901），登进士第，授秘书省正字。时同榜王希羽、刘象、柯崇、郑希颜与曹松均年逾七十，时号“五老榜”。后归洪州，卒。有《曹松诗集》三卷，已佚。《全唐诗》存诗二卷。

南海[1]

倾腾界汉沃诸蛮[2]，立望何如画此看！无地[3]不同方觉远，共天无别[4]始知宽。文鲋隔雾朝含碧[5]，老蚌凌波夜吐丹[6]。万状千形皆得意[7]，长鲸[8]独自转身难。

注释

［1］南海：古人称由台湾海峡西南部经福建南部，至广东雷州半岛、琼州岛一带的海域为南海。《诗经・大雅・江汉》：“于疆于理，至于南海。”

［2］倾：倾斜，起伏。腾：翻腾。界汉：汉朝的边境，指陆地之界。沃：润泽。诸蛮：泛指南方各族。

［3］无地：极远而看不见的地面。王勃《滕王阁序》：“层峦耸翠，上出重霄；飞阁流丹，下临无地。”

［4］共天无别：指海天相接，浑然一体。

［5］文鲋（pí）：鱼名。一作絮魮。《山海经・西山经》：“滥水……多絮魮之鱼，其状如覆铫，鸟首而鱼翼鱼尾，音如磬石之声，是生珠玉。”含碧：指文鲋会生珠玉。

［6］吐丹：吐射珍珠的光芒。

［7］得意：满意，感到满足时的高兴心情。《管子・小匡》：“管仲者，天下之贤人也，大器也。在楚，则楚得意于天下；在晋，则晋得意于天下；在狄，则狄得意于天下。”

［8］长鲸：诗人自比，抒发不得志之意。

选评

辛文房《唐才子传》："学贾岛为诗，深入幽境，然无枯淡之癖……野性方直，罕尝俗事，故拙于进宦，构身林泽，寓情虚无，苦极于诗，然别有一种风味，不沦乎怪也。"

李怀民《重订中晚唐诗主客图》："梦徵刻苦深思，老志不衰，气骨已不可及。其学贾氏，亦专攻近体。虽生末世，诗格不以气运而降。奉为入室，与喻畂陵伯仲焉。"

赏析

这首诗描写了南海波涛的动荡与壮阔景象，并融入了诗人的身世之感。诗歌的前两联写南海波涛汹涌如天河，奔腾侧翻直至汉朝疆境的尽头，润泽了众多的南方蛮族，看上去是如此壮观。广袤的南海处处一样，更觉其远；海天相连浑然一体，更觉其宽。后两联对海中生物进行描写，给人以动感。文鲋隔雾，朝含碧玉，老蚌孕珠，夜射光芒。"含碧"前以"隔雾"修饰，"吐丹"前以"凌波"修饰，大大增强了诗句的形象性和艺术性。

诗歌的最后两句，运用对比的手法，写海中万物都得意地在动荡的海水中活动着，各显其能；唯有长鲸，翻身都困难。诗人当时正流落在岭南一带，失意落魄，故以长鲸自比，抒发不得志的感慨。

贯休

贯休（832—912），俗姓姜，字德隐。婺州兰溪（今浙江兰溪）人。少向佛，师安和寺僧圆贞。咸通中，于洪州开元寺听《法华经》。数年后，亲登讲筵。后返婺州。乾宁初，谒浙东钱镠。西游江陵，居龙兴寺，后被谮，流放黔州。遂入蜀，王建甚礼遇之，呼为"得得来和尚"，赐号禅月大师，卒。善画，师阎立本，又工草书，世称"姜体"。有《禅月集》三十卷，今本存诗二十五卷，佚去文五卷。《全唐诗》编诗十二卷。

南海晚望[1]

海上聊[2]一望，舶帆天际飞。狂蛮莫挂甲[3]，圣主正垂衣[4]。风恶巨鱼出[5]，山昏群獠[6]归。无人知此意，吟到月腾辉[7]。

注释

[1] 南海：指北部湾。南海的西北部，东邻雷州半岛和海南岛，北临广西壮族自治区，西临越南。

[2] 聊：姑且，暂且。《诗经·邶风·泉水》："娈彼诸姬，聊与之谋。"

[3] 蛮：古代对南方各族的泛称。《尔雅·释地》："九夷、八狄、七戎、六蛮谓之四海。"挂甲：穿上盔甲，犹兴起兵事。

[4] 垂衣：谓定衣服制度，示天下以礼。《易经·系辞下》："黄帝尧舜垂衣裳而天下治。"后以称颂帝王无为而治。

[5] 恶：凶猛。风恶：狂风。

[6] 獠（liáo）：古代少数民族名，分布在华南及西南等地。《魏书·獠传》："獠者，盖南蛮之别种，自汉中达于邛笮，川洞之间，所在皆有，种类繁多，散居山谷……依树积木，以居其上，名曰干栏。干栏大小，随其家口之数。"

[7] 腾辉：闪耀光辉。寒山《我家本住在寒山》："光影腾辉照心地，无有一法当现前。"

选评

郑方坤《五代诗话补》："至于罗隐、贯休，得志于偏霸，争雄逞奇，语欲高而意未尝不卑，乃知天禀自然，有一定而不能易者。"

胡寿芝《东目馆诗见》："贯休不肯平易，时极嵚崎之致，而意旨颇嫌径露。"

赏析

这首诗集自然景色与人文景观于一体，将南方北部湾山海交融的壮美夜色与南方少数民族土著的生活作息有机结合在一起。同时，又兼具文学价值与史学价值，深刻反映了晚唐时期中央朝廷与南方少数民族之间的矛盾冲突。一直以来，唐王朝对南方少数民族实行羁縻政策，起到了缓和民族矛盾的作用。到了唐懿宗时期，蛮夷炽兴，局势较为紧迫。诗人感时伤世，有感于边陲之地蛮夷屡次扰乱侵犯中原之事，在诗中将希望寄托于君主身上。"吟到月腾辉”，直到月儿高升，海面银光闪耀，诗人的内心久久不能平静。这首诗写景、抒情融合无间。“无人知此意”体现了诗人忧国忧民、胸怀家国的复杂情感。

张君房

张君房（约976—1046），字允方，安陆（今湖北安陆）人。宋真宗景德间（1004—1007）进士。官尚书度支员外郎，充集贤校理。后自御史台谪官宁海（今浙江宁波）。天禧三年（1019），编成《大宋天宫宝藏》四千五百六十五卷，为现存《道藏》之祖。又撮其精要万余条，辑成《云笈七签》一百二十卷。有《缙绅脞说》二十卷，已佚。《乘异记》三卷、《丽情集》二十卷，皆存节本。《科名分定录》七卷、《潮说》一卷，均散佚。

雨中望蓬莱诗[1]

君房梦出郊，望巨浸中楼台参差[2]。忽有二青衣棹舟至[3]，大呼曰：“张秀才，赋《雨中望蓬莱山》诗。”君房赋曰：

重帘垂密雨[4]，孤梦隔秋宫[5]。红炉九华暗[6]，香消[7]芳思融。仙忻[8]望不及，鹤信[9]遣谁通？但云许玉斧[10]，宁知张巨公。

二童曰：“凡世人争合道神仙名字！”俄[11]巨兽哮吼波上，风涛大作，恐惧而觉。

注释

［1］此篇小说出自《缙绅脞说》。《缙绅脞说》为志怪小说，《郡斋读书志》著录，二十卷，谓此书亦翔实，但误作张唐英撰。《直斋书录解题》有辨证。原书已佚，仅存佚文，《类说》卷五十从各书中抄录二十二则。

［2］巨浸：大水，指大海。许彬《府试莱城晴日望三山》：“不易识蓬瀛，凭高望有程。盘根出巨浸，远色到孤城。”参差：不齐貌，长短、高低不齐的样子。张衡《西京赋》：“华岳峩峩，冈峦参差。”

［3］青衣：青色的衣服。这里指穿青色衣服的女子。棹舟：划船。孔融《与王朗书》：“知棹舟浮海，息驾广陵。”

［4］重帘：一层层帘幕。温庭筠《菩萨蛮》：“夜来皓月才当午，重帘悄悄无人语。”

密雨：细密的雨点。张协《杂诗》其三："腾云似涌烟，密雨如散丝。"

[5] 秋宫：西宫。后妃所居之宫。《南齐书・列传第一》："秋宫亦遽，轩景前亏。"

[6] 红炉：烧得很旺的火炉。杜甫《湖城东遇孟云卿复归刘颢宅宿宴饮散因为醉歌》："照室红炉促曙光，萦窗素月垂文练。"九华：宫殿名。王嘉《拾遗记・晋时事》："石虎席卷西京，崇丽妖虐，外僭和鸾文物之仪，内修三英、九华之号。"齐治平注："九华，宫名。"

[7] 香消：比喻女子日渐消瘦。贾仲名《萧淑兰情寄菩萨蛮》："则为他粉悴胭憔，端的是香消也那玉减。"

[8] 忻（xīn）：《海录碎事》卷十三引作"山"。

[9] 鹤信：指修道者的消息。罗隐《寄程尊师》："鹤信虽然到五湖，烟波迢递路崎岖。"

[10] 许玉斧：东晋道士，道教神仙。即许翙，字道翔，小名玉斧。许谧第三子。丹阳句容（今属江苏）人。郡举上计掾、主簿，不赴，后为上清仙公。陶弘景《真诰》："有一老翁，着绣衣裳、芙蓉冠，柱赤九节杖而立，俱视其白龙……某又问：'翁何人，来登此宇？'公答曰：'我蓬莱仙公洛广休，此蓬莱山，吾治此上。府君故来，乃得相见我耳。'某又问公曰：'此龙可乘否？'公答曰：'此龙当以待真人张诱世、石庆安、许玉斧、丁玮宁也。'"

[11] 俄：短时间、突然间。《公羊传・桓公二年》："俄而可以为其有矣。"

选评

晁公武《郡斋读书志・后志》："《缙绅脞说》二十卷。右皇朝张唐英君房撰。君房博学，通释老，善著书，如《名臣传》《蜀梼杌》《云笈七签》，行于世者，毋虑数百卷。此书亦详实。"

赏析

此篇小说叙张君房亲历之事，同时又是一篇记梦之作。故事自梦开始，至梦醒结束，转折点在二位青衣仙童的话语中——"凡世人争合道神仙名字！"表面是讽刺世人争入神仙行列，不自量力，但如果联系作者贬官宁海的经历，则会发现实际上表达了一个被贬谪、被疏远的臣子对重获君主信任的企盼之情。作者在梦中作此诗，以香消玉减的秋宫后妃自居，沿用了屈原以男女恋情象征君臣关系的寄托手法，渴望重获重用以施展抱负。

梦境中楼台参差的蓬莱仙岛作为一种超自然力量的象征，凌驾于世俗世界，反映了宋人对海洋力量的敬畏。而海中的巨兽、怒风、惊涛等恶劣的海洋环境，则是作者对政治道路的坎坷、险恶而发出的人生之慨。此篇小说以玄妙的梦境示人，增加了故事的神秘感，又有深层的内涵，寓意深邃，令人沉思。

张伯玉

张伯玉（1003—约1068），字公达，福建建安（今福建建瓯）人。北宋天圣二年（1024）进士。后登书判拔萃科。庆历元年（1041），出任吴郡从事兼郡学教授；接着以秘书丞为太谷令，广兴水利。皇祐元年（1049）官侍御史。治平二年（1065）年知福州，令编户疏浚沟七尺，植榕绿化。数年后绿荫满城，暑不张盖。多学博识，文章为曾巩叹服，嗜酒善诗，有“张百杯”“张百篇”之号。官终检校司封郎中。著有《蓬莱诗》二卷，已佚。

春日登望海亭[1]

望海亭前春色[2]深，风光澹澹海沉沉[3]。潮如世路[4]来还去，山带城芜[5]古到今。坐见微云生别岸，吟惊幽鸟起层阴[6]。劝君莫苦凭高望，惊动子牟千里心[7]。

注释

［1］望海亭：古望海亭位于浙江慈溪五磊山牛角峰巅。

［2］春色：春天的景色。杜甫《蜀相》：“映阶碧草自春色，隔叶黄鹂空好音。”

［3］澹澹：恬静的样子。刘向《九叹・愍命》：“心溶溶其不可量兮，情澹澹其若渊。”王逸注：“澹澹，不动貌也。”沉沉：深邃的样子。阎选《定风波》：“江水沉沉帆影过，游鱼到晚透寒波。”

［4］世路：人世间的道路，指人们一生处世行事的历程。《后汉书・张衡传》：“吾子性德体道，笃信安仁，约己博艺，无坚不钻，以思世路，斯何远矣!”

［5］芜：芜荒。杨恽《报孙会宗书》：“田彼南山，芜秽不治。”

［6］层阴：指密布的浓云。李商隐《写意》：“日向花间留返照，云从城上结层阴。”

［7］子牟：魏公子，名牟。战国时人。因封于中山，也叫中山公子牟。《吕氏春秋・审为》：“中山子牟谓詹子曰：‘身在江海之上，心居乎魏阙之下，奈何?’詹子曰：‘重生，重生则轻利。’”后常用作心存朝廷或忧国的典故。

赏析

诗人春日登临望海亭，春色深深，风光澹澹，海气沉沉，潮涨潮落，令人心潮起伏，诗句脱口而出。潮来潮去，让人感到世事的无常，联想到世路与宦海的起伏浮沉。山带城芜，使人感叹历史的沧桑变化。与眼前永恒的山海相比，世事的纷争、世俗的功名，不过是过眼云烟。“惊动子牟千里心”一句，饱含了诗人忧国忧民的深情。用语微细，乍看似妙手偶得，不甚经意，使人读来不觉，却含有深厚的历史文化意蕴，这正是大家用笔之妙。

司马光

司马光（1019—1086），字君实，陕州夏县（今山西闻喜）人，世称涑水先生。宋仁宗宝元元年（1038）进士。神宗时任御史中丞，极力反对王安石变法。哲宗时任尚书左仆射、门下侍郎，主持朝政，大力恢复旧法，尽废王安石新法，当政八个月后卒。封温国公，谥文正。为文记叙周详，词句简练通畅。撰有《资治通鉴》二百九十四卷。诗文集《传家集》，有清陈宏谋校刊本。有《四部丛刊》影宋绍兴刻本，名《温国文正司马公集》，均为八十卷。《全宋诗》录其诗十五卷，存词仅《阮郎归》《西江月》《锦堂春》三首。

海仙歌[1]

东望海波，苍茫浩渺[2]无所极。高浪洪涛[3]黯风色，翻星倒汉天地黑，阴灵[4]出没互相索。东方曈昽景气清[5]，庆云合沓吐赤精[6]，蓬莱瀛洲杳如萍[7]。遥观五楼十二城[8]，群仙剑佩朝玉京[9]。祥风缥缈钧天声[10]，彩幢翠盖烟霞[11]生。鸾歌凤舞入帝乡[12]，紫麟徐驱白鹤翔。餐芝茹术饮玉浆[13]，千年万年乐未央[14]。

注释

［1］这首诗约作于宝元元年（1038）初，司马光中第任华州判官至同州侍亲时。

［2］浩渺：广大辽阔的样子。李益《送归中丞使新罗册立吊祭》：“浩渺风来远，虚明鸟去迟。”

[3] 洪涛：汹涌的波涛。曹植《赠白马王彪》："泛舟越洪涛，怨彼东路长。"

[4] 阴灵：旧时迷信谓人死后的阴魂或者幽灵。

[5] 曈昽（tóng lóng）：太阳始出渐明之貌。《说文》："曈，曈昽，日欲明也。"景气：景色；景象。殷仲文《南州桓公九井作》："景气多明远，风物自凄紧。"

[6] 庆云：五色云，古人以为喜庆、吉祥之气、祥瑞之气。《列子·汤问》："庆云浮，甘露降。"赤精：传说中的南方之神。古代天子于立夏之日祭之南郊。《周礼·春官·大宗伯》："以赤璋礼南方。"郑玄注："礼南方以立夏，谓赤精之帝，而炎帝、祝融食焉。"

[7] 蓬莱、瀛洲：神话传说中仙人居住的海上三座神山中的两座。《列子·汤问》："其中有五山焉：一曰岱舆，二曰员峤，三曰方壶，四曰瀛洲，五曰蓬莱。"杳：渺茫遥远。

[8] 五楼十二城：此为互文修辞格，当为"五城十二楼"。传说中神仙所居，比喻仙境。《史记·孝武本纪》："方士有言：'黄帝时，为五城十二楼，以候神人于执期，命曰迎年。'"裴骃《史记集解》引应劭曰："昆仑玄圃五城十二楼，此仙人之所常居也。"

[9] 玉京：道家传说中天帝所居之处。《魏书·释老志》："道家之原，出于老子。其自言也，先天地生，以资万类。上处玉京，为神王之宗，下在紫微，为飞仙之主。"

[10] 缥缈：形容声音清越悠扬。司空图《注愍征赋述》："其雅调之清越也，有若缥缈鸾虹，瞥瞥孀空。"钧天：指天上的仙乐。刘勰《文心雕龙·乐府》："钧天九奏，既其上帝。"

[11] 烟霞：烟雾和云霞，指山水胜景。谢朓《拟宋玉风赋》："烟霞润色，荃荑结芳。"

[12] 鸾歌：鸾鸟鸣唱。比喻美妙的声音或歌乐。张正见《重阳殿成金石会竟上诗》："鸾歌鸩鹊右，兽舞射熊前。"帝乡：神话中天帝住的地方。《庄子·天地》："千岁厌世，去而上仙，乘彼白云，至于帝乡。"

[13] 餐芝：传说仙家以芝草为食，指修仙。贾岛《哭张籍》："本欲蓬瀛去，餐芝御白云。"玉浆：神话传说中仙人的饮料。曹操《气出唱》其一："仙人玉女，下来翱游。骖驾六龙饮玉浆。"

[14] 未央：未尽；无已。《离骚》："及年岁之未晏兮，时亦犹其未央。"王逸注："央，尽也。"

选评

蔡正孙《诗林广记》引《元城先生语录》范淳甫云："公于物，澹无所好。其于德义，甚于利欲。其清如水，而澄之不已。其直如矢，而端之不已。居处必有法，动作必有礼。其被服如陋巷之士，一室萧然，群书盈几，终日正坐，泊如也。又以圆木为警枕，少睡，则枕转而觉，乃起读书。盖恭俭勤谨，出于天性，自以为适。不勉而能，起而泽被天下。内之儿童，外之蛮夷戎狄，莫不钦其德，服其名。惟至诚无欲故也。”

魏庆之《诗人玉屑》：“温公居洛，当初夏，赋诗曰……爱君忠义之志，概见于诗。”

贺裳《载酒园诗话》：“荆公诗，人犹称之，温公绝无言及者。余喜其清醇，亦一时雅音。”

赏析

这是一首东海仙岛歌。诗歌的开头渲染了太阳未出前黑暗阴沉的氛围：东海茫茫、渺无际涯，高浪洪涛、翻星倒汉，天昏地暗、阴气沉沉，幽灵出没、互相钩索。不久，东方欲晓，太阳始出，景色渐明，祥云合沓，又是一派蓬勃清新的景象。接着，诗人为我们描绘了一幅海上仙岛图：东海上的蓬莱、瀛洲两座仙岛好似浮萍缥缈无定，仙岛上的楼阁台观金堆玉砌；仙人正佩剑朝见天帝，仙宫中仙乐袅袅，清越悠扬；鸾鸟唱歌，凤凰舞蹈，麒麟驱驰，白鹤飞翔；仙人们餐芝饮露，长生不老，快乐无疆。

诗人搜求于象，神会于物，想象海上仙境美妙的神仙生活。这不仅反映了诗人对前途所抱有的希望，也道出了世事消长变化的哲理。因此，这首《海仙歌》不单纯是一首求仙诗，同时揭示了一种柳暗花明、峰回路转的人生境遇。人们在探讨学问、济世时，时常会出现这样的情况：尘海茫茫，扑朔迷离，出路何在？于是顿生迷惘之感。如果锲而不舍、隐忍前进，忽然间眼前出现一线亮光，继续前行，便豁然开朗。此诗超越了自然景色与想象世界描写的范围，具有极强的艺术生命力。

苏轼

苏轼（1037—1101），字子瞻，一字和仲，号东坡居士，眉州眉山（今属四川）人。仁宗嘉祐二年（1057）进士。曾上书力言王安石新法之弊，后因作诗刺新法下御史狱，贬黄州。哲宗时任翰林学士，曾出知杭州、颍州，官至礼部尚书。后又贬谪惠州、儋州。历州郡多惠政。卒后追谥文忠。学识渊博，喜奖励后进。与父苏洵、弟苏辙合称“三苏”。为“唐宋八大家”之一。其文纵横恣肆，其诗题材广阔，清新豪健，善用夸张比喻，独具风格。与黄庭坚并称“苏黄”。词开豪放一派，与辛弃疾并称“苏辛”。又工书画。著有《东坡七集》《东坡易传》《东坡书传》《东坡乐府》等。

登州海市[1]

东方云海[2]空复空，群仙出没空明[3]中。荡摇浮世生万象[4]，岂有贝阙藏珠宫[5]？心知所见皆幻影，敢以耳目烦神工[6]。岁寒水冷天地闭[7]，为我起蛰鞭鱼龙[8]。重楼翠阜出霜晓，异事惊倒百岁翁。人间所得容力取，世外无物谁为雄？率然[9]有请不我拒，信我人厄[10]非天穷。潮阳太守[11]南迁归，喜见石廪堆祝融[12]。自言正直动山鬼[13]，岂知造物哀龙钟[14]。伸眉[15]一笑岂易得，神之报汝亦已丰。斜阳万里孤鸟没，但见碧海磨青铜。新诗绮语[16]亦安用？相与变灭[17]随东风。

注释

［1］登州：今山东蓬莱。海市：即海市蜃楼，海上蜃气所形成的奇异景象。形成的原因是光线通过不同密度的空气层发生折射作用，而将远处的景物投映在空中或地面上。沈括《梦溪笔谈》：“登州海中，时有云气，如宫室、台观……谓之海市。”元丰八年（1085）三月，神宗去世后，苏轼被起用，任登州知州，十月到任。到官五日即被召还朝，作此诗。诗前有小序曰：“予闻登州海市旧矣。父老云：‘尝出于春夏，今岁晚，不复见矣。’予到官五日而去，以不见为恨，祷于海神广德王之庙，明日见焉，乃作此诗。”

［2］云海：高峰间平铺如海的云层。李白《关山月》：“明月出天山，苍茫云海间。”

［3］空明：空旷澄净的天空。

［4］浮世：人间，俗世。古人认为人世间是浮沉聚散不定的，故称。阮籍《大人先生传》：“逍遥浮世，与道俱成。”万象：道家称宇宙内外一切事物或景象为“万象”。谢灵运《从游京口北固应诏》：“皇心美阳泽，万象咸光昭。”

［5］贝阙：以紫贝为饰的宫阙。本指河伯所居的龙宫水府，这里指神仙居住的地方。屈原《九歌·河伯》：“鱼鳞屋兮龙堂，紫贝阙兮朱宫。”珠宫：龙宫。杜甫《太子张舍人遗织成褥段》：“煌煌珠宫物，寝处祸所婴。”浦起龙心解：“珠宫言龙宫。”

［6］神工：神奇的造诣；非凡的才能。沈约《到著作省谢表》：“路遥难骋，才弱未胜，而神工曲造，雕绚弥叠。”

［7］天地闭：指孟冬十月。《礼记·月令》：“孟冬之月……是月也，天子始裘。命有

司曰，天气上腾，地气下降，天地不通，闭塞而成冬。”郑玄注：“使有司助闭藏之气。门户可闭闭之，牖可塞塞之。”

[8] 起蛰：惊起蛰伏的虫、兽。比喻使隐逸的贤才出为世用。鱼龙：比喻品质高下不同的人。罗隐《西塞山》：“波阔鱼龙应混杂，壁色猿狖正奸顽。”

[9] 率然：轻率；贸然，不作深思的样子。

[10] 厄：困苦；灾难。《谷梁传·僖公二十二年》：“君子不推人危，不攻人厄。”

[11] 潮阳太守：指韩愈。

[12] 石廪（lǐn）：衡山五峰之一。因形似仓廪而得名。祝融：衡山的最高峰。韩愈贬官岭南，北归时游衡山，作《谒衡岳庙遂宿岳寺题门楼》诗，其中有“潜心默祷若有应，岂非正直能感通”“紫盖连延接天柱，石廪腾掷堆祝融”句。

[13] 山鬼：山神。

[14] 造物：创造万物，指创造万物的神力。龙钟：形容身体衰老、行动不灵便的样子。白居易《十年三月三十日别微之于澧上》：“莫问龙钟恶官职，且听清脆好文篇。”此句谓韩愈之所以能够看见石廪峰和祝融峰，是因为他的正直感通了山神。苏轼反用其意，说不是“正直动山鬼”，而是老天哀怜我这穷愁潦倒的人，才出现了海市。

[15] 伸眉：舒展眉头。谓解脱愁苦。

[16] 绮语：美妙的词语。

[17] 变灭：变化幻灭。辛弃疾《水调歌头·木末翠楼出》：“人间万事变灭，今古几池台？”

选评

查慎行《初白庵诗评》：“只‘重楼翠阜出霜晓’一句着题，此外全用议论，亦避实击虚法也。若将幻影写作真境，纵摹拟尽情，终属拙手。”

纪昀《纪评苏诗》：“海市只是‘重楼翠阜’，此正不尽形容，亦正不能形容也。从未见之前、既见之后，与岁晚得见之实，结撰成篇，炜炜精光，欲夺人目。”

赏析

全诗可分四层意思：前六句写未见海市之前的想象，“心知所见皆幻影”。“岁寒”八句写祷告海神的经过，具体描绘海市的幻景。“潮阳”六句以韩愈自比，写海神显灵是对自己的怜悯。最后四句写海市的消失。

诗人想象东方的云海里原来是空空的，后来在空明之处有群仙或现或隐，有浮世万象生出，在空中摇荡，这就是海市。心知海市都是幻影，怎么敢劳烦神灵现出海市来？阴历十月底，在登州一带，已是天寒水冷，草木不生，不是海市出现的好时候。诗人于是向海神祷告，认为是海神把蛰伏的蛇虫唤了起来，又鞭打鱼龙，使它们制造海市，并使重楼翠峰在霜降的天晓时分出现，这样的怪事连百岁的老翁也没有见过，所以要惊倒了。接着生发议论：人间所能得到的东西容许人们用力去取得，海市是世外的幻影，并无实物，谁能占有它称雄呢？我轻率地向海神发出请求，他却不拒绝我。从而确信我在世间所受的挫折，是遭到人为的打击，不是天要使我穷困。言外之意谓早年乌台诗案的被逮下狱，是受到别人的陷害。

接下来诗人以韩愈之事来作比。韩愈是由监察御史贬官阳山令，北归时到衡山的。韩愈以为自己的正直感动了山神，使得阴云散开，得以见衡山的真面目。哪里知道是上天在哀怜他的衰惫，不忍心让他空跑一趟。这里既讲韩愈，又联系诗人自己。认为自己看到海市，正像韩愈求神看到众峰一样，也是天在哀怜。看到海市高兴得伸展眉头一笑，这样的快乐难道是容易得到的吗？这说明神报答自己的也够丰厚的了。

结尾写海市消失的景象。云散了，才看到斜阳万里，孤鸟没于远天。海静无波，似新磨的青铜镜。海市随着东方海上吹来的风一起消失了。在“伸眉一笑”中，自己所受的打击也跟着消失了；没有消失的是“新诗绮语”，一直流传到后世。

水龙吟·古来云海茫茫[1]

古来云海[2]茫茫，道山绛阙[3]知何处？人间自有，赤城居士[4]，龙蟠凤翥[5]。清净无为[6]，坐忘遗照[7]，八篇奇语[8]。向玉霄[9]东望，蓬莱晻霭[10]，有云驾[11]、骖风驭[12]。

行尽九州四海[13]，笑纷纷、落花飞絮。临江一见，谪仙[14]风采，无言心许[15]。八表神游[16]，浩然[17]相对，酒酣箕踞[18]。待垂天赋[19]就，骑鲸[20]路稳，约相将去。

注释

［1］水龙吟：词牌名，又名《龙吟曲》《庄椿岁》《小楼连苑》。此词作于元丰七年(1084)，苏轼在泗州停留的时候。

［2］云海：广阔无垠的云。张说《相州前池别许郑二判官景先神力》：“无因留绝翰，云海意差池。”

[3] 道山绛阙（jiàng quē）：道家的仙山和红色的殿阁。指神仙所居之处。陆机《五等论》："钲鼙震于阃宇，锋镝流乎绛阙。"

[4] 赤城：山名。多以称土石色赤而状如城堞的山。孙绰《游天台山赋》："赤城霞举而建标。"李善注："支遁《天台山铭序》曰：'往天台，当由赤城山为道径。'孔灵符《会稽记》曰：'赤城，山名，色皆赤，状似云霞。'"赤城居士：即司马子微。司马子微隐居天台之赤城，著《坐忘论》八篇，云："神宅于内，遗照于外，自然而异于俗人，则谓之仙也。"

[5] 龙蟠（pán）：如龙之盘卧状。凤翥（zhù）：凤凰高飞。陆机《浮云赋》："鸾翔凤翥，鸿惊鹤飞，鲸鲵溯波，鲛鳄冲道。"龙蟠凤翥：谓贤者遁世归隐。

[6] 清净无为：一切听其自然，人力不必强为。《史记·老庄申韩列传》："李耳无为自化，清净自正。"

[7] 坐忘：道家谓物我两忘、与道合一的精神境界。《庄子·大宗师》云："堕肢体，黜聪明，离形去知，同于大通，此谓坐忘。"郭象注："夫坐忘者，奚所不忘哉？即忘其迹，又忘其所以迹者，内不觉其一身，外不识有天地，然后旷然与变化为体而无不通也。"遗照：谓舍弃众生相，进入忘我的精神境界。唐玄宗《答皇帝上尊号诰》："予志每集虚，心尝遗炤，方契真宗之旨，岂云称号之荣。"

[8] 八篇奇语：指司马子微所著八篇《坐忘论》。马端临《文献通考》："《天隐子》一卷。"引晁氏曰："唐司马子微为之序。天隐子不知何许人，著书八篇，修炼形气，养和心灵，归根契于阴阳，遗照齐乎庄叟，殆非人间所能力学者也。王古以天隐子即子微也。"

[9] 玉霄：传说中天帝、神仙的居处。常建《古意》其二："玉霄九重闭，金锁夜不开。"

[10] 晻霭（ǎn ǎi）：昏暗的云气。王安石《定林示道源》："迢迢晻霭中，疑有白玉台。"

[11] 云驾：传说中仙人的车驾。因以云为车，故称。陶潜《联句》："远招王子乔，云驾庶可饬。"

[12] 骖（cān）：古代驾在车前两侧的马。《荀子·哀公》："两骖列，两服入厩。"风驭：神话传说中由风驾驭的神车。吕岩《雨中花》："风驭云軿不散，碧桃紫柰长新。"

[13] 九州：《尚书·禹贡》中大禹治水时，把"天下"分为九州。分别为：豫州、青州、徐州、扬州、荆州、梁州、雍州、冀州、兖州。四海：指全国各地。《三国志·蜀志·诸葛亮传》："将军既帝室之胄，信义著于四海。"

[14] 谪仙：原指神仙被贬入凡间后的一种状态，引申为才情高超、清越脱俗的道家人物，有如谪居人世的仙人。专指李白。孟棨《本事诗·高逸》："李太白初自蜀至京师，舍于逆旅。贺监知章闻其名，首访之。既奇其姿，复请所为文。出《蜀道难》以示之。读未竟，称叹者数四，号为'谪仙'。"

[15] 心许：赏识、赞美。丘为《湖中寄王侍御》："晨趋玉阶下，心许沧江流。"

[16] 八表：八方之外，又称八荒，指极远的地方。陶潜《归鸟》："远之八表，近憩云岑。"神游：以精神相交。江淹《自序传》："所与神游者，唯陈留袁叔明而已。"

[17] 浩然：正大豪迈貌。陶潜《扇上画赞》："至矣于陵，养气浩然。"

[18] 酒酣：饮酒尽兴而呈半醉状态。《史记·高祖本纪》："酒酣，高祖击筑，自为歌诗。"箕踞（jī jù）：两脚张开，两膝微曲地坐着，形状像箕，是一种不拘礼节、傲慢不敬的坐法。《庄子·至乐》："庄子妻死，惠子吊之，庄子则方箕踞鼓盆而歌。"成玄英疏："箕踞者，垂两脚如簸箕形也。"

[19] 垂天赋：指李白所作的《大鹏赋》。赋中李白以大鹏自况，把大鹏置于浩渺的天宇背景中，写其巨大威猛、无所拘束、自由自在的脱俗神采，体现了其摆脱现实羁绊、追求自由的理想。

[20] 骑鲸：扬雄《羽猎赋》："乘巨鳞，骑京鱼。"李善注："京鱼，大鱼也，字或为鲸。鲸亦大鱼也。"后因以比喻隐遁或游仙。

选评

邵博《邵氏闻见后录》："'昔谢自然欲过海求师，或谓蓬莱隔弱水三万里，不可到。天台有司马子微，身居赤城，名在绛阙，可往从之。自然可，还受道于子微，白日仙去。'按子微以开元十五年死于王屋山，自然生于大历五年，至贞元十年仙去，是子微死四十三年，自然始生。乃云'自然受道于子微'，亦误也。'东坡信天下后世者，宁有误耶？'予应之曰：'东坡累误千百，尚信天下后世也。'童子曰：'有是言，凡学者之误亦许矣。'予曰：'尔非东坡，奈何？'"

赏析

这首词以神话传说为题材，运用浪漫主义的笔调，记述谢自然仙女求师蓬莱真人司马子微而白日仙去一事；还记叙了谪仙李白曾见司马子微于江陵，获得"仙风道骨，可与神游八极之表"的美誉之事。反映了词人对世俗生活的厌倦，希冀求仙解脱，超然世外，创造了一种人间与仙境融会、历史仙话与现实交错的空间文化观。

词的上片写云海仙境与现实人间，气势恢宏。在这浩瀚的自然界中，"道山绛阙知何处"这一问句，为下文做了铺垫。次三句，写"人间自有"贤人在。这贤人就是"真良师""赤城居士"司马子微。"清净"三句写修仙的核心思想是"清净无为"，其人格修养方法是"坐忘""遗照"。凭借为人诵训的“八篇奇语”，人们可通向有道之士的人生境界。最后四句写仙境。司马子微的居处烟雨苍苍，遍布云神、风神所驾之车，时有海市蜃楼的仙境美景出现。

下片写对“八表神游”的无限向往和对超然世外生活的执着追求。前三句，交代“神游”的范围和时间：四海之内、落花飞絮之时。次三句，写李白对仙道的追求，这“谪仙风采”，词人亦由衷赞美。“八表”三句，写神游的状态：欲醉畅怀、盘坐侃谈的仙家风度。最后三句，点明本词主旨：等到李白壮志凌云把《大鹏赋》写完，醉骑鲸鱼游仙之时，也就是我们“约相将去”蓬莱、天台的成仙之日。

李复

李复（1052—?），字履中，号潏水先生。开封府祥符（今河南开封）人，徙居京兆府（今陕西西安）。宋神宗元丰二年（1079）进士。喜言兵事，于书无所不读，工诗文。累官中大夫、集贤殿修撰。金兵入关中，起知秦州，空城无兵，卒遇害。著有《潏水集》四十卷，明末已散佚。清乾隆年间修《四库全书》时，从《永乐大典》中辑出部分诗文，厘为十六卷。除《四库全书》本外，今传尚有清钞本及民国时铅印《关陇丛书》本。

登高丘望远海[1]

登高望远海，冥冥[2]湿天际。百川趋东南，奔腾卷厚地[3]。自从开辟[4]来，溶[5]停不可计。浩浩无增亏，周流[6]在一气。怒风驾高浪，雪山寒赑屃。飞火掣电光，神怪[7]时出戏。却疑蓬莱峰，只是鲛人髻。会当见清浅[8]，乘月弄兰枻[9]。去问蟠桃[10]花，结根[11]几千岁。

注释

[1] 高丘：高山。杨炯《后周青州刺史齐贞公宇文公神道碑》：“或大泽而康帝图，或高丘而济王业。”

[2] 冥冥：幽暗、晦暗。张籍《猛虎行》：“南山北山树冥冥，猛虎白日绕村行。”

[3] 厚地：指大地。白居易《重赋》：“厚地植桑麻，所要济生民。”

[4] 开辟：指宇宙的开始。《太平御览》卷一引《尚书中候》："天地开辟。"

[5] 溶：广大；盛大。《后汉书·张衡传》："氛旄溶以天旋兮。"

[6] 周流：周遍流行、遍及各地。屈原《离骚》："览相观于四极兮，周流乎天余乃下。"

[7] 神怪：指神仙和鬼怪。《史记·封禅书》："复遣方士求神怪采芝药以千数。"

[8] 会当：该当。杜甫《望岳》："会当凌绝顶，一览众山小。"清浅：指银河。李白《游泰山》其六："举手弄清浅，误攀织女机。"

[9] 乘月：趁着月光。张若虚《春江花月夜》："不知乘月几人归，落月摇情满江树。"枻：船舷。屈原《九歌·湘君》："桂棹兮兰枻，斫冰兮积雪。"

[10] 蟠桃：神话中的仙桃。传说三千年结果一次，吃了可以长生不老。《太平广记》卷三引《汉武内传》："七月七日，西王母降，以仙桃四颗与帝。帝食辄收其核，王母问帝，帝曰：'欲种之。'王母曰：'此桃三千年一生实，中夏地薄，种之不生。'帝乃止。"

[11] 结根：植根，扎根。《古诗十九首·冉冉孤生竹》："冉冉孤生竹，结根泰山阿。"

选评

李昭玘《赞潏水先生》："结交赖有紫髯翁，鹤骨崭崭烂修目。五言长城屹千丈，万卷书楼聊一读。"

赏析

诗人登上高山晚望远海，只见海面一片幽暗晦昧、苍茫无际，好像要把天空浸湿了一般。百川归海，众水朝宗，滔滔奔腾之势仿佛要把大地挟裹席卷而去。自从天地开辟以来，大海便有之广大辽阔、磅礴无极的姿态。海水浩浩汤汤，循环往复，周流上下，莫不注之，而无增无减。海洋气候，瞬息万变，看那狂风卷起的怒涛，如玉城雪岭，使得驮负三山五岳的赑屃也望之生畏。一时间电光闪烁，雷声隐隐，引得海底神怪浮出海面，不时嬉戏。海洋包孕万千的神奇魅力，令诗人浮想联翩。接下来，诗人一连用了蓬莱仙岛、鲛人、乘槎、蟠桃等神话传说，构成了五彩斑斓的神话世界：海中缥缈的蓬莱仙岛原来只是鲛人的青青螺髻，诗人欲趁月乘槎抵达银河，到天宫问一问西王母，蟠桃到底几千年一结根、几千年一开花。这首诗将大海景象与神奇幻想、历史典故与现实世界融为一体，真幻交错，奇情壮采，字里行间溢出诗人的豪旷气概。

贺铸

贺铸（1052—1125），字方回，号庆湖遗老。卫州共城（今河南辉县）人。宋太祖孝惠皇后族孙。授右班殿直。元祐中，通判泗州、太平州。晚居吴下，博学强记，长于度曲。词多刻画闺情离思，也有嗟叹功名不就而纵酒狂放之作。风格多样，情深语工。世称“贺梅子”。著有《庆湖遗老集》、《东山词》（又称《东山寓声乐府》）。

海月谣·楼平叠巘[1]

楼平叠巘[2]。瞰瀛海[3]、波三面。碧云[4]扫尽，桂轮滉玉[5]，鲸波[6]张练。化出无边宝界[7]，是名壮观[8]。

追游汗漫[9]。愿少借、长风[10]便。麻姑[11]相顾，□然[12]笑指，寒潮清浅[13]。顿觉蓬莱方丈[14]，去人不远。

注释

[1] 海月谣：词牌名。

[2] 叠巘：重叠的山峰。谢灵运《晚出西射堂》：“连障叠巘崿，青翠杳深沉。”

[3] 瞰：看，远望。沈括《梦溪笔谈》：“前瞰大海。”瀛海：浩瀚的大海。王充《论衡·谈天》：“九州之外，更有瀛海。”

[4] 碧云：青云；碧空中的云。江淹《杂体诗》其三十《休上人怨别》：“日暮碧云合，佳人殊未来。”张铣注：“碧云，青云也。”

[5] 桂轮：指月亮。李涉《秋夜题夷陵水馆》：“凝碧初高海气秋，桂轮斜落到江楼。”滉：波动，摇动。

[6] 鲸波：巨浪，惊涛骇浪。杜甫《舟出江陵南浦奉寄郑少尹》：“溟涨鲸波动，衡阳雁影徂。”

[7] 宝界：佛教语。即净土。

[8] 壮观：壮丽雄伟的景象。司马相如《封禅文》：“皇皇哉，此天下之壮观。”

[9] 追游：寻胜而游；追随游览。刘禹锡《酬郑州权舍人见寄二十韵》：“追游蒙尚齿，惠好结中肠。”汗漫：广大，漫无边际。《淮南子·俶真训》：“至德之世，甘瞑于溷澖之域，而徙倚于汗漫之宇。”

[10] 长风：大风。曹植《杂诗》其二："转蓬离本根，飘摇随长风。"

[11] 麻姑：传说中的仙女。

[12] □然：疑作"莞然"。

[13] 寒潮：寒凉的潮水。宋之问《夜渡吴松江怀古》："寒潮顿觉满，暗浦稍将分。"清浅：清澈不深。谢灵运《从斤竹涧越岭溪行》："苹萍泛沉深，菰蒲冒清浅。"

[14] 蓬莱方丈：海上仙山。传说为仙人所居，在渤海中。

选评

张耒《东山词序》："方回乐府，妙绝一世，盛丽如游金、张之堂，妖冶如揽嫱、施之袪，幽索如屈、宋，悲壮如苏、李。"

赏析

词的上片描绘出一幅空灵明净的高楼海月图。危楼高耸，与远处重叠的山峦齐平，词人登楼远望浩瀚的大海，夜空碧云扫尽，皓月一轮高挂。海面银波漾荡，时而巨浪翻涌，好像在空中扬起一条条白练，幻化出空明澄澈、无边无际的神仙世界。词人眼前的高楼海月图景，多么雄奇、多么壮观啊！词的下片将神话传说融入海月之景，虚实相生，营造出高远、静谧的艺术境界。词人置身于雄丽的碧海月色之中，驰骋着奇幻的想象：想稍借大风之力，乘风寻胜遨游。"麻姑相顾"，词人又想象若是遇到了曾经看过三次沧海变桑田的麻姑，定会莞然一笑，笑指海潮清浅不深，可以褰裳而渡。词人顿时觉得蓬莱、方丈等海中仙岛定在不远之处便可寻到。词的结尾将读者引至缥缈淡远的海上仙境，令人思致无穷。

张耒

张耒（1054—1114），字文潜，号柯山，楚州淮阴（今江苏淮安）人。神宗熙宁六年（1073）进士，历任临淮主簿，秘书省正宗，以直龙图阁任润州知府。少以文章受知于苏轼兄弟。与黄庭坚、秦观、晁补之并称"苏门四学士"。诗受白居易影响颇大，常抨击时弊，诗风平易坦荡。亦能词，语言香浓婉约，风格与柳永、秦观相近。著有《张右史文集》六十卷、《柯山集》一卷。

秋日登海州乘槎亭[1]

海上西风八月凉，乘槎亭外水茫茫。人家日暖樵渔[2]乐，山路秋晴松柏香。隔水飞来鸿阵[3]阔，趁潮归去橹声[4]忙。蓬莱方丈[5]知何处？烟浪[6]参差在夕阳。

注释

[1] 海州：今江苏连云港市海州区。乘槎：乘筏。传说天河与海通，有人乘木筏可上天。这是宋哲宗绍圣（1094—1098）初年张耒知润州时所作。

[2] 樵渔：打柴和捕鱼。戴叔伦《酬袁太祝长卿小湖村山居书怀见寄》："背江居隙地，辞职作遗人。耕凿资余力，樵渔逐四邻。"

[3] 鸿阵：鸿雁飞行时排成的队形。

[4] 橹声：指摇橹声。刘禹锡《步出武陵东亭临江寓望》："戍摇旗影动，津晚橹声促。"

[5] 蓬莱、方丈：传说中的海上三座神山中的两座。《汉书·郊祀志》："自威、宣、燕昭使人入海求蓬莱、方丈、瀛洲。此三神山者，其传在渤海中，去人不远。"

[6] 烟浪：烟波。刘禹锡《酬冯十七舍人宿卫赠别五韵》："白首相逢处，巴江烟浪深。"

选评

朱弁《曲洧旧闻》载苏轼语："然气韵雄拔，疏通秀朗，当推文潜。"

晁补之《题文潜诗册后》："君诗容易不著意，忽似春风开百花。"

徐积《节孝语录》："有雄才而笔力甚健，尤长于骚词，但恨不均（韵）耳。"

胡仔《苕溪渔隐丛话》引《吕氏童蒙训》："文潜诗自然奇逸，非他人可及。"

赏析

这是一首登山观海的诗篇。海上八月，西风送凉，乘槎亭外，波涛万顷。首联写了茫茫黄海奔来眼底的壮阔景象。海州是江北著名水乡，劳动人民下水捕鱼，上山采樵，颇能自得其乐。秋晴日暖，山路迂徐，松柏生香，别是一番佳境。颔联所写是城外人家、山间小路的缩影。颈联是全诗的警句。诗人的视野由远天的雁群转向近海的浮舟。隔水飞来的"鸿阵"，在广阔的长空不断变换队形；趁潮归去的健儿，“橹声”频传，更见出和风涛搏斗时的急迫情状。尾联照应第二句，引出诗人的想象：那一望无涯的海上，不知仙岛究竟在何处？也许就在夕阳尽处，“烟浪参差”的地角。

全诗的节奏随诗人登乘槎亭的主观感受而起伏，忽上忽下，时远时近，给人以天高海阔的印象。诗人立足亭中，放眼海上，对于面前的人家樵渔、山路松柏，虽然表示欣赏，但并不感到满足。对广阔的鸿阵、趁潮的橹声，虽有较大的兴趣，但更为向往的是烟浪参差、夕阳尽处的海上神山。

李清照

李清照（1084—1155），号易安居士，历城（今山东济南）人。父李格非为北宋著名学者，夫赵明诚为金石学家。早年生活优裕，南渡后，明诚死，境遇孤苦。善诗文书画，词的成就最高，是文学史上最杰出的女词人。所作词，前期多写其悠闲生活，后期多悲叹身世，情调感伤。有《易安词》《易安居士文集》，但均已失传，后人辑有《漱玉词》，今有《李清照集校注》。

渔家傲·天接云涛连晓雾[1]

天接云涛[2]连晓雾，星河欲转千帆舞[3]。仿佛梦魂归帝所[4]。闻天语，殷勤[5]问我归何处。

我报路长嗟[6]日暮，学诗谩[7]有惊人句。九万里风鹏正举[8]。风休住，蓬舟吹取三山去[9]！

注释

[1] 这首词作于建炎四年（1130）春，真实地记录了词人在海上航行的经历。南渡时期，李清照跟随宋高宗的御舟所行的路线漂泊海上，通过海道进入温州，又至越州（绍兴）。

[2] 云涛：如波涛翻滚的云。这里指海涛。韩愈《贞女峡》：“悬流轰轰射水府，一泻百里翻云涛。”

[3] 星河：指银河。杜甫《阁夜》：“五更鼓角声悲壮，三峡星河影动摇。”欲转：银河流转，指天快亮了。

［4］帝所：天帝或天子居住的地方。

［5］殷勤：情意恳切。

［6］嗟：叹息，慨叹。《玉台新咏·古诗为焦仲卿妻作》："嗟叹使心伤。"

［7］谩（màn）：同"漫"，空，徒然。

［8］九万里风鹏：《庄子·逍遥游》："鹏之徙于南冥也，水击三千里，抟扶摇而上者九万里。"举：高飞。

［9］蓬舟：如飞蓬般轻快的小船。三山：神话传说中的蓬莱、方丈、瀛洲三座海上仙山。

选评

黄了翁《蓼园词选》："此似不甚经意之作，却浑成大雅，无一毫钗粉气，自是北宋风格。"

梁启超《艺蘅馆词选》："此绝似苏辛派，不类《漱玉集》中语。"

赏析

词一开头，便展现一幅辽阔、壮美的海天相接的图卷。低垂的天幕、汹涌的波涛、弥漫的云雾，形成了一种苍茫无际的境界。船摇帆舞，星河欲转。"转"字，写在风浪颠沛的船舱中仰望星空，天上的银河似乎在转动一般。"舞"字，写海上刮起了大风，无数的船只在风浪中飞舞前进。"仿佛"三句，写在梦中见到了天帝。在幻想的世界中，词人塑造了一位态度温和、关心百姓的天帝。词人在天帝面前倾诉自己空有才华而遭逢不幸的经历。她一生只能用诗词来表现她的才能，尽情抒发胸中的愤懑。"九万里风鹏正举"，从刚才的对话中略一宕开。想象大鹏正乘着海面抟扶摇而上的大风，向南冥飞去。就在大鹏正要高飞的时刻，词人又大喝一声"风休住"，风啊，千万不要停下来，快快将这一叶轻舟直接送往海上仙山吧！

词的上片，天帝询问作者要归于何处；下片交代了海中的仙山为词人的归宿。在这一问一答之中，词人将自己美好的梦想表达了出来——渴望有好的帝王和好的居所，渴望有人的关心和社会的温暖，渴望自由自在的生活。这首词把词人真实的生活感受融入梦境，加入了庄子《逍遥游》中的大鹏形象和神话传说，使梦幻与生活、历史与现实融为一体，构成了气势恢宏、格调雄奇的意境。

袁正规

袁正规，生卒年不详，约生活在北宋元祐年间。字道辅，陵阳（今安徽石台）人。元祐三年（1088），知长乐县。约己裕民，兴利除害，唯恐不及。尝于县治东二里，凿义泉以济行旅，又兴水利浚港以溉民田，人名其港曰“袁公港”，袁正规不有其功，易名为“元祐港”。主修《长乐图经》。

望海亭[1]

沆瀣亭前景最豪[2]，委输江汉任滔滔[3]。荡云处处千层浪，沃日[4]重重万里涛。析木[5]有津连地下，蓬莱堆玉插天高。飘然直欲乘槎去，世累须凭割爱刀[6]。

注释

[1] 望海亭：在长乐县十九都灵峰寺侧，宋熙宁中，运使张徽建。此诗应作于元祐年间，诗人任长乐县令期间。

[2] 沆瀣（hàng xiè）：夜间的水气，露水。屈原《楚辞·远游》：“餐六气而饮沆瀣兮，漱正阳而含朝霞。”王逸注：“沆瀣者，北方夜半气也。”

[3] 委输：汇聚，注聚。木华《海赋》：“于廓灵海，长为委输。”江汉：长江和汉水的合称。泛指众水。《诗经·小雅·四月》：“滔滔江汉，南国之纪。”

[4] 沃日：冲荡日头。形容波浪大。木华《海赋》：“濯泋濩渭，荡云沃日。”

[5] 析木：十二星次之一，古称析木之津。自尾十度至斗十一度，天河之渡口，借指银河。《左传·昭公八年》：“陈，颛顼之族也，岁在鹑火，是以卒灭。陈将如之，今在析木之津，犹将复由。”

[6] 世累：世俗的牵累。割爱：将自己心爱的东西转让给别人。薛能《三学山开照寺》：“何因将慧剑，割爱事空王。”

选评

李驹《长乐县志·列传一》：“暇则论文赋诗，绰有古儒吏风。”

赏析

此为诗人在黎明前登望海亭观海之作。首联抓住了夜半大海朦胧晦暗的特点，写出了大海汇聚众水、滔滔奔涌的豪迈气概。以“委输江汉”的滔滔豪景烘染环境和渲染气氛，笔姿飞舞，气势雄壮。颔联写浪涛之景致，仍从动态着笔：浪涌千层似有激荡层云之力，涛震万里似有冲天吞日之势。诗人眼前的海涛有席卷一切、吞吐日月星云之气势，使得静止的望海亭亦有了飞动之势。此时此刻，诗人立在望海亭中，不知天上与人间。于是有了下面的想象之辞。天上的银河似有津梁与大海相连，分不清眼前所见的是大海还是银河。海中的蓬莱仙岛琼堆玉砌，楼阁高耸直插天穹，诗人仿佛有了飘然欲仙之感，想要乘着木筏遨游银河。“连”“插”二字用得极妙，把天上、地下之景融为一体，笔致空灵跳跃。尾联传神地写出了对泛海乘槎、飘然趋天的心驰神往，可谓逸志飞腾，寄兴高远。结句回到现实，表明自己为世情所累，无法忘怀人间，亦从一个侧面反映出诗人对长乐县的留恋。

李弥逊

李弥逊（1085—1153），字似之，号筠溪翁、普现居士。连江（今属福建）人，居吴县（今江苏苏州）。宋徽宗大观三年（1109）进士。累官起居郎、户部侍郎。以争和议，忤秦桧，乞归，以徽猷阁直学士出知筠州，改知漳州。绍兴十二年（1142）落职。晚年隐连江西山，闲居十余年而卒。著有《筠溪集》二十四卷，附《筠溪乐府》一卷。《四库全书》所收之本原亦名《竹溪集》，通行本为影印《四库全书》文渊阁本、《四库全书珍本初集》本。

秋晚十咏·临海观望

指极[1]分南北，观澜[2]混浊清。荡胸金饼上[3]，觌面玉绳横[4]。洲渚千沤发[5]，风云一噫生[6]。神山端可往[7]，九万作宽程。

注释

[1] 指极：谓指向北极星。刘向《九叹·远逝》：“引日月以指极兮，少须臾而释思。”

王逸注："极，中也，谓北辰星也。"

［2］观澜：观看大海之波澜壮阔的一面。《孟子·尽心上》："观水有术，必观其澜。"

［3］荡胸：心胸摇荡。杜甫《望岳》："荡胸生层云，决眦入归鸟。"金饼：指月亮。苏舜钦《和解生中秋月》："银塘通夜白，金饼隔林明。"

［4］觌（dí）面：相见、探访。《荀子·大略》："聘，问也。享，献也。私觌，私见也。"玉绳：星名。原指北斗第五星玉衡之北的灭乙、太乙二星，常泛指群星，此处指北斗星。张衡《西京赋》："上飞闼而仰眺，正睹瑶光与玉绳。"

［5］洲渚：水中可以居住的地方，大的称洲，小的称渚。谢灵运《酬从弟惠连》其二："辛勤风波事，款曲洲渚言，洲渚既淹时，风波子行迟。"沤：通"鸥"，水鸟名。《列子·黄帝》："海上之人有好沤鸟者，每旦之海上，从沤鸟游，沤鸟之至者百住而不止。"

［6］风云：风与雨。杜甫《闷》："瘴疠浮三蜀，风云暗百蛮。"噫：表示惊异的语气。

［7］神山：神话中谓神仙所居住的山。《史记·封禅书》："乃益发船，令言海中神山者数千人求蓬莱神人。"端：的确。

选评

陈廷焯《云韶集》："似之与桧不合，乞归田，隐然忧君忧国之心未尝忘也，时于词中流露，愈增气骨。"

赏析

诗人于晚秋之际，临海观望。前四句诗境扩展，将观海置于天高地迥的广阔背景之下，临海远眺，滚滚波涛，气势浩渺，金饼初上，北斗闪烁，诗人襟开胸张，正是神来之笔。一个"极"字，有囊天括地、指点山海的宏伟气势。一南一北、一浊一清，属对工巧，诗笔雄放，景色壮观。"洲渚千沤发"，由远及近，写近处洲渚之上，无数白鸥展翅飞翔。"风云一噫生"，再写海上天气之瞬息万变。随之宕开一笔，由景生情，从描写临海壮观景象，转入对海上仙山的神游。诗笔至此由实景推向虚景，进一步拓展了诗的意境。全诗视野开阔，气势雄放，笔力飘逸，寄旨深远，既写出了大海的气势，也表现了诗人自己的志趣，是众多临海题咏诗作中不可多得的佳作。

李光

李光（1078—1159），字泰发，一字泰定，号转物居士。越州上虞（今浙江上虞）人。宋徽宗崇宁五年（1106）进士。历官开化令、太常博士、吏部尚书、参知政事等。后因忤秦桧被贬至琼州。著有《庄简集》，宋时有四十卷、三十卷等传本，明初尚存，其后散佚。清修《四库全书》时从《永乐大典》中采掇编次，厘为十八卷。

琼台[1]

玉台孤耸出尘寰[2]，碧瓦朱甍缥缈间[3]。爽气[4]遥通天际月，沧波[5]不隔海中山。潮平贾客连樯至[6]，日晚耕牛带犊还。安得此身生羽翼[7]，便乘风驭叩天光[8]。

注释

［1］琼台：在海南省琼山区境内。因宋代置琼管安抚都督台，故称。原有楼阁，已废。《舆地纪胜》："琼台，在谯楼，下临放生池。《图经》云：琼州自唐以为都督府，琼、崖、振、儋、万五洲招讨游奕使。本朝号为琼州提举，儋、崖、万安等军水陆转运使兼琼管安抚都监。今郡城有琼台，盖置使时以使台为名耳。"

［2］玉台：传说中天帝的居处。《汉书·礼乐志》："天马徕，龙之媒，游阊阖，观玉台。"颜师古注引应劭曰："阊阖，天门。玉台，上帝之所居。"此处指琼台。尘寰：人世间。权德舆《送李城门罢官归嵩阳》："归去尘寰外，春山桂树丛。"

［3］甍（méng）：房屋、屋脊。郦道元《水经注·渐江水》："山中有五精舍，高甍凌虚，垂帘带空。"缥缈：高远、隐隐约约的样子。木华《海赋》："群仙缥眇，餐玉清涯。"李善注："缥眇，远视之貌。"

［4］爽气：明朗开豁的自然景象。刘义庆《世说新语·简傲》："王子猷作桓车骑参军，桓谓王曰：'卿在府久，比当相料理。'初不答，直高视，以手板拄颊云：'西山朝来，致有爽气。'"

［5］沧波：碧波。李白《古风》其十二："昭昭严子陵，垂钓沧波间。"

［6］贾（gǔ）客：指设肆售货的上人。张籍《野老歌》："西江贾客珠成斛，船中养

犬长食肉。”樯：帆船上挂风帆的桅杆。苏轼《念奴娇·赤壁怀古》：“樯橹灰飞烟灭。”

[7] 安得：怎么才能求得。杜甫《茅屋为秋风所破歌》：“安得广厦千万间，大庇天下寒士俱欢颜。”羽翼：禽鸟的翅膀。比喻辅佐的人或力量。庄忌《哀时命》：“势不能凌波以径度兮，又无羽翼而高翔。”

[8] 风驭：神话传说中由风驾驭的神车。吕岩《雨中花》：“风驭云軿不散，碧桃紫柰长新。”天光：比喻君主。王禹偁《谢加朝请大夫表》：“加以年鬓渐高，郡封甚僻……未知何日，再睹天光？”此句谓诗人希望回到朝廷，再次向皇帝陈述自己主战以收复失地的意见。

选评

纪昀《四库全书总目提要》：“就其存于今者观之，波澜意度，亦约略可睹矣。考光本传，光值国步阽危之时，忠愤激发，所措置悉有成绪。又以争论和议，为权相所排，垂老投荒，其节概凛然，宜不可犯。而其诗乃志谐音雅，婉丽多姿，大抵皆托兴深长，不独张淏《云谷杂记》、赵与虤《娱书堂诗话》所举《双雁》一诗、《道中》一诗、《藤州安置赠枢密使臣》一诗为清绝可爱。”

赏析

诗人因反对议和，面斥秦桧，而被远贬海南。他虽是垂老投荒，但气概凛然，不计个人安危，而以国家前途为念。这首诗写登台四望所见所感，抒发了诗人坚持理想、反对议和、效力朝廷的情怀。此诗运用浪漫主义和现实主义相结合的手法，既描绘了高耸而缥缈出尘的琼台，又展现了琼台下商旅帆樯林立、耕者牵牛带犊晚归的现实生活图景。其中“爽气”一联，深有寓意。意思是说：海南岛上的爽气，直通遥远的明月；不管沧海中的波涛怎样汹涌，也隔不断海南岛的山脉与神州大地的联系。这不仅是通过艺术联想把琼州的地理形势写得更加气势壮阔，而且在意蕴上深刻地反映了作者对沦陷的中原的关心，他的思想感情是与国家的命运紧密联系在一起的，并没有因为远贬海南而隔断。面对开阔的海天，诗人幻想自己能生出一双羽翼，飞越琼台，到达皇宫，去陈诉自己的主张。尾联的抒情与全诗的意境有机融合在一起，使人感到自然而有韵味。

陈与义

陈与义（1090—1139），字去非，号简斋，其先祖居京兆（今陕西西安），自曾祖陈希亮迁居洛阳，故为洛阳（今属河南）人。宋徽宗时曾任太学博士、符宝郎等职。后因被牵连，贬为陈留监酒。宋高宗绍兴二年（1132）被召为兵部侍郎，历任知制诰、参知政事等职。其诗出于江西诗派，上祖杜甫，下宗苏轼、黄庭坚，自成一家。

著有《简斋集》十六卷，有清《武英殿聚珍版书》本。南宋胡穉《增广笺注简斋诗集》编为三十卷，有《四部丛刊》影印宋刻本。另有《四部丛刊》影印《简斋外集》一卷。

登海山楼[1]

万航如凫鹥[2]，一水如虚空[3]。此地接元气[4]，压以楼观雄。我来自中州[5]，登临眩冲融[6]。白波动南极，苍鬓承东风。人间路浩浩，海上春濛濛。远游为两眸，岂恤劳我躬[7]。仙人[8]欲吾语，薄暮山葱珑[9]。海清无蜃气[10]，彼固蓬莱宫。

注释

［1］海山楼：宋仁宗时，广东经略安抚使魏炎所建，旧址在广州镇南门外珠江边。元代时已毁。《广州府志》："海山楼在镇南门外，宋嘉祐中，经略魏炎建。"胡穉《简斋先生年谱》："绍兴元年辛亥春，出贺溪，溯康州，过封州，经五羊，度庾岭，上罗浮，历漳州，游雁山之天台，至夏，抵会稽在所，继除兵部员外郎。"此诗应作于绍兴元年（1131）春。

［2］凫：野鸭。鹥（yī）：水鸟，属凫类。苏轼《晓至巴河口迎子由》："孤舟如凫鹥，点破千顷碧。"

［3］虚空：天空。白居易《泛太湖书事寄微之》："烟渚云帆处处通，飘然舟似入虚空。"

［4］元气：天地未分前的混沌之气。《汉书·律历志上》："太极元气，函三为一。"

［5］中州：今河南省地。古时因其在九州之中，故称中州。陈与义是河南洛阳人，故

说来自中州。

[6] 眩：眼花，看不清。《汉书 · 元帝纪》："靡瞻不眩。" 冲融：水波荡漾貌。木华《海赋》："沖瀜沆瀁，渺弥湠漫。"

[7] 躬：亲身；亲自。诸葛亮《出师表》："臣本布衣，躬耕于南阳。"

[8] 仙人：传说海上仙山上有仙人居住。

[9] 薄暮：傍晚，太阳快落山的时候。屈原《楚辞 · 天问》："薄暮雷电，归何忧？厥严不奉，帝何求？" 葱珑：即"葱茏"，朦胧。元稹《会真诗》："遥天初缥缈，低树渐葱茏。"

[10] 蜃气：一种大气光学现象。光线经过不同密度的空气层后发生显著折射，使远处景物显现在半空中或地面上的奇异幻象。常发生在海上或沙漠地区。古人误以为蜃吐气而成，故称。《史记 · 天官书》："海旁蜃气像楼台，广野气成宫阙然。"

选评

刘辰翁评末句："不著乱字，更是慨然。"

刘克庄《后村诗话》："建炎以后，避地湖峤，行路万里，诗益奇壮。"

罗大经《鹤林玉露》："自陈、黄之后，诗人无逾陈简斋。其诗由简古而发秾纤。值靖康之乱，崎岖流落，感时恨别，颇有一饭不忘君之意。"

方回《瀛奎律髓》："近逼山谷，远诣老杜。"

赏析

诗人登临广州城外的海山楼，神思驰骋蓬莱仙宫，富有浪漫主义色彩。诗歌以悠闲清新的画面，表现淡远、清雅的境界，贯注着出尘、离俗的超拔诗情，给人以清幽淡远的审美享受。

张元幹

张元幹（1091—1161），字仲宗，号芦川居士、真隐山人，芦川永福（今福建永泰）人。徽宗宣和七年（1125）任陈留县丞，曾为李纲行营属官，官至将作监丞，后遭贬。绍兴元年（1131）致仕，先后闲居二十多年。词风慷慨悲凉，骏发踔厉，中寓诗人句法，间有清新婉丽之作。

著有《芦川归来集》，宋代曾噩编，十五卷；有《四库全书》本，清曹溶原藏钞本等。有《芦川词》一卷，有明刻毛晋《宋六十名家词》本；另有吴昌绶《景刊宋元本词》本，为二卷。

念奴娇·题徐明叔海月吟笛图[1]

秋风万里，湛银潢清影[2]，冰轮寒色[3]。八月灵槎乘兴去，织女机边为客。山拥鸡林[4]，江澄鸭绿[5]，四顾沧溟[6]窄。醉来横吹，数声悲愤谁测。

飘荡贝阙珠宫[7]，群龙惊睡起，冯夷波激[8]。云气苍茫吟啸处，鼍吼鲸奔[9]天黑。回首当时，蓬莱方丈，好个归消息。而今图画，谩教千古传得。

注释

[1] 徐明叔：即徐竞。字明叔，和州历阳（安徽和县）人，南宋画家。楼钥《攻媿集》卷七十四《徐明叔剡溪雪霁图》云："幼时犹及望见徐公之风流韵度，如晋唐间人。翰墨篆画，四明人家多有之……画入神品，山水人物，二俱冠绝。"宣和六年（1124），徐竞以国信使提辖人船礼物官出使高丽国，撰《高丽图经》四十卷。其《海月吟笛图》即是描绘奉使高丽途中的海上风光。

[2] 湛：清澈。银潢（huáng）：银河。苏轼《和文与可洋川园池·天汉台》："漾水东流旧见经，银潢左界上通灵。"

[3] 冰轮：明月。王初《银河》："历历素榆飘玉叶，涓涓清月湿冰轮。"寒色：清寒的景象。李颀《望秦川》："秋声万户竹，寒色五陵松。"

[4] 鸡林：古国名，即新罗。唐龙朔三年（663）置新罗为鸡林州。刘禹锡《送源中丞充新罗册立使》："身带霜威辞凤阙，口传天语到鸡林。"

[5] 鸭绿：即鸭绿江，源出长白山。徐竞《高丽图经·封境》："昔以大辽为界，后为所侵迫，乃筑来远城以为阻固。然亦恃鸭绿以为险地。鸭绿之水，源出靺鞨，其色如鸭头，故以名之。"

[6] 沧溟：大海。《汉武帝内传》："诸仙玉女，聚居沧溟。"

[7] 贝阙珠宫：指用紫贝明珠装饰的龙宫水府。亦喻指瑶台仙境或帝王宫阙。屈原《九歌·河伯》："鱼鳞屋兮龙堂，紫贝阙兮朱宫。"王逸注："言河伯所居，以鱼鳞盖屋，堂画蛟龙之文，紫贝作阙，朱丹其宫，形容异制，甚鲜好也。《文苑》作珠宫。"

[8] 冯（píng）夷：传说中的黄河之神，即河伯。泛指水神。《庄子·大宗师》："冯夷得之，以游大川。"

[9] 鼍吼鲸奔：水中鼍、鲸吼叫迅奔，形容海浪汹涌之势。杜甫《暂如临邑至𡺚山湖亭奉怀李员外率尔成兴》："鼍吼风奔浪，鱼跳日映山。"

选评

毛晋《汲古阁词话》："芦川词，人称其长于悲愤。及读《花庵》《草堂》所选，又极妩秀之致，真堪与片玉、白石并垂不朽。"

纪昀《四库全书总目提要》："其词慷慨悲凉，数百年后，尚想其抑塞磊落之气。然其他作，则多清丽婉转，与秦观、周邦彦可以肩随。"

赏析

此词是一首题画词，为宋代著名画家徐竞的《海月吟笛图》而作。上片分咏月笛。开头三句，实笔绘画中月色，万顷秋光之中，银河澄澈，明月清寒。"八月"二句，虚笔写观画的逸兴，词人想要乘着木筏到银河，去做织女机边之客。运笔虚实结合。山围新罗，江澄鸭绿，大海略窄。画中人醉中吹笛，似有悲恻之声从画中传来。歇拍与过片，实中含虚，若即若离，既实笔描写画中吹笛和大海的气势，又饱含词人的想象与再创造。下片分写大海。幽咽悲愤的笛声惊动了龙宫水府，唤醒了沉睡之龙，水神亦扬起了巨波。这笛声，若龙吟浪激，又似鼋鼍惊奔，声声变幻不绝，好像是从遥远的海上蓬莱、方丈仙岛传来，却又杳渺难寻。结句又归到实处，点明所描摹为画中之景。词中字字句句，使人如见其画，若闻其声。异国风光与画作上的幻想空间打成一片，是此词的特色。

陆游

陆游（1125—1210），字务观，号放翁，越州山阴（今浙江绍兴）人。绍兴二十三年（1153）应礼部试，被主考官录为第一，而秦桧孙埙为第二，桧怒，被黜落。孝宗初，赐进士出身，历任镇江、隆兴、夔州通判。乾道八年（1172）入四川宣抚使王炎幕府，投身军旅生活。后官至宝谟阁待制。力主抗金而为投降派所阻，报国无门，其爱国忧民之激情一发于诗，雄放豪迈，前无古人。有《剑南诗稿》《渭南文集》《放翁词》《南唐书》《老学庵笔记》等。

航海[1]

我不如列子[2]，神游[3]御天风。尚应似安石[4]，悠然云海中。卧看十幅蒲[5]，弯弯若张弓。潮来涌银山，忽复磨青铜[6]。饥鹘[7]掠船舷，大鱼舞虚空[8]。流落[9]何足道，豪气荡肺胸。歌罢海动色，诗成天改容。行矣跨鹏背[10]，弭节[11]蓬莱宫。

注释

[1] 这首诗于绍兴二十九年（1159）写于福州。

[2] 列子：战国时郑人列御寇。古有列子能御风之说。《庄子·逍遥游》："夫列子御风而行，泠然善也。"

[3] 神游：谓形体不动而确确实实游历了某地，亲游其境。《列子·黄帝》："昼寝而梦游于华胥氏之国。华胥氏之国在弇州之西，台州之北，不知斯齐国几千万里，盖非舟车足力之所及，神游而已。"

[4] 安石：晋代谢安，字安石。《世说新语·雅量》："谢太傅盘桓东山时，与孙兴公诸人泛海戏。风起浪涌，孙、王诸人色并遽，便唱使还。太傅神情方王，吟啸不言。舟人以公貌闲意说，犹去不止。既风转急，浪猛，诸人皆喧动不坐。公徐云：'如此，将无归！'众人即承响而回。于是审其量，足以镇安朝野。"

[5] 十幅蒲：此为化用梅尧臣诗句。梅尧臣《使风》："跨下桥南逆水风，十幅蒲帆弯若弓。"

[6] 磨青铜：古人以青铜制镜，此句谓大海变幻无穷，忽而潮涌如山，忽而波平如镜。苏轼《登州海市》："但见碧海磨青铜。"

[7] 鹘（gǔ）：古书上说的一种鸟，短尾，青黑色。

[8] 虚空：天空、太空。《庄子·徐无鬼》："夫逃虚空者，藜藋柱乎鼪鼬之迳。"

[9] 流落：漂泊流浪，潦倒失意。郑谷《江际》："那堪流落逢摇落，可得潸然是偶然。"

[10] 跨鹏背：谓跨鹏背遨游仙境。《庄子·逍遥游》："鹏之背，不知其几千里也；怒而飞，其翼若垂天之云。"

[11] 弭节：指驻节，停车。节，车行的节度。《离骚》："吾令羲和弭节兮，望崦嵫而勿迫。"

选评

周必大《跋苏子由和刘贡父省上示座客》："吾友陆务观，当今诗人之冠冕。"

毛晋《汲古阁刊剑南诗稿跋》："孝宗一日御华文阁，问周益公曰：'今代诗人，亦有如唐李太白者乎？'益公以放翁对。由是人竞呼为小太白。篇什富以万计，今古无双，或评如怒猊抉石，渴骥奔泉；或评如翠岭明霞，碧溪初月，何足尽其胜概耶？"

赏析

这首诗通过对海上风云变幻景色的描写，表达了诗人豁达豪迈的胸襟。诗人开篇说虽然不能像列子那样在宇宙间天马行空、御风而行，但在浩瀚无垠、波涛汹涌的大海上，自己能够像谢安那样做到吟啸自若、稳泛沧溟。在诗人的眼中，在大海上航行的用十幅蒲草编成巨帆的艨艟舰船，远远望去就像是一张引而不发的弯弓。大海涌起波涛时，如同矗立起高高的银山，风平浪静的时候，又仿佛是一块巨大晶莹的青铜宝镜。天上觅食的海鸟扇动翅膀，飞快地掠过船舷；海里潜游的鲸鱼跃出海面，好似要在半空中起舞。诗的结尾，诗人以豪放的情怀展开浪漫的想象：要跨坐在鲲鹏的脊背上，去追逐自己的理想，要到海上神山蓬莱仙宫遨游一番，悠游踏歌，自在逍遥。诗中有事典、有景象、有物象、有心声，心与物合，情以景生，极富神韵。

碧海行[1]

碧海如镜天无云，众真东谒青童[2]君。九奏铿锵洞庭乐[3]，八角森芒龙汉文[4]。共传上帝新有诏，蚩尤下统旄头军[5]。径持河洛还圣主，更度辽碣[6]清妖氛。幽州蚁垤一炬尽[7]，安用咸阳三月焚[8]。艺祖骑龙在帝左[9]，世上但策云台[10]勋。

注释

[1] 这首诗于淳熙七年（1180）八月写于抚州。

[2] 青童：神话传说中的仙童。陶弘景《真诰》："昔东海青童君，曾乘独飚飞轮之车，通按行有洞天之山。"《黄庭内景经》务成子注："东华者，方诸宫名也，东海青童君所居也。"

[3] 九奏：古代行礼奏乐九曲。《尚书·益稷》："《箫韶》九成，凤凰来仪。"《孔传》："备乐九奏而致凤凰。"孔颖达疏："成，谓乐曲成也。郑云：'成，犹终也。每曲一终，必变更奏。'故经言九成，传言九奏，《周礼》谓之九变，其实一也。"洞庭乐：《庄子·天运》："北门成问于黄帝曰：'帝张《咸池》之乐于洞

庭之野，吾始闻之惧，复闻之怠，卒闻之而惑，荡荡默默，乃不自得。'"

[4] 八角森芒：即"八角垂芒"。《太平广记》："伯喈入嵩山，学书于石室内，得一素书，八角垂芒，篆写李斯并史籀用笔势。"龙汉：道教鼻祖元始天尊年号之一。吴筠《步虚词》其九："敢问龙汉末，如何辟乾坤。"

[5] 蚩尤：神话传说中的部落首领，以在涿鹿之战中与黄帝交战而闻名。尊之者以为战神。旄（máo）头：古代皇帝仪仗中一种担任先驱的骑兵。王维《为羽林将军祭武大将军文》："羽林孤儿，旄头突骑，罔不毕劝，为之元帅。"

[6] 辽碣：辽东和碣石都临近渤海，故并称。《宋书·索虏传》："圣朝承王业之资，奋神武之略，远定三秦，西及葱岭，东平辽碣，海隅服从。"

[7] 蚁垤（dié）：蚁穴周围所封积的土堆。葛洪《抱朴子·喻蔽》："蚁垤之巅，无扶桑之林。"

[8] 咸阳三月焚：《史记·项羽本纪》："项羽引兵西屠咸阳，杀秦降王子婴，烧秦宫室，火三月不灭。"

[9] 艺祖：后世对宋代开国帝王赵匡胤的称呼。陈亮《上孝宗皇帝第一书》："艺祖皇帝一兴，而四方次第平定，藩镇拱手以趋约束，使列郡各得自达于京师。"

[10] 云台：汉宫中高台名。汉光武帝时，用作召集群臣议事之所，后用以借指朝廷。高适《宋中遇刘书记有别》："白身谒明主，待诏登云台。"

选评

罗大经《鹤林玉露》："《剑南集》多豪丽语，言征伐恢复事。"

方东树《昭昧詹言》："惜抱先生曰：'放翁兴会飙举，辞气踔厉，使人读之，发扬矜奋，兴起痿痹矣，然苍黝蕴藉之风盖微。'"

梁启超《读陆放翁集》："辜负胸中十万兵，百无聊赖以诗鸣。谁怜爱国千行泪，说到胡尘意不平。"

赏析

诗人为了反讽现实，寄寓海洋神话，将海洋神怪元素搬进诗中。以想象中的神灵象征收复失地的正义力量，表达了对收复中原的迫切渴望。

碧海之上一片澄明，诗人想象众位真人在风和日丽中去拜访居于东海中的仙人青童君，在铿锵的音乐声中传来天帝的诏书，派勇猛的蚩尤下界率军抵抗金兵。如此一来，中原就会顺利回归到圣主手中，北方的妖孽也可以清除干净。"幽州蚁垤一炬尽"，通过象征手法表现对敌人被迅速清退的渴望。金兵的力量虽然强大，但在蚩尤统帅的军队面前与聚蚁无异，一火焚之便化为灰烬，不必像项羽火烧阿房宫那样持续三月之久。结句描写诗人似乎看到了“艺祖”骑龙在天帝侧旁，将驱除侵略者的希望寄托在祖先的护佑之上。这首诗以海洋神灵象征抗金的中坚力量，表现出生活在海滨的诗人对海洋力量的坚信和对国家统一的向往。

杨万里

杨万里（1127—1206），字廷秀，号诚斋，吉州吉水（今属江西）人。绍兴二十四年（1154）进士。任永州零陵丞。孝宗朝，历太常博士、太子侍读、秘书少监等职。光宗朝，任秘书监、江东转运副使。主张抗金，尊师张浚，秉性刚直，敢于谏诤，因反对韩侂胄，归居故里，忧愤成疾以卒。其诗初学江西诗派，后又学王安石、晚唐体。最后“忽若有悟”，师法自然，讲求奇趣、活法，终形成自己风格，时称“诚斋体”。诗风洒脱明丽，构思新巧。有《诚斋集》，共一百三十二卷，包括《江湖集》《荆溪集》《西归集》《南海集》。有《四部丛刊》影印宋钞本。又有《杨文节公诗集》四十二卷，清乾隆年间杨云采据明本校刻；《诚斋易传》，有曝书亭影宋本；《诚斋诗话》，有《历代诗话续编》本。

过金沙洋望小海[1]

海雾初开明海日，近树远山青历历[2]。忽然咫尺黑如漆，白昼如何成瞑色[3]。不知一风何许来，雾开还合合还开。晦明百变一弹指[4]，特地遣人惊复喜。海神无处逞神通[5]，放出一斑夸客子[6]。须臾满眼贾胡船[7]，万顷一碧波黏天。恰似钱塘江上望，只无两点[8]海门山。我行但作游山看，减却客愁九分半。

注释

[1] 金沙洋：此诗当为杨万里在广东常平茶盐公事任上作。由澄海至揭阳道中，金沙洋、小海当在其境。

[2] 历历：清晰貌。崔颢《黄鹤楼》：“晴川历历汉阳树，芳草萋萋鹦鹉洲。”

[3] 瞑色：指昏暗的天色。李白《菩萨蛮·闺情》：“暝色入高楼，有人楼上愁。”

[4] 晦明：昏暗与晴朗。《国语·楚语上》：“地有高下，天有晦明，民有君臣，国有都

鄮，古之制也。”弹指：比喻很短暂的时间。法云《翻译名义集·时分》：“僧祇云：‘二十念为一瞬，二十瞬为一弹指。’”

[5] 神通：高明的本领或手段。

[6] 一斑：事物中的一小部分。这里比喻一部分晴天。客子：旅居外地的人。江淹《杂体诗》其七《王侍中粲怀德》：“鹳鹈在幽草，客子泪已零。”

[7] 须臾：极短的时间；片刻。《荀子·劝学》：“吾尝终日而思矣，不如须臾之所学也。”贾胡船：外国商人的船只，极写海上贸易的繁荣。

[8] 两点：钱塘江口对峙的赭、龛二山。

选评

刘祁《归潜志》：“晚甚爱杨万里诗，曰：‘活泼刺底，人难及也。’”

赵翼《杨诚斋诗集序》：“其争新也在意，而不在词，当其意有所得，虽村夫牧竖之俚言稚语一切阑入，初不以为嫌，及其既成，则俚者转觉其雅，稚者转觉其老。”

陈衍《石遗室诗话》：“大抵浅意深一层说，直意曲一层说，正意反一层、侧一层说。”

赏析

此诗生动细腻地描写了大海瞬息万变、晦明百变的情状。诗人在海上航行，忽而雾开，海空明日高悬，海岸上的近树远山青葱可见；忽而雾合，白昼的大海如同夜幕降临，眼前昏黑一片。一股海风吹来，海雾随风开开合合，海面也就呈现出一会儿明、一会儿暗的情状。晦明变化就只在弹指之间，让诗人惊且喜。海神无处去显示神通，就作法放晴一小会儿，以向海上“客子”夸耀自己的本事。一会儿，广阔的海面上便出现了许多做买卖的“贾胡船”。万顷碧波的大海与天相连，就像粘着苍穹似的，好不壮丽！一个“黏”字，信手拈来，实在奇妙，形象传神地写出了海阔浪涌的景象。最后四句，诗人油然联想起了游钱塘、逛海门的情景，把游海与游山联系起来，兴致愈浓，客愁愈轻。渡海的经历多了，诗人对大海的畏惧感也就消减了，更获得了一份游赏的审美心境。

楼钥

楼钥（1137—1213），字大防，号攻媿主人，明州鄞县（今浙江宁波）人。隆兴元年（1163）进士，累官中书舍人、给事中。宁宗朝历翰林学士，同知枢密院事，进参知政事。卒赠少师，谥宣献。以文章见称于世，真德秀称他与李邴、汪藻为南宋文章三大家。作诗主于自然，气势颇盛，擅七古。有《攻媿集》一百二十卷，今存一百一十二卷。另有《北行日录》一卷。

登育王望海亭[1]

瘦藤[2]拄破山头云，山蹊尽处开危亭[3]。平田万顷际大海，海无所际空冥冥[4]。乾端坤倪悉呈露[5]，飞帆去鸟无遗形[6]。蓬莱去人似不远，指点水上三山青。褰裳濡足恐未免[7]，傥有飙[8]驭吾当乘。是中始觉宇宙[9]大，眼力虽穷了无碍[10]。云梦八九不足吞，回视尘寰[11]一何隘。曾闻芥子纳须弥[12]，漫说草庵含法界[13]。看我振衣千仞冈[14]，笑把豪端捲烟海[15]。

注释

［1］育王：即阿育王山。在今浙江省宁波市鄞州区。西晋武帝太康二年（281），有刘萨诃者，于此山得古塔一基以为阿育王八万四千塔之一，尊崇之，此山遂称为“阿育王山”。

［2］瘦藤：手杖。

［3］危亭：耸立于高处的亭子。白居易《春日题乾元寺上方最高峰亭》：“危亭绝顶四无邻，见尽三千世界春。”

［4］冥冥：渺茫貌。刘向《九叹·远逝》：“水波远以冥冥兮，眇不睹其东西。”

［5］乾端坤倪：指天地的边缘。呈露：显露，显现。韩愈《南海神庙碑》：“乾端坤倪，轩豁呈露。”

［6］遗形：遗留下来的形貌、形体。

［7］褰（qiān）裳：提起衣裳。《诗经·郑风·褰裳》：“子惠思我，褰裳涉溱。”濡足：打湿双脚。屈原《九章·思美人》：“因芙蓉而为媒兮，惮褰裳而濡足。”

［8］飙：指暴风。

［9］宇宙：所有时间、空间、物质的总称。《淮南子·齐俗训》：“往古来今谓之宙，

四方上下谓之宇。”

［10］眼力：视力。姚合《武功县居》：“簿书销眼力，杯酒耗心神。”无碍：没有阻碍；没有妨碍。扬雄《法言·君子》：“子未睹禹之行水与？一东一北，行之无碍也。君子之行，独无碍乎？”

［11］尘寰：人世间。权德舆《送李城门罢官归嵩阳》：“归去尘寰外，春山桂树丛。”

［12］芥子纳须弥：佛教语。佛教认为一切法空，原不相碍，所以芥子虽小，但也能无碍地容纳须弥山。《大慧普觉禅师普说》：“以至芥子纳须弥、须弥纳芥子之类，亦非假于他术。”

［13］漫说：莫说；别说。司空图《柳》其一：“漫说早梅先得意，不知春力暗分张。”法界：佛教语。泛称各种事物的现象及其本质。

［14］振衣：抖落衣服上的尘土。屈原《楚辞·渔父》：“新沐者必弹冠，新浴者必振衣。”千仞：古制八尺为一仞，千仞形容非常高。贾谊《吊屈原赋》：“凤凰翔于千仞兮，览德辉而下之。”

［15］豪端：毫毛的末端。比喻细微之物。烟海：烟波浩瀚的大海。陆游《我梦》：“我梦入烟海，初日如金熔。”

选评

吴之振《宋诗钞》：“诗雅赡有本，然往往浸淫于禅。禅学之传，莫炽于四明，当时老宿如攻媿，已不能辨矣。”

赏析

诗人拄杖登阿育王山望海亭，以望万顷大海。海天渺茫无涯，天地交界的边缘尽现眼底。诗人想象着海中的蓬莱仙岛并不遥远，海中岛屿青青，就好像三座仙山若隐若现，令人有飘然欲仙之感。诗人仿佛化身巨人，迫不及待地褰裳涉海去寻找仙岛，又好像化为仙人，驾驶风车，去海上作一番遨游。此时更觉宇宙之广，天地之宽。眼力识见虽然有限，但意识可以突破时空的界限，没有障碍。诗人尽可以驰骋想象，楚地的云梦大泽，原不足以吞吸解渴，就连人世间也觉得狭隘局限。芥子微小，能容纳须弥之山；草庵虽小，亦含大千法界。诗人将佛理融入眼前之景，使诗歌蕴含了哲思，表达了凭借想象随心而行便可抵达通达自在、了无挂碍的境地。诗人决定把阿育王山当作千仞之岗，以仙岛为砚，以瘦藤为毫，蘸烟海以为墨，振衣作诗，濡沃出此首长篇。此诗即景叙情，寄情于景，奔放沸腾的感情融于写景之中，想象奇特，真是笔飞墨舞，淋漓尽致。

吴琚

吴琚，生卒年不详，字居父，号云壑。汴京（今河南开封）人。宋高宗吴皇后之侄。特授添差临安府通判，历尚书郎、镇安军节度使，知明州。嘉泰二年（1202）迁少保。卒，谥忠惠。好书画，工诗词，尤精翰墨，行书极似米芾，而峻峭过之。有《云壑集》。《全宋词》存词六首。

酹江月・观潮应制[1]

玉虹[2]遥挂，望青山隐隐，一眉如抹[3]。忽觉天风吹海立[4]，好似春霆[5]初发。白马[6]凌空，琼鳌[7]驾水，日夜朝天阙[8]。飞龙舞凤[9]，郁葱[10]环拱吴越。

此景天下应无，东南形胜，伟观真奇绝。好似吴儿[11]飞彩帜，蹴起一江秋雪[12]。黄屋[13]天临，水犀[14]云拥，看击中流楫[15]。晚来波静，海门飞上明月。

注释

[1] 应制：应皇帝之命而作的诗文。这首词是淳熙十年（1183）八月十八日宋孝宗陪同太上皇观钱塘江潮时，吴琚应制而作。周密的《武林旧事》对这次观潮有详细记述："淳熙十年八月十八日，上诣德寿宫，恭请两殿往浙江亭观潮……太上喜见颜色，曰：'钱塘形胜，东南所无。'上起奏曰：'钱塘江潮，亦天下所无有也。'太上宣谕侍宴官，令各赋《酹江月》一曲，至晚进呈，太上以吴琚为第一。"

[2] 玉虹：即白虹，天上的白气。苏轼《郁孤台》："山为翠浪涌，水作玉虹流。"

[3] 一眉如抹：比喻隐隐青山如美人的一抹眉黛。萨都剌《同伯雨过凝神庵》："晴日赤山湖水明，湖中山影一眉青。"

[4] 天风吹海立：语出苏轼《有美堂暴雨》："天外黑风吹海立。"

[5] 春霆：春雷。左思《魏都赋》："抑若春霆发响，而惊蛰飞竞。"古人常以雷霆之声比喻潮声。枚乘《七发》："横奔似雷行……声如雷鼓。"

[6] 白马：比喻江潮奔腾如白马。枚乘《七发》："其少进也，浩浩溰溰，如素车白马帷盖之张。"

[7] 琼鳌：玉鳌。神话传说中的大龟，天帝命巨鳌承载着海上神山。比喻江潮汹涌就

好似白色的海龟驾浪而来。后世延用“鳌戴”“鳌抃”为感恩戴德、欢欣踊跃之词。

[8] 天阙：天子的宫阙，指皇帝所居住的地方。岳飞《满江红》：“待从头，收拾旧山河，朝天阙。”这里有歌颂天恩圣德之意。

[9] 飞龙舞凤：指盘踞在杭州东南的天龙山、凤凰山。

[10] 郁葱：原指树林等茂盛。这里比喻气盛的样子。

[11] 吴儿：吴地少年。周密《武林旧事》：“吴儿善泅者数百，皆披发文身，手持十幅大彩旗，争先鼓勇，溯迎而上，出没于鲸波万仞中，腾身百变，而旗尾略不沾湿，以此夸能。”

[12] 蹴（cù）：踢，踏。辛弃疾《摸鱼儿·观潮上叶丞相》：“蹴踏浪花舞。”

[13] 黄屋：帝王车盖，以黄缯为盖里，故名。

[14] 水犀：指水军。《国语·越语上》：“今夫差衣水犀之甲者亿有三千。”周密《武林旧事》：“先是澉浦金山都统司水军五千人抵江下……管军官于江面分布五阵，乘骑弄旗，标枪舞刀，如履平地。”

[15] 击中流楫（jí）：即中流击楫，比喻立志奋发图强。《晋书·祖逖传》：“中流击楫而誓曰：‘祖逖不能清中原而复济者，有如大江！’”

选评

卓人月《古今词统》：“词人常以梅为绿雪，桂为黄雪，海棠为胭脂雪，未有以潮为‘秋雪’者。”

张德瀛《词徵》：“淳熙十年，驾诣德寿宫。八月十五夜，曾觌进赏月词，十八日吴琚进观潮词，皆为孝宗叹赏，其恩遇有在柳耆卿之上者。盖偏安以来，犹有承平和乐之气象也。”

赏析

这是一首应制词。在结构和内容上虽仍有应制体的习套，但不至于庸腐。上片描写钱塘涌潮到来时的伟观，真是奇肆壮丽；下片描述弄潮和观潮的情景，亦有声有色，其中还隐寄恢复中原之志，不愧作手。

一起三句，先写环境气氛。涌潮到来之前，江面开阔平静，远望对岸隐隐的青山，如同一抹眉黛。“青山”，当指临安府对岸西兴、萧山一带的丘陵。三句写宁静的气氛，以作烘托。“忽觉”二句，写海潮初起的声势。写潮声自远而近，如春雷隐隐。潮头波涛汹涌，如白马、琼鳌，“日夜朝天阙”，当有歌颂天恩圣德之意。“飞龙舞凤”，喻钱塘山势。天龙山、凤凰山盘踞东南，南宋皇城北起凤山门，西迄万松岭，郁郁葱葱，气象万千。上片收句，笔势一转，不再描写江潮，用意更深一层，可见章法之妙。“此景”三句，大笔概括。“此景”，既是江潮之景，也是整个钱塘形胜。把太上皇和孝宗的对话引入词中，有如己出。接下来由单纯的写景转向描写人物活动。唐宋时钱塘观潮，每有善泅少年，以彩旗系于竹竿上，执之舞于潮头，称为“弄潮”，以博取观潮者的赏赐。“黄屋”两句，写皇帝出行观潮的盛况。结句暗用祖逖之典，表示恢复中原的志节。以景语作结，甚有意味。怒潮过后，海晏无波，飞上一轮明月。意境宏阔静美，与上文描写恰成对照。首尾呼应，写景中寓有歌颂升平之意，足见作者的匠心。

刘克庄

刘克庄（1187—1269），字潜夫，号后村居士，莆田（今福建莆田）人。以荫入仕，淳祐六年（1246）赐进士出身。历任枢密院编修，中书舍人，工部尚书兼侍读，以龙图阁学士致仕。诗词多感慨时事之作，是南宋江湖诗人和辛派词人的重要作家。著有《后村先生大全集》一百九十六卷，为南宋林希逸所刻，有影印旧钞本。另清康熙间有姚培谦刻《后村诗集》单行本十六卷。

海口三首（选二）[1]

其一

暂游不得久婆娑[2]，奈此龙江[3]景物何。天势去随帆际尽，海声来傍枕边多。昏窗微见灯明[4]屿，霁阁遥看日浴波[5]。定有后人寻旧迹[6]，已留小篆识山阿[7]。

其二

岛烟常至晏[8]方开，沙际[9]参差辨远桅。风挟寒声从树起，潮分末势过桥来。吏人不禁山排闼[10]，客子[11]思倾海入杯。归忆斯游今冷淡[12]，如尝橄榄味初回。

注释

[1] 海口：即海口镇，始建于北宋，在福建福清。嘉定十四年（1221）秋，诗人游至福清海口作《海口三首》。

［2］婆娑（pó suō）：盘旋、停留。宋玉《神女赋》："既姽婳于幽静兮，又婆娑乎人间。"

［3］龙江：即西溪，九龙江支流。在今福建南部，源出博平岭，东南流经漳州到龙海汇注九龙江后入厦门湾。

［4］灯明：渔火闪烁。

［5］霁：天空放晴。王勃《滕王阁序》："云销雨霁，彩彻区明。"日浴波：太阳露出海面。

［6］旧迹：陈迹；遗迹。杜甫《越王楼歌》："君王旧迹今人赏，转见千秋万古情。"

［7］小篆：书体名，秦朝官定的标准字体。山阿：山岳；小陵。陶潜《拟〈挽歌辞〉》其三："死去何所道，托体同山阿。"

［8］晏：迟；晚。屈原《离骚》："及年岁之未晏兮。"

［9］沙际：沙洲或沙滩边。王维《泛前陂》："畅以沙际鹤，兼之云外山。"

［10］吏人：泛指当官的人。岑参《送李郎尉武康》："山色低官舍，湖光映吏人。"不禁：经受不住。杜甫《舍弟观赴蓝田取妻子到江陵喜寄》其二："巡檐索共梅花笑，冷蕊疏枝半不禁。"排闼：推门。杜光庭《虬髯客传》："（李靖）乃雄服乘马，排闼而去。"

［11］客子：离家在外的人。江淹《杂体诗》其七《王侍中粲怀德》："鹳鹆在幽草，客子泪已零。去乡三十载，幸遭天下平。"

［12］冷淡：幽寂；冷清。李中《徐司徒池亭》："扶疏皆竹柏，冷淡似潇湘。"

选评

叶适《水心集》："刘潜夫年甚少，刻琢精丽，语特惊俗，不甘为雁行比也。今四灵丧其三矣……而潜夫思益新，句愈工，涉历老练，布置阔远，建大将旗鼓，非子孰当！"

林希逸《后村先生刘公行状》："诸作皆高，律诗尤精绝，李唐诸子所不及。"

赏析

这两首诗是诗人游于福建福清的海口镇所作。海口镇是福建沿海的关防重镇，背倚东岳山，西扼龙江之入海口，故得名"海口"。这里的晨昏山水，远在天边的船帆，近在枕边的涛声，都给诗人留下了深刻的印象。海口因雄踞福清湾顶部，地势较高，诗人虽身处室内，但在黄昏时透过小窗便可望见岛屿上的点点渔火，清晨时可遥望海日东升之景致。诗人是"暂游"此地，不得长久盘桓，因此面对这龙江景物发出了无可奈何的感叹。诗人想象定有后人追寻诗人足迹、寻觅龙江遗迹，因此在海口附近的山隅幽深处留下了摩崖题刻。当然此句的“已留小篆”不一定是实指，也可以指诗人所作的《海口三首》。

在第二首诗中，诗人选取了岛烟、沙洲、远帆、风声、潮水这些极易引发羁旅愁思的景物，处处透露出寒苦渺茫的情感。推门所见的青山、举杯所望的大海，都让诗人情不自禁地产生了浓浓的思乡之情。尾联用了“橄榄”这一意象，将这种苦涩的心理形象地表达了出来，比喻十分贴切。

周密

周密（1232—1298），字公谨，号草窗，原籍济南，流寓吴兴（今属浙江），居弁山，自号弁阳啸翁，又号萧斋及四水潜夫。淳祐中，为义乌令，入元不仕，寓居杭州，与王沂孙、张炎、李彭老、仇远等结为词社。有诗集《蜡屐集》，词集《草窗词》（又称《萍洲渔笛谱》），另有《齐东野语》《武林旧事》《癸辛杂识》《志雅堂杂钞》《浩然斋雅谈》等多种，广记逸闻逸事。

闻鹊喜·吴山观涛[1]

天水碧[2]，染就[3]一江秋色。鳌戴雪山龙起蛰[4]。快风吹海立[5]。
数点烟鬟[6]青滴，一杼霞绡红湿[7]。白鸟明边[8]帆影直，隔江闻夜笛。

注释

［1］闻鹊喜：词牌名，为周密所作。吴山：又名城隍山，在今杭州市西湖东南，一面临钱塘江，一面靠西湖，为杭州名胜之一。

［2］天水碧：一种浅青的染色。《宋史·南唐李氏世家》：“煜之妓妾尝染碧，经夕未收，会露下，其色愈鲜明，煜爱之，自是宫中竞收露水染碧以衣之，谓之天水碧。”

［3］染就：染成。韦庄《谒金门》：“春雨足，染就一池新绿。”

［4］鳌：传说中的海中大龟。《列子·汤问》：“渤海之东，不知几亿万里，有大壑焉……其中有五山焉：一曰岱舆，二曰员峤，三曰方壶，四曰瀛洲，五曰蓬

莱……而五山之根无所连著，常随潮波上下往还，不得暂峙焉。仙圣毒之，诉之于帝。帝恐流于西极，失群仙圣之居，乃命禺强使巨鳌十五举首而戴之。”起蛰：惊起蛰伏的虫、兽。

［5］海立：风势极大，海风把海水吹得直立起来。苏轼《有美堂暴雨》：“天外黑风吹海立，浙东飞雨过江来。”

［6］烟鬟：比喻峰峦青翠，云雾缭绕。苏轼《凌虚台》：“落日衔翠壁，暮云点烟鬟。”

［7］杼：织布梭子。一杼：一匹、一幅。霞绡：像薄绸一样的红霞。

［8］明边：指云霞边际光明之处。

选评

戈载《宋七家词选》：“草窗词尽洗靡曼，独标清丽，有韶倩之色，有绵渺之思，与梦窗旨趣相侔。二窗并称，允矣无忝。其于律亦极严谨，盖交游甚广，深得切劘之益。”

周济《介存斋论词杂著》：“草窗词镂冰刻楮，精妙绝伦。”

赏析

词的上片写海潮欲来和正来之情状。先写潮水未来，风平浪静的景象。接着写海潮汹涌而来，咆哮的浪潮好像神龟背负的雪山，又像蛰伏海底的巨龙惊醒之后腾空出世，急速的海风似乎要把这海水吹得立起来一般。词人接连用了几个生动的比喻，有声有色地描摹出了钱塘江大潮惊心动魄的场面与排山倒海的气势。下片写潮过风息，江上又是一番景象。“数点”三句，分别描写远处、高处的景色：远处的几点青山，虽然笼罩着淡淡的烟霭，但仍然青翠欲滴；天边的红霞，仿佛是刚刚织好的绡纱，还带着潮水喷激后的湿意；临近黄昏，白鸥上下翻飞，其侧则帆影矗立，说明鸥鸟逐船而飞，由此构成了一幅五彩缤纷的图景，使人赏心悦目，身临其境一般。末句以静结动，以听觉的描写收束全词，与前面的视觉描写形成对照。全词纯写景物，此时才点出景中有人，景中有我，极富韵味。隔江而能听到笛声，可见风平浪静，万籁俱寂，似断犹连，余韵无穷。

文天祥

文天祥（1236—1283），初名云孙，字天祥，又字履善，吉州庐陵（今江西吉安）人。宝祐四年（1256）进士。德祐元年（1275），元兵进攻江南，时文天祥拜右丞相兼枢密使，奉使元营，被拘，后逃脱，由海道南下。益王立，拜右丞相，以都督出江西，招集义军抵抗元军。后兵败被俘，押送燕京，囚居四年，以身殉国。前期诗风相对平庸，后期多抒发爱国精神之作，风格慷慨激昂。有《指南录》《指南后录》《集杜诗》等。

出海（二首）[1]

其一

一团荡漾水晶盘[2]，四畔青天作护阑[3]。著我扁舟了无碍[4]，分明便作混沦看[5]。

其二

水天一色玉空明[6]，便似乘槎上太清。我爱东坡南海句[7]：“兹游奇绝冠平生。”

注释

[1] 出海：驶出北海。诗人出海的地点在江苏泰州界。这首诗的前面有小序：“二十一夜宿宋家林，泰州界。二十二日出海洋。极目皆水，水外惟天，大哉观乎！”

[2] 荡漾：飘荡；起伏不定。李白《梦游天姥吟留别》：“谢公宿处今尚在，渌水荡漾清猿啼。”水晶盘：水晶做的圆盘。形容大海清澈明亮，远望又浑圆无边，好像水晶盘子。

[3] 护阑：护栏。

[4] 扁舟：小船。《史记·货殖列传》：“范蠡既雪会稽之耻，乃喟然而叹曰：‘计然之策七，越用其五而得意。既已施于国，吾欲用之家。’乃乘扁舟浮于江湖。”了无碍：没有一点阻挡，谓从此摆脱敌人。

[5] 混沦：同“浑沦”，意谓一片迷蒙。《列子·天瑞》：“气形质具而未相离，故曰浑沦。浑沦者，言万物相浑沦而未相离也。”

［6］水天一色：形容水天相连同色，辽阔无边。王勃《滕王阁序》："落霞与孤鹜齐飞，秋水共长天一色。"空明：明澈如空。韩愈《祭郴州李使君文》："航北湖之空明，觑鳞介之惊透。"

［7］我爱东坡南海句：苏轼于宋神宗绍圣四年（1097）被贬海南岛儋州，六月渡南海往贬所，有《六月二十日夜渡海》："九死南荒吾不悔，兹游奇绝冠平生。"

选评

吴之振《文山诗钞序》："自《指南录》以后，与初集格力相去殊远，志益愤而气益壮，诗不琢而日工，此风雅正教也……呜呼！去今几五百年，读其诗，其面如生，其事如在眼者，此岂求之声调字句间哉！"

赏析

小船一进入茫茫大海，极目四望，无边的海水就如同荡漾在偌大的水晶盘中，水的周边青天垂遮，好像给海水加了护栏。驾一叶小舟，无阻无碍地浮游前进，估计不会遇到风险，但也要有心理准备，在那水色分明之处，要看到波涛翻滚呢！水天一色，漫无涯际，水波空旷澄澈，好似乘槎遨游于银河。大海如此伟丽，平生从未游历，只有苏轼夜渡南海的诗句，才能表达自己广阔的胸怀和豪迈的气派，这正是民族英雄的性格。

这两首诗有珠联璧合之妙，所表达的是同一意旨：急盼早日南归，继续领兵抗元，企求中兴宋室。诗人不仅将大海的壮丽景色描绘得形象、逼真，产生特殊的美感，而且能给人以巨大的精神鼓舞。它们是文天祥以手写心、直抒胸臆的佳作，与文天祥当时准备抗元的心境是相通的。

胡仲弓

胡仲弓，生卒年不详，约宋度宗咸淳二年（1266）前后在世。字希圣，号苇航，清源（今福建泉州）人，后寓杭州。南宋末年登进士第，为会稽令。后被黜，浪迹江湖以终。有《苇航漫游稿》四卷。清修《四库全书》时，从陈起的《江湖集》中掇其所作，又从《永乐大典》中辑其所缺，编为四卷，有《四库全书》本、《四库全书珍本初集》本。

海月堂观涛[1]

青天与海连，羲娥[2]代吞吐。封姨[3]助余威，阳侯倏起舞[4]。或奔千丈龙，或轰万叠鼓。蓬弱[5]此路通，只界一斥卤[6]。浩浩无津涯[7]，尾闾辟地户[8]。嬴女驱鲛人[9]，献怪扶桑[10]府。琛球来百蛮[11]，玭珠还合浦[12]。独立象冈外，身世等一羽[13]。宇宙纳溟渤[14]，万山齐伛偻[15]。清风与明月，造物[16]不禁取。临流喜得句，玉栏失笑拊[17]。眺望此一时，澒洞[18]注千古。安得卷上天，霈[19]作天下雨。

注释

[1] 海月堂：在永嘉（今浙江温州）江心屿西峰之下，今已废圮。鲍极《海月堂记》：“（大中子）曰：‘是堂西而面东，俯视海涛之湍激；仰视观月魄之澄清。’因堂之所见，合以‘海月’名之。”

[2] 羲娥：日御羲和与月神嫦娥的并称。借指日月。韩愈《石鼓歌》：“孔子西行不到秦，掎摭星宿遗羲娥。”朱熹《韩文考异》引孙汝听曰：“羲娥，日月也。羲和，日御；嫦娥，月御。”

[3] 封姨：神话传说中的风神。

[4] 阳侯：神话传说中的波涛之神。《战国策·韩策二》：“塞漏舟而轻阳侯之波，则舟覆矣。”鲍彪注：“说阳侯多矣。今按《四八目》，伏羲六佐，一曰‘阳侯’，为江海。盖因此为波神欤?”

[5] 蓬弱：即蓬莱、弱水。蓬莱，神话传说中渤海上的仙岛；弱水，在昆仑山之北。比喻一东一西，相隔遥远，渺茫难寻。《太平广记》：“蜀女谢自然泛海，将诣蓬莱求师，船为风飘到一山，见道人指言：‘天台山司马承祯，真良师也。蓬莱隔弱水三十万里，非飞仙无以到。’自然乃回，求承祯受度。”

[6] 斥卤（lǔ）：盐碱地。《吕氏春秋·乐成》：“邺有圣令，时为史公，决漳水，灌邺旁，终古斥卤，生之稻粱。”

[7] 津涯：岸边，边际。《尚书·微子》：“今殷其沦丧，若涉大水，其无津涯。”《孔传》：“言殷将没亡，如涉大水无涯际，无所依就。”

[8] 尾闾：传说中海水所归之处。《庄子·秋水》：“天下之水，莫大于海，万川归之，不知何时止而不盈；尾闾泄之，不知何时已而不虚。”辟：开垦。地户：地的门户。古代传说天有门，地有户，天门在西北，地户在东南。因称地之东南为“地户”。《越绝书》：“天运历纪，千岁一至，黄帝之元，执辰破巳，霸王之气，见于地户。”

[9] 嬴女：传说中的秦穆公之女弄玉。《太平广记》引杜光庭《仙传拾遗》：“秦穆公有女弄玉，善吹箫，公以弄玉妻之。遂教弄玉作凤鸣，居十数年，吹箫似凤声，

凤凰来止其屋。公为作凤台，夫妇止其上，不饮不食，不下数年。一旦，弄玉乘凤，萧史乘龙，升天而去。”鲛人：神话传说中鱼尾人身的神秘生物。干宝《搜神记》：“南海之外，有鲛人，水居如鱼，不废织绩，其眼泣，则能出珠。”

[10] 扶桑：东方极远处或太阳出来的地方。左思《吴都赋》：“行乎东极之外，经扶桑之中林。”

[11] 琛（chēn）：珍宝。张衡《东京赋》：“具惟帝臣，献琛执贽。”百蛮：北方少数民族的总称，后也泛称其他少数民族。《诗经·大雅·韩奕》：“以先祖受命，因时百蛮。”《毛传》：“因时百蛮，长是蛮服之百国也。”

[12] 玭（pín）珠：蚌珠。戴德《大戴礼记·保傅》：“上有双衡，下有双璜，冲牙、玭珠以纳其间。”合浦：郡名。汉武帝平南越国，划出原南海、象郡交界处设置合浦郡，郡治徐闻。《后汉书·循吏传·孟尝》：“（合浦）郡不产谷实，而海出珠宝，与交阯比境，常通商贩，贸籴粮食。”

[13] 一羽：指一只禽鸟。《南齐书·竟陵王子良传》：“万乘至重，一羽甚微。从甚微之欢，忽至重之诫。”

[14] 溟渤：溟海和渤海。泛指大海。鲍照《代陆平原君子有所思行》：“筑山拟蓬壶，穿池类溟渤。”

[15] 伛偻（yǔ lǚ）：腰背弯曲。《淮南子·精神训》：“子求行年五十有四，而病伛偻。”

[16] 造物：指创造万物，也指创造万物的神力。陆游《鹧鸪天》：“元知造物心肠别，老却英雄似等闲。”

[17] 玉栏：玉石制的栏杆。费昶《行路难》：“唯闻哑哑城上乌，玉栏金井牵辘轳。”拊：拊掌，拍手，表示欢喜。《玉台新咏·古诗为焦仲卿妻作》：“阿母大拊掌：‘不图子自归！’”

[18] 澒洞：迷蒙无间，水势弥漫无际的样子。杜甫《自京赴奉先县咏怀五百字》：“忧端齐终南，澒洞不可掇。”

[19] 霈：雨密而盛大的样子。李白《明堂赋》：“于斯之时，云油雨霈。”

选评

纪昀《四库全书总目提要》：“其生平不少概见。惟集中《一第》诗有‘衣冠新进士，湖海旧诗人’之句，知尝登第。《夜梦蒙仲作二象笏》诗有‘嗟余初筮令’之句，知尝宰县。《将之官越上留别诸友》诗有‘一官如许冷，况复是清贫。槐市风何古，兰亭本却真’之句，知官在会稽……《雪中杂兴》诗有‘不被功名缚，江湖得散行’之句，知被斥以后，浪迹以终，故以‘苇航漫游’名稿，其行事则不可考矣……南宋末年，诗格日下。四灵一派，摅晚唐清巧之思；江湖一派，多五季衰飒之气。”

赏析

此诗为诗人于永嘉海月堂观涛之作。全诗从大处着笔，抓住大海辽阔的特点，青天一碧，海天相接，吞吐日月，含孕群星，勾勒出大海包蕴万千的气概。封姨助威，阳侯起舞，形象地刻画出天风海涛的姿态，形神兼备，显示出了动态之美。海涛气势宏大，如千丈之龙奔走腾跃，又如万叠之鼓轰隆震耳。“蓬弱”两句，比起大海的浩渺无涯、无法涉足，蓬莱与弱水并不遥远，其中有路可通，中间亦只隔一片盐碱之地。以蓬莱、弱水距离之近，反衬大海归处与地户相隔之远。接下来，诗人发挥想象，把神话传说编织到诗中：弄玉驱使着鲛人，献怪于东方扶桑之府。百蛮之国前来朝贡，珍珠还于合浦之郡。奇幻无比，打破时空的界限。此时此刻，诗人临海赋诗，拊掌失笑，尽情享受着清风明月、星河海涛的造物之美。诗人的笔触由远及近，由幻想到现实，最后亦把身世之感融入诗中，作出涛浪化雨的发问与期待，将诗的主题带入一个全新的境地，思致新奇、出人意表。诗人眺望一碧万顷的海面，想到的是波涛海水万古流，思绪游走在更为广阔的历史时空，营造了更为深邃厚重的诗境。联想到千载之前的历史典故与神话传说，将其化用于诗中，抒情言志，反映出诗人的高尚情操和美好理想。

皇甫明子

皇甫明子（？—1276），字东生，四明（今浙江宁波）人。性豪宕，乘小舟，挂布帆，载琴、樽、书籍、钓具，往来于江湖间。宋恭宗德祐二年（1276），元师入临安，其发狂痛哭，蹈海而死。

海口[1]

穷岛迷孤青，飓风荡顽寒。不知是海口，万里空波澜。蛟龙恃幽沉[2]，怒气雄屈蟠[3]。峥嵘[4]扶秋阴，挂席[5]潮如山。荧惑表南纪[6]，天去[7]何时还？云旗[8]光惨淡，腰下青琅玕[9]。谁能居甬东[10]？一死谅非难。呜呼朝宗[11]意，会见桑土干[12]。

注释

［1］此诗作于德祐二年（1276）的秋天。诗人当时眼见国亡无日，不愿做新朝顺民，就蹈海殉国而亡。此诗很可能是他蹈海前的绝笔。

［2］幽沉：深藏；隐藏。

［3］屈蟠：盘曲。杜甫《西枝村寻置草堂地夜宿赞公土室》其一："惆怅老大藤，沉吟屈蟠树。"

［4］峥嵘：高峻貌。班固《西都赋》："于是灵草冬荣，神木丛生，岩峻崷崒，金石峥嵘。"

［5］挂席：挂帆。孟浩然《晚泊浔阳望庐山》："挂席几千里，名山都未逢。"

［6］荧惑：指火星。《史记·天官书》："察刚气以处荧惑。"司马贞《史记索隐》引《春秋纬·文耀钩》："赤帝熛怒之神，为荧惑焉，位在南方，礼失则罚出。"南纪：指南方。《诗经·小雅·四月》："滔滔江汉，南国之纪。"郑笺："江也，汉也，南国之大水，纪理众川，使不壅滞；喻吴楚之君能长理旁侧小国，使得其所。"古人以为火星失次，会有灾祸。

［7］天去：指皇帝逃亡。

［8］云旗：以云为旗。屈原《九歌·东君》："驾龙辀兮乘雷，载云旗兮委蛇。"此处指皇帝的出行。

［9］琅玕（láng gān）：神话传说中的仙树，其实似珠。比喻珍贵、美好之物。《山海经·海内西经》："服常树，其上有三头人，伺琅玕树。"曹植《美女篇》："腰佩翠琅玕。"此处指玉佩饰。此句谓以玉表德，以玉佩来自励，要无愧于玉石的坚贞。

［10］甬（yǒng）东：古地名，即春秋越甬东地。在今浙江舟山岛，为吴王夫差自缢之地。

［11］朝宗：小水流注大水，百川归海。《尚书·禹贡》："江汉朝宗于海。"孔颖达疏："朝宗是人事之名，水无性识，非有此义。以海水大而江汉小，以小就大，似诸侯归于天子，假人事而言之也。"

［12］桑土干：即沧海变桑田之意。

选评

《宋史·隐逸传》："屡征不起，隐居武夷山中。"

纪昀《四库全书总目提要》："所录，乃皆古直悲凉，风格遒上，无宋末江湖龌龊之习。其人又皆仗节守义之士，足为诗重。"

赏析

全诗十六句，分为两节。前八句为第一节，作者以险狠凄厉的语句在读者面前展现出一幅海口恶风图。飓风大作，一片昏沉，原来见到的青色小岛也迷蒙不可辨认了。飓风鼓荡起的寒气无法驱除。五、六两句想象海口飓风之起，是潜沉水底的蛟龙倚恃幽暗而作恶鼓怒所致。七、八两句叙写挂帆出海，海浪如山，那种峥嵘的气势就像要把整个阴沉的秋空攫取到海里吞掉似的。以上八句极写风涛险恶，阴类猖獗，不可一世。飓风一过，天已入夜，仰望星空，感伤国事，矢志自沉，这是后八句的中心旨意。“荧惑”两句慨叹宋帝奔向南方，难以复归。“荧惑”为火星的别名。古人把天象和人事联系起来，认为“荧惑”如果失次，就有大难临头。现在“荧惑”照到南方，天已去（皇帝逃亡），何时能回（意谓回归无望）。看看天上的云旗惨淡无光，皇帝的出巡前途暗淡。俯视腰间的宝佩，感慨万端：应该无愧于玉佩的坚贞，宁死不屈。“谁能”两句既希望端宗能在不得已的情况下身殉社稷，不可再忍辱偷生；也暗示自己不难以一死殉国。这两句沉痛悲愤之极，真可谓惊天地而泣鬼神。“朝宗”二句一结，尤为壮烈。百川归海，谓之朝宗，然而海也有枯干之时。结尾指斥蛟龙即使猖狂，也不会长久，沧海很快就会变成桑田，以此诅咒敌方力量迅速灭亡。诗歌就此戛然而止，耐人寻味。

元明清部分

仇远

仇远（1247—1326），字仁近，一字仁父，号近村、山村民，钱塘（今浙江省杭州市）人。宋度宗咸淳年间（1265—1274），以诗与同邑白珽齐名，号曰“仇白”。一时游其门者，若张雨、张翥、莫维贤，皆有名当时。元世祖至元中，部使者强以学职起之，成宗大德九年（1305）任溧阳州儒学教授，以杭州知事致仕。晚年乐于泉石间，多与方士游名山胜地、佛刹灵区，足迹所到，辄有题咏，优游湖山以终。工诗文，所著诗篇甚富，后多散佚。亦工书画。清人辑有《金渊集》六卷、《山村遗集》一卷。另有词集《无弦琴谱》二卷。

八犯玉交枝·招宝山观月上[1]

沧岛[2]云连，绿瀛[3]秋入，暮景欲沉洲屿[4]。无浪无风天地白，听得潮生人语。擎空孤柱。翠倚高阁凭虚[5]，中流[6]苍碧迷烟雾。惟见广寒门外，青无重数。

遥想贝阙珠宫[7]，琼林玉树[8]。不知还是何处。倩谁问、凌波轻步[9]？谩凝睇、乘鸾秦女[10]。想庭曲、霓裳正舞[11]。莫须长笛吹愁去。怕唤起鱼龙[12]，三更喷作前山雨。

注释

[1] 选自道光九年（1829）刻本《无弦琴谱》卷二。八犯玉交枝：别名“八宝妆”。招宝山，又名候涛山，在今浙江省宁波市镇海区东北部，扼甬江出海口，山势峻险，景色秀丽。

[2] 沧岛：海岛。

[3] 绿瀛：瀛洲。《史记·封禅书》：“自威、宣、燕昭使人入海求蓬莱、方丈、瀛洲。此三神山者，其传在渤海中，去人不远；患且至，则船风引而去。盖尝有至者，诸仙人及不死之药皆在焉。其物禽兽尽白，而黄金银为宫阙。未至，望之如云；及到，三神山反居水下。临之，风辄引去，终莫能至云。”

[4] 暮景：夕阳。景即日光。杜甫《杜位宅守岁》：“四十明朝过，飞腾暮景斜。”洲

屿：海中沙洲。

[5] 凭虚：凌空。袁昂《古今书评》：“张伯英书如汉武帝爱道，凭虚欲仙。”

[6] 中流：水流的中央。苏轼《石钟山记》：“大石当中流。”

[7] 遥想：悠远地思索或想象。孙绰《游天台山赋》：“非夫远寄冥搜，笃信通神者，何肯遥想而存之。”贝阙珠宫：典出屈原《九歌·河伯》：“鱼鳞屋兮龙堂，紫贝阙兮朱宫。”王逸注：“言河伯所居，以鱼鳞盖屋，堂画蛟龙之文，紫贝作阙，朱丹其宫，形容异制，甚鲜好也。《文苑》作珠宫。”

[8] 琼林：琼树之林。古人常以形容佛国、仙境的瑰丽景象。支遁《阿弥陀佛像赞序》：“阊阖无扇于琼林，玉响天谐于箫管。”玉树：神话传说中的仙树。李白《怀仙歌》：“仙人浩歌望我来，应攀玉树长相待。”

[9] 曹植《洛神赋》：“凌波微步，罗袜生尘。”此处暗指洛神。倩，请。

[10]《列仙传》：“萧史者，秦穆公时人也，善吹箫，能致孔雀白鹤于庭。穆公有女字弄玉，好之。公遂以女妻焉，日教弄玉作凤鸣，居数年，吹似凤声，凤凰来止其屋。公为作凤台。夫妇止其上，不下数年，一旦皆偕随凤凰飞去。故秦人为作凤女祠于雍，宫中时有箫声而已。”凝睇：注视。白居易《长恨歌》：“含情凝睇谢君王，一别音容两渺茫。”

[11] 柳宗元《龙城录·明皇梦游广寒宫》：“开元六年，上皇与申天师、道士鸿都客八月望日夜，因天师作术，三人同在云上游月中。过一大门，在玉光中飞浮，宫殿往来无定，寒气逼人，露濡衣袖皆湿。顷见一大宫府，榜曰‘广寒清虚之府’。其守门兵卫甚严，白刃粲然，望之如凝雪。时三人皆止其下不得入，天师引上皇起跃，身如在烟雾中。下视玉城崔峨，但闻清香霭郁，下若万里琉璃之田。其间见有仙人道士，乘云驾鹤往来若游戏。少焉步向前，觉翠色冷光相射目眩，极寒不可进。下见有素娥十余人，皆皓衣乘白鸾，往来舞笑于广陵大桂树之下，又听乐音嘈杂，亦甚清丽。上皇素解音律，熟览而意已传。顷天师亟欲归，三人下若旋风，忽悟若醉中梦回尔。次夜，上皇欲再求往，天师但笑谢而不允。上皇因想素娥风中飞舞袖被，编律成音，制《霓裳羽衣》舞曲。自古洎今，清丽无复加于是矣。”

[12] 鱼龙：泛指鳞介水族。《周礼·地官·大司徒》“鳞物”郑玄注：“鱼龙之属。”庾信《哀江南赋》：“草木之遇阳春，鱼龙之逢风雨。”

选评

方凤《仇仁父诗序》：“□融化事，往往于融畅圆美中，忽而凄楚蕴结，有《离骚》三致意之余韵。”

冯金伯《词苑萃编》：“（仇远）尝登招宝山观月出，作《八犯玉交枝》，后段云：……其纵横之妙，直似东坡。”

周岸登《厦门南普陀观潮，用仇山村招宝山观月上韵》："嘘蜃云高，沐螺烟湿，画出绿瀛苍屿。空际涛飞松万壑，半杂蝉声铃语。谁撑鳌柱。海客争说蓬莱，天青潮白生寒雾。如见驷虬骖凤，群真无数。遥望隔海烟峦，瑶宫琪树。神山知在何处。漫回首、朝元仙步。渺凝睇、吴城龙女。奈风急、冰夷乱舞。洞庭张乐愁归去。怕醉倒钧天，鱼龙喷薄惊秋雨。"

赏析

仇远尝曰："近体吾主于唐，古体吾主于《选》。"这种作诗取法乎上的观念也直接影响到他作词。其词在题材上多写景咏物，在风格上则明显看出其对周邦彦、姜夔的学习，而这种对雅正、法度的崇尚，恰恰是从南宋后期延续到元代的词风最高格。作为元代南派词人的代表，仇远在宋末即与周密、张炎等人唱和。他曾为张炎《山中白云词》作序："世谓词者诗之余，然词尤难于诗。……若言顺律舛，律协言谬，俱非本色。或一字未合，一句皆废；一句未妥，一阕皆不光采。信戛戛乎其难。"填词态度严肃。而其词作也确实能够贯彻其词学见解，意趣清空，格调骚雅。这首词描写的种种景物，都是基于现实的艺术想象，是词人浪漫情怀的展现。虽以月为题，但全篇无一"月"字，正是所谓"摄其神理而遗其形貌"的作法。而之所以能够驾驭这种作法，则是因为词人对艺术的理解达到了超凡的境界，再通过神奇的想象进一步扩大词境的外延。前代论家所谓"纵横之妙"，即指此而言。

谢翱

谢翱（1249—1295），字皋羽，一字皋父，号宋累、晞发子。福安（今属福建省）人，后迁居浦城（今属福建省）。宋度宗咸淳年间应进士举，不第。恭宗德祐二年（1276）元兵南下，文天祥开府延平，翱率乡兵数百人投之，任咨议参军。及文天祥兵败，脱身潜伏民间，避地浙东，尝过严陵，登钓台，祭奠天祥。后往来于永嘉、括苍、鄞、越、婺、睦州等地，至浦江，与遗民故老方凤、吴思齐、邓牧等多有交接，名其会友之所曰"汐社"，义取"晚而有信"。卒于杭州，友人从其初志葬于钓台南。有《晞发集》十卷，编《天地间集》《浦阳先民传》等。

侠客吴歌立秋日海上作[1]

潮动秋风吹牡荆[2]，离歌[3]入夜斗西倾。佽飞庙下蛇含草[4]，青拭吴钩入匣鸣[5]。

注释

[1] 选自万历刻本《晞发集》卷七。按是书卷八《登西台恸哭记》，此诗作于元世祖至元二十年（1283）立秋。至元十九年底（公历1283年1月）文天祥在大都（今北京市）就义，谢翱开始流亡生涯。“过姑苏。姑苏，公初开府旧治也，望夫差之台而始哭公焉。”离姑苏时作此诗。吴歌，泛指江南一带的民歌。

[2] 牡荆：植物名。落叶灌木或小乔木，广布于长江以南各省。果实和叶皆可入药。茎干坚劲，古以为刑杖。《史记·孝武本纪》：“其秋，为伐南越，告祷泰一，以牡荆画幡日月北斗登龙。”

[3] 离歌：伤别的歌曲。何逊《答丘长史诗》：“宴年时未几，离歌倏成赋。”

[4] 佽（cì）飞：春秋楚国勇士，一作佽非。李白《观佽飞斩蛟龙图赞》：“佽飞斩长蛟，遗图画中见。”后泛指勇士。蛇含草：多年生草本。根茎短，茎倾卧。全株有伏毛。叶多为五小叶组成的掌状复叶。小花黄色，成聚伞花序。中药入药，有清热解毒、消肿化痰之功效。主治蛇虫咬伤、痈肿、溃疡等症，亦能去污，又称蛇衔。见李时珍《本草纲目·草》“蛇含”。

[5] 钩：兵器，形似剑而曲。春秋吴人善铸钩，故称。后亦泛指利剑。鲍照《代结客少年场行》其一：“骢马金络头，锦带佩吴钩。”匣鸣：匣中剑鸣，典出王嘉《拾遗记·瑞顼》：“有曳影之剑，腾空而舒。若四方有兵，此剑则飞起指其方，则克伐；未用之时，常于匣里，如龙虎之吟。”陆游《长歌行》：“国仇未报壮士老，匣中宝剑夜有声。”

选评

何梦桂《晞发道人诗序》：“晞发道人诗，原于《骚》。《骚》，盖古诗变风变雅之遗也。《骚》深于怨，古诗怨而不伤，而《骚》近之怨，非诗之正声也。商之声直以肆，周之声和以柔，一变而为《国风》，再变而为《黍离》，甚矣，而《骚》又甚焉。道人诗，盖《骚》之墨守也。故其诗思远而悲，征而不讦，而辞称之。诗之所至，志亦至焉。”

赏析

谢翱诗多寄寓对宋室沦亡的悲痛，风格沉郁激愤。此诗寄托遥深，稍显隐晦，和他的散文名篇《登西台恸哭记》对照阅读，启发或许更多。《登西台恸哭记》所叙三哭文天祥，一哭毕即作此诗，二哭为至元二十三年（1286）哭于会稽山越台，三哭为二十七年哭于富春山钓台（西台）。比较三哭：一哭时亡国未远，天祥新丧，望夫差台而哭暗含对国事的愤恨，倘若不是像吴王夫差那样耽于享乐，不纳忠言，宋王朝何至于如此迅速覆灭？而在佽飞庙前擦拭宝剑，剑入匣犹鸣，则显示出复国复仇的愿望。二哭在越台，文天祥被俘北上路过此地时，曾赋诗以勾践卧薪尝胆自勉，这是哭天祥遗志越发难以实现。三哭时复国彻底无望，是情绪的总释放。比较三哭就能体会到，作此诗时诗人正强压内心的悲痛，其复杂的心情和强烈又渺茫的愿望，只能诉之于秋夜的海潮。如知晓其日后的二哭、三哭再读此诗，则更令读者唏嘘。

任士林

任士林（1253—1309），字叔实，号松乡，鄞县（今浙江宁波）人。六岁能属文，诸子百家，无不周览。后讲道会稽，授徒钱塘。元武宗至大初年，荐授湖州安定书院山长。俄而得呕疾，卒于杭之客舍。有《松乡集》十卷。

送叶伯几序[1]

余家越天门山之阳[2]，坐瞰海波，水天际远，蛮洲蜃屿历历。晴豁时则天光曙发，风阔潮平，舟大小凌蜃头[3]来，杳若撒菽[4]。少则帆影抑扬，棹歌出没，径列步[5]下，市侩[6]布立岸上，遥呼问海伴。故旧三老[7]，倚桅长揖[8]，载输委市[9]，废举[10]毕问，且悉对，然后乃登岸，洋洋入市侩家，挥霍醉语无谁何[11]。明日椎羊沥神[12]，击鼓召市，贩夫日来，争贸急售，幸不幸听轩轾[13]，唯浅深，赖不臭，厥载为贺[14]。既又涉旬月，市侩计觚箅[15]，然后审知干没[16]，则莫不大呼起柁[17]，列啸扬帆，视厚薄各满志去。又尝观富人之舶，挂十丈之竿，建八翼之橹[18]，长年顿[19]指南车，坐浮庋[20]上；百夫建鼓番休[21]，整如官府令[22]，拖碇必良[23]，綍繂[24]必精，载必异国绝

产。时一上步纲[25]，孔目[26]大小，杀牛酾酒[27]，畅欢而后去，市侩过不敢顾，盖将输官场之入[28]，保天府之珍[29]者也。余在隐约[30]，犹为学校诸生，每见职教者充孔杨[31]来，不险济以求赢，则幸不幸输尔载以惬入[32]者也。叶君伯几之至也，未数月也，以下州例不得设学录[33]，故去。然其深藏而不贾，厚载而未输，大类富人之舶，宜不入市侩之顾，以满志去者固多矣。叙以道其别。

注释

［1］选自《文渊阁四库全书》本《松乡集》卷四。叶伯几，名东叔，永嘉（今浙江省温州市）人。据下文，时往作者家乡庆元路（治鄞县）奉化州备任学录，不得而返。林景熙（1242—1310）有诗《送叶伯几之奉化》，戴表元（1244—1310）有《送叶伯几赴奉化录》，黄溍（1277—1357）有诗《逢叶伯几》。序是送别赠言的文体。

［2］天门山：在今浙江省宁波市宁海县北与奉化区交界处。《汉书·地理志》载会稽郡鄞县“有越天门山”，顾祖舆《读史方舆纪要》载天门山在“（宁海）县北六十里，接奉化县界。山从嵊县发脉，缭绕三百余里”。阳：山的南面或水的北面。天门山南面即象山港。

［3］凌蜃头：渡过平静的海面。凌：渡过。蜃：传说中的一种蛟龙，在海里向空中吐气形成海市蜃楼。海市实则因光线折射而形成，多出现在风平浪静时，谓“凌蜃头”即“晴豁时”，古人想象平静的海面下有蜃。

［4］菽：豆类。

［5］步：同“埠”，水边停船处。

［6］市侩：买卖的中间人。

［7］三老：古代掌教化之官，乡、县、郡均曾先后设置。这里泛指老朋友。

［8］长揖：拱手高举继而落下的一种行礼。

［9］载输委市：货物堆积在市集上。《诗经·小雅·正月》：“载输尔载，将伯助予。”前“载”是动词，及至；输：丢掉；后“载”是名词，所载的货物。这里用“载输”隐指“尔载”。委：积聚。

［10］废举：囤积货物，价贱时买进，价贵时卖出。举：通“贮”。

［11］无谁何：无人能奈何。

［12］椎（chuí）羊沥神：杀羊奠酒敬神。椎：击杀。

［13］轩轾：车前高后低为轩，车前低后高为轾，喻指高低轻重。

［14］厥、载：都是“乃、于是”的意思，表示所接动作同时发生。

［15］觚筹：酒钱。

［16］干没（gān mò）：赚到钱。

[17] 柂：同“舵”。
[18] 建八翼之櫓：大船两舷各有四支长桨。
[19] 顿：设置。
[20] 庋（guǐ）：架子。
[21] 建鼓：立鼓（击之为号）。《左传·哀公十三年》：“建鼓整列。”孔颖达疏：“建，立也。立鼓击之与战也。”番休，轮流休息。
[22] 整如官府令：其整肃犹如有官府号令一般。
[23] 碇（dìng）：停船时沉入水底用以稳定船身的石块。
[24] 紼（fú）、繂（lǜ）：粗长的绳子。
[25] 一上步纲：船一靠岸。纲：系船的大绳。
[26] 孔目：职掌文书事务的小官。这里泛指低级官吏。
[27] 釃（shī）：滤。“杀牛釃酒”比“椎羊沥神”排场大。
[28] 输官场之入：为官场进口商品。
[29] 保天府之珍：为朝廷采办珍宝。保：负责。天府：朝廷的府库。
[30] 隐约：穷困不得志。
[31] 孔杨：孔融和杨修。《后汉书·祢衡传》载祢衡：“唯善鲁国孔融及弘农杨修。常称曰：‘大儿孔文举，小儿杨德祖。余子碌碌，莫足数也。’”
[32] 输尔载以惬人：丢弃所学迎合他人。惬、入：都是恰当、适合的意思。
[33] 下州：根据人口、物产、地理形势等条件，将州县划分等级，下州是条件较差的州。学录：元代路、州、县学学官，协助教授、学正教育所属生员。

选评

赵孟頫《任叔实墓志铭》：“盖叔实之于文，沉厚正大，一以理为主，不作庾语棘人喉舌，而含蓄顿挫，使人读之而有余味，余敬之爱之。”

顾嗣立《元诗选》：“明祭酒胡俨曰：‘（任士林）其文笃实而宏博，深厚而舒徐，锵然而金石奏，灿然而琅玕。’呈盖卓乎有道之言也。”

赏析

这篇送序用比喻、对比的手法，将“厚载而未输”的叶君比作“富人之舶”，将“输尔载以惬人”的“职教者”比作码头商贩，两相对照，高下立判。虽然文章主旨和海洋关系不大，但作者采用的喻体，是他熟悉的家乡滨海贸易的场景，故能信手拈来，刻画生动；而以眼前事物为比兴来安慰、赠别叶君，又显得对时对景。至于后人在文中体察到的，诸如元代海洋贸易的活跃繁荣，东南沿海商人的精神气质，运输交易的全过程，乃至当时造船技术之一斑，其丰富则或许超出作者预期。该序语言精练，文气贯通，以气脉驾驭语言，无处不显示出唐宋古文尤其是韩愈对作者的影响。由此可见，前人对任氏古文的高度评价，是有相当依据的。

海扇[1]

汉宫佳人班婕妤[2]，香云一箧秋风初[3]。网虫苍苍恩自浅[4]，犹抱明月冯夷居[5]。至今生怕秋风面，三月三日才一见。对人摇动不如烹[6]，肯入五云清暑殿[7]。

注释

[1] 选自《文渊阁四库全书》本《松乡集》卷八。题下原自注：“海中有甲物如扇，文如瓦屋，三月三日潮尽乃出。”海扇即砗磲，双壳纲砗磲科动物的统称。壳大而厚，略呈三角形，长可达一米。壳面有高垄，垄上有重叠的鳞片。壳顶弯曲，壳缘呈波状屈曲。壳外面通常灰色，内面百色。外套膜缘呈黄绿青紫等色彩。栖息于热带海域。壳可作器物。刘绩《霏雪录》：“海中有甲物如扇，其文如瓦屋，惟三月三日潮尽乃出，名海扇，一名车渠，作杯，盛酒过满不溢。”胡怀琛《春日寄家兄闽中》：“海扇占春信，仙芽问武夷。”

[2]《乐府诗集・相和歌辞》有《怨歌行》：“新裂齐纨素，鲜洁如霜雪。裁为合欢扇，团团似明月。出入君怀袖，动摇微风发。常恐秋节至，凉风夺炎热。弃捐箧笥中，恩情中道绝。”《文选》收此诗，序：“昔汉成帝班婕妤失宠，供养于长信宫，乃作赋自伤，并为《怨诗》一首。”

[3] 香云：比喻青年妇女的头发。柳永《尾犯》：“记得当初，翦香云为约。”此句谓班婕妤刚失宠时，尚有黑发可脱。

[4] 网虫：蜘蛛。沈约《直学省愁卧》：“网虫垂户织，夕鸟傍檐飞。”苍苍：发色灰白。《北齐书・卢文伟传》：“询祖初闻此言，实怀恐惧，见丈人苍苍在鬓，差以自安。”此句谓班婕妤像蜘蛛一样终日纺绩，以致两鬓苍苍，君恩中断。

[5] 明月：指明珠。屈原《九章・涉江》：“被明月兮佩宝璐。”王逸注：“言已背被明月之珠。”李商隐《利州江潭作》：“自携明月移灯疾，欲就行云散锦遥。”冯浩注：“明月，珠也。”冯夷：传说中的黄河之神，即河伯。《庄子・大宗师》：“冯夷得之，以游大川。”成玄英疏：“姓冯名夷，弘农华阴潼乡堤首里人也。服八石，得山仙。大川，黄河也。天帝锡冯夷为河伯，故游处盟津大川之中也。”后泛指水神。曹植《洛神赋》：“于是屏翳收风，川后静波，冯夷鸣鼓，女娲清歌。”此句谓班婕妤化为海扇，怀抱明珠，潜居海中。

[6] 原作“对天摇动不如烹”，从陈广恩《静嘉堂所藏元刊本〈松乡先生文集〉的文献价值》[《暨南学报（哲学社会科学版）》2018年第10期，第72页] 所考，改“天”为“人”。此句谓海扇与其为人类拂暑，还不如被烹煮。

[7] 五云：指皇帝所在地。王建《赠郭将军》：“承恩新拜上将军，当值巡更近五云。”清暑殿：东晋宫殿名。《晋书·孝武帝纪》：“（太元）二十一年春正月，造清暑殿。”李白《月夜金陵怀古》：“别殿悲清暑，芳园罢乐游。”王琦注引《景定建康志》：“清暑殿，在台城内，晋孝武帝建。殿前重楼复道通华林园，爽垲奇丽，天下无比，虽暑月常有清风，故以为名。”此句谓海扇只有被烹煮，才能被送去清暑殿与皇帝相见，而清暑殿中凉爽，它不会被抛弃。

赏析

作者凭借丰富的想象，巧妙地将海扇的习性与班婕妤的故事联系起来，咏物咏史两关着。此诗因海扇以形似而得名产生灵感，赋予俗物“秋风弃扇”的典故，以海扇怀珠比作班婕妤初心不改，以肥美的海扇产于农历三月比作班婕妤“怕见秋风”，令其具有诗性，“对人摇动”两句尤其兼具形象和趣味。任士林的相关资料有限，且前人对他的赞赏多在古文，而非诗歌。平心而论，他将壳为折扇形的海扇与团扇相联系，有些牵强；而面对熟典，他也没有翻出更加清新的立意。但作为生长、生活在滨海地区的作者，他对家乡、海洋的热爱，在此诗和上篇选文中都显而易见，二作都信笔从其熟悉的海洋景物说开，阐发主旨。抛开成就不论，可以说，任士林是中国古代不多的、较为纯粹的海洋文学作家。

熊鉌

熊鉌（1253—1312），字位辛。初名禾，字去非。号勿轩、退斋。建阳（今属福建）人。志求濂洛之学，访朱子之门人辅广而从游焉。宋度宗咸淳十年（1274）登进士第，授汀州司户参军。宋亡，遂隐不仕。归武夷山，筑鳌峰书堂，四方来学者，翕然归之。有《勿轩集》八卷和《四书标题》《易经讲义》《诗选正宗》《三礼考异》《春秋论考》《小学句解》等学术论著。

上致用院李同知论海船[1]

易经致民用[2]，肇自羲农[3]先。耒耜既生聚[4]，市易还懋迁[5]。公私不交病，本末无倒悬[6]。古人致主[7]术，称物[8]靡有偏。厥初禹作贡[9]，不但中邦[10]田。四海自锡贡[11]，不惮来远边。碣石来冀右[12]，海岱青徐[13]连。东南并淮扬[14]，亦自江海沿。夫岂宝远物，有道归陶甄[15]。成周[16]制国用，半在周官[17]编。虞衡[18]与商贾，胡不末利捐[19]。艰难开国心，什一[20]犹欲蠲。裒益[21]固有道，公功格皇天[22]。后儒不知学，说理多虚玄。生财昧大道，民命是益朘[23]。管商一作俑[24]，蠹弊[25]贻千年。渔盐尚抑末[26]，奈何诱开阡。怀清一以筑[27]，茕独堪哀怜。封君擅半赋[28]，公私重熬煎。寒机[29]冻女手，汗粒赪农肩[30]。织衣不上体，舂粟不下咽。伤哉力田[31]家，欲说涕泪涟。何如弃之去，逐末[32]利百千。矧[33]此贾舶人，入海如登仙。远穷象齿微[34]，深入骊珠渊[35]。大贝与南琛[36]，错落万斛船。取之人不伤，用之我何愆[37]。奈何昧轻重，屑屑穷算鞭[38]。锱铢较鹭股[39]，漏网鱼吞船[40]。安得体国[41]臣，为天掘玑璇[42]。上资国脉寿[43]，下拯民瘼阗[44]。朝夕禹贡志，菲食甘胝胼[45]。九载不入门[46]，千古孰与贤。更想公旦[47]心，待旦尤乾乾[48]。世俗吝与骄，曾[49]不丝毫牵。所以泰和[50]治，常在虞周前。此道久已亡，利欲充培埏[51]。岂曰治不及，曾是心无传。明公中州杰，自是天分全。问学甚充厚，愿力还精坚[52]。溥物功不劳，无欲心湛然。维此一枢轴[53]，实秉大化[54]权。如天有北斗，物物归玑璇。帝念南海民，风化旧所宣。皇皇[55]风霜节，炳炳奎壁躔[56]。纤微亦何浼[57]，阖散有大权。利用六府[58]修，制用九府圜[59]。古人不可作[60]，得意皆蹄筌[61]。谁哉识治本，理此大化弦[62]。三代[63]事寂寞，念之中心悁[64]。书生武夷客，偶此来海堧[65]，使者采风谣，诗歌寓惓惓[66]。

注释

［1］选自《文渊阁四库全书》本《勿轩集》卷七。致用院：《元史·食货志》："大德元年，罢行泉府司。二年，并澉浦、上海入庆元市舶提举司，直隶中书省。是年，又置制用院，七年，以禁商下海罢之。至大元年，复立泉府院，整治市舶司事。"市舶司是在各港口管理商船、征收关税、收买进口物资的官署，宋代设立，元明因之，清代废除。致（制）用院即元成宗大德二年（1298）至七年间设立的管理各市舶司的衙门，据此可确定此诗所作的大致年份。李同知：名不详待考。同知：官名，宋代中央有同知阁门事、同知枢密院事，府州军亦有同知府事、同知州军事。马端临《文献通考·职官》："淳化二年，王显出镇，张逊知

枢密院事，始以温仲舒、寇准同知院，同知之名，自此始也。……知枢密院、同知院并正二名，知院掌佐天子执兵政，而同知院为之副。”元明因之，后用以称副职。这里指致用院的副长官。海舶：泛指海外贸易。

［2］《易经・系辞上》：“备物致用，立成器以为天下利。”致用：供人利用。

［3］羲农：伏羲氏和神农氏。

［4］耒耜：古代一种像犁的翻土农具，耜用于起土，耒是耜上的弯木柄。生聚：繁殖人口，聚积物力。

［5］懋迁：劝勉搬有运无，互相交易。《尚书・益稷》：“懋迁有无化居。”伪孔安国传：“勉劝天下，徙有之无，鱼盐徙山，林木徙川泽，交易其所居积。”《幼学琼林》卷四：“兴贸易，制耒耜，皆由炎帝。”

［6］本末：古人以农业为立国之本，把工商业作为农业发展的结果和补充，即末。《韩非子・诡使》：“仓廪之所以实者，耕农之本务也。”倒悬：缚住人的双足并将之倒挂，使脸部朝下。比喻处境困苦危急。《孟子・公孙丑上》：“当今之世，万乘之国行仁政，民之悦之，犹解倒悬也。”

［7］致主：犹致君。辅佐国君，使其成为圣明之主。李频《长安书情投知己》：“致主当齐圣，为郎本是仙。”

［8］称物：与事物原理相符。陆机《文赋序》：“恒患意不称物，文不逮意。”

［9］厥初：最初、开头。《诗经・大雅・生民》：“厥初生民，时维姜嫄。”《禹贡》，上古地理名著，《尚书・夏书》中的一篇。作者不详，疑是战国时代的作品。全书采用区域研究的方法，以山脉、河流为标志，将全国分为九个州，并对每州的疆域、山脉、河流、植被、土壤、物产、贡赋、少数民族、交通等自然、人文现象作了描述，对中国地理学的发展有深远影响。

［10］中邦：中原。

［11］锡贡：待天子有令而后进贡。有别于常贡。《尚书・禹贡》：“厥包橘柚锡贡。”孔颖达《五经正义》：“此物……须之有时，故待锡命乃贡，言不常也。”蔡沈《书集传》引张氏曰：“必锡命乃贡者，供祭祀，燕宾客则诏之。”曾巩《福州拟贡荔枝状》：“臣窃以《禹贡》扬州‘厥包橘柚锡贡’，则百果之实，列于土贡，所从来已久。”一说为常贡。

［12］碣石：山名，一说在今河北省昌黎县北。冀右：冀州西部。冀州，古九州之一，今山西和河北西部、北部，还有河南太行山南的一部分。此句指今渤海一带的进贡。

［13］青徐：《尚书・禹贡》称青、徐二州之地为“海岱”，约今东海与泰山之间。青、徐二州都属古九州（说法不一），青州东至海，西至泰山，即今山东东部；徐州即今山东东南部和江苏北部。此句指今黄海一带的进贡。

［14］淮扬：淮河与扬子江的下游地区，包括长江南北的扬州、泰州、镇江、盐城、淮安等地。此句指今东海一带的进贡。

［15］陶甄：制造陶器所用的旋盘。后世多以陶工转动旋盘制器，比喻圣王治理天下。

《晋书·乐志》:“弘济区夏,陶甄万方。”也作“陶钧”。

[16] 成周:周代东都洛阳的别称。由周公负责营建,因而借指周公辅成王的兴盛时代。

[17] 周官:《周礼》本名《周官》,记载周代名物制度。

[18] 虞衡:古代掌山林川泽之官。

[19] 胡不末利捐:“胡不捐末利”的倒文。

[20] 什一:以十博一。《史记·越王勾践世家》:“(范蠡)候时转物,逐什一之利。”后因以“十一”泛指经商。

[21] 裒(póu)益:减少和增加。

[22] 公功:为国家建立的功劳。格,感通。

[23] 民命:人民的生活、生计。朘(juān),缩减。

[24] 管商:管仲和商鞅。二人分别于春秋、战国为齐、秦之相,行使法治,使两国称霸诸侯,为法家之祖。作俑:制作用于殉葬的木偶。因其面目似人,故孔子厌恶创始者的不仁。《孟子·梁惠王上》:“仲尼曰:‘始作俑者,其无后乎!为其象人而用之也。如之何其使斯民饥而死也?’”后以“作俑”指创先制造坏事、首开恶例。

[25] 蠹弊:弊病。

[26] 抑末:抑制商贾。

[27]《史记·货殖列传》:“巴寡妇清,其先得丹穴,而擅其利数世,家亦不訾。清,寡妇也,能守其业,用财自卫,不见侵犯。秦始皇以为贞妇而客之,为筑女怀清台。”

[28] 封君:受有封邑的贵族。擅:占有。以上三句将“茕独”和“封君”作对比,寡妇清因富有而得“封君”筑台,其他“茕独”则自生自灭。

[29] 寒机:寒夜的织布机。鲍照《和王义兴七夕》:“寒机思孀妇,秋堂泣征客。”

[30] 赪(chēng)肩:肩头因负担重物而发红。赪:红色。

[31] 力田:勤于农事。《战国策·赵策二》:“缮甲厉兵,饰车骑,习驰射,力田积粟。”

[32] 逐末:经商。《汉书·食货志》:“民心动摇,弃本逐末,耕者不能半,奸邪不可禁,原起于钱。”

[33] 矧(shěn):况且。

[34] 徼(jiào):边界。这里指出产象牙的远方。

[35] 骊珠:古代传说中骊龙颔下的宝珠,典出《庄子·列御寇》:“夫千金之珠,必在九重之渊而骊龙颔下。”欲取骊珠,须潜入深渊中,待骊龙睡时,才能窃得,故为极珍贵的宝物。

[36] 大贝:贝之一种。上古以为宝器。南琛:南蛮所贡奉的宝物。《宋书·夷蛮传》:“太祖以南琛不至,远命师旅,泉浦之捷,威震沧溟,未名之宝,入充府实。”

[37] 愆(qiān):罪过。

[38] 算鞭：不详待考，疑为旧时计算数目所用的竹木棍。

[39] 鹭股：鹭鸶的大腿，比喻微小的利益。

[40] 漏网鱼吞船："吞舟漏网"本指大可吞舟的鱼漏网，后常以喻罪大者逍遥法外。同"吞舟是漏"。

[41] 体国：体念国家。

[42] 玑璇：也称漩玑，北斗七星的第一星至第四星。喻权柄。

[43] 资：供给。国脉：国家的命脉。寿：长久。

[44] 民瘼：民众的疾苦。《诗经·大雅·皇矣》："监观四方，求民之莫。"瘨（diān），灾害。

[45] 菲（fěi）食：粗劣的饮食。胝胼（pián zhī）：手脚因长期劳动摩擦而生的厚茧。《列子·杨朱》："子产不字，过门不入，身体偏枯，手足胼胝。"

[46] 九载不入门：指大禹治水九年三过家门而不入。

[47] 公旦：周公旦。

[48] 待旦：坐等天亮。形容思虑之深。《孟子·离娄下》："周公思兼三王，以施四事，其有不合者，仰而思之，夜以继日，幸而得之，坐以待旦。"乾乾：自强不息的样子。《易经·乾卦》："君子终日乾乾，夕惕若厉，无咎。"

[49] 曾（zēng）：竟。

[50] 泰和：太平。

[51] 埏（yán）：地的边际。

[52] 愿力：意愿之力。精坚，专一而刻苦。鲍照《拟古》其四："生事本澜漫，何用独精坚?"

[53] 枢轴：机关运转的中轴。比喻权力中心。

[54] 大化：化育万物。

[55] 皇皇：美盛鲜明的样子。《诗经·小雅·皇皇者华》："皇皇者华，于彼原隰。"

[56] 奎壁：二十八宿中奎宿与壁宿的并称。旧谓二宿主文运，故常用以比喻文苑。躔（chán）：天体的运行。

[57] 纤微：细微。《淮南子·修务训》："且夫精神滑淖纤微，倏忽变化，与物推移。"浼（měi）：污染。

[58] 六府：水、火、金、木、土、谷。《尚书·大禹谟》："地平天成，六府三事允治，万世永赖。"六府为财货聚敛之所，古人以为人类养生之本。

[59] 九府：周代掌管财政的九个官署，即大府、王府、内府、外府、泉府、天府、职内、职金、职币。圜（huán）：围绕。本句谓用九府共同管理。

[60] 古人不可作：古人的成就今人达不到。

[61]《庄子·外物》："筌者所以在鱼，得鱼而忘筌；蹄者所以在兔，得兔而忘蹄；言者所以在意，得意而忘言。"蹄：兔罝；筌：鱼笱。谓语言、蹄、筌都是有形的迹象，道理与猎物才是目的。后常以"蹄筌"指达到某种目的的手段，或反映事物的迹象。

［62］理弦：典出《礼记·乐记》："昔者舜作五弦之琴以歌《南风》。"《孔子家语·辩乐解》载《南风》歌词："南风之熏兮，可以解吾民之愠兮。南风之时兮，可以阜吾民之财兮。"《史记·乐书》："舜歌《南风》而天下治。《南风》者，生长之音也。舜乐好之，乐与天地同，意得万国之欢心，故天下治也。"

［63］三代：夏、商、周。

［64］悁（yuān）：忧愁。

［65］堧（ruán）：水边的空地。

［66］惓（quán）惓：真挚诚恳。《汉书·刘向传》："念忠臣虽在甽亩，犹不忘君，惓惓之义也。"

选评

顾嗣立《元诗选》："先生（熊鉌）之论诗曰：'灵均之《骚》，靖节、子美之诗，痛愤忧切，皆自其肺肝流出，故可传也。不然，虽呕心冥思，极其雕锼，泯泯何益。'先生言此，盖已得诗之本原矣。"

赏析

这首诗与致用院官员论海外贸易利弊，表达了作者反对的态度，认为重商轻农会动摇社会经济根本。全诗可分五部分：开篇到"公功格皇天"是第一部分，描述理想中的三代政治；"后儒不知学"到"逐末利百千"是第二部分，历数东周以后商业发展带来的社会问题；"矧此贾舶人"到"漏网鱼吞船"是第三部分，直陈海外贸易虽然"不伤""何愆"，但终究无益于人心教化；"安得体国臣"到"常在虞周前"是第四部分，再次以三代为蓝本，描述自己希望看到的政治状态，但主要是为了引出下文的赞美；"此道久已亡"到结束是第五部分，赞美李同知有实现自己愿望的能力。作者所持的社会观点是传统甚至是落后的，但考虑到以农为本的社会现实和作者所受儒家教育等历史条件，我们不但对此不能苛求，还应该对作者宋亡不仕后依然心系民生的态度给予肯定。唯其最后一部分的溢美之词，有些偏离主题。而在诗歌艺术上，无论是"以文为诗"的手法还是"痛愤忧切"的风格，则都如作者自己所说，是源于杜甫的深刻影响。

柳贯

柳贯（1270—1342），字道传，号乌蜀山人，浦江（今属浙江省）人。甫弱冠，受经于仁山金履祥。既而从乡先生方凤、括吴思齐诸前辈游，历考秦汉以来文章之变化。是时海内为一，故国遗老，尚有存者，师友讲究，渊源不绝。乃复裹粮出，与紫阳方回、南阳仇远、淮阴龚开、句章戴表元、永康胡之纯、长孺兄弟，益咨叩其所未至。元成宗大德年间，用察举为江山县学教谕，迁昌国州学正，历国子助教、太常博士，出为江西儒学提举。顺帝至正初，起翰林待制，兼国史院编修官。自幼至老，好学不倦，于兵刑、律历、数术、方技、异教外书，无所不通。工古文，与同郡黄溍、吴莱声名一时相埒。浙东之文，争奇竞爽，涵育甄陶，人才辈出，迨于明初而极盛焉。既卒，门人私谥曰文肃。有《柳待制文集》二十卷。

瀛海集序[1]

唐人之仕于外者，最重藩翰宾客[2]之选，以其职优务简，有幕府[3]之雍容，无吏尘之鞅掌[4]，故得因其暇日，合凡同好，寻幽揽胜，赋物写景，以自放于诗筹酒算间。由后观之，韦、白之盛山[5]，韩、李之郾城[6]，其风流文采为何如哉！

浙阃治鄞[7]。鄞，东南大藩府也。他有司群吏晨朝出坐庭，治文书，决诉讼，课赋租饶乏，常矻矻[8]无须臾闲。而阃中照磨官独以钩校簿书为职事[9]，日署牍三四，即匣印橐笔[10]，上马径归，西景坐啸，若无少累于其心者。然则照磨官受禄优于他有司群吏，而曹务之简乃如是，殆古所谓吏隐者耶？

至元五年[11]，吾友阮君受益莅官，且再期[12]矣，而予来东，始与君会。觞次[13]，出手书《瀛海集》一巨编请予评。予得而读之，则君之所赋与凡高朋胜友之属而和之者咸在，气和而声应，言短而意舒，壹是大雅之风而治世之音也。鄞，古鄮县地[14]，岸东大瀛海，其岩谷岛屿蓄泄云霞，变现光采，往往不□为仙者之所搜揽，而人或得之发为文辞，皆凛有奇气。而受益方扫先大父、先大夫爰棠[15]之阴，而踵其宦游之迹，亲年未老，养道日修，则夫

广《南陔》《白华》之声[16]，以益敦《羔羊》“素丝”之义[17]，其进于《诗》也，夫孰御哉[18]！景尹先生郑君，予之高交友也，君实从之游焉，其即以问之，当有莫逆于予言者矣。

注释

［1］选自《浙江文丛》本《柳贯集》卷一六。据文中自叙，作于元顺帝至正元年（1341）。《瀛海集》已佚。

［2］藩翰宾客：封疆大吏的门客。《诗经·大雅·板》：“价人维藩，大师维垣，大邦维屏，大宗维翰。”《毛传》：“藩，屏也；翰，干也。”后因以“藩翰”喻捍卫王室的重臣。

［3］幕府：本指将帅在外的营帐，后亦泛指军政大吏的府署。《史记·李将军列传》：“大将军使长史急责广之幕府对簿。”引申指军中或官署聘用的文书人员。韩愈《河南少尹李公墓志铭》：“崇文命幕府唯公命从。”

［4］鞅掌：典出《诗经·小雅·北山》：“或栖迟偃仰，或王事鞅掌。”《毛传》：“鞅掌，失容也。”孔颖达疏：“《传》以鞅掌为烦劳之状，故云‘失容’，言事烦鞅掌然不暇为容仪也。今俗语以职烦为鞅掌，其言出于此《传》也。”

［5］盛山：在今重庆市开州区北部。唐宪宗元和十三年（818），韦处厚贬开州刺史，公务之余作《盛山十二诗》咏当地景致。穆宗长庆元年（821）处厚还朝，友人白居易、元稹、张籍等纷纷和作，结集后由韩愈作《韦侍讲盛山十二诗序》：“其意方且以入谿谷，上岩石，追逐云月，不足日为事。读而歌咏之，令人欲弃百事往而与之游，不知其出于巴东以属朐䏰也。……于是《盛山十二诗》与其和者，大行于时，联为大卷，家有之焉。”

［6］郾城：今河南省漯河市郾城区。唐宪宗元和十二年（817），韩愈随裴度平淮西吴元济之叛至此，任行军司马，作《平淮西碑》等名篇。次年深秋，韩愈与李正封在郾城溉亭夜饮，回顾平叛过程，成《晚秋郾城夜会联句》。洪咨夔《度剑有日高永康以诗送行次韵》：“凄凉郾城月，想像李与韩。”

［7］阃（kǔn）：统兵在外的将军。治鄞：元代浙东宣慰司道治庆元路，庆元路治鄞县（今浙江省宁波市鄞州区）。

［8］矻（kū）矻：极为劳苦或勤勉不息的样子。《汉书·王褒传》：“故工人之用钝器也，劳筋苦骨，终日矻矻。”

［9］照磨：“照刷磨勘”的省称。元代在中书省下设立照磨一员，正八品，掌管磨勘和审计工作。另肃政廉访司中负责监察的官员也称照磨，“纠弹百官非违，刷磨诸司文案”（《元典章》）。后泛指掌管宗卷、钱谷的属吏。

［10］橐（tuó）：口袋。匣、橐都是名词活用作动词。本句谓把印章放进印匣，把笔放进文具袋。

［11］即1339年。至元，元顺帝年号。

[12] 且再期（jī）：将近两年。期：一周年。

[13] 觞次：（在）宴饮之所。

[14] 鄮县：秦置，区域包括今浙江省宁波市鄞州区东部、北仑区和舟山群岛。因县治在宝幢附近的鄮山同谷而得名，属会稽郡。后历代行政区划不断调整，隋文帝开皇九年（589）与相邻的鄞县、句章县合并，后梁太祖开平三年（909）定名鄞县。

[15] 爱棠：典出《左传·襄公十四年》："武子之德在民，如周人之思召公焉，爱其甘棠，况其子乎？"杜预注："召公奭听讼，舍于甘棠之下，周人思之，不害其树，而作勿伐之诗，在《召南》。"后以"爱棠"表示对仁官廉吏的爱戴或怀念。

[16]《诗经·小雅》中有六篇有目无诗的笙诗，《南陔（gāi）》《白华》《华黍》为前三篇，是燕飨之乐。《南陔》序："《南陔》，孝子相戒以养也；《白华》，孝子之絜白也；《华黍》，时和岁丰，宜黍稷也。有其义而亡其辞。"《仪礼·乡饮酒礼》："笙入堂下，磬南北面立，乐《南陔》《白华》《华黍》。"后用为奉养和孝敬双亲的典实。

[17]《诗经·召南·羔羊》："羔羊之皮，素丝五纶；退食自公，委蛇委蛇。"《毛传》："小曰羔，大曰羊。素，白也。纶，数也。古者素丝以英裘，不失其制。大夫羔裘以居。"孔颖达疏："毛以为召南大夫皆正直节俭。言用羔羊之皮以为裘，缝杀得制，素丝为英饰，其纶数有五。既外服羔羊之裘，内有羔羊之德，故退朝而食，从公门入私门，布德施行，皆委蛇然动而有法，可使人踪迹而效之。言其行服相称，内外得宜。"后因以"羔羊素丝"称誉士大夫正直节俭，内德与外仪并美。

[18] 御：匹敌。

选评

《元史·黄溍传》："（柳贯作文）沉郁春容，涵肆演迤，人多传诵之。"

顾嗣立《元诗选》："（柳贯）门人宋濂与戴良类辑诗文四十卷，谓如老将统百万之兵，旗帜鲜明，戈甲焜煌，而不见有喑呜叱咤之声。临川危素谓其文雄浑严整，长于议论，而无一语袭陈道故。"

赏析

柳贯为学博通经史，根极阃奥；为诗忧深思远，善写景物变化之态；为文则较诗更受人称道。古文相比于诗赋之类的纯文学作品，内容充实尤其重要，这篇短文确实能够体现作者身为一代名儒的学养。但文中所述做幕宾禄优务简之美，多半是因为元代读书人出路狭窄，放在其他时代则未必。以上其实都和海洋文学无关，这篇序文之所以入选，与其说是作为海洋文学，不如说是作为海洋文论，即作者指出“其岩谷岛屿蓄泄云霞，变现光采，往往不□为仙者之所搜揽，而人或得之发为文辞，皆凛有奇气”，寥寥数语道出了中国古代海洋文学的主要实际形态。由于地理、文化等诸多因素，严格意义上的海洋文学在中国古代文学中所占的比重少之又少。而海洋景物、文化对有涉海经历的作家眼界、胸襟的开拓，对中国文学的意义其实更大，至于有多少海洋题材的作品，质量如何，相较而言并非第一义。所以，对有涉海经历作家的研究，应该作为中国古代海洋文学研究的重要内容，而不只局限于其海洋题材作品。

黄溍

黄溍（1277—1357），字晋卿，一字文潜，义乌（今属浙江省）人。生而俊异，学为文，顷刻数百言。弱冠西游钱塘，得见遗老钜工宿学，益闻近世文献之详。还从隐者方韶父游，为歌诗相唱和，绝无仕进意。后被迫应诗，元仁宗延祐二年（1315）登进士，授宁海丞。元文宗至顺二年（1331），以马祖常荐，入应奉翰林文字，转国子博士，出提举浙江等处儒学。亟请侍亲归，俄以秘书少监致仕。元顺帝至正七年（1347），起翰林直学士，知制诰同修国史。擢兼经筵官，升侍讲学士同知经筵事，累章乞休，不俟报而行。遣使追及。十年夏，得请还南。卒赠江西行省参知政事，追封江夏郡公，谥文献。乃金华学派一代宗师，明开国名臣宋濂、王祎等皆出其门，《元史》本传载临川虞集、豫章揭傒斯、浦阳柳贯、义乌黄溍“人号为儒林四杰”。有《日损斋稿》三十三卷、《日损斋笔记》一卷。

初至宁海（二首）[1]

其一

地至东南尽，城孤邑屡迁[2]。行山云作路，累石海为田[3]。蜃炭[4]村村白[4]，棕林树树圆。桃源名更美，何处有神仙？

注释

［1］此二首选自元抄本《金华黄先生文集》卷五。据诗意，作于延祐二年作者初任宁海县丞时。宁海县（今属浙江省宁波市）时属台州路。

［2］此句城邑互文，指宁海地处偏僻，县治多次迁移。

［3］累石：修理海塘。海为田：靠海谋生。

［4］蜃炭：即蜃灰，又称蛎灰，俗名白玉。将蛎壳经煅烧、风化、细磨等工序后制成的灰浆（主要成分是氢氧化钙），是我国沿海地区用来代替石灰的传统建筑材料，性能较石灰更优。

其二

缥缈蛟龙宅[1]，风雷隔杳冥[2]。人家多面水，岛屿若浮萍。煮海盐烟黑，淘沙[3]铁气腥。停骖方问俗[4]，渔唱起前汀[5]。

注释

［1］蛟龙宅：龙宫，指海。

［2］风雷：波涛轰鸣声。杳冥：极高或极远以致看不清的地方。宋玉《对楚王问》："凤皇上击九千里，绝云霓，负苍天，足乱浮云，翱翔乎杳冥之上。"

［3］淘沙：用水淘洗沙金，选取金屑。《元史·刘秉忠传》："珍贝金银之所出，淘沙炼石，实不易为。"

［4］停骖：将马勒住，停止前进，有停车的意思。谢朓《新亭渚别范零陵云》："停骖我怅望，辍棹子夷犹。"问俗：初到异地，打听当地风俗习惯。《礼记·曲礼上》："入国而问俗，入门而问讳。"

［5］渔唱：渔人所唱的歌。郑谷《江行》："殷勤听渔唱，渐次入吴音。"汀：小洲。

选评

宋濂《金华黄先生行状》："先生素行挺立，贵而能贫。遇佳山水则觞咏其间，终日忘去。雅善真草书，为文布置谨严，援据精切，俯仰雍容，不大声色。譬之澄湖不波，一碧万顷，鱼鳖蛟龙，潜伏不动，而渊然之色，自不可犯。世之议者，谓先生为人高介类陈履常，文辞温醇类欧阳永叔，笔札俊逸类薛嗣通，历事五朝，巋然以斯文之重为己任。"

钱基博《中国文学史》："黄溍文为苏轼之流畅，而归本欧阳修之纡徐；学则朱熹之义理，而兼擅吕祖谦之文献。承宋人之学，为宋人之文。……（诗）不苏不黄，超绝町畦。……雄茂之气，修洁之词，不专事模拟、讲格律，而卓然以自名家。"

赏析

作为元代名儒，黄溍的文学创作也是典型的学者之文、学者之诗。慈波《黄溍评传》指出，“黄溍文章境界的成熟，是在后期的创作活动中实现的”，黄诗则“早期作品成就较为突出，风格方面也渐趋定型”。这两首诗是他早期的作品，而且是“元人普遍投注心力不足的五律一体”（上海人民出版社2015年版，第181、184页）。诗作重在客观叙述初至滨海地区的见闻，透露出初入仕途对未来的打算和期待。而黄溍在宁海为官数年，也的确为当地百姓做了不少实事。知人论世，则更能体会到这两首诗所代表的学者之诗不务虚言的特质。从内容上看，诗作本于性情，关怀现实，体现出作者的儒学修养；艺术上较为平实，但能表现出自家面目，脱略元代后期诗人竞尚唐音的蹊径。

王冕

王冕（1287—1359），字元章，号九里先生、煮石山农、饭牛翁、梅花屋主等，诸暨（今属浙江省）人。田家子也。七八岁时父命牧牛，冕放牛陇上，窃入书塾听诸生读书，听毕辄默记。暮亡其牛，父怒挞之。他日依僧寺，夜坐佛膝，映长明灯读书，安阳韩性异而录为弟子，遂通《春秋》。性卒，门人事冕为师。尝一试进士举不第，即焚所为文，读古兵法，狂放不羁。着高檐帽，衣绿蓑衣，蹑长齿屐，击木剑，或骑牛行市中，乡里小儿皆讪笑，冕弗顾也。尝北游燕都，泰不华荐以翰林院官职，不就。元末大乱，归隐会稽九里山，植梅千株，卖画为生。明太祖取婺州，将攻越，物色得冕，置幕府，授以咨议参军，一夕以病死。工画梅，亦擅竹石，能刻印。有《竹斋集》四卷。

伤亭户[1]

清晨度东关[2]，薄暮曹娥宿[3]。草床未成眠，忽起西邻哭。敲门问野老，谓是盐亭族[4]。大儿去采薪，投身归虎腹。小儿出起土[5]，冲恶入鬼箓[6]。课额[7]日以增，官吏日以酷。不为公所干[8]，惟务私所欲。田关[9]供给尽，鹾数[10]屡不足。前夜总催[11]骂，昨日场胥督。今朝分运来，鞭笞更残毒。灶

下无尺草，瓮中无粒粟。旦夕不可度，久世[12]亦何福。夜永[13]声语冷，幽咽[14]向古木。天明风启门，僵尸挂荒屋。

注释

[1] 选自《邵武徐氏丛书》本《竹斋集》卷一。亭户：海边以煮盐为业的盐民家庭。因煮盐的地方称亭场，故有此名。

[2] 东关：东关市，在今浙江绍兴东运河旁。

[3] 薄暮：傍晚。曹娥：曹娥江，钱塘江的最大支流，因东汉曹娥投江救父而得名，在今浙江省内。发源于磐安县尚湖镇王村大盘山脉长坞，自南向北流经新昌县、嵊州市、绍兴市上虞区和柯桥区，于三江口以下注入杭州湾。

[4] 盐亭族：煮盐的亭户人家。

[5] 起土：指挖土修筑盐场。

[6] 冲恶（è）：冲犯凶神恶煞。鬼箓：死者名册，一作“鬼录”。陶渊明《拟〈挽歌辞〉》其一：“昨暮同为人，今旦在鬼录。”“入鬼箓”指死亡。旧时迷信，建筑工程开始前须先祭神，否则冲犯就要遭受祸殃。按常理推断，小儿子应是因急病无钱医治而死。

[7] 课额：规定亭户上交食盐的定额。

[8] 干（gān）：求取。这两句谓官吏不断增加课额不是为了国家而求取，只是要中饱私囊。

[9] 田关：官府的赋税。

[10] 鹾（cuó）：盐。鹾数即课额。

[11] 总催：和下文的场胥（xū）、分运都是盐务官吏名称。元代在两淮、两浙、福建等几个主要产盐区设都转运盐使司，长官称都运；两浙司下设杭州、嘉兴、绍兴、温台等四个检校所，长官称分运；检校所管辖的各盐场设司令、司丞、管勾各一人，总催当指管勾。场胥是盐场办事小吏，监工之类。

[12] 久世：长久地活在世上。

[13] 夜永：夜深。

[14] 幽咽：低声悲痛地哭泣。

选评

纪昀《四库全书总目提要》：“冕天才纵逸，其诗多排奡遒性之气，不可拘以常格。然高视阔步，落落独行，无杨维桢等诡俊纤仄之习，在元明之间，要为作者。”

钱谦益《列朝诗集小传》：“（王冕）赋诗辄千百言，鹏骞海怒，读者毛发为耸。”

赏析

王冕诗多写其隐逸生活，也有部分作品反映人民疾苦，这首诗就是其中的代表作。全诗质木无文，通过典型人物、典型事件，客观呈现这一幕人间惨剧。起首写投宿闻哭声，总起全篇；当中通过野老满含血泪的控诉，揭露官府的贪婪残酷，集中反映民不聊生的惨状；结尾写野老不堪忍受而悬梁自尽，让人不忍卒读。此诗以叙事的真实性取胜，不着一字评论，却具有相当的批判性，以平实凝练的语句，深刻揭露了元末官府对人民的残酷剥削，表现了人民的苦难生活，悲凉感人，流露出诗人对处于水深火热之中的人民的深切同情。从其题材、立意、构思、语言等各方面，则无不看出王冕对杜甫《石壕吏》的努力学习，但仍能感受到其个人遒劲纵逸、语言质朴、不拘常格的诗歌风格。

张翥

张翥（1287—1368），字仲举，号蜕庵，原籍晋宁襄陵（今山西省襄汾县西北），徙居杭州（今属浙江省）。少负才不羁，好蹴鞠，喜音乐，不以家业屑意，其父以为忧。一旦乃谢客闭门读书，昼夜不暂辍。其父为安仁典史，遂受业于名儒李存之门，及调杭州，又从仇远学诗，由是以诗文知名于时。薄游扬州者久之，以隐逸荐。元顺帝至正初，以荐召为国子助教，分教上都。寻退居淮东，会修宋、辽、金三史，起翰林国史院编修官。累迁太常博士、国子祭酒、集贤学士。以翰林学士承旨致仕。孛罗帖木儿拥兵入都，强翥草诏，不可。孛罗诛，诏以翥为河南行省平章政事。仍翰林承旨致仕，给全俸终其身。有《蜕庵集》四卷、《蜕岩词》二卷。

望海潮·丁巳清明日，登定海县招宝山望海[1]

扶桑何许，蓬莱[2]何处，沧海一望漫漫。精卫解填[3]，鼋鼍可驾[4]，凌波直度三韩[5]。云气[6]有无间。只是天是水，无地无山。赑屃鳌掀[7]，飓风俄起书生寒。

从今不数鲵桓[8]。羡秦人采药[9]，龙伯垂竿[10]。槎信[11]未来，珠光暗

徙[12]，群仙约我骖鸾[13]。长啸壮怀宽。且振衣绝顶[14]，酾[15]酒长澜。挥手相招，片帆飞趁暮潮还。

注释

[1] 选自《强村丛书》本《蜕岩词》卷上。望海潮：首见于柳永集中。丁巳：元仁宗延祐四年（1317）。招宝山：又名候涛山，在今浙江省宁波市镇海区东北部，扼甬江出海口，山势峻险，景色秀丽。

[2] 蓬莱：传说中的神山名。《汉书·郊祀志》："自威、宣、燕昭使人入海求蓬莱、方丈、瀛洲。此三神山者，其传在渤海中，去人不远。"亦常泛指仙境。陈师道《晁无咎张文潜见过》："功名付公等，归路在蓬莱。"

[3]《山海经·北山经》："发鸠之山，其上多柘木。有鸟焉，其状如乌，文首，白喙，赤足，名曰精卫，其鸣自詨。是炎帝之少女名曰女娃。女娃游于东海，溺而不返，故为精卫，常衔西山之木石以堙于东海。"

[4]《竹书纪年》："穆王三十七年，伐楚，大起九师，东至于九江，叱鼋鼍以为梁。"

[5] 凌波：在水上行走。庄忌《哀时命》："势不能凌波以径度兮，又无羽翼而高翔。"三韩：汉时朝鲜半岛南部马韩、辰韩、弁辰（三国时亦称弁韩）三个国家的合称。《后汉书·东夷传》："韩有三种：一曰马韩，二曰辰韩，三曰弁辰……马韩最大，共立其种为辰王，都目支国，尽王三韩之地。"后以指朝鲜。杜甫《奉赠太常张卿二十韵》："方丈三韩外，昆仑万国西。"

[6] 云气：云雾。《管子·水地》："龙生于水……欲尚则凌于云气，欲下则入于深泉。"

[7] 赑屃：龙生九子之一，即蠵龟。焦竑《玉堂丛语·文学》："一曰赑屃，形似龟，好负重，今石碑下龟趺是也。"鳌掀：像鳌鱼一样掀起。

[8] 鲵桓：鲸鲵盘桓。《庄子·应帝王》："鲵桓之审为渊。"郭象注："渊者，静默之谓耳。夫水常无心，委顺外物，故虽流之与止，鲵桓之与龙跃，常渊然自若，未始失其静默也。"成玄英疏："鲵，大鱼也；桓，盘也。"后以"鲵桓"喻顺应外物而自得。苏轼《和〈归去来兮辞〉》："守静极以自作，时爵跃而鲵桓。"但这里用本意，不数即不须再想，以下言仙事。

[9] 秦人采药：指徐福入海。徐福，字君房，秦时方士。始皇闻东海祖洲有不死之药，遣福乘楼船，载童男女各三千人往求之，去而不返。一作徐市。

[10] 龙伯：传说中的大人国。《列子·汤问》载渤海之东有神仙所居之五山，然山浮海而动，天帝命巨鳌十五，分三批轮流负山，五山始屹立不动，"而龙伯之国有大人，举足不盈数步而暨五山之所，一钓而连六鳌，合负而趣归其国，灼其骨以数焉"。

[11] 槎信：典出张华《博物志·杂说下》："旧说云，天河与海通。近世有人居海渚者，年年八月有浮槎去来，不失期。人有奇志，立飞阁于槎上，多赍粮，乘槎

而去。十余日中犹观星月日辰，自后茫茫忽忽，亦不觉昼夜。去十余日，奄至一处，有城郭状，屋舍甚严。遥望宫中多织妇，见一丈夫牵牛渚次饮之。牵牛人乃惊问曰：‘何由至此？’此人为说来意，并问此是何处。答曰：‘君还至蜀郡，访严君平，则知之。’竟不上岸，因还如期。后至蜀，问君平，君平曰：‘某年月日，有客星犯牵牛宿。’计年月，正是此人到天河时也。”因槎“不失期”，故曰信。

[12] 典出《后汉书·循吏传·孟尝》：“孟尝字伯周，会稽上虞人也。……尝后策孝廉，举茂才，拜徐令。州郡表其能，迁合浦太守。郡不产谷实，而海出珠宝，与交阯比境，常通商贩，贸籴粮食。先时宰守并多贪秽，诡人采求，不知纪极，珠遂渐徙于交阯郡界。于是行旅不至，人物无资，贫者饿死于道。尝到官，革易前敝，求民病利。曾未逾岁，去珠复还，百姓皆反其业，商货流通，称为神明。”

[13] 骖鸾：驾驭鸾鸟云游。江淹《别赋》：“驾鹤上汉，骖鸾腾天。”《文选》吕向注：“御鸾鹤而升天汉。”

[14] 绝顶：山之最高峰。沈约《早发定山》诗：“倾壁忽斜竖，绝顶复孤圆。”

[15] 酾酒：斟酒。《晋书·周处传》：“及吴平，王浑登建邺宫酾酒，既酣，谓吴人曰：‘诸君亡国之余，得无戚乎？’”

选评

顾嗣立《元诗选》：“仲举长于诗，其近体长短句尤工。”

李佳《左庵词话》：“张翥《蜕岩词》典雅温润，每阙皆首尾完善，词意兼美，允称元代一大家。”

陈廷焯《白雨斋词话》：“元词日就衰靡，愈趋愈下，张仲举规模南宋，为一代正声。”

赏析

张翥诗多忧时伤事之作，前人评其格调甚高，这其实得益于他对词的深厚修为。张翥雅善音律，词号名家，受乃师仇远影响，意接姜夔、吴文英之余音，语言章法婉丽风流，有南宋旧格。这首词是他的代表作，体现出融婉约清空、豪放旷达为一体，又入于工稳适度的老成风貌。上片写海景的壮观，用神话传说为大海笼罩上一层奇幻色彩。下片抒发高蹈隐遁的情思，先从海景写到仙事，又从仙境回到眼前的大海。语言工炼而唯美，用多种艺术手法创造出虚实结合的醇厚意境。整体风格既保持骚雅派的典雅温润，又能突破骚雅派狭深的路子，博采诸家。故论者以其为有元一代词宗，代表着元代骚雅词的最高艺术成就。

吴莱

吴莱（1297—1340），字立夫，初名来，号深袅山道人，浦江（今属浙江省）人。集贤学士吴直方之子。同黄溍、柳贯从学于方凤，博极群书。元仁宗初年贡举法行，举于乡，延祐七年（1320）以《春秋》举进士，下第归。出游海东洲，历蛟门峡，过小白华山，登盘陀石，著诗赋以见志。还寓同县陈士贞家。退居深袅山中，与龙湫五泄邻，榛篁蒙密，似不类人世。日啸咏其中，穷诸书奥旨，讲学授徒，畅然自得。御史行部，以茂才荐，署饶州路长芗书院山长，未行而疾作，卒。门生学子金华宋濂等私谥曰渊颖先生。有《渊颖集》十二卷和《尚书标说》《春秋世变图》《春秋传授谱》《古职方录》《孟子弟子列传》《楚汉正声》《乐府类编》等学术论著。

次定海候涛山[1]

悲歌忽无奈，天海何渺茫。放舟桃花渡[2]，回首不可量。南条山[3]断脉，北界水画疆。居然清泠渊[4]，枕彼黄茅冈[5]。朝渗日星黑，夜凄金碧光。蹲虎岩倚伏[6]，斗鸡石乖张[7]。磨砻越湛卢[8]，荡泊吴馀皇[9]。幽波视若镜，巨壑深扶桑[10]。招徕或外域，贸易丛兹乡[11]。嘔咿燕国语[12]，颠倒龙文裳[13]。方物[14]抽所宝，水犀警非常[15]。驱鳅作旗帜[16]，驾鳖为桥梁[17]。似予万里眼[18]，徒倚千尺樯。稍疑性命轻，终觉意气强。寄言漆园叟，此去真望洋[19]。便拟学仙子，被发穷大荒[20]。

注释

[1] 选自《丛书集成初编》本《渊颖集》卷三。按是书卷七《甬东山水古迹记》："泰定元年夏六月，自庆元桃叶渡觅舟而东。海际山童，无草木，或小仅如筋，辄刈以鬻盐。东逼海，有招宝山。或云他处见山有异气，疑下有宝，或云东夷以海货来互市，必泊此山。"据此可确定本书所选三首诗皆因此行而作。定海县即今浙江省宁波市镇海区，时属庆元路。候涛山即招宝山，在今镇海区东北。陆应阳《广舆记》："招宝山，定海。一名候涛山。四向海天无际，朝鲜、日本诸彝之域，皆在指顾中。"

[2] 桃花渡：许鸿磐《方舆考证》："桃花渡，在鄞县东北。《一统志》：'在县东北三里，鄞江渡也。路达镇海县。渡北有天成高阜九十有九，独一阜半入于江，谓之江北墩。'"《海内奇观》："由明州城出桃花津六十里，至候涛山，一名招宝山，是为海门。石磴岑嵚，嗌隘且峻，及其巅始得平冈。"

[3] 南条山：泛指南方的山脉。

[4] 清泠：清净凉爽。王延寿《鲁灵光殿赋》："鸿爌炾以爣阆，飋萧条而清泠。"渊：深潭。

[5] 黄茅冈：荒山。

[6]《（成化）宁波府简要志》："虎蹲山，招宝山东，屹立海口，状如虎踞。古云'蛟门、虎蹲，自天设险'。"今已炸平。

[7]《（成化）宁波府简要志》："金鸡山，招宝山外，屹立海中，世传山有金鸡，因名。"

[8] 磨砻：磨治。赵晔《吴越春秋·勾践阴谋外传》："一夜，天生神木一双，大二十围，长五十寻，阳为文梓，阴为楩柟，巧工施校，制以规绳，雕治圆转，刻削磨砻。"湛卢：春秋越国名剑，相传为欧冶子所铸造。《越绝书》："欧冶乃因天之精神，悉其伎巧，造为大刑三，小刑二：一曰湛卢，二曰纯钧，三曰胜邪，四曰鱼肠，五曰巨阙。"

[9] 馀皇：春秋吴国大船。《左传·昭公十七年》："吴伐楚。……战于长岸，子鱼先死，楚师继之，大败吴师，获其乘舟余皇。"杜预注："馀皇，舟名。"

[10] 扶桑：神话中的树木名。《山海经·海外东经》："汤谷上有扶桑，十日所浴。"郭璞注："扶桑，木也。"后用来称东方极远处或太阳出来的地方。陆机《日出东南隅行》："扶桑升朝晖，照此高台端。"

[11] 丛：聚集。顾祖禹《读史方舆纪要》载招宝山"在（定海）县城东北，本名候涛山，以诸蕃入贡停泊于此，因改今名。南临港口，屹然耸峙，极为要害，旧设台堠于此，今改设城堡"。

[12] 唱（wà）咿：形容语声。多用于听不懂或听不清的言辞。《古今合璧事类备要》别集"燕"之"此国乌衣"引《拾遗》曰："唐王榭居金陵，以航海为业。遇风舟破，榭附一板，抵一洲，见翁媪皆皂服，曰：'此吾主人郎也。'引至宫室，见王坐大殿，左右皆妇。王皂袍乌冠，金花闪闪。翁以女妻榭，榭问女曰：'此国何名？'曰：'乌衣国也。'王召宴于宝墨殿，器皿俱黑，命玄玉杯劝榭，曰：'入吾国，汉有梅，今有足下。'王命作诗，卒章云'恨不此身生羽翼'。王曰：'虽不能与君生羽翼，亦可令君跨烟雾。'宴归，女曰：'尾句何相讥也？'王遣人曰：'某日当回。'女取灵丹，以昆仑玉合盛之，遗榭曰：'此丹可召人神魂，死未逾月者，可使更生。'王命取飞云轩，既至，乃乌檀兜子耳。令榭入其中，闭目少息，已至其家。梁上双燕，呢喃下视。榭乃悟所止燕子国也。至秋，二燕将去，悲鸣庭户。榭书一纸，系燕尾，曰：'误到华胥国里来，玉人终日苦怜才。云轩飘去无消息，泪洒春风几百回。'来春燕至，尾有小柬，乃所寄诗曰：

‘昔日相逢冥数合，如今睽远是生离。来春纵有相思字，三月天南无燕飞。’明年，燕果不来。”

[13]《尚书·禹贡》：“岛夷卉服，厥篚织贝。”蔡沈《书集传》：“卉，草也，葛越木棉之属。织贝，锦名，织为贝文，《诗》曰‘贝锦’是也。”按吴莱《渊颖集》卷七《甬东山水古迹记》：“昌国本《禹贡》‘岛夷’后。”昌国即今浙江省舟山市定海区，舟山群岛旧隶宁波府。谢翱《鲁国图诗·序》：“翱尝舟游至鄞，望海上岛无数，其民多卉服。”

[14]方物：各地所产的物品。《尚书·旅獒》：“明王慎德，四夷咸宾。无有远迩，毕献方物，惟服食器用。”

[15]扬雄《蜀王本纪》：“江水为害，蜀守李冰作石犀五枚，二枚在府中，一枚在市桥下，二枚在水中，以厌（压）水精。”《晋书·温峤传》：“（温峤）至牛渚矶，水深不可测，世云其下多怪物，峤遂毁犀角而照之。须臾，见水族覆火，奇形异状，或乘马车着赤衣者。峤其夜梦人谓己曰：‘与君幽明道别，何意相照也?’意甚恶之。峤先有齿疾，至是拔之，因中风，至镇未旬而卒。”段公路《北户录》“通犀”：“又堪辨毒药酒，药酒生沫……或中毒箭，刺于创中，立愈。盖犀食百毒棘刺故也。”

[16]罗愿《尔雅翼》“鳅”引《水经》曰：“海中鳅长数千里，穴居海底，入穴则海溢为潮，出穴则潮退，出入有节，故潮水有期。”

[17]《太平御览》引《尚书·帝验期》曰：“洎周穆王驾鼋鼍鱼鳖为梁，以济弱水，而升昆仑玄圃阆苑之野，而会于王母。”《山海经·中山经》：“又东南三十五里，曰从山……从水出于其上，潜于其下，其中多三足鳖，枝尾，食之无蛊疫。”

[18]杜甫《春日江村》其一：“乾坤万里眼，时序百年心。”

[19]漆园叟：指庄子。《史记·老庄列传》附庄周传载其“尝为蒙漆园吏”，对此有两种解释：一说以漆园为古地名，庄子曾在此作官；另一说为庄子曾在蒙邑中为吏，主督漆事。望洋：典出《庄子·秋水》：“秋水时至，百川灌河。泾流之大，两涘渚崖之间不辨牛马。于是焉河伯欣然自喜，以天下之美为尽在己。顺流而东行，至于北海，东面而视，不见水端。于是焉河伯始旋其面目，望洋向若而叹曰：‘野语有之曰：“闻道百，以为莫己若者”，我之谓也。’”

[20]韩愈《杂诗》：“翩然下大荒，被发骑骐驎。”大荒：极远之处。在《山海经》中，海内、海外、大荒都是指时空中历史的远方。相比较而言，海外比海内的年代更久远，大荒是比海外、海内更为遥远的时代或时空距离。

选评

胡助《渊颖集序》：“滔滔汩汩，一泻千里，如长川大山之宗夫海岳也。”

赏析

本诗写于作者游舟山群岛期间。吴莱以诗文名世而“负词宗之目”，其文“崭绝雄深”，诗则以古体诗富有气势而见称。他渊博颖异却一生未仕，平生喜远游，遍历名山大川，交友广泛，这都使得他的襟怀更为宽广，进而对其文学创作产生了深远的影响。这首诗风格雄浑劲健，在描摹景物时多用“天海”“南条山”“北界水”等恢宏之景象，使得宕笔有力，气势磅礴。全诗想象丰富，作者想象自己穿梭在海上天地与海底生物之间，其中，“驱鳅作旗帜，驾鳖为桥梁”一句充满奇思遐想，具有浓厚的浪漫主义色彩。

初海食[1]

乍秋冒重险，增我愁恨端。故人喜我来，为我具杯盘。盘中何所有，海族纷攒攒。盲风[2]吹衣惨，蜑雨[3]洒席寒。春鱼白如刀，小棹凌碧湍。淡菜[4]类山结，巨镢[5]就石剜。水母或潮卷[6]，蝤蛑[7]乃泥蟠。蛟鼍惜不得[8]，况间龟与鼋。其余亦琐碎，充此一日欢。洗濯烟瘴气，磨砻沙淤瘢。非欤嗜土炭，否则殊咸酸[9]。珍须压纯脔[10]，异且轻马肝[11]。亵味[12]分罩网，腥涎杂瓢箪。奈何齐鲁邦，徒设邾莒餐[13]。对之辄弃置，谁谓吾腹宽。川泽礼当尔，勿云行路难。

注释

[1] 选自《丛书集成初编》本《渊颖集》卷三。

[2] 盲风：《礼记·月令》：“(仲秋之月) 盲风至。”郑玄注：“盲风，疾风也。”

[3] 蜑(dàn) 雨：南方海上的暴雨。蜑是中国古代南方少数民族，居住于广东、福建沿海一带，终年舟居，以捕鱼或行船为业。

[4] 淡菜：贻贝的肉经烧煮曝晒而成的干制食品，味佳美。以煮晒时不加盐，故名。

[5] 镢：镢头，刨土用的一种农具。

[6] 水母或潮卷：郭璞《江赋》：“水母目虾。”《文选》六臣注引《南越志》曰：“海岸间颇有水母，东海谓之蛇，正白，濛濛如沫。生物有智识，无耳目，故不知避人，常有虾依随之，虾见人则惊，此物亦随之而没。”群虾随潮来去，所以说“水母或潮卷”。

[7] 蝤蛑(yóu móu)：梭子蟹。

[8] 鼍：扬子鳄。为中国特有的一种钝吻鳄，分布于长江下游。亦称“鼍龙”，俗称“猪婆龙”。

[9] 以上两句互文，典出柳宗元《报崔黯秀才论为文书》：“凡人好辞工书者，皆病癖也。……吾尝见病心腹人，有思啖土炭、嗜酸咸者，不得则大戚。”

[10]《晋书·谢混传》："初，元帝始镇建业，公私窘罄，每得一豘，以为珍膳，项上一脔尤美，辄以荐帝，群下未尝敢食，于时呼为'禁脔'。"豘：同"豚"。

[11]《史记·刺客列传》司马贞《史记索隐》引《燕丹子》曰："(荆轲与太子丹)又共乘千里马，轲曰'千里马肝美'，即杀马进肝。"《汉书·辕固传》："食肉毋食马肝，未为不知味也；言学者毋言汤武受命，不为愚。"

[12]亵味：平素嗜好的食品。《资治通鉴·后梁均王贞明六年》："蜀主作高祖原庙于万里桥，帅后妃、百官用亵味作鼓吹祭之。"胡三省注："亵味，常御嗜好之味也。"

[13]以上两句典出杨衒之《洛阳伽蓝记·正觉寺》载北魏王肃："伪齐雍州刺史奂之子也。……肃初入国，不食羊肉及酪浆等物，常饭鲫鱼羹，渴饮茗汁。……经数年已后，肃与高祖殿会，食羊肉酪粥甚多。高祖怪之，谓肃曰：'卿中国之味也，羊肉何如鱼羹？茗饮何如酪浆？'肃对曰：'羊者是陆产之最，鱼者乃水族之长。所好不同，并各称珍。以味言之，甚有优劣。羊比齐鲁大邦，鱼比邾莒小国。唯茗不中，与酪作奴。'"邾莒(jǔ)：春秋二小国名。

选评

王士禛《戏仿元遗山论诗绝句三十二首》："铁崖乐府气淋漓，渊颖歌行格尽奇。耳食纷纷说开宝，几人眼见宋元诗？"

赏析

这首诗叙述了吴莱首次吃海鲜的情形。诗中罗列了多种海鲜品类，诸如"春鱼""淡菜""水母""蛸蛑"，来表现"故人"待客之盛情。而"琐碎""充此""烟瘴""沙淤""对之辄弃置""川泽礼当尔"等语句则隐隐透露出，作者虽深谢主人的款待，但他或许觉得吃海鲜更多是因陋就简的无奈之举。古人使用的调味料远不如今日丰富，海岛上的烹饪条件想必更加有限，难掩海鲜的腥气。这首饮食诗选取的只是非常微小的日常生活化题材，但从中不难看出，涉海生活绝不是多数古人所渴望的。这是中国古代海洋观一个侧面、真实的反映。

还舍后人来问海上事诗以答之[1]

去家才五旬[2]，恍若度一岁。岂不道路艰，周流东海澨[3]。故人喜我返，来问海何如。所经何城邑，相去几里余。我言始戒涂[4]，尚在越西鄙[5]。随

波到句章[6]，满目但积水。人云古翁洲[7]，遥隔水中央。一夜三百里，猛风吹倒樯。初从蛟门[8]入，极是险与恶。白浪高于山，神龙曶[9]以跃。似雪复非雪，倚樯欲上看。舟子禁不可，使入舟中蟠[10]。寻常重性命，今特类儿戏。信哉昌黎言，有海无天地[11]。掀掀[12]终达岸，盐卤间黄芦[13]。人烟寄岛屿，官府犹村墟。水族纷异嗜，鱼蟹及蠊蛾[14]。我宁不忍餐，抹藓相吐沫。荒尘栖予发，旭日照我身。似闻六国港，东压扶桑津。或称列仙居，去此亦不远。蟠木秋更花，蓬莱辟真馆。我非不愿往，此险何可当。天吴[15]布牙爪，出没黑水洋[16]。于奇岂易得，似足直一死。方去徒自惊，既归亦云喜。珍重故人言，勿以险为奇。兹行已侥幸，慎勿疾平夷。虽然此异乡，固是难久客。圣出风且恬，时清海如席[17]。我犹爱其然，恨不少淹留。尔毋为我惧，遭此千丈虬[18]。试看尘世间，甚彼大瀛海。衣裳日沉溺，篙橹相奔溃。奔溃孰能救，沉溺将奈何。口呿舌不下[19]，聊为故人歌。

注释

[1] 选自《丛书集成初编》本《渊颖集》卷四。

[2] 旬：十日为一旬。

[3] 澝：同“裔”，边缘。

[4] 戒涂：准备起程。《晋书·文六王传》：“遂乃褫龙章于衮职，徙侯服于下藩，未及戒涂，终于愤恚，惜哉！”

[5] 西鄙：《一统志》：“越西鄙姑蔑之地，唐置衢州。”

[6] 句章：古地名，即今浙江省宁波市一带。句章城始建于周元王四年（前472），为越王勾践所筑。阚骃《十三州志》：“越王勾践之地，南至句余，其后并吴，因大城句余，章（彰）伯（霸）功以示子孙，故曰句章。”据此可知，勾践于元王四年灭吴后向天子呈贡，天子赐胙，并命以“伯”（诸侯之长），勾践为向子孙表彰灭吴称霸之功，依句余山兴建句章城。据《宝庆府志》，古句章在今宁波市江北区慈城镇南十五里，面江为邑，傍城山渡，故相传曰城山，今城基尚存。秦代置句章县，包括今宁波市江北区、鄞州区北乡及西乡、镇海区和余姚市东部等一带地方，县治在今慈城镇王家坝村，属会稽郡。隋文帝开皇九年（589），鄞、鄮二县并入。唐高祖武德四年（621）析为姚、鄞二州，句章县遂废。

[7] 翁洲：即唐翁山县，今浙江省舟山市定海区。唐玄宗开元二十六年（738）分鄮县之海中洲置，因洲上有翁山而得名，称翁洲亦缘此。属明州。代宗大历六年（771）浙东袁晁据此起义，翁山县遂废。

[8] 蛟门：《（成化）宁波府简要志》：“蛟门山，在县东海中约十五里，一名嘉门山。环锁海口，吐纳潮汐，有蛟龙穴处，时兴飓风怪浪。”

[9] 曶（gǔ）：急速。

[10] 蟠：盘伏。这里形容在船舱中躲藏。

[11] 韩愈《泷吏》："州南数十里，有海无天地。"

[12] 掀掀：船只颠簸的样子。

[13] 盐卤：海水蒸发析出的结晶盐。黄芦：芦苇。白居易《琵琶行》："住近湓江地低湿，黄芦苦竹绕宅生。"本句谓岛上荒凉，海边芦苇带着盐花。

[14] 蠊蜮：蠊（lián）、蜮都是蛤蜊一类的生物。《晋书·夏统传》："或至海边，拘蠊蜮以资养。"

[15] 天关：《山海经·海外东经》："朝阳之谷，神曰天吴，是为水伯，在虹虹北两水间。其为兽也，八首人面，八足八尾，皆青黄。"《山海经·大荒东经》："有神人，八首人面，虎身十尾，名曰天吴。"

[16] 黑水洋：宋元以来我国航海者对于今黄海分别称之为黄水洋、青水洋、黑水洋。大致长江口以北至淮河口海面含沙较多，水呈黄色，称为黄水洋；向东一带海水较浅，水呈绿色，称为青水洋；再向东一带海水较深，水呈蓝色，称为黑水洋。

[17] 以上两句典出韩婴《韩诗外传》：周成王时，周公摄政，越裳国来朝，其使臣曰："吾受命国之黄发曰：久矣！天之不迅风疾雨也，海之不波溢也，三年于兹矣。意者中国殆有圣人，盍往朝之。"恬：安静。

[18] 虬：传说中有角的小龙。

[19] 本句典出《庄子·秋水》："公孙龙口呿而不合，舌举而不下，乃逸而走。"呿（qū）：（口）张开。

选评

俞正燮《读吴莱诗》："元时东南学，吴莱独弘整。秀气钟深袅，词华自驰骋。惟兹不俗心，可以发清省。学富理斯融，神寒光自炯。"

顾嗣立《元诗选》："东阳胡助谓其'如千兵万马，衔枚疾驰，而不闻其声。他人恒苦其浅陋，而立夫独患其宏博'。黄侍讲尝谓人曰'立夫文崭绝雄深，类秦汉间人所作'。"

赏析

这首诗写在吴莱结束舟山之行回家以后，是对这五十天海上游历的全面总结。在当时，出海远游是难得的旅行经历，充满惊险的海上之旅也自然给吴莱留下了深刻的印象，这从他此行作有多篇纪游诗文即可得见。吴莱早年跟从黄景昌学诗法，黄景昌偏爱古乐府，对近体诗多有贬义，吴莱深受其影响。他的诗多是古体，从其诗歌风格和对韩愈诗句的随手化用，能明显看出他对韩愈的大力学习。他尤其偏好韩孟等人的“以文为诗”和险怪诗风，有些诗使用难字、生字过多，有时会阻碍读者情感共鸣的自然产生。但在他的海洋题材诗歌中，这一类缺点却不甚明显。这是因为海洋的陌生、多变和古人面对海洋的畏惧、好奇，在某种程度上与这种诗风相当契合。

戴良

戴良（1317—1383），字叔能，号云林、九灵山人，浦江（今属浙江省）人。通经、史百家暨医、卜、释、老之说。初习举子业，寻弃去，学古文于柳贯、黄溍、吴莱，学诗于余阙，皆得其师承。起为月泉书院山长。元顺帝至正十八年（1358），朱元璋取金华，召之讲经史，旋授学正。不久逃去。二十一年，顺帝以荐授良淮南江北等处行中书省儒学提举。后避地吴中，依张士诚。见士诚不足与谋，将败，而时事不靖，无可行其志，乃挈家泛海，抵登、莱。欲行归扩廓军，道梗，侨寓昌乐。元亡，变姓名，南还四明。四明多山水，耆儒故老往往流寓于兹，因相与宴集为乐，酒酣赋诗，击节歌咏，闻者悲而壮之。洪武十五年（1382），明太祖物色得之，召至京师，试文词若干篇，留会同馆，命大官给膳，欲与之官，以老疾固辞，忤旨待罪。逾年四月，自裁于京中寓舍。有《九灵山房集》三十卷。

泛海[1]

仲夏发会稽[2]，乍秋[3]别勾章。拟杭[4]黑水海，首渡青龙洋。南条山[5]已断，北界水何长。远近浪为国，周围天作疆。川后偶安恬[6]，天吴亦屏藏[7]。荡桨乘月[8]疾，挂席[9]逐风扬。零露拂蟠木[10]，旭日耀扶桑。我行无休隙，此去何渺茫。东海蹈仲连[11]，西溟遁伯阳[12]。轻名冀道胜，重己企时康[13]。孰谓情可陈[14]，旅念坐自伤[15]。

注释

［1］选自《四部丛刊》本《九灵山房集》卷九。

［2］仲夏：农历五月。会稽：古地名，指今浙江绍兴。

［3］乍秋：农历七月。

［4］杭：同“航”。

［5］南条山：泛指南方的山脉。

［6］川后：传说中的水神。曹植《洛神赋》：“于是屏翳收风，川后静波，冯夷鸣鼓，女娲清歌。”安恬：安静。

［7］屏藏：犹隐藏。《宋史·李遵勖传》：“主服有龙饰，悉屏藏之。”

［8］乘月：趁着月色。《晋书·袁宏传》：“谢尚时镇牛渚，秋夜乘月，率尔与左右微服泛江。”

［9］挂席：犹挂帆。

［10］零露：降落的露水。《诗经·郑风·野有蔓草》：“野有蔓草，零露漙兮。”郑《笺》：“零，落也。”蟠木：盘曲而难以为器的树木。白居易《答马侍御见赠》：“蟠木讵堪明主用，笼禽徒与故人疏。”一说是传说中的山名。

［11］仲连：战国时齐人鲁仲连。喜为人排难解纷，高蹈不仕。

［12］陈子昂《感遇》其十七：“仲尼溺东鲁，伯阳遁西溟。”典出《列仙传》：“老子姓李名耳，字伯阳，陈人也。生于殷时，为周柱下史，好养精气。……后周德衰，乃乘青牛入秦。”西溟：传说中西方日入处。溟一作“冥”。谢庄《月赋》：“擅扶光于东沼，嗣若英于西冥。”《文选》李善注：“西冥，昧谷也。”借指秦所处的西方。

［13］时康：时世太平。

［14］情可陈：即陈情，陈述衷情。屈原《九章·惜往日》：“愿陈情以白行兮，得罪过之不意。”

［15］自伤：自我悲伤感怀。谢灵运《庐陵王墓下作》：“解剑竟何及，抚坟徒自伤。”

选评

顾嗣立《元诗选》：“王祎谓其（戴良）诗质而敷，简而密，优游而不迫，冲澹而不携，上追汉魏之遗音而自成一家。叔能自元亡后，故国旧君之思，往往见于篇什。”

赏析

据本诗句意，应写于诗人离吴泛海时期。首二句写本次海上航行的路线，后四句均写海上所见，其中“荡桨乘月疾”至“旭日耀扶桑”亦交代了时间的推移，暗指作者思绪之不平。“我行无休隙，此去何渺茫”写其迷茫无措的现状，“东海蹈仲连，西溟遁伯阳”一句用鲁仲连高蹈不仕及老子遁西溟的典故，道出其效仿圣贤而隐逸的人生选择，而后一句“冀道胜”和“企时康”，又反映出其关心时政，实为隐而不避世的人生态度。结合上两句，可见戴良的隐逸属于迷茫情境下难以言明的无奈之举，因而“孰谓情可陈，旅念坐自伤”，只得“自伤”。

渡黑水洋[1]

舟行五宵旦[2]，黑水乃始渡。重险讵可言[3]，忘生此其处。紫氛蒸作云，玄浪蹙[4]为雾。柁[5]底即龙跃，橹前复鲸怒。掀然大波起，欻[6]与危樯遇。入水访冯夷[7]，去此特[8]跬步。舟子[9]尽号泣，老篙[10]亦悲诉。呼天天不闻，委命命何据。川后幸戢[11]威，风伯[12]并收驭。偶济固云喜，既往益增惧。居常乐夷旷[13]，蹈险忧覆坠[14]。出处愧宿心[15]，祸福昧前虑[16]。皎皎乘桴训[17]，用以慰情素[18]。

注释

[1] 选自《四部丛刊》本《九灵山房集》卷九。按该集体例和文意，为接续上一首诗而作。

[2] 宵旦：昼夜。

[3] 重险：重叠的险象。讵：难道。

[4] 蹙：聚拢。本句谓海浪蒸腾出水气。

[5] 柁（duò）：同“舵”。

[6] 欻（xū）：快速。

[7] 冯夷：传说中的黄河之神，即河伯。《庄子·大宗师》：“冯夷得之，以游大川。”成玄英疏：“姓冯名夷，弘农华阴潼乡堤首里人也。服八石，得山仙。大川，黄河也。天帝锡冯夷为河伯，故游处盟津大川之中也。”后泛指水神。曹植《洛神赋》：“于是屏翳收风，川后静波，冯夷鸣鼓，女娲清歌。”

[8] 特：只。

[9] 舟子：船夫。《诗经·邶风·匏有苦叶》：“招招舟子，人涉卬否。”

[10] 老篙：老年船夫。

[11] 戢（jí）：收敛。

[12] 风伯，传说中称主司刮风的天神，亦称风师。《韩非子·十过》：“蚩尤居前，风伯进扫，雨师洒道。”

[13] 居常：平时。《史记·淮阴侯列传》：“信由此日夜怨望，居常鞅鞅。”夷旷：平坦而宽阔。

[14] 蹈险：犹历险。覆坠：倾覆坠落。《庄子·德充符》：“虽天地覆坠，亦将不与之遗。”

[15] 出处（chǔ）：出仕及退隐。宿心：一向的心志。嵇康《幽愤诗》：“内负宿心，

外悪良朋。”

[16] 祸福昧前虑：福祸发生前都是预料不到的。

[17]《论语·公冶长》：“道不行，乘桴浮于海。”本句谓圣人的教诲记得清楚。

[18] 情素：内心的真情。《战国策·秦策三》：“竭智能，示情素，蒙怨咎，欺旧交。”

选评

纪昀《四库全书总目提要》：“良诗风骨高秀，迥出一时，眷怀宗国，慷慨激烈，发为吟咏，多磊落抑塞之音。故其自赞谓：歌黍离麦秀之诗，咏剩水残山之句。”

赏析

这首诗在写作时间、地点和内容上都接续上一首。对于戴良来说，此次海上之行无疑是颇具风险的。“紫氛蒸作云，玄浪蹙为雾。柁底即龙跃，橹前复鲸怒”反映出诗人在茫茫无涯的海上风波下，“呼天天不闻，委命命何据”，感受到了生命的脆弱无常，并认为自己将“魂断黑波前”（《渡黑水洋》）。“入水访冯夷，去此特跬步”暗指他将要投靠的扩廓帖木儿。但即使面对“特跬步”的大好前途，心系元廷的戴良仍以“平生一段乘桴意，莫为微躯到此疑”（《黑水洋》）自慰。

乔吉

乔吉（？—1345），一作乔吉甫，字梦符，号笙鹤翁、惺惺道人，太原（今属山西省）人。著作颇丰，后多散佚。有杂剧十一种，今存《两世姻缘》《金钱记》《扬州梦》三种，其余《节妇碑》《贤孝妇》《九龙庙》《荆公遗妾》《勘风尘》《黄金台》《托妻寄子》《认玉钗》八种已佚。散曲亦多，任讷辑为《梦符散曲》。《全元散曲》收其小令二百零九首，套数十一套。明清人多将他同张可久并称元散曲两大家，为“曲中李杜”。

中吕·满庭芳·渔父词[1]

疏狂逸客，一樽酒尽，百尺帆开。划然[2]长啸西风快，海上潮来。入万顷玻璃世界，望三山翡翠楼台。纶竿[3]外，江湖水窄，回首是蓬莱。

注释

[1] 选自《散曲聚珍》本《梦符散曲》卷一。满庭芳：北曲曲牌，一名“满庭霜”。亦入“正宫”“仙吕”。与词牌略异，诸宫调、南曲引子皆同词牌。这组《渔父词》共二十首，此为第六首。

[2] 划然：犹豁然。开朗的样子。

[3] 纶（lún）竿：钓竿。

选评

朱权《太和正音谱》：“乔梦符之词，如神鳌鼓浪，若天号跨神鳌，噀沫于大洋，波涛汹涌，截断众流之势。”

赏析

乔吉的二十首《满庭芳·渔父词》小令，描述了渔父的生活，写他们虽然处在不同的生活环境当中，但享受着同样的生活状态，悠闲自在，无拘无束，与碧波为友，隔离俗世，从而表现出作者对功名富贵的厌弃，对理想生活的向往，并使之与污浊的现实形成鲜明对比。曲词机警工巧又风致天然，辞藻格律锤炼工整，不同于一般的清丽派曲家，体现出雅俗兼至的艺术特色。而雅俗并用中所蕴含着的率真质朴的韵味，则带有作者自身的江湖游士气息。

双调·燕引雏·登江山第一楼[1]

拍阑干[2]，雾花吹鬓海风寒[3]，浩歌[4]惊得浮云散。细数青山，指蓬莱一望间[5]。纱巾岸[6]，鹤背骑来惯[7]。举头长啸，直上天坛[8]。

注释

[1] 选自《散曲聚珍》本《梦符散曲》卷二。燕引雏：北曲曲牌，一名“殿前欢”“小妇孩儿”“凤将雏”。江山第一楼：不详待考。或谓镇江北固山甘露寺内的多

景楼，米芾赞其为“天下江山第一楼”。元人周权《多景楼》：“谁言宇宙无多景，今见江山第一楼。”

［2］辛弃疾《水龙吟·登建康赏心亭》：“江南游子，把吴钩看了，阑杆拍遍，无人会，登临意。”此用其意。

［3］雾花：水气。登多景楼可俯瞰大江，遥望东海，故言海风。

［4］浩歌：放声歌唱。与下文“长啸”相呼应。

［5］此句谓自己登楼可遥望东海，与仙山仅一望之遥，表达求道升仙的希望。

［6］纱巾岸：古代男子以纱巾束发，将纱巾掀起露出前额，称之为“岸帻”。帻：头巾。表示态度洒脱、不拘束。孔融《与韦端书》：“不得复与足下岸帻广坐，举杯相于（与）。”

［7］骑鹤是成仙者的典型形象，孙绰《游天台山赋》谓“王乔控鹤以冲天”。此句谓惯常来只想过那种超尘脱俗、不求名利的自由自在的生活，与上文“指蓬莱”句相呼应。

［8］天坛：犹天台。此比喻超脱尘世的理想境界。

选评

任讷《元曲三百首注评》：“曲写登临望远，心游万仞，气象既恢宏，心境又辽阔。文心细处，此呼彼应。如蓬莱在一望间，逗出神仙之想，而以王乔跨鹤自况，又隐约有出世之意。曲小气豪，字少意多。如‘细数青山’一句，已为‘直上天坛’设伏。‘青山’在元曲中有特定所指，如马致远‘青山正补墙头缺’，正暗含归隐之意。此曲亦然。”

赏析

乔吉散曲内容丰富，涉及叹世、怀古、写景、言情诸方面，叹世和怀古之作中，常透露愤世嫉俗的情绪和黯淡凄苦的意境。艺术上以清丽见长，注意锤炼辞藻、格律，少用衬字，表现出典雅化倾向，也有少量质朴、奇特之作。这首著名的写景抒情小令即兼具这两方面特色。其整体风格偏重于本色直率，同时清新奇巧，气魄雄迈，境界旷达，潇洒豪放。表面上似要“登仙”，实际上则是“浩歌”“长啸”，惊散浮云，意在登高望远，遨游四海，淋漓尽致地表达了激越慷慨、挥斥风云的豪情。

李好古

李好古，生平不详。各本《录鬼簿》记其籍贯有保定（今属河北省）、西平（今属山西省）、东平（今属山东省）三说，并列之于“前辈已死名公才人”。孙楷第《元曲家考略》以西平之说为是，并考证李好古于元顺帝至正六年至八年（1346—1348）任南台御史。如孙说成立，则《录鬼簿》成书时（1330）此人尚在世，《录鬼簿》或误记。有杂剧三种，今存《张生煮海》一种，其余《劈华山》《镇凶宅》二种已佚。

沙门岛张生煮海（节选）[1]

第一折

…………

（正旦[2]扮龙女引侍女上，云）妾身琼莲是也，乃东海龙神第三女。与梅香翠荷今晚闲游海上[3]，去散心咱[4]。（侍女云）姐姐，你看这大海澄澄，与长天一色，是好景致也！（正旦唱）

【仙吕·点绛唇[5]】海水汹汹，晚风微送，兼天涌。不辨西东，把凌波步轻那动[6]。

【混江龙[7]】清宵无梦，引着这小精灵，闲伴我游踪。恰离了澄澄碧海，遥望那耿耿[8]长空。你看那万朵彩云生海上，一轮皓月映波中。（侍女云）海中景物，与人间敢[9]不同么？**（正旦唱）觑了那人间凤阙，怎比我水国龙宫？清湛湛、洞天福地任逍遥，碧悠悠、那[10]愁他浴凫飞雁争喧哄。似俺这闺情深远，直恁般好信难通！**

…………

注释

[1] 此剧各版本所题作者不同，现依《元曲选》。故事亦不知所本，《玄怪录》《太平广记》所载叶静能言及饮海、煮海事皆与此剧不甚相类。唯陶宗仪《辍耕录》著录金院本名目有《张生煮海》，惜已不传。沙门岛：即长岛县（已撤销，今属蓬莱区），属山东省烟台市，又称庙岛群岛，位于渤海和黄海交汇处，胶东半岛

和辽东半岛之间。

[2] 正旦：元杂剧脚色名。扮演剧中主要女性人物。元杂剧有旦本、末本之分，凡旦本之女主角，无论老幼，例由正旦扮演主唱。如《窦娥冤》之楔子，窦娥年仅七岁，亦系“正旦扮”。

[3] 梅香：旧时多用为婢女的名字，因以为婢女的代称。《水浒传》第五十六回：“两个梅香，一日伏侍到晚，精神困倦，亦皆睡了。”翠荷：龙女侍女的名字。

[4] 咱：语气词，用在陈述句末，表示要做什么的语气。马致远《汉宫秋》：“当此夜深孤闷之时，我试理一曲消遣咱。”

[5] 点绛唇：北曲曲牌。与宋词中常用词牌有异，诸宫调及南曲“黄钟”引子皆同词牌。本曲为套数首牌。散套偶有用词牌者，亦有用词之前篇者。剧套无用词牌者。

[6] 那（nuó）动：移动。那：后作“挪”。

[7] 混江龙：北曲曲牌。此曲出于诸宫调，属“羽调”，北曲并入“仙吕”。

[8] 耿耿：鲜明。谢朓《暂使下都夜发新林至京邑赠西府同僚》：“秋河曙耿耿，寒渚夜苍苍。”

[9] 敢：莫非。

[10] 那：同“哪”。

第二折

…………

（正旦改扮仙姑上，诗云）桑田成海又成田[1]，一霎那堪过百年。拨转顶门关棙子[2]，阿谁不是大罗仙[3]。自家本秦时宫人，后以采药入山，谢去火食[4]，渐渐身轻，得成大道，世人称为毛女者是也[5]。今日偶然乘兴，游到此间，却是海之东岸。你看茫茫荡荡，好一片大水也呵！（唱）

【南吕·一枝花[6]】黑弥漫水容沧海宽，高崒嵂[7]山势昆仑大。明滴溜冰轮[8]出海角，光灿烂红日转山崖。这日月往来，只山海依然在，弥八方，遍九垓[9]。问甚么河汉江淮，是水呵，都归大海。

【梁州第七[10]】你看那缥缈间十洲三岛[11]，微茫处阆苑[12]蓬莱，望黄河一股儿浑流派。高冲九曜[13]，远映三台[14]，上连银汉，下接黄埃。势汪洋无岸无涯，出许多异宝奇哉。看、看、看，波涛涌，光隐隐无价珠玑；是、是、是，草木长，香喷喷长生药材；有、有、有，蛟龙偃，郁沉沉精怪灵胎。常则是云昏气霭，碧油油隔断红尘界，恍疑在九天外。平吞了八九区云梦泽[15]，问甚么翠岛苍崖。

（张生上，云）这里不知是何处？喜得又遇着一位娘子。呀！原来是道姑。待小生问个路儿咱。（仙姑……云）秀才何方人氏，因甚至此？（张生云）小生潮州人氏，因为游学，在此石佛寺借寓。前夜弹琴，有一女子，引一侍女来听。此女自言龙氏之女，小字琼莲，到八月中秋日，与小生会约于海岸。小生随即寻访，不意迷失道路。小生只想他风流人物，世上无比。（仙姑云）他既说姓龙，你可也想左[16]了。（唱）

【骂玉郎[17]】可知道龙宫美女多娇态，想当时因有约，则今日独寻来，拼的个舍残生，做下风流债。那龙也青脸儿长左猜[18]，恶性儿无可解，狠势儿将人害。

（张生云）可怎生恁般利害？（仙姑唱）

【感皇恩[19]】呀！他把那牙爪张开，头角轻抬。一会儿起波涛，一会儿摧山岳，一会儿卷江淮。变大呵，乾坤中较窄；变小呵，芥子[20]里藏埋。他可便能英勇，显神通，放狂乖。

（张生云）那小娘子姓龙，你这道姑怎么说起龙来？（仙姑云）秀才不知，这龙是轻易好惹他的？（唱）

【采茶歌[21]】他兴云雾，片时来，动风雨，满尘埃，则怕惊急烈一命丧尸骸。休为那约雨期云龙氏女[22]，送了你个攀蟾折桂[23]俊多才。

（张生云）小生才省悟了也。他是龙宫之女，他父亲十分狠恶，怎肯与我为妻？这婚姻之事，一定无成了。只是小娘子，谁着你听琴来？（做悲科[24]）（仙姑云）贫道不是凡人，乃奉东华上仙[25]法旨，着我来指引你还归正道，休得堕落。（张生做拜科，云）小生肉眼，不知上仙指引，望乞恕罪。（仙姑云）我且问你：那听琴女子，是东海龙王第三女，小字琼莲，他在龙宫海藏，你怎么得见他？（张生云）若论那龙宫之女，与小生颇有缘分。（仙姑云）那里见的有缘分？（张生云）既没缘分，他怎肯约我在八月十五夜，到他家里，招我做女婿；又与我这鲛绡帕儿做信物哩？（仙姑云）这鲛绡手帕，果是龙宫之物。眼见的那个女子看的你中意了。只是龙神憷暴，怎生容易将爱女送你为妻？秀才，我如今圆就你这事，与你三件法物，降伏着他，不怕不送出女儿嫁你。（张生做跪科，云）愿见上仙法宝。（仙姑取砌末[26]科，云）与你银锅一只，金钱一文，铁杓[27]一把。（张生接科，云）法宝便领了，愿上仙指教，怎样用他才好？（仙姑云）将海水用这杓儿舀在锅儿里，放金钱在水内。煎一分，此海水去十丈；煎二分去二十丈，若煎干了锅儿，海水见底。那龙神怎么还存坐[28]的住。必然令人来请，招你为婿也。（张生云）多谢上仙指教！但不知此处离海岸远近若何？（仙姑云）向前数十里，便是沙门岛海岸了也。

…………

注释

［1］《太平广记》载仙女麻姑自云“接待以来，已见东海三为桑田”。

［2］顶门：头顶的前部。因其中央有囟门，故称。棙（lì）子：机关。拨转顶门、关棙子都指移性悟道。

［3］阿谁：疑问代词，犹问谁。《三国志·蜀志·庞统传》：“向者之论，阿谁为失？”大罗：大罗天，道教所称三十六天中最高一重天，即仙界。王维《送王尊师归蜀中拜扫》：“大罗天上神仙客，濯锦江头花柳春。”

［4］道家认为仙人不吃经烧煮的食物。

［5］毛女：传说中的仙女，字玉姜，形体生毛，在华阴山中。自言秦始皇宫中人，秦亡入山。食松叶，遂不饥寒。身轻如飞。事见《列仙传》。

［6］一枝花：北曲曲牌，一名“占春魁”。套数首牌。出于宋词牌“满路花”，诸宫调沿用之。北曲变异甚小，南曲“南吕”引子用词体。

［7］崒嵂（zú lù）：高峻的样子。

［8］冰轮：圆月。陆游《月下作》：“玉钩定谁挂，冰轮了无辙。”

［9］九垓：中央至八极之地，亦作“九陔”。比喻全国。《抱朴子·审举》：“今普天一统，九垓同风。”

［10］梁州第七：北曲曲牌，亦简称梁州。套数次牌。

［11］十洲三岛：道教称距陆地极遥远的大海宇宙之中人迹罕至的地方。三岛的原型为三神山，即先秦传说中的蓬莱、方丈、瀛洲，后宋代《云笈七签》定三岛为昆仑、方丈、蓬莱丘。明代道书《天皇至道太清玉洲》整理历史传说定十洲为瀛洲、玄洲、长洲、流洲、元洲、生洲、祖洲、炎洲、凤麟洲、聚窟洲。

［12］阆（làng）苑：阆风山之苑，传说中在昆仑山之巅，是西王母居住的地方。

［13］九曜：道教称日为“九曜”。《云笈七签》：“皇上四老真人在日中无影，呼日名为九曜。”

［14］三台：星座名。分上台、中台、下台，共六星。各两星相比而斜上，有如天子至臣民的阶级一样。

［15］云梦泽：江汉平原上古代湖泊群的总称。南以长江为界。司马相如《子虚赋》：“吞若云梦者八九。”言齐国疆域广阔，楚非其匹。后以“八九吞”喻水势的浩大。

［16］左：偏。

［17］骂玉郎：北曲曲牌，一名“瑶华令”。须连用“感皇恩”“采茶歌”为带过曲，三曲均从未单用。联套亦须按序全用。

［18］左猜：起疑。

［19］感皇恩：北曲曲牌。词牌、诸宫调曲牌均为大石调，词句增减摊破，逐渐向北曲过渡。

［20］芥子：罂粟之实，佛典中常用来比喻极微小。《维摩诘所说经》：“以须弥之高

广内芥子中，无所增减，须弥山王本相如故。”

［21］采茶歌：北曲曲牌，一名“楚江秋”。

［22］约雨期云：约会。“云雨”典出宋玉《高唐赋》：“昔者楚襄王与宋玉游于云梦之台，望高唐之观。其上独有云气，崪兮直上，忽兮改容，须臾之间，变化无穷。王问玉曰：‘此何气也？’玉对曰：‘所谓朝云者也。’王曰：‘何谓朝云？’玉曰：‘昔者先王尝游高唐，怠而昼寝。梦见一妇人曰：妾巫山之女也，为高唐之客，闻君游高唐，愿荐枕席。王因幸之。去而辞曰：妾在巫山之阳，高丘之阻，旦为朝云，暮为行雨。朝朝暮暮，阳台之下。旦朝视之，如言。故为立庙，号曰朝云。’”后用来比喻男女欢合。

［23］攀蟾折桂：攀登蟾宫，折取月桂。比喻科举登第。

［24］科：徐渭《南词叙录》：“科，相见、作揖、进拜、舞蹈、坐跪之类，身之所行，皆谓之‘科’。”也兼指舞台上的其他表现，如《山神庙》有“庙倒科”，《汉宫秋》有“雁叫科”。元杂剧习用“科”，南戏、传奇多称之为“介”。后世合二者而用，则谓之“科介”。

［25］东华上仙：仙人东王公，道教主流全真教始祖，又称东华帝君。

［26］砌末：同“切末”。传统戏曲所用布景和各种道具的总称。包括各种生活用品，人物应用的诸种兵器，象征性用具（如车旗、船桨、马鞭等）和表现环境、点燃气氛的物件，如布城、山片、门旗、水旗等。

［27］杓：同“勺”。

［28］存坐：安坐。

第三折

…………

（正末扮长老慌上，云）老僧石佛寺长老是也。正在禅床打坐，则见东海龙王遣人来说道：有一秀才，不知他将甚般物件，煮的海水滚沸，急得那龙王没处逃躲，央我老僧去劝化他早早去了火罢。原来这秀才不是别人，就是前日借俺寺里读书的潮州张生。想我石佛寺贴近东海，现今龙宫有难，岂可不救？只得亲到沙门岛上，劝化秀才，走一遭去也呵。（唱）

【正宫·端正好[1]】一地里受煎熬，满海内空劳攘[2]，兀的[3]不慌杀了海上龙王。我则见水晶宫血气从空撞，闻不得鼻口内干烟炝。

【滚绣球[4]】那秀才谁承望，急煎煎做这场，不知他挟着的甚般伎俩，只待要卖弄杀手段高强。莫不是放火光，逼太阳，烧的来焰腾腾滚波翻浪？纵有那雷和雨，也救不得惊惶。则见锦鳞鱼活泼剌波心跳，银脚蟹乱扒沙在岸上藏，但着一点儿，就是一个燎浆[5]。

（做到科，云）来到此间，正是沙门岛海岸了。兀[6]那秀才，你在此煮着些甚么哩？（张生云）我煮海也。（正末[7]云）你煮他那海做甚么？（张生云）老师父不知，小生前夜在于寺中操琴，有一女子前来窃听，他说是龙氏三娘，小字琼莲，亲许我中秋会约。不见他来，因此在这里煮海，定要煎他出来。

…………

（正末云）秀才，你听者：东海龙神着老僧来做媒，招你为东床娇客[8]，你意下如何？（张生云）老师父，你不要耍我，这海中一望，是白茫茫的水，小生是个凡人，怎生去的？（家僮云）相公，这个不妨事，你只跟着长老去，若是他不淹死，难道独独淹死了你？

…………

（张生云）小生曾闻这仙境有弱水三千丈[9]，可怎生去的？（正末唱）**【幺篇[10]】便休提弥漫弱水三千丈，端的是锦模糊水国鱼邦。**（张生做望科，云）我看这海有偌般宽阔，无边无岸，想是连着天的，好怕人也！**（正末唱）你道是白茫茫如天样，越显得他宽洪海量，我劝你早准备帽儿光[11]。**

（张生云）既如此，待我收起法宝，则要老师父作成我这桩亲事。

…………

注释

［1］端正好：北曲曲牌。本曲为套数首牌。词牌略异。入“仙吕”作楔子，用法不同。

［2］劳攘：奔波劳碌的样子。

［3］兀的（dì）：疑问副词，怎么，表感叹。

［4］滚绣球：北曲曲牌。例接“倘秀才”，并重复使用，周德清《中原音韵》注明“子母调”。套数次牌。词牌“辊绣球”与此异。

［5］燎浆：皮肤因烫伤或火伤而起的水泡。

［6］兀：元曲中的发语词。

［7］正末：元杂剧脚色名。扮演剧中主要男性人物。也作“末泥”或简称“末”。朱权《太和正音谱》：“正末：当场男子谓之‘末’。末，指事也，俗谓之末泥。”正末在剧中相当于宋杂剧之戏头，胡应麟《庄岳委谈》：“元杂剧之末……即宋所谓戏头也。”元代杂剧有末本、旦本之别；以末为剧中正角者为“末本”。凡末本例由正末唱全部曲牌，每折均出场。每剧只有一个正末脚色，但四折中可扮演不同人物，如《陈州粜米》，正末第一折扮张懺古，第二、三、四折则扮包拯。

［8］东床娇客：女婿。典出《世说新语·雅量》：“郗太傅在京口，遣门生与王丞相书，求女婿。丞相语郗信：‘君往东厢，任意选之。’门生归，白郗曰：‘王家诸郎，亦皆可嘉，闻来觅婿，咸自矜持。唯有一郎，在东床上坦腹卧，如不闻。’

郗公云：‘正此好！’访之，乃是逸少（王羲之），因嫁女与焉。”

[9] 弱水：传说中仙境的河流。因水弱不能载舟而得名，遥远难渡。《太平御览》引《十洲记》曰：“凤麟洲在西海之中，四面有弱水绕之，鸿毛不浮不越也。”

[10] 幺篇：北曲中连续使用同一曲牌时，后面各曲不再标出曲牌名，而写作“幺篇”或“幺”。这里连用的是【小梁州】，北曲曲牌，幺篇换头变前篇五句为六句。未见不连用者。套数均用于【脱布衫】之后，并可借入【中吕】。

[11] 帽儿光：亦作“帽儿光光”，本为宋元明时代民间赞贺新郎衣帽整洁的谐谑语，亦用作做新郎的隐语。

选评

贾仲明《双调·凌波仙·吊李好古》：“芳名纸上百年图，锦绣胸中万卷书，标题尘外三生簿。《镇凶宅》赵太祖，《劈华山》用功夫，《煮全海》张生故。撰文李好古，暮景桑榆。”

朱权《太和正音谱》：“李好古之词，如孤松挂月。”

赏析

《张生煮海》一剧四折无楔子。第一折演张生、龙女初会，定情；第二折演仙姑点化张生，赐予法宝；第三折演张生煮海，长老说和；第四折演张生、龙女结亲，登仙。众所周知，元杂剧一本四折，多由正旦或正末一人主唱。而该剧虽是旦本，但正旦只唱第一、二、四折（第一、四折扮龙女，第二折扮仙姑），第三折由正末扮长老主唱。而主人公张生全剧由冲末扮演，只有念白。这都能够看出元杂剧表演形式的灵活，以及念白、科范在实际演出时的重要性。

青木正儿《元人杂剧概说》：“《张生煮海》是把单纯的事迹，勉强延长为四折，因此结构显得松懈。……然如就曲辞而论，则《张生煮海》实在是被美辞丽句装饰着，尤其像第一、第二两折，陆续铺陈的叙述海洋风景的曲辞，更是壮丽炫目，可以作为一篇《海赋》来看吧。”评论允当。这些对大海之壮观的铺陈，其目的是烘托出“小小银锅煮大海”的神通威力。作者以奇异的想象、奇妙的对比、奇特的夸张等浪漫主义手法，使得全剧充满了浓烈的神话色彩。

朱元璋

朱元璋（1328—1398），即明太祖，明王朝的建立者。年号洪武，1368—1398 年在位。幼名重八，又名兴宗，后改名元璋，字国瑞，濠州钟离（今安徽凤阳）人。少时穷苦，25 岁时参加红巾军起家。称帝后，屡兴大狱，胡惟庸、蓝玉两案，前后株连死者数万人。开国功臣多非善终，文人学士以文字取杀身之祸者亦有多人。定八股取士之制。在位期间，社会、经济、文化均有所恢复发展。

沧浪翁泛海[1]

海天漠漠[2]际无穷，巨舰樯高挟两龙[3]。帆饱已知风力劲，舵[4]宽方觉水情雄。鳌鱼背上翻飞浪，蛟蜃髻头触见虹。何日定将归泊处，也应系缆水晶宫[5]。

注释

[1] 选自《诗歌总集丛刊》本《列朝诗集》乾集卷上。作年不详，唯洪武四年（1371）状元吴伯宗有同题应制诗，可推断作于当年殿试授官前后。沧浪翁：典出《楚辞·渔父》："屈原既放，游于江潭，行吟泽畔，颜色憔悴，形容枯槁。渔父见而问之曰。……屈原曰：'吾闻之，新沐者必弹冠，新浴者必振衣。安能以身之察察，受物之汶汶者乎？宁赴湘流，葬于江鱼之腹中；安能以皓皓之白，而蒙世俗之尘埃乎？'渔父莞尔而笑，鼓枻而去，乃歌曰：'沧浪之水清兮，可以濯吾缨；沧浪之水浊兮，可以濯吾足。'遂去，不复与言。"后以"沧浪翁"指隐者、渔父。

[2] 漠漠：广阔的样子。罗隐《省试秋风生桂枝》："漠漠看无际，萧萧别有声。"

[3] 屈原《九歌·河伯》："乘水车兮荷盖，驾两龙兮骖螭。"此句或用其意，或直谓大船上两根高耸的桅杆像两条巨龙。

[4] 舵：船舶尾部控制航行方向的板状装置。

[5] 系缆：系结船索，谓泊舟。谢灵运《登临海峤初发强中作，与从弟惠连，见羊何共和之》："日落当栖薄，系缆临江楼。"水晶宫：传说中的水神或龙王宫殿。《水浒传》第一一三回："混沌凿开元气窟，冯夷独占水晶宫。"

选评

钱谦益《列朝诗集》：“（宋濂曰）上圣神天纵，形诸篇翰，不待凝思而成，自然度越今古，诚所谓天之文哉！……（解缙曰）圣情尤喜为诗歌，睿思英发，雷轰电触，玉音沛然，数千百言，一息无滞。……故常喜诵古人铿鍧炳朗之作，尤恶寒酸咿嘤龌龊鄙陋，以为衰世之为，不足观。”

赏析

明太祖不擅长诗文，此诗在政治上的象征意义要远大于其文学上的实际价值。将明代首位状元吴伯宗的同题应制诗与此对看，则更有启发。吴诗云：“溪翁本爱濯沧浪，又向沧浪驾巨航。手折珊瑚窥渤澥，目瞻红日上扶桑。鳌头晓色连三岛，鹤背西风遍八荒。倘遇仙人丹九转，愿同芹曝献君王。”皇帝言“也应系缆水晶宫”是说人才终将为我所用，状元言“愿同芹曝献君王”自是顺承其意。联系太祖“寰中士大夫不为君用，是自外其教者，诛其身而没其家，不为之过”（《大诰三编》）的言论，和高启等人的下场，则更令人感叹，专制之下是否有真正的隐者。

高启

高启（1336—1374），字季迪，号槎轩，南直隶长洲（今江苏苏州）人。张士诚据吴时，隐居吴淞江青丘，自号青丘子。博览群书，工诗，尤精于史，与杨基、张羽、徐贲并称吴中四杰。其诗之才力声调，过三人远甚，为元明间一大家。又与王行等号“北郭十友”。洪武初，以荐参修《元史》，授翰林院国史编修官，并受命教授诸王。后擢户部右侍郎，自陈年少不敢当重任，辞归故里。时苏州知府魏观在张士诚宫址改修府治，获罪被诛。启曾为之作《上梁文》，有“龙蟠虎踞”四字，被疑为歌颂张士诚，连坐腰斩。有《高太史大全集》《凫藻集》等。

登海昌城楼望海[1]

百川浩皆东，元气[2]流不息。混茫自太古[3]，于此见容德[4]。积阴[5]涨玄涛，万里失空色。鸿鹄去不穷，鱼龙变莫测。朝登兹楼望，动荡豁胸臆[6]。

始知沧溟[7]大，外络九州域[8]。日出水底宫，烟生岛中国。宽疑浸天烂，怒欲吹地昃[9]。常时烈风兴[10]，海若不受职[11]。长堤此宵溃，频劳负薪塞[12]。况今艰危[13]际，民苦在垫溺[14]。有地不可居，澒洞风尘黑。安得击水游，图南附鹏翼[15]。

注释

[1] 选自《中国古典文学丛书》本《高青丘集》卷三。元顺帝至正十八年（1358）冬至二十年，高启离开家乡，漫游吴越，先过钱塘江到绍兴，又返杭州，至海宁观潮望海，作此诗。海昌：海宁旧名。

[2] 元气：大化之气，指天地未分前的混沌之气。《汉书·律历志上》："太极元气，函三为一。"

[3] 混茫：广大无边的境界。杜甫《滟滪堆》："天意存倾覆，神功接混茫。"太古：远古。《荀子·正论》："太古薄葬，故不扫也。"

[4] 容德：宽容之德。

[5] 积阴：阴气聚集。《淮南子·天文训》："积阳之热气生火，火气之精者为日；积阴之寒气为水，水气之精者为月。"

[6] 动荡：使起伏。《史记·乐书》："故音乐者，所以动荡血脉，通流精神而和正心也。"胸臆：胸襟和气度。黄滔《祭宋员外》："德木千寻，人材八尺，敻云鹤于风裁，瀛陂湖于胸臆。"

[7] 沧溟：大海。《汉武帝内传》："诸仙玉女，聚居沧溟。"

[8] 络：围绕。此九州指大九州，中国仅其中之一州。战国时邹衍称中国为赤县神州，谓"中国外如赤县神州者九，乃所谓九州也"。见《史记·孟子荀卿列传》。《淮南子·地形训》："何谓九州？东南神州曰农土，正南次州曰沃土，西南戎州曰滔土，正西弇州曰并土，正中冀州曰中土，西北台州曰肥土，正北泲州曰成土，东北薄州曰隐土，正东阳州曰申土。"

[9] 以上两句谓海面之宽好像会把天边泡烂，海风之大好像会把地面吹斜。杜甫《江涨》："大声吹地转，高浪蹴天浮。"此用其意。昃：倾斜。

[10] 常时：常常。烈风：暴风。《尚书·舜典》："纳于大麓，烈风雷雨弗迷。"孔颖达疏："烈风是猛疾之风。"

[11] 海若：传说中的海神。《楚辞·远游》："使湘灵鼓瑟兮，令海若舞冯夷。"王逸注："海若，海神名也。"洪兴祖补注："海若，庄子所称北海若也。"受职：接受上级委派的职务。《周礼·春官·大宗伯》："壹命受职。"贾公彦疏："郑司农云'受职治职事'者，谓始受王之官职，治其所掌之事也。"

[12] 负薪塞：典出《资治通鉴·汉武帝元封二年》："初，河决瓠子，后二十余岁不复塞，梁、楚之地尤被其害。是岁，上使汲仁、郭昌二卿发卒数万人塞瓠子河决。天子自泰山还，自临决河，沉白马、玉璧于河，令群臣、从官自将军以下皆负薪，卒填决河。"

[13] 艰危：艰难危急。曹丕《寡妇赋》："惟生民兮艰危，于孤寡兮常悲。"

[14] 垫溺：淹入水中。《尚书·益稷》："洪水滔天，浩浩怀山襄陵，下民昏垫。"伪孔安国传："言天下民昏瞀垫溺，皆困水灾。"

[15] 末二句典出《庄子·逍遥游》："北冥有鱼，其名为鲲，鲲之大，不知其几千里也；化而为鸟，其名为鹏，鹏之背，不知其几千里也；怒而飞，其翼若垂天之云。是鸟也，海运则将徙于南冥；南冥者，天池也。《齐谐》者，志怪者也；《谐》之言曰：'鹏之徙于南冥也，水击三千里，抟扶摇而上者九万里，去以六月息者也。'……风之积也不厚，则其负大翼也无力。故九万里，则风斯在下矣，而后乃今培风；背负青天而莫之夭阏者，而后乃今将图南。"

选评

赵翼《瓯北诗话》："（高启）使事典切，琢句浑成，而神韵又极高朗……看似平易，实则洗练功深。"

纪昀《四库全书总目提要》："（高启）天才高逸，实据明一代诗人之上，其于诗，拟汉魏似汉魏，拟六朝似六朝，拟唐似唐，拟宋似宋，凡古人之所长无不兼之。振元末纤秾缛丽之习而返之于正，启实有力。"

赏析

高启漫游吴越期间，作《青丘子歌》《甫里即事》《送张贡士会试》《谒甫里祠》《次韵春日漫兴》《为外舅题画》《吴越纪游》等诗。《吴越纪游序》："至正戊戌、庚子间，余尝游东南诸郡，顾览山川，所赋甚多，久而散失。暇日理箧中，得数纸，而坏烂破阙，多非完章，因择其可存者，追赋当日之意，以足成之，凡一十五首。"其余凡在绍兴、杭州、嘉兴所作皆在此三年。此时诗人年纪尚轻，正是转益多师、努力学习的时候。这首诗的格调很能看出对汉魏古诗的模拟，但仍能充分地表现诗人的思想和个性，可见其出众的天分才情。

陈献章

陈献章（1428—1500），字公甫，号石斋，晚号石翁，居白沙里，学者称白沙先生，广东新会（今属江门市新会区）人。正统十二年（1447），两赴礼部不第。从吴与弼讲理学，居半年而归。筑阳春台，读书静坐，数年不出户。入京至国子监，祭酒邢让惊为真儒复出。成化十九年（1483）授翰林检讨，乞终养归。其学以静为主，教学者端坐澄心，于静中养出端倪。兰溪姜麟称之为“活孟子”。又工书画，山居偶乏笔，束茅代之，遂自成一家，时呼为“茅笔字”。画多墨梅。有《白沙诗教解》《白沙集》。

南海祠下短述[1]

虎门[2]千顷雪翻腾，中有长鲸鼓鬣行[3]。看弄渔舟移白日[4]，欲抛尘土[5]住沧溟。江西不得夸彭蠡[6]，李白何须醉洞庭[7]。天际有山皆古色，水边无树不秋声。一春桃李风吹尽，万里乾坤雨洗清。画舫乘空书卷白[8]，晴霞映水布衣明。不辞[9]海上儿童识，亦有祠前老树精[10]。岁岁放歌来此地，晚年偏喜不簪缨[11]。

注释

[1] 选自《四部丛刊》本《白沙子》卷八。作年不详待考。南海祠：即南海神庙，又称波罗庙，在今广东省广州市黄埔区庙头村，地处珠江出海口，为供奉南海神祝融的古庙。

[2] 虎门：地名，一曰虎头门，在今广东省东莞市西南部，珠江出海口东岸。因东有大虎山，西有小虎山，两山相对如门，故名。中外船舶之入广州者，必由香港入珠江，经虎门，始达广州外港古扶胥镇，即南海祠所在地。

[3] 长鲸：大鲸。左思《吴都赋》：“长鲸吞航，修鲵吐浪。”鬣：鱼颔旁的小鳍。

[4] 白日：阳光。宋玉《楚辞·九辩》：“白日晼晚其将入兮，明月销铄而减毁。”此句谓在海港闲看渔船往来消磨时间。

[5] 尘土：指尘事。沈亚之《送文颖上人游天台》：“莫说人间事，崎岖尘土中。”

[6] 彭蠡（lǐ）：即鄱阳湖，在今江西省北部。

[7] 李白有《陪侍郎叔游洞庭醉后》三首，其三云：“刬却君山好，平铺湘水流。巴陵无限酒，醉杀洞庭秋。”

[8] 乘空：凌空。《列子·黄帝》：“乘空如履实，寝虚若处床。”此句谓画舫在澄澈的水中仿佛凌空飘荡，光线充足，正好读书。

[9] 不辞：不推辞。

[10] 相传唐代时，古印度波罗国朝贡使达奚带来两棵波罗树苗种在南海祠前，波罗庙由此得名。昔日外国海员来去时要到庙内祭拜南海神，也要到波罗树下祈福。以上两句谓自己常年在此，与海边小儿和祠前老树都熟识。

[11] 簪缨：古代官吏的冠饰，比喻显贵。萧统《锦带书十二月启·姑洗三月》：“龙门退水，望冠冕以何年？鹢路颓风，想簪缨于几载？”

选评

钱谦益《列朝诗集》：“先生尝曰：‘论诗当论性情，论性情先论风韵，无风韵则无诗矣。’又曰：‘学古人诗，先理会古人性情是如何。有此性情，方有此声口。’人亦有言，白沙为道学诗人之宗。余录其诗，则直以为诗人耳矣。王元美《书白沙集后》云：‘公甫诗不入法，文不入体，又皆不入题，而其妙处有超出于法与体及题之外者。余少学古，殊不相契，晚节始自会心，偶然读之，或倦而跃然以醒，不饮而陶然以醉，不知其所以然也。’”

赏析

陈献章以自我内心为主体，以自我之法追求自然之境的心学思想，这在其诗创中有所体现。此诗平易自然，描绘了南海祠下诸景。“天际有山皆古色，水边无树不秋声。一春桃李风吹尽，万里乾坤雨洗清”数句雅健清新，展现出南海祠前万里秋色的雨后秋景，意境开阔。诗人崇尚陶渊明与江湖山水为乐的洒脱，“看弄渔舟移白日，欲抛尘土住沧溟”以及“岁岁放歌来此地，晚年偏喜不簪缨”均反映其回归山水、走向自然的浩然之境。末句“偏喜不簪缨”的“偏”字可谓其真情的自然流露，体现出作者诗抒性情、以情为本的诗学思想，而“情”所强调的真情一面，则能在一定程度上摆脱理学的限制，这对当时的诗歌创作产生了一定影响。

李东阳

李东阳（1447—1516），字宾之，号西涯，湖广茶陵（今属湖南省）人。天顺八年（1464）进士。授编修，累迁侍讲学士，充东宫讲官。弘治八年（1495）以礼部侍郎兼文渊阁大学士，直内阁，预机务，与谢迁同日登用，对时弊多所匡正。十七年，赴阙里祭孔。还，上疏言沿途所见民生困苦状。受顾命，辅佐武宗。刘瑾入司礼，东阳悒悒不得志，而常设法保全善类。明武宗正德七年（1512），谏武宗调边将江彬等入卫，不从。乃以老病辞官。立朝五十年，柄国十八年，清节不渝。喜奖掖后学，推挽才隽。文章典雅流丽，工篆隶书。自明兴以来宰臣以文章领袖缙绅者，杨士奇之后，东阳而已。罢政家居，请诗文书篆者填塞户限，颇资为生活待客之费。卒谥文正。有《怀麓堂集》《怀麓堂诗话》《燕对录》。

天津八景·镇东晴旭[1]

五夜[2]城头听早鸡，海东红日上云梯[3]。飞乌晓飐朱帘影[4]，舞燕晴翻画栋泥。千里帆樯天远近，万家村市屋高低[5]。客来不用愁风雨，无数风光入品题[6]。

注释

[1] 选自《文渊阁四库全书》本《怀麓堂集》卷一八。作年不详待考。镇东晴旭是当时天津卫东城门外的景观。海河流经东门外，至大沽口入渤海。在门楼上可遥望海上日出，是为“镇东晴旭”。

[2] 五夜：第五更，即戊夜，凌晨3时至清晨5时。崔琮《长至日上公献寿》：“五夜钟初动，千门日正融。”

[3] 上云梯：形容太阳从朝霞中升起。

[4] 飞乌：指日光，因传说日中有三足乌。飐（zhǎn）：风吹颤动，引申为颤抖。此句谓晨光照在帘幕上，时移影动。

[5] 此联描写在城楼上看到的海河景观：河中船只首尾相连，直到海天之际；两岸人烟密集，房屋高低错落。

[6] 品题：评论定其高下。李白《与韩荆州书》：“今天下以君侯为文章之司命，人物之权衡，一经品题，便作佳士。”此句谓无论晴雨都有许多可供赏玩的景色。

选评

纪昀《四库全书总目提要》：“逮北地、信阳之派转相摹拟，流弊渐深，论者乃稍稍复理东阳之传，以相撑拄。盖明洪、永以后，文以平正典雅为宗，其究渐流于庸肤，庸肤之极，不得不变而求新；正、嘉以后，文以沉博伟丽为宗，其究渐流于虚憍，虚憍之极，不得不返而务实。二百余年，两派互相胜负，盖皆理势之必然。平心而论，何李如齐桓晋文，功烈震天下，而霸气终存；东阳如衰周弱鲁，力不足御强横，而典章文物，尚有先王之遗风。殚后来雄伟奇杰之才，终不能挤而废之，亦有由矣。”

赏析

李东阳本人用力最深也最为自负的诗体是拟古乐府，而以这首诗为代表的七言律诗，则充分显露出以他为核心的茶陵派和台阁体的密切关系。茶陵派的成员大多是内阁与翰林院的上层官僚，在创作上会偏向“典则正大”一体。此诗也基本沿袭台阁体雍容典雅的风尚，但诗人对声律的重视，为其平添了流动与秀润。

何景明

何景明（1483—1521），字仲默，号大复，信阳（今属河南省）人。八岁能作文，十五中举人。弘治十五年（1502）进士，授中书舍人。正德初，刘瑾用事，谢病归。瑾败，以荐除中书。时武宗多以佞幸为义子。景明疏言“义子不当蓄，宦官不当宠”。官至陕西提学副使，以病投劾归，抵家而卒。与李梦阳齐名，主张“文必秦汉，诗必盛唐”。时人言天下诗文必称“何李”。又与边贡、徐祯卿并称“弘正四杰”，及康海、王九思、王廷相称七才子，即所谓“前七子”。然何、李成名之后，论诗每相抵牾。申何者谓何诗俊逸，李诗粗豪，盖风格实有区别。有《大复集》《雍大记》《四箴杂言》。

望海[1]

登高望远海[2]，万里一长吟[3]。岛屿迎寒日[4]，波涛带夕阴[5]。岂无乘筏[6]叹，亦有钓鳌[7]心。去去[8]从吾好，三山烟雾[9]深。

注释

［1］选自嘉靖刻本《大复集》卷二〇。作年不详待考。

［2］李白《宣州九日闻崔四侍御与宇文太守游敬亭，余时登响山，不同此赏，醉后寄崔侍御》其一：“登高望远海，召客得英才。”

［3］长吟：音调缓而长的吟咏。

［4］寒日：寒冬的太阳。

［5］夕阴：傍晚阴晦的气象。储光羲《临江亭》其四：“古木啸寒禽，层城带夕阴。”一本作“积阴”。

[6] 乘筏：典出《论语·公冶长》："子曰：'道不行，乘桴浮于海，从我者，其由与？'"后用以指避世。

[7] 钓鳌：典出《列子·汤问》："（渤海之东有五山）而五山之根无所连著，常随潮波上下往还，不得暂峙焉。仙圣毒之，诉之于帝。帝恐流于西极，失群仙圣之居，乃命禺强使巨鳌十五举首而戴之，迭为三番，六万岁一交焉，五山始峙而不动。而龙伯之国有大人，举足不盈数步而暨五山之所，一钓而连六鳌，合负而趣归其国，灼其骨以数焉。于是岱舆、员峤二山流于北极，沉于大海。"后因以"钓鳌"喻抱负远大或举止豪迈。李白《悲清秋赋》："临穷溟以有羡，思钓鳌于沧洲。"

[8] 去去：谓远去。托名苏武《留别妻》："参辰皆已没，去去从此辞。"

[9] 烟雾：泛指烟、气、云、雾等。鲍照《吴兴黄浦亭庾中郎别》："连山眇烟雾，长波迥难依。"

选评

王世贞《明诗评》："景明诗如太华芙蓉，秀出云表，朝霞贴水，灿烂万状。又如西施毛嫱，工艺绝世，婉娈有情。气力少让李梦阳，烨烨动人，颇自不减。"

赏析

何景明与李梦阳同倡复古，两人是掀起明代文学复古运动的前七子中之领袖。景明自谓不读唐以后书，其歌行近体，取法李杜及初盛唐诸人，而古体必取法汉魏，所谓"文必秦汉，诗必盛唐"。此诗描写望远海所见，"岛屿迎寒日，波涛带夕阴"一句对仗工整，有盛唐格调。"乘筏叹""钓鳌心"则隐约表达了对时局的不满和自身的胸襟抱负，这也体现出他所主张的诗应该反映现实。景明诗格秀朗，刻画之迹较少，这在扭转之前台阁体的平庸熟烂和纠正复古模拟流弊等方面都有比较积极的作用。

俞大猷

俞大猷（1504—1580），字志辅，号虚江，晋江（今属福建省）人。读书知兵法，世袭百户。举嘉靖十四年（1535）武会试，除千户。擢广东都司，进参将，移浙东，屡败倭寇，时称俞家军。三十四年，从张经破倭于王江泾，复偕任环破倭于江南各地。以赵文华兵败，被诬劾为“纵贼”，夺世荫。三十五年，起为浙江总兵官，还世荫。后以攻王直未全歼，被逮下狱。旋得释，立功塞上。四十年，移南赣，镇压广东饶平张琏山寨。后历福建、广东总兵官。四十二年，与戚继光破倭寇，复兴化城。四十三年，大破倭寇于海丰。又先后镇压吴平、曾一本等海上武装集团，击破古田壮族黄朝猛、韦银豹军。卒谥武襄。有《正气堂集》《韬钤续篇》《剑经》。

咏海舟睡卒[1]

日月双悬照九天[2]，金塘山迥亦燕然[3]。横戈息力[4]潮头梦，锐气明朝破虏间。

注释

［1］选自《八闽文献丛刊》本《正气堂全集》。作年不详待考。

［2］李白《上皇西巡南京歌》其十：“少帝长安开紫极，双悬日月照乾坤。”题下自注：“天宝十五载六月己亥，禄山陷京师。七月庚辰，次蜀都。八月癸巳，皇太子即皇帝位于灵武。十二月丁未，上皇天帝至自蜀郡，大赦，以蜀郡为南京。”此句用其字面，双悬日月指写有国号“明”的战旗高悬。

［3］金塘山：一说即今浙江省舟山市定海区西部之金塘岛。顾祖禹《读史方舆纪要》载宁波府定海县金塘山“在县东南海中约百里，半潮可到。山周环二百里。旧为昌国县之金塘乡，明初徙民入内地；嘉靖中，倭夷窃据，参将卢镗击败之”。一说在今上海市金山区东南海中，有大、小金山二岛。《大清一统志·松江府一》载金山，“按杨维桢《志》云：淞之南有大金、小金，出没于云海之中。即指此二山也”。洪武十九年（1386）在此置金山卫，为江浙沿海要冲，明军曾几次在此与倭寇激战。迥：远。指金塘山和燕然山的地理距离。燕然：指燕然山，即今蒙古国境内杭爱山。据《后汉书·窦宪传》，此乃宪领兵大破北匈奴刻石勒功之处。亦借指边塞。

［4］息力：休息。

选评

梁章钜《退庵随笔》：“公以韬钤宿将，似不必与诗人争短长，然读其诗乃有拔山挽河之概。”

赏析

《咏海舟睡卒》描述“将军夜巡”的场景，爱兵之情、报国之心、豪迈之气跃然于诗篇。前两句写刀枪林立、旌旗蔽天的抗倭战场，展现了作者抗倭必胜、忠勇建功的豪迈气概。“横戈息力潮头梦”所营造出的静谧盹歇的意境，则是作者爱护士卒之心的自然流露，而结句的乐观精神，正来自全体将士同仇敌忾带来的自信。全诗洋溢着高亢昂扬、气壮山河的氛围，充满了建功立业、报效国家的感情，显现出战必能胜的决心。

舟师[1]

倚剑东溟势独雄[2]，扶桑今在指挥中[3]。岛头云雾须臾尽，天外旌旗上下翀[4]。队火光摇河汉[5]影，歌声气压虬龙宫。夕阳景里归篷近[6]，背水阵[7]奇战士功。

注释

［1］选自《八闽文献丛刊》本《正气堂全集》。作年不详待考。舟师：水军。《左传·襄公二十四年》：“楚子为舟师以伐吴。”

［2］倚剑：即倚天剑，典出宋玉《大言赋》：“方地为车，圆天为盖，长剑耿耿倚天外。”东溟：东海。颜延之《车驾幸京口侍游蒜山作》：“元天高北列，日观临东溟。”

［3］扶桑：东方古国名。《南齐书·东南夷传赞》：“东夷海外，碣石、扶桑。”后亦代称日本。指挥：犹指点。

［4］翀：同“冲”。

［5］河汉：银河。

［6］景：日光。篷：船帆。

［7］背水阵：背水列阵。《尉缭子·天官》：“按天官曰：‘背水陈为绝地，向阪陈为废军。’”汉将韩信攻赵，在井陉口背水列阵，大败赵军，诸将问背水之故，信曰：“兵法不曰：‘陷之死地而后生，置之亡地而后存？’”见《史记·淮阴侯列传》。后以“背水阵”比喻处于死里求生的境地。

赏析

此诗描写作者所率领的东海水军的风采。岛上海雾散去，晴天碧海之间显现出训练有素的舰队，战旗飘扬，军容壮盛。全诗展示出充分的自信和豪情，通过对水军气势、作战时自然景观、作战情形以及战后凯旋的刻画，表达了对明朝水军的军威、士气和高昂战斗力的赞美之情，歌颂了水军战士的英勇无畏和辉煌战绩，洋溢着作者保卫海疆、扫清来犯倭寇的战斗豪情。全诗意境雄阔，气势磅礴，展现了水师将士们为国斗争的英雄气概，炽热的爱国情感充盈其间，鼓舞读者。

唐顺之

唐顺之（1507—1560），字应德，一字义修，称荆川先生，南直隶武进（今江苏省常州市）人。嘉靖八年（1529）会元。曾协助总督胡宗宪讨倭寇，谓御敌上策，当截之海外，纵使登陆，则内地受祸。曾亲率舟师，邀敌于长江口之崇明。三沙告急，督卢镗、刘显赴援，亲跃马布阵，持刀直前。以功升右佥都御史、凤阳巡抚。学问广博，通晓天文、数学、兵法、乐律等，兼擅武艺，提倡唐宋散文，与王慎中、茅坤、归有光等被称为“唐宋派”。有《荆川先生文集》。

山海关陈职方邀登观海亭作[1]

万里群山尽海头，谁筑关城控上游[2]？巨灵劈山鬼鞭石[3]，英雄作事与神谋[4]。水压蛟龙蛰[5]深窟，陆断豺虎潜退陬[6]。司马分符来作镇[7]，坐销奸宄[8]护神州。夜半鸣鸡空献计[9]，橐中置人仍被搜[10]。深秋邀我观海楼，水潦[11]初清海雾收。风恬浪细鱼鳞起[12]，隔岸隐隐见东牟[13]。百年海禁[14]颇严密，烟波莽阔无行舟。

圣明弛禁济饥窘[15]，米船衔尾浮群鸥[16]。百船到岸一船覆，大利小害谁能周？辽人生不识舟楫[17]，云帆错指旗上游。午炊且饱盈瓶粟，夜卧免唱量沙筹[18]。几时丑虏[19]忽东徙，辽蓟骚然[20]斗不休。关外胡笳关内柝[21]，妇女乘障夫虔刘[22]。鸱蹲[23]蛆食安可长，瘪肉不剪成悬疣。会须[24]驱逐远漠北，安得猛士挺长矛。昔人[25]失却渝关险，腥秽[26]中华千古羞。

注释

［1］选自《唐顺之集》（浙江古籍出版社 2014 年版）附录一。嘉靖三十七年（1558）

七月，唐顺之赴蓟州核查兵额，此诗即顺之此行多首记游诗中的一首。蓟镇长城东起山海关，西至居庸关，从东、北、西三面护卫京师，地势险要。山海关，古称渝关，或作榆关。又名临渝关、临闾关。为河北省旧临榆县之东门，长城的起点。今属秦皇岛市。明初置关戍守，因其背山面海，故取名山海关。北依角山，东临渤海，连接华北与东北平原。形势险要，自古为交通要隘，有“天下第一关”之称。职方：官名。《周礼・夏官》有职方氏，掌天下之地图，主四方之职贡。后每沿用，明清兵部下设职方司。观海亭：今建在山海关老龙头海神庙内。

［2］关城：关塞上的城堡。枚乘《上书重谏吴王》：“深壁高垒，副以关城，不如江淮之险。”上游：泛指形胜之地。柳宗元《谢襄阳李夷简尚书委曲抚问启》：“伏惟尚书鹗立朝端，风行天下，入统邦宪，出分主忧，控此上游，式是南服。”集注引孙汝听曰：“上游，犹言重地也。”

［3］巨灵：传说中劈开华山的河神。张衡《西京赋》：“缀以二华，巨灵赑屃，高掌远跖，以流河曲，厥迹犹存。”《文选》薛综注：“巨灵，河神也。……古语云：此本一山当河，水过之而曲行，河之神以手擘开其上，足蹋离其下，中分为二，以通河流。手足之迹，于今尚在。”鞭石：《艺文类聚》卷七九引伏琛《三齐略记》曰：“始皇作石桥，欲过海观日出处，于时有神人，能驱石下海，城阳一山，石尽起立，嶷嶷东倾，状似相随而去。云石去不速，神人辄鞭之，尽流血，石莫不悉赤，至今犹尔。”后遂以“鞭石”为神助的典故。

［4］此句下原有自注“此关徐武宁筑”。徐武宁即明代开国元勋徐达，谥武宁。作事，役民兴造。《左传・昭公八年》：“（师旷曰：）臣又闻之曰：‘作事不时，怨讟动于民，则有非言之物而言。’今宫室崇侈，民力凋尽，怨讟并作，莫保其性。石言，不亦宜乎。”

［5］蛰：潜藏。

［6］遐陬（zōu）：边远一隅。《宋书・谢灵运传》：“内匡寰表，外清遐陬。”

［7］司马：官名。相传少昊始置。周时为六卿之一，曰夏官大司马。掌军旅之事。汉武帝元狩四年（前119）改太尉为大司马。后汉因之，旋又改名太尉，南北朝与大将军并称二大，至隋废。后世用作兵部尚书的别称，侍郎则称少司马。分符：犹剖符。谓帝王封官授爵，分与符节的一半作为信物。孟浩然《送韩使君除洪州都曹》诗：“述职抚荆衡，分符袭宠荣。”作镇：镇守一方。潘岳《为贾谧作赠陆机》：“藩岳作镇，辅我京室。”

［8］奸宄（guǐ）：亦作“奸轨”。违法作乱的事情。《尚书・舜典》：“蛮夷猾夏，寇贼奸宄。”伪孔安国传：“在外曰奸，在内曰宄。”孔颖达疏：“又有强寇劫贼、外奸内宄者，为害甚大。”

［9］此句用鸡鸣狗盗之典，事见《史记・孟尝君列传》。

［10］此句下原有自注“魏冉故事”，见《史记・穰侯列传》。

［11］水潦（lǎo）：大雨。《礼记・曲礼上》：“水潦降，不献鱼鳖。”

［12］恬：安静。细：微小。鱼鳞：比喻水面细碎的波纹。白居易《早春西湖闲游》：

“小桥装雁齿，轻浪甃鱼鳞。”

[13] 东牟：郡名。唐玄宗天宝元年（742）改登州置，治蓬莱（今属山东），肃宗乾元元年（758）复改登州。明登州府亦治此，此处即以指蓬莱。

[14] 海禁：指明清两代禁止中国人到海外经商和限制外国商船进口贸易所采取的措施。

[15] 圣明：皇帝的代称。刘琨《劝进表》：“或多难以固邦国，或殷忧以启圣明。”弛禁：解除禁令。饥窘：饥饿困窘。《魏书・逸士传》：“时连日骤雪，穷山荒涧，鸟兽饥窘，僵尸山野。”

[16] 此句下原有自注“辽人大饥弛海禁载米”。衔尾：谓前后相接。《汉书・匈奴传》：“如遇险阻，衔尾相随。”颜师古注：“衔，马衔也；尾，马尾也。言前后单行，不得并驱。”

[17] 辽人：指辽东居民。舟楫：《诗经・卫风・竹竿》：“桧楫松舟。”《毛传》：“楫所以棹舟，舟楫相配，得水而行。”后以“舟楫”泛指船只。

[18] 唱量沙筹：典出《南史・檀道济传》：“道济时与魏军三十余战多捷，军至历城，以资运竭乃还。时人降魏者具说粮食已罄，于是士卒忧惧，莫有固志。道济夜唱筹量沙，以所余少米散其上。及旦，魏军谓资粮有余，故不复追，以降者妄，斩以徇。”后以“量沙”为安定军心，迷惑敌人之典。

[19] 丑虏：对敌人的蔑称。《诗经・大雅・常武》：“铺敦淮濆，仍执丑虏。”郑《笺》：“丑，众也……就执其众之降服者也。”

[20] 骚然：动荡不安的样子。《汉书・严助传》：“夫以眇眇之身，托于王侯之上，内有饥寒之民，南夷相攘，使边骚然不安，朕甚惧焉。”

[21] 关：指山海关。胡笳：汉时西域的管乐器，传说由张骞传入中国。此处泛指北方少数民族的军乐。柝（tuò）：打更用的梆子。

[22] 乘障：同“乘鄣”，登城守卫。《汉书・张汤传》：“（上）乃遣山乘鄣。”颜师古注：“鄣谓塞上要险之处，别筑为城，因置吏士而为鄣蔽以扞寇也。”引申为抵御。虔刘：杀戮。《左传・成公十三年》：“芟夷我农功，虔刘我边陲。”

[23] 鸱蹲：如鸱蹲状，局促而瑟缩。欧阳修《对雪十韵》：“儿吟雏凤语，翁坐冻鸱蹲。”

[24] 会须：应当。项斯《山友赠藓花冠》：“会须寻道士，簪去绕霜坛。”

[25] 昔人：从前的人。《管子・小匡》：“昔人之受命者，龙龟假，河出图，雒出书。”

[26] 腥秽：指盗匪、外敌等及其残酷屠杀的罪行。王恽《平原行》：“滔天腥秽思一扫，誓与此羯不两存。”

选评

钱谦益《列朝诗集》：“正、嘉之间，为诗者踵何、李之后尘，剽窃云扰。

应德与陈约之辈，一变为初唐，于时称其庄严宏丽，咳唾金璧。归田以后，意取辞达。王、李乘其后，互相评砭。吴人评其初务清华，后趋险怪，考其所撰，若出二辙，非通论也。为文始尊秦汉，颇效空同，已而闻王道思之论，洒然大悟，尽改其少作。”

赏析

唐顺之的文学理论在唐宋派中最为完备，古文成就尤为可观，而其诗歌的内容和风格，则随阅历的增长和环境的转换而变化。早期多应制酬和之作，中年隐居偶尔作性气诗，晚年复出督师，所作多关国事，风格渐趋豪爽矫健。此诗抒发澄清四海之志，格调高亢而不粗疏。此诗笔兼大海与高山、历史与当下、战争与民生、幻想与现实，内涵丰富，深远多变；技法上则明显看出对韩愈、苏轼等唐宋散文大家“以文为诗”的学习，呈现出流荡健峭的特点。

王慎中

王慎中（1509—1559），字道思，初号南江，更号遵岩，晋江（今属福建省）人。嘉靖五年（1526）进士。授户部主事。在职与诸名士讲习，学大进。令诏简部郎为翰林，众首拟慎中，大学士张璁欲见之，固辞不赴，乃稍移吏部郎中。官终河南参政，以忤夏言落职归。古文卓然成家，师法曾王，与唐顺之齐名，而自以为过之。诗体初宗艳丽，工力深厚，归田后掺杂讲学，信笔自放。有《遵岩集》。

海上平寇记[1]

守备汀、漳俞君志辅[2]，被服进趋[3]，退然[4]儒生也。瞻视在鞞芾[5]之间，言若不能出口。温慈款悫[6]，望之知其有仁义之容。然而桴鼓[7]鸣于侧，矢石交乎前[8]，疾雷飘风[9]，迅急而倏忽，大之有胜败之数，而小之有死生之形[10]，士皆掉魂摇魄，前却而沮丧；君顾[11]意喜色壮，张扬矜奋[12]，重英之矛[13]，七注之甲[14]，鸷鸟举而虓虎怒[15]，杀人如麻，目睫曾不为之一瞬[16]。是何其猛厉孔武[17]也！

是时漳州海寇张[18]甚，有司以为忧，督府檄君捕之。君构兵[19]不数百，航海索贼，旬日[20]遇焉。与战海上，败之。获六十艘，俘八十余人，其自投于水者称是[21]。贼行海上，数十年无此衄[22]矣。由有此海[23]，所为开寨置帅以弹制[24]非常者，费巨而员多。然提兵逐贼，成数十年未有之捷，乃独在君。而君又非有责于海者也[25]，亦可谓难[26]矣！

予观昔之善为将而能多取胜者，皆用素治[27]之兵，训练齐而约束明。非徒其志意信而已[28]，其耳目亦且习于旗旐[29]之色，而挥之使进退则不乱；熟于钟鼓之节，而奏之使作止[30]则不惑。又当有以丰给而厚享之，椎牛击豕[31]，酾[32]酒成池，餍其口腹之所欲，遂气闲而思自决于一斗以为效。如马饱于枥，嘶鸣腾踏而欲奋，然后可用。君所提数百之兵，率[33]召募新集，形貌不相识。宁独训练不夙、约束不豫而已[34]，其于服属之分[35]犹未明也。君又穷空，家无余财，所为市牛酒、买粱粟以恣[36]士之所嗜，不能具也。徒以一身帅先士卒，共食糗糒[37]，触犯炎风，冲冒巨浪，日或不再食，以与贼格[38]，而竟以取胜。君诚何术而得人之易、致效之速如此？予知之矣，用未素教之兵而能尽其力者，以义气作[39]之而已；用未厚养之兵而能鼓其勇者，以诚心结之而已。

予方欲以是问君，而玄钟所千户某等来乞文勒君之伐[40]，辄书此以与之。君其毋以予为儒者而好揣言兵意[41]云。君之功在濒海数郡，而玄钟所独欲书之者，君所获贼在玄钟境内，其调发舟兵诸费多出其境，而君靖廉不扰[42]，以故其人尤德[43]之尔。

君名大猷，志辅其字，以武举[44]推用为今官。

注释

［1］选自《文渊阁四库全书》本《遵岩集》卷八。

［2］守备：武官名。明代镇守边防五等将官之一，守一城一堡。其职位及职能与现在的上尉相当。汀、漳：福建汀州（治今长汀县）、漳州（治今漳州市）二府。按《大清一统志》“汀州府名宦”载，俞大猷以泉州卫千户守备武平，连破海贼，擢署都指挥佥事。

［3］被服进趋：指衣着、举止。

［4］退然：谦逊的样子。

［5］韠芾：同“韠（bì）韨”，芾：古代的一种皮做的裙状物，佩于襟带之下，可以蔽膝。此句谓俞大猷目不旁视，对人只看胸腹以下而不敢仰瞻首面，极言其恭敬。

［6］温慈款悫（què）：温和而诚恳。

[7] 桴：鼓槌。此处的鼓指战鼓。

[8] 矢：飞箭。石：弓弩所击发的石块。都是远射的武器。

[9] 飘风：暴风。《老子》："希言自然，故飘风不终朝，骤雨不终日。"

[10] 以上两句谓战场上的种种，大可决定战争胜败，小可分判个人生死。

[11] 顾：连词，反而。

[12] 矜奋：振奋。

[13] 重（chóng）：层。英：矛上的羽饰。《诗经·郑风·清人》："二矛重英，河上乎翱翔。"

[14]《周礼·冬官·考工记》："函人为甲，犀甲七属，兕甲六属，合甲五属。"郑玄注："属，读如灌注之注，谓上旅、下旅札续之数也。"旅即甲的札页。七注之甲：七页铁片连缀合成的铠甲。

[15] 鸷（zhì）鸟：性情凶猛的鸟，如鹰、雕、枭等。屈原《离骚》："鸷鸟之不群兮，自前世而固然。"举：指飞。虓（xiāo）虎：咆哮的老虎。《诗经·大雅·常武》："王奋厥武，如震如怒，进厥虎臣，阚如虓虎。"用于形容将领作战勇猛。

[16] 曾：竟。瞬：眨眼。

[17] 孔武：典出《诗经·郑风·羔裘》："羔裘豹饰，孔武有力，彼其之子，邦之司直。"孔：甚。

[18] 张：放纵。

[19] 枸：牵引。枸兵：率兵。

[20] 旬日：十天。

[21] 称（chèn）是：和这个数目相当。

[22] 衄（nǜ）：挫折。

[23] 此句谓因有此海而有此海寇。

[24] 弹制：镇压。

[25] 时俞大猷方为武平守备，并无剿海寇之责，而竟建此奇功，故有此谓。

[26] 难：指难得。

[27] 素治：平日训练过。

[28] 非徒：连词，不但。志意信：指兵众意志齐一，听从号令。

[29] 旐（zhào）：古代的一种旗子，上面画着龟蛇。

[30] 作止：指古时军队闻鼓则进，闻金则退。以上四句谓部队熟悉军旗、战鼓的指挥信号，进退行动整齐迅速。

[31] 椎（chuí）牛击豕（shǐ）：椎、击都有杀的意思，椎牛击豕即宰牛杀猪。

[32] 酾：斟（酒）。

[33] 率：大概。

[34] 宁独：连词，岂止。豫同"预"。

[35] 服属之分：隶属的名义。

［36］忞：义同上文之“餍”，满足。

［37］糗糒（qiǔ bèi）：干粮。

［38］格：打。

［39］作：兴起，引申为激励。

［40］明制，要害地设置防营。守数府者为卫，驻兵五千六百人；卫下守一府者为所，驻兵自百十有二人至千一百二十人，前者称百户所，后者称千户所。玄钟所：洪武二十年（1387）所置千户所，属镇海卫，在漳州府诏安县东南四十里。千户即千户所的统兵长官。卫所官兵多世袭，俞大猷便是由泉州卫世袭百户升千户。勒：雕刻，引申为记载。伐：通“阀”，功业。

［41］揣言兵意：悬谈军情。

［42］靖廉不扰：定乱而廉洁不扰民。

［43］德：感激。《左传·成公三年》：“然则德我乎？”

［44］武举：武举人。中式武科乡试以应武科会试者。

选评

纪昀《四库全书总目提要》：“史称慎中为文，初亦高谈秦汉，谓东京以下无可取。已而悟欧曾作文之法，乃尽焚旧作，一意师仿，尤得力于曾巩。唐顺之初不服其说，久乃变而从之。壮年废弃，益肆力于文，演迤详赡，卓然成家，与顺之齐名，天下称之曰王唐。李攀龙、王世贞力排之，卒不能掩也。”

赏析

明代后期，海防形势严峻，倭寇之乱尤为严重。本文属于闽地抗倭平寇事迹的散文，不仅记叙了福建沿海人民和海防官吏抗倭的情况，也是作者对俞大猷的丰功伟绩的记录。“被服进趋”“温慈款悫，望之知其有仁义之容”分别在外貌、神态上刻画出俞大猷风度翩翩、器宇轩昂的儒将形象，“士皆掉魂摇魄，前却而沮丧；君顾意喜色壮，张扬矜奋”，显示出俞大猷的临危不乱与镇定自若，“用未素教之兵而能尽其力者”，意在强调他的治军有方。本文的感情色彩浓郁，基调慷慨热烈，既有战胜倭寇的欣喜，也有对友人的佩服与讴歌。

胡宗宪

胡宗宪（1512—1565），字汝贞，号梅林，南直隶绩溪（今属安徽省）人。嘉靖十七年（1538）进士，历知益都、余姚二县，擢御史。三十三年，巡按浙江。以毒酒杀倭数百于嘉兴。附赵文华，因之结严嵩父子，得受重用。三十五年，被擢为右佥都御史总督浙江军务。设计诱降徐海，使缚献陈东、麻叶，复围攻徐海，迫使自杀。继又诱杀王直，两浙倭患渐平。积功进右都御史，加太子太保。威权震东南，颇有声誉。四十一年，以属严嵩党革职。四十四年，终以严党下狱死。万历初，复官，追谥襄懋。有幕僚郑若曾所辑《筹海图编》。

题受降亭[1]

十年海浪喷长鲸，万里潮声杂鼓声。圣主拊髀思猛士[2]，元戎讵意属儒生[3]。身经百战心犹壮，田获三狐志幸成[4]。报国好图安治策，舟山今作受降城。

注释

［1］选自《（天启）再山志》卷四。按《明史·胡宗宪传》，嘉靖三十六年（1557）冬，胡宗宪用计将海盗首领王直转离日本至舟山岛岑港投降，宗宪特建受降亭举办受降典礼，诗作于其时。两年后，王直在杭州官巷口被斩首示众。《（雍正）浙江通志》卷四三：“受降亭，《定海县志》：‘在观山，明嘉靖时总制胡宗宪、总兵卢镗受降汪直建。’”

［2］拊髀（fǔ bì）：典出《三国志·蜀志·先主备传》，裴松之注引《九州春秋》曰：“备住荆州数年，尝于表坐起至厕，见髀里肉生，慨然流涕。还坐，表怪问备，备曰：‘吾常身不离鞍，髀肉皆消。今不复骑，髀里肉生。日月若驰，老将至矣，而功业不建，是以悲耳。’”思猛士：典出《史记·高祖本纪》：“高祖还归，过沛，留。置酒沛宫，悉召故人父老子弟纵酒，发沛中儿，得百二十人，教之歌。酒酣，高祖击筑，自为歌诗曰：‘大风起兮云飞扬，威加海内兮归故乡，安得猛士兮守四方！’令儿皆和习之。高祖乃起舞，慷慨伤怀，泣数行下。”

［3］元戎：主帅。《周书·齐炀王宪传》：“吾以不武，任总元戎，受命安边，路指幽

冀。”讵：岂。意属（zhǔ）：犹属意。

［4］田：同“畋”，打猎。三狐：指海盗首领王直、汪海、陈东。

赏析

此诗为志功述怀之篇，气势磅礴，振奋人心。“十年海浪喷长鲸，万里潮声杂鼓声”概括了在东南沿海和舟山各岛，明朝官兵与王直集团等倭寇势力前前后后打了十余年仗的平倭史。颔联带出平倭主体，将君帅将士都囊括其中，既赞扬了将士的勇猛，也歌颂了君主的圣明，并表现了自己多年来的殚精竭虑。上下一心，勠力克敌，末句洋溢着“田获三狐”后捍卫国土安全、平倭大功告成的喜悦，表达了忠君报国的英雄主义情感。胡宗宪无愧一代帅才，但其结纳贪腐的严嵩父子，谄媚多疑的嘉靖帝，无论其出于何种目的、有何不得已，总是一个擅弄权术之人。此诗也不难看出作者有为自己宣传造势的一面，但建功立业的高朗风骨仍是主要的。

王世贞

王世贞（1526—1590），字元美，自号凤洲，又号弇州山人，南直隶太仓（今属江苏省）人。嘉靖二十六年（1547）进士，官刑部主事。杨继盛因弹劾严嵩而下狱，世贞时进汤药，又代其妻草疏。杨死，复棺殓之。严嵩大恨。会鞑靼军入塞，嵩诿过于世贞父蓟辽总督王忬，下狱。世贞与弟世懋伏嵩门乞贷，忬卒论死，兄弟号泣持丧归。隆庆初讼父冤，复父官。后累官刑部尚书，移疾归。好为诗、古文，始与李攀龙主文盟，主张文不读西汉以后作，诗不读中唐人集，以复古号召一世。攀龙死，独主文坛二十年。于是天下咸望走其门，操文章之柄，所作亦不尽膺古，而有近似元稹、白居易之作。有《弇山堂别集》《嘉靖以来首辅传》《觚不觚录》《弇州山人四部稿》等。

和吴峻伯蓬莱阁六绝[1]

其一

坐看红日映天鸡[2]，曙色中原一瞬齐[3]。雄观古来谁得似[4]，昆仑高挂大荒西[5]。

注释

［1］选自万历刻本《弇州山人四部稿》卷四八。按徐朔方《王世贞年谱》，此六首绝句应作于嘉靖三十七年（1558）秋，作者时任山东按察副使。峻伯：吴维岳（1514—1569）其字。维岳号霁寰，浙江孝丰（今浙江安吉）人。嘉靖十七年进士，授江阴知县，入为刑部主事。官至右佥都御史，巡抚贵州。在郎署时，有诗名。尝与李攀龙等倡导诗社，读书天目山。后王世贞以其与俞允文、卢楠、李先芳、欧大任为“广五子”。有《天目山斋稿》。是年吴维岳调任山东提学副使，与王世贞重逢。蓬莱阁在今山东省蓬莱市北丹崖山上，始建于宋仁宗嘉祐年间，万历年间增建吕祖殿、三清殿等建筑，自古为文人学士雅集之地。孔平仲《寄常文》：“蓬莱阁下花多少，清旷亭前水浅深。”

［2］坐看：犹行看，旋见。形容时间短暂，“刚看到……就……”李白《古风》其二十六：“坐看飞霜满，凋此红芳年。”天鸡：神话中天上的鸡。任昉《述异记》：“东南有桃都山，上有大树，名曰桃都，枝相去三千里。上有天鸡，日初出照此木，天鸡则鸣，天下鸡皆随之鸣。”

［3］曙色：拂晓时的天色。梁简文帝《守东平中华门开》：“薄云初启雨，曙色始成霞。”以上两句谓在阁上刚看到日出，天就很快亮了。

［4］雄观：犹壮观。叶梦得《石林诗话》卷上：“两山相对，遂为一时雄观。”得似：何如。齐己《寄湘幕王重书记》：“可能有事关心后，得似无人识面时？”

［5］大荒：荒远的地方。《山海经·大荒东经》：“东海之外，大荒之中，有山名曰大言，日月所出。”以上两句谓阁上海天一色的壮观景象，只有遥远西方高峻的昆仑山能够相比。

其二

虚无紫气映蓬莱[1]，水落青天忽对开[2]。已借鳌簪为岛屿[3]，还从蜃口出楼台[4]。

注释

［1］虚无：天空。司马相如《上林赋》：“然后扬节而上浮，凌惊风，历骇猋，乘虚无，与神俱。”紫气：紫色云气。古代以为祥瑞之气。附会为帝王、圣贤等出现的预兆。《史记·老子韩非列传》：“莫知其所终：”司马贞《史记索隐》引《列仙传》曰：“老子西游，关令尹喜望见有紫气浮关，而老子果乘青牛而过也。”

［2］此句谓大海、天空同样湛蓝，像一物对分成两半。

［3］李白《送纪秀才游越》：“即知蓬莱石，却是巨鳌簪。”此用其意。

［4］此句谓蓬莱阁凌空欲飞，像蜃气幻化而成。

其三

绛节秋逢鸾鹤群[1]，安期遣信欲相闻[2]。袖中亦有千年枣[3]，不羡瀛洲五色云[4]。

注释

[1] 即“秋逢绛节鸾鹤群”的倒文。绛节：传说中上帝或仙君的一种仪仗。杜甫《玉台观》其一：“中天积翠玉台遥，上帝高居绛节朝。”鸾鹤：鸾与鹤。相传为仙人所乘。汤惠休《楚明妃曲》：“驂驾鸾鹤，往来仙灵。”乘鸾鹤而来的仪仗即下句安期所派信使。

[2] 安期：亦称安期生，仙人名。秦、汉间齐人，一说琅琊阜乡人。传说他曾从河上丈人习黄帝、老子之说，卖药于东海边。秦始皇东游，与语三日夜，赐金璧数千万，皆置之阜乡亭而去，留书及赤玉舄一双为报。后始皇遣使入海求之，未至蓬莱山，遇风波而返。一说，生平与蒯通友善，尝以策干项羽，未能用。后之方士、道家因谓其为居海上之神仙。事见《史记・乐毅列传》《列仙传》等。相闻：互通信息。《后汉书・隗嚣公孙述列传》：“自今以后，手书相闻，勿用傍人解构之言。”.

[3] 千年枣：无漏子的别名。即椰枣，也称伊拉克枣，主要产于中东，北非以及中国福建、广东、广西、云南等省的热带或者亚热带地区。《周书・异域传》载波斯：“又出……千年枣、香附子。”李时珍《本草纲目・果三》“无漏子”：“千年枣、万岁枣……千年、万岁，言其树性耐久也。”入药又名凤尾焦。

[4] 瀛洲：传说中的仙山。《列子・汤问》：“渤海之东，不知几亿万里……其中有五山焉：一曰岱舆，二曰员峤，三曰方壶，四曰瀛洲，五曰蓬莱……所居之人皆仙圣之种。”五色云：古人以为祥瑞。《陈书・徐陵传》：“母臧氏，尝梦五色云化而为凤，集左肩上，已而诞陵焉。”以上两句是对安期的答复。

其四

早晚[1]苍龙自在眠，春波织就蔚蓝天[2]。风雷忽卷秦桥去[3]，日月还依禹碣悬[4]。

注释

[1] 早晚：几时。颜之推《颜氏家训・风操》：“尝有甲设燕席，请乙为宾；而旦于公庭见乙之子，问之曰：‘尊侯早晚顾宅？’”

[2] 以上两句谓只有到龙眠之时，大海才波澜不兴。

[3] 此句典出伏琛《三齐略记》：“秦始皇于海中作石桥，海神为之竖柱。始皇求为相见，神云：‘我形丑，莫图我形，当与帝相见。’乃入海四十里，见海神。左

右莫动手，工人潜以脚画其状。神怒曰：‘帝负约，速去。’始皇转马还。前脚犹立，后脚随崩，仅得登岸。画者溺死于海，众山之石皆倾注，今犹岌岌东趣，疑即是也。”

［4］禹碣：典出任昉《述异记》：“崆峒山中有尧碑、禹碣，皆籀文焉，伏滔述帝功德，铭曰：‘尧碑禹碣，历古不昧。’”以上两句讽刺秦始皇难比尧舜禹等明君。

其五

万乘秋风屈布衣[1]，沧桑[2]今古定谁非。田横五百应如在[3]，徐市三千竟不归[4]。

注释

［1］万乘：本指天子兵车万乘，引申为帝王。《汉书·蒯通传》：“随厮养之役者，失万乘之权；守儋石之禄者，阙卿相之位。”布衣：借指平民。古代平民不能衣锦绣，故称。《荀子·大略》：“古之贤人，贱为布衣，贫为匹夫。”

［2］沧桑：指朝代更迭。

［3］田横（？—前202）：秦末狄人。田荣弟。秦末从兄田儋起兵反秦。儋、荣死，收齐散兵，复定齐，立荣子广为齐王，自为相。后广为刘邦部将韩信击杀，自立为王。旋为汉军所破。高帝立，横率徒属五百余人入居海岛。后应召与二客诣洛阳，途中自杀，刘邦以王礼葬之。其留居海岛者闻讯亦皆自杀。事附《史记·田儋列传》。如在：语出《论语·八佾》：“祭如在，祭神如神在。”谓祭祀神灵、祖先时，好像受祭者就在面前。后称祭祀诚敬为“如在”。这里用田横比喻正直的臣下。

［4］徐市：名或作福，秦琅琊人，方士。始皇时，上书言海中有三神山，名曰蓬莱、方丈、瀛洲，仙人居之。始皇因遣市发童男女各三千人，入海求仙，竟不返。这里用徐市比喻投君王所好之人。

其六

君泛仙槎[1]拟问津，我从东海学波臣[2]。隋珠却坠双明月[3]，鲸岛[4]寒光夜夜新。

注释

［1］仙槎：神话中能来往于海上和天河之间的竹木筏。典出张华《博物志·杂说下》：“旧说云，天河与海通。近世有人居海渚者，年年八月有浮槎去来，不失期。人有奇志，立飞阁于槎上，多赍粮，乘槎而去。十余日中犹观星月日辰，自后茫茫忽忽，亦不觉昼夜。去十余日，奄至一处，有城郭状，屋舍甚严。遥望宫

中多织妇，见一丈夫牵牛渚次饮之。牵牛人乃惊问曰：‘何由至此？’此人为说来意，并问此是何处。答曰：‘君还至蜀郡，访严君平，则知之。’竟不上岸，因还如期。后至蜀，问君平，君平曰：‘某年月日，有客星犯牵牛宿。’计年月，正是此人到天河时也。”

［2］东海波臣：典出《庄子·外物》：“周顾视车辙中，有鲋鱼焉。周问之曰：‘鲋鱼来，子何为者邪？’对曰：‘我，东海之波臣也。君岂有斗升之水而活我哉？’”

［3］隋珠：随侯之珠。《战国策·楚策四》：“宝珍随珠不知佩兮，袆布与丝不知异兮。”明月：指明珠。屈原《九章·涉江》：“被明月兮佩宝璐。”王逸注：“言己背被明月之珠。”“双明月”指吴维岳和自己，都如随珠一般宝贵却坠落此地。

［4］鲸岛：指蓬莱。

选评

纪昀《四库全书总目提要》：“考自古文集之富，未有过于世贞者。其摹秦仿汉，与七子门径相同，而博综典籍，谙习掌故，则后七子不及，前七子亦不及，无论广、续诸子也。惟其早年自命太高，求名太急，虚憍恃气，持论遂至一偏。又负其渊博，或不暇检点，贻议者口实。故其盛也，推尊之者遍天下，及其衰也，攻击之者亦遍天下。……然世贞才学富赡，规模终大。譬诸五都列肆，百货具陈，真伪骈罗，良楛淆杂，而名材瑰宝，亦未尝不错出其中。知末流之失可矣，以末流之失，而尽废世贞之集，则非通论也。”

赏析

王世贞的才华和影响在明代文坛可谓首屈一指，这组绝句又写在王世贞人生中最大的挫折到来前夕。前两首纯粹写景，其一写海，其二写蓬莱阁，作为铺垫，从其三开始借咏史表达对现实的不满。众所周知，嘉靖帝迷信道教，在西苑烧丹炼汞，其三说“不羡瀛洲五色云”正是对这种做法的不以为然。其四说“苍龙自在眠”才有风平浪静，更是讥刺嘉靖帝的暴虐，而说秦始皇难比大禹，无疑是说嘉靖帝算不得明君。其五论及臣下，用田横“应如在”对比徐市“竟不归”，指出谄媚嘉靖帝的严嵩等“青词宰相”终不会长久。其六说回自身，将自己和朋友比作坠落荒岛的一对明珠，抒发有识之士的政治抱负无法实现的愤懑。这六首诗构成一个有机的兴寄整体，理路清晰，用典妥帖，语言流畅，没有复古派诗人常被人指摘的食古不化，结合历史背景更能让读者产生共鸣，是非常优秀的海洋文学作品。而诗人的复杂心情其实预示着风暴的来临：当时其父王忬因督战不力渐失上信，在世贞写作这组诗的次年下狱，后问斩。世贞兄弟扶柩回乡，直到严嵩垮台才复出。

戚继光

戚继光（1528—1588），字元敬，号南塘，晚号孟诸，山东登州（今山东蓬莱）人。世袭登州卫指挥佥事，嘉靖间升都指挥佥事，御倭寇有战绩。三十四年（1555），任浙江参将。以卫所兵素质不良，乃招募金华、义乌丁壮三千人，严格训练，用长短兵器相配合，有严格战斗队形。自此戚家军之名大著。在台州、横屿、兴化等地屡歼倭寇，平定浙、闽倭患，累擢为福建总兵官。隆庆二年（1568），因蓟辽总督谭纶推荐，调至蓟州。在镇十六年，于辖境边墙（长城）上增筑敌台，根据当地实况，编练车营，用以掩护步骑，并加强训练。蓟镇军容，自此为沿边诸镇之冠。因此为张居正所重，累进左都督。居正死后，遭排挤，调广东，不久罢归。有《纪效新书》《练兵纪实》《止止堂集》。

山海关城楼[1]

楼前风物隔辽西[2]，日暮凭栏望欲迷。禹贡万年归紫极[3]，秦城千里静雕题[4]。蓬瀛只在沧波外，宫殿遥瞻北斗齐。为问青牛[5]能复度，愿从仙吏授刀圭[6]。

注释

［1］选自《戚继光研究丛书》本《止止堂集·横槊稿》上。按《戚少保年谱耆编》卷一〇，此诗作于隆庆六年（1572）十二月。隆庆初年，戚继光平定东南沿海的倭寇后，被调到北方，以都督同知总理蓟州、昌平、保定三镇练兵事。

［2］风物：风光景物。辽西：辽河以西的地区，今辽宁省的西部。战国、秦、汉至南北朝设郡。

［3］禹贡：借指中国，因《尚书·禹贡》记述当时中国地理。紫极：星名。借指帝王的宫殿。潘岳《西征赋》："厌紫极之闲敞，甘微行以游盘。"《文选》李善注："紫极，星名，王者为宫以象之。曹植上表曰：'情注于皇居，心在乎紫极。'"

［4］秦城：秦长城。雕题：在额上刺花纹。古代南方少数民族的一种习俗。《礼记·王制》："南方曰蛮，雕题交趾，有不火食者矣。"郑玄注："雕文，谓刻其肌以

丹青涅之。”孔颖达疏：“雕谓刻也，题谓额也，谓以丹青雕刻其额。”此处借指长城以外的少数民族部落。

［5］青牛：《史记·老子韩非列传》：“于是老子乃着书上下篇，言道德之意五千余言而去，莫知其所终。”司马贞索隐引《列仙传》：“老子西游，关令尹喜望见有紫气浮关，而老子果乘青牛而过也。”后因以“青牛”为神仙道士之坐骑。

［6］刀圭：中药的量器名。葛洪《抱朴子·金丹》：“服之三刀圭，三尸九虫皆即消坏，百病皆愈也。”王明校释：“刀圭，量药具。武威汉墓出土医药木简中有刀圭之称。”引申指药物。

选评

纪昀《四库全书总目提要》：“继光有平倭功，当时推为良将。诗亦伉健，近燕赵之音。”

赏析

此诗作于戚继光扫平倭患之后，镇守北方之初。作者登楼远望，面对着不同于南方的高山大海，对历史的回顾与展望油然而生。“禹贡万年归紫极，秦城千里静雕题”展现了一个幅员辽阔、历史悠久的泱泱大国之象。此时目之所及，夜幕苍茫，远处是波涛汹涌的大海，在巍峨的城楼上似乎能隐隐望见京师殿宇。当中两联诗风豪迈，格调甚高，字里行间透露出作者身为一个大国将领的强烈自豪感，同时表达出领土神圣、不容侵犯的爱国之情，展露出一个民族英雄的气度与心胸。在这样豪迈的情境之下，末一句落到自身却只求青牛复度“从仙吏”，虽然袒露了无意于功名利禄的心声，但不免有虎头蛇尾之憾。

汤显祖

汤显祖（1550—1616），初字义少，改字义仍，号海若、若士、清远道人、茧翁，临川（今属江西省）人。早有文名，不应首辅张居正延揽，而四次落第。万历十一年（1583）进士。官南京太常博士，迁礼部主事。以疏劾大学士申时行，谪徐闻典史。后迁遂昌知县，不附权贵，被削职。归居玉茗堂，专心戏曲，卓然为大家。与早期东林党领袖顾宪成、高攀龙、邹元标及著名文人袁宏道、沈懋学、屠隆、徐渭、梅鼎祚等相友善。有传奇《紫钗记》（《紫箫记》改本）、《牡丹亭》、《邯郸记》、《南柯记》，合称“玉茗堂四梦”或“临川四梦”。另有诗文集《红泉逸草》《问棘邮草》《玉茗堂集》。

白沙海口出沓磊[1]

东望何须万里沙[2]，南溟初此泛灵槎[3]。不堪衣带飞寒色[4]，蹴浪兼天吐石花[5]。

注释

［1］选自《中国古典文学丛书》本《汤显祖诗文集》卷一一。按徐朔方《汤显祖年谱》，万历十九年（1591）五月十六日，汤显祖降广东徐闻典史，添注，十一月初七日，自广州舟行至南海，经香山、澳门、恩平到阳江，由阳江下海过琼州海峡，直抵涠洲岛看珠池，然后折回徐闻。诗作于此时。白沙海口，又名神应港，在海南岛海口市南。出：去。沓磊：在广东省徐闻县南，与海南岛隔海相望。

［2］万里沙：地名，在山东省掖县（今山东省莱州市）北，靠近渤海，相传汉武帝曾在此处求过雨。此以万里沙指代雨水。全句意谓不必到渤海边上去求雨了，这里的雨水够大了。借以说明海峡风浪之大，飞溅起来的浪珠同下雨一样。

［3］南溟：指南海。灵槎：可以上天的木筏。此指渡船。

［4］飞寒色：谓飞溅起的浪水打湿衣服，寒冷难受。

［5］蹴浪：浪花好像是被踢起来似的。蹴：踢。兼天：连天，指海浪很高。吐石花：即石吐花。谓海浪冲击礁石，四处散开，好像石头开花。

选评

钱谦益《列朝诗集》：“自王、李之兴，百有余岁，义仍当雾霏充塞之时，穿穴其间，力为解驳。归太仆之后，一人而已。义仍少熟《文选》，中攻声律，四十以后，诗变而之香山、眉山，文变而之南丰、临川。尝自叙其诗三变而力穷。又尝以其文寓余，以谓‘不蕲其知吾之所已就，而蕲其知吾之所未就也’。于诗曰变而力穷，于文曰知所未就，义仍之通怀嗜学，不自以为能事如此，而世但赏其词曲而已，不能知其所已就，而又安能其知所未就？可不为三叹哉！”

赏析

此诗作于汤显祖结束琼州之游回徐闻途中。“万里沙”一句写出了海上舟行的真实感受。“南溟初泛此灵槎”描绘南海广阔，海天一色，让人不禁联想这里也许可以直通天界。“衣带飞寒”一句描写直观体验，让人有如临其境之感。末尾“蹴浪兼天吐石花”比喻形象贴切，极为生动。这首小诗写渡海所见所感，语言凝练，意境清新，体现出汤显祖反对复古模拟，力求别出心裁的诗歌主张。

叶向高

叶向高（1559—1627），字进卿，号台山，福清（今属福建省）人。万历十一（1583）年进士。进编修。历南京礼部右侍郎，改吏部，数上疏言矿税之害。以忤首辅沈一贯久滞南京。三十五年，入阁，任礼部尚书、兼东阁大学士，次年为首辅。数陈时政得失，帝辄不省，所救正者不过十二三，遂累章乞休，四十二年，得归。天启元年（1621），复为首辅。魏忠贤擅政，兴大狱。向高数有匡救，忠贤恨之，而朝士与忠贤抗者皆倚向高。杨涟劾忠贤二十四大罪疏上，向高谓事且决裂，不以为然，乃奏请听忠贤归私第保全终始。忠贤益恨，借故指为东林党魁。向高以时事不可为，遂力请归。四年，罢去。卒谥文忠。有《说类》《叶台山全集》。

登罗星塔[1]

冶城[2]东望海天遥，谁遣中流[3]一柱标。地拟瞿唐看滟滪[4]，江同扬子见金焦[5]。空山积雨无人到，画舫[6]清尊有客招。宝塔销沉[7]何处问？漫将遗迹说前朝。

注释

［1］选自《（乾隆）福州府志》卷五。据诗意推断应作于万历后期。

［2］冶城：在福州冶山附近。

［3］中流：水道中间。罗星塔屹立于马江一小岛之上，现已与陆路相连。

［4］瞿唐：即长江三峡之一的瞿塘峡。滟滪：滟滪堆，是瞿塘峡江中的一块巨石，为长江三峡中著名险滩。

［5］扬子：扬子江，也就是长江下游。金焦：即金山与焦山，在江苏省镇江市境内。两山隔江对峙，相距约五公里。

［6］画舫：绘有图案花纹的船。

［7］销沉：罗星塔一度废圮，现存塔为明天启年间重修。

选评

钱谦益《列朝诗集》："公与江夏郭美命同馆，以文章互相推许，皆有集行世。公诗文信笔输写，长于献酬流俗，而美命滔莽自运，敢于评量古人，截长补短，则亦鲁卫之政也。"

赏析

这首诗写罗星塔所处的险要地势和诗人登临之际的怀古论今之情。当时古罗星塔已然废圮，来至此间，向东望去看到的除了海的壮阔，还有在海峡激流之间苦苦支撑的柱石。诗人触景伤情，抒发自己独木难支的艰难心境，有如"瞿唐""扬子"般汹涌波涛，就像他当时所面对的其他政治势力的攻击。"无人到""有客招"两相对比，反衬自己无人支持的忧愤。"宝塔销沉何处问"用设问的语气强调此时国家处境的危难与政治风气的败坏，"遗迹""前朝"用过去历朝历代的覆亡警醒世人。全诗充满了诗人的忧愤和无奈，字字句句无不是呕心沥血，振聋发聩，令人深省。

张岱

张岱（1597—1684），一名维城，字宗子，一字石公，号陶庵，浙江山阴（今浙江绍兴）人。家富，寓居杭州，不事科举，不求仕进，著述终老。精小品文，工诗词。有《嫏嬛文集》《张子文秕》《陶庵梦忆》《西湖梦寻》，词在文集中。近人夏咸淳辑有《张岱诗文集》。

海志（节选）[1]

张子曰：补陀[2]以佛著，亦以佛勿尽著也。补陀去甬东三百里[3]，海岸孤绝，山无鸟兽，无拱把[4]木，微佛则孰航海者？无佛则无人矣。虽然，以佛来者，见佛则去，三步一揖，五步一拜，合掌据地，高叫佛号而已。至补陀而能称说补陀者，百不得一焉。故补陀山水奇绝横绝，而《水经》[5]不之载，舆考[6]不之及，无传人则无传地矣。余至海上，身无长物足以供佛，犹能称说山水，是以山水作佛事也。余曰：自今以往，山人文士欲供佛，而力不能办钱米者，皆得以笔墨从事，盖自张子岱始。

二月十六日，大风阴曀[7]。登招宝山，风劲甚，巾折角覆顶上，衣鬅鬙翻膈[8]，箴率自绽[9]。僵卧石上，以尻拾磴，一级一卧。见同侪第睁睛视，口欲言，风塞之辄咽。自辰至未始抵寺[10]。周寺有城，风大几不能寺焉。寺后见海，无所辨海，惟见玄黄攫夺[11]，开眦眩迷而已。坐阁上视山脚，如俯瞰绝壑，舟如芥，人如豆，闻人声嘤嘤如瓮中蝇。私念少顷舟过，余亦芥中豆也。

返舟中，风稍弱。舟人曰："风大却顺，可出口。"余怖惑不能自主，听之而已。张帆，卒过招宝山，舟人撒纸钱水上，仆仆亟拜。余肃然而恐，毛发为竖。问渠何拜，答曰有龙也。舟如下溜，顷刻见蛟门[12]，无去路，前舟出山胁[13]，知有道径通。抵其下，山且三焉，从前视，或二或一，舟中人自异其见，山故三也。出蛟门十里许，为三山大洋。山多磁石，舟板有铁，傍山恐吸住，故牵舟沙上住。夜潮平水落，舟勿颠动。五鼓潮来岸失，悉为大洋，赖缆固不漂没。风号浪炮[14]，轰怒非常。或大如五斗瓮，跃入空中，坠下碎为零雨；或如数万雪狮，逼入山礁，触首皆碎。自卯至酉[15]，舟起如簸，人皆瞑眩，蒙被僵卧，懊丧此来，面面相觑而已。夜半风定，开篷视之，半规[16]月在山峡。风顺架帆，余披衣起坐。渡龙潭、清水洋，风弱水柔，波纹如縠，月色麗金[17]，簇簇波面，山奥月黑，短松怒吼，张鬣如戟，吞吐海氛，蠢蠢如有物蠕动。舟人戒勿抗声，以惊骊窟。

金塘山，首尾数十里，山下沃野二三万亩。国初，居民繁衍。汤信公[18]奉命备倭，绸缪牖户[19]，徙其民三十万户入内地，遂荒废。汤信公立烽戍数十余处。其徙金塘，固自有见。但舟山、昌国皆在其外，乃不徙舟山、昌国，而独徙金塘，则又何说也？

渡横水洋。水向北注，潮从东来，如出奇兵犯其左翼，故横水洋最险。五鼓[20]过舟山，城头漆漆，天犹未曙，濒岸战船数十艘，军容甚壮。附舟山者，七十二岙[21]，人家多居篁竹芦苇间，或散在沙岙。山田少人多，居人皆入海捕鱼及蝤蛑[22]、水母、弹涂[23]、桀步[24]，攘嚷沙除[25]。

自青垒头至十六门，大山四塞，诸小山环列如门者，十有六焉。向谓出蛟门，大海沧漭，缥缈无际耳。乃自定海至此三百里，海为肠绕，委蛇曲折，于层峦叠嶂之中，吞吐缩纳，至此，一丸泥可封函谷矣[26]。此是八越尾闾[27]，天似设意为之。

沈家门，日高舂[28]矣。门以外是大洋海，带鱼船鳞集，触鼻作气。江鹳闻鱼腥，徘徊不肯去，掷以鱼肠，则攫夺如战斗，白翎朱味[29]，鹤鹤[30]可爱。余戏曰："或是观音大士白鹦鹉千百化身。"

渡莲花洋，横顺风，抢风[31]使帆，船旁刺刺入水，樯曲如弓，舟急如箭，桅杆戛戛有损声，船头水翻涬如蹴雪。余胆寒股栗，视舟人言笑，心稍安。见海外诸山，火焰直竖，如百千骈指合掌念"阿弥陀佛"拜向补陀者。过金钵盂山，进石牛港、短姑、道头，则恍如身到彼岸矣。上岸数百武，董玄宰书"入三摩地"，石路开霁，夹道多松楸，疏疏清樾。路凡三折，至梵山。梵山，寺案也[32]。由背达面，梵山尽而殿角始露，蒲牢[33]金碧，灼灼出林薄[34]。后山嵯峨，乱石杂沓，如抱如捧。寺正门有海印池，池以外碟石数仞，勿令见寺，行过寺，始见寺门。登永寿桥，桥左有太子塔，是外国太子所造，形如阿育王寺舍利塔，而规制大之，石色异常，非中国所有。

桥北有货郎芦舍，市海贝、蛳螺、风藤、风兰、佛图、山累[35]之属。寺门伫立，皆四山五岳之人，方言不辨，中多漳州人，绛帻赭衣，是钓船上水手。进山门，礼大士，入方丈。茶罢，历怀阙亭而北。有大石数株，意甚苍古，剥藓视之，有陶石篑先生及余外祖陶兰风先生题名[36]，徙倚[37]其下。

坐僧舍少顷，日犹未晡[38]，余纵步从左行至一门，曰法华洞。余径入。石如残塔半株，螺旋而上，穴洞玲珑，有余地，辄作团瓢佛龛。直上三四层，如芙蓉矗起。入其中，从花瓣中穿度，层折见之。钟定[39]，请看宿山。至大殿，香烟可作五里雾。男女千人鳞次坐，自佛座下至殿庑内外，无立足地。是夜，多比丘、比丘尼[40]，燃顶燃臂燃指；俗家闺秀，亦有效之者。爇炙酷烈，惟朗诵经文，以不楚不痛不皱眉为信心，为功德。余谓菩萨慈悲，看人炮烙，以为供养，谁谓大士作如是观？殿中訇轰之声，动摇山谷。是夕，寺僧亦无有睡者，百炬齐烧，对佛危坐，睡眼婆娑，有见佛动者，有见佛放大光明者，各举以为异，竟夜方散。

蚤命呼笋舆[41]，游后寺。度舆未即至，从太子塔南走，渡二小岭，沙松如絮，没鞋靸[42]。先至普同塔，后至潮音洞。洞开颐颏拄水，石噉啮如獠牙[43]，噏[44]海水漱盥，吞吐怒潮，作鱼龙吼啸声。天窗下瞰，外巉中裂，大石壁紫黑，旁罅[45]而两歧，乱石断圭积刀，齿齿相比。再前为善才礁、龙女洞，排列可厌。余问住僧："志中言潮音洞大士现种种奇异，若住此，曾见乎?"僧曰："向时菩萨住此，因万历年间龙风大，吹倒石梁，遂移去梵音洞住。"余不敢笑，作礼而别。

归途见日出，天涂朱，无光泽，日杲[46]白而扁，类果盒。渐升始满，方有铓角射人。吴莱谓日初出，大如米筛，薄云掩蔽，空水弄影，恍若铺金僧伽[47]黎衣，或见或灭。此言其光满注射之状，非初起时也。余所言扁，意天际阔大，方升时，远处倚徙[48]，尚见其仄[49]。昔人云"日如蒸饼"，形或似之。

笋舆至，从北走过岭，至千步沙，沙至镇海寺约有千步，故名。海水淘汰，沙作紫金色，日照之有铓。是沙步为东洋大海之冲，不问潮之上下，水辄一喷一噏。余细候之，似与人之呼吸相应，无昼无夜，不疾不徐，其殆海之消息于是也。

五里至镇海寺，是为后寺。壁宇洪丽，不减补陀，而香火荒凉，不及前寺十分之一。盖前寺自登岸至寺门，有市廛[50]庐舍，近海而实不见海，犹之泰山元君殿，在山而实不见山，形家[51]谓之纳气藏风，遂与城市无别。若后寺，则入门见山，出门见海，宽敞开涤，潮汐烟岚，一目了晓，地气于此，未免单薄矣。

过饥饱岭，缘山皆静室。岭上见钓船千艘，鳞次而列，带鱼之利，奔走万人，大肆杀戮。可恨者，岭以下礁石岩穴，无不尽被鱼腥，清静法海，乃容其杀生害命如恒河沙[52]等，轮回报应之说，在佛地又复不灵，奈何?

去后寺又十里至梵音洞，洞似潮音而狭，石窟中穿羊肠而下，上悬絙索，磨胸捋石，身如守宫[53]。至洞前，横亘石桥，望洞中黝黑，人摩眼日光下，谛视之，见洞中蓬勃有烟气。从明视暗，见石迹藓斑，随人意想所至，便成形相。或见菩萨，或见鬼王，或见神道，所言种种，赞叹而已。

山上东望，窅窅无际，三韩、日本、扶桑诸岛，青螺一抹，杳霭苍茫。远近诸山，大者如拳，小者如栗，低而平者如眉。向皆土山碚礌[54]，风涛吞啮之，非石胎不能存活，如础如限，特其趾[55]耳。

近梵音洞有三礁，形似香炉烛台，遂名香炉烛台峰。盖自东天门以来，多奇石，象岩佛手鹰嘴，形皆酷肖，人人得以意呼之，不必问也。

反辙不及看茶山，直至前寺。殿上嚷嚷打合山斋，僧五六千人皆趺伽[56]坐，绕殿前后，丹墀上下，栉比如鱼鳞，次第食已。有好事者，畀[57]栗梨针线之类，皆来布施，名曰结缘。妙在五六千人杂坐，无蚊虻声，《水经注》所谓"疏班绳坐，器钵无声"，想见此境。

中食[58]后，穷西天之胜。由寺门折而西，坛壝[59]整饬者盘陀庵也。老僧无边有才略，言及创庵之始，饭数僧不给，因发愿曰："四方斋僧者日月至，合山斋百两百斛，为寺僧一饱。曷节此一飧[60]，得金二百，可垦山下田五十亩，岁可得米五十斛，用以斋僧，永劫不断。"施主多从其说。今垂二十年，垦田至千亩矣。

盘陀香火之盛埒[61]常住，行此法也。余谓常住各房何不共行此法？自舟山循至金塘，有田可佃，稽其数可至二三万亩，田上只设芦舍，倭至可毁，岁升其科，可饱戍卒。不开金塘，而金塘已开矣，谋国者曾弗筹之。

白象庵[62]，石奇横。余所嫌者，庵太逼石，然不逼石，亦无所为庵矣。剪拂[63]数十年，青萝碧藓，为之衣食，当大发光怪。

西天门，枨闑[64]皆具，宛若人为，过此则盘陀石也。石类吾乡吼山云石，此特委蛇可上。坐石上，南望桃花、马秦诸小山，嵌空玲珑，屹立巨浸，风平浪白，如一幅鹅绫铺设几上，磊磊置米颠[65]袖石数十余座，令杨次公[66]见，便攫夺。

再前，为二龟听法石，一龟在石上回头视，一龟直立崖下，作蹒跚起势，肖其情理。观音洞有鹦哥石，飞动如生，皆曹能始[67]所谓"天戏成之，人戏名之"者也。至必以《观音卷》细细配合，如盘陀石前有五十三石，必配五十三参，则劳而拙矣。倦归僧房茶话，更定矣。闻炮声，或言贼船与带鱼船在莲花洋厮杀。余亟往，据梵山冈上，见钓船千艘，闻警皆避入千步沙。十余艘在外洋，后至者贼袭之，斫杀数十人，抢其三舟去，焚其二舟。火光烛天，海水如沸，此来得见海战，尤奇。

次日归，风大顺，比晚下舟，鸡未喔已泊招宝山下矣。余素清馋，不能茹素，补陀之行，家人难之。余先到四明，礼天童、阿育、雪窦诸古刹，计海上往来，持斋一月余矣。舟至定海，小傒市黄鱼[68]，食新，余下箸即呕，不谓老饕和余[69]，亦有此素缘。

山中无古碑，无名人手迹，无文人题咏。寥寥一志，记感应祥异、兴建沿革而已。吴渊颖[70]《甬东山水古迹记》，稍可读。今陵谷迁变，如史官说盘古前事，荒唐不可信也。屠长卿[71]碑记数篇，志在宣扬佛法，了不及山水。余谓天下之水，至海则观止，而更有奇峰绝壑，足以副海之奇，四大名山，无出其右。

…………

……余游必拉伴，语及补陀，辄讷缩不应。诸友中闻招即赴，冠及于寝[72]，佩及于堂，履及于闾门之外者，则秦一生也。一生坐卧舟中，诟谇负约诸友。余曰："莫怪蔡端明寻夏得海甚难[73]，孔门三千弟子，乘桴浮海，

也只得子路一人[74]。" 一生嚍然大笑。

…………

张子曰：余登泰山，山麓棱层起伏，如波涛汹涌，有水之观焉。余至南海，冰山雪巘，浪如岳移，有山之观焉。山泽通气，形分而性一。泰山之云，不崇朝雨天下，为水之祖。而补陀又簇居山窟之中。水之不能离山，性也。使海徒瀚漫，而无山焉为之固肌肤之会、筋骸之束，是有血而无骨也。有血而无骨，天地亦不能生人矣，而海云乎哉！

注释

［1］选自《中国古典文学丛书》本《张岱诗文集·文集》卷二。按是书附录夏咸淳《张岱年谱简编》，崇祯十一年（1638）二月张岱“浮东海，游普陀，又至宁波天童寺”，同年冬于南京栖霞山作此文纪游。

［2］补陀：普陀山。在今浙江省舟山市普陀区，为舟山群岛东部的一个小岛，相传是观世音菩萨示现说法的道场。岛上大小寺院凡三百余，佛塔十二座，是中国佛教四大名山之一。朱国桢《涌幢小品》卷二六“普陀”：“南海普陀山，梵云补怛落伽，或曰怛落伽，或曰补涅落伽。音虽有殊，而译以汉文，则均为小白华树山，实则一海岛也。”

［3］甬：原指甬江，后用作宁波代称。此句谓普陀山在宁波以东三百里海中。

［4］拱把：指径围大如两手合围。

［5］《水经》：中国第一部记述河道水系的专著。作者不详，成书约在东汉至魏晋间。《唐六典·注》说其“引天下之水，百三十七”。唐以后专附郦道元《水经注》流传。

［6］舆考：指地志。

［7］阴曀（yì）：云气掩映日光，天气阴晦。

［8］觱（bì）、腷（bì）：此处都作拟声词，形容衣服翻动的声音和样子。

［9］箴：同“针”。此句谓衣服针脚都要撕裂。

［10］辰：指7时至9时。未：指13时至15时。

［11］玄黄攫夺：“玄”为天色，“黄”为地色，玄黄指天地。此句谓巨浪滔天。

［12］蛟门：一作鲛门。即今浙江省宁波市东北甬江口外柱门岛。《（宝庆）四明志》卷一八“定海县”载鲛门山在“县东四十里。一名嘉门山。其山环锁海口，出鲛门则大洋也”。

［13］山胁：山峡。

［14］炮：爆破（土石）。此处指海浪冲击礁石。

［15］卯：指5时至7时。酉：指17时至19时。

［16］半规：半圆。

［17］罶（lù）：小鱼网。此处谓月色之下，波光粼粼。

［18］汤信公：指汤和（1326—1395），明代开国名将，洪武十一年（1378）封信国公。洪武十七年巡视海防，洪武二十年在浙江沿海先后设卫所五十九处，使倭寇不得轻入。

［19］绸缪牖户：典出《诗经·豳风·鸱鸮》："彻彼桑土，绸缪牖户。"引申为使国门坚固。

［20］五鼓：即寅时，3 时至 5 时。

［21］岙（ào）：浙江、福建等沿海一带称山间平地。

［22］蝤蛑：梭子蟹。

［23］弹涂：又称跳跳鱼。体长而稍侧扁，长约 10 厘米。淡褐色，有暗色小斑。眼突出，在地面能环顾四周。腹鳍愈合成一吸盘，能黏附在红树枝上。栖息于海水或河口附近，常出水在滩涂上爬行、跳跃。杂食性。我国沿海各地都有分布，可供食用。

［24］桀步：不详待考。

［25］沙除：海滩。除，台阶。

［26］《后汉书·隗嚣公孙述列传》："而嚣将王元、王捷常以为天下成败未可知，不愿专心内事。元遂说嚣曰：'昔更始西都，四方响应，天下喁喁，谓之太平。一旦败坏，大王几无所厝。今南有子阳，北有文伯，江湖海岱，王公十数，而欲牵儒生之说，弃千乘之基，羁旅危国，以求万全，此循覆车之轨，计之不可者也。今天水完富，士马最强，北收西河、上郡，东收三辅之地，案秦旧迹，表里河山。元请以一丸泥为大王东封函谷关，此万世一时也。若计不及此，且畜养士马，据隘自守，旷日持久，以待四方之变，图王不成，其弊犹足以霸。要之，鱼不可脱于渊，神龙失势，即还与蚯蚓同。'"后以"丸泥封关"形容地势险要，只要少量兵力就可以把守。

［27］八越：或指绍兴府（古越州）山阴、会稽、诸暨、萧山、余姚、上虞、嵊县、新昌八县，或指浙江省钱塘江以南（春秋时越国）的严州、绍兴、宁波、台州、金华、衢州、处州、温州八府。尾闾：传说中泄海水之处。

［28］高舂：日影西斜近黄昏时。

［29］咮（zhòu）：鸟嘴。

［30］鹤鹤：肥美光润的样子。《孟子·梁惠王上》："王在灵囿，麀鹿攸伏。麀鹿濯濯，白鸟鹤鹤。"

［31］抢风：逆风。

［32］此句谓前寺就建在梵山上。

［33］蒲牢：传说中一种生活在海边的兽。据说它吼叫的声音非常宏亮，故古人常在钟上铸上蒲牢的形象，后因以"蒲牢"为钟的别名。

[34] 林薄：草木生长茂密之处。

[35] 山累：疑是“山景”之误。

[36] 陶石篑：即陶望龄，陶兰风即陶允嘉，二人为同族兄弟，皆作者同乡前辈诗人。

[37] 徙倚：徘徊。

[38] 晡（bū）：申时，15时至17时。

[39] 钟定：指夜深人静时刻。亥时（21时至23时）以后，人们开始安息，称为人定。人定鸣钟为信，故称。

[40] 比丘尼：比丘指和尚，比丘尼指尼姑。

[41] 笋舆：竹轿。

[42] 靸（sǎ）：鞋帮。

[43] 噉：同“啖”。啮，咬。

[44] 噏：同“吸”。

[45] 罅（xià）：缝隙。

[46] 杲（gǎo）：日出明亮。

[47] 僧伽：僧人。

[48] 倚徙：犹徙倚。

[49] 仄：倾斜。

[50] 廛（chán）：城市平民的房地。

[51] 形家：以相度地形吉凶为人选择宅基、墓地为业的人。也称堪舆家。

[52] 恒河沙：本为佛经用语，比喻数量多到像恒河里的沙子那样无法计算。恒河：印度大河。

[53] 守宫：壁虎。

[54] 碚礌：犹蓓蕾。指这些小石山是土山的雏形。

[55] 趾：同“址”。

[56] 趺伽：疑“趺跏”之误，指佛教徒盘腿端坐的姿势。

[57] 畀（bì），给予。

[58] 中食：指佛教徒于中午进斋食。

[59] 壝（wéi）：祭坛四周的矮墙。

[60] 曷：同“盍”，何不。节：省减。飧（sūn）：晚饭，此处泛指饭食。

[61] 埒（liè）：等同。

[62] 白象庵：在磐陀庵上，西天门文殊岩下，受地形所限，规制不广。后废，2018年重建。

[63] 剪拂：洗涤拂拭。

[64] 枨（chéng）：古代门两旁所竖的长木柱，用以防止车过触门。闑（niè）：门橛，古代竖在大门中央的短木。

[65] 米颠：北宋书画家米芾的别号。米芾字元章，以其行止违世脱俗，倜傥不羁，人称“米颠”，酷爱奇石。

[66] 杨次公：即杨杰，米芾长官，亦好奇石。

[67] 曹能始：即曹学佺，晚明福州诗人。

[68] 傒：奴仆。市：买。

[69] 老饕：贪吃之人。语出苏轼《老饕赋》。和：疑“如”之误。

[70] 吴渊颖：即吴莱，元代浙江诗人。

[71] 屠长卿：即屠隆，晚明浙江诗人。

[72] 冠及于寝：到睡觉才摘下帽子，比喻有始有终。以下二句同义。

[73] 传说北宋蔡襄（曾官端明殿学士）任泉州太守时，欲建跨海石桥，于是写黄牌请海龙王退潮三日以奠基，但无人敢下海送牌。后觅得一衙役名夏得海（谐音下得海）者完成使命，终于建成洛阳桥。

[74] 以上三句典出《论语·公冶长》：“子曰：‘道不行，乘桴浮于海，从我者，其由与？’子路闻之喜。”

赏析

《海志》是张岱文集中仅有的两篇山水游记之一（另一篇为《岱志》），是不可多得的海洋文学佳作。明代中后期上至士大夫阶层，下至黎民百姓，盛行游历之风，身为富家公子的张岱更是耽于游山玩水。本文正是当时社会风气和作者个人经历相结合的产物，主要描绘了普陀的山光水色、当地民俗以及作者个人的所见所闻。文章句式灵活，语言质朴自然，清新淡雅，融合写景、叙事、抒情为一体，情致深长，栩栩如生。在描述民俗时，对于普陀山信众的“燃顶燃臂燃指”的行为，作者用一种质疑、惊讶的心理去看待，“余谓菩萨慈悲，看人炮烙，以为供养，谁谓大士作如是观”；在看到舟山渔民大肆捕杀海鱼的场景时，他又发出了“清静法海，乃容其杀生害命如恒河沙等，轮回报应之说，在佛地又复不灵，奈何”的感叹，这是作者对于佛教的又一次质疑和思考。而作为晚明小品文名家，张岱既有许多神来之笔描写普陀名胜，感叹大自然令人心悸的美，又不乏写实，特别是对俗人知佛不知景，甚至人工破坏天然，做了辛辣的嘲讽。面对众口一词的海天佛国、晶宫鲛室，能做到不人云亦云，这既是晚明文人所标榜的“性灵”，也是作者游历众多山水才形成的独到审美眼光的体现。文末以游历泰山、东海的心得作结，借山海抒己志，使读者心中一身傲骨的张岱形象更加立体。

吴伟业

吴伟业（1609—1672），字骏公，号梅村，江苏太仓人。复社张溥弟子。崇祯四年（1631）榜眼，授编修。弘光时为少詹事，以马士英、阮大铖当权，乞假归。入清，闭门不出，仍主持文社，声名甚重。后以陈名夏、陈之遴等荐，地方官敦促就道，被迫于顺治九年（1652）进京，官至国子监祭酒。十四年南归家居。奏销案起，几至破家。遗命以僧服殓，题“诗人吴梅村之墓”。学问渊博，诗尤工丽，所作歌行均足备掌故。有《梅村家藏稿》《绥寇纪略》《太仓十子诗选》。

海溢[1]

积气知难极[2]，惊涛天地奔。鱼龙居废县，人鬼语荒村。异国帆樯[3]落，新沙岛屿存。横流如可救，沧海汉东门[4]。

注释

[1] 选自《中国古典文学丛书》本《吴梅村全集》卷四。按是书附录年谱，作于顺治七年（1650）八月。海溢：即海啸。由风暴或海底地震造成的海面恶浪并伴随巨响的现象。海水往往冲上陆地，形成灾害。范濂《云间据目抄·记祥异》：“漕泾海溢，俗谓海啸。边民飘决者千余家。”

[2] 积气：聚积阴阳之气。《列子·天瑞》：“天，积气耳，亡处亡气。”极：达到顶点。

[3] 帆樯：挂帆的桅杆。

[4] 尾联典出《谷梁传序》：“孔子睹沧海之横流，乃喟然而叹曰：‘文王既没，文不在兹乎？’”杨士勋疏：“百姓散乱，似水之横流，今以为沧海是水之大者，沧海横流，喻害万物之大，犹言在上残虐之深也。”后以“沧海横流”比喻世事纷乱，动荡不安。汉东门：指诗人家乡东南沿海一带。

选评

纪昀《四库全书总目提要》：“其（吴伟业）少作大抵才华艳发，吐纳风流，有藻思绮合、清丽芊眠之致。及乎遭逢丧乱，阅历兴亡，激楚苍凉，风骨弥为遒上。暮年萧瑟，论者以庾信方之。其中歌行一体，尤所擅长。格律本乎四杰，而情韵为深；叙述类乎香山，而风华为胜。韵协宫商，感均顽艳，一时尤称绝调。其流播词林，仰邀睿赏，非偶然也。”

赏析

该诗意象磅礴，“惊涛天地奔”展现了海上狂澜涌入天地的壮阔之景，“鱼龙”居海本是宏大的豪迈之景，但在诗人的内心带有颓废色彩，联系“人鬼语荒村”可知此壮景唤起了诗人内心对现实沧桑变换的沉痛，末句“横流如可救，沧海汉东门”表达了其对现实动荡难平的悲观心绪。诗人通过书写带有颓废感的海上诸景，暗示山河易主、物是人非的社会变故。横流沧海，描写动荡岁月的人生境遇，引出改朝换代的沧桑巨变，志在以诗存史。情节波澜曲折，富于传奇色彩。

顾炎武

顾炎武（1613—1682），本名继坤，改名绛，字忠清；南都败后，改炎武，字宁人，号亭林，自署蒋山佣。江苏昆山人。明诸生。青年时“感四国之多虞，耻经生之寡术”，发愤为经世致用之学。曾参加昆山抗清义军，败，幸而得脱。后漫游南北，屡谒明陵。所至每垦田度地，结交豪杰之士，为光复计。最后定居华阴。其时西南永历政权已覆灭，仍不忘恢复。曾出雁门，至大同，有所营谋。卒于曲沃。其学以“博学于文，行己有耻”为主，合学与行、治学与经世为一，于经、史、兵、农、音韵、训诂以及典章制度，无所不通。旅行中载书自随，考察山川险要，土物民风，随时发书查核。康熙间被举鸿博，坚拒不就。著作繁多，而毕生心力所注，在《日知录》一书，另有《天下郡国利病书》《肇域志》《音学五书》《亭林诗文集》等。

海上（四首）[1]

其一[2]

日入空山海气侵，秋光千里自登临。十年天地干戈老，四海苍生痛哭

深[3]。水涌神山来白鹤，云浮真阙见黄金[4]。此中何处无人世？只恐难酬烈士心[5]。

注释

[1] 选自《中国古典文学丛书》本《顾亭林诗集汇注》卷一。《海上》四首是一组史诗，作于顺治三年（丙戌，1646）秋，叙述乙酉、丙戌两年间的东南大事。乙酉（1645）六月，南明福王（弘光帝）朱由崧、潞王朱常涝相继降清；鲁王朱以海在浙江绍兴监国，而黄道周等于福建福州拥立唐王朱聿键为帝，改元隆武，遥受炎武兵部职方司之职。丙戌春，将赴闽中，以母丧未葬，不果行；六月，清兵渡钱塘江，鲁王弃绍兴，由江门入海，其时唐王犹驻延平（治今福建省南平市）。入秋，炎武乡居登山望海，感慨而作此诗。对明王室既哀其衰败、嗟其失计，又望其恢复，交织着忧国忧民的沉郁心情。前人对这一组诗评价很高，认为可拟于杜甫的《秋兴》八首。

[2] 这首诗有感于鲁王遁海而作（依黄节说）。

[3] 十年：系约举成数。老：久。苍生：人民。此句意谓，自崇祯初年，清兵即入关，干戈不息，百姓涂炭；以后又有农民起义军与明军的战争，故诗中云云。

[4] 神山、真阙：借喻海上抗清根据地，“真阙”一本作仙阙。黄金：《史记·封禅书》：“此三神山（方丈、蓬莱、瀛洲）者，其传在渤海中……诸仙人及不死之药皆在焉。其物禽兽尽白，而黄金银为宫阙。未至，望之如云。”白鹤：一本作“白鸟”。此句写望海时的想象。

[5] 酬：偿。烈士：壮怀激烈之士，指张名振。此句疑指海上弹丸之地，恐难作为抗清根据地，以符遗民的愿望。温睿临《南疆逸史》：“鲁王之出海也，富平将军张名振弃石浦，以舟车扈王至舟山，黄斌卿不纳。”下句指此张名振被拒事。

其二[1]

满地关河一望哀，彻天烽火照胥台[2]。名王白马江东去，故国降幡海上来[3]。秦望云空阳鸟散，冶山天远朔风回[4]。遥闻一下亲征诏，梦想犹虚授钺才[5]。

注释

[1] 第二首诗概括叙述南明诸王或降或遁，但作者把希望寄托在福建的唐王身上。

[2] “满地”二句：总领全诗，大意说登临四望，河山易帜，疮痍满目，时事堪忧。胥台：即姑苏台。《苏州府志》：“姑苏台，在胥门外，一名胥台。”按乙酉五六月间，苏属各地陷于清兵。

[3] “名王”二句：名王即大王。白马：《隋书·五行志》：“（梁）大同中，童谣曰：

青丝白马寿阳来。其后侯景破丹阳，乘白马，以青丝为羁勒。”此以侯景拟清贝勒博洛，《清史稿·世祖本纪》：“顺治三年，二月丙午，命贝勒博洛为征南大将军，率师往征福建、浙江。”江东：钱塘江以东。降幡：降旗。刘禹锡《西塞山怀古》诗咏晋益州刺史王濬率水军攻吴，吴王孙皓投降，有“一片降幡出石头”之句。这里借指清兵渡钱塘江，方国安、马士英奔至台州，谋执监国以降。

[4]“秦望”二句：写鲁王在绍兴已败散，唐王远在福建。秦望山：在绍兴城南，相传秦始皇登此山望海。阳鸟：鸿雁一类的候鸟，讥讽追随鲁王又降清的方国安、马士英等人。冶山：在福州城东北，相传欧冶子在此炼钢铸剑而得名。朔风：北风，比喻清兵。

[5]“遥闻”二句：意思是听说唐王在福建“御驾亲征”，但军中尚乏统帅的人才。古代大将出征，君主授以斧钺，表示授以兵权，授钺才指统帅的人才。温睿临《南疆逸史》：“乙酉，八月丁酉，唐王以郑鸿逵为御营左先锋，出浙江；郑彩为御营右先锋，出江西。驾幸西郊，行授钺礼。”可能作者认为郑彩未必可以依赖。此二句一本作“楼船见说军容盛，左次犹虚授钺才”。

其三[1]

南营乍浦北南沙，终古提封属汉家[2]。万里风烟通日本，一军旗鼓向天涯[3]。楼船已奉征蛮敕，博望空乘泛海槎[4]。愁绝王师看不到，寒涛东起日西斜[5]。

注释

[1] 第三首诗反对向日本乞师，以为恢复的希望应寄托在唐王身上。

[2] 南沙：在崇明岛南七十里。顾祖禹《读史方舆纪要》载其地建有守御官军营。终古：从古以来。提封：国土。《汉书·刑法志》：“提封万井。”李奇注：“提，举也。举四封之内也。”汉家：中国。此句从明代防倭的史事引起全诗。上句实言“南营乍浦，北营南沙”。乍浦镇：在浙江平湖东南。《明史·兵志》：“嘉靖廿三年，时倭寇纵掠杭、嘉、苏、松，南京御史屠仲律言五事。其守海口云：守鳖子门、乍峡，使不得近杭、嘉。”

[3] 计六奇《明季南略》：“时命侍郎冯京第乞师日本。”上句为此。下句原注：“去年，诚国公刘孔昭自福山入海口（福山在苏州府常熟县北四十里，临长江；海口，即崇明区海口）。”刘孔昭为刘基第十四世孙。《明史·刘基传》附：“（孔昭）崇祯时出督南京操江。福王之立，与马士英、阮大铖比，后航海不知所终。”

[4] 此句是说唐王的部队已授命抗清复国，渡日乞师徒劳无益。敕：帝王的诏书。博望：汉代张骞，封博望侯，宗懔《荆楚岁时记》载武帝曾令其乘槎寻求河源。杜甫《有感》：“乘槎断消息，无处觅张骞。”

[5] 此句写作者盼望恢复的迫切心情。计六奇《明季南略》载，郑鸿逵、郑彩各领

兵数千，号称数万，“出关百里，糇饷不行，逗留月余。内催二将檄如雨，乃不得已。逾关行四五百里”。唐王有诏出师而王师不进，所见只有“寒涛斜日”。

其四[1]

长看白日下芜城，又见孤云海上生[2]。感慨河山追失计，艰难戎马发深情[3]。埋轮拗镞周千亩，蔓草枯杨汉二京[4]。今日大梁非旧国，夷门愁杀老侯嬴[5]。

注释

[1] 第四首总结前三首，写作者对时局的感慨。

[2] 此句写国破家亡后的惨淡景象。芜城指扬州，因鲍照为汉后荒毁的扬州作《芜城赋》而得名。抚今追昔，倍增感慨。

[3] 此句写以往用兵多失策，造成战争的被动局面。追：追思。

[4] 此句感慨以往战争失利，南北两京相继失陷。埋轮、拗镞都指战败。《九歌·国殇》：“霾两轮兮絷四马。”《尉缭子制谈》：“拗矢折矛。”千亩：地名，在今山西省介休市。《国语·周语》：“宣王三十九年，战于千亩，王师败绩于姜氏之戎。”上句以宣王败于姜戎比明败于清。下句以汉之西京长安、东京洛阳比明之北京、南京，皆有“蔓草枯杨”的黍离之感。

[5] “今日”二句：写改朝换代，忠臣虽存忠义之心，但无从救国的感慨。大梁：今河南省开封市，战国魏都。非旧国：指当时中原之地已经沦陷。侯嬴：魏隐士，家贫，为大梁夷门看守，年七十，始受信陵君魏无忌尊为上客，助其却秦救赵，见《史记·魏公子列传》。此以侯嬴比监军陈潜夫。据《明史·陈潜夫传》，潜夫初为开封推官，后追随鲁王至绍兴，拟身返中原联络号召，鲁王败，偕妻妾赴水死。

选评

汪端《明三十家诗选》：“亭林诗，凭吊沧桑，语多激楚，茹芝采蕨之志，《黍离》《麦秀》之悲，渊深朴茂，直合靖节、浣花为一手，岂谷音、月泉诸人所能伯仲哉?”

赏析

《海上》一组诗是诗人心系南明，图谋复国的体现。本组诗生动地反映了诗人对抗清复明形势的担忧以及对前朝的忠心。经历了南明弘光朝的覆灭，诗人将希望寄托于各路明朝宗室后裔，诸王或被俘或降清，这其中也蕴含了诗人的失望与悲痛。

其一的首联与杜甫的《秋兴》其一“江间波浪兼天涌，塞上风云接地阴”有异曲同工之妙，登高所见，秋天的萧瑟凄凉与山河破碎的现实交织在一起，满目疮痍，声泪俱下。“十年干戈”“四海苍生”反映战乱之中百姓流离失所的悲伤。

其二开篇“满地关河”“彻天烽火”体现了国家战乱的大背景；颔联和颈联则是用典，暗示南明诸王陆续被击败、降清的失落和无奈，抗清形势急转直下，清兵像北风那样风头正盛，势如破竹；尾联则是用“遥闻”“梦想”表达自己对复明内部势力的担忧。

其三、其四两篇均用“愁”字来表达诗人对反清复明的无望和失落，他渴望救国，重整旗鼓，建功立业，却对南明内部势力相互猜忌和向倭寇求援的现状而感到气愤。高风亮节和文人傲骨的气质在诗人的身上展现得淋漓尽致。

吴嘉纪

吴嘉纪（1618—1684），字宾贤，号野人，江苏泰州人。独喜吟诗。家甚贫，虽丰岁但常乏食。又睹明清易代江淮生灵涂炭之惨，与当地灶户受盐商剥削之苦及河患、军运等害，见闻亦切。其所作诗字字皆血泪，可称诗史。有《陋轩集》。

海潮叹[1]

飓风激潮潮怒来，高如云山声似雷。沿海人家数千里，鸡犬草木同时死。南场尸漂北场[2]路，一半先随落潮去[3]。产业荡尽水烟深，阴雨飒飒[4]鬼号呼。堤边几人魂乍醒，只愁征课促残生[5]。敛钱堕泪送总催[6]，代往运司[7]陈此情。总催醉饱入官舍，身作难民泣阶下。述异告灾谁见怜？体肥反遭官长骂。

注释

[1] 选自《中国古典文学丛书》本《吴嘉纪诗笺校》。据康熙《重修淮南中十场志》载："康熙四年七月三日，飓风大作，折木拔树，涌起海潮，高数丈，漂没亭场庐舍，淹死灶丁男妇老幼几万人。凡三昼夜风始息，草木咸枯死。盖百余年来未有之灾也。"诗人家住江苏省东台县南的安丰场（即东淘），地处海滨，目睹了这场特大灾难，遂提笔赋诗，叙写其事。

[2] 场：即盐场。沿海产盐地区，凡较大的村镇，皆称场。

[3] 此句谓被海潮淹的尸体，一半已随着退落的潮水漂入海里。

[4] 飒飒：风声。

[5] 课：赋税。促：逼迫。

[6] 总催：催收粮税的总管。

[7] 运司：即盐运司，管理盐场事务的长官。

选评

沈德潜《清诗别裁集》："渔洋诗以学问胜，运用典实而胸有炉冶，故多多益善，而不见痕迹。陋轩诗以性情胜，不须典实，而胸无渣滓，故语语真朴，而越见空灵。然终以无名位人，予持此论，而众人不以为然。然其诗具在，试平心易气读之，近人中有此孤怀高寄者否？"

赏析

吴嘉纪为诗真朴沉郁，自成一家。这首七言歌行是诗人的代表作，不但因为它真实记录了一场特大灾难，更因为它在艺术地反映民生疾苦、揭露阶级矛盾方面，也达到了相当的深度。前八句写这场暴风给沿海居民带来的灾难，后八句写沉重的赋税给盐民带来的苦难，通篇语言通俗，行文流畅，显示出驾驭语言、建构全诗的能力。读罢不仅感觉痛快淋漓，而且那些使人伤心欲绝的咏叹仿佛一直在耳畔回荡。前人说吴诗"跌宕似杜（甫），隽永似刘（禹锡）"（王尔纲《名家诗永》），可谓名副其实。

施闰章

施闰章（1618—1683），字尚白，号愚山、蠖斋、矩斋，宣城（今属安徽）人。顺治六年（1649）进士，授刑部主事。十八年，举博学鸿儒，授侍讲，预修《明史》，进侍读。所至有治绩。以诗著闻，与宋琬齐名，有“南施北宋”之称。兼擅古文，长于序记。有《学余堂文集》《试院冰渊》《青原志略补辑》《矩斋杂记》《蠖斋诗话》。

日照观海同吕翰公明府[1]

万里苍波照客颜，危亭天畔更跻攀[2]。鱼龙欲见空中阁[3]，风雨忽移何处山。绝壑[4]浮云来掌上，扶桑[5]倒影接人间。凭陵愁思翻无际[6]，渔父孤帆去独闲。

注释

［1］选自《安徽古籍丛书》本《施愚山集·诗集》卷三四。日照：日照县，今市，时属山东省沂州府。吕翰公：名补衮，直隶长垣（今属河南省）人。顺治年间进士，顺治八年（1651）任日照县令。有吏绩。明府：唐以后多用以专称县令。《后汉书·吴佑传》：“国家制法，囚身犯之。明府虽加哀矜，恩无所施。”王先谦集解引沈钦韩曰：“县令为明府，始见于此。”

［2］危亭：耸立于高处的亭子。白居易《春日题乾元寺上方最高峰亭》：“危亭绝顶四无邻，见尽三千世界春。”跻攀：亦作“跻扳”，犹攀登。杜甫《白水县崔少府十九翁高斋三十韵》：“清晨陪跻攀，傲睨俯峭壁。”

［3］见：同“现”。空中阁：指海市蜃楼。

［4］绝壑：深谷。于邵《送家令祁丞序》：“非奇峰绝壑，则不能运其机；非缘情体物，则不能动其兴。”

［5］扶桑：传说日出于扶桑之下，拂其树杪而升，因谓为日出处。亦代指太阳。陶潜《闲情赋》：“悲扶桑之舒光，奄灭景而藏明。”逯钦立校注：“扶桑，传说日出的地方。这里代指太阳。”

［6］凭陵：登临其上。李白《大鹏赋》：“燀赫乎宇宙，凭陵乎昆仑。”翻：表示转折的副词，反而。

选评

沈德潜《清诗别裁集》："南施北宋，故应抗行，今就两家论之，宋以雄健磊落胜，施以温柔敦厚胜，又各自擅场。王渔洋云：'门人洪昉思问诗法于愚山，愚山曰：子师言诗如华严楼阁，弹指即现，又如五城十二楼，缥缈俱在天际，余则譬作室者，瓴甓木石，一一俱就平地筑起。洪曰：此禅宗顿、渐义也。'今观两家诗，此论确不可易。"

赏析

此诗是诗人偕友人登山观海所作。首联以万里苍波和危亭天畔，勾画出海的广阔和山的高峻。颔联"鱼龙欲见空中阁，风雨忽移何处山"展现了山海之上天地全貌。颈联"绝壑浮云来掌上"凭山峰之高顿生博大之怀，此刻眼中的浮云不过是掌上之物；"扶桑倒影接人间"则借极高的视角远望天下，描绘了一幅万物尽收于眼的开阔画卷。尾联以满是愁绪的自己与闲泛舟上的渔父作比收束全诗，抒发了对宦游生活的厌倦。施诗以诗格高雅淡素见称，本诗尤于宏伟意象中见淡雅笔调，显露出诗人眼界之高与气度之不凡。

王士禛

王士禛（1634—1711），字子真，一字贻上，号阮亭、渔洋山人，山东新城（今山东桓台）人。身后避世宗讳，改"禛"为"正"，高宗命改"祯"。顺治十五年（1658）进士，授扬州府推官。康熙间历礼部主事、翰林院侍讲，官至刑部尚书。以与废太子唱和，于四十三年（1704）被借故革职。卒谥文简。诗有一代正宗之称，而后人嫌其才力不足。领袖诗坛近五十年，追随者甚众，与朱彝尊号称"南朱北王"。论诗创神韵说，选《唐贤三昧集》以标宗旨。文章亦颇雅饬。诗集初有《阮亭诗钞》，晚年并历年所刻为《带经堂集》，又自选部分诗为《渔洋山人菁华录》，另有笔记《池北偶谈》。

蠡勺亭观海[1]

登高丘而望远海[2]，坐见万里之波涛。长天寥廓云景异，春阴偃蹇鱼龙

高[3]。怒潮乘风立千丈[4]，虎蛟水兕纷腾逃[5]。群灵潜结万蜃气，一痕未没三山椒[6]。须臾势尽潮亦止，波淡天清静如绮。菱苔沉绿纷塘坳，螺蚌摇光散沙汭[7]。参差岛屿罗殊域[8]，纷如星宿秋天里。击我剑，听君歌，有酒不饮当奈何！日主祠前水萧瑟[9]，仙人台[10]上云嵯峨。羡门高誓[11]不可见，秦皇汉武空经过。只今指顾[12]伤怀抱，黄腄惤瓶[13]尽荒草。人生快意无几时，明镜朱颜岂长好？吾将避世女姑山[14]，不然垂钓蜉蝣岛[15]。

注释

[1] 选自《渔洋精华录集注》(齐鲁书社1992年版)卷一。按蒋寅《王渔洋事迹征略》，此诗作于顺治十三年(1656)端午。诗人时往莱州府探望兄长，同游莱州海滨，有此作。

[2] 登高丘而望远海：乐府古题，李白等人有同题诗作。

[3] 春阴：春季天阴时空中的阴气。梁简文帝《侍游新亭应令诗》："沙文浪中积，春阴江上来。"偃蹇：高举貌。枚乘《七发》："旌旗偃蹇，羽旄肃纷。"《文选》吕向注："偃蹇，高貌。"

[4] 杜甫《朝献太清宫赋》："四海之水皆立。"此用其意。

[5] 虎蛟：鱼名。鱼身蛇尾形。《山海经·南山经》："东五百里曰祷过之山……浪水出焉，而南流注于海。其中有虎蛟，其状鱼身而蛇尾，其音如鸳鸯。食者不肿，可以已痔。"郭璞注："蛟似蛇，四足，龙属。"水兕：一种形状像牛的水兽。

[6] 一痕：一线痕迹。常形容缺月，等于一弯。元淮《端阳新月》："遥看一痕月，掐破楚天青。"椒：山顶。《汉书·孝武李夫人传》："释舆马于山椒兮，奄修夜之不阳。"

[7] 汭(ruì)：河流会合的地方或河流弯曲的地方。

[8] 罗：散布。殊域：不同的地方。

[9]《史记·封禅书》："八神……七曰日主，祠成山。成山斗入海，最居齐东北隅，以迎日出云。"《大明一统志》："日主祠，在登州府文登县南一百二十里，成山之阳。"

[10] 仙人台：据《寰宇记》，在莱州府胶水县东北五十里青山下。

[11] 羡门、高誓：传说中仙人名。《史记·秦始皇本纪》："三十二年，始皇之碣石，使燕人卢生求羡门、高誓。"张守节正义："高誓亦古仙人。"

[12] 指顾：一指一瞥之间。形容时间的短暂、迅速。班固《东都赋》："指顾倏忽，获车已实。"

[13] 黄、腄(chuí)、惤(xián)、瓶：莱州府一带的古县名。

[14] 女姑山：在今山东省青岛市北。《新唐书·地理志》："即墨县有女姑山。"《寰宇记》卷二〇"即墨县"："女姑山，在即墨县西南三十八里。其山北旧有墓

基，古老相传，云此为明堂。汉《地理志》云：‘不期，太乙，仙人祠九所及明堂。我帝所起。’不期城西南有七神，号曰女姑，即此是也。”

[15] 蜉蝣岛：在莱州府。俗称芙蓉岛。阮元《小沧浪笔谈》：“莱州府西八百里，海中有蜉蝣岛，浮沉水面，如蜉蝣然。”

选评

沈德潜《清诗别裁集》：“渔洋少岁，即见重于牧斋尚书，后学殖日富，声望日高，宇内尊为诗坛圭臬，突过黄初，终其身无异辞。身后多毛举其失，互相弹射，而赵秋谷宫赞著《谈龙录》以诋諆之，恐未足以服渔洋心也。或谓渔洋獭祭之工太多，性灵反为书卷所掩，故尔雅有余，而莽苍之气遒折之力往往不及古人，老杜之悲壮沉郁，每在乱头粗服中也。应之曰，是则然矣。然独不曰欢娱难工，愁苦易好，安能使处太平之盛者，强作无病呻吟乎？愚未尝随众誉，亦非敢随众毁也。平心以求，录其最佳者，其有当众心与否，不及计焉。”

赏析

作此诗时，诗人刚刚会试中式，却不与殿试而归，惹人侧目。起首登高望远，直用旧句，但合景合情，故雄壮大方。接下来用饱含浪漫色彩的笔触描写变幻明灭的海上景致，年轻诗人的一腔热情也由此激荡发越，喷薄而出，最终达到景为情设、情因景生的完美效果。诗人通过流荡、跳跃的诗歌艺术，将其心中的躁动进击、踌躇满志显露无遗，虽自言“避世”“垂钓”，实则不过是反退为进的谦辞而已。王士禛是清诗之一大家，作此诗时年方二十出头，已是出手不凡。虽稍嫌力不胜才，没有后来“神韵”渐成的含蓄浑厚，但也保留了诗人早期尚未明确学唐的创作风貌。此诗开合纵横，最后以虚笔结尾，都能明显看出受韩愈、苏轼歌行的影响。

蒲松龄

蒲松龄（1640—1715），字留仙，一字剑臣，号柳泉居士。室名聊斋，世称聊斋先生。淄川（今属山东省）人。十九岁为诸生，为学政施闰章所激赏，后屡试不第，至七十一岁始援例为岁贡生。久为乡村塾师，中间一度至江苏宝应为幕宾。博采传闻，作小说《聊斋志异》，谈狐说鬼，实对时弊多所抨击。另有诗文集及俚曲，均以“聊斋”命名，另有其他著述。一说《醒世姻缘传》亦出其手。

海公子[1]

东海古迹岛，有五色耐冬花，四时不凋。而岛中古无居人，人亦罕到之。登州[2]张生，好奇，喜游猎。闻其佳胜，备酒食，自掉[3]扁舟而往。至则花正繁，香闻数里；树有大至十余围[4]者。反复留连，甚慊[5]所好。开尊[6]自酌，恨无同游。忽花中一丽人来，红裳眩目，略无伦比。见张，笑曰：“妾自谓兴致不凡，不图先有同调[7]。”张惊问：“何人?”曰：“我胶娼[8]也。适从海公子来。彼寻胜翱翔[9]，妾以艰于步履[10]，故留此耳。”张方苦寂[11]，得美人，大悦，招坐共饮。女言词温婉，荡人神志。张爱好之。恐海公子来，不得尽欢，因挽与乱，女忻从之。相狎未已，忽闻风肃肃，草木偃折[12]有声。女急推张起，曰：“海公子至矣。”张束衣愕顾，女已失去。旋[13]见一大蛇，自丛树中出，粗于巨筒。张惧，幛身大树后，冀[14]蛇不睹。蛇近前，以身绕人并树，纠缠数匝[15]；两臂直束胯间，不可少屈。昂其首，以舌刺张鼻。鼻血下注，流地上成洼，乃俯就饮之。张自分[16]必死，忽忆腰中佩荷囊，有毒狐药，因以二指夹出，破裹堆掌中；又侧颈自顾其掌，令血滴药上，顷刻盈把。蛇果就掌吸饮。饮未及尽，遽伸其体，摆尾若霹雳声，触树，树半体崩落，蛇卧地如梁而毙矣。张亦眩莫能起，移时[17]方苏。载蛇而归。大病月余。疑女子亦蛇精也。

注释

[1] 选自《聊斋志异会校会注会评本》(上海古籍出版社 1978 年版) 卷二。

[2] 登州：府名。治所在今山东省烟台市蓬莱区。

[3] 掉：划船工具，与“棹”通。

[4] 围：计量圆周的约数单位。两手合抱为一围。

[5] 慊 (qiè)：惬意，满足。

[6] 尊：“樽”的本字，酒器。

[7] 不图：想不到。同调：曲调相同；喻彼此志趣相投。李白《古风》：“吾亦澹荡人，拂衣可同调。”

[8] 胶娼：胶州的娼妓。胶：胶州，州名，其故地在今山东省青岛市胶州市。

[9] 寻胜翱翔：寻访胜景，自由自在地遨游。翱翔：悠闲游乐的样子。《诗经·齐风·载驱》："鲁道有荡，齐子翱翔。"

[10] 以艰于步履：因为步行艰难。以：因。步履：犹步行。

[11] 苦寂：苦于寂寞。

[12] 偃折：倒伏，断折。偃：倒下。

[13] 旋：旋即，顷刻。

[14] 冀：希望。

[15] 数匝：数周。

[16] 自分：自料。

[17] 移时：经时。

选评

鲁迅《中国小说史略》："《聊斋志异》虽亦如当时同类之书，不外记神仙狐鬼精魅故事，然描写委曲，叙次井然，用传奇法，而以志怪。变幻之状，如在目前；又或易调该弦，别叙畸人异行，出于幻域，顿入人间；偶述琐闻，亦多简洁，故读者耳目，为之一新。……明末志怪群书，大抵简略，又多荒怪，诞而不情；《聊斋志异》独于详尽之外，示以平常，使花妖狐魅，多具人情，和易可亲，忘为异类，而又偶见鹘突，知复非人。"

赏析

这篇志怪的主旨固然是以张生为戒：正是由于此人孤身探险，又惑于女色，以致险遭不测。但用海洋文学的眼光来审视，这篇小说写张生遭遇海蛇精，表达的是当时人们对于某些海洋生物的认识。在对海洋缺乏科学了解的状况下，用想象、精怪来解释自然现象和生物习性是常见的人类行为。虽然在内容上无甚可推求之处，但这篇小说的艺术性颇可玩味：篇幅长短适中，情节惊险曲折，语言古雅瑰丽又有极强的表现力。这种内容和艺术上的特点，可以说是《聊斋志异》中多数作品的代表。

查慎行

查慎行（1650—1727），字悔余，号初白、他山。初名嗣琏，字夏重，号查田，海宁（今属浙江省）人。少从黄宗羲、钱澄之受学。康熙三十二年

（1693）举人，召值南书房，四十二年以献诗赐进士出身，授编修。后归里。雍正间，受弟嗣庭狱株连，旋得释，归后即卒。诗学苏轼、陆游，有《补注东坡编年诗》。自朱彝尊去世后，为东南诗坛领袖。有《他山诗钞》《敬业堂集》。

七月十九日海灾纪事（五首）[1]

其一

门前成巨浸[2]，屋里纳奔湍[3]。直怕连墙[4]倒，宁容一榻安。卑[5]怜虫窟掩，仰羡燕巢干。海阔天空际，谁知寸步难。

注释

［1］选自《四部丛刊》本《敬业堂诗集·续集》卷三。雍正二年（1724）诗人家乡海宁发生海灾，除此五首外，集中另有七首同名诗，皆为此灾而作。

［2］巨浸：大水。指洪水。陆游《读夏书》："巨浸稽天日沸腾，九州人死若丘陵。"

［3］奔湍：急速的水流。杜甫《营屋》："萧萧见白日，汹汹开奔湍。"

［4］连墙：比邻。《列子·仲尼》："与南郭子连墙二十年，不相谒请。"

［5］卑，俯身。

其二

借穿殊少屐，欲济况无舟。我怯行携杖，儿扶劝上楼。鸡豚混飞走，鹅鸭乱沉浮。小劫[1]须臾过，茫茫织室忧[2]。

注释

［1］小劫：灾难。佛典、道藏皆谓小劫之中历经各种灾难，俗因以喻天灾人祸之较轻者。苏轼《别子由》其一："愿君亦莫叹留滞，六十小劫风雨疾。"

［2］卢照邻《七夕泛舟》其一："水疑通织室，舟似泛仙潢。"织室指织女织作处。此处或用卢诗字面。

其三

不有匏瓜[1]苦，浑忘稼穑[2]甘。奇灾悲目击[3]，往事听农谈[4]。高岸翻为谷[5]，洼居直似潭。连山[6]浮岛屿，几点户东南[7]。

注释

[1] 匏（páo）瓜：一年生草本植物，果实似葫芦而更大，一般不作食用，老熟后可剖制成器具。亦指这种植物的果实。《论语·阳货》："吾岂匏瓜也哉！焉能系而不食？"

[2] 稼穑：庄稼。《诗经·大雅·桑柔》："降此蟊贼，稼穑卒痒。"

[3] 目击：犹目睹。亲眼看见。杜甫《最能行》："朝发白帝暮江陵，顷来目击信有征。"

[4] 农谈：指农人的言谈。庾信《和张侍中述怀》："农谈止谷稼，野膳唯藜藿。"

[5] 此句典出《诗经·小雅·十月之交》："高岸为谷，深谷为陵。"高岸：高峻的山崖。

[6] 连山：连绵的山岭。吴均《至湘洲望南岳》："重波沦且直，连山纠复纷。"

[7] 户东南：指门外东南方。

其四

惊魂招晷刻[1]，沉气晦[2]连晨。身似乘槎客，谁为裹饭[3]人。滔滔[4]方满地，衮衮[5]总迷津。久在人间世，徒嗟阅历频。

注释

[1] 晷刻：时间。《梁书·贺琛传》："（琛）每见高祖，与语常移晷刻，故省中为之语曰：'上殿不下有贺雅。'"

[2] 晦：夜晚。

[3] 裹饭：谓包裹着饭食送人解饿。语出《庄子·大宗师》："子舆与子桑友，而霖雨十日。子舆曰：'子桑殆病矣！'裹饭而往食之。"后遂用作称颂友人雪中送炭的典故。

[4] 滔同"淹"。淹淹，水流的样子。

[5] 衮："滚"的古字。

其五

亭户[1]千家哭，沙田比岁荒[2]。由来关气数，复此睹流亡。痛定还思痛，伤时转自伤。艰虞吾分在[3]，无计出穷乡。

注释

[1] 亭户：古代盐户之一种，将制盐民户编为特殊户籍，免其杂役，专制官盐。因煮盐地方称亭场，故名。

［2］沙田：指水边或水洲沙淤之田。徐光启《农政全书·田制》："沙田，南方江淮间沙淤之田也。或滨大江，或峙中洲。"比岁：连年。《汉书·卫青传》："其后匈奴比岁入代郡、雁门、定襄、上郡、朔方，所杀略甚众。"颜师古注："比，频也。"

［3］艰虞：艰难忧患。沈约《郊居赋》："逮有晋之隆安，集艰虞于天步。"分：构成事物的因素，犹本分。

选评

王士禛《带经堂诗话》："姚江黄晦木先生常题目其诗，比之剑南。余谓以近体论，剑南奇创之才，夏重或逊其雄；夏重绵至之思，剑南亦未之过，当与古人争胜毫厘。若五七言古体，剑南不甚留意，而夏重丽藻络绎，宫商抗坠，往往有陈后山、元遗山之风。"

沈德潜《清诗别裁集》："施注苏诗，行世久矣，敬业补所未及，兼多驳正。所为诗，得力于苏，意无勿申，辞无勿达。或以少蕴藉议之，然视外强中干，袭面目而失神理者，固孰得而孰失耶？"

赏析

查诗以锻炼精纯、摹绘细腻著称。赵翼称其"工力纯熟"，"锻炼益深"，"要其功力之深，则香山、放翁后一人而已"（《瓯北诗话》）。这五首诗以诗人擅长的白描为主要手法，形象通俗，虽极状灾情之惨重，但语气温恻，平淡浑成，可见诗人晚年的心境和纯熟的诗艺。

玄烨

玄烨（1654—1722），即清圣祖。年号"康熙"。1661—1722 年在位，统治时期，号为"治平"。在文化方面，开博学鸿儒科、明史馆，编纂《全唐诗》《佩文韵府》《康熙字典》等书籍。提倡程朱理学。曾兴《明史》《南山集》等文字狱，加强思想统治。

天津[1]

转粟[2]排千舰，分流纳九河[3]。潮声连海壮，树色[4]入京多。鼓楫[5]鱼龙伏，停帆鹳鹤[6]过。津门[7]秋望远，明月涌金波[8]。

注释

[1] 选自《文渊阁四库全书》本《(雍正) 畿辅通志》卷九。

[2] 转（zhuǎn）粟：运送谷物。司马相如《喻巴蜀檄》："郡又擅为转粟运输，皆非陛下之意也。"

[3] 九河：禹时黄河的九条支流。近人多认为是古代黄河下游许多支流的总称。《尚书·禹贡》："九河既道。"陆德明释文引《尔雅·释水》："九河：徒骇一，太史二，马颊三，覆釜四，胡苏五，简六，洁七，钩盘八，鬲津九。"这些支流最后又在天津大港地区合流为一，注入渤海。

[4] 树色：树木的景色。何逊《日夕出富阳浦口和朗公》："山烟涵树色，江水映霞晖。"

[5] 鼓楫：划桨。《后汉书·张禹传》："（张禹）遂鼓楫而过。"

[6] 鹳鹤：泛指鹤类。杜甫《宿江边阁》："鹳鹤追飞静，豺狼得食喧。"

[7] 津门：天津的别称。明永乐二年（1404）筑天津城，因地处畿辅门户而得名。

[8] 金波：反射着耀眼光芒的水波。梁武帝《七喻·如炎》："金波扬素沫，银浪翻绿萍。"

赏析

此诗是康熙帝巡幸至天津所作，对天津港口的景色描写得很翔实。天津位于渤海之滨，海河之畔，首联即写天津水运的枢纽位置，众多船只停泊在港口，经由海河驶入渤海，场面宏大，气势雄伟。颔联、颈联大有盛唐王湾"潮平两岸阔，风正一帆悬"的开阔视野，显示出一代英主海纳百川、包罗万物的大气磅礴。尾联的"明月涌金波"则让人联想到《岳阳楼记》里的"浮光跃金，静影沉璧"，不变的海上秋月，照映出空间的辽阔、时间的悠远，而月色的静美又能调和之前偏壮丽的景象，使诗歌的美感层次更加丰富。

纳兰性德

纳兰性德（1655—1685），原名成德，以避废太子讳而改名，字容若，号楞伽山人，满洲正黄旗人。大学士明珠长子。康熙十五年（1676）进士，官至一等侍卫。生平淡于荣利，爱才喜客，所与游皆一时名士。善骑射，好读书，曾从徐乾学受经学，并广泛搜集整理宋元以来诸家经解文献，主持编纂《通志堂经解》。诗文均工，以词名世，尤长于小令，多感伤情调，风格近于李煜。亦工诗，颇得盛唐风格。著有《通志堂集》《纳兰词》。

山海关[1]

雄关阻塞戴灵鳌[2]，控制卢龙胜百牢[3]。山界[4]万重横翠黛，海当三面涌银涛。哀笳[5]带月传声切，早雁迎秋度影高。旧是六师[6]开险处，待陪巡幸扈星旄[7]。

注释

［1］选自康熙三十年（1691）刻本《通志堂集》卷四。康熙二十一年三藩平定，康熙帝东巡祭告奉天祖陵，诗人身为大内侍卫，护驾随行，过山海关时作此诗及《长相思》词（“山一程”）。

［2］灵鳌：传说中的巨龟。语出屈原《楚辞·天问》：“鳌戴山抃，何以安之?”王逸注引《列仙传》：“有巨灵之鳌，背负蓬莱之山而抃舞。”

［3］卢龙：卢龙县（今属河北省），明、清时直隶永平府治。百牢：古关名。隋置，原名白马关，后改，在今陕西省勉县西南。顾祖禹《读史方舆纪要》：“百牢关在州西南，隋开皇中置，以蜀路险，号曰百牢也。或曰，其地有百牢谷，因名。”

［4］山界：犹山区。范仲淹《奏陕西、河北和守攻备四策·陕西攻策》：“故西戎以山界蕃部为强兵，汉家以山界属户及弓箭为善战。”

［5］哀笳：悲凉的胡笳声。庾信《奉报赵王出师在道赐诗》：“哀笳关塞曲，嘶马别离声。”

［6］六师：周天子所统六军之师。《尚书·康王之诰》：“张皇六师，无坏我高祖寡命。”曾运乾正读：“六师，天子六军。周制一万二千五百人为师。”后为天子军队之称。

[7] 巡幸：指皇帝巡游驾幸。《汉书·郊祀志》："上（武帝）始巡幸郡县，寖寻于泰山矣。"星旄：亦作"星施"，绘有星辰的旄。扬雄《甘泉赋》："流星旄以电烛兮，咸翠盖而鸾旗。"《文选》张铣注："旄，以旄牛尾为之，饰以星文，其光如电，悬于竿上，以指麾也。"亦泛指旌旗。

选评

沈德潜《清诗别裁集》："侍卫生长华阀，淡于荣利，书史友生外，无他好也。诗情飘忽要眇，断肠人远，伤心事多，年之不永，即于韵语中知之。"

王国维《人间词话》："北宋以来，一人而已。"

赏析

这首七律从题材上看是比较传统的边塞诗。首联描绘山海关的雄奇景象和险要地势。颔联、颈联对仗工整。"山界万重横翠黛，海当三面涌银涛"点出了山海关北倚崇山、南临大海的独特地理位置，在关城之上遥望，山横翠黛，海涌银涛，景色壮丽。颈联用"哀茄""月""早雁"三种边关意象烘托气氛，胡笳遍野，秋月高照，北雁南飞，不由令人顿起思乡之情。而由内心的感受转向天空的广阔，则使人之常情有了悠远之感。尾联将思维由感性带回到理性，交代此行缘由。平心而论，此诗技巧工稳，并无特别出众之处，但山海关是清代海洋文学的重要意象，故表而出之。

张方高

张方高，生卒年、籍贯不详待考。康熙诸生，乾隆初游台湾。曾任浦城训导，升永福教谕。

海吼行[1]

海壖矗石如鼍梁[2]，延袤[3]七十里以长。神工鬼斧划沧桑，龟蛇双峙护水乡。气象雄杰不可当，回潮挡浪力堤防。妖风怪雨起微茫，倏忽鼓荡浑玄黄[4]，万丈波涛恣猛趪[5]。无端片石竖其傍，当车怒臂笑螳螂[6]，讵知根柢

厚难量。蟠结水府亘坚刚[7]，六鳌八柱相颉颃[8]，能使天地乍低昂。海若[9]不平交斗强，横冲直撞声汤汤[10]。遥如万马过前冈，轮蹄分蹴竞腾骧[11]。近如雷霆奋[12]春阳，一发迸裂争碎硠[13]。喧如虡业[14]铿宫商，鸣摐[15]伐鼓骇龙堂。幽如风松韵远扬，隆隆隐隐转悲凉。十年岛上鬓秋霜[16]，饱闻此籁意荒荒[17]。物情静者享平康[18]，相逢相让莫相伤[19]。溟渤万里任倘徉，容与[20]平和酿吉祥。胡为激怒自扰攘，日夕汹汹吼若狂。巉岩巨石镇如常，何曾为尔缩头藏，海乎海乎空奔忙。

注释

[1] 选自《台湾文献史料丛刊》本《台湾诗乘》卷二。按是书解题："安平海吼，为天下奇。自夏徂秋，厥声回薄。以其在南，谓之'南吼'。小吼如击花鼓，点点作撒豆声，乍近乍远，若断若续；大吼如万马奔突，如众鼓齐鸣，如三峡崩流，如千鼎共沸，远闻二三十里，日夜罔息。惊涛坌涌，舟莫敢近，虽钱塘八月怒涛，未足拟也。"此诗所描绘的安平海吼乃台南一景，而非一般所指的海啸。安平县（今台湾省安平区），时属福建省台湾府，西邻台湾海峡。

[2] 亹（mén）：山峡中两岸相对如门之处。《晋书音义》："亹者，水流夹山，岸若门。"

[3] 延袤：绵延伸展。《史记·蒙恬列传》："筑长城，因地形，用制险塞，起临洮，至辽东，延袤万余里。"

[4] 玄黄：玄为天色，黄为地色，玄黄指天地。

[5] 趪（huáng）：负重用力的样子。

[6] 此句用"螳臂当车"之典，出自《庄子·人间世》。

[7] 水府：指水的深处。韩愈《贞女峡》："悬流轰轰射水府，一泻百里翻云涛。"亘：贯串。

[8] 八柱：相传地有八柱，用以承天。屈原《楚辞·天问》："八柱何当？东南何亏？"王逸注："言天有八山为柱。"洪兴祖补注："《河图》言，昆仑者，地之中也，地下有八柱，柱广十万里，有三千六百轴，互相牵制，名山大川，孔穴相通。"颉颃（xié háng）：亦作"颉亢"。原指鸟上下翻飞的样子，引申为较量。

[9] 海若：传说中的海神。屈原《楚辞·远游》："使湘灵鼓瑟兮，令海若舞冯夷。"王逸注："海若，海神名也。"洪兴祖补注："海若，庄子所称北海若也。"

[10] 汤汤（shāng shāng）：水势浩大、水流很急的样子。

[11] 蹴：踏。腾骧：奔腾。张衡《西京赋》："负笋业而余怒，乃奋翅而腾骧。"《文选》薛综注："腾，超也；骧，驰也。"

[12] 奋：震动。《易经·豫卦》："雷出地奋。"

[13] 硠（láng）硠：象落石或雷鸣之声。

[14] 虡（jù）业：古时悬挂钟鼓的木架。《诗经·大雅·灵台》："虡业维枞，贲鼓维镛。"《毛传》："植者曰虡，横者曰栒。业，大版也。"孔颖达疏："栒上加以大版为饰，谓之业。"

[15] 摐（chuāng）：撞击。

[16] 秋霜：喻白发。李白《秋浦歌》其十五："不知明镜里，何处得秋霜。"

[17] 荒荒：犹昏昏，形神困乏的样子。陈子龙《寄赠密之》："春后荒荒病，归来渺渺伤。"

[18] 物情：世情。嵇康《释私论》："情不系于所欲，故能审贵贱而通物情。"静者：深得清静之道、超然恬静的人，多指隐士、僧侣和道徒。《吕氏春秋·审分览·君守》："得道者必静，静者无知。"平康：平安。《尚书·洪范》："平康正直，强弗友刚克，燮友柔克。"伪孔安国传："世平安用正直治之。"一说，中正和平。曾运乾正读："平康者，中正和平，不刚不柔也。"

[19] 相伤：互相伤害、妨碍。《老子》："夫两不相伤，而德交归焉。"

[20] 容与：从容闲舒的样子。屈原《九歌·湘夫人》："时不可兮骤得，聊逍遥兮容与。"

赏析

这是一首写景抒怀的七言歌行。诗人旅居台湾岛十数年，对"南吼"这一台南景观非常熟悉。因为了解，所以前半段直接描摹海吼，状其形，拟其声，无不细腻生动，这是典型的成竹在胸。自"隆隆隐隐转悲凉"起，言"转悲凉"，实则转入抒怀。从"十年岛上鬓秋霜"不难看出，诗人所抒发的乃是蹭蹬漂泊的宦游之悲。流落海岛多年，仍然一事无成，这种悲苦无法排解，只能借助"外儒内道"的士人处世原则聊以自慰。所以，诗人用拟人手法嘲笑海吼是"空奔忙"，赞赏"物情静者"的"容与平和"，表达受老庄哲学影响的人生观。这种人生观本身无可厚非，但如果是不得已而为之，则只会让人同情，体现在诗里也不一定能收到很好的艺术效果。这首诗后半段抒怀就不及前半段写景。

刘大櫆

刘大櫆（1698—1780），字才甫，一字耕南，号海峰，安徽桐城人。雍正七年（1729）副贡生。乾隆年间先后被荐应举博学鸿儒科，报罢。晚官黟县教谕。工文章。方苞誉为“今之韩、欧”。友人姚范之侄姚鼐亦推重其文。世遂以方、刘、姚为桐城派之代表。论文强调“义理、书卷、经济”，要求作品阐发程朱理学，又主张在艺术形式上模仿古人的“神气、音节、字句”，进一步发展了崇古、拟古的理论。有《海峰先生文集》十卷、《海峰先生诗集》六卷、《论文偶记》一卷，编《古文约选》《历朝诗约选》《歙县志》。

《海舶三集》序[1]

乘五板之船[2]，浮于江淮，滃[3]然云兴，勃然[4]风起，惊涛生，巨浪作，舟人[5]仆夫，失色相向，以为将有倾覆之忧、沉沦之惨也；又况海水之所汩没[6]，渺尔无垠[7]，天吴睒睗[8]，鱼鼋撞冲，人于其中，萍飘蓬转，一任其挂罥[9]奔驰，曾[10]不能以自主；故往往魄动神丧，不待樯摧橹折[11]，而梦寐为之不宁。顾乃俯仰自如[12]，吟咏自适。驰想于沆瀣之虚[13]，寄情于霞虹之表。翩然而藻思[14]翔，蔚然而鸿章着[15]，振开、宝[16]之余风，仿佛乎杜甫、高、岑之什[17]，此所谓神勇者矣。

余谓不然。人臣悬[18]君父之命于心，大如日轮，响如霆轰，则其于外物也，视之而不见其形，听之而不闻其声。彼其视海水之荡潏[19]，如重茵莞席之安[20]；视崇岛之崕岘当前[21]，如翠屏[22]之列、几砚之陈；视百灵怪物之出没而沉浮，如佳花、美竹、奇石之星罗于苑囿[23]。歌声出金石[24]。若夫风潮澎湃之音，彼固有不及知者，而又何震慑[25]恐惧之有？

翰林徐君亮直[26]先生，以康熙某年之月日，奉使琉球[27]，岁且及周[28]，歌诗且千百首，名之曰《海舶三集》，海内之荐绅大夫，莫不闻而知之矣。后二十余年，先生既归老于家，乃命大櫆为之序。

注释

[1] 舶：原意为航海的大船。又通称为普通船只。

[2] 五板之船：指江河中行驶的普通木船，用五块整板拼接而成。

[3] 滃（wěng）：云气四起貌。

[4] 勃然：兴起、奋发的样子。

[5] 舟人：船夫。

[6] 汩没：波浪涌流翻腾。

[7] 无垠：无边际。垠：边际、界限。

[8] 天吴：古代传说中的水神，此处犹言“灵怪”。睒睗（shǎn shì）：疾视，此处亦可释为“闪烁”。

[9] 罥（juàn）：缠绕，牵挂。

[10] 曾：乃，竟。

[11] 樯：桅杆。橹：支架在船尾的桨。

[12] 顾乃：却。俯仰：高低，起伏。

[13] 沆瀣：汪洋澎湃。虚：空间。

[14] 藻思：做文章的才思。藻：文采，特指文辞的藻饰。

[15] 蔚然：荟萃，聚焦。鸿章：宏伟的文章。鸿：通“洪”，大。

[16] 开、宝：开元、天宝，唐玄宗的两个年号，所谓盛唐时期。

[17] 高、岑：高适、岑参，盛唐边塞诗派的代表人物。什：犹言“篇章”。《诗经》以十篇为一卷，名之曰“什”。

[18] 悬：记挂，牢记。

[19] 潏（yù）：水涌出貌。

[20] 重茵：层层的坐垫。茵：垫子、褥子等。莞席：莞草编的席子。莞（guān）：植物名，俗称水葱，席子草。

[21] 崇：高。峌㟪：高貌。

[22] 翠屏：青翠屏风。

[23] 苑囿（yòu）：花园、园林。囿：帝王畜养禽兽的园林。

[24] 金石：钟磬之类的乐器。金石之音清越优美，后用来比喻文辞的优美。

[25] 震慑：震惊、恐惧。

[26] 徐君亮直：名葆光，字亮直，江苏长洲（今江苏苏州）人，康熙年间进士，官翰林院编修。

[27] 琉球：古国名，即今琉球群岛。隋时建国，以后与我国频有来往。1879 年，日本侵占琉球，俘其国王尚泰，遂沦为日本领土。

[28] 周：一周年。

选评

《国史·文苑传》：“大櫆虽游学方苞之门，所为文造诣各殊。方苞盖取义理于经，所得于文者义法；大櫆并古人神气音节得之，兼及庄、骚、左、史、韩、柳、欧、苏之长。其气肆，其才雄，其波澜壮阔。”

赏析

这篇文章是刘大櫆为一本普通的诗集作的序，不正面涉及人和诗，只就海说，而说海又别从江淮起头。文章写得绚烂多彩，摇曳多姿，的确显出了作者酷似韩愈诗文翻空出奇的风格。刘大櫆的文章效法韩愈，求险求奇，如

"乘五板之船，浮于江淮，滃然云兴，勃然风趣，惊涛生，巨浪作，舟人仆夫，失色相向，以为将有倾覆之忧、沉沦之惨"，起笔俏丽。为他人诗集作序难免会出现褒贬失义的情况，但作者独出机杼，避开评价，极力铺陈海上风涛之险，衬托海上吟诗之奇，着重烘托诗作者一心以使命为重，临危不乱、从容吟咏的气概和风度，其构思之妙令人称叹。

张惠言

张惠言（1761—1802），原名一鸣，字皋文，号茗柯，江苏武进（今江苏常州）人。家境贫寒，四岁丧父。自幼勤奋好学，十四岁即为童子师。嘉庆四年（1799）进士，改庶吉士，充实录馆纂修官，授翰林院编修，卒于官。惠言博通经史，尤精《周易》《仪礼》，早年治经学，工骈文辞赋，辑有《七十家赋钞》，赋作今存22篇，堪称清赋大家。其大赋学汉魏，辞藻富赡，气势雄阔；小赋学六朝，托意幽深，写情蕴藉。古文亦受辞赋影响，为阳湖派代表作家。其存词仅46首，但寄托遥深，多有佳构，开创讲求"诗之比兴"的常州词派。所编《词选》选录唐、五代、宋词凡44家160首，体现流派主张，盛行于世，影响颇广。有《茗柯文编》九卷。

水龙吟·夜闻海涛声[1]

梦魂快趁天风[2]，琅然飞上三山顶[3]。何人唤起，鱼龙[4]叫破，一泓杯影[5]？玉府[6]清虚，琼楼寂历[7]，高寒谁省[8]？倩浮槎万里[9]，寻侬[10]归路，波声壮、侵山枕[11]。

便有成连[12]佳趣，理瑶丝、写[13]他清冷。夜长无奈，愁深梦浅，不堪重听。料得明朝，山头应见，雪昏云醒。待扶桑净洗，冲融立马[14]，看风帆稳！

注释

[1] 选自《中国古典文学丛书》本《茗柯文编》附词。"水龙吟"，词牌名，又名"龙吟曲""庄椿岁""小楼连苑"，双调，一百零二字，上下片各四仄韵。

[2] 天风：即风。《饮马长城窟行》："枯桑知天风，海水知天寒。"

[3] 琅（láng）然：声音清朗的样子。

[4] 鱼龙：鱼和龙，泛指鳞介水族。

[5] 一泓杯影：大海不过如同倾泻在杯中的一汪水。李贺《梦天》："遥望齐州九点烟，一泓海水杯中泻。"泓：水深的样子。

[6] 玉府：这里指神仙府。

[7] 琼楼：天上仙宫。寂历：寂静、冷清。

[8] 高寒谁省：语本苏轼《水调歌头·明月几时有》："我欲乘风归去，又恐琼楼玉宇，高处不胜寒。"

[9] 倩：借助。

[10] 侬：我。

[11] 山枕：即枕头。古人枕头多用木、瓷制作，中凹，两端突起，其形如山，故称。

[12] 成连：春秋时代的著名琴师。传说伯牙师从成连学琴，成连带伯牙至东海蓬莱山，使伯牙闻海水激荡、林鸟悲鸣，最终令伯牙琴艺大进，成为天下妙手。

[13] 写：弹奏。

[14] 冲融：冲和，恬适。立马：驻马。

选评

朱孝臧《望江南·杂题我朝诸名家词集后·张皋文》："回澜力，标举选家能。自是词源疏凿手，横流一别见淄渑。异议四农生。"

赏析

此词创作于嘉庆五年（1800）。当时词人在辽东，某个漫漫长夜，涛声隆隆，波声阵阵，半梦半醒中，词人的眼前呈现出"雪昏云醒"、天清气朗、风帆摇荡的图景。词人醒后便创作了此词，通过夜闻涛声的感受与联想，隐约寄托怀抱，曲折地传达出自己的人生追求。此词上片从大处落墨，浮想联翩，由梦境写到梦醒，其间虚实相间，情景相生。下片继续写涛声，以呼应开篇。全词回旋跌宕，气势雄浑，工稳严整，幻笔幽怀，情思缥缈，曲折回环又若断若续，将闻海涛声的所思所感细腻传出，余意难穷。

后　记

本书是2019年广东海洋大学“冲一流”与“创新强校”工程科研项目——广东海洋大学海上丝绸之路文化研究院科研平台的研究成果之一，主要由广东海洋大学文学与新闻传播学院蔡平、马瑜理、闫勖共同撰著完成。

全书分为先唐部分、唐宋部分、元明清部分，每部分各个时期作品按作者出生年之先后依次排列。三个部分所选作品，因三个时段海洋文学作品文本存在的多寡不同，而采取不同的编选方式。先唐时期海洋文学作品数量较少，凡可大致归入海洋文学型类的一并采入；唐宋及元明清时期，海洋文学作品渐多，不限于重要作家的重要作品，而是兼综海洋书写的典型性与作品的思想性、艺术性。

本书收录的每一位作家或每一部专书的首篇作品前有简明扼要的作家介绍或专书介绍。对每篇作品均作较为详尽的注释，注文之下依次是“选评”和“赏析”。“选评”原则上只录针对本篇作品之古今论家评语，对于无前人之评的作品，亦采入论家对该作家或其有代表性文风之品语。“赏析”侧重于海洋书写之辨析与海洋观念之阐释，根据不同作品之特点，亦可酌情写入作品之思想性、艺术性等文字。

本书在撰写过程中，借鉴了许多前人研究成果，限于体例，不便一一注明，特此致谢。

本书由蔡平承担先唐部分主撰、马瑜理承担唐宋部分主撰、闫勖承担元明清部分主撰。由蔡平设计全书编写体例与统稿。

本书可作为全国海洋类院校各专业海洋人文通识教育课程的基本教材，亦可作为中国古代海洋文学研究的基本资料，还可作为面向社会的海洋人文普及读物。

本书的出版，得到了暨南大学出版社的鼎力支持，特别是杜小陆、潘江曼等同志付出了大量心血，在此表示诚挚的谢意。限于编写水平，本书难免存在一些不足或错误，恳请专家和读者给予批评指正。